Sur l'auteur

Haruki Murakami, né à Kyoto en 1949 et élevé à Kōbe, a étudié le théâtre et le cinéma à l'université Waseda, avant d'ouvrir un club de jazz à Tokyo en 1974. Son premier roman, *Écoute le chant du vent* (1979), un titre emprunté à Truman Capote, lui a valu le prix Gunzo et un succès immédiat au Japon. Suivront : *La Course au mouton sauvage*, *La Fin des temps*, *La Ballade de l'impossible*, *Danse, danse, danse* et *L'éléphant s'évapore*. Exilé en Grèce en 1988, en Italie, puis aux États-Unis, où il écrit ses *Chroniques de l'oiseau à ressort* et *Au sud de la frontière, à l'ouest du soleil*, il rentre au Japon en 1995, écrit un recueil de nouvelles sur le séisme de Kōbe, *Après le tremblement de terre*, une enquête sur l'attentat de la secte Aum, *Underground*, puis suivent *Les Amants du Spoutnik*, le superbe *Kafka sur le rivage* et *1Q84* (livres 1, 2 et 3). Plusieurs fois favori pour le Nobel de littérature, Haruki Murakami a reçu le prestigieux Yomiuri Prize et le prix Kafka 2006. Après *L'Incolore Tsukuru Tazaki et ses années de pèlerinage*, il autorise la publication d'*Écoute le chant du vent* suivi de *Flipper, 1973*, ses deux premiers romans inédits. *Le Meurtre du Commandeur* (livres 1 et 2) est son dernier roman paru.

Du même auteur
aux Éditions 10/18

HARUKI MURAKAMI

LE MEURTRE DU COMMANDEUR

LIVRE 1

Une Idée apparaît

Traduit du japonais
par Hélène Morita
avec la collaboration de Tomoko Oono

10/18

BELFOND

Titre original :
Kishidanchô goroshi (Killing Commendatore)
Arawareru idea (Emerging Idea)
publié par Shinchosha, Tokyo.

Ouvrage publié avec le concours de Françoise Triffaux.

ISBN 978-2-264-07418-8
Dépôt légal : septembre 2019

PROLOGUE

Aujourd'hui, lorsque je me suis éveillé après une courte sieste, « l'homme sans visage » se tenait devant moi. Il était assis sur une chaise, en face du canapé sur lequel je m'étais assoupi, et, de ses yeux absents situés dans son non-visage, il me scrutait.

L'homme était grand, il avait la même tenue que lorsque je l'avais vu auparavant. Il était coiffé d'un chapeau noir à large bord qui cachait la moitié de son non-visage et portait aussi un long manteau très sombre.

« Je suis venu pour que tu fasses mon portrait », dit l'homme sans visage après s'être assuré que j'étais bien éveillé. Il avait une voix grave, sèche, dépourvue de toute intonation. « Tu me l'as promis. Tu t'en souviens ?

— Oui, je m'en souviens. Mais je n'avais pas de papier à ce moment-là et je n'ai pas pu vous dessiner », lui répondis-je. Ma propre voix, elle aussi, était sèche et dépourvue d'intonation. « Alors, à la place, je vous ai donné le petit pingouin porte-bonheur.

— Ah oui, je l'ai justement apporté ici. »

Sur ces mots, il allongea la main droite. Il avait de très longues mains. Cette main droite tenait fermement le pingouin en plastique. Celui-ci avait été accroché par un cordon à un téléphone portable en guise de talisman. L'homme le fit tomber sur la table basse en verre. Il y eut alors un petit bruit sec.

« Tiens, je te le rends. Tu en auras sûrement besoin. Ce petit pingouin porte-bonheur devrait sans doute protéger les proches qui te sont chers. Mais en échange, je veux que tu fasses mon portrait. »

J'étais perplexe. « Mais c'est une demande très soudaine et je vous avouerai que je n'ai encore jamais fait le portrait de quelqu'un qui n'a pas de visage. »

J'avais la gorge sèche et terriblement soif.

« J'ai entendu dire que tu étais un excellent portraitiste. Et puis, il y a un commencement à tout », déclara l'homme sans visage. Il se mit alors à rire. Enfin, je suppose que c'était un rire. Ce qui s'apparentait à une voix rieuse évoquait le bruit du vent qui résonne comme en creux, du plus profond d'une caverne.

Il ôta le chapeau noir qui dissimulait la moitié de sa face. Là où aurait dû se trouver son visage, il n'y avait rien, seulement une sorte de brouillard laiteux qui tourbillonnait lentement.

Je me levai, allai chercher un carnet à croquis et un crayon à mine tendre dans mon atelier. Puis je me rassis sur le canapé pour dessiner le portrait de l'homme sans visage. Je ne savais pas du tout par où commencer. Pas le moindre point de départ. Car il n'y avait que du néant. Comment donner figure à *ce qui n'est rien* ? Et puis, ce brouillard laiteux qui enveloppait du vide ne cessait de changer de forme.

« Le plus vite serait le mieux, dit l'homme sans visage. Il m'est impossible de rester longtemps en ce lieu. »

Mon cœur faisait entendre des battements secs dans ma poitrine. Je n'ai pas beaucoup de temps. Je dois me hâter. Mais les doigts qui tenaient le crayon restaient obstinément en l'air et refusaient de bouger. Comme s'ils étaient engourdis à partir du poignet. Ainsi que l'homme l'avait dit, il y avait plusieurs personnes que je devais protéger. Et tout ce que je savais faire, c'était dessiner. Malgré tout, je ne parvenais pas à dessiner le visage de cet « homme sans visage ». Je fixais du regard les mouvements du brouillard sans pouvoir rien entreprendre.

« Désolé, mais le temps est écoulé », dit l'homme sans visage peu après. Et depuis sa bouche située dans son non-visage, il poussa un grand soupir embrumé – vapeur blanche courant à la surface d'une rivière.

« Attendez ! Encore un peu et… »

L'homme remit son chapeau noir, dissimulant de nouveau la moitié de sa face. « Je reviendrai te trouver un jour. Et peut-être qu'alors tu sauras me dessiner. Jusque-là, ce pingouin porte-bonheur, je le garde en dépôt. »

Et l'homme sans visage disparut. Il se volatilisa dans l'air en un instant, comme de la brume que disperse un coup de vent soudain. Ne restèrent que la chaise vide et la table basse en verre. Sur laquelle le pingouin ne se trouvait plus.

J'aurais pu croire qu'il s'agissait d'un rêve bref. Mais je savais bien que non, ce n'était pas un rêve. Si c'en était un, ce monde lui-même dans lequel je vivais était également fait de l'étoffe des rêves.

Peut-être un jour serais-je capable de faire le portrait du rien. De la même façon qu'un peintre avait été capable de dessiner *Le Meurtre du Commandeur*. Mais il me faudrait du temps avant d'y parvenir. Je devais faire du temps mon allié.

1

Même si la surface est comme ternie

Du mois de mai de cette année-là au début de la suivante, j'ai habité sur une montagne, tout près de l'entrée d'une étroite vallée. Durant l'été, au fond de la vallée, la pluie tombait sans discontinuer alors que sur les versants montagneux, généralement, il faisait beau. Depuis la mer, en effet, soufflait le vent du sud-ouest. Les nuages chargés d'humidité qu'il charriait s'engouffraient dans la vallée, et une fois qu'ils avaient pris de la hauteur en remontant les pentes, ils s'écroulaient en pluie. Comme la maison avait été construite dans une zone intermédiaire, il arrivait fréquemment que sa façade soit ensoleillée alors qu'une forte pluie s'abattait sur l'arrière-cour. Au début de mon séjour, je trouvai le phénomène étrange, mais je m'y habituai et cela finit par m'apparaître comme tout à fait naturel.

Les montagnes environnantes étaient chargées de lambeaux de nuages bas. Ils s'effilochaient quand soufflait le vent et, telles des âmes égarées venant d'un temps révolu, flottaient sur les pentes dénudées à la recherche chancelante des souvenirs perdus. Il arrivait aussi qu'une pluie d'un blanc immaculé, on aurait cru de la neige fine, voltige dans le vent sans bruit. Comme soufflait presque toujours une brise fraîche, l'été passait assez agréablement sans que l'on soit obligé d'utiliser de climatisation.

La maison était petite et ancienne mais le jardin très vaste. Je ne m'étais pas soucié de l'entretenir et des herbes folles y avaient poussé, hautes et luxuriantes. Une chatte et ses petits s'étaient installés dans la verdure foisonnante comme pour s'y cacher, mais ils étaient partis lorsque le jardinier était venu faucher toute cette végétation. Sans doute la chatte s'était-elle sentie mal à l'aise. C'était une femelle rayée qui avait trois chatons à nourrir. De physionomie sévère, elle était si maigre qu'elle semblait tout juste survivre d'un jour à l'autre.

La demeure était édifiée au sommet de la montagne et, depuis la terrasse orientée au sud-ouest, on distinguait un tout petit bout de mer entre les bois taillis. À peu près de la taille d'une cuvette remplie d'eau. Un minuscule fragment de l'immense océan Pacifique. D'après un agent immobilier de mes connaissances, pour un terrain plus ou moins de cette dimension, la valeur était extrêmement différente selon que l'on avait ou non vue sur la mer ; mais moi, cela m'était égal. Le fragment d'océan que j'apercevais au loin ne m'évoquait qu'un bloc de plomb aux couleurs ternes. Je ne comprenais pas pourquoi tout le monde voulait absolument voir la mer. Pour ma part, je préférais observer l'aspect des montagnes alentour. Celle que je voyais de l'autre côté de la vallée prenait toutes sortes d'expressions vivantes selon la saison, selon le temps. Je ne me lassais pas de graver dans mon cœur ces changements quotidiens.

À cette époque, ma femme et moi avions rompu notre vie conjugale, chacun de nous avait signé et apposé son sceau sur la déclaration officielle de divorce, mais par la suite, de nombreuses choses s'étaient passées, et finalement nous nous étions remis à vivre ensemble comme mari et femme.

À tous points de vue, je sais qu'un tel parcours n'est pas facile à cerner, et même nous, les intéressés, avons du mal à saisir les rapports de cause à effet. Malgré tout, si j'ose résumer en quelques mots l'ensemble de ces événements, je finis par m'accommoder de l'expression hélas par trop conventionnelle : nous étions « parvenus à nous réconcilier ». Néanmoins, entre ces deux vies conjugales (c'est-à-dire entre la première et la dernière période), le temps de ces quelque neuf mois existe bel et bien, tel un canal profond, béant, creusé dans un isthme abrupt.

Je ne peux moi-même estimer correctement si cette séparation – ces neuf bons mois – a été longue ou courte. Rétrospectivement, j'ai le sentiment à la fois qu'elle a duré une éternité, mais qu'à l'inverse, elle s'est écoulée en un clin d'œil, beaucoup plus vite que ne le disent les mots. Mon impression change selon les jours. On place souvent un paquet de cigarettes à côté de l'objet que l'on photographie, afin de bien évaluer ses dimensions réelles. Dans mon cas cependant, à côté des images de mes souvenirs, ce paquet de cigarettes semble s'allonger ou se rétrécir selon l'humeur de l'instant. Dans ma mémoire, les choses et les phénomènes ne cessent de se mouvoir et de se transformer. De la même façon, ou bien comme pour rivaliser avec ces transformations continuelles, l'étalon de ma mémoire lui-même, qui devrait pourtant être figé et invariable, semble également évoluer et se modifier.

Néanmoins, la totalité de mes souvenirs ne varie pas ainsi au petit bonheur la chance, pas plus que ceux-ci ne s'étirent ou ne se rapetissent à leur gré. Dans ma vie, les choses ont toujours fonctionné calmement, de manière cohérente, et souvent en accord avec la raison. C'est seulement dans la parenthèse de *ces* neuf mois que, de façon inexplicable, tout a soudain été plongé dans le chaos. Cette période, pour moi, a constitué un temps parfaitement exceptionnel, littéralement extra-ordinaire. J'étais semblable à un nageur qui se baigne au milieu d'une mer paisible avant d'être englouti brusquement dans un immense tourbillon non identifié, surgi de nulle part.

Quand je repense aux événements de cette période (je suis à présent occupé à rédiger ce texte, fouillant dans ma mémoire pour traquer la série de péripéties qui se sont produites il y a maintenant plusieurs années), leur poids ou leur légèreté, leur éloignement ou leur proximité, l'état de leurs rapports ne cessent d'osciller et deviennent incertains. À peine les ai-je quittés des yeux que l'ordre de mon raisonnement se renouvelle à toute vitesse. Résultat sans doute aussi de ce chaos. Pourtant, je fais tout mon possible et je compte bien, dans la mesure de mes capacités, poursuivre cette histoire avec logique et méthode. Peut-être tous ces efforts ne seront-ils que des tentatives vaines, mais j'espère me cramponner avec acharnement à l'étalon hypothétique que je me suis construit. Comme un nageur impuissant qui s'agrippe à un morceau de bois dérivant là par hasard.

Après mon installation dans cette maison, la première chose que je fis fut d'acquérir une voiture d'occasion bon marché. Celle que je conduisais jusqu'alors, hors d'usage, avait été envoyée à la casse et je devais absolument me procurer un nouveau véhicule. Dans les petites villes de province, et en particulier pour quelqu'un qui vit seul sur une montagne, la voiture est un bien de première nécessité, ne serait-ce que pour faire ses courses quotidiennes. Je me rendis dans un centre de voitures d'occasion Toyota, à la périphérie d'Odawara, et je dénichai un break Corolla à un prix avantageux. Si le vendeur prétendait qu'il était d'un bleu pastel, sa couleur m'évoquait plutôt le teint hâve d'un malade. Il n'affichait pas tout à fait trente-six mille kilomètres au compteur, mais il y avait une forte remise sur son prix étant donné qu'il avait été accidenté dans le passé. Je l'essayai. Les freins et les pneus ne semblaient pas poser de problème. Comme je n'avais pas l'intention de l'utiliser souvent sur autoroute, il me suffisait amplement.

C'était Masahiko Amada qui me louait cette maison. Aux Beaux-Arts, nous étions dans la même classe. Il avait deux ans de plus que moi, mais il faisait partie des rares condisciples avec qui je m'entendais bien ; nous avions même continué à nous voir de temps à autre depuis que nous avions quitté l'université. Après son diplôme, il avait renoncé à devenir peintre et travaillait dans une agence de publicité en tant que graphiste. Lorsque je lui appris que ma femme et moi nous étions séparés et que j'étais parti de chez nous sans avoir de point de chute, il me proposa d'habiter la maison de son père, désormais inoccupée. Je serais une sorte de gardien. Son père était le célèbre peintre de nihonga[1] Tomohiko Amada ; il possédait une maison qui lui servait aussi d'atelier dans la montagne, aux environs d'Odawara ; après la mort de son épouse, il avait continué à habiter là, seul, sans souci du monde, durant une dizaine d'années. Mais récemment, on avait découvert qu'il sombrait dans une sénilité avancée et il avait été admis dans une résidence médicalisée haut de gamme à Izukôgen. Depuis quelques mois, la maison était demeurée vide.

« C'est une habitation isolée qui se trouve juste au sommet de la montagne, sans rien autour ; je ne t'affirmerai sûrement pas que c'est un endroit pratique, mais je te garantis le calme à cent pour cent. C'est vraiment le lieu idéal pour peindre. Et il n'y aura strictement rien pour te distraire », me dit Masahiko.

Le loyer était de pure forme, quasi inexistant.

« Une maison inoccupée se délabre, sans compter que je m'inquiète aussi des cambriolages et des incendies. Je serais plus tranquille que quelqu'un habite dans cette maison. Mais tu te sentirais mal à l'aise si je te la laissais à titre gracieux. En revanche, je te demanderai peut-être de quitter les lieux avec un court préavis. »

Je n'avais pas d'objection. De toute façon, je ne possédais que quelques affaires, et elles pouvaient à peu près tenir dans le coffre d'une petite voiture. S'il me demandait de déménager, je le ferais dès le lendemain.

Je m'installai dans cette maison juste après les quelques jours fériés de mai. C'était une toute petite

1. *Nihonga* : littéralement, « peinture japonaise ». Ce terme générique est apparu dans les années 1880, désignant des œuvres exécutées selon les procédés traditionnels de la peinture japonaise, par opposition aux peintures de style occidental. Le sujet est longuement traité dans ce roman, en particulier au chapitre 9. *(Toutes les notes sont de la traductrice.)*

construction de plain-pied de style occidental, qu'on aurait pu qualifier de « cottage », mais suffisamment vaste pour une personne seule. Elle était située en haut d'une petite montagne, entourée de bois. Jusqu'où la propriété s'étendait-elle précisément ? Masahiko lui-même ne le savait pas. Dans le jardin se dressait un haut pin, dont les branches puissantes s'étendaient aux quatre horizons. Ici ou là, sur le sol, étaient disposées des roches et, à côté d'une lanterne en pierre, s'élevait un magnifique bananier du Japon.

Ainsi que l'avait dit Masahiko, ce lieu était d'un calme absolu. Mais à présent que j'y repense, il m'est tout à fait impossible d'affirmer qu'il n'y avait *strictement rien pour me distraire.*

Durant les quelque huit mois où j'ai habité à l'orée de cette vallée, séparé de ma femme, j'ai eu des aventures charnelles avec deux femmes. Des femmes mariées. L'une était plus jeune que moi, l'autre plus âgée. Toutes deux étaient des élèves de la classe de peinture dans laquelle j'enseignais.

Je saisis une occasion pour les aborder et je leur fis une proposition directe (je n'agis pas ainsi à l'ordinaire ; de tempérament sauvage, je ne suis pas un habitué de ce genre de pratiques). Elles ne la refusèrent pas. Je ne sais pas pourquoi, mais, alors, je leur proposai tout naturellement de venir dans mon lit et j'eus le sentiment que c'était pour ainsi dire conforme à la raison. Quant au fait de séduire mes propres élèves, cela ne me donna pas vraiment mauvaise conscience. Je considérais mes relations intimes avec elles comme quelque chose d'à peu près aussi banal que de demander l'heure à une personne croisée par hasard sur mon chemin.

La première de mes aventures se déroula avec une femme élancée, d'environ vingt-cinq ans, aux larges pupilles. Des seins petits, des hanches étroites. Un front vaste, de beaux cheveux lisses, des oreilles plutôt grandes par rapport à son physique. Peut-être pas une beauté au sens général du terme, mais, pour un peintre, quelqu'un à la physionomie curieuse, intéressante, qui donnait envie de la dessiner. (Je suis réellement peintre, et il m'est arrivé plusieurs fois de la croquer.) Elle n'avait pas d'enfants. Son mari était professeur d'histoire dans un lycée privé ; à la maison, il la battait. Ne pouvant user de violence dans l'exercice de son métier, c'était dans son foyer qu'il se soulageait ainsi de sa frustration. Bien entendu, il ne frappait jamais sa femme au visage. Lorsqu'elle se mettait nue, son corps montrait ici et là des bleus et des cicatrices. Elle détestait que je les voie, et au moment où elle se déshabillait, où je la prenais dans mes bras, elle éteignait toujours les lumières de la chambre.

Elle ne portait presque aucun intérêt à faire l'amour. Son sexe manquait de moiteur ; quand je m'introduisais en elle, elle avait mal. J'avais beau prolonger les préliminaires délicatement, utiliser même un gel lubrifiant, rien n'y faisait. La douleur était intense, impossible de la calmer. Elle souffrait tellement qu'il lui arrivait parfois de pousser un cri.

Et pourtant, elle voulait faire l'amour avec moi. Ou du moins, cela ne lui déplaisait pas. Pourquoi ? Peut-être recherchait-elle la souffrance. Ou peut-être *l'absence* de plaisir. Ou encore désirait-elle, sous une forme ou une autre, se faire punir. Car les humains sont en quête de toutes sortes de choses vraiment particulières dans leur vie. Mais il y avait une seule chose qu'elle ne cherchait pas avec moi : *l'intimité*.

Elle ne voulait pas venir chez moi ni que j'aille chez elle. Je nous conduisais donc toujours avec ma voiture dans un hôtel pour couples, quelque peu éloigné, en bord de mer. C'était là que nous faisions l'amour. Nous nous donnions rendez-vous sur le vaste parking d'un restaurant familial bon marché, entrions en général dans l'hôtel peu après 1 heure de l'après-midi et en sortions un peu avant 3 heures. Elle portait alors toujours de grandes lunettes de soleil. Que le ciel soit nuageux ou qu'il pleuve. Mais un jour, elle ne vint pas au rendez-vous. Elle ne se montra pas non plus à la classe de peinture. Et ainsi se termina mon aventure avec elle, une aventure brève et sans passion. En tout, nous avions dû faire l'amour quatre ou cinq fois.

La seconde femme mariée avec qui j'eus une aventure menait une vie de famille heureuse. Ou en tout cas elle semblait ne manquer de rien. Elle avait à l'époque quarante et un ans (si je me souviens bien), cinq ans de plus que moi. Petite, les traits réguliers, toujours habillée avec bon goût. Comme elle pratiquait le yoga tous les deux jours dans un club de gym, elle avait le ventre absolument plat. Et elle conduisait une Mini Cooper rouge. C'était une voiture neuve et, quand il faisait beau, même de loin on la voyait, tout étincelante. Cette femme avait deux filles qui fréquentaient une école privée très coûteuse sur la zone littorale de Shônan. Elle-même était diplômée de cette école. Son mari était chef d'entreprise, mais je ne lui avais jamais demandé dans quelle branche d'activité (bien entendu, je n'avais pas cherché à en savoir davantage).

Pour quelle raison n'avait-elle pas refusé tout de go une proposition sexuelle aussi insolente ? Je ne le sais pas très bien. Peut-être l'homme que j'étais à cette époque dégageait-il un certain magnétisme. Peut-être ce magnétisme avait-il attiré son esprit – si je puis dire –, tel un simple morceau de fer. Ou peut-être n'y avait-il aucun rapport avec son esprit, le magnétisme ou ce genre de choses ; elle était en quête d'une pure et simple stimulation physique venue d'ailleurs et j'étais juste « l'homme à portée de la main ».

Quoi qu'il en soit, à ce moment-là, j'étais capable de lui donner ce qu'elle recherchait, sans hésitation, de la façon la plus naturelle. Et au début, elle aussi me parut jouir avec le plus parfait naturel d'une telle relation avec moi. Du côté charnel (il n'y a pas grand-chose à raconter sinon), tout se déroulait sans difficulté. Nous accomplissions ces actes avec sincérité, nos mouvements étaient purs, et cette authenticité atteignait presque un niveau abstrait. Un jour, quand je pris conscience de cet état de fait, un léger étonnement me saisit.

Mais elle dut revenir à la raison à un moment donné. Un matin de début d'hiver aux teintes émoussées, elle téléphona chez moi et me déclara, comme si elle lisait un texte à voix haute : « Je crois qu'il est préférable que nous ne nous voyions plus désormais. Ça ne donnera rien, il n'y a pas d'avenir dans nos rencontres. » Enfin, c'était à peu près le sens.

Elle avait raison. Notre relation n'avait rien à laisser croître, et d'ailleurs, elle n'avait aucune racine solide.

Au temps où j'étudiais aux Beaux-Arts, je peignais en général des tableaux abstraits. Pour le dire rapidement, ce que l'on entend par « peinture abstraite » recouvre un champ très large. Je ne sais pas très bien moi-même comment expliquer ce qui constitue ses formes ou son contenu. Disons en tout cas qu'il s'agit de « tableaux non figuratifs, que l'on exécute sans contrainte, en toute liberté ». Il m'est arrivé à plusieurs reprises de recevoir des récompenses modestes dans des expositions. Des revues d'art m'ont également consacré des articles. Quelques rares enseignants et quelques camarades ont apprécié mes peintures et m'ont encouragé. Même sans m'imaginer un avenir plein de promesses, je pense que je possédais un certain talent. Néanmoins, mes tableaux nécessitaient dans la plupart des cas des toiles de grandes dimensions et réclamaient l'utilisation d'une quantité importante de peinture. Ce qui signifiait des frais considérables. Cela va sans dire, mais la probabilité de tomber sur l'individu méritant qui achèterait un tableau abstrait de grande taille signé d'un inconnu pour l'accrocher au mur de sa maison est à peu près proche de zéro.

À l'évidence, comme je ne pouvais pas passer ma vie à peindre des toiles pour mon seul plaisir, après mon diplôme, pour gagner mon pain, je devins portraitiste, en travaillant sur commande. C'est ainsi que je brossai continûment les traits de ceux que l'on appelle les « piliers de la société » (avec plus ou moins de différences dans l'importance desdits piliers). Par exemple, un P-DG, une grande figure d'une société savante, un parlementaire, un notable local. Dans un style qui se devait d'être réaliste et grave, empreint de sérénité. Des tableaux ayant une fonction purement utilitaire, à suspendre au mur d'un salon ou du bureau d'un directeur. Ainsi, mon travail m'obligeait à peindre des tableaux à l'extrême opposé de ce que j'aurais voulu accomplir personnellement en tant qu'artiste-peintre. Et si je dis que je le faisais à contrecœur, personne ne me reprochera une quelconque arrogance artistique.

Grâce à l'un de mes professeurs des Beaux-Arts, j'avais été introduit auprès d'une petite société spécialisée dans la réalisation de portraits située à Yotsuya. Je fus engagé par contrat et elle, en échange, se chargea de mes commandes de portraitiste. Je ne bénéficiais pas d'une rétribution fixe, mais les revenus que je percevais étaient suffisants pour permettre de vivre au jeune célibataire que j'étais, dans la mesure où j'honorais un certain nombre de commandes : je pus ainsi payer le loyer d'un petit appartement le long de la ligne Seibu-Kokubunji, manger à satiété trois fois par jour, acheter du vin bon marché et aller parfois au cinéma avec des amies ; bref, une vie somme toute assez modeste. Je me fixais une période déterminée pour expédier les commandes de portraits, puis, lorsque j'avais gagné assez pour vivre pendant un certain temps, je me mettais à peindre les toiles que j'avais envie de réaliser. Je vécus ainsi durant quelques années. Bien sûr, à cette époque, faire des portraits n'était qu'un expédient provisoire pour assurer ma subsistance et je n'avais nulle intention de poursuivre ce travail indéfiniment.

Mais en tant que simple gagne-pain, exécuter ce que la plupart des clients attendent quand ils commandent un portrait était une tâche assez facile. Lorsque j'étais étudiant, j'avais travaillé dans une entreprise de déménagement. J'avais également été vendeur dans une supérette. En comparaison, la charge que représentait le fait de brosser des portraits, physiquement et spirituellement, était beaucoup plus légère. Une fois les points essentiels bien assimilés, le même processus se répétait. Et il ne me fallut bientôt plus tellement de temps pour réaliser un portrait. C'était comme manœuvrer un avion en pilote automatique.

Après avoir poursuivi cette activité machinalement, sans aucune passion, durant une année environ, je pris conscience que mes portraits, de façon inattendue, semblaient plutôt bien cotés. Les clients étaient satisfaits. Ils estimaient que le travail était impeccable. Si le peintre essuie des plaintes fréquentes de la part des clients, il est évident qu'il aura de moins en moins de commandes. Peut-être l'agence rompra-t-elle carrément son contrat d'exclusivité. À l'inverse, si sa réputation est bonne, le nombre des commandes augmentera, ainsi que les honoraires perçus pour chacune de ses œuvres, même légèrement. Le monde du portrait est un domaine professionnel assez sévère à sa manière. Pourtant, alors que j'étais encore un nouveau venu, les commandes s'enchaînèrent les unes après les autres. Mes honoraires aussi s'accrurent. Mon agent manifesta son admiration. Quelques clients louèrent même mon travail : « Il y a là-dedans une touche particulière ! »

Je n'avais pas la moindre idée des raisons pour lesquelles mes portraits étaient tant appréciés. Je ne déployais pas un zèle spécial pour effectuer cette tâche, me contentant d'exécuter l'un après l'autre les travaux que l'on me confiait. À vrai dire, aujourd'hui, je suis incapable de me souvenir d'un seul des visages que j'ai peints alors. Toutefois, et même s'il ne s'agissait que d'une aspiration, je me destinais à être peintre, aussi, dès que je prenais un pinceau en main et que je faisais face à la toile, il m'était impossible de réaliser un travail sans aucune valeur, quel que soit le genre de peinture à exécuter. Ce qui aurait signifié, sinon que je salissais mon propre amour, mon propre respect pour cet art, que je méprisais le métier auquel j'aspirais. Même si je ne pouvais tirer fierté de ce genre de travaux, j'étais soucieux de ne pas peindre de tableaux dont j'aurais eu honte. On pourra peut-être qualifier cette attitude de déontologique. Mais pour moi, la question ne se posait même pas. Il m'était impossible d'agir autrement.

Autre chose. Pour peindre mes portraits, dès le début, je mis au point, de façon constante, une manière de procéder bien à moi. La toute première démarche consista à ne pas faire poser la personne que j'avais à dessiner. Quand je recevais une commande, j'avais d'abord un entretien avec le client (celui dont je devais réaliser le portrait). Cela durait environ une heure, pendant laquelle nous nous bornions à bavarder en tête à tête. Nous parlions, rien de plus. Je ne faisais aucun croquis. Je posais toutes sortes de questions, le client me répondait. Où et quand était-il né ? Dans quelle famille ? Où avait-il passé son enfance ? Quelles écoles avait-il fréquentées ? Quelle était sa profession ? Sa famille actuelle ? Comment en était-il arrivé à la position qu'il occupait à présent ? Voilà de quoi nous nous entretenions. Je le faisais aussi parler de sa vie quotidienne et de ses hobbies. La plupart de mes interlocuteurs parlaient volontiers d'eux-mêmes. Et même avec passion (probablement parce que personne d'autre n'avait plaisir à les entendre raconter ce genre d'histoires). Cet entretien qui ne devait durer qu'un moment pouvait se prolonger deux heures, voire parfois trois. Ensuite, le client me donnait cinq ou six photos de lui. Prises au naturel, dans le cadre de sa vie de tous les jours. Des photos tout à fait ordinaires. Après quoi, selon les cas (pas toujours), je photographiais son visage, sous des angles différents, à l'aide de mon petit appareil. Et puis c'était tout.

Beaucoup me demandaient avec inquiétude : « Mais ne faut-il pas que je pose, que je reste assis, sans bouger ? » En effet, à partir du moment où ils avaient décidé de recourir à un portraitiste, ils s'étaient préparés à subir ce genre de traitement. Pour eux, un peintre – qui aujourd'hui n'irait tout de même pas jusqu'à porter un béret – avait forcément l'air sévère, son pinceau à la main, se tenant face à sa toile tandis que son modèle restait respectueusement figé devant lui. Ils imaginaient bien la scène, car de nombreux films l'avaient ainsi popularisée.

« C'est vraiment ce que vous voulez faire ? les questionnais-je au contraire. Pour ceux qui n'en ont pas l'habitude, prendre la pose à la manière d'un modèle, c'est un travail pénible. Comme il faut conserver la même position un long moment, on s'ennuie, et en plus, ça vous donne un torticolis. Mais si c'est ce que vous désirez, bien entendu, nous allons procéder ainsi. »

Naturellement, quatre-vingt-dix-neuf pour cent des clients ne souhaitaient pas en passer par cette épreuve. Il s'agissait en général d'hommes en pleine maturité, très occupés. Ou alors ils avaient atteint un âge vénérable, étaient à la retraite. Dans la mesure du possible, ils préféraient échapper à ces vaines mortifications.

Je les tranquillisais : « Il me suffit que nous nous soyons rencontrés et que nous ayons bavardé. Que vous-même, en chair et en os, ayez posé devant moi ou non, cela ne changera rien au résultat du tableau.

Et si vous en êtes insatisfait, j'assumerai mes responsabilités et referai le portrait. »

Environ deux semaines plus tard, le portrait était achevé (il faudrait cependant plusieurs mois avant que la peinture ait séché). Ce dont j'avais besoin, davantage que le sujet en face de moi, c'était ces souvenirs vivants. (La présence de l'homme pouvait même constituer une gêne pour l'accomplissement du tableau.) Des souvenirs que l'on pouvait appréhender, avec leur relief. Il me suffisait ensuite de les transposer tels quels sur la toile. Il semble d'ailleurs que j'aie toujours été très doué concernant ce type de mémoire visuelle. Et cette aptitude – peut-être devrais-je dire cette « capacité particulière » – devint une arme efficace pour moi, en tant que portraitiste de métier.

Une chose importante dans ce genre de travail était d'avoir, vis-à-vis du client, ne serait-ce qu'un soupçon d'affection. Au cours de notre entretien préalable, je m'efforçais donc de découvrir chez mon interlocuteur le plus d'éléments possible qui susciteraient en moi de la sympathie. Bien entendu, certains n'en suscitaient a priori aucune. Pour quelques-uns, j'aurais même hésité si on m'avait demandé de les fréquenter à titre personnel et à long terme. Mais il n'est pas particulièrement difficile de trouver chez tout un chacun une ou deux qualités appréciables, du moment qu'il ne s'agit que de « visiteurs » avec qui les relations ne seront que temporaires, circonscrites à un lieu bien défini. Quand on plonge au plus profond d'un être, et c'est valable pour n'importe qui, on trouve forcément une lumière qui brille. Une fois qu'on a réussi à la dénicher, même si la surface est comme ternie (peut-être est-ce le plus fréquent), il suffit d'enlever cette ternissure en la frottant à l'aide d'un tissu. Et ce sentiment-là se reflétera automatiquement et naturellement dans l'œuvre achevée.

Voilà comment, avant même de m'en être aperçu, je devins peintre spécialisé dans les portraits. Mon nom se mit à circuler dans ce tout petit monde bien spécial. Je profitai de l'occasion de mon mariage pour rompre mon contrat avec la société de Yotsuya, repris mon indépendance et, par l'intermédiaire d'une agence spécialisée dans les peintures, j'obtins des commandes de portraits à des conditions plus avantageuses. Mon agent, de dix ans plus âgé que moi, était un homme compétent et ambitieux. C'était lui qui m'avait encouragé à me mettre à mon compte, afin de mieux valoriser les travaux que j'effectuais. Dès lors, je fis le portrait de nombreuses personnalités (beaucoup appartenaient au monde de la finance ou à la sphère politique – des personnages célèbres dans ces milieux, mais dont j'ignorais jusqu'au nom) et cela me procura des revenus plutôt appréciables. Ce qui ne signifiait pas pour autant que j'étais devenu un « spécialiste des grands noms ». Le monde du portrait est structurellement différent de celui que l'on qualifie des « peintures d'art ». Différent aussi de celui de la photo. Il est assez fréquent qu'un photographe spécialisé dans le portrait jouisse de la faveur du public et que son nom devienne connu ; cela ne se produit jamais chez les portraitistes. Les œuvres de ces derniers sont très rarement vues par le public. On ne les publie pas dans les revues d'art, pas plus qu'on ne les expose dans les galeries. Elles ornent les murs d'un salon quelconque avant d'être complètement oubliées, couvertes de poussière. Même si parfois quelqu'un les contemple (un oisif, sans doute, qui ne sait que faire de son temps), il ne cherchera jamais à s'enquérir du nom du peintre.

De temps à autre, il m'arrivait de me voir comme une prostituée de luxe de la peinture. Je maîtrisais parfaitement les techniques, contrôlais avec la plus grande vigilance le processus défini. Et puis je donnais toute satisfaction au client. Je dispose de ce type de talent. J'étais certes un professionnel aguerri, mais pour autant, je ne me contentais pas d'exécuter des plans de façon mécanique. Dans une certaine mesure, j'y mettais mon cœur. On ne peut pas dire que mes tarifs étaient modiques mais les clients s'en acquittaient sans rien trouver à y redire. C'étaient des gens qui ne se souciaient de toute façon pas des sommes à régler, quelles qu'elles soient. Et, de bouche à oreille, ils se faisaient l'écho de mon habileté. Grâce à quoi, les visites de nouveaux clients ne tarissaient pas. Mon carnet de commandes était toujours plein. Mais, de mon côté, je n'étais mû par aucun désir. Pas même par le plus petit bout de mes rêves.

Je n'avais pas souhaité devenir ce type de peintre, pas plus que je n'avais souhaité devenir ce type d'homme. Simplement, j'avais été porté par le cours des choses, et avant même d'en avoir pris conscience, j'avais cessé de peindre ce que je voulais. Je m'étais marié, je devais réfléchir à assurer notre subsistance ; c'était certainement l'une des raisons, mais ce n'était pas la seule. En réalité, bien avant ce moment-là, j'avais déjà, je crois, perdu le désir puissant de « peindre pour moi-même ». Du moins, je n'en avais plus un désir aussi intense. Peut-être ma vie conjugale n'était-elle qu'un prétexte à cet abandon. Je n'étais plus si jeune, j'avais pris de l'âge, quelque chose – comme la petite flamme qui avait brûlé dans mon cœur – était, semble-t-il, en train de me déserter. Cette sensation de me réchauffer à la flamme de mon cœur, je l'oubliais peu à peu.

J'aurais dû, à un certain moment, abandonner ce moi-là et passer à l'action. Prendre des mesures. Mais je n'avais fait que repousser l'échéance, encore et encore. Et ma femme l'abandonna avant moi. J'avais alors trente-six ans.

2

Tout le monde finira peut-être par s'en aller sur la Lune

« Je suis vraiment désolée mais je pense que je ne peux plus vivre avec toi. » C'est de cette façon, d'une voix calme, que ma femme aborda le sujet. Après quoi, elle s'enferma dans un silence obstiné.

Cette annonce était complètement inopinée, tout à fait inattendue. Après avoir entendu ces paroles si brusques, aucun mot ne me vint à la bouche et je me contentai d'attendre. Je me doutai bien que la suite ne serait pas très joyeuse mais, à ce moment-là, j'étais dans un état d'impuissance totale, seulement dans l'expectative des paroles suivantes.

Nous étions assis de part et d'autre de la table de la cuisine. C'était un après-midi de dimanche, à la mi-mars. Au milieu du mois suivant, ce serait notre sixième anniversaire de mariage.

Ce jour-là, une pluie froide tombait depuis le matin. Le premier acte que j'accomplis après sa déclaration fut de me tourner vers la fenêtre et de vérifier où en était la pluie. C'était une pluie silencieuse et douce. Il n'y avait presque pas de vent. Et pourtant, cette pluie charriait un froid pénétrant qui s'insinuait lentement à travers ma peau. Ce froid disait bien que le printemps était encore loin. Derrière les rideaux de pluie, la tour de Tokyo dessinait sa forme indistincte en une brume de couleur orange. Pas un seul oiseau ne volait dans le ciel. Ils s'étaient sans doute tous mis à l'abri, immobiles sous quelque avant-toit.

« Peux-tu t'abstenir de me demander pourquoi ? » dit-elle.

Je ne savais absolument pas quoi répondre, ni de quelle façon, donc, par simple réflexe, je secouai légèrement la tête. Cela ne signifiait ni oui ni non.

Elle portait un pull fin, violet pâle, largement échancré. Les bretelles souples de son caraco blanc étaient visibles tout près de ses clavicules saillantes. On aurait dit une sorte particulière de pâtes italiennes, qu'on utiliserait pour un plat spécial.

« J'aurais une question à te poser… » dis-je enfin tout en regardant ces bretelles, sans vraiment les voir. Ma voix était tendue, manifestement grinçante et comme en manque de perspective.

« Si je peux te répondre.

— Est-ce que je suis responsable de la situation ? »

Elle réfléchit un moment. Puis, comme quelqu'un qui serait resté plongé longtemps dans l'eau et qui réapparaîtrait à la surface, elle respira à pleins poumons, lentement.

« Directement, non, je crois.

— *Directement*, non ?

— Non, je ne pense pas. »

Je tentai de mesurer les modulations subtiles de ses paroles. Comme si je vérifiais le poids d'un œuf posé sur la paume de ma main.

« Tu veux dire indirectement oui, alors ? »

Ma femme ne répondit pas à cette question.

« Il y a quelques jours, un peu avant l'aube, j'ai fait un rêve, dit-elle à la place. Un rêve tellement vivant et réaliste que je ne discernais plus la limite entre la réalité et le rêve. Et quand je me suis réveillée, c'est ce que j'ai pensé. Ou plutôt, j'en ai eu la certitude. J'ai eu la certitude qu'il m'était désormais impossible de vivre avec toi.

— Et c'était quoi, ce rêve ? »

Elle fit non de la tête. « Désolée, mais je ne peux pas révéler son contenu ici et maintenant.

— Parce qu'un rêve n'appartient qu'à soi ?

— Peut-être.

— Et moi, j'apparaissais dans ce rêve ? demandai-je.

— Non, tu n'y étais pas. Par conséquent, dans ce sens non plus, tu n'as aucune responsabilité directe. »

Pour plus de sûreté, je fis le résumé de ses paroles. J'avais pris l'habitude depuis très longtemps de résumer les propos de mon interlocuteur lorsque je ne savais pas quoi dire (ce qui, évidemment, avait le don de provoquer son irritation).

« Tu as donc fait un rêve très vivant il y a quelques jours. Et quand tu t'es réveillée, tu as eu la certitude que tu ne pouvais plus vivre avec moi. Mais tu ne peux pas me révéler son contenu. Parce qu'un rêve touche à des choses personnelles. Je ne me trompe pas ?

— Non, c'est exact.

— C'est une explication qui n'explique rien. »

Elle mit ses mains sur la table, fixa l'intérieur de sa tasse de café posée devant elle. Comme si, dans cette tasse, flottait un oracle et qu'elle lisait la sentence écrite dessus. À son regard, ce devait être une phrase symbolique et ambiguë.

Les rêves avaient toujours eu une grande signification pour ma femme. Elle décidait souvent de ses actes en fonction d'eux, ou changeait d'avis selon ce qu'ils lui avaient suggéré. Mais même en leur accordant beaucoup de valeur, on ne pouvait pas réduire à zéro le poids d'une vie conjugale de six années simplement parce qu'elle avait fait un rêve vivant et réaliste.

« Ce rêve, bien entendu, ce n'est rien de plus que la détente d'un fusil, dit-elle, comme si elle lisait en moi. Il m'a simplement permis d'y voir clair à nouveau, à propos de bien des choses, c'est tout.

— Quand on presse sur la détente, il en sort une balle.

— Tu veux dire ?

— Que la détente est un élément important d'un fusil, et que par conséquent l'expression "rien de plus que la détente" me paraît peu appropriée. »

Sans un mot, elle fixa mon visage. Elle avait l'air de ne pas très bien saisir ce que je venais de dire. En réalité, moi non plus je ne comprenais pas très bien.

« Tu as rencontré quelqu'un ? » lui demandai-je.

Elle opina d'un signe de tête.

« Et tu couches avec lui ?

— Oui, je ne sais comment m'excuser… »

Je devrais peut-être la questionner : avec qui, depuis combien de temps ? Mais je n'avais pas spécialement envie de savoir ce genre de choses. Pas envie non plus d'y penser. C'est pourquoi je tournai de nouveau le regard vers l'extérieur, contemplant la pluie qui tombait sans discontinuer. Comment avais-je pu ne rien remarquer jusqu'à ce jour ?

Ma femme reprit : « Mais ce n'est rien de plus qu'un événement parmi d'autres. »

Du regard, je fis le tour de la pièce. J'aurais dû être habitué à cet environnement depuis bien longtemps, mais à présent il s'était transformé en un paysage étranger et froid.

Rien de plus qu'un événement parmi d'autres ?

Je réfléchis sérieusement à ce qu'elle voulait dire par là : « rien de plus qu'un événement parmi d'autres ». En dehors de moi, ma femme fait l'amour avec un autre homme. Ce n'est pourtant qu'un événement parmi plusieurs. Mais alors, de quoi d'autre s'agit-il ?

« Je vais partir de cet appartement d'ici quelques jours. Toi, tu n'as rien à faire. C'est à moi de prendre mes responsabilités, donc bien sûr, c'est moi qui m'en vais.

— Tu as déjà trouvé un point de chute ? »

Elle ne répondit pas, mais elle semblait en avoir un. Nul doute qu'elle m'annonçait la rupture après avoir fait toutes sortes de préparatifs. À cette pensée, je fus envahi par un intense sentiment d'impuissance, comme si j'avais fait un faux pas au milieu des ténèbres. Décidément, les choses évoluaient toujours à mon insu.

« J'essaierai, de mon côté, d'aller le plus vite possible dans les démarches du divorce. En revanche, et si possible, je voudrais que tu acceptes la chose telle quelle. Je sais, on croirait que je ne dis que ce qui m'arrange… » fit ma femme.

Je cessai d'examiner la pluie, observai son visage. Et je pris de nouveau conscience qu'après avoir vécu sous le même toit six années durant, je n'avais rien compris d'elle ou presque. De la même façon que tous ceux qui, chaque soir, lèvent les yeux pour contempler la lune et qui, cependant, n'y comprennent rien.

« J'aurais juste un service à te demander, déclarai-je. Du moment que tu acceptes cette seule demande, tu feras ce que tu voudras pour le reste. Et je mettrai mon sceau sur la déclaration de divorce sans rien contester.

— Quelle est ta demande ?

— Que ce soit *moi* qui quitte ce lieu. Aujourd'hui même. J'aimerais que tu restes ici.

— Aujourd'hui ? dit-elle, surprise.

— Eh bien, tu veux que les choses aillent vite ? »

Elle prit un temps de réflexion. Puis elle répondit : « Si c'est ce que tu désires.

— Oui, c'est ce que je désire, et je n'ai pas d'autre souhait. »

J'exprimai là mon sentiment sincère. J'aurais fait n'importe quoi pour ne pas rester seul dans cet endroit comme un misérable débris au milieu de la pluie froide du mois de mars.

« Je prends la voiture, d'accord ? »

Inutile de demander. Avant mon mariage, j'avais hérité d'un ami, quasiment pour rien, une vieille voiture à boîte de vitesses manuelle qui avait dépassé depuis longtemps les cent mille kilomètres au compteur. Et de toute façon ma femme n'avait pas son permis.

« Je reviendrai chercher plus tard mon matériel de peinture, mes habits et tout ce dont j'ai besoin. Ça ne te dérange pas ?

— Non, ça ne me dérange pas, mais *plus tard*, tu veux dire à peu près quand ?

— Je n'en sais rien », répondis-je. Je n'avais pas eu la disponibilité d'esprit de réfléchir à ce qui se passerait dans un avenir aussi lointain. Le sol sous mes pieds était déjà en train de se dérober. Rester debout là où j'étais, c'était le maximum de ce que je pouvais faire.

« C'est que… il est possible que je ne reste pas longtemps ici… dit ma femme, l'air gêné.

— Tout le monde finira peut-être par s'en aller sur la Lune », dis-je.

Elle sembla ne pas avoir saisi mes paroles. « Qu'est-ce que tu viens de dire ?

— Rien. Ce n'est pas important. »

Tout fut bouclé avant 19 heures : je fourrai mes affaires dans un grand sac de sport en plastique et j'entassai le tout dans le coffre de la Peugeot 205 rouge. Des vêtements de rechange pour quelques jours, des articles de toilette, quelques livres et mon journal intime. Un équipement simple de camping que j'emportais toujours quand j'allais randonner en montagne. Un carnet de croquis et un assortiment de crayons à dessin. Je ne voyais pas ce que j'aurais pu prendre d'autre. Après tout, si quelque chose me faisait défaut, ce n'était pas grave, je l'achèterais le moment venu. Lorsque je quittai l'appartement, le sac de sport sur l'épaule, elle était toujours assise à la table de la cuisine. Et la tasse de café était toujours posée dessus. Elle examinait l'intérieur avec le même regard qu'auparavant.

« Dis, moi aussi, j'ai quelque chose à te demander, fit-elle. Même si notre rupture devient définitive, nous pourrions rester amis, tu veux bien ? »

Je ne comprenais pas bien ce qu'elle voulait dire. Alors que j'avais fini de mettre mes chaussures, une main sur la poignée de la porte, je la regardai un moment.

« Amis ?

— Si c'est dans l'ordre du possible, j'aimerais qu'on se voie de temps en temps, et qu'on bavarde. »

J'avais toujours du mal à saisir parfaitement le sens de ses propos. Rester amis ? Se voir de temps en temps et bavarder ? Se voir pour parler de quoi ?

C'était comme si elle me posait une devinette. Elle voulait sans doute me transmettre un message. Était-ce quelque chose comme : « Tu sais, je n'ai pas de mauvais sentiments à ton égard » ?

« Eh bien, je ne sais pas trop… » répondis-je. Je ne trouvai pas d'autres mots. Et même si j'étais resté une semaine planté là, je n'en aurais sans doute pas trouvé davantage. Aussi, j'ouvris la porte et je sortis.

Je n'avais absolument pas fait attention à la tenue que je portais en quittant la maison. J'aurais pu sortir en pyjama avec un peignoir de bain par-dessus que je ne m'en serais pas soucié. Plus tard, dans les toilettes d'un restoroute, debout devant un miroir en pied, je la découvris ; j'avais mis une parka d'un orange criard sur un pull dont je me servais pour peindre, un jean, des grosses chaussures montantes. Et sur la tête, un vieux bonnet en tricot. Mon pull vert à col rond, effiloché ici et là, portait des taches de peinture blanche. De tous mes vêtements, seul mon jean était neuf, et son bleu pimpant paraissait étrangement voyant. L'ensemble n'était pas très soigné, mais tout de même pas grotesque. Je regrettai simplement de ne pas avoir pris d'écharpe.

Quand je sortis la voiture du parking souterrain, la pluie froide de mars continuait de tomber sans bruit. Les essuie-glaces de la Peugeot grinçaient, on aurait dit la toux rauque d'un vieillard.

Comme j'ignorais tout à fait où je pourrais bien aller, pendant un moment, je roulai dans la ville sans but, m'engouffrant dans l'une ou l'autre des rues du centre de Tokyo au gré de ma fantaisie. Au croisement de Nishi-Azabu, je me dirigeai vers Aoyama en suivant l'avenue Gaien-nishidori, tournai à droite à Aoyama-sanchôme, continuai vers Akasaka, obliquai ici ou là, puis arrivai finalement à Yotsuya. Je m'arrêtai à la première station-service venue, fis le plein. J'en profitai pour faire vérifier le niveau d'huile et la pression des pneus. J'achetai aussi du liquide lave-glaces. La distance à parcourir ensuite serait peut-être longue. Peut-être irais-je jusque sur la Lune.

Je payai avec ma carte de crédit et repartis. On était le soir, un dimanche de pluie, il n'y avait personne sur la route. Je mis la radio sur la bande FM mais il n'y avait que du bavardage. Trop. Les voix étaient perçantes. Trop. Le premier album de Sheryl Crow était resté dans le lecteur de CD. Après avoir écouté trois morceaux, j'éteignis.

Durant un bon moment, j'eus l'esprit ailleurs, et lorsque je revins à la réalité, je roulais sur Mejiro-dori. Il me fallut du temps pour déterminer de quel côté je me dirigeais. Je compris finalement qu'après avoir passé Waseda je roulais vers Nerima. Comme le silence m'était insupportable, je rallumai le lecteur de CD, me remis à écouter plusieurs chansons de Sheryl Crow. Puis j'éteignis de nouveau. Le silence était trop serein, la musique trop bruyante. Mais le silence était tout de même un peu moins insupportable. Ce que captaient mes oreilles, c'était seulement le bruit rauque des caoutchoucs amincis des essuie-glaces et le chuintement constant des pneus sur la chaussée mouillée.

Au cœur de ce silence, j'imaginai ma femme dans les bras d'un autre homme.

C'était évident, j'aurais dû savoir tout cela plus tôt. Pourquoi donc ne l'avais-je pas deviné ? Voilà des mois déjà que nous ne faisions plus l'amour. Je le lui proposais, et elle, sous différents prétextes, le refusait. Non, en fait, je crois bien qu'elle n'était plus vraiment tentée par ces étreintes depuis longtemps déjà. Mais je m'étais dit : Bon, ce genre de période existe aussi. Elle était sans doute fatiguée par son travail qui l'occupait énormément, et puis sa santé connaissait des hauts et des bas. Mais bien entendu, elle couchait avec un autre. Depuis quand cela avait-il commencé ? J'essayai de remonter dans mes souvenirs. Ce devait être quatre ou cinq mois plus tôt, à peu près. Cela signifiait donc octobre ou novembre.

S'était-il passé quelque chose en octobre ou en novembre ? Je n'en avais pas le moindre souvenir. Cela dit, je ne me souvenais pas vraiment non plus de ce qui s'était passé la veille.

Tout en faisant attention à ne pas griller un feu ou à ne pas être trop près de la voiture qui me précédait, je continuai à réfléchir à ce qui s'était passé durant l'automne de l'année précédente. Je me concentrai au point d'en avoir le cerveau en ébullition. De la main droite, selon l'état du trafic, je changeais de vitesse presque inconsciemment ; du pied gauche, j'appuyais sur la pédale de l'embrayage en fonction du mouvement de ma main. Je n'avais jamais autant apprécié qu'à ce moment-là le fait de conduire une voiture à boîte manuelle, car, plutôt que de songer sans trêve aux aventures amoureuses de ma femme, cela m'obligeait à exécuter différentes manœuvres physiques avec mes mains et mes pieds.

Qu'avait-il bien pu se passer en octobre ou en novembre ?

Un soir d'automne. Je me représentai la scène : sur un grand lit, la main d'un homme ôte les vêtements de ma femme. Je pensai aux bretelles de son caraco blanc.

Je pensai à ses mamelons roses, dessous. Je n'avais pas envie d'imaginer chacune de ces choses dans le détail, mais une fois la mécanique de l'imagination mise en branle, il m'était impossible de l'interrompre. Je soupirai et me garai dans le parking d'un restoroute. J'abaissai la vitre du siège conducteur, pris une grande bouffée de l'air humide du dehors, attendis un moment que se calment les battements de mon cœur. Puis je sortis de la voiture. Avec simplement mon bonnet en tricot sur la tête, sans parapluie, je me faufilai sous la bruine légère, entrai dans l'établissement. Je pris place sur la banquette du fond.

Le lieu était désert. La serveuse s'approcha, je commandai un café et un sandwich jambon-fromage. Puis, tout en buvant mon café, je fermai les yeux, tentai de me calmer. Je m'efforçai tant bien que mal de chasser de ma tête cette scène où ma femme et un autre homme s'étreignaient. Mais je ne parvenais pas à me débarrasser de cette vision.

Je me rendis aux toilettes, me savonnai les mains soigneusement, et j'observai mon visage dans le grand miroir. Mes yeux étaient plus petits que d'habitude, on aurait dit qu'ils étaient injectés de sang. Comme ceux d'un animal de la forêt qui, en raison de la famine, se voit peu à peu dépossédé de sa force vitale. Effrayé, à bout. Je m'essuyai le visage à l'aide de mon mouchoir puis examinai mon apparence dans le miroir mural. Ce que je voyais reflété là, c'était un homme de trente-six ans épuisé, vêtu d'un pull miteux taché de peinture.

Et maintenant, où vais-je aller ? me demandai-je en regardant mon reflet. *Oui, mais avant ça, où suis-je donc arrivé ? C'est où, ici ? Et d'ailleurs, avant tout, moi, qui suis-je ?*

Tout en examinant mon reflet, je m'imaginai peindre mon propre portrait. Si je le faisais, quelle image de moi dessinerais-je ? Serais-je capable d'éprouver à mon égard ne serait-ce qu'un soupçon d'affection ? Saurais-je y voir briller je ne sais quelle petite lumière, ne serait-ce qu'une seule ?

Sans parvenir à la moindre conclusion, je regagnai ma place. Quand j'eus achevé mon café, la serveuse vint me resservir. À ma demande, elle me donna une pochette en papier dans laquelle je mis le sandwich intact. J'aurais sans doute faim plus tard. Mais pour le moment, je n'avais pas envie de manger.

Je sortis du restoroute, et, en continuant mon chemin, je vis un panneau indiquant la voie express Kan-Etsu[1]. *Bon*, me dis-je, *je vais prendre cette autoroute et rouler vers le nord*. Je ne savais pas ce que j'y trouverais, mais j'avais la sensation qu'il valait mieux m'orienter dans cette direction plutôt que vers le sud. J'avais envie d'aller dans des lieux purs et froids. Et surtout, que ce soit au nord ou au sud, d'aller le plus loin possible de cette ville.

En ouvrant la boîte à gants, j'y trouvai cinq ou six CD. Parmi lesquels l'octuor à cordes de Mendelssohn interprété par l'orchestre de chambre I Musici. Ma femme aimait l'écouter quand nous nous baladions en voiture. C'est un opus avec de belles mélodies, malgré son étrange composition puisqu'il est formé de l'équivalent de deux quatuors à cordes. Mendelssohn l'a écrit alors qu'il n'avait que seize ans. C'est ma femme qui me l'avait expliqué. Mendelssohn était un jeune prodige.

1. Autoroute qui relie Tokyo à la grande banlieue de Niigata, sur la mer du Japon.

« Et toi, quand tu avais seize ans, que faisais-tu ?

— À seize ans, j'étais fou d'une fille de ma classe, lui dis-je en me remémorant cette époque.

— Tu es sorti avec elle ?

— Non, je ne lui ai presque pas parlé. Je la contemplais juste de loin. Tu comprends, je n'avais pas le cran de lui adresser la parole. Et quand je rentrais à la maison, je la dessinais. J'ai fait des tas de croquis d'elle.

— Tu faisais déjà ça, tu n'as pas changé, remarqua ma femme en riant.

— Ah, c'est vrai, je faisais déjà ça, finalement je n'ai pas changé. »

Ah, c'est vrai, je faisais déjà ça, finalement je n'ai pas changé. Je me répétai mentalement les mots que j'avais prononcés ce jour-là.

J'ôtai le CD de Sheryl Crow du lecteur, insérai à la place un album du Modern Jazz Quartet. *Pyramid*. Puis je continuai droit vers le nord, sur l'autoroute, en écoutant le plaisant solo de blues de Milt Jackson. De temps à autre, je faisais une pause sur une aire de repos, j'urinais longuement, buvais quantité de cafés bien chauds et sans sucre, mais sinon, je restai cramponné à mon volant toute la nuit. Je roulai tout le temps sur la même voie et n'en changeai que pour dépasser les camions trop lents. Étrangement, je n'avais pas sommeil. Au point d'avoir l'impression que jamais plus je ne dormirais de ma vie. Et puis, un peu avant l'aube, j'atteignis la mer du Japon.

Quand j'arrivai à Niigata, j'obliquai à droite et pris la direction du nord en longeant la côte. Après Yamagata, je pénétrai dans la préfecture d'Akita, puis dans celle d'Aomori, et je traversai le détroit avant d'arriver à Hokkaido. Je délaissais les voies rapides, préférant avancer tranquillement sur des routes ordinaires. Pour différentes raisons, ce voyage nécessitait que je prenne le temps. Le soir venu, je me dénichais un *business hotel* bon marché ou une auberge toute simple, remplissais la fiche et m'allongeais sur un lit étroit. Fort heureusement, quel que soit le lieu, quel que soit le lit, je parvenais à m'endormir dans l'instant.

Le matin du deuxième jour, alors que je me trouvais non loin de la ville de Murakami, je téléphonai à mon agent et lui annonçai ma décision de renoncer à mon travail de portraitiste durant un certain temps. J'avais plusieurs commandes en cours de réalisation, mais je ne pouvais absolument pas les honorer.

« C'est très embêtant, surtout une fois que les commandes ont déjà été acceptées », répondit-il d'une voix grave.

Je lui présentai mes excuses. « C'est comme ça, je n'y peux rien. Vous pourriez peut-être dire aux clients que j'ai eu un accident de circulation, par exemple… Et puis, il y a d'autres peintres que moi. »

L'homme resta silencieux un moment. Je n'avais encore jamais été en retard pour rendre un tableau. Il savait très bien que je n'étais pas du genre à me montrer irresponsable.

« Les circonstances font que je vais m'éloigner de Tokyo pendant un certain temps. Durant cette période, excusez-moi, mais je ne pourrai pas travailler.

— Un certain temps. Pouvez-vous préciser ? »

Je fus incapable de répondre à sa question. J'éteignis mon portable, garai la voiture sur un pont enjambant une rivière qui me parut apte à mon dessein et jetai ce petit dispositif de communication par la fenêtre. Désolé pour mon agent, mais il n'aura d'autre choix que de renoncer, et il n'aura qu'à penser, par exemple, que je suis parti pour la Lune.

À Akita, je passai à la banque, tirai de l'argent au distributeur automatique, vérifiai le solde de mon compte. Il me restait encore pas mal de liquidités. Les règlements de ma carte de crédit étaient prélevés dessus. Le solde me parut suffisant pour que je poursuive mon voyage pendant un certain temps. Je n'aurais pas beaucoup de dépenses quotidiennes. L'essence, la nourriture, la chambre dans un *business hotel*, et ce serait à peu près tout.

Dans un magasin d'usine, à la périphérie de Hakodate, j'achetai une tente simple et un sac de couchage. Au début du printemps, il faisait encore froid à Hokkaido. J'achetai donc aussi des sous-vêtements chauds. Désormais bien équipé, lorsque j'arrivais quelque part et que je trouvais un camping ouvert, je passais la nuit sous ma tente. Je voulais économiser autant que possible. De la neige durcie subsistait sur le sol à cette saison, la nuit était glaciale, mais étant donné que j'avais jusque-là dormi dans des chambres étouffantes et minuscules de *business hotel*, l'habitacle de ma petite tente me procurait un sentiment de liberté et de fraîcheur. Sous la tente, il y avait la terre solide ; au-dessus, il y avait le ciel sans limite, dans lequel brillaient d'innombrables étoiles. Et rien d'autre.

Ensuite, durant trois semaines environ, au volant de la Peugeot, je circulai un peu partout sans but précis à Hokkaido. Le mois d'avril était là, mais la fonte des neiges cette année se faisait encore attendre. Malgré tout, la couleur du ciel avait visiblement changé, la végétation commençait à bourgeonner. Pendant ces trois semaines, si je trouvais une petite station thermale, je faisais halte dans un *ryokan*[1], prenais un long bain chaud, me lavais les cheveux, me rasais et absorbais des repas relativement corrects. Néanmoins, en montant sur une balance, je vis que j'avais perdu à peu près cinq kilos depuis Tokyo.

Je ne lisais pas de journaux, je ne regardais pas non plus la télévision. La radio de la voiture, qui avait commencé à mal fonctionner à peu près à mon arrivée à Hokkaido, finit par lâcher. Elle n'émettait plus aucun son. J'ignorais ce qui se passait dans le monde, et je n'avais d'ailleurs pas très envie de le savoir. Une fois pourtant, j'entrai dans une laverie automatique à Tomakomai où je mis tous mes vêtements sales à laver. En attendant la fin du cycle, je me rendis chez un coiffeur tout près de là, me fis couper les cheveux. Et en profitai aussi pour me faire raser. La télé du coiffeur diffusait des informations sur la NHK, ce que je n'avais pas vu depuis fort longtemps. Ou, pour être précis, malgré les yeux que je gardai clos, je fus forcé d'entendre la voix du présentateur. Mais du début à la fin, j'eus l'impression que tout ce qui était débité ne me concernait en rien, comme s'il s'agissait d'événements se déroulant sur je ne sais quelle planète. Ou de fictions opportunément forgées par quelqu'un.

La seule chose qui d'une certaine façon me toucha fut l'histoire d'un vieil homme de soixante-treize ans qui, alors qu'il était en train de ramasser des champignons dans les montagnes de Hokkaido, mourut après avoir été attaqué par un ours. Tout juste sorti d'hibernation, l'ours affamé est très irritable et représente un grand danger, expliqua le présentateur.

1. Auberge de style traditionnel japonais.

Je dormais parfois sous la tente, et quand il m'en prenait la fantaisie, j'allais me promener seul dans la forêt. Il n'aurait donc été ni impossible ni étonnant que ce soit moi qui me fasse attaquer par l'ours. Le *hasard* seul avait fait que je n'avais pas été agressé par cet ours, et le *hasard* avait voulu que ce vieil homme ait subi cette agression. Mais même après avoir entendu cette histoire, pour une raison ou une autre, je ne ressentis pas de compassion à l'égard de ce vieillard massacré par l'ours. J'étais également incapable de prendre en compte la douleur, l'épouvante ou le choc qu'il avait pu éprouver. En fait, c'était plus pour l'ours que pour l'homme que je ressentais comme de la sympathie. Enfin, pas vraiment de la sympathie, songeai-je. C'était peut-être plus proche d'un sentiment de complicité.

Mon vieux, tu ne tournes pas rond, me dis-je en me regardant dans la glace. J'essayai de prononcer aussi ces mots à voix basse. On dirait que tu es en train de perdre la boule. Reste seul, *ne t'approche de personne*. En tout cas, pendant un certain temps.

Lorsque le mois d'avril aborda sa deuxième moitié, j'en eus un peu assez du froid. Je quittai donc Hokkaido et revins vers l'intérieur du pays. Aomori, Iwate. Puis Iwate, Miyagi : j'avançais ainsi le long de la côte du Pacifique. Plus j'allais vers le sud, plus la saison, peu à peu, se changeait en un authentique printemps. Et durant tout ce temps, je ne cessais de penser à ma femme. À ma femme et à ces mains inconnues qui certainement, à présent même, étaient en train de l'étreindre sur un lit, quelque part. Je n'avais pas envie de songer à ce genre de choses, mais j'étais incapable d'avoir une autre pensée en tête.

La première fois que je rencontrai ma femme, je n'avais pas tout à fait trente ans. Elle, trois ans de moins. Elle travaillait dans un petit cabinet d'architectes situé à Yotsuya-sanchome ; elle possédait un diplôme d'architecte spécialisé en petites constructions, et elle avait été dans la même classe, au lycée, que ma petite amie de l'époque. De longs cheveux lisses, un maquillage léger, une physionomie d'apparence plutôt calme (sa véritable personnalité se révélerait ensuite pas aussi calme qu'il y paraissait, mais c'est une autre histoire). Un jour que j'avais rendez-vous avec ma petite amie, celle-ci me la présenta – nous étions par hasard à je ne sais quel restaurant –, et je tombai amoureux presque sur-le-champ.

Ses traits n'avaient rien de vraiment extraordinaire. Sans réels défauts, mais sans rien non plus qui attire le regard. Plutôt petite, elle avait de longs cils, un nez fin, des cheveux joliment coupés qui lui arrivaient aux omoplates environ (elle prenait grand soin de ses cheveux). Juste à droite de ses lèvres pleines, elle avait un petit grain de beauté qui se mouvait d'une curieuse façon selon ses changements d'expression. Cela lui donnait une impression légèrement sensuelle, mais ce n'était visible que si l'on y faisait vraiment attention. Pour un observateur ordinaire, ma petite amie d'alors était beaucoup plus jolie. Et pourtant, au premier regard, tout soudain, je fus possédé. Un vrai coup de foudre. Comment était-ce possible ? Il me fallut plusieurs semaines pour en deviner la raison. Mais à un certain moment, subitement, je le compris. Elle me rappelait ma petite sœur morte. Très clairement.

Non pas qu'elles se soient ressemblé en apparence. Si l'on avait comparé leurs photos, on aurait même pu dire : « Il n'y a rien de commun entre elles. » C'est pourquoi, au début, je n'eus pas moi-même conscience de cette analogie. Car si elle me rappelait ma petite sœur, ce n'était pas en raison d'une similitude particulière des traits du visage, mais parce que la mobilité de ses expressions, surtout celle des yeux, et l'impression que produisait leur éclat étaient curieusement tout à fait semblables. Comme si, par quelque magie ou quelque enchantement, le temps passé avait ressuscité sous mes yeux.

Elle aussi de trois ans plus jeune que moi, ma sœur avait connu dès sa naissance un problème de lésion valvulaire. Elle avait dû subir très tôt plusieurs interventions chirurgicales, en elles-mêmes couronnées de succès, mais dont il lui était resté des séquelles gênantes. Les médecins ne savaient pas si celles-ci pourraient guérir naturellement ou entraîner par la suite un problème fatal. Finalement ma sœur mourut alors que j'avais quinze ans. Elle venait juste d'entrer au collège. Durant sa courte vie, elle avait lutté sans répit contre cette déficience génétique sans jamais perdre son tempérament résolument positif. Jusqu'à la fin, elle n'émit pas la moindre plainte, elle ne céda pas aux pleurs et continua à faire des plans précis pour son avenir proche. Sa propre mort n'entrait pas dans ses projets. Elle était naturellement intelligente, et ses résultats à l'école étaient toujours excellents (elle réussissait bien mieux que moi). Dotée d'une forte volonté, ne déviant jamais une fois qu'elle avait décidé quelque chose. S'il y avait des tensions dans nos relations frère-sœur – ce qui arrivait rarement –, c'était toujours moi qui cédais à la fin. Les derniers temps, elle avait terriblement maigri, et pourtant, ses yeux avaient gardé leur fraîcheur et leur vitalité.

C'étaient justement ses yeux qui m'avaient attiré chez ma femme. Ce quelque chose qu'on décelait au fond de ses prunelles. Dès la première fois, j'en avais été totalement bouleversé. Toutefois, cela ne signifiait nullement que j'espérais faire revivre ma sœur morte. Même si j'avais été à la recherche de ce genre de choses, j'aurais sans doute été déçu ensuite. Ce que je cherchais, ou peut-être ce qui m'était nécessaire, c'était ce scintillement au fond de ses prunelles, le signe d'une volonté optimiste. Quelque chose comme une source de chaleur pour vivre, à laquelle je pouvais me fier. Qui m'était familière, et qui en outre me faisait sans doute défaut.

Je lui extorquai habilement son adresse, lui proposai un rendez-vous. Elle fut surprise, hésita. Tout de même, j'étais l'amoureux de son amie. Mais je ne reculai pas aussi facilement. Je lui affirmai que je désirais la rencontrer pour bavarder. Juste bavarder. Non, rien d'autre. Nous allâmes dîner dans un restaurant tranquille, et la conversation roula sur toutes sortes de questions alors que nous étions assis de part et d'autre d'une table. Au début, il y eut entre nous un peu de timidité, de maladresse, mais bientôt, les échanges se firent vifs et animés. Je voulais savoir quantité de choses sur elle et nous ne risquions pas de manquer de sujets de discussion. J'appris qu'il n'y avait que trois jours d'écart entre son anniversaire et celui de ma petite sœur.

« Ça ne te dérange pas si je te dessine ? lui demandai-je.

— Maintenant, ici ? » fit-elle en retour, en jetant un coup d'œil circulaire.

Nous venions de commander le dessert.

« J'aurai terminé avant qu'on ne nous ait apporté la suite, dis-je.

— Alors, d'accord », répondit-elle un peu sceptique.

Je sortis de mon sac le petit carnet de croquis que j'emportais toujours avec moi et me mis à dessiner rapidement son visage à l'aide d'un crayon 2B. Comme promis, j'avais fini avant que le dessert nous soit servi. Bien entendu, la partie la plus importante, ce que j'avais le plus envie de dessiner, c'étaient ses yeux. Au fond desquels s'ouvrait un monde profond qui s'étendait au-delà du temps.

Je lui montrai ce dessin. Elle parut l'apprécier.

« Il est tout à fait vivant.

— Parce que toi-même, lui dis-je, tu es vivante. »

Elle regarda longuement le dessin, eut l'air de l'admirer. Comme si elle observait une autre elle-même qu'elle ne connaissait pas.

« S'il te plaît, je te l'offre.

— Vraiment ?

— Bien sûr. C'est un simple croquis.

— Merci. »

Après quoi, il y eut quelques autres rendez-vous et puis une véritable relation amoureuse. Cela se fit tout à fait naturellement. Même si mon ex-petite amie parut très atteinte que sa bonne copine l'ait ainsi dépossédée. Il était entré dans ses perspectives éventuelles, je pense, de se marier avec moi. Sa colère était certes compréhensible (pourtant, je n'avais jamais envisagé le mariage avec elle). De son côté, ma femme entretenait elle aussi une relation, et il ne fut pas simple non plus de régler l'affaire. Et puis il y eut quelques autres difficultés, mais finalement, environ six mois plus tard, le mariage se fit. Une toute petite réunion avec simplement quelques amis, avant de nous installer dans un appartement à Hiroo. Le logement appartenait à son oncle. Il nous le loua pour un prix relativement modéré. Je fis d'une petite chambre mon atelier, dans lequel je poursuivis mon travail de portraitiste avec plus de sérieux qu'auparavant. Il ne s'agissait déjà plus pour moi d'une occupation temporaire. La vie de couple impliquait la nécessité de revenus stables et je n'avais d'autre moyen de m'en procurer que de réaliser des portraits. Depuis notre appartement, ma femme se rendait en métro au cabinet d'architectes, à Yotsuya-sanchome. Et par le cours naturel des choses, c'était moi, resté à la maison, qui me chargeais des travaux ménagers. Ce qui ne m'était en rien éprouvant. Je n'avais jamais détesté ça et, par ailleurs, cela me changeait de mon travail. En tout cas, plutôt que de devoir aller chaque jour accomplir des tâches sous la contrainte, rivé à un bureau, c'était nettement plus agréable de rester à la maison et de faire le ménage.

Ces premières années de vie commune, je crois, furent paisibles et satisfaisantes pour l'un comme pour l'autre. Un rythme agréable s'instaura bientôt dans notre quotidien, qui nous permettait à tous deux de nous y sentir à l'aise. Durant les week-ends ou les jours de congé, je m'arrêtais de peindre, et nous allions ensemble ici ou là. Voir une exposition, faire une randonnée dans les environs de Tokyo. Parfois simplement déambuler sans but dans la ville. Ce temps que nous prenions de bavarder à cœur ouvert, d'échanger des nouvelles qui nous conccrnaient était devenu une habitude précieuse pour tous les deux. De tout ce qui nous arrivait, nous parlions franchement, sans tabou. Nous confrontions nos opinions, nous nous communiquions nos impressions.

Pourtant, de mon côté, il y a quelque chose que je ne lui avouai jamais. À savoir que le motif le plus décisif qui m'avait séduit chez elle était que ses yeux me rappelaient distinctement ceux de ma petite sœur disparue. Il est probable que, sans ces yeux, je n'aurais pas cherché à la courtiser avec autant de passion. Mais je sentis qu'il était préférable que je taise cet aspect des choses. Et jusqu'au bout, je ne lui en dis pas un mot. C'est le seul et unique secret que je conservai vis-à-vis d'elle. Et elle, de son côté, quels secrets ne me divulguait-elle pas ? (J'imagine qu'elle en avait.) Je l'ignorais.

Le prénom de ma femme était Yuzu. Comme le yuzu[1] dont on se sert en cuisine. Quand nous étions au lit ensemble, parfois, en manière de plaisanterie, je l'appelais Sudachi[2]. Je lui chuchotais ces syllabes au creux de son oreille. Elle riait chaque fois mais en même temps se mettait un peu en colère.

« Non, pas Sudachi. Yuzu. Ça se ressemble mais c'est différent », disait-elle.

Depuis quand le cours des choses avait-il donc pris une mauvaise direction ? Les mains cramponnées au volant, tandis que, sans trêve, je me déplaçais dans l'unique but de me déplacer, d'un restoroute à un autre, d'un *business hotel* à un autre, je ne cessais de réfléchir à cette question. Mais je ne réussis pas à déterminer où se situait exactement la ligne de partage

1. Le yuzu est un agrume asiatique (Chine, Japon, Corée) utilisé pour ses fleurs, son zeste et son jus en cuisine et dans la pharmacopée traditionnelle.

2. Le sudachi est un agrume proche du yuzu, aux usages à peu près semblables, mais à l'acidité plus prononcée.

des eaux. J'avais longtemps été convaincu que notre couple fonctionnait. Bien entendu, comme dans tous les couples, il y avait entre nous des questions d'ordre pratique non résolues sur lesquelles nous nous disputions parfois. Concrètement, le point de friction le plus important était le suivant : aurions-nous un enfant ou non ? Mais en fin de compte, nous avions un peu de répit jusqu'à ce que vienne le temps où il faudrait nous décider. En dehors de ce problème (sujet de discussion qu'on pouvait encore laisser en suspens), nous menions une vie conjugale saine, nous nous acceptions, aussi bien spirituellement que charnellement. C'est du moins ce dont j'ai été persuadé jusqu'au tout dernier moment.

Pourquoi m'étais-je montré aussi optimiste ? Ou plutôt, aussi stupide ? Sans doute existe-t-il dans mon champ de pensée comme un point aveugle. Car depuis toujours j'ai l'impression de ne pas voir certaines choses, et ce, de façon persistante. Et ces choses que je laisse échapper, elles sont toujours de première importance.

Le matin, une fois ma femme partie au travail, je me concentrais sur ma peinture jusqu'à midi passé, je déjeunais, puis j'allais me promener dans les environs, j'en profitais pour faire des courses, et le soir, je préparais le dîner. Deux ou trois fois par semaine, j'allais nager à la piscine d'un club de sport tout proche de la maison. Quand Yuzu rentrait, je mettais la dernière main aux plats que j'avais préparés et nous nous mettions à table. Et ensemble, nous buvions une bière ou un verre de vin. Si elle me téléphonait pour dire : « Aujourd'hui, je dois faire des heures supplémentaires, je dînerai près du cabinet », je m'installais seul à la table, avalais un repas sommaire. Notre vie conjugale qui dura six années se répéta ainsi jour après jour. Et pour ma part, je n'avais rien de particulier à lui reprocher.

Il y avait beaucoup de travail au cabinet d'architectes et elle faisait fréquemment des heures supplémentaires. J'étais de plus en plus souvent seul pour dîner. Il lui arrivait même de rentrer vers minuit. « En ce moment, je suis surchargée », expliquait-elle. « Un collègue a soudain quitté le cabinet, c'est moi qui ai dû le remplacer. Mais ils rechignent à embaucher », se plaignait-elle. Quand elle rentrait très tard, elle était épuisée ; elle prenait une douche, se couchait immédiatement et s'endormait. Aussi faisions-nous l'amour de plus en plus rarement. Sous prétexte qu'elle n'avait pas terminé son travail, il lui arrivait même d'aller au cabinet les jours de congé. Et moi, comme de bien entendu, je prenais ses explications pour argent comptant. Je n'avais pas la moindre raison de douter d'elle.

Il n'y avait peut-être pas d'heures supplémentaires en réalité. Pendant que je dînais seul à la maison, peut-être partageait-elle des moments intimes sur le lit d'un hôtel quelconque avec son nouvel amant.

Yuzu était d'une nature plutôt sociable. Sous une apparence sage, elle avait l'esprit vif, beaucoup d'à-propos, et avait besoin, dans une certaine mesure, de se retrouver en société. Ce que j'étais presque toujours incapable de lui offrir. Ainsi, Yuzu allait souvent déjeuner avec ses amies (elle en avait beaucoup) ou prendre un verre avec des collègues après le travail (elle tenait l'alcool bien mieux que moi). Je ne me plaignais pas du fait qu'elle sorte s'amuser sans moi. Peut-être même l'encourageais-je dans cette voie.

En y repensant, nous avions, ma sœur et moi, le même type de relation. Sortir en société n'avait jamais été mon fort, et en rentrant de l'école, j'allais le plus souvent m'enfermer seul dans ma chambre pour lire ou pour dessiner. Au contraire, ma sœur avait un tempérament actif et sociable. Dans notre vie quotidienne, nos intérêts et nos activités ne s'accordaient pas vraiment. Mais nous nous comprenions bien et respections nos caractères respectifs. Et, chose peut-être rare entre frère et sœur de ces âges-là, nous discutions régulièrement ensemble de toutes sortes de sujets. Au premier étage de chez nous, il y avait une terrasse où l'on étendait le linge et, été comme hiver, nous nous y retrouvions. Là, nous bavardions sans nous lasser de tout et de rien. Nous aimions en particulier les histoires drôles. Lorsque nous nous les racontions, nous nous écroulions de rire tous les deux.

Je ne dirais pas que c'est la seule raison, mais en effet, je me sentais tout à fait tranquillisé, sans même me poser de questions, par la relation telle qu'elle s'était construite avec Yuzu. Le rôle que je jouais dans notre vie commune – un rôle de partenaire taciturne, en position d'assistance vis-à-vis de l'autre –, je l'acceptais comme étant naturel, évident. Mais il n'en allait peut-être pas de même pour Yuzu. Pour elle, il y avait certainement quelque chose d'insatisfaisant dans notre vie conjugale. Car au fond, ma femme et ma sœur avaient des personnalités totalement différentes, des existences complètement distinctes. Et il va sans dire que je n'étais plus moi-même un adolescent.

Quand avril céda la place à mai, je commençai un peu à me lasser de conduire ainsi sans répit jour après jour. Agrippé à mon volant, j'en avais assez de ruminer continuellement les mêmes pensées à propos des mêmes événements. Les questions n'étaient qu'une éternelle répétition, et les réponses, toujours absentes. À force d'être assis sur le siège conducteur, j'avais fini par avoir mal aux reins. La Peugeot 205 a été conçue dès l'origine comme une voiture populaire. Les sièges, avouons-le, n'étaient pas de qualité supérieure, et les suspensions de la mienne étaient visiblement fatiguées. Et puis, à fixer sans cesse la réverbération de la route pendant aussi longtemps, j'éprouvais au fond des yeux des douleurs chroniques. En y réfléchissant, cela faisait plus d'un mois et demi que je ne cessais de changer d'endroit, comme si j'étais poursuivi par quelque chose.

Dans la montagne frontalière entre Miyagi et Iwate, je dénichai une petite station thermale rustique. Je résolus d'y faire halte et d'interrompre mes pérégrinations. Au fond d'un val, à côté d'une source d'eau chaude inconnue, se trouvait une auberge dans laquelle les gens du coin faisaient de longs séjours pour se soigner. Les tarifs étaient modiques, et, dans la cuisine commune, on pouvait se préparer soi-même des repas simples. Je me plongeai dans la source tout mon content, dormis autant que j'en avais envie. J'apaisais ainsi l'épuisement dû à la conduite, et, allongé sur les tatamis, je lus quantité de livres. Lorsque j'étais fatigué de lire, je sortais de mon sac mon carnet de croquis et dessinais. Cela faisait bien longtemps que je n'avais plus éprouvé ce désir-là. Au début, je croquai les fleurs et les arbres du jardin, et ensuite les lapins que l'aubergiste élevait. C'étaient de simples esquisses au crayon mais tous ceux qui les virent les admirèrent. Et puis, comme on m'en priait, je fis les portraits de tous les gens du lieu. De ceux qui logeaient sur place, de ceux qui travaillaient à l'auberge. D'autres encore qui passaient simplement devant moi. Et que je ne reverrai jamais. Quand ils le souhaitaient, je leur offrais le dessin.

Je songeai qu'il me faudrait bientôt rentrer à Tokyo. En continuant indéfiniment ce type d'errance, je n'aboutirais sûrement nulle part. Et puis j'avais de nouveau envie de dessiner. Non pas des portraits exécutés sur commande, non pas de simples croquis. Ce que je désirais à présent, c'était me poser et m'attaquer sérieusement à de vrais tableaux qui me satisferaient moi-même. Je ne savais pas si ça marcherait. Mais je n'en saurais rien tant que je n'aurais pas essayé.

Mon intention était donc de traverser avec la Peugeot la région du Tôhoku dans toute sa longueur et de rentrer à Tokyo. Mais juste avant la ville d'Iwaki, sur la nationale 6, la voiture vit ses forces vitales se tarir. Le conduit d'essence se fissura et le moteur ne redémarra plus. La voiture n'avait presque jamais été entretenue. Je ne pouvais donc pas me plaindre. Compte tenu de la situation, j'eus tout de même la chance que le véhicule tombe en panne tout près d'un garage dans lequel œuvrait un réparateur très serviable. Il était difficile de se procurer sur place des pièces de rechange pour une Peugeot ancienne, et les faire venir de chez le fabricant prendrait du temps. Et même si l'on pouvait régler ce problème, il y en aurait forcément un ailleurs, et sans tarder, m'expliqua le garagiste. La courroie du ventilateur était elle aussi dans un état critique, les plaquettes de frein extrêmement usées. Quant aux suspensions, elles étaient à moitié fichues. « Mieux vaut ne rien faire et la laisser mourir tranquillement. » Il était triste de dire adieu à la Peugeot dont j'avais partagé la vie sur la route durant un mois et demi et qui affichait presque cent vingt mille kilomètres au compteur, mais j'étais obligé de la laisser derrière moi. *Elle a rendu l'âme à ma place*, songeai-je.

Pour le remercier de me débarrasser de la voiture, j'offris au garagiste ma tente, mon sac de couchage et les autres équipements de camping. Après avoir fait un dessin de ma Peugeot 205 en guise de souvenir, je pris mon sac à l'épaule et rentrai à Tokyo par la ligne Jôban. Puis, à la gare, je passai un coup de fil à Masahiko Amada, lui résumai la situation : avec ma femme, les choses n'allaient plus, j'avais voyagé pendant un moment et j'étais revenu à Tokyo. Mais je n'avais aucun point de chute. N'aurait-il pas un endroit où je pourrais loger ?

« Eh bien oui, justement, il y a une maison qui serait très bien pour toi, me répondit-il. C'est celle où mon père a longtemps habité seul, mais comme il est à présent dans une résidence médicalisée à Izukôgen, elle est inoccupée depuis un certain temps. Elle est meublée et il y a tout ce qu'il faut pour vivre, tu n'auras à t'occuper de rien. L'emplacement n'est pas très pratique mais le téléphone fonctionne encore. Si cela te dit, pourquoi n'irais-tu pas y habiter un moment ?

— C'est inespéré, répondis-je. Vraiment, complètement inespéré. »

C'est ainsi que commença ma nouvelle vie, dans un nouveau lieu.

3

Ce n'est rien de plus qu'un reflet physique

Je m'installai dans cette nouvelle maison au sommet d'une montagne, aux environs d'Odawara, et quelques jours plus tard, je téléphonai à ma femme. Je dus faire au moins cinq essais avant de réussir à la joindre. Elle était toujours surchargée de travail, semblait-il, et rentrait tard à la maison. Ou bien peut-être retrouvait-elle quelqu'un à l'extérieur. Enfin, cela ne me regardait plus.

« Alors, où es-tu à présent ? me demanda Yuzu.

— J'ai atterri dans la maison des Amada, à Odawara », répondis-je. Et je lui expliquai sommairement les circonstances qui m'avaient conduit à vivre là.

« Je t'ai appelé sur ton portable je ne sais combien de fois, fit Yuzu.

— Je n'ai plus de portable », répondis-je. Peut-être avait-il été emporté à présent jusqu'à la mer du Japon. « Au fait, j'aimerais passer un de ces jours pour prendre quelques affaires. Ça ne te dérange pas ?

— Tu as toujours les clés de l'appartement, n'est-ce pas ?

— Oui, je pense », dis-je. J'avais eu l'idée de les jeter à la rivière en même temps que le portable, mais je m'étais ravisé au cas où je devrais les restituer. « Mais cela ne t'ennuie pas que je vienne en ton absence ?

— Tu sais, ici, c'est aussi chez toi. Alors, non, évidemment, dit-elle. Mais pendant tout ce temps, où étais-tu et que faisais-tu ? »

Je lui expliquai que j'avais longuement voyagé. Je n'avais cessé de conduire, seul. J'avais vagabondé ici et là dans des régions froides. Et en chemin, la voiture avait rendu l'âme. Je lui fis un petit résumé de mes pérégrinations.

« Malgré tout, tu vas bien ?

— Je suis vivant, oui, dis-je. C'est la voiture qui est morte. »

Yuzu garda le silence un instant. Puis : « Moi, l'autre jour, j'ai fait un rêve où tu apparaissais. »

Je ne lui demandai pas quel était ce rêve. Je n'avais pas spécialement envie de savoir de quelle manière j'y apparaissais. Elle ne m'en dit donc pas un mot de plus.

« Je laisserai les clés à l'appartement, dis-je.

— Ça m'est égal. Tu fais comme tu veux.

— Je les mettrai dans la boîte aux lettres en partant. »

Il y eut un silence. Puis elle reprit la parole.

« Tu sais, à notre premier rendez-vous, tu m'avais donné le croquis que tu avais fait de mon visage, tu t'en souviens ?

— Oui, je m'en souviens.

— De temps en temps, je le ressors, je le regarde. Il est vraiment très bien dessiné. J'ai l'impression de regarder mon vrai moi.

— Ton vrai moi ?

— Oui.

— Tous les matins, tu dois bien le voir dans la glace, non ?

— C'est différent, dit Yuzu. Le moi que je vois dans le miroir, ce n'est rien de plus qu'un reflet physique. »

Après avoir raccroché, j'allai au cabinet de toilette et me regardai dans la glace. Mon visage était reflété là. Cela faisait très longtemps que je ne l'avais pas observé, de face. Le moi que l'on voyait dans la glace, avait-elle dit, n'était rien de plus qu'un reflet physique. Mais le visage qui était réfléchi là, le mien, ce n'était que l'autre moitié de moi, une moitié hypothétique qui, à un certain moment de ma vie, avait bifurqué. Celui qui était là, c'était le moi que je n'avais pas choisi. Ce n'était même pas un simple reflet physique.

Deux jours plus tard, peu après midi, je me rendis avec le break Corolla jusqu'à l'appartement de Hiroo pour faire mes bagages. Ce jour-là aussi, depuis le matin, la pluie tomba sans désemparer. Quand je garai la voiture dans le parking en sous-sol, je sentis l'odeur habituelle des jours pluvieux.

Je pris l'ascenseur, ouvris la porte avec ma clé et, au moment où j'entrai dans l'appartement dans lequel je n'avais pas mis les pieds depuis presque deux mois, j'eus l'impression, pour ainsi dire, de commettre une effraction. J'avais vécu dans cet endroit pendant six ans et il aurait dû m'être familier jusqu'au moindre recoin. Aujourd'hui pourtant, cet intérieur formait un décor dont je ne faisais plus partie. À la cuisine, de la vaisselle était empilée dans l'évier, mais c'étaient des ustensiles dont elle uniquement s'était servie. Dans la salle de bains, du linge était mis à sécher : des vêtements à elle seulement. J'ouvris le réfrigérateur et j'y trouvai toutes sortes d'aliments qui m'étaient inconnus. Pour beaucoup, des produits déjà cuisinés, prêts à être consommés. Le lait et le jus d'orange, c'étaient des marques que je ne prenais jamais. Le congélateur était bourré de surgelés. Moi, je n'en achetais pratiquement pas. Décidément, deux petits mois suffisent pour que beaucoup de choses changent, se modifient.

Je fus envahi par l'envie irrésistible de faire la vaisselle, de plier tout le linge sec (de le repasser aussi, tant qu'à faire) et de mettre en ordre tous les produits entreposés dans le frigo. Bien entendu, je résistai à pareille impulsion. Ici, c'était déjà l'habitation de quelqu'un d'autre. Je n'avais pas à y toucher.

De tous mes bagages, le plus encombrant était mon matériel de peinture. J'entassai dans un grand carton le chevalet, les toiles, les pinceaux, les peintures. Ensuite, les vêtements. Je n'ai jamais eu besoin de beaucoup de vêtements. Cela m'indiffère de mettre continuellement les mêmes. Je ne possède aucun costume, aucune cravate. En dehors d'un gros manteau d'hiver, je réussis à tout ranger dans une grande valise.

Je pris également quelques livres que je n'avais pas encore lus, une douzaine de CD. Le mug dont je me servais le plus souvent. Un maillot, des lunettes et un bonnet de bain. C'était à peu près tout ce qui me paraissait indispensable dans l'immédiat. Et même sans cet attirail, je n'aurais pas vraiment été ennuyé.

Dans la salle de bains, il y avait toujours ma brosse à dents, mon rasoir, la lotion, la crème solaire et le tonique capillaire dont je me servais. Une boîte de préservatifs non entamée se trouvait également là. Mais cela ne me disait rien d'emporter toutes ces babioles dans ma nouvelle maison. Ma femme n'aurait qu'à s'en défaire comme bon lui semblerait.

Une fois que j'eus entassé ce peu de bagages dans le coffre de la voiture, je revins à la cuisine, mis l'eau à chauffer dans la bouilloire, la versai sur un sachet de thé noir et m'attablai pour le boire. Je pouvais malgré tout me permettre de me faire une tasse de thé ici. L'appartement était terriblement silencieux. Un silence qui conférait à l'air une sorte de faible pesanteur. C'était comme si j'étais assis absolument seul au fond de la mer.

Je restai là environ une demi-heure. Un temps durant lequel personne ne vint sonner à la porte, où le téléphone ne se manifesta pas une seule fois. Le thermostat du frigo s'arrêta puis repartit, voilà tout ce qui se passa durant cette demi-heure. Je tendais l'oreille au sein de ce silence, sondais l'atmosphère de la pièce et essayais de déceler le moindre signe d'une quelconque présence, comme si j'avais prudemment mis un lest dans l'eau pour en connaître la profondeur. À ce que j'en voyais, c'était là l'appartement d'une femme qui vivait seule. Débordée par son travail, elle n'avait pas le temps de s'occuper du ménage. Les diverses tâches domestiques, elle les effectuait le week-end. En faisant brièvement le tour des lieux du regard, je voyais bien qu'il n'y avait que des affaires à elle. Je ne discernais la présence de personne d'autre (ni d'ailleurs de la mienne). Il était certain qu'aucun homme ne lui rendait visite ici. Je le ressentais bien. Ils devaient sans doute se rencontrer ailleurs.

Durant le temps que je passai seul dans ces lieux, sans pouvoir tout à fait me l'expliquer, j'eus la sensation que j'étais observé par quelqu'un. La sensation que quelqu'un, par l'intermédiaire d'une caméra dissimulée, me suivait du regard. Bien entendu, non, il ne pouvait y avoir rien de tel. Ma femme était effroyablement maladroite avec tout ce qui avait trait aux appareils. Elle ne savait même pas changer les piles d'une télécommande. Elle n'aurait jamais eu la dextérité d'installer et de manipuler un dispositif comme une caméra cachée. C'était moi, simplement, qui avais les nerfs trop sensibles.

Pourtant, durant le temps où je fus dans cet appartement, je me comportai comme si une caméra imaginaire enregistrait toutes mes actions. Je ne fis rien de superflu, je n'eus pas le moindre comportement déplacé. Je n'ouvris pas les tiroirs du bureau de Yuzu pour fouiller dedans. Je savais qu'elle conservait au fond des tiroirs de sa commode, là où se trouvaient ses collants et autres sous-vêtements, le petit carnet dans lequel elle tenait son journal intime et des lettres qui comptaient pour elle, mais je n'y touchai pas non plus. Je connaissais le mot de passe de son ordinateur portable (bien entendu, si elle ne l'avait pas encore changé) mais je ne l'ouvris même pas. Tout cela ne me concernait plus. Je me contentai de laver la tasse dans laquelle j'avais bu mon thé, de l'essuyer avec un torchon et de la reposer sur le buffet. Puis j'éteignis les lumières. Ensuite, debout près de la fenêtre, je restai un moment à contempler la pluie qui tombait sans trêve. Derrière les rideaux de pluie, la tour de Tokyo découpait vaguement sa silhouette en lueurs orange. Après quoi, je glissai les clés dans la boîte aux lettres et je revins en voiture à Odawara. Un trajet d'environ une heure et demie. Pourtant, c'était comme si j'étais allé dans un pays étranger et que j'en étais revenu en un seul jour.

Le lendemain, je téléphonai à mon agent. Je lui expliquai que j'étais rentré de voyage, que j'étais désolé mais que je n'avais plus l'intention de poursuivre ce travail de portraitiste.

« Vous voulez dire que vous ne referez plus jamais de portraits ?

— Peut-être », dis-je.

Il accueillit ma déclaration avec un certain laconisme. Il ne formula aucune plainte et n'exprima aucune forme de mise en garde. Une fois que j'avais décidé quelque chose, je m'y tenais, il le savait parfaitement.

« Si malgré tout vous désiriez vous y remettre, faites-moi signe, n'importe quand. Vous serez le bienvenu, dit-il finalement.

— Merci, fis-je en retour.

— Ce ne sont peut-être pas mes affaires mais comment allez-vous gagner votre vie ?

— Je ne l'ai pas encore décidé, lui répondis-je honnêtement. Je vis seul, je ne dépense pas beaucoup, et pour le moment, j'ai encore un peu de réserves.

— Vous allez continuer à peindre, n'est-ce pas ?

— Sans doute. Je ne sais rien faire d'autre, au demeurant.

— J'espère que tout ira bien pour vous.

— Merci », répétai-je. Puis une pensée me traversa l'esprit et je lui demandai : « Auriez-vous quelque chose à me dire dont je devrais me souvenir ?

— Quelque chose dont vous devriez vous souvenir ?

— Eh bien, comment dire, une sorte de conseil de professionnel ? »

Il réfléchit un instant. « Je crois, dit-il enfin, que vous avez besoin de plus de temps que les autres pour appréhender et accepter les événements. À la longue, pourtant, il se peut que le temps soit de votre côté. »

On dirait le titre d'une vieille chanson des Rolling Stones, me dis-je.

Il poursuivit : « Encore une chose. À mon avis, vous êtes doté d'un don spécial pour le portrait. Une compétence intuitive qui vous permet de pénétrer directement au plus profond de votre cible et de vous saisir de ce dont est fait ce noyau central. Rares sont ceux qui possèdent ce genre de capacité. Posséder ce talent et ne pas s'en servir, je trouve que c'est vraiment regrettable.

— Mais pour le moment, je n'ai pas envie de continuer à faire des portraits.

— Cela aussi, je le sais bien. Pourtant, il se peut qu'un jour cette compétence vous soit de nouveau secourable. J'espère que tout ira bien pour vous. »

Moi aussi, j'espère que tout ira bien, me dis-je. Et puis, ce serait bien que le temps soit de mon côté.

Le premier jour, le fils du propriétaire, Masahiko me conduisit, au volant de sa Volvo, jusqu'à la maison d'Odawara. « Si elle te plaît, tu peux y habiter dès aujourd'hui », me dit-il.

Nous sortîmes presque à la fin de la route Odawara-Atsugi, nous dirigeâmes vers la montagne sur une étroite voie asphaltée, une sorte de chemin agricole. Il y avait des maraîchages des deux côtés, des alignements de serres recouvertes de plastique dans lesquelles poussaient des légumes, et ici ou là, on voyait des vergers de pruniers. Presque aucune maison, pas un seul feu de circulation. Juste avant l'arrivée, nous empruntâmes une route sinueuse et escarpée qu'il fallut affronter en rétrogradant encore et encore, puis, au bout du chemin, l'entrée de la maison apparut devant nous. Se dressaient là deux beaux piliers seulement, sans portail pour les relier. Pas de mur non plus. Comme si l'on avait eu l'intention d'édifier un portail et un mur autour du terrain, comme si l'on avait commencé à le faire mais qu'on avait changé d'avis et qu'on s'était arrêté. Peut-être s'était-on aperçu en cours de route que c'était inutile. Sur l'un des piliers était fixée une belle plaque portant le nom « AMADA » – on aurait dit un panneau publicitaire. Au-delà, la maison plutôt petite était semblable à un cottage de style occidental, et une cheminée en briques aux couleurs passées s'élevait sur le toit d'ardoises. C'était une maison de plain-pied au toit assez haut, plus haut que ce à quoi l'on s'attendait pour ce type de résidence. Pour l'habitation d'un peintre célèbre de nihonga, je m'étais imaginé, sans même me poser de question, une construction de style japonais traditionnel.

Masahiko se gara sous le large porche devant l'entrée. Au moment où il ouvrit la porte, plusieurs oiseaux noirs, des sortes de geais, poussèrent des cris stridents et s'envolèrent depuis les branches d'un arbre tout près. Ils semblaient ne pas apprécier notre intrusion dans ces lieux. La maison était environnée de bois et seule la façade ouest donnait sur la vallée. De là, la vue était très dégagée.

« Tu vois, c'est un endroit où il n'y a strictement rien », dit Masahiko.

Campé là, j'embrassai du regard le paysage. En effet, c'était un endroit où il n'y avait absolument rien. J'étais impressionné que quelqu'un ait décidé de construire une maison dans un lieu aussi désert. Quelqu'un qui devait vraiment détester les contacts humains.

« Tu as grandi dans cette maison ? demandai-je.

— Non, je n'ai jamais habité là longtemps. J'y venais seulement de temps en temps. Pour y passer les vacances d'été par exemple. Mais pendant l'année scolaire, je vivais avec ma mère à Mejiro. Quand mon père ne travaillait pas, il venait à Tokyo, il vivait avec nous. Puis il revenait seul ici pour peindre. Ensuite, je suis parti de la maison, et ma mère est décédée il y a dix ans. Depuis, il s'était retiré pour vivre seul ici. Pratiquement comme un ermite. »

Vint se joindre à nous une femme d'un certain âge qui habitait dans les environs et qui s'occupait de l'entretien de la maison pendant qu'elle était inoccupée. Elle me donna diverses explications d'ordre pratique : la façon d'utiliser les appareils de la cuisine ; la manière de passer commande de fioul et de propane ; les endroits où étaient rangés les différents outils ; l'emplacement où l'on déposait les poubelles et les jours de ramassage. Outre que le peintre vivait seul, il menait apparemment une existence plutôt simple, car il n'y avait pas beaucoup d'appareils ou d'instruments dans la maison. Je n'avais donc pas tellement d'explications à demander à cette femme.

« Si vous avez des questions, téléphonez-moi, n'importe quand, ajouta-t-elle. (En fait, je ne le fis pas une seule fois.) Ça me rassure vraiment que quelqu'un vive ici. Quand une maison est inhabitée, elle se délabre, et ce n'est pas très sûr. En plus, les sangliers et les singes déboulent dès qu'ils comprennent qu'il n'y a pas de présence humaine sur les lieux.

— C'est vrai, confirma Masahiko, dans le coin, on voit souvent des sangliers et des singes.

— Prenez garde aux sangliers ! dit la femme. Au printemps, ils apparaissent souvent pour manger des pousses de bambou. En particulier, les femelles avec leurs marcassins peuvent se montrer irritables et dangereuses. Et puis, il y a aussi le danger des guêpes. Certains en sont morts après avoir été piqués. Les guêpes font parfois leurs nids dans les vergers de pruniers. »

Le cœur de la maison était une salle de séjour relativement spacieuse, qui comportait une cheminée à foyer ouvert. Sur la façade sud-ouest de la pièce s'ouvrait une vaste terrasse couverte ; du côté nord se trouvait l'atelier, une pièce carrée. C'était dans cet atelier que le grand artiste avait peint ses tableaux. Du côté est du séjour, il y avait la cuisine avec un coin faisant office de salle à manger, ainsi que la salle de bains. Il y avait aussi la chambre à coucher principale, très vaste, et une autre chambre pour les invités, plus petite, meublée d'un secrétaire. Le propriétaire devait aimer la lecture, car de nombreux ouvrages anciens s'entassaient sur les étagères. Cette pièce était sans doute son cabinet de travail. La maison était demeurée en très bon état par rapport à son ancienneté, elle semblait agréable, mais étrangement (ou peut-être, après tout, pas du tout), il n'y avait pas le moindre tableau accroché aux murs. Les murs, tous les murs, étaient ostensiblement nus, sans aucune velléité de décoration.

Comme l'avait dit Masahiko, cette maison était équipée de tout ce qui était nécessaire à la vie quotidienne, meubles, appareils électriques, vaisselle, literie. « Tu n'auras besoin de rien apporter », m'avait-il affirmé, et, en effet, il avait raison. Il y avait même un gros tas de bûches destinées à la cheminée, empilées sous l'avant-toit de la grange. Pas de télévision dans la maison (son père l'avait en horreur, dit-il), mais dans la salle de séjour, un bel ensemble stéréo. Les haut-parleurs étaient d'énormes caissons Tannoy Autograph, les amplificateurs à tubes, un modèle original. Et puis, il y avait une magnifique collection de 33 tours. Parmi lesquels, au premier coup d'œil, un grand nombre de coffrets d'opéras.

« Ici, il n'y a pas de lecteur de CD, dit Masahiko. Que veux-tu, mon père déteste les nouveaux dispositifs. Il ne fait confiance qu'aux trucs anciens. Bien entendu, il n'y a pas l'ombre d'un réseau Internet ici. Si tu as besoin de te connecter, il te faudra descendre en ville et aller dans un cybercafé. »

Je lui dis que je ne pensais pas spécialement avoir besoin d'Internet.

« Si tu veux savoir ce qui se passe dans le monde, tu trouveras un transistor sur l'étagère de la cuisine. Tu pourras écouter les infos, et ce sera ton seul moyen. Ici, sur la montagne, on capte plutôt mal la radio, et tout ce qu'on peut entendre, c'est la NHK régionale de Shizuoka… Disons que c'est toujours mieux que rien.

— Je ne m'intéresse pas tellement à ce qui se passe dans le monde.

— Tant mieux. Tu t'entendrais bien avec mon père.

— Ton père est fan d'opéra ? demandai-je à Masahiko.

— Oui, mon père est un peintre de nihonga, mais il écoutait toujours ce genre de musique en travaillant. À l'époque où il étudiait à Vienne, je crois qu'il fréquentait assidûment l'opéra. Et toi, tu écoutes des opéras ?

— Très peu.

— Moi, pas du tout. Je trouve ça trop long, ennuyeux. Ici, il y a des tas de vieux disques, écoute-les autant que ça te plaira. Ils ne sont plus d'aucune utilité à mon père à présent, ça lui ferait donc sûrement plaisir que tu les écoutes.

— Plus d'aucune utilité ?

— Sa démence sénile progresse. Je crois qu'aujourd'hui il ne ferait plus de différence entre un opéra et une poêle à frire.

— Vienne ? Ton père a étudié la peinture nihonga à Vienne ?

— Non, même un excentrique comme lui n'irait pas jusqu'à Vienne pour étudier le nihonga. À l'origine, mon père peignait des tableaux selon des techniques occidentales. C'est pour cette raison qu'il a séjourné à Vienne. À cette époque, il faisait des peintures à l'huile tout à fait modernes. Mais peu de temps après être revenu au Japon, il s'est brusquement converti au nihonga. Tu sais, on voit ce genre de cas un peu partout. Après un passage dans un pays étranger, on redécouvre sa propre identité nationale.

— Et il a eu du succès. »

Masahiko rentra légèrement la tête dans les épaules. « Aux yeux des gens, oui. Mais pour un enfant, c'était juste un vieux ronchon. Il ne pensait qu'à sa peinture, il faisait tout ce qui lui chantait, il s'autorisait toutes les libertés. Enfin, aujourd'hui, il n'est plus celui qu'il était autrefois.

— Quel âge a-t-il à présent ?

— Quatre-vingt-douze ans. On raconte que quand il était jeune, c'était un sacré cavaleur. Enfin, je ne connais pas les détails. »

Je lui adressai mes remerciements. « Merci pour tout. Tu me sauves.

— L'endroit te plaît ?

— Oui, et ça m'aidera vraiment si je peux vivre ici pendant un certain temps.

— Bien sûr que oui. Mais personnellement, je souhaite tout de même que Yuzu et toi vous vous débrouilliez pour vous remettre ensemble. »

Je n'exprimai pas mon opinion sur cette question. Masahiko lui-même n'était pas marié. Selon la rumeur, il serait bisexuel, mais au fond j'ignorais ce qu'il en était. Malgré notre longue amitié, le sujet n'avait jamais été abordé.

« Tu vas poursuivre ton travail de portraitiste ? » me demanda-t-il juste avant de partir.

Je lui expliquai ce qui m'avait amené à cesser cette activité.

« Dorénavant, tu vivras de quoi ? » La question de Masahiko était la même que celle de mon agent.

Je vais vivre sur mes économies pendant un certain temps en me cantonnant au strict nécessaire. Telle fut ma réponse, la même. D'autant plus, ajoutai-je, que j'avais aussi envie de peindre des tableaux à mon goût, sans contrainte, ce que je n'avais pas fait depuis fort longtemps.

« Alors, c'est parfait, dit Masahiko. Vas-y, fais comme tu le sens. Mais, si cela ne t'embête pas trop, tu ne voudrais pas donner quelques cours de peinture, juste comme un petit job ? Il y a une sorte de centre culturel devant la gare d'Odawara, avec des classes de peinture. Elles sont principalement destinées aux enfants mais on a créé aussi des cours pour adultes. Dessin et aquarelle uniquement, pas de peinture à l'huile. Mon père connaît celui qui gère cette école et ce n'est pas dans un esprit commercial qu'il organise ces cours. C'est vraiment dans le but de les rendre accessibles à tous. Seulement, il a du mal à trouver des enseignants. Il serait sûrement bien content si tu voulais bien lui donner un coup de main. La rémunération n'est pas très importante mais elle te permettrait de mieux t'en sortir. Ça ne te prendrait que deux journées par semaine, ce ne serait donc pas une charge trop lourde.

— Mais je n'ai jamais enseigné le dessin et je ne m'y connais pas vraiment en aquarelle.

— Oh, ce sera facile, répondit Masahiko. Il ne s'agit pas du tout de former des experts. Ce que l'on enseigne, ce sont vraiment des bases, uniquement. Un seul jour te suffira pour que tu saisisses le truc. Et le fait d'enseigner à des enfants, en particulier, c'est plutôt stimulant pour le professeur. Surtout, si tu as l'intention de vivre seul dans un endroit pareil, tu devras te forcer à descendre en ville plusieurs fois par semaine pour garder un minimum de contacts humains. Sinon, tu deviendras complètement fou. Ce serait embêtant, hein, comme dans *Shining*. »

Masahiko grimaça à la manière de Jack Nicholson. Il avait toujours eu un bon talent d'imitateur.

Je me mis à rire. « Eh bien, je suis tenté d'essayer, même si je ne garantis pas le résultat.

— Je me charge de prévenir le responsable », dit-il.

Après quoi, je me rendis avec Masahiko au centre de voitures d'occasion Toyota, le long de la route nationale. Là, j'achetai comptant, en liquide, un break Corolla. Ce jour marqua le début de mon séjour solitaire dans la montagne, non loin d'Odawara. Durant près de deux mois, j'avais mené une vie faite de déplacements incessants ; dorénavant, ce serait une existence immobile, totalement statique. Un changement radical.

À partir de la semaine suivante, je pris en charge deux classes de dessin, le mercredi et le vendredi, dans le centre culturel en face de la gare d'Odawara. Je dus passer au préalable un entretien d'embauche sommaire, mais étant donné que je bénéficiais de la recommandation de Masahiko, je fus engagé sur-le-champ, sans aucune difficulté. On me chargea de deux cours destinés aux adultes, et le vendredi, en outre, d'un cours pour les enfants. Je m'habituai tout de suite à enseigner au groupe des enfants. J'aimais bien examiner leurs dessins et, ainsi que l'avait dit Masahiko, cela m'apportait, à moi aussi, une certaine stimulation. Je sympathisai très vite avec ces jeunes élèves. Mon enseignement se résumait à faire le tour de la classe en jetant un coup d'œil sur ce que les enfants dessinaient, à leur prodiguer des petits conseils d'ordre technique et à trouver, dans chaque dessin, des points positifs pour féliciter et encourager les enfants. Mon principe était de leur faire dessiner le même thème, encore et encore, le but étant de leur montrer qu'en modifiant légèrement l'angle et le point de vue, un seul et même thème pouvait être rendu très différemment. De même que les humains ont différentes facettes, les objets présentent des aspects multiples. Les enfants comprirent immédiatement combien une telle approche était intéressante.

Ce fut peut-être un peu plus difficile d'enseigner aux adultes. C'étaient surtout des retraités âgés, ou encore des femmes au foyer qui avaient enfin un peu de disponibilité à présent que les enfants étaient plus grands. Bien entendu, ils n'avaient pas la même souplesse d'esprit et ne semblaient pas disposés à accepter mes suggestions aussi aisément. Parmi eux, certains étaient pourtant dotés d'une sensibilité relativement libérée et flexible, d'autres réalisaient des dessins plutôt intéressants. S'ils le demandaient, je leur donnais des conseils utiles, mais le plus souvent, je les laissais dessiner comme ils le voulaient, en toute liberté. Ensuite, je me bornais à les féliciter sur ce que je trouvais réussi. J'eus l'impression que cette méthode les rendait heureux. Et je considérais que du moment que l'on dessinait en étant envahi d'un sentiment de joie, c'était déjà bien beau.

C'est par le biais de ces classes de dessin que je fus amené à avoir mes aventures avec deux femmes mariées. Toutes deux fréquentaient cette école, toutes deux recevaient mon « enseignement ». Autrement dit, elles étaient mes élèves (soit dit en passant, l'une et l'autre se débrouillaient plutôt bien en dessin). J'étais leur enseignant – même si je n'étais qu'un professeur improvisé, sans titre officiel, et il est difficile de juger s'il s'agissait là d'un acte acceptable ou pas. Fondamentalement, j'estimais qu'il ne devait pas y avoir de problème à entretenir des relations sexuelles avec des femmes majeures et consentantes. Il était cependant sûr et certain que la société ne m'en ferait pas éloge.

Pourtant, sans vouloir me trouver d'excuse, je n'avais pas, à l'époque, l'esprit assez posé pour me préoccuper d'estimer si ce que je faisais était correct ou non. Agrippé à un morceau de bois, je me laissais emporter par le flot. Dans les ténèbres environnantes d'un noir insondable, le ciel ne laissait apparaître ni étoiles ni lune. Tant que je me cramponnais à ce bout de bois, je ne risquais pas de me noyer, mais j'ignorais totalement où j'étais, vers où je me dirigerais ensuite.

La découverte que je fis du tableau de Tomohiko Amada, intitulé *Le Meurtre du Commandeur*, eut lieu quelques mois après mon installation dans cette maison. Je n'avais aucun moyen de le savoir à cette époque, mais cette toile allait radicalement transformer ma situation.

4

Vues de loin, la plupart des choses semblent belles

Un matin ensoleillé, à la fin du mois de mai, j'installai mon propre matériel de peinture dans l'atelier dont Tomohiko Amada s'était servi jusque-là. Je me campai devant une toile toute neuve – cela faisait bien longtemps que cela ne m'était plus arrivé. (Dans cet atelier ne restait strictement rien de ce qu'avait utilisé l'artiste. Peut-être son fils avait-il tout rangé quelque part.) C'était une pièce carrée de cinq mètres de côté environ, aux murs entièrement peints en blanc, avec au sol du plancher, laissé nu, sans le moindre tapis. Habillée d'un rideau blanc tout simple, une vaste fenêtre s'ouvrait vers le nord. Il y en avait aussi une petite orientée à l'est, dépourvue de rideau. Comme dans le reste de la maison, les murs étaient nus. Dans un coin, un grand évier en faïence pour nettoyer le matériel maculé de peinture. Il avait dû servir depuis de longues années car sa surface présentait toutes sortes de taches aux teintes mélangées. À côté de l'évier, il y avait un poêle à pétrole d'un modèle ancien, et au plafond était suspendu un grand ventilateur. Une table de travail et un tabouret rond en bois. Sur une étagère encastrée, un ensemble stéréo compact, afin que l'artiste puisse écouter ses disques d'opéra pendant qu'il peignait. Le vent qui s'engouffrait par la fenêtre apportait les odeurs fraîches des arbres. C'était là, à n'en pas douter, un atelier dans lequel on pouvait se concentrer sur sa peinture. Il était pourvu de tout ce qui était nécessaire, on n'y trouvait rien de superflu.

À me retrouver ainsi dans ce nouvel environnement, je sentais monter en moi le *désir de peindre quelque chose*. Cette pulsion ressemblait à un sourd élancement. Et maintenant, je disposais d'un temps presque illimité que je pouvais consacrer à moi-même. Je n'avais plus besoin de faire des tableaux qui ne me plaisaient pas afin de gagner ma vie, je n'avais plus l'obligation de préparer le repas pour ma femme de retour à la maison (si préparer à manger ne me pesait pas, il n'en demeurait pas moins que c'était une obligation). Ce n'était pas seulement la préparation des repas qui avait disparu, c'était le repas lui-même dont je pouvais me dispenser complètement si je le souhaitais, et j'avais même en somme le droit de rester affamé à ma guise. Je jouissais d'une liberté totale, je pouvais faire exactement tout ce que je voulais, autant que je le voulais, sans être gêné par personne.

En fin de compte cependant, je ne parvenais pas à peindre. J'avais beau rester planté longuement devant la toile, fixer cette surface immaculée, ne jaillissait pas la moindre parcelle d'idée quant à ce que je devais peindre. J'étais dans l'incapacité de déclencher les opérations et ne savais par où commencer. Semblable à un romancier qui aurait perdu ses mots, à un musicien sans instrument, je finissais par me sentir perdu, tout simplement, dans cette pièce carrée privée de toute décoration.

Je n'avais jamais connu ce genre d'état d'esprit. Jusque-là, à peine me retrouvais-je en face d'une toile que mes pensées décollaient de l'horizon quotidien, que *quelque chose* se faisait jour dans ma tête. Parfois une idée essentiellement concrète et utile, parfois une rêverie parfaitement improductive. Mais il y avait toujours quelque chose qui émergeait. Il me suffisait alors de trouver et de saisir, parmi toutes ces choses qui me venaient à l'esprit, celle que je jugeais pertinente, de la transposer sur la toile, pour ensuite la laisser se développer en suivant mon intuition. De la sorte, l'œuvre cheminait d'elle-même vers l'achèvement. À présent néanmoins, je n'arrivais pas à percevoir ce quelque chose qui aurait dû servir d'amorce. Si ardente que soit la volonté, quelle que soit la nature de l'élancement qu'on ressent au fond de soi, toute chose a besoin d'un commencement concret.

Tôt levé le matin (en général, avant 6 heures), j'allais d'abord à la cuisine me faire du café puis, mon mug à la main, je me rendais dans l'atelier et m'asseyais sur le tabouret face à ma toile. Et je me concentrais. Je restais à l'écoute des échos de mon cœur, je cherchais à découvrir l'image du quelque chose qui devrait s'y trouver. En vain. J'étais toujours perdant. Après avoir tenté un bon moment de canaliser mon attention, je renonçais, je m'asseyais par terre et, appuyé contre le mur, j'écoutais un opéra de Puccini. (Pour je ne sais quelle raison, je n'écoutais que Puccini à cette époque.) *Turandot*, *La Bohème*. Puis, levant les yeux vers le ventilateur du plafond qui tournait languissamment, je demeurais dans l'attente que surgisse une *idée*, un *motif*, quelque chose de ce genre. Rien ne venait pourtant.

Seul le soleil du début d'été montait lentement vers le zénith.

Où se situait donc le problème ? Peut-être était-ce le fait que je n'avais cessé de peindre des portraits pour gagner ma vie durant de trop longues années. Et qu'en conséquence mon intuition originelle s'était alors affaiblie. Comme le sable du rivage qui finit par disparaître peu à peu sous l'action des vagues. Quoi qu'il en soit, le courant, à un moment donné, s'était engagé dans une mauvaise direction. *Je dois prendre mon temps*, me disais-je. Cette fois-ci, je dois être patient. *Je dois mettre le temps de mon côté*. Et alors, je pourrai de nouveau saisir le courant dont j'ai besoin. À coup sûr, il reviendra vers moi plus tard. Mais à vrai dire, je n'en étais pas convaincu.

Ce fut également durant cette période que j'eus des aventures avec des femmes mariées. Je crois que je recherchais une sorte de percée spirituelle. J'avais envie de sortir à tout prix de l'état de stagnation dans lequel je m'étais alors embourbé et, pour ce faire, il me fallait des stimulations personnelles (n'importe lesquelles) qui provoquent un ébranlement mental. Par ailleurs, je commençais à me sentir las d'être seul. Et puis, cela faisait longtemps que je n'avais pas fait l'amour avec une femme.

À présent que j'y songe, durant cette période, les jours passèrent d'une étrange manière. Je m'éveillais tôt le matin, allais m'installer dans cet atelier de forme carrée, dont les quatre murs étaient tout blancs, et, devant une toile vierge, alors que rien de ce qui ressemblait à une *idée* ne me venait à l'esprit, je restais assis sur le plancher et j'écoutais Puccini. Pour ce qui est du domaine de la création, je me retrouvais face à un pur néant. Alors qu'il peinait dans la composition d'un opéra, Claude Debussy écrivit quelque part : « Jour après jour, je persiste à créer du rien. » Et moi, cet été-là, de la même façon, je m'appliquais à « créer du rien » au quotidien. Sans aller jusqu'à dire qu'il y avait entre nous de l'intimité, sans doute m'étais-je familiarisé avec cette confrontation journalière avec le « rien ».

Ainsi, environ deux fois par semaine, après le déjeuner, *elle* (la deuxième femme mariée) me rendait visite au volant de sa Mini rouge. Tout de suite, nous allions au lit. Et durant ces heures du début de l'après-midi, nous nous livrions à nos ébats amoureux tout notre soûl. Bien entendu, ce que ces étreintes engendraient n'était pas du rien. Existaient là de vrais corps. Mes mains pouvaient réellement la toucher, de la tête jusqu'aux pieds, mes lèvres pouvaient parcourir tout son corps. De la sorte, comme si je manœuvrais un commutateur mental, j'étais amené à faire des va-et-vient entre ce « rien », si vague, si difficile à appréhender, et ce réel tellement vivant. Selon elle, son époux ne l'avait pas approchée physiquement depuis presque deux ans. Il avait dix ans de plus qu'elle, était complètement absorbé par son travail et rentrait très tard à la maison. Elle avait eu beau tenter diverses manœuvres de séduction, lui n'était jamais d'humeur.

« Je me demande bien pourquoi. Alors que tu as un si beau corps », lui dis-je.

Elle rentra légèrement la tête dans les épaules. « Cela fait plus de quinze ans que nous sommes mariés, nous avons deux enfants, et pour lui, je ne suis plus de première fraîcheur.

— À mes yeux, tu es très fraîche pourtant.

— Merci. Mais quand tu dis ça, j'ai l'impression d'être comme “recyclée”.

— Tu veux parler du recyclage des ressources ?

— Exactement.

— Tu es une ressource très précieuse, dis-je. Tu apportes aussi ta contribution à la société. »

Elle se mit à pouffer de rire. « À condition de bien trier, sans se tromper. »

Après un petit temps de pause, nous nous attaquâmes résolument au tri complexe des ressources.

Pour être honnête, à l'origine, je n'éprouvais pas d'intérêt pour elle en tant que personne. En ce sens qu'elle était d'une nature différente des autres femmes avec qui j'étais sorti jusque-là. Nous avions peu de sujets de conversation communs. Presque aucun aspect de notre existence ne se croisait, autant pour ce qui touchait à notre vie actuelle qu'en ce qui concernait nos parcours respectifs. Comme j'étais de tempérament taciturne, lorsque nous étions ensemble, c'était elle qui parlait le plus souvent. Elle parlait d'elle-même et moi, j'approuvais en hochant la tête, ou bien je lui donnais mon avis du bout des lèvres, mais il aurait été difficile d'appeler cet échange une véritable conversation.

Je vivais ce genre d'expérience pour la première fois. Les autres femmes que j'avais fréquentées, c'est d'abord humainement qu'elles m'avaient attiré, et seulement après que le sexe avait suivi, comme une prolongation naturelle. Tel était le schéma habitucl. Mais avec elle, ce fut autre chose. En premier lieu, il y eut les rapports charnels. Ce que je trouvai finalement tout aussi bien. Durant le temps où je la fréquentai, je savourai pleinement ces étreintes. Je crois qu'elle aussi y prit grand plaisir. Dans mes bras, elle s'abandonnait à la volupté à plusieurs reprises et, de mon côté, je jouissais plusieurs fois en elle.

Depuis qu'elle était mariée, me confia-t-elle, c'était la première fois qu'elle faisait l'amour avec un autre homme. Je n'avais pas de raison de penser qu'elle mentait. Pour ma part, c'était aussi la première fois, depuis mon mariage, que j'expérimentais le sexe avec une autre que ma femme. (Non, il m'arriva de partager mon lit avec une autre femme, *exceptionnellement*, une seule fois. Je ne l'avais cependant pas voulu. J'expliquerai plus tard les circonstances de cette affaire.)

« Tu sais, on dirait que la plupart des amies de mon âge, toutes mariées, vivent ou ont déjà vécu l'adultère, dit-elle. Elles m'ont souvent raconté ce genre d'histoires.

— Recyclage, fis-je.

— Pourtant, je ne pensais pas devenir un jour membre de ce club… »

Le regard dirigé vers le plafond, je songeai à Yuzu. Elle aussi, quelque part, avec quelqu'un d'autre, avait-elle fait la même chose ?

Une fois que cette femme était repartie, je me retrouvais seul, complètement désœuvré. Dans le lit restait le creux qu'elle avait laissé. Sans envie d'entreprendre quoi que ce soit, je m'allongeais sur une chaise longue, sur la terrasse, et je tuais le temps en lisant. La bibliothèque de l'artiste regorgeait de vieux ouvrages. Il y avait aussi pas mal de romans qu'il serait difficile de se procurer aujourd'hui. Des livres qui avaient connu une certaine popularité autrefois, que le public avait délaissés un jour et que presque personne à présent ne prenait en main. Ces romans désuets, j'aimais les lire. Ainsi, avec le vieil homme que je n'avais jamais rencontré, je partageais le sentiment d'avoir été oublié par le temps.

Quand le soir tombait, j'ouvrais une bouteille (boire du vin de temps à autre était à cette époque mon unique luxe, bien entendu, ce n'était pas un vin de prix), j'écoutais de vieux 33 tours. Cette collection de disques était composée uniquement de musique classique, opéras et musiques de chambre pour la plupart. Des albums traités avec tant de soin que leur surface ne présentait pas la moindre éraflure. Dans la journée, j'écoutais surtout des opéras, le soir, c'était plutôt les quatuors à cordes de Beethoven et de Schubert.

Cette aventure me permit de faire l'amour avec une femme réelle, de façon régulière, me procurant ainsi une sorte de sérénité. Le toucher tendre de la peau d'une femme mûre apaisa quelque peu l'humeur sombre qui m'habitait. Du moins, lorsque je la tenais dans mes bras, je parvenais à laisser en suspens, temporairement, toutes sortes d'interrogations et de questions pendantes. Mais cela ne changeait rien au fait qu'aucune *idée* ne se profilait quant à ce que je devais peindre. Parfois, lorsque nous étions au lit, je crayonnais des croquis d'elle nue. Pour beaucoup, ils étaient de nature érotique. Par exemple, je dessinais le moment où mon sexe s'introduisait en elle, ou bien celui où elle le gardait dans sa bouche. Elle-même regardait ces dessins avec plaisir – tout en rougissant. Si j'avais pris en photo ces instants, cela aurait déplu à la plupart des femmes. Elles auraient éprouvé de la répugnance et de la méfiance à l'égard d'un partenaire qui se comportait ainsi. Mais du moment qu'il s'agissait de dessins, d'autant plus s'ils étaient réussis, elles s'en montraient, au contraire, heureuses. Car dans ces représentations, il y avait la chaleur des êtres vivants. Et, au moins, nulle froideur mécanique. Pourtant, même si ces croquis étaient très bons, je ne voyais toujours pas surgir le moindre fragment de ce que je désirais véritablement dessiner.

Les tableaux que l'on nomme « abstraits », comme ceux que je peignais quand j'étais étudiant, ne me parlaient plus à présent. Je n'étais plus séduit par ce type de peintures. Quand j'y repense aujourd'hui, ces toiles brossées autrefois avec passion n'étaient rien d'autre, finalement, qu'une « recherche de la forme ». À l'époque, j'étais fortement attiré par des éléments tels que la beauté formelle du sujet, ou son équilibre. Ce qui, certes, n'était pas un mal en soi. Néanmoins, je n'avais jamais atteint la profondeur de l'âme qui devait exister au-delà. À présent, je le comprends très bien. Ce que je parvenais à acquérir alors n'était qu'un simple plaisir plastique, assez superficiel. Il n'y avait là rien de saisissant, rien qui provoquait un véritable ébranlement spirituel. Dans ce que je peignais, il n'y avait, au mieux, qu'une « intelligence » artistique.

J'avais trente-six ans. J'arriverais bientôt à la quarantaine. Il fallait qu'avant cet âge j'aie à tout prix établi mon propre univers artistique. C'était ce que j'avais toujours pensé. Pour nous tous, quarante ans, c'est la ligne de partage des eaux. Au-delà, nous ne pouvons plus être les mêmes. Il me restait encore quatre ans. Mais quatre années peuvent passer aussi vite qu'un instant. Et du fait de cette activité prolongée de portraitiste, dans l'objectif de gagner ma vie, j'avais déjà fait bien des détours. Oui, encore une fois, il fallait vraiment que le temps soit de mon côté.

Alors que je vivais dans sa maison sur la montagne, me vint le désir d'en savoir davantage, avec plus de détails, sur Tomohiko Amada, son propriétaire. Jusque-là, je n'avais jamais éprouvé d'intérêt pour la peinture de style nihonga. Même si je connaissais le nom de Tomohiko Amada, et qu'il se trouvait être le père de mon ami, j'ignorais à peu près tout ce qu'il était comme homme et le genre de peintures qu'il avait réalisées. Tomohiko Amada avait beau être l'une des figures éminentes dans le monde de la peinture au Japon, sa réputation publique ne semblait pas le concerner. Il n'apparaissait jamais sur le devant de la scène. Il poursuivait en solitaire sa vie consacrée à la création, loin du tumulte – ou plutôt avec une grande obstination. Voilà tout au plus ce que je savais de lui.

Mais au fur et à mesure que j'écoutais sa collection de disques grâce à la stéréo qu'il avait laissée, que je lisais les livres de sa bibliothèque, que je dormais dans le lit où il avait lui-même dormi, que je préparais mes repas quotidiens dans sa cuisine, que j'utilisais l'atelier dont il s'était servi, je sentais monter en moi, peu à peu, de l'intérêt pour l'homme Tomohiko Amada. Parler de « curiosité » serait peut-être plus proche de ce que j'éprouvais. Autrefois orienté vers la peinture moderne, il avait séjourné à Vienne pour se perfectionner, puis, en revenant au Japon, il fit soudain « retour » vers le nihonga. Ce parcours hors du commun m'intéressa énormément aussi. Je ne connaissais pas les détails de son histoire, mais il suffisait d'un peu de sens commun pour savoir que pour un homme qui a longtemps peint dans le style occidental, il n'est pas simple du tout de se reconvertir dans le genre du nihonga. Toutes les techniques qu'il s'est escrimé à acquérir jusque-là, il doit prendre la décision de s'en défaire totalement. Et il faut qu'il reparte de zéro. Malgré tout, Tomohiko Amada se risqua à choisir cette voie difficile. Derrière ce choix, il y avait certainement une raison profonde.

Un jour, avant d'aller à mon travail au centre culturel, je me rendis à la bibliothèque municipale d'Odawara pour consulter les ouvrages qui lui étaient consacrés. Le peintre ayant vécu sur place longtemps, il y avait là trois magnifiques albums de reproductions. Sur l'un d'entre eux, on pouvait voir aussi des peintures de style occidental qu'il avait exécutées entre vingt et trente ans, comme des « documents de référence ». Je fus étonné de découvrir que cette série de tableaux, peints durant sa jeunesse, me rappelait les « peintures abstraites » que je faisais autrefois. Le style n'était pas vraiment le même (avant guerre, il avait été fortement influencé par le cubisme), mais dans cette posture de « recherche éperdue de la forme pour elle-même », il y avait beaucoup de similitude avec ma propre démarche. Bien sûr, chez lui qui deviendrait plus tard un des peintres les plus reconnus, il y avait plus de profondeur que dans mes propres toiles, et aussi plus de force de persuasion. Sa technique également était éblouissante. Ces tableaux avaient sûrement reçu des critiques très élogieuses à l'époque. Et pourtant, il *manquait quelque chose*.

Assis à l'une des tables de la bibliothèque, je contemplai ces œuvres un long moment, les observant dans le détail. Mais qu'est-ce qui leur faisait donc défaut ? Je ne parvenais pas à déterminer correctement ce qui nuisait par son absence. Mais pour le dire crûment, c'étaient des peintures dont l'existence n'avait rien d'indispensable. Des peintures dont personne ne ressentirait le moindre désagrément si elles s'étaient perdues quelque part pour l'éternité. Une façon de parler peut-être cruelle, mais vraie. En contemplant ces tableaux avec le recul, c'est-à-dire plus de soixante-dix ans après, cette vérité se manifestait dans toute son évidence.

Je feuilletai ensuite l'ouvrage, à la recherche de la période postérieure à sa « reconversion » comme peintre de nihonga, et observai ces tableaux-là dans l'ordre chronologique. On constatait encore un peu de maladresse dans les œuvres du début, comme s'il imitait les techniques de ses prédécesseurs. Puis, à mesure que le temps passait, on voyait qu'il avait clairement découvert son propre style. Je pouvais suivre son évolution. On observait ici ou là certains tâtonnements, mais jamais, à aucun moment, la moindre hésitation. Dans ses œuvres post-reconversion, il y avait *quelque chose que lui seul savait peindre*, et lui-même était conscient de ce fait. Et il avançait dans une démarche pleine de confiance, droit vers le fond de ce « quelque chose ». On ne percevait plus dans ces toiles l'impression qu'« il manquait quelque chose », celle que l'on ressentait durant sa période de peinture à l'occidentale. Davantage qu'une « reconversion », il s'était agi d'une « sublimation ».

Tomohiko Amada, au début, comme tous les peintres de nihonga, peignit des paysages réels, des fleurs réelles, mais ensuite (j'imagine qu'il y eut à cela une raison), il se mit principalement à représenter des scènes de l'Antiquité japonaise. Il choisit aussi des thèmes de l'époque Heian et de l'époque Kamakura, mais ce qu'il préférait, c'était le début du VIIe siècle après J.-C., autrement dit, l'époque du prince Shôtoku

Taishi. Il se saisissait des scènes, des événements historiques, de la vie des gens ordinaires, et, avec hardiesse, il les reproduisait ensuite minutieusement sur ses tableaux. Bien entendu, ces scènes, il n'en avait pas été le témoin direct. Mais il les *ressentait* très distinctement, avec les yeux du cœur. Pourquoi cette prédilection pour l'époque Asuka, je l'ignorais. Mais cela devint son univers propre, son style particulier. Et à cette même période, ses techniques de nihonga se perfectionnèrent pour atteindre le summum du raffinement.

En observant ses peintures avec beaucoup d'attention, je constatai que l'artiste semblait avoir réussi à peindre ce qu'il voulait vraiment, avec une totale liberté. Dès lors, son pinceau tourbillonna sur la toile à sa guise, librement, avec fluidité, comme s'il exécutait une danse. Le plus remarquable, c'étaient les vides. Le meilleur de ses œuvres résidait paradoxalement dans les parties qu'il n'avait pas peintes. En osant ne pas peindre, il mettait encore plus clairement en valeur ce qu'il voulait peindre. C'est sans doute la particularité dans laquelle excelle le nihonga. Pour ma part, je n'avais jamais vu, du moins dans les peintures occidentales, des vides aussi audacieux. À les contempler, j'avais l'impression de comprendre, confusément, le sens de la conversion de Tomohiko Amada. Ce que je ne comprenais pas, c'était quand et dans quelles circonstances il avait décidé de cette intrépide « conversion », qu'il avait ensuite réellement mise en œuvre.

Je consultai la notice biographique à la fin du volume. L'homme était né à Aso, dans la préfecture de Kumamoto. Son père était un influent propriétaire foncier de la région, sa famille était extrêmement fortunée. Particulièrement doué pour le dessin dès son enfance, il s'était fait remarquer très jeune dans ce domaine. Tout de suite après avoir été diplômé de l'École des beaux-arts de Tokyo (devenue ensuite l'Université des arts), l'étudiant plein de promesses était parti se perfectionner à Vienne, où il avait séjourné de la fin 1936 à 1939. Puis, début 1939, avant que ne commence la Seconde Guerre mondiale, il était rentré au Japon par bateau depuis le port de Brême. De 1936 à 1939, en Allemagne, c'était l'époque où Hitler avait pris le pouvoir. L'Autriche avait été annexée à l'Allemagne, et avait eu lieu ce que l'on appelle l'Anschluss, en mars 1938. Le jeune Amada séjourna donc à Vienne précisément durant cette période mouvementée. Nul doute qu'il fut le témoin de toutes sortes de scènes qui marquèrent l'Histoire.

Mais là-bas, qu'avait-il pu lui arriver ?

Je lus de bout en bout le long essai, intitulé *Étude sur Tomohiko Amada*, inséré dans l'un des albums, pour simplement aboutir à la conclusion que l'on ne savait pratiquement rien de lui durant son séjour à Vienne. Concernant son parcours en tant que peintre nihonga après son retour au Japon, les études étaient plus concrètes et plus détaillées, mais au sujet de l'historique et des mobiles de cette « conversion », supposée avoir eu lieu durant la période de Vienne, n'étaient mentionnées que de simples conjectures, vagues et sans fondement. Ce qu'il avait pu faire à Vienne et ce qui l'avait poussé à prendre la décision hardie de se reconvertir ainsi, tout cela restait une énigme.

Tomohiko Amada revint au Japon en février 1939 et s'installa dans une location à Sendagi. Il semble que déjà, à cette époque, il avait complètement cessé de peindre des tableaux à l'occidentale. Mais il recevait chaque mois de sa famille une certaine somme d'argent suffisante pour vivre sans problème. Sa mère, en particulier, le chérissait follement. Durant cette période, il aurait étudié quasiment en autodidacte le genre du nihonga. Il tenta aussi à plusieurs reprises de recevoir l'enseignement d'un maître, mais apparemment, cela ne se passa pas très bien. Par tempérament, ce n'était pas quelqu'un de modeste. Entretenir des relations amicales et paisibles avec les autres n'était pas son fort. En conséquence, l'« isolement » devint le leitmotiv de toute sa vie.

À la fin de 1941, il y eut l'attaque de Pearl Harbor, et après la véritable entrée en guerre du Japon, il s'éloigna d'un Tokyo trop tumultueux à bien des égards et retourna dans la maison familiale à Aso. Étant le fils cadet, il échappa à l'ennui de succéder au chef de famille ; on lui attribua une petite maison et une servante et il put ainsi mener une vie tranquille sans presque jamais être perturbé par la guerre. Pour son bonheur ou pour son malheur, souffrant d'une déficience pulmonaire congénitale, il n'eut pas à s'inquiéter d'être incorporé comme soldat (ou bien peut-être n'était-ce là que le prétexte officiel, et la famille avait manœuvré par-derrière pour l'exempter de la conscription). Il n'eut pas non plus à souffrir de la faim comme le reste de la population civile. De plus, comme il vivait au fin fond des montagnes, sauf accident, les bombardements américains n'étaient pas à redouter. Ainsi, jusqu'à la fin de la guerre en 1945, il vécut seul et reclus dans les montagnes d'Aso. Coupé de tout contact extérieur, il dut se livrer corps et âme à son travail de peintre pour acquérir seul, par lui-même, les techniques du nihonga, car il ne présenta aucune œuvre durant ces années-là.

Tomohiko Amada avait attiré toute l'attention du public comme peintre à l'occidentale. C'était un artiste très prometteur, il était même allé vivre à Vienne pour se perfectionner. Après un tel parcours, ce ne fut sans doute pas une expérience facile pour lui que de garder le silence durant plus de six années, d'être complètement oublié et de se retrouver à l'écart du monde de la peinture. Mais il n'était pas homme à se décourager facilement. Lorsque cette longue guerre se termina enfin et alors que la population se débattait désespérément pour se relever du chaos qui s'ensuivit, un tout nouveau Tomohiko Amada refit ses débuts comme prodige du nihonga. Peu à peu, il commença à présenter les œuvres réalisées durant la guerre. À cette époque, justement, beaucoup de peintres reconnus, qui avaient exécuté de vaillants tableaux de propagande pendant les hostilités, durent assumer leurs responsabilités et furent contraints au silence ; placés sous la surveillance de l'armée d'occupation, ils furent acculés à une semi-retraite. C'est précisément pour cette raison que les toiles d'Amada attirèrent l'attention du public. On vit en elles une possibilité de renouveler le genre nihonga. Autrement dit, le temps fut son allié.

Sur la suite de sa carrière, il n'y avait pas grand-chose qui valait la peine d'être raconté. Une fois qu'elle a été couronnée de succès, la vie d'après paraît souvent plus ennuyeuse. Bien sûr, il arrive aussi que des artistes qui viennent à peine de rencontrer le succès se précipitent tout droit vers une débâcle haute en couleur. Ce ne fut pas le cas de Tomohiko Amada. Il ne cessa ensuite de recevoir des prix (il refusa cependant d'être décoré de l'ordre du Mérite culturel sous prétexte que « cela le distrayait »), et il devint célèbre aussi auprès du grand public. La valeur de ses tableaux grimpa d'année en année, ses œuvres furent exposées dans de nombreux lieux publics. Les commandes étaient incessantes. Sa cote était très élevée aussi à l'étranger. C'était ce qui s'appelle avoir vraiment le vent en poupe. Pourtant, l'intéressé n'apparaissait presque jamais sur le devant de la scène. Il refusa obstinément d'occuper des postes à haute responsabilité. Il déclinait toutes les invitations sans exception, au Japon comme à l'étranger. Il restait reclus, solitaire dans sa maison sur la montagne, non loin d'Odawara (c'est-à-dire la maison dans laquelle je vivais alors), totalement concentré sur sa création.

Et à présent, alors qu'il avait atteint l'âge de quatre-vingt-douze ans, il était hospitalisé dans une résidence médicalisée d'Izukôgen, dans un état mental qui ne lui permettait pas de faire la différence entre un opéra et une poêle à frire.

Je refermai l'album et allai le reposer sur le comptoir de la bibliothèque.

S'il faisait beau, après le repas, je sortais sur la terrasse et m'allongeais sur une chaise longue, un verre de vin blanc à la main. Puis, tout en observant les étoiles scintillantes et lumineuses dans le ciel du sud, je me perdais dans mes pensées : y avait-il quelque chose que je devais apprendre de la vie de Tomohiko Amada ? Oui, bien entendu, il y avait forcément un certain nombre de choses à apprendre. L'audace d'avoir osé changer de façon de vivre, l'importance d'avoir su mettre le temps de son côté. Et de surcroît, le fait d'avoir découvert le style et le sujet de créations qui lui appartenaient en propre. Cela n'est pas chose facile, évidemment. Mais pour un homme qui se veut créateur, c'est une tâche qu'il doit absolument mener à bien, quoi qu'il arrive. Si possible, avant d'atteindre quarante ans…

Mais quelles étaient les expériences que Tomohiko Amada avait dû faire à Vienne ? De quels événements avait-il dû être le témoin ? Et qu'est-ce qui l'avait donc décidé à jeter à tout jamais les pinceaux de la peinture à l'huile ? Dans ma tête se dessinaient les drapeaux à croix gammée rouge et noir flottant dans les rues de Vienne et la silhouette du jeune Tomohiko Amada évoluant dans ces mêmes rues. La saison, je ne sais pourquoi, c'est l'hiver. Il porte un manteau épais, une écharpe autour du cou, une casquette de chasseur bien enfoncée sur la tête. On ne voit pas son visage. Sous la neige qui commence à tomber, un tramway surgit du virage et s'approche. Le jeune homme continue de marcher, expirant dans l'air son souffle blanc, incarnation même de son silence. Les gens, bien au chaud dans les buvettes, boivent du café coupé de rhum.

Je tentai de superposer les images des scènes du Japon de l'ère Asuka qu'il peignit des années plus tard et celles de ces coins de rue anciens de Vienne. J'eus beau laisser libre cours à mon imagination, entre les deux, les points de ressemblance étaient impossibles à découvrir.

Le côté ouest de la terrasse donnait sur une étroite vallée et, de l'autre côté, il y avait une série de montagnes à peu près de la même hauteur que celle où je me tenais. Sur ces versants, on voyait quelques maisons à bonne distance les unes des autres, environnées d'une luxuriante végétation. Sur la droite, en diagonale par rapport à la mienne, une grande villa moderne attirait particulièrement le regard. Une demeure bâtie au sommet de la montagne, construite avec une profusion de béton blanc et aux vastes baies vitrées bleues ; il aurait été plus juste de parler de « résidence de luxe », étant donné l'atmosphère d'élégance et de faste qui s'en dégageait. Elle était édifiée sur trois niveaux, suivant la déclivité du terrain. Un architecte de premier plan avait dû être chargé de sa construction. Dans les environs, il y avait toujours eu de nombreuses maisons de campagne, mais cette résidence paraissait habitée à l'année, car tous les soirs, les fenêtres étaient éclairées. Bien sûr, peut-être ne s'agissait-il que d'un dispositif de prévention automatique. Mais ce n'était pas mon impression. Selon les jours, les lumières étaient allumées ou éteintes à des heures différentes. Parfois, toutes les baies vitrées étaient vivement éclairées, comme des vitrines dans une grande avenue, mais parfois il ne restait que la faible lueur d'une lampe de jardin et la maison entière était plongée dans l'obscurité.

Sur la terrasse qui me faisait face (qui évoquait le pont supérieur d'un navire), j'apercevais de temps à autre une silhouette. Visible d'ordinaire quand tombait le soir. Impossible de dire s'il s'agissait d'un homme ou d'une femme. Car je la voyais de loin, et le plus souvent à contre-jour. D'après son allure cependant et sa démarche, je supposai que c'était un homme. Qui se montrait toujours seul. Peut-être n'avait-il pas de famille.

Quelle sorte d'homme pouvait bien vivre là ? À mes moments perdus, je m'abandonnais à diverses supputations. Ce personnage vivait-il vraiment tout seul en haut de la montagne, dans ce lieu tellement retiré ? Que faisait-il dans la vie ? Il devait mener sans nul doute une existence raffinée et libre dans cette résidence aux luxueuses baies vitrées. Car dans un endroit aussi peu commode, il n'était pas question de faire des allers-retours quotidiens pour se rendre à son travail en ville. Sans doute se trouvait-il dans une situation qui lui permettait de vivre à l'aise, sans souci. D'un autre côté, qui m'observait depuis le versant opposé de la vallée aurait pu croire que je vivais seul et à ma guise, sans rien qui puisse me causer de tracas. Vues de loin, la plupart des choses semblent belles.

Cette nuit-là aussi, je vis la silhouette. Assis comme moi dans un fauteuil sur sa terrasse, l'homme ne faisait aucun mouvement. Comme moi, il semblait réfléchir à quelque chose tout en regardant les étoiles scintiller dans le ciel. Et il méditait sûrement sur des questions qui resteraient à jamais sans réponse, aussi longtemps qu'il s'y soumette. Telle fut mon impression. Même placé dans une situation des plus favorisées, tout homme est confronté à l'obligation de réfléchir. Je levai légèrement mon verre à l'intention de ce personnage, de l'autre côté de la vallée, pour lui signifier secrètement ma solidarité.

Bien entendu, je n'imaginais pas à ce moment-là que celui-ci ferait bientôt irruption dans ma vie, qu'il apporterait de grands changements sur la route que je suivais. S'il n'avait pas été là, sans doute que toutes sortes d'événements ne me seraient pas arrivés, et en même temps, s'il n'avait pas été là, peut-être que j'aurais perdu la vie en pleines ténèbres, à l'insu de tout le monde.

En y pensant rétrospectivement, je me dis que nos vies sont faites d'une façon vraiment étrange. Elles regorgent de hasards extravagants et difficiles à croire, de développements en zigzag impossibles à pronostiquer. Mais lorsque ces événements nous arrivent réellement, lorsqu'on est plongé en plein milieu du tourbillon, il est possible de ne pas y voir le moindre élément étrange. Peut-être ce qui arrive nous semble-t-il être uniquement des faits parmi les plus ordinaires, se produisant de la façon la plus ordinaire, dans un quotidien linéaire. Ou bien au contraire, peut-être tout cela nous paraît-il complètement insensé. Mais en fin de compte, c'est seulement beaucoup plus tard que l'on saura vraiment si un événement est conforme à la raison ou pas.

Ce sont les conséquences, dans la plupart des cas, qui nous permettent de déterminer si les choses sont raisonnables ou pas. Les conséquences, tout le monde peut les voir exister dans la réalité, de façon incontestable, tout le monde peut les voir exercer leur influence. Néanmoins il n'est pas simple d'en déterminer la cause. Cette cause, il est difficile de la prendre dans la main et de la montrer à quelqu'un en lui disant : « Tiens, elle est là ! » Bien entendu, il a dû y avoir une cause quelque part. Sans cause, pas d'effet. De même qu'il n'y a pas d'omelette si l'on n'a pas cassé des œufs. C'est comme une rangée de dominos qui s'écroule : une pièce (une cause) fait d'abord tomber une pièce voisine (une cause), puis, de nouveau, fait tomber la suivante (une cause). À mesure que s'enchaînent ces chutes, on finira par ne plus vraiment savoir quelle a été la cause de départ. Cela nous sera complètement égal. Ou bien encore, cette cause ne suscitera plus aucun intérêt particulier. Et l'on se contentera de conclure en disant : « Finalement, de nombreuses pièces ont chuté l'une après l'autre. » Point et fin de l'histoire. Il se pourrait bien que ce que je vais raconter ensuite prenne un chemin similaire.

En tout cas, ce que je dois tout d'abord relater – les deux pièces de domino en somme qu'il me faut d'abord placer – concerne l'homme mystérieux qui habite sur l'autre versant de la vallée et le tableau intitulé *Le Meurtre du Commandeur*. Parlons, pour commencer, de ce tableau.

5

Il ne respire plus, ses membres se glacent

Quand je commençai à habiter dans cette maison, ce qui me parut tout de suite étrange fut de ne trouver nulle part ce qu'on pourrait qualifier de tableau ou de peinture. Il n'y avait pas une seule toile accrochée aux murs, et même dans les placards ou dans les remises, rien de ce qui ressemblait à un dessin. Aucune peinture de Tomohiko Amada, aucune d'un autre peintre non plus. Les murs étaient laissés absolument nus. Pas même de traces de clous qui auraient servi à accrocher un cadre. À ce que j'en sais, tout peintre possède sa collection de tableaux, petite ou grande, qu'il garde à portée de main. Les siens et ceux des autres. Il accumule toutes sortes de peintures sans même s'en rendre compte. De la même façon que la neige, aussitôt déblayée, continue de s'accumuler.

Un jour où je téléphonais à Masahiko Amada à propos d'un sujet quelconque, j'en profitai pour évoquer la question. Pourquoi n'y a-t-il donc aucune toile dans cette maison ? Quelqu'un les a-t-il emportées ou bien cela a-t-il toujours été ainsi ?

« Mon père n'aimait pas garder ses œuvres près de lui, répondit Masahiko. Dès qu'une peinture était terminée, il appelait un galeriste et la lui remettait, ou bien, si un tableau ne le satisfaisait pas, il le brûlait dans l'incinérateur du jardin. Ce n'est donc pas particulièrement étonnant qu'il n'y ait aucune toile de mon père.

— Il ne possède aucun tableau d'autres peintres ?

— Si, il en avait quatre ou cinq. Des anciens Matisse ou des Braque. Des œuvres de petites dimensions, achetées avant la guerre en Europe. Il les avait eues par des connaissances, et à l'époque, leur prix n'était sans doute pas très élevé. Bien sûr, aujourd'hui, elles vaudraient très cher. Ces toiles-là, quand mon père a été hospitalisé, je les ai fait déposer chez un galeriste que je connais bien. Il n'était pas question de les laisser dans une maison inoccupée. Je pense qu'elles sont conservées dans la réserve climatisée spécialement conçue pour les œuvres d'art. Sinon, en dehors de ces tableaux, je n'ai jamais vu de peintures d'autres artistes. En fait, mon père n'aimait pas tellement ses confrères. Et forcément, eux, de leur côté, ils ne l'aimaient pas tellement non plus. Pour le dire gentiment, on évoquerait un loup solitaire, mais en mauvaise part, on parlerait d'un marginal.

— Ton père a bien vécu à Vienne de 1936 à 1939 ?

— Oui, c'était un séjour d'environ deux années. Mais j'ignore pourquoi il a choisi Vienne. Car ses peintres préférés étaient presque tous des Français.

— Puis il est revenu au Japon et il s'est soudain converti au nihonga, dis-je. Qu'est-ce qui a bien pu lui faire prendre cette décision radicale ? Lui serait-il arrivé un événement particulier durant ce séjour à Vienne ?

— Alors là… c'est un mystère. Mon père ne parlait pas beaucoup de sa période viennoise. Quelquefois, il racontait des anecdotes sans importance. Sur le zoo de Vienne, ou sur ce qu'on mangeait là-bas, ou sur les théâtres. Mais il n'était pas bavard quand il s'agissait de lui-même. Et de mon côté, je n'osais pas le questionner. Mon père et moi, nous avons vécu en partie loin l'un de l'autre, et je ne le voyais qu'occasionnellement. Plus qu'un père, il était pour moi une espèce de parent proche, une sorte d'oncle qui nous rendait visite de temps en temps. Puis, à partir du moment où je suis entré au collège, je l'ai trouvé de plus en plus pénible et je l'ai évité. Quand j'ai décidé d'aller aux Beaux-Arts, je ne lui ai même pas demandé conseil. C'était un milieu familial pas vraiment compliqué, mais pas non plus un foyer normal. Tu vois à peu près ce que je veux dire ?

— Oui, plus ou moins.

— Quoi qu'il en soit, aujourd'hui, mon père n'a plus aucun souvenir du passé. Ou peut-être sont-ils enfouis quelque part, dans les profondeurs de je ne sais quelle fosse boueuse. Tu peux lui poser n'importe quelle question, il ne te répond pas. Il ne sait même pas qui je suis. Et sans doute ne sait-il pas non plus qui il est lui-même. Peut-être aurais-je dû lui poser différentes questions plus tôt. Il m'arrive de le penser. Mais à présent il est trop tard. »

Masahiko se tut comme pour réfléchir un instant puis il reprit : « Pourquoi est-ce que tu veux savoir tout cela ? Il y a eu un événement particulier qui t'a fait t'intéresser à lui ?

— Non, pas exactement, répondis-je. Sauf qu'en vivant dans cette maison, j'ai l'impression de sentir ici ou là comme l'ombre de ton père. Alors, je suis allé à la bibliothèque chercher quelques renseignements sur lui.

— L'ombre de mon père ?

— Des traces de sa présence, peut-être.

— Ce n'est pas une impression déplaisante ? »

Je secouai la tête. « Non, absolument pas. Si ce n'est qu'une sorte de présence vague de l'homme Tomohiko Amada continue à flotter ici. Dans l'air. »

Masahiko resta de nouveau pensif un instant avant de déclarer : « Mon père a longtemps vécu dans cette maison, il y a passé beaucoup de temps aussi pour son travail. Il est possible qu'il en reste comme une certaine présence. C'est d'ailleurs à cause de ces choses-là que moi, pour être franc, je n'aime pas tellement m'approcher de cette maison tout seul. »

Je l'écoutai sans un mot.

« Je te l'ai sans doute déjà dit, continua-t-il, mais, pour moi, cet homme n'a été qu'une espèce de paternel exigeant et embêtant. Il restait toujours reclus dans son espace de travail, à peindre ses tableaux, l'air maussade. Il ne parlait presque pas et je ne savais jamais à quoi il pensait. Quand nous étions sous le même toit, ma mère me mettait sans cesse en garde : “Il ne faut surtout pas déranger ton père !” Je n'avais pas le droit de courir ni d'élever la voix. Pour les gens, c'était un homme célèbre, un peintre remarquable, oui, peut-être, mais pour un jeune enfant, cette notoriété n'était rien d'autre qu'une source d'ennui et d'agacement. Et puis, après ma décision de m'orienter vers le domaine artistique, mon père est devenu pour moi un fardeau difficile à supporter, en bien des occasions. Dès que je prononçais mon nom, je devais entendre à tous les coups : “Ah, vous êtes parent de Tomohiko Amada, le célèbre peintre ?” Ou une remarque du même genre. J'ai même envisagé de changer de nom. Maintenant que j'y pense, je me dis qu'il n'était pas si méchant. Je crois qu'il essayait de chérir son enfant à sa manière. Mais il ne savait pas montrer son amour. Voilà, on n'y peut rien. Pour lui, ce qui comptait avant tout, c'étaient ses peintures. Les artistes, ils sont comme ça.

— Peut-être, dis-je.

— Moi, il n'y avait aucune chance pour que je devienne un artiste, ajouta Masahiko en soupirant. C'est à peu près tout ce que j'ai appris de mon père.

— Mais l'autre jour, tu ne m'as pas dit que quand il était jeune, il se permettait toutes les fantaisies, il agissait complètement à sa guise ?

— Quand j'ai été plus âgé, il n'était plus du tout celui qu'il avait été, il ne se ressemblait plus. Mais il semble, en effet, que lorsqu'il était jeune, il en ait bien profité. Il était grand et beau, c'était le fils d'un notable fortuné du coin, et de surcroît, il avait du talent pour le dessin. Fatalement, les filles, ça les attirait. Et mon père, lui aussi, avait un faible pour elles. Il a même eu des problèmes assez graves à ce sujet, paraît-il, et pour les arranger, papa et maman ont été obligés de payer… Mais, d'après ce que m'ont dit des parents un peu éloignés, de retour de son séjour à Vienne, mon père avait complètement changé, comme s'il était devenu quelqu'un d'autre.

— Il avait changé ?

— Après son retour au Japon, mon père a cessé toutes ses virées, il s'est enfermé seul à la maison et s'est consacré uniquement à sa peinture, semble-t-il. Et il est devenu extrêmement peu sociable. En revenant à Tokyo, il a vécu en célibataire pendant longtemps, mais après s'être établi comme peintre et s'être ainsi assuré des revenus corrects, comme si l'idée lui était venue brusquement, il s'est marié avec une femme de sa région natale, une parente éloignée. Un peu comme s'il voulait équilibrer les comptes de sa vie. C'était un mariage assez tardif. Et puis je suis né. J'ignore s'il a eu des aventures après son mariage. En tout cas, il avait dû cesser de courir les filles ouvertement.

— C'était donc un très grand changement.

— Oui, et ses parents s'en sont montrés tous les deux très heureux. Finis, tous les problèmes avec les filles. Mais que s'est-il passé à Vienne, pourquoi a-t-il délaissé la peinture moderne occidentale et s'est-il tourné vers le nihonga, j'ai eu beau interroger des gens de ma famille, personne n'en savait rien. Et sur ce sujet, mon père était aussi fermé et muet qu'une huître. »

Et à présent, même si on ouvrait la coquille, l'intérieur serait vide. Je remerciai Masahiko et raccrochai.

Ce fut par le hasard des choses que je découvris la peinture de Tomohiko Amada dont le thème étrange était « le meurtre du Commandeur ».

Parfois, au cours de la nuit, j'entendais de petits bruits secs provenant des combles au-dessus de ma chambre, comme des sortes de froissements. D'abord, je crus que c'était une souris ou un écureuil qui s'était introduit dans le grenier. Mais ces bruits étaient clairement différents des trottinements d'un petit rongeur. Ils ne ressemblaient pas non plus à ceux d'un serpent en train de ramper. Ils faisaient penser à du papier huilé que l'on aurait froissé et roulé en boule. Ils n'étaient pas gênants au point de m'empêcher de dormir mais qu'il y ait une présence inconnue, mystérieuse dans la maison, voilà qui ne manquait pas de m'inquiéter. C'était peut-être un animal qui risquait d'être nuisible.

Après avoir fureté ici et là, je m'aperçus que, tout en haut d'un placard de la chambre d'ami, il y avait un accès qui menait au grenier. La porte de cette entrée était de forme carrée, de quatre-vingts centimètres de côté environ. Je m'emparai d'un escabeau en aluminium dans la remise, grimpai dessus et, une lampe de poche à la main, je poussai la trappe pour l'ouvrir. Puis, avec une certaine appréhension, j'avançai la tête dans l'ouverture, et du regard fis le tour des lieux. Baigné dans une légère pénombre, l'espace était plus vaste que je l'imaginais. À droite et à gauche étaient ménagées de petites bouches d'aération qui laissaient passer un peu de la lumière du jour. Avec ma lampe, j'éclairai tous les coins du grenier sans rien découvrir. En tout cas, aucun animal en mouvement. Malgré mes craintes, je m'enhardis à me hisser dans le grenier.

L'air sentait légèrement la poussière, mais pas au point d'être déplaisant. L'espace paraissait être bien aéré, il n'y avait pas tellement de poussières accumulées sur le plancher. Plusieurs poutres épaisses étaient tendues assez bas au-dessus de la tête mais, en les évitant, je pouvais néanmoins marcher debout. J'avançai prudemment de quelques pas, examinai les deux bouches d'aération. Elles étaient grillagées afin d'empêcher l'intrusion d'animaux, mais la grille orientée au nord présentait une trouée. Peut-être était-ce quelque chose qui l'avait heurtée et lacérée naturellement. Ou bien elle avait été déchirée volontairement par un animal qui cherchait à pénétrer à l'intérieur. En tout cas, il y avait là un trou permettant à une petite bête d'entrer et de sortir facilement.

Ensuite, je vis pour de bon l'auteur de ces bruits nocturnes. Solitaire, il était caché dans l'obscurité, sur une poutre. C'était un hibou de petite taille, de couleur grise. Les yeux clos, il semblait dormir. J'éteignis ma lampe de poche, observai en silence l'oiseau un peu à l'écart de lui pour ne pas l'effrayer. C'était la première fois que je voyais un hibou de près. Plutôt qu'un oiseau, on aurait dit un chat doté d'ailes. Un être vivant de toute beauté.

Peut-être ce hibou passait-il ses journées à se reposer tranquillement là, et, la nuit venue, sortait-il par la bouche d'aération pour se mettre en quête de proies dans la montagne. C'était lorsqu'il entrait ou qu'il sortait que ses bruits m'avaient réveillé. Il ne causerait aucun dommage. De plus, par sa présence, il n'y avait pas à s'inquiéter que des souris ou des serpents s'installent dans le grenier. Je n'avais qu'à le laisser où il était. Je ressentis une sorte de sympathie spontanée pour ce hibou. Nous avions tous deux en partage d'être par hasard locataires de la même maison. Qu'il reste dans ces lieux autant qu'il le voulait. Après avoir admiré le hibou un bon moment, je m'en retournai à pas de loup. Ce fut alors que je découvris un grand paquet à côté de la trappe.

Au premier regard, je compris que c'était une toile enveloppée dans du papier d'emballage. Ses dimensions étaient environ d'un mètre sur un mètre cinquante. Elle était soigneusement empaquetée d'un papier japonais brun, ficelé en outre dc plusieurs tours de cordon. Il n'y avait rien d'autre dans ce grenier. Une pâle lumière qui s'infiltrait par les bouches d'aération, un hibou gris perché sur une poutre, une peinture enveloppée de papier posée contre un mur.

Cette combinaison avait un je-ne-sais-quoi de fantastique qui captivait l'esprit.

J'essayai de soulever le paquet avec beaucoup de précaution. Il n'était pas lourd. Juste le poids d'une toile insérée dans un cadre simple. Sur le papier d'emballage, une fine couche de poussière. L'objet avait sans doute été déposé là depuis longtemps déjà et était resté sur place à l'abri de tous les regards. Solidement accrochée au cordon par du fil de fer, une étiquette sur laquelle était noté, au stylo-bille bleu : *Le Meurtre du Commandeur*. Il s'agissait là sans doute du titre de la peinture. L'écriture laissait imaginer que son auteur était quelqu'un d'intègre.

Bien sûr, j'ignorais pourquoi seule cette peinture avait été déposée dans le grenier, comme pour la dissimuler. Je me demandai ce que je devais en faire. Normalement, la correction exigeait de la laisser là où elle se trouvait. C'était la demeure de Tomohiko Amada, cette peinture lui appartenait très certainement (et il l'avait probablement peinte lui-même), et pour quelque raison personnelle, il l'avait cachée là afin que personne ne la voie. Je devais donc la laisser là, dans ce grenier, avec le hibou. Je n'avais pas à m'en mêler.

Pourtant, je ne pouvais réprimer la curiosité qui m'envahissait. J'étais en particulier fasciné par ces mots : *Le Meurtre du Commandeur*, le titre de la peinture. Quelle pouvait être cette toile ? Et pourquoi Tomohiko Amada avait-il dû la cacher – elle, et elle seulement – dans ce grenier ?

La prenant en mains, j'essayai de voir si elle passait par la trappe. En théorie, si elle avait été transportée jusque-là en empruntant ce chemin, il ne devait pas être impossible de l'en faire redescendre. Il n'y avait pas d'autre passage donnant accès au grenier. Je voulus faire un essai. Et en effet, en la mettant en diagonale, elle passait juste par l'ouverture carrée. Je tentai d'imaginer Tomohiko Amada transportant sa toile dans le grenier. Il l'avait sûrement fait seul à ce moment-là, gardant son secret au cœur. Cette scène, je me la représentais distinctement, comme si j'en avais été le témoin.

Même s'il apprenait que j'avais sorti cette peinture du grenier, Tomohiko Amada n'était plus à présent en état de s'en irriter. Sa conscience était aujourd'hui plongée dans un chaos profond, et pour reprendre l'expression de son fils, « il ne pouvait plus distinguer un opéra d'une poêle à frire ». Il ne reviendrait sans doute plus dans cette maison. Par ailleurs, en la laissant là, avec le trou dans la bouche d'aération, il n'était pas exclu qu'elle soit grignotée un jour ou l'autre par des souris ou des écureuils. Ou mangée par des insectes. Si cette peinture avait bien été peinte par Tomohiko Amada, cela signifierait une perte culturelle immense.

Je fis passer le paquet par la trappe pour le poser sur une étagère du placard, j'adressai un petit signe de la main au hibou toujours blotti sur sa poutre, je redescendis et fermai tranquillement la trappe.

Je ne défis cependant pas l'emballage tout de suite. Durant un certain nombre de jours, je laissai ce paquet brun contre un mur de l'atelier. Assis par terre, je le contemplais simplement, sans but. Je ne parvenais pas à me décider s'il convenait ou non de le défaire sans autorisation. Cela ne m'appartenait pas, et même si l'on me jugeait avec indulgence, je n'avais évidemment pas le droit de déballer ce paquet sans l'accord de son propriétaire. Il faudrait au minimum que j'obtienne l'autorisation de son fils, Masahiko. Pourtant, sans trop savoir pourquoi, je n'avais pas vraiment envie de parler à Masahiko de l'existence de cette peinture. J'avais le sentiment qu'il s'agissait d'une affaire personnelle entre Tomohiko Amada et moi, que cela ne nous concernait que tous les deux. Je n'aurais pas été en mesure d'expliquer pour quelle raison j'avais une pensée aussi singulière. C'était en tout cas ce que je ressentais.

Après avoir empilé réflexion sur réflexion et avoir littéralement dévoré des yeux ce qui (semblait-il) était une peinture enveloppée de papier japonais brun rigoureusement ficelée, je pris enfin la décision de la déballer. Ma curiosité était infiniment plus forte que mon respect des convenances et du bon sens. Peut-être s'agissait-il d'une curiosité professionnelle, ou bien d'une pure curiosité d'homme à homme. Je n'aurais pu le démêler moi-même. En tout cas, que ce soit l'une ou l'autre, il fallait que je dévoile cette peinture. Tant pis si l'on me critiquait, ma décision était prise. J'allai chercher des ciseaux, je coupai la ficelle nouée serrée. Puis j'enlevai le papier. Je procédai délicatement, en prenant mon temps, afin de pouvoir, s'il le fallait, la restituer dans son emballage intact.

Sous plusieurs couches de papier se trouvait une peinture simplement encadrée, enveloppée dans une étoffe souple, une sorte de coton blanchi. J'enlevai l'étoffe avec précaution. Doucement, en faisant très attention, comme si j'ôtais le pansement d'un grand brûlé.

Ce que je vis sous cette étoffe blanche, c'était, comme je l'avais bien imaginé, une peinture nihonga. Une peinture rectangulaire, tout en longueur. Je l'appuyai contre le mur sur une étagère, m'éloignai un peu et la contemplai.

À n'en pas douter, j'avais sous les yeux une œuvre de Tomohiko Amada. C'était son style, incontestablement, et les techniques qu'il utilisait en propre. Des vides audacieux, une composition dynamique. Ce qui était peint là, c'étaient des personnages dans des tenues de l'ère Asuka. Avec des vêtements de cette époque, une coiffure de cette époque. Mais cette toile fut pour moi une énorme surprise. Car c'était une peinture d'une violence à couper le souffle.

À ce que j'en savais, Tomohiko Amada n'avait jamais peint de tableaux violents. Pas une seule fois. Ses peintures représentaient le plus souvent des scènes calmes et paisibles, qui suscitaient un sentiment de nostalgie. Il lui arrivait aussi de s'inspirer d'événements historiques, mais les personnages représentés étaient en général stylisés pour se fondre dans la scène : au sein de la nature luxuriante de l'Antiquité, les hommes semblaient partie intégrante d'une communauté étroitement soudée qui vivait dans un grand respect de l'harmonie. Les ego étaient absorbés dans la volonté de la communauté, ou dans une fatalité imperturbable. Et tranquillement, la boucle de leur monde était bouclée. Cet univers était sans doute l'utopie qu'Amada avait faite sienne. Il ne cessa de peindre ce monde antique sous des angles différents et avec des points de vue différents. Beaucoup d'observateurs qualifiaient ce style de « négation de la modernité » et aussi de « retour à l'Antiquité ». Parmi eux, certains critiquaient sévèrement ce qu'ils nommaient « la fuite de la réalité ». Quoi qu'il en soit, de retour au Japon à la suite de son séjour à Vienne, il abandonna la peinture à l'huile tournée vers le modernisme et se retira seul dans ce monde de calme et de paix. Sans aucune explication, sans justification.

Mais dans *Le Meurtre du Commandeur*, le sang coulait. Du vrai sang coulait à flots : deux hommes se battent, avec à la main une lourde épée antique. Cela semble être un duel d'ordre personnel. Les protagonistes de ce combat sont un homme jeune et un vieillard. L'homme jeune plonge son épée dans la poitrine de l'aîné, profondément. L'homme jeune a une fine moustache très noire, il porte un vêtement serré, couleur d'armoise pâle. Le vieillard est vêtu d'un costume blanc, il a une barbe blanche fournie. Autour du cou, un collier de perles en chapelet. Il a laissé échapper son épée, mais elle n'est pas encore tombée par terre. De sa poitrine du sang jaillit violemment. La pointe de l'épée a sans doute atteint l'aorte. Le sang teinte de rouge son costume blanc. Sa bouche est tordue sous l'effet de la douleur. Ses yeux sont écarquillés, il fixe le vide avec amertume. Il est pleinement conscient qu'il est vaincu. Mais la véritable souffrance est encore à venir.

De son côté, l'homme jeune a un regard parfaitement froid. Il a les yeux braqués sur son adversaire. On n'y lit ni regret ni perplexité. Ni ombre d'une crainte ni trace d'exaltation. Tout ce que ses yeux captent, de manière totalement impassible, c'est la mort imminente de l'autre et sa propre victoire, incontestable. Le sang qui gicle n'en est que le témoignage, rien d'autre. Il ne provoque chez lui aucune émotion.

À franchement parler, jusqu'à présent, je considérais le genre nihonga plutôt comme une forme d'art représentant un monde statique et stylisé. Les techniques du nihonga, le matériau utilisé, j'estimais simplement qu'ils n'étaient pas conçus pour permettre une expressivité émotionnelle forte. Je pensais que c'était un monde qui ne me concernait en rien. Mais à présent que j'étais devant *Le Meurtre du Commandeur*, de Tomohiko Amada, je compris que ces considérations n'étaient que préjugés. Dans la scène qu'avait représentée le peintre, ce duel acharné où deux hommes s'affrontaient pour leur vie, il y avait quelque chose qui ébranlait le cœur du spectateur, au plus profond. Un homme a vaincu, un homme a été vaincu. L'un a passé l'épée au travers du corps de l'autre, le second a été touché, transpercé. J'étais captivé par cette sorte d'écart entre les deux. *Cette peinture avait quelque chose de spécial.*

Plusieurs personnages assistent à ce duel. D'abord une jeune femme. Elle est vêtue d'un habit de qualité, une sorte de kimono, immaculé. Les cheveux relevés, ornés de grandes épingles. Elle porte une main à sa bouche, légèrement ouverte. On dirait qu'elle a pris une profonde inspiration et qu'elle est sur le point de pousser un cri. Ses beaux yeux sont largement ouverts.

Il y a également un autre jeune homme. Son vêtement n'est pas très beau, un peu noirâtre, sans ornement, un habit fait pour faciliter les mouvements. Aux pieds, de simples sandales de paille. Ce doit être un serviteur. Il ne porte pas d'épée, simplement une sorte de sabre court à la ceinture. Petit, trapu, une ombre de barbe. Et il tient à la main gauche une espèce de registre – aujourd'hui, on parlerait du porte-bloc à pince d'un employé de bureau. La main droite, comme s'il voulait attraper quelque chose, s'étire vers le haut. Mais il n'attrape rien. Est-ce le serviteur du vieillard, du jeune homme, ou encore de la femme, on ne peut pas le savoir. Ce que l'on comprend en revanche, c'est que, pour aboutir à ce duel, il a fallu que les événements se précipitent, à une cadence telle que ni la femme ni le serviteur n'ont pu le prévoir. Sur leurs visages se lit une expression de pure surprise.

Le seul de ces quatre personnages à n'être pas étonné, c'est le jeune meurtrier. Sans doute que rien ne pouvait le surprendre. Il n'est pas né tueur. Il ne se réjouit pas de tuer quelqu'un. Mais pour arriver à ses fins, il n'hésite pas à lui tordre le cou. C'est un homme jeune, épris d'idéal (quel est cet idéal, on l'ignore), regorgeant d'énergie. Il manie l'épée avec habileté. Pour lui, il n'y a rien d'étonnant à voir ce vieil homme qui n'est plus dans la force de l'âge mourir de ses mains. C'est quelque chose de plutôt naturel, de conforme à la raison.

Et il y a encore un homme, un étrange témoin du drame. Il se situe en bas à gauche de la peinture, un peu à la manière d'une note au bas d'une page d'un texte. D'une poussée, il entrouvre une plaque fixée dans le sol, passe la tête par là et observe. C'est une plaque de forme carrée, comme une planche. Elle me rappelait la trappe qui donnait accès au grenier de la maison. Par la forme comme par les dimensions. L'homme observe à partir de là ceux qui sont à la surface.

Un trou qui ouvre sur le sol ? Un regard d'égout carré ? Allons. À l'époque Asuka, il n'y avait pas de canalisations souterraines. Le duel se déroule en plein air, dans une sorte de terrain vague. À l'arrière-plan, il n'y a qu'un pin dont les branches retombent. Pourquoi y aurait-il un trou muni d'une plaque en un lieu pareil ? C'était incohérent.

Par ailleurs, l'homme qui tendait le cou depuis cette ouverture était tout aussi singulier. Il avait un visage bizarrement étroit et long, comme une aubergine tordue.

Il était couvert d'une barbe noire et ses cheveux étaient très longs et emmêlés. On aurait dit un vagabond ou un ermite vivant en dehors du monde. Il semblait comme atteint de démence. Néanmoins, son regard était étonnamment acéré, et l'on y décelait même une certaine clairvoyance. Toutefois, l'homme n'avait pas acquis cette lucidité par l'intelligence. C'était plutôt une sorte de déviation – un genre de folie peut-être – qui lui avait conféré ce don par hasard. Impossible de savoir en détail comment il était habillé. Je ne pouvais voir que la partie au-dessus de son cou. Lui aussi observe le duel. Mais il n'a pas l'air particulièrement étonné de la tournure de l'affrontement. Il semble rester simple spectateur, prenant ce qui arrive comme ce qui doit arriver. Il se peut aussi qu'il s'assure du détail de l'événement juste par précaution. Quelque chose de ce genre. La jeune fille et le serviteur ne prêtent pas attention à la présence de cet homme au long visage qui se tient derrière eux. Leur regard reste rivé sur le violent duel. Personne ne se retourne vers l'arrière.

Ce personnage, quel est-il donc ? Dans quel dessein reste-t-il ainsi caché sous le sol de l'Antiquité ? Pour quel motif Tomohiko Amada avait-il pris la peine de peindre cet homme énigmatique et étrange à l'extrémité de sa toile, comme pour ruiner exprès la composition équilibrée de l'œuvre ?

Et d'ailleurs, pour quelle raison cette œuvre était-elle intitulée *Le Meurtre du Commandeur* ?

Certes, cette peinture représentait un personnage de haut rang en train de se faire tuer d'un violent coup d'épée. Mais l'appellation de « Commandeur » ne convenait pas, de quelque façon qu'on la voie, à cette figure de vieillard vêtu à la mode antique. Ce titre de « Commandeur » se rapportait clairement au Moyen Âge ou aux débuts des temps modernes en Europe. Un grade qui n'existait pas dans l'histoire du Japon. Et pourtant, Tomohiko Amada avait délibérément choisi pour sa peinture un titre à la résonance mystérieuse : *Le Meurtre du Commandeur*. Il devait nécessairement y avoir *une raison*.

Néanmoins, dans ce mot « Commandeur », quelque chose titillait vaguement ma mémoire. J'avais déjà entendu ce vocable auparavant. Je remontai sur les traces de mes souvenirs, comme si je ramenais à moi un mince fil. J'avais dû voir ce mot dans un roman ou une pièce de théâtre. Et même dans une œuvre célèbre. Où donc… ?

Puis je me souvins brusquement. C'était l'opéra de Mozart, *Don Giovanni*. Au début, c'était sûr, se déroulait le « meurtre du Commandeur ». J'allai dans le salon, sortis le coffret de *Don Giovanni* de l'étagère des disques, parcourus les explications du fascicule joint. Et en effet, j'eus la confirmation qu'il y avait bien un « Commandeur » dans la scène initiale, qui était assassiné. Ce personnage n'était pas nommé. On l'appelait seulement « le Commandeur ».

Dans le livret rédigé en italien, le vieil homme tué au début de l'intrigue est appelé « il Commendatore ». Quelqu'un avait traduit ce terme en japonais, et cette traduction était restée fixée et avait perduré. En fait, un *commendatore*, quelle était exactement sa position ou sa fonction ? Je n'en savais trop rien. Aucun des fascicules que contenait le coffret ne donnait d'explications sur la question. Il est tout simplement le « Commandeur », il n'a pas de nom. Sa fonction principale est d'être tué par l'épée de Don Giovanni au début. À la fin, transformé en une statue funeste, il réapparaît devant Don Giovanni pour l'entraîner en enfer.

En y réfléchissant, n'était-ce pas évident ? Ce qui était peint sur ce tableau, le jeune homme au beau visage, c'était Don Giovanni le débauché (en espagnol, Don Juan) ; l'homme âgé assassiné, c'était l'honorable Commandeur. La jeune femme était la jolie fille du Commandeur, Donna Anna, et le serviteur, celui de Don Giovanni, Leporello. Ce qu'il tenait à la main, c'était le registre sur lequel sont notés les noms de toutes les femmes conquises par son maître Don Giovanni. Un très long catalogue. Don Giovanni a séduit Donna Anna par la force. Le Commandeur, son père, veut venger cet affront, il y a duel, il est tué. Une scène célèbre. Comment avais-je pu ne pas le remarquer ?

Parce qu'il était difficile d'associer l'opéra de Mozart et une peinture nihonga censée se passer à l'ère Asuka. J'avais du mal à faire le lien entre ces deux scènes. Mais à partir du moment où je compris le rapport entre elles, tout devint clair. Tomohiko Amada avait « adapté » l'opéra de Mozart dans l'ère Asuka. C'était une tentative intéressante. Je le reconnaissais. Mais quelle pouvait être la *nécessité* d'une telle adaptation ? Le ton de l'œuvre était terriblement différent de l'atmosphère habituelle de ses peintures. Et puis, pourquoi avait-il fallu qu'il dissimule cette toile dans le grenier en l'emballant de surcroît avec tant de précautions ?

Par ailleurs, que pouvait signifier la présence de ce personnage placé en bas, à gauche de la toile, cet homme au visage long et étroit qui sortait la tête de sous le sol ? Bien entendu, une telle figure n'apparaissait pas dans le *Don Giovanni* de Mozart. C'était Tomohiko Amada qui l'avait ajoutée à la scène avec une intention précise. De plus, dans l'opéra, Donna Anna n'est pas témoin du meurtre de son père par Don Giovanni. Elle s'en va demander de l'aide à son promis, le chevalier Don Ottavio. Et lorsqu'ils reviennent ensemble sur scène, le meurtre du père a déjà été accompli. Tomohiko Amada – sans doute pour accentuer la théâtralité de la scène – avait ainsi subtilement modifié les circonstances telles qu'elles étaient établies. Quant à l'homme qui sortait du sous-sol, il ne pouvait en aucun cas s'agir de Don Ottavio. Il était évident que son visage monstrueux n'était pas de ce monde. Il était impossible que ce soit là le chevalier au teint clair, le justicier venant en aide à Donna Anna.

Cet homme serait-il un démon sorti de l'enfer ? En reconnaissance pour y entraîner Don Giovanni, il serait venu l'observer auparavant ? Non, il était difficile de voir dans ce personnage un démon ou un diable. Un démon n'aurait pas une intensité aussi étrange dans le regard. Un diable ne soulèverait pas une planche carrée, tout doucement, et n'allongerait pas le cou pour observer ce qui se passe sur terre. Dans cette scène, ce personnage me semblait tenir le rôle du fripon, en quelque sorte. Je décidai de l'appeler pour l'instant « Long Visage ».

Par la suite, plusieurs semaines durant, je contemplai cette peinture en silence. Quand je me trouvais face à elle, je ne ressentais strictement aucun désir de peindre mes propres tableaux. Je n'avais pas non plus vraiment envie de manger. J'ouvrais le réfrigérateur, prenais les légumes que j'y trouvais et je les grignotais en y ajoutant de la mayonnaise. Ou bien je faisais réchauffer une boîte de conserve dans une casserole.

Ce genre de choses, tout au plus. Assis par terre dans l'atelier, tout en écoutant encore et encore les disques de *Don Giovanni*, je scrutais sans m'en lasser *Le Meurtre du Commandeur*. Au crépuscule, je buvais un verre de vin en contemplant la toile.

C'est une peinture magnifique, pensais-je. Pourtant, à ce que j'en savais, Tomohiko Amada ne l'avait fait apparaître dans aucun album de reproductions. Autrement dit, l'existence de ce tableau restait ignorée du public. Si ce tableau avait été connu, nul doute qu'il aurait compté comme une de ses œuvres majeures. Si s'était tenue une rétrospective de ses œuvres, il aurait mérité d'être utilisé comme affiche. Et cette toile n'était pas seulement une « peinture magnifique ». Il se déployait là, clairement, une énergie d'une espèce peu commune, débordante. En tout cas, pour les amateurs ayant la moindre connaissance des beaux-arts, cela sautait aux yeux. Le peintre avait insufflé à sa peinture quelque chose qui trouvait un écho au plus profond du cœur des spectateurs, il y avait mis une force suggestive qui invitait leur imagination à s'envoler vers un autre horizon.

Et puis, j'étais incapable de détacher mon regard, je ne savais trop pourquoi, de ce Long Visage barbu, à l'extrémité gauche de la toile. J'avais en effet l'impression qu'après avoir ouvert cette plaque, c'était moi *personnellement* qu'il invitait dans ce monde souterrain. Pas quelqu'un d'autre. Non, *moi* seulement. Et de fait, je brûlais d'envie de savoir de quelle nature était le monde situé sous cette plaque. Cet homme, d'où venait-il ? Et que faisait-il là-bas ? Cette plaque allait-elle ensuite être refermée ? Ou bien resterait-elle ainsi ouverte ?

En regardant la peinture, j'écoutais sans cesse la scène en question de *Don Giovanni*. À la suite de l'ouverture, le premier acte, la troisième scène. Je finis par connaître par cœur les paroles chantées et les textes prononcés :

Donna Anna :
Ah, cet assassin a tué mon père.
Tout ce sang... cette blessure... et son visage
aussi se teinte des couleurs de la mort.
Il ne respire plus... ses membres se glacent...
Mon père ! Mon père chéri ! Mon père tant aimé !
Je sens que je perds conscience... je meurs.

6

Un solliciteur sans visage

Alors que l'été touchait peu à peu à sa fin, je reçus un coup de téléphone de mon agent. Cela faisait longtemps que quelqu'un ne m'avait pas téléphoné. Les journées conservaient encore un peu de la chaleur de l'été mais, à l'approche du soir, l'air se faisait très frais en montagne. Les stridulations des cigales, assourdissantes, omniprésentes, avaient progressivement diminué pour laisser place au chœur somptueux des autres insectes. À la différence de l'époque où je vivais en ville, dans la nature qui m'entourait à présent, chaque saison arrachait sa part avec elle et l'emportait sans le moindre scrupule lorsqu'elle s'en allait pour laisser place à la suivante.

Tout d'abord, nous échangeâmes quelques nouvelles. En fait, il n'y avait pas grand-chose à raconter.

« À propos, votre travail marche bien ?

— Oui, ça avance petit à petit », dis-je. C'était faux, bien sûr. Cela faisait plus de quatre mois que je m'étais installé dans cette maison et mes toiles étaient toujours vierges.

« Ah, tant mieux, fit-il. J'aimerais que vous me laissiez y jeter un coup d'œil. Peut-être pourrai-je vous aider.

— Merci. Oui, bientôt. »

Il aborda ensuite le sujet de son appel. « Je vous téléphone parce que j'aurais quelque chose à vous demander. Accepteriez-vous, une seule fois, de refaire un portrait ?

— Mais je vous ai dit que j'avais arrêté ce type de travail.

— Oui, j'ai bien entendu. Mais cette fois, le cachet proposé est extraordinaire.

— Extraordinaire ?

— Incroyablement généreux.

— Incroyable jusqu'à quel point ? »

Il m'indiqua alors le montant. Je faillis me laisser aller à émettre un sifflement. Mais, bien entendu, je me retins.

« Il y a pourtant des tas d'autres peintres qui sont spécialisés en portrait. On en trouve partout, déclarai-je d'un ton calme.

— Des tas, non, mais des portraitistes qui ont du métier, à part vous, il en existe en effet quelques-uns.

— Eh bien, dans ce cas, vous n'avez qu'à proposer ce travail à l'un d'entre eux. Une telle somme d'argent, voyons, n'importe qui l'acceptera sans se faire prier.

— C'est *vous* que l'on a désigné. C'est la condition du client : il faut que ce soit *vous* qui fassiez ce portrait. Il ne veut pas entendre parler d'un autre peintre. »

Je fis passer le combiné de la main droite à la gauche, me servis de la droite pour me gratter derrière l'oreille.

Mon agent reprit : « Cette personne a vu plusieurs des portraits que vous avez exécutés et semble les avoir beaucoup aimés. Selon ses dires, il est difficile de trouver chez d'autres la vitalité que l'on constate dans votre peinture.

— Je ne comprends toujours pas. Et d'abord, comment un type ordinaire aurait-il eu la possibilité de voir plusieurs des portraits que j'ai faits ? Je n'organise tout de même pas une exposition personnelle dans une galerie chaque année !

— Je ne connais pas les détails de l'affaire, répondit-il d'une voix qui me parut un peu embarrassée. Je me contente de vous transmettre les dires du client. Rien de plus. J'ai d'ailleurs indiqué d'emblée à mon interlocuteur que vous aviez interrompu votre activité de portraitiste. Et que comme votre décision semblait très ferme, sa demande risquait d'être rejetée. Mais il n'a pas renoncé pour autant. C'est alors qu'il a annoncé la somme qu'il était prêt à verser. »

Je réfléchis à cette proposition. À vrai dire, j'étais attiré par la somme d'argent offerte. Et puis, que quelqu'un trouve autant de valeur aux œuvres que j'avais réalisées – même s'il s'agissait de tableaux exécutés presque machinalement, comme un travail à la pièce –, mon amour-propre, j'avoue, en était agréablement chatouillé. Mais je m'étais juré de ne plus jamais peindre de portrait à des fins pécuniaires. La séparation avec ma femme m'avait incité à prendre un nouveau départ dans la vie. Je ne pouvais pas revenir sur ma décision à la légère, juste parce qu'on me mettait une grosse somme d'argent sous le nez.

« Mais ce client, pourquoi se montre-t-il aussi généreux ? demandai-je.

— Même en ce temps de dépression économique, il y a des gens qui ont de l'argent, et plus qu'il n'en faut. Le plus souvent, semble-t-il, ce sont ceux qui ont bien gagné grâce à des transactions boursières sur Internet. Ou alors des entrepreneurs dans des domaines liés à l'informatique. Et puis, la réalisation d'un portrait, il est possible de la faire passer en frais généraux.

— En frais généraux ?

— Sur le livre de comptes, on n'est pas obligé d'inscrire un portrait comme une œuvre d'art. On peut le considérer comme un équipement de bureau.

— Cela me réchauffe le cœur de l'apprendre », dis-je.

Même s'ils avaient de l'argent plus qu'il n'en fallait, et même s'il était possible de le faire passer en frais généraux, je ne parvenais pas à imaginer que des jeunes gens qui avaient gagné gros avec des transactions boursières sur Internet ou des entrepreneurs en informatique veuillent faire faire leur portrait pour l'accrocher au mur de leur bureau en le considérant comme un « équipement ». Pour beaucoup d'entre eux, c'est une fierté que de porter des jeans délavés, des sneakers Nike et une veste Banana Republic sur un vieux tee-shirt pour travailler ou boire un café Starbucks dans un gobelet en carton. Des portraits imposants réalisés à la peinture à l'huile épaisse, ça ne convient pas à leur style de vie. Mais bien entendu, dans notre monde, il y a toutes sortes de types humains. On ne peut généraliser. Peut-être que certains souhaitent qu'on les dessine en train de boire un café (en grains issus du commerce équitable, évidemment) de chez Starbucks (ou de ce genre de marque) dans un gobelet en carton.

« Seulement, il y a une condition, continua-t-il. Il souhaite que vous le dessiniez face à lui, qu'il vous serve réellement de modèle. Il dit être prêt à disposer du temps qu'il faudra.

— D'habitude, ce n'est pas ainsi que je procède.

— Je le sais bien. Vous avez un entretien personnel avec le client mais ensuite vous n'avez pas besoin de lui comme modèle pour réaliser votre travail. C'est votre manière de faire. Je l'ai expliquée à mon interlocuteur.

Sur quoi, il a répliqué qu'il le comprenait, mais que néanmoins il souhaitait que vous réalisiez le portrait face à lui. C'est la condition.

— Qu'est-ce que ça veut dire ?

— Je n'en sais rien.

— C'est vraiment une demande curieuse. Pourquoi s'attache-t-il à un détail pareil ? Il devrait plutôt se réjouir de ne pas être obligé de poser.

— C'est une demande originale. Mais je crois qu'il n'y a rien à y redire étant donné le cachet.

— Moi aussi, j'estime qu'étant donné le cachet, c'est parfait, abondai-je.

— Maintenant, c'est à vous de décider. Il ne vous demande tout de même pas de lui vendre votre âme. Vous êtes un portraitiste de grand talent, et c'est ce talent qui a gagné sa confiance.

— J'ai un peu l'impression d'être un tueur de la mafia à la retraite, répliquai-je. Du genre à qui on confie la toute dernière cible à abattre…

— Mais le sang ne coulera pas. Alors, qu'en pensez-vous, vous vous lancez ? »

Le sang ne coulera pas, me répétai-je mentalement. Et je visualisai *Le Meurtre du Commandeur*.

« Et la personne dont je ferai le portrait, de qui s'agit-il ? demandai-je.

— À vrai dire, je l'ignore.

— Vous ne savez même pas si c'est un homme ou une femme ?

— Non, même pas. J'ignore également son âge et son nom. Pour l'instant, c'est purement et simplement la demande d'un solliciteur sans visage. L'avocat qui le représente m'a appelé chez moi, et j'ai eu un échange avec lui, c'est tout.

— Mais c'est une proposition sérieuse ?

— Oui, tout à fait fiable. L'homme travaille dans un cabinet d'avocats sûr, et par ailleurs, il m'a certifié qu'il procéderait au virement des arrhes dès que notre accord serait conclu. »

Le combiné toujours en main, je soupirai. « Écoutez, cette histoire arrive brusquement et je ne peux pas donner une réponse sur-le-champ. J'aimerais un peu de temps pour réfléchir.

— Oui, bien sûr. Réfléchissez-y jusqu'à être convaincu. Mon interlocuteur m'a dit que ce n'était pas particulièrement urgent. »

Je remerciai l'agent et raccrochai. Puis, comme je ne savais pas quoi faire d'autre, j'allai dans l'atelier, allumai et, assis par terre, fixai sans intention particulière le tableau *Le Meurtre du Commandeur*. Au bout d'un moment, sentant un petit creux, je me rendis dans la cuisine et revins dans l'atelier avec une assiette garnie de crackers Ritz et une bouteille de ketchup. Puis je retournai à ma contemplation en grignotant les crackers agrémentés de sauce. Une combinaison loin d'être délicieuse, bien entendu. Et même tout à fait exécrable. Mais bonne ou mauvaise, à cet instant-là, c'était pour moi sans importance. Du moment que ça me remplissait un peu l'estomac, je ne m'en souciais pas.

Cette peinture me fascinait prodigieusement, dans son ensemble comme dans ses détails. Au point de pouvoir dire qu'elle *m'emprisonnait* presque en elle. Après avoir consacré plusieurs semaines à contempler le tableau tout entier, je le scrutai cette fois de très près, j'en vérifiai les moindres éléments, l'un après l'autre, minutieusement. Les expressions qui se faisaient jour sur le visage des cinq personnages, en particulier, suscitaient chez moi un immense intérêt. J'en fis des croquis précis au crayon. Après le Commandeur, après Don Giovanni, après Donna Anna, après Leporello, j'en vins au Long Visage. Comme un lecteur zélé qui recopie sur un cahier, sans y changer une virgule, soigneusement, un extrait qu'il aime d'un livre.

C'était la toute première expérience que je faisais de dessiner ainsi, avec ma touche propre, des personnages peints sur une toile de genre nihonga. Je m'aperçus cependant dès le début que c'était une tentative infiniment plus difficile que je l'avais imaginé. Le nihonga étant par essence un style de peinture composé principalement de lignes, les sujets y sont rendus à plat plutôt qu'en trois dimensions. Davantage qu'une expression réaliste, on privilégie la représentation par des symboles ou des signes. Aussi est-il par principe déraisonnable de transposer telle quelle l'image produite selon cette perspective dans ce que l'on nomme la « peinture occidentale », en respectant les règles d'expression de celle-ci et sa grammaire. Néanmoins, au bout d'un certain nombre de tâtonnements, je parvins dans une certaine mesure à exécuter cette tâche. Pour l'accomplir, sans aller jusqu'à créer une œuvre nouvelle qui « transformerait profondément celle de mon devancier[1] », il était nécessaire d'interpréter l'image à ma manière et de la « traduire ». Et pour ce faire, il fallait d'abord saisir l'intention qui nichait au sein de l'œuvre originale. Pour le dire autrement, il me fallait comprendre – plus ou moins – le point de vue de peintre de Tomohiko Amada et sa manière d'être comme homme. Pour utiliser une métaphore, il fallait que je mette mes pas dans les siens.

---

1. *Kankotsu dattai* : expression d'origine chinoise signifiant littéralement « changer les os, voler l'embryon », et qui désigne une adaptation très libre d'une œuvre traditionnelle.

Après avoir poursuivi ce travail un certain temps, j'en vins soudain à penser : Finalement, ce ne serait peut-être pas une mauvaise idée d'essayer de peindre un portrait, depuis tout ce temps... De toute façon, j'étais dans une impasse. Que dessiner ? Qu'avais-je envie de dessiner ? Je n'en avais pas la moindre idée. Même si ce travail ne me motivait guère, ce ne serait pas plus mal de faire bouger mes mains pour peindre concrètement quelque chose. Si ces journées stériles se poursuivaient encore ainsi, je risquais vraiment de ne plus pouvoir peindre quoi que ce soit. *Peut-être finirais-je par ne plus jamais peindre même un portrait*. Il va de soi que le montant de la rémunération proposée me séduisait aussi. Pour le moment, je menais une existence qui ne me coûtait pas grand-chose, mais ce que je touchais au centre culturel était loin d'assurer mon quotidien. J'avais fait un long voyage, j'avais acheté ce break Corolla d'occasion, mes économies diminuaient, lentement mais inéluctablement. Une grosse rémunération était évidemment très alléchante.

Je téléphonai à l'agent, lui déclarai que j'étais prêt à accepter le travail, juste pour cette fois. Il s'en réjouit bien sûr.

« Mais il faudra que j'aille chez le client si je dois faire son portrait en sa présence, ajoutai-je.

— Inutile de vous inquiéter à ce propos. C'est l'intéressé lui-même qui vous rendra visite, chez vous, à Odawara.

— À Odawara ?

— Oui.

— Il connaît ma maison ?

— Il a dit qu'il habitait tout près de chez vous. Il sait aussi que vous logez chez M. Tomohiko Amada. »

Je restai un instant à court de mots. « C'est tout de même étrange, dis-je enfin. Personne, ou presque, n'est censé être au courant du lieu où je vis. Et en particulier qu'il s'agit de la maison de Tomohiko Amada.

— Moi non plus, naturellement, je ne le savais pas, dit l'agent.

— Alors comment se fait-il que cette personne le sache ?

— Eh bien, je l'ignore. Mais nous vivons dans un monde où Internet permet de savoir à peu près tout. Pour quelqu'un qui s'y connaît, même vos secrets les plus intimes, c'est comme s'ils n'existaient pas.

— Est-ce par pur hasard que cette personne habite près de chez moi ? Ou bien est-ce en partie parce qu'elle habite près de chez moi que cela l'a décidée à me choisir ?

— Vraiment, je n'en ai pas la moindre idée. Quand vous la verrez et que vous lui parlerez, essayez de lui demander vous-même. »

Je répondis que c'est ce que je ferai.

« Et quand pourrez-vous commencer ?

— N'importe quand, dis-je.

— Eh bien, je vais transmettre votre réponse à l'intéressé et je vous recontacterai pour la suite », conclut l'agent.

Après avoir reposé le combiné, j'allai sur la terrasse et m'allongeai sur une chaise longue, méditant sur le déroulement des choses. Plus je raisonnais, plus les questions s'accumulaient. Avant tout, je n'aimais pas le fait que cette proposition émane d'une personne sachant que j'habitais ici. J'avais le sentiment d'avoir été surveillé tout du long, que mes moindres faits et gestes avaient été observés. Qui diable éprouvait un tel intérêt pour moi ? Et dans quel dessein ? De manière générale, cette histoire me paraissait un peu trop belle. Mes portraits jouissaient certes d'une bonne réputation. J'avais moi aussi une certaine confiance en leur valeur. Mais enfin, ce n'étaient jamais que des portraits. De quelque point de vue qu'on les considère, il était impossible d'en parler comme des « œuvres d'art ». Et pour le public, j'étais un peintre totalement inconnu. Que cet individu ait vraiment apprécié à titre personnel ce qu'il avait vu de mes travaux (je ne prenais quand même pas au pied de la lettre ce qui avait été dit), c'était une chose, mais de là à proposer une rémunération aussi extravagante ?

Et si par hasard le client était l'époux de la femme avec qui j'avais une aventure ? Cette pensée me traversa soudain l'esprit. Elle n'avait aucun fondement concret mais, à force d'y penser, j'en vins à me dire que ce n'était peut-être pas tout à fait impossible. C'était la seule idée que j'avais, concernant un anonyme qui habitait à proximité et qui manifestait à mon endroit un intérêt personnel. Pour quelle raison cependant l'époux trompé aurait-il dû faire exécuter son portrait par l'amant de sa femme en le rétribuant avec une telle largesse ? Cela n'avait aucun sens. Du moins tant qu'il ne s'agissait pas d'un homme aux pensées perverses.

Allons, ce n'est pas grave, pensai-je finalement. Si c'est ce courant qui s'offre à moi à présent, autant m'y laisser emporter pour l'instant. Si cet individu a quelque dessein caché, accepte de te laisser piéger afin d'en avoir le cœur net. Plutôt que de rester incapable d'agir, coincé ainsi dans cette montagne, laisser les choses advenir est sans doute plus malin. Et puis, j'avais cette curiosité irrépressible en moi : à quelle sorte de personnage allais-je avoir affaire ? En contrepartie de la rétribution fastueuse qu'il offrait, qu'attendait-il de moi ?

Ce *quelque chose* qu'il attendait de moi, j'avais envie de le voir de mes propres yeux.

Une fois ma décision prise, je me sentis soulagé. Cette nuit-là, je réussis à entrer dans un sommeil immédiat et profond, sans réfléchir à rien, ce qui ne m'était pas arrivé depuis longtemps. J'eus l'impression au milieu de la nuit d'entendre déambuler le hibou, mais peut-être cela se passait-il dans un rêve dont je ne pus saisir que des bribes.

7

Un nom dont on se souvient aisément. Que ce soit un bien ou un mal

Après plusieurs échanges téléphoniques avec l'agent de Tokyo, il fut décidé que la rencontre avec ce client énigmatique (à ce stade, son nom n'avait pas encore été divulgué) aurait lieu le mardi après-midi de la semaine suivante. Pour ce premier jour, j'avais obtenu qu'il s'agisse d'une simple entrevue durant laquelle nous nous présenterions et bavarderions pendant une heure environ, selon ma manière de faire habituelle. Je n'entamerais pas tout de suite le travail de peinture proprement dit.

Il va sans dire que pour peindre un portrait, il est indispensable d'être apte à saisir avec précision les caractères particuliers du visage du sujet. Mais cela ne suffit pas. Sinon, le dessin risquerait de devenir une simple caricature. Ce qu'il faut pour réussir un portrait vraiment vivant, c'est la capacité à capter la substance même d'une physionomie. En un sens, le visage ressemble aux lignes de la main. Plus que quelque chose de figé à la naissance, il se forme et se reforme peu à peu, au fil du temps, selon les circonstances de la vie. Il n'y en a pas un qui soit identique à un autre.

Le mardi matin, je rangeai tout dans la maison, fis le ménage, allai cueillir des fleurs dans le jardin et les déposai dans un vase, transportai *Le Meurtre du Commandeur* de l'atelier à la chambre d'ami, l'enveloppai avec le papier d'origine et le mis de côté afin qu'on ne le voie pas. Cette peinture ne devait pas être exposée aux yeux d'un tiers.

À 1 h 05 un peu passée, une voiture monta la côte escarpée et s'arrêta sous le porche devant l'entrée. Les ronflements lourds et riches de son moteur se répercutèrent un moment dans les environs. On aurait dit, provenant du fond d'une grotte, les ronronnements de plaisir d'un gros félin. C'était certainement un moteur de grosse cylindrée. Puis le moteur se tut, et dans la vallée le calme revint de nouveau. C'était un coupé sport Jaguar gris métallisé. La lumière du soleil qui s'infiltrait entre les nuages juste à cet instant se refléta alors de manière éblouissante sur le long pare-chocs soigneusement poli. Je ne suis pas très connaisseur en voitures et j'ignore quel était ce modèle. Mais je pus me rendre compte qu'il s'agissait du plus récent, que le kilométrage au compteur indiquait sans doute encore un nombre à quatre chiffres et que son prix était sûrement vingt fois plus élevé que ce que j'avais déboursé pour mon break Corolla d'occasion. Mais il n'y avait pas de quoi être particulièrement surpris. Puisque l'individu était capable de dépenser une somme aussi énorme pour son portrait, il n'y aurait rien eu d'étonnant à ce qu'il soit arrivé à bord d'un super-yacht.

Un homme d'un âge moyen, élégant, sortit de la voiture. Il avait chaussé des lunettes de soleil vert sombre et portait une chemise blanche en coton à manches longues (elle n'était pas simplement blanche, elle était d'un blanc immaculé). Un chino couleur kaki.

Des chaussures bateau crème. Il devait mesurer un peu plus d'un mètre soixante-dix. Un léger bronzage uniforme sur le visage. Une aura générale de propreté. Mais ce qui attira mon regard au premier abord, ce fut sa chevelure. Une chevelure luxuriante, légèrement ondulée, totalement blanche. Non pas grise, non pas poivre et sel, mais intégralement blanche et pure. Comme une neige vierge qui viendrait juste de recouvrir le sol.

Il descendit du coupé, ferma la portière sans la verrouiller (se fit entendre le bruit agréable, caractéristique de la portière d'une voiture de luxe que l'on ferme nonchalamment) et il glissa la clé dans la poche de son pantalon, s'avança vers l'entrée de la maison. Je l'observai entre les rideaux de la fenêtre. Il avait une manière de marcher impeccable. Le dos parfaitement droit, se servant des muscles nécessaires avec une remarquable équité. Il devait pratiquer quelque sport au quotidien. De façon sans doute intensive. Je m'écartai de la fenêtre, pris place sur un fauteuil du salon, attendis là que retentisse la sonnette de l'entrée. Lorsque je l'entendis, j'avançai lentement, ouvris la porte.

À ce moment-là, l'homme ôta ses lunettes de soleil, les glissa dans la poche de poitrine de sa chemise et, sans dire un mot, il tendit la main. Comme par réflexe, j'en fis autant. L'homme me serra la main. Avec une poigne énergique, à la manière d'un Américain. Si je devais décrire la sensation que j'éprouvai, je dirais qu'elle était un peu trop énergique, pas au point d'être douloureuse néanmoins.

« Menshiki. Enchanté. » L'homme se présenta ainsi, d'une voix claire et distincte. Sur le ton d'un conférencier, au début de sa prestation, quand il salue l'assemblée en testant le micro.

« Ravi de faire votre connaissance, répondis-je. M. Menshiki, vous dites… ?

— Mon nom s'écrit avec le *men* qui peut signifier “échapper à”, “épargner” et le *shiki* dans le sens de “couleur”.

— Ah, très bien », répondis-je en visualisant mentalement les deux idéogrammes qui composaient son patronyme. Une association plutôt étonnante, d'ailleurs.

« *Épargné par les couleurs*, ajouta l'homme. C'est un nom rare. En dehors des membres de ma famille, je ne l'ai quasiment jamais rencontré.

— Mais il est facile à retenir.

— Vous avez raison. C'est un nom dont on se souvient aisément. Que ce soit un bien ou un mal », dit l'homme en souriant. Des joues au menton, il arborait une barbe de plusieurs jours, mais ce n'était évidemment pas de la négligence. Il était rasé au millimètre désiré. À la différence de ses cheveux, ses poils de barbe étaient en partie noirs. Je trouvai étrange que seule sa chevelure soit ainsi d'une blancheur éclatante.

« Entrez, je vous en prie », dis-je.

Ledit Menshiki s'inclina légèrement, se déchaussa et pénétra dans la maison. Ses mouvements étaient séduisants, empreints cependant d'une certaine tension. Comme un grand chat qu'on aurait emmené dans un nouvel endroit, tous ses gestes étaient à la fois très prudents et souples, alors que ses yeux se livraient à un examen rapide des lieux.

« Quel lieu de vie agréable vous avez ! dit-il en s'asseyant sur le canapé. Tout à fait calme et reposant.

— Oui, pour être calme, c'est calme. Même si ce n'est pas très pratique pour faire ses courses.

— Mais c'est certainement le cadre idéal pour se concentrer sur un travail comme le vôtre. »

Je m'assis dans un fauteuil en face de lui.

« J'ai entendu dire que vous aussi habitiez non loin d'ici.

— Oui oui, en effet. À pied, cela prendrait un certain temps, mais à vol d'oiseau, c'est tout près.

— *À vol d'oiseau.* » Je répétai ses mots. Il y avait dans cette expression quelque chose d'un peu curieux. « Mais concrètement, c'est à quelle distance environ ?

— De chez moi, si je vous fais un signe de la main, vous pourrez le voir.

— Vous voulez dire que votre maison est visible d'ici ?

— Exactement. »

Un peu déconcerté, je ne sus que répondre et Menshiki continua : « Voulez-vous voir ma maison ?

— Pourquoi pas, répondis-je.

— Allons sur la terrasse si cela ne vous ennuie pas.

— Non, bien entendu. »

Menshiki se leva et sortit sur la terrasse. Puis il se pencha sur le garde-fou et pointa du doigt le versant opposé de la vallée.

« Vous voyez, là-bas, une construction en béton blanc. En haut de la montagne, c'est la maison dont les vitres brillent au soleil. »

J'en restai coi. C'était donc la bâtisse que j'avais souvent observée depuis cette terrasse, le soir venu, allongé sur une chaise longue, en buvant un verre de vin. Cette luxueuse résidence. Cette grande habitation que l'on ne pouvait manquer de remarquer, juste en face de ma propre maison.

« Elle se trouve à une certaine distance, mais si l'on fait de grands signes de la main, on peut se dire bonjour, dit Menshiki.

— Comment se fait-il cependant que vous ayez su que j'habitais ici ? » lui demandai-je, les mains posées sur le garde-fou.

Il y eut sur son visage comme une certaine confusion. Non, ce n'était pas vraiment de la confusion. Il voulait seulement manifester une sorte de gêne. Toutefois, je n'eus pas l'impression qu'il jouait la comédie. Il voulait simplement prendre un peu de temps avant de répondre. « Obtenir toutes sortes d'informations, de façon efficace, c'est une part de mon travail. Je suis dans ce genre d'affaires.

— C'est-à-dire dans un domaine lié à l'Internet ?

— Oui. Ou pour être plus précis, mon travail intègre également ce qui est lié à l'Internet, c'est ce que je voulais dire.

— Mais presque personne ne sait encore que j'habite ici. »

Menshiki sourit. « Si presque personne ne le sait, cela signifie, *a contrario*, que *quelques-uns* le savent. »

Je portai de nouveau les yeux de l'autre côté de la vallée, sur la fastueuse bâtisse de béton blanc. Puis je considérai encore une fois ce personnage nommé Menshiki. Ce devait être l'homme dont j'avais vu la silhouette chaque soir, sur la terrasse de cette résidence. À le regarder avec cette idée en tête, par la taille et les gestes, il correspondait exactement à la forme que j'avais observée. Il était difficile d'évaluer son âge. Quand on s'attardait sur sa chevelure blanche comme neige, on le situait vers la fin de la cinquantaine ou le début de la soixantaine, mais sa peau était lisse et ferme et son visage ne portait pas de rides. Et puis, dans ses yeux un peu enfoncés brillait un éclat juvénile qui évoquait un homme aux alentours de trente-cinq ans. Lui attribuer un âge en prenant tous ces facteurs en compte se révélait une tâche très délicate. Il faudrait le croire tout autant s'il affirmait avoir quarante-cinq ou soixante ans.

Menshiki revint s'asseoir sur le canapé, je repris également ma place sur le fauteuil en face de lui. Et je me lançai.

« Monsieur Menshiki, j'aurais une question…

— Bien sûr. Demandez-moi ce que vous voulez, répondit-il, tout sourires.

— Y a-t-il un rapport entre le fait que j'habite non loin de chez vous et le souhait que vous avez formulé que je réalise votre portrait ? »

Menshiki prit un air un peu embarrassé. Alors, au coin de ses yeux apparut un réseau de fines ridules. Tout à fait séduisantes. Lorsqu'on les observait avec attention, chaque trait de son visage était parfaitement dessiné. Des yeux en amande légèrement enfoncés, un beau front large, des sourcils nets et épais, un nez fin, d'une bonne longueur. Des yeux, des sourcils et un nez en accord parfait avec ce visage plutôt petit. Toutefois un peu trop développé en largeur pour sa taille discrète, ce qui, d'un pur point de vue esthétique, portait quelque préjudice à son équilibre. Il y avait une disproportion entre la longueur et la largeur qui nuisait à l'harmonie. Mais ce déséquilibre ne constituait pas nécessairement un défaut. Ce n'était jamais que l'une des particularités de son visage et cette disparité avait, au contraire, quelque chose de rassurant pour ceux qui le regardaient. Si l'équilibre est un peu trop parfait, il se peut que l'on éprouve une légère antipathie, qu'on en conçoive de la méfiance. Mais ce visage-là avait quelque chose de rassurant. « Tout va bien, rassurez-vous. Je ne suis pas si méchant. Je n'ai pas l'intention de vous faire du mal. » Voilà ce qu'il semblait vous expliquer aimablement. Le faîte de ses grandes oreilles pointues était visible entre ses cheveux blancs joliment coupés. Ces oreilles me faisaient ressentir comme une force vitale d'une fraîcheur vivifiante. Elles m'évoquaient la vivacité des champignons de la forêt qui, les matins pluvieux d'automne, pointent leur tête au milieu de l'amoncellement des feuilles mortes. La bouche était large, les lèvres fines bien serrées, constamment prêtes à s'ouvrir pour un joli sourire.

On aurait pu bien sûr qualifier cet homme de beau. L'adjectif était en effet approprié. Mais il y avait dans ses traits quelque chose qui refusait cette qualification banale, qui la rendait tout bonnement vide de sens. Son visage était bien trop vivant pour être étiqueté ainsi, ses mimiques faciales bien trop raffinées. Les expressions qui se faisaient jour n'étaient pas le résultat d'un calcul, ou du moins, elles semblaient apparaître spontanément, avec un naturel parfait. Si elles avaient été mues par quelque dessein, cela aurait signifié que l'homme était un comédien accompli. Mais il ne me donnait pas du tout cette impression.

Lors de la première rencontre, j'avais pris l'habitude d'observer le visage de mon modèle et de ressentir toutes sortes d'émotions. Le plus souvent, elles ne reposaient sur aucune base concrète. C'était seulement mon intuition qui me guidait. Mais la plupart du temps, ce qui m'était vraiment utile dans mon travail de portraitiste, c'était justement cette *simple intuition*.

« Je vous répondrai à la fois *oui*, et *non* », déclara enfin Menshiki. Il ouvrit largement les mains posées sur ses genoux, paumes vers le haut, puis les retourna.

Sans un mot, j'attendis la suite de ses paroles.

« Je me soucie du genre de personnes qui vivent à proximité de chez moi, continua-t-il. Non, en fait, ce n'est pas exactement du souci. Disons que j'ai plutôt de l'intérêt à leur égard. Surtout dans la mesure où nous nous voyons souvent, puisqu'une vallée nous sépare. »

La distance entre nous était un peu trop importante pour employer l'expression « se voir », mais je ne dis rien. La possibilité que Menshiki possède une longue-vue puissante et qu'il s'en serve pour m'observer en secret me traversa soudain l'esprit, mais bien entendu, de cela non plus, je ne pipai mot. D'ailleurs, quelle raison aurait-il pu avoir de m'observer, moi en particulier ?

« Et j'ai donc su que vous habitiez ici, poursuivit Menshiki. Ayant appris que vous étiez un portraitiste de métier, cela a éveillé mon intérêt et j'ai eu envie de voir quelques-unes de vos œuvres. Au début, j'ai regardé vos peintures sur Internet, mais cela ne me satisfaisait pas. Alors, je me suis arrangé pour voir de mes propres yeux trois de vos tableaux. »

Ces mots me laissèrent perplexe. « Vous dites que vous avez vraiment vu mes tableaux ?

— Oui, je me suis rendu chez leurs propriétaires, autrement dit ceux qui avaient servi de modèles, et je leur ai demandé de me laisser les voir. Tous ont accepté avec plaisir. Je crois bien que lorsqu'on demande à quelqu'un à voir son portrait, cela le flatte énormément. En ayant ainsi l'occasion d'examiner de très près ces portraits et en les confrontant avec le visage du modèle, j'ai éprouvé une impression un peu curieuse. À force de comparer la peinture et le modèle, peu à peu, je ne savais plus exactement lequel des deux était le plus réel. Comment dire ? Dans vos toiles, il y a un je-ne-sais-quoi qui stimule l'âme du spectateur d'une manière inhabituelle. À première vue, on se dit, oui, bon, ce sont des portraits ordinaires, conventionnels, mais si on les examine bien, on découvre qu'il y a quelque chose qui se cache dedans.

— Quelque chose ? demandai-je.

— Quelque chose, oui. Je ne sais pas très bien l'exprimer avec des mots mais peut-être pourrais-je le désigner comme la personnalité authentique ?

— "Personnalité", répétai-je. La mienne ? Ou celle du sujet qui est représenté ?

— Sans doute les deux. Il est probable qu'elles se mêlent l'une et l'autre dans la peinture, qu'elles s'entrelacent subtilement au point qu'il est impossible de procéder à leur dissection. C'est quelque chose qu'on ne peut laisser échapper. Vos toiles, si on n'y jette qu'un bref regard, on a l'impression d'avoir manqué quelque chose ; alors on les regarde de nouveau, plus attentivement. C'est ce *quelque chose* qui m'a énormément séduit. »

Je conservai le silence.

« C'est là que je me suis dit : je veux absolument que cet homme fasse mon portrait. Et j'ai aussitôt contacté votre agent.

— En passant par votre représentant.

— Oui. J'ai l'habitude de faire avancer les choses en utilisant les services d'un représentant. Je m'en remets pour cela à un bureau d'avocats. Je ne procède pas de la sorte parce que j'ai mauvaise conscience. Simplement, j'accorde une grande importance à l'anonymat.

— Et parce que, par ailleurs, vous avez un patronyme facile à retenir.

— En effet », dit-il avec un sourire. Sa bouche s'ouvrit largement dans la largeur, le bout de ses oreilles trembla imperceptiblement. « Parfois, il arrive de ne pas avoir envie qu'on sache votre nom.

— Quoi qu'il en soit, je crois que le montant de la rémunération que vous proposez est un peu trop élevé, dis-je.

— Comme vous le savez vous-même, le prix des choses est totalement relatif. Le prix se détermine naturellement dans un équilibre entre l'offre et la demande. C'est le mécanisme du marché. Si je vous dis que je veux acheter une chose et que vous dites que vous ne voulez pas la vendre, sa valeur augmente. Dans le cas contraire, évidemment, elle baisse.

— Je connais le mécanisme du marché. Mais avez-vous à ce point besoin que je fasse votre portrait ? Si je peux me permettre, cela vous causera-t-il des ennuis si je ne le fais pas ?

— Vous avez raison, évidemment. Non, cela m'occasionnera pas d'ennuis. Mais je suis curieux. Quelle sorte de portrait ferez-vous de moi ? J'ai envie de le savoir. Donc, pour le dire autrement, c'est le prix de ma propre curiosité que j'ai ainsi fixé.

— Et votre curiosité est un objet objectivement coûteux. »

Il sourit, l'air amusé. « Plus la curiosité est pure, plus elle est forte. Elle nous coûte donc plus ou moins cher.

— Est-ce que vous voulez du café ? demandai-je.

— Je veux bien, merci.

— Je viens juste d'en faire, cela vous ira ?

— Oui, c'est parfait. Pour moi, noir, s'il vous plaît. »

J'allai à la cuisine, versai du café dans deux mugs, les rapportai au salon.

« Vous possédez énormément de disques d'opéra ! remarqua Menshiki en buvant son café. C'est un genre de musique que vous aimez ?

— Les disques qui se trouvent ici ne m'appartiennent pas. Le propriétaire des lieux les a laissés sur place.

Depuis que je vis dans cette maison, j'ai écouté de nombreux opéras.

— Le propriétaire, c'est bien M. Tomohiko Amada, n'est-ce pas ?

— En effet.

— Et vous-même, y a-t-il des opéras que vous appréciez en particulier ? »

Je réfléchis un instant. « Ces derniers temps, j'ai beaucoup écouté *Don Giovanni.* J'avais certaines raisons pour cela.

— Lesquelles ? Pourriez-vous me les dire si vous le voulez bien ?

— C'est personnel. Ce n'est pas important.

— Moi aussi, j'aime *Don Giovanni*, et je l'écoute souvent, continua Menshiki. J'ai même assisté à une représentation de cet opéra dans un petit théâtre de Prague. C'était très peu de temps après l'effondrement du régime communiste. Je suppose que vous le savez, mais Prague est la ville dans laquelle *Don Giovanni* a été joué la toute première fois. Le théâtre était petit, l'orchestre réduit, il n'y avait pas de chanteurs connus, et pourtant, la représentation a été merveilleuse. Étant donné que les chanteurs n'avaient pas besoin de chanter à pleine voix comme sur les grandes scènes, l'expression des sentiments pouvait se faire sur un mode très intime. Au Met ou à la Scala, cela ne se passe pas ainsi. Dans ce genre de théâtres, on exige des chanteurs célèbres à la voix qui porte. Et parfois, les arias ressemblent un peu à de l'acrobatie. Mais pour les œuvres telles que les opéras de Mozart, il faut l'intimité de la musique de chambre. Vous ne le pensez pas ? Dans ce sens, le *Don Giovanni* que j'ai entendu à Prague était peut-être le *Don Giovanni* idéal. »

Il but une gorgée de café. Sans dire un mot, j'observais ses gestes.

« J'ai eu l'occasion d'entendre toutes sortes de *Don Giovanni*, continua-t-il. À Vienne, à Rome, à Milan, à Londres, à Paris, au Met, à Tokyo. Sous la baguette de Claudio Abbado, de James Levine, de Seiji Ozawa, de Lorin Maazel, et de qui encore… ah oui, de Georges Prêtre, mais curieusement, c'est le *Don Giovanni* de Prague que j'ai gardé au cœur. Même si je n'avais jamais entendu les noms des chanteurs et du chef d'orchestre. Quand je suis sorti, une fois la représentation terminée, un épais brouillard s'étendait sur la ville. À cette époque, il y avait encore assez peu d'éclairage, et la nuit venue, la ville était plongée dans l'obscurité. Alors que je me promenais au hasard dans les rues pavées désertes, je me suis retrouvé soudain devant une vieille statue de bronze, isolée. Je ne sais pas qui elle figurait. Mais d'après son allure, c'était sans doute un chevalier du Moyen Âge. Et spontanément, j'ai eu envie de l'inviter à souper. Mais je ne l'ai pas fait, bien sûr. »

Il sourit de nouveau.

« Vous allez souvent à l'étranger ? demandai-je.

— De temps en temps, pour mon travail », répondit-il. Puis, comme s'il avait une idée soudaine, il se tut. Je présumai qu'il ne voulait pas entrer dans les détails concrets de son travail.

« Eh bien, qu'en dites-vous ? » Menshiki s'adressa à moi en me regardant directement dans les yeux. « J'ai réussi l'examen ? Acceptez-vous de faire mon portrait ?

— Il n'est pas question d'un examen. Simplement d'une conversation en tête à tête.

— Pourtant, avant d'entamer votre travail, vous rencontrez votre client, vous discutez avec lui. Il m'est revenu aux oreilles que vous ne dessiniez pas le portrait de quelqu'un s'il n'avait pas suscité suffisamment d'intérêt chez vous. »

Je portai les yeux du côté de la terrasse. Un grand corbeau s'était posé sur le garde-fou mais, comme s'il avait senti mon regard, il déploya ses ailes lustrées et s'envola aussitôt.

« Cette possibilité existe, dis-je, mais jusqu'à présent, heureusement, je n'ai jamais rencontré quelqu'un qui ne suscite aucun intérêt chez moi.

— J'espère dans ce cas ne pas être le premier… » répliqua Menshiki en souriant. Mais ses yeux ne riaient pas. Il était sérieux.

« Tout va bien. De mon côté, je me réjouis d'avoir à faire votre portrait.

— Parfait alors », répondit-il. Puis il marqua une pause. « Je ne voudrais pas vous ennuyer, mais *de mon côté aussi*, j'aurais un souhait. »

De nouveau, je scrutai son visage. « De quel type de souhait s'agit-il ?

— Dans la mesure du possible, ce que j'aimerais, c'est que vous fassiez mon portrait librement, en vous affranchissant des contraintes du genre. Bien entendu, si vous souhaitez peindre *ce que l'on nomme traditionnellement* portrait, cela m'ira aussi. Vous pouvez choisir de peindre selon les procédés classiques que vous avez utilisés jusqu'à présent. Mais si vous désirez essayer d'autres techniques que vous n'avez pas encore employées, j'accueillerai cela avec plaisir.

— D'autres techniques ?

— J'entends par là que quel que soit le style que vous choisirez, j'aimerais que vous peigniez comme vous en aurez envie, en suivant toutes vos impulsions.

— Vous voulez dire, par exemple, que cela vous serait égal si je mettais les deux yeux sur un seul côté du visage, à la manière du Picasso d'une certaine époque ?

— Si c'est ainsi que vous souhaitez me dessiner, je n'émettrai aucune objection. Je m'en remets totalement à vous.

— Et vous l'accrocherez au mur de votre bureau ?

— Actuellement, je n'ai pas de bureau. Je pense donc que je l'accrocherai au mur de ma bibliothèque. À moins que vous ne vous y opposiez. »

Bien entendu, je n'avais rien à objecter. Quel que soit le mur, pour moi, cela ne faisait pas vraiment de différence. Après un temps de réflexion, je déclarai :

« Je vous suis très reconnaissant de ce que vous dites, monsieur Menshiki, mais même si vous me donnez ainsi carte blanche pour le style ou la façon dont je ferai ce portrait, ce n'est pas pour autant qu'une idée concrète me viendra à l'instant. Je ne sais pas encore comment je m'y prendrai. Je ne suis qu'un portraitiste. Voilà longtemps que je réalise des portraits selon un style bien déterminé. Vous me dites de me débarrasser des contraintes, mais, souvent, ces contraintes elles-mêmes sont partie prenante de la technique. Aussi, je pense que je serai amené à employer les méthodes que j'ai toujours utilisées et à réaliser un portrait tel qu'*on l'imagine traditionnellement* quand on parle de “portrait”. Cela ne vous dérange pas ? »

Menshiki ouvrit grand les bras. « Mais bien sûr que ça m'ira. Faites comme vous le jugerez bon. La seule chose que je cherche est que vous vous sentiez libre.

— Par ailleurs, pour poser vraiment comme modèle, je vous demanderai de venir un certain nombre de fois dans l'atelier ici, et de rester longuement assis sur une chaise. Est-ce que cela vous sera possible, étant donné, je suppose, que votre travail vous accapare ?

— Je me suis arrangé pour pouvoir me libérer à tout moment. C'est moi, à l'origine, qui vous ai demandé de poser. Je viendrai donc ici et resterai assis sagement aussi longtemps qu'il le faudra. Et j'imagine que nous pourrons prendre notre temps pour bavarder à ce moment-là. La conversation ne vous dérange pas ?

— Évidemment non. Ou plutôt, elle est la bienvenue. À mes yeux, vous êtes une véritable énigme. Pour vous peindre, j'aurais peut-être besoin d'en savoir un peu plus sur vous. »

Menshiki secoua la tête en riant. Ce faisant, sa chevelure d'un blanc éblouissant ondula avec souplesse, à la manière d'un champ hivernal sur lequel soufflerait le vent.

« Je crois bien que vous me surestimez. Il n'y a pas particulièrement de mystère chez moi. Si je ne parle pas beaucoup de moi, c'est simplement qu'il n'y a rien d'intéressant à raconter. »

Quand il sourit, les ridules au coin de ses yeux apparurent de nouveau. Un sourire franc se dessinait sur son visage, le sourire d'un homme moralement intègre. Mais il n'était pas que cela. Chez ce personnage, Menshiki, il y avait quelque chose de soigneusement dissimulé. Un secret enfermé dans une petite boîte fermée à clé, elle-même profondément enterrée. Elle avait été enfouie il y a longtemps de cela et au-dessus poussaient aujourd'hui des herbes folles et ondoyantes. Et le seul au monde à savoir où avait été ensevelie cette petite boîte, c'était Menshiki lui-même. Je ne pouvais m'empêcher de ressentir, derrière son sourire, la solitude de celui qui détient ce genre de secrets.

L'entretien avec Menshiki se poursuivit durant une vingtaine de minutes. Nous devions nous concerter sur un certain nombre d'arrangements préalables : à partir de quand viendrait-il poser ici ? De combien de temps disposait-il ? Au moment de partir, dans l'entrée, il me tendit de nouveau la main d'une façon toute naturelle et de mon côté, je la lui serrai tout naturellement aussi. Serrer énergiquement la main au début et à la fin de chaque entretien, c'était, semble-t-il, son habitude. Il remit ses lunettes de soleil, repêcha dans sa poche la clé de sa voiture et remonta dans la Jaguar gris métallisé (qui évoquait un gros animal bien dressé, à la peau lisse et aux courbes moelleuses). Je l'observai exécuter tous ces gestes par la fenêtre, puis je vis la voiture redescendre la côte avec grâce. Après quoi, je sortis sur la terrasse, portai le regard vers la demeure blanche en haut de la montagne que l'homme allait probablement regagner bientôt.

Étrange personnage, pensai-je. Non qu'il ait manqué d'amabilité, ni qu'il se soit montré spécialement taciturne. Mais en réalité, c'était comme s'il ne dévoilait rien de lui. Les seules informations que j'avais glanées étaient qu'il vivait dans cette résidence élégante de l'autre côté de la vallée, que son travail était en partie lié à l'informatique et qu'il voyageait souvent à l'étranger. C'était à peu près tout. Et aussi qu'il était passionné d'opéra. Sinon, je ne savais pour ainsi dire rien de plus. Avait-il une famille ou non, quel était son âge, où avait-il grandi, depuis quand habitait-il sur cette montagne ? Questions sans réponse. En y réfléchissant, je m'aperçus qu'il ne m'avait même pas appris son prénom.

Et d'abord, pourquoi montrait-il tant d'ardeur à ce que je brosse son portrait ? J'aurais bien aimé croire que c'était parce que j'étais incontestablement doué en peinture, ce qui, aux yeux d'un expert, était un fait évident. Mais manifestement, ce n'était pas son seul mobile. Il était possible que mon travail ait suscité son intérêt, jusqu'à un certain point. Je ne pensais pas qu'il ait totalement menti à ce sujet. Je n'étais pourtant pas naïf au point de gober tout ce qu'il racontait.

Que voulait-il donc de moi ? Quel était son but ? Quel scénario avait-il concocté à mon intention ?

Même après l'avoir rencontré, même après cette entrevue en tête à tête, ces questions demeuraient sans réponse. Le mystère au contraire s'était plutôt épaissi. D'abord, comment se faisait-il qu'il ait une chevelure aussi étonnamment blanche ? Il y avait quelque chose d'anormal dans cette blancheur. Comme dans l'histoire d'Edgar Allan Poe[1] où un pêcheur voit ses cheveux blanchir en une nuit après avoir survécu à un énorme tourbillon, n'aurait-il pas lui aussi connu une expérience extrêmement terrifiante ?

Quand le soir tomba, sur l'autre versant de la vallée, la résidence en béton blanc s'illumina. De puissantes lampes électriques s'allumèrent à profusion. Comme si cette maison avait été conçue par un architecte obstiné qui ne s'était jamais soucié des factures d'électricité. Ou peut-être était-ce le propriétaire qui redoutait excessivement les ténèbres et qui avait demandé à l'architecte de construire une maison pouvant être éclairée dans ses moindres recoins. Quoi qu'il en soit, vue de loin, cette bâtisse évoquait un paquebot de luxe voguant paisiblement de nuit sur la mer.

---

1. *Une descente dans le Maelström* (1841), traduction de Charles Baudelaire.

Je m'allongeai sur une chaise longue, sur la terrasse obscure, et tout en savourant un verre de vin blanc, je contemplai ces lumières. J'espérais que M. Menshiki se montrerait, mais cette nuit-là, sa silhouette ne m'apparut pas. Mais même s'il s'était montré, et alors ? Aurais-je dû lui adresser de grands signes en agitant la main ?

Bientôt, toutes sortes de choses s'éclairciraient d'elles-mêmes, me dis-je. Je ne pouvais rien espérer d'autre.

8

Une bénédiction déguisée

Le mercredi soir, après mon cours de peinture pour adultes, je pénétrai dans un cybercafé non loin de la gare d'Odawara et lançai une recherche en entrant « Menshiki » sur Google. Je ne découvris pas un seul patronyme ainsi orthographié. Je ne trouvai que l'idéogramme *men* en composition dans différentes expressions, ou *shiki* dans quantité d'autres. Il semblait bien que nulle part n'apparaissaient d'informations publiques à propos de ce M. Menshiki. Son affirmation selon laquelle il accordait beaucoup d'importance à l'anonymat devait être vraie. À condition, bien entendu, que « Menshiki » soit son vrai nom, mais mon intuition me soufflait qu'il n'avait pas menti. Puisqu'il était allé jusqu'à m'indiquer son lieu de résidence, il aurait été illogique qu'il mente sur son nom. Et même s'il s'agissait d'un patronyme inventé, il aurait pu choisir, sauf très bonnes raisons, un nom un peu plus ordinaire et qui attire moins l'attention.

De retour chez moi, je téléphonai à Masahiko. Après les habituels échanges sans importance, je lui demandai s'il savait quelque chose sur un certain Menshiki qui habitait de l'autre côté de la vallée. Je lui expliquai que cet homme vivait dans une résidence de béton blanc édifiée en haut de la montagne. Il se souvenait vaguement de cette maison.

« Men-shi-ki ? répéta Masahiko. Mais qu'est-ce que c'est que ce nom ?

— Il s'écrit comme dans "Épargné par les couleurs", expliquai-je.

— Un peu comme un lavis en noir et blanc…

— Le blanc et le noir sont aussi des couleurs, remarquai-je.

— Oui, d'un point de vue logique, c'est exact. Tu dis donc… Menshiki… Je ne crois pas avoir entendu ce nom. D'ailleurs, je ne connais personne qui habite sur la montagne de l'autre côté de la vallée. Déjà que je ne connais même pas ceux qui vivent de mon côté. Bon, alors, tu es en relation avec ce type ?

— Oui, je dirais qu'une sorte de lien s'est noué entre nous, répondis-je. Et je me demandais si tu ne saurais pas quelque chose sur lui.

— Tu as cherché sur Internet ?

— Oui, avec Google, mais ça n'a rien donné.

— Et sur Facebook et les autres réseaux sociaux ?

— Non. Dans ces trucs, je n'y connais rien.

— Tu sais, pendant que tu faisais la sieste avec les daurades dans le palais sous-marin du Roi des Dragons[1], la civilisation a pas mal avancé ! Bon, allez, c'est d'accord, je jetterai un coup d'œil. Et si je déniche quelque chose, je te passerai un coup de fil.

1. Allusion à un célèbre conte japonais : Urashima Tarô est un jeune pêcheur invité à séjourner dans le royaume sous-marin pour avoir sauvé une tortue maltraitée par des enfants. Lorsqu'il revient sur terre, il ne reconnaît plus rien ni personne. Il croyait n'avoir passé que quelques heures dans ce palais, mais il s'était agi en réalité de plusieurs centaines d'années. Lui-même était dès lors un vieillard, qui se transforma en grue.

— Merci. Ça me rendra service. »

Puis Masahiko fit brusquement silence. Je sentais qu'il était en train de réfléchir à l'autre bout du combiné.

« Attends voir. Tu as bien dit Menshiki ? demanda-t-il.

— C'est ça. Exactement. “Épargné par les couleurs”.

— Menshiki… répéta-t-il. Je crois me souvenir maintenant que j'ai entendu ce nom quelque part, mais peut-être que je me trompe…

— C'est un nom très rare, on ne risque pas de l'oublier quand on l'a entendu.

— Oui, justement. C'est d'ailleurs peut-être pourquoi il est resté accroché dans un coin de ma tête. Mais j'ai du mal à situer quand je l'ai entendu et dans quelles circonstances… Tu vois, c'est comme si j'avais dans la gorge une arête de poisson. »

Lorsque le souvenir lui reviendrait, qu'il me le fasse savoir, lui demandai-je. Masahiko le promit.

Je raccrochai puis entamai un repas simple. Au milieu du dîner, la femme avec qui j'avais une relation me téléphona. Est-ce que j'étais d'accord pour qu'elle vienne le lendemain après-midi ? Oui, j'étais d'accord.

« Au fait, tu saurais quelque chose sur un nommé Menshiki ? demandai-je. C'est un type qui habite pas très loin de chez moi.

— Menshiki ? répéta-t-elle. C'est son nom de famille ? »

Je lui expliquai comment ce patronyme s'écrivait.

« Non, jamais entendu parler, répondit-elle.

— Il y a une maison de béton blanc, de l'autre côté de la vallée. Il habite là.

— Je me souviens de cette maison. C'est bien la résidence somptueuse que l'on voit de ta terrasse ?

— C'est la sienne.

— Ce M. Menshiki habite donc là.

— Oui.

— Et alors, il a un problème ?

— Non, pas du tout. J'aurais juste aimé savoir si tu le connaissais ou pas. »

Sa voix s'assombrit à l'instant. « Il y a un rapport avec moi ?

— Mais non, je t'assure. Il n'y a aucun rapport avec toi. »

Elle soupira, soulagée. « Bon, alors je viens demain après-midi. Vers 1 h 30, je pense.

— Je t'attendrai », lui dis-je. Je raccrochai et terminai mon repas.

Peu après, je reçus un coup de fil de Masahiko.

« On dirait que plusieurs personnes portent ce nom de Menshiki au Shikoku, dans la préfecture de Kagawa, annonça Masahiko. Peut-être que ton homme, celui d'ici, a des racines là-bas. Mais sinon, je n'ai strictement rien trouvé sur un Menshiki qui habiterait dans la région d'Odawara. Quel est son prénom ?

— Il ne me l'a pas encore dit. Je ne connais pas non plus son métier. Il travaille dans un domaine lié pour partie à l'informatique, et étant donné son style de vie, c'est une activité qui a l'air de lui rapporter beaucoup. C'est à peu près tout ce que je sais. Quant à son âge, inconnu.

— Ah bon… Dans ce cas, il n'y a sans doute rien à faire. Les informations étant avant tout des marchandises, il suffit de disposer d'argent et de savoir où et comment le placer pour faire disparaître complètement ses propres traces. Et si l'intéressé s'y connaît en technologies de l'information, ça lui sera encore plus facile.

— Donc M. Menshiki, par je ne sais quel moyen, effacerait habilement ses traces ? C'est bien ce que tu veux dire ?

— Oui, c'est fort possible. J'ai pris du temps pour faire des recherches sur un tas de sites différents et j'en suis revenu bredouille. Alors que c'est un nom très rare, qu'on remarque, rien n'en est ressorti. On peut dire que c'est bizarre, oui. Que toi qui ignores les choses du monde, tu ne le saches pas, entendu, mais pour quelqu'un qui a une certaine position dans la société, c'est vraiment difficile de bloquer les informations le concernant. Des infos sur toi, ou aussi bien sur moi, on en trouve pas mal. Je t'assure, j'ai même trouvé des choses sur moi que j'ignorais. C'est comme ça, même pour des gens insignifiants comme toi et moi. Alors, pour un gros poisson, je ne te dis pas, c'est très compliqué de se dissimuler. Nous vivons dans ce genre de monde. Que ça nous plaise ou non. Au fait, tu as déjà regardé les infos qui te concernaient ?

— Non, jamais.

— Eh bien, mon conseil, c'est de rester dans l'ignorance. »

Je lui dis que c'est ce que je comptais faire.

Obtenir toutes sortes d'informations, de façon efficace, c'est une part de mon travail. Je suis dans ce genre d'affaires. Telles étaient les paroles que Menshiki avait prononcées. S'il était capable de recueillir des informations à sa guise, il était peut-être capable également de les effacer quand ça l'arrangeait.

« D'ailleurs, ce Menshiki m'a dit qu'il avait regardé plusieurs de mes toiles sur Internet.

— Et ?

— Et il m'a demandé de lui faire son portrait. Il a dit que mes portraits lui plaisaient.

— Mais toi, tu as refusé, et tu lui as dit que tu avais arrêté ton activité de portraitiste. N'est-ce pas ? »

Je gardai le silence.

« Ou peut-être pas ? insista-t-il.

— À vrai dire, je n'ai pas refusé.

— Pourquoi ? J'avais cru comprendre que ta décision était très ferme ?

— Parce que le cachet proposé est vraiment énorme. Ce qui m'a amené à penser que faire un portrait, encore une fois, ce n'est peut-être pas si mal.

— Pour l'argent ?

— Il est certain que c'est une raison de poids. Voilà déjà un bout de temps que je n'ai plus de revenus et il faut bien que je réfléchisse à gagner ma vie. Aujourd'hui, je ne dépense pas beaucoup mais j'ai tout de même des choses à payer.

— Hmm. Et ce cachet, il se monte à combien ? »

Je lui fis part de la somme proposée. Masahiko émit un petit sifflement dans le combiné.

« Dis donc, c'est énorme ! commenta-t-il. Effectivement, avec un cachet pareil, ça vaut peut-être le coup d'accepter. Tu as dû être drôlement étonné en entendant ce chiffre ?

— Ah oui, bien sûr que j'ai été étonné.

— À mon humble avis, je ne connais personne assez farfelu pour payer une somme pareille juste pour avoir un portrait peint par toi.

— Je sais.

— Mais attention, comprends-moi bien, je ne dis pas du tout que tu manques de talent en tant que peintre. Tu as toujours bien fait ton travail. Qui a plutôt été apprécié. Tu es le seul de notre promotion des

Beaux-Arts à gagner ta vie à peu près bien uniquement grâce à tes peintures. Bon, ton niveau de vie, je ne le connais pas, mais en tout cas tu as droit à des éloges. Mais si je peux me permettre d'être direct, tu n'es ni Rembrandt, ni Delacroix, ni même Andy Warhol.

— Tout cela aussi, je le sais bien, évidemment.

— Dans ce cas, tu as conscience, bien entendu, que le montant de la rémunération proposée est carrément exorbitant, n'est-ce pas ?

— Oui, bien entendu.

— Sans compter que ce type habite *par hasard* tout près de chez toi.

— En effet.

— "Par hasard", ici, c'est un vrai euphémisme. »

Je restai silencieux.

« Il y a peut-être quelque chose de caché, quelque chose de louche, dans cette histoire. Tu ne crois pas ? demanda-t-il.

— J'y ai pensé moi aussi. Mais de quoi peut-il s'agir ? Je n'en ai aucune idée.

— En tout cas, tu as accepté ce travail ?

— Oui. Je commencerai après-demain.

— Parce que la rémunération est élevée ?

— Oui, en grande partie. Mais pas seulement. Il y a une autre raison, répondis-je. Pour être sincère, j'ai envie de savoir ce qui peut bien arriver. C'est une raison encore plus importante. J'ai envie de comprendre pourquoi il est prêt à payer une somme pareille. Et s'il y a un ou des motifs louches là-dessous, je veux savoir de quoi il retourne.

— Je vois, fit Masahiko en soupirant, avant de marquer un temps. Bon, s'il y a une quelconque évolution, fais-le-moi savoir. Ça chatouille quelque peu ma curiosité, à moi aussi. Ça m'a l'air intéressant. »

À cet instant, je me souvins du hibou.

« Au fait, j'avais oublié de te le dire, mais il y a un hibou qui s'est installé dans le grenier, lui dis-je. Un petit hibou gris, il dort sur une poutre durant la journée. La nuit, il sort par une bouche d'aération pour aller chasser. Je ne sais pas depuis quand il loge là, mais il a l'air d'avoir fait son nid dans ces lieux.

— Au grenier ?

— Comme j'entendais du bruit de temps en temps au plafond, je suis monté voir dans la journée.

— Ah tiens. Je ne savais pas qu'on pouvait accéder au grenier.

— Il y a une trappe en haut du placard de la chambre d'ami. Mais l'espace est petit là-haut. On ne pourrait pas en faire une pièce. Comme logement pour un hibou, ça va.

— Mais c'est une bonne chose, répliqua Masahiko. Avec un hibou, on n'aura pas à craindre les souris ou les serpents. Et puis, j'ai entendu dire, je ne sais plus où ni quand, qu'un hibou à la maison était de bon augure.

— C'est peut-être grâce à cet heureux présage que j'ai obtenu une rétribution aussi élevée pour un portrait.

— Je l'espère, répondit-il en riant. Tu connais l'expression anglaise *blessing in disguise* ?

— Je ne suis pas très fort en langues étrangères.

— Une bénédiction déguisée. Une grâce camouflée sous une forme inattendue. C'est une expression pour parler de quelque chose qui paraît funeste à première vue, mais qui en réalité se révèle heureux, autrement dit, un mal pour un bien. *Blessing in disguise*. Et évidemment, dans ce monde, il doit bien exister des situations inverses aussi. Théoriquement. »

Théoriquement, répétai-je dans ma tête.

« Fais très, très attention, dit-il.
— Je ferai attention », lui répondis-je.

Le lendemain, à 1 h 30, elle vint à la maison, et comme d'habitude, nous allâmes tout de suite au lit. Durant nos étreintes, ni l'un ni l'autre ne parla. Cet après-midi-là, il pleuvait. Une ondée violente, rare pour l'automne. On aurait dit une pluie de plein été. De grosses gouttes charriées par le vent frappaient bruyamment les vitres des fenêtres, et peut-être même que le tonnerre gronda durant un court moment. Des hordes d'épais nuages noirs dépassaient la vallée, et quand la pluie cessa soudain, les montagnes avaient pris des teintes considérablement assombries. Une nuée de petits oiseaux fit son apparition, ils avaient dû aller s'abriter de la pluie quelque part, et, à présent, ils redoublaient d'efforts dans leur quête d'insectes en s'accompagnant de pépiements animés. Pour eux, après l'ondée, c'était le moment idéal pour déjeuner. Le soleil surgit dans une trouée de nuages, faisant scintiller les gouttes d'eau sur les branches des arbres. Nous nous étions livrés au sexe sans accorder une seule pensée à la pluie. Celle-ci s'arrêta au moment où nos étreintes s'achevèrent. Comme si elle nous avait attendus.

La conversation reprit entre nous tandis que nous restions allongés nus sur le lit, enveloppés d'une légère couette. Elle parla principalement des résultats scolaires de ses deux filles. La plus âgée travaillait bien, ses notes étaient bonnes. C'était une enfant calme, sans problème. Mais la plus jeune détestait l'étude, fuyait autant qu'elle le pouvait son bureau d'écolière. Elle avait néanmoins un caractère joyeux et était assez jolie. Peu timide, elle était appréciée des autres. Elle était également douée en sports. Peut-être serait-il mieux de ne plus attendre d'elle qu'elle soit assidue à l'école et de lui faire faire de la télé ou du cinéma ? Et aussi d'essayer plus tard de la faire entrer dans une école d'enfants comédiens…

À y réfléchir, tout cela était étrange. Couché à côté de cette femme que je ne connaissais que depuis trois mois, je l'écoutais parler de ses filles que je n'avais jamais rencontrées. Elle me consultait même sur leur orientation scolaire. Et tout cela alors que nous étions totalement nus. Mais ce n'était pas déplaisant : cela me permettait d'observer la vie d'une personne presque inconnue, de m'approcher de gens dont la vie ne croiserait sans doute plus jamais la mienne. Des scènes qui étaient juste devant mes yeux, mais restaient pourtant très lointaines. Tout en me racontant ses anecdotes, elle joua avec mon pénis, lequel retrouva peu à peu de la vigueur.

« Tu as peint quelque chose récemment ? me demanda-t-elle.

— Non, pas vraiment, lui répondis-je honnêtement.

— Tu veux dire que ta pulsion créative n'est pas assez stimulée ? »

Je préférai rester évasif. « Demain, en tout cas, je dois commencer un nouveau travail, une commande.

— Tu travailles sur commande ?

— Eh oui. Je dois bien gagner ma vie de temps en temps.

— Une commande… de quel genre ?

— Un portrait.

— Par hasard, ce ne serait pas pour ce M. Menshiki dont tu m'as parlé au téléphone hier ?

— Si, justement », répondis-je. Elle avait un flair curieusement bien aiguisé pour certaines choses, qui me surprenait parfois.

« Et tu veux savoir quelque chose sur ce M. Menshiki, je parie ?

— Pour le moment, il est plutôt mystérieux. Je l'ai vu une fois, nous avons bavardé, mais j'ignore encore complètement quel genre d'individu il est. En tant que peintre, je suis assez curieux de savoir quel type d'homme est celui dont je m'apprête à faire le portrait.

— Il suffirait de questionner l'intéressé.

— Même si je l'interrogeais, il se pourrait qu'il ne me réponde pas avec sincérité, fis-je. Ou qu'il ne réponde que ce qui lui convient.

— Si tu veux, je peux te faire des recherches.

— Tu as un moyen ?

— J'aurais peut-être des trucs en vue.

— Sur Internet, ça n'a rien donné.

— Internet, dans la jungle, ça ne marche pas bien, dit-elle. Dans la jungle, il y a un réseau de communication propre à la jungle. On frappe sur de gros tambours, par exemple, ou on accroche un message au cou des singes.

— Je n'y connais pas grand-chose en matière de jungle.

— Quand les instruments de la civilisation ne fonctionnent pas bien, ça vaut peut-être la peine d'essayer avec des tambours ou des singes. »

Sous ses doigts affairés et doux, mon pénis retrouva suffisamment de force. Elle se servit ensuite de ses lèvres et de sa langue avec adresse, avec avidité, et entre nous retomba alors un silence lourd et plein.

Pendant que les oiseaux s'activaient en pépiant à œuvrer pour leur vie, nous nous apprêtâmes à refaire l'amour.

Après de longs ébats entrecoupés d'une pause, il fut temps pour nous de sortir du lit, de ramasser avec des mouvements alanguis nos vêtements éparpillés au sol et de les remettre. Ensuite, sur la terrasse, tout en buvant une infusion, nous contemplâmes la vaste demeure de béton blanc édifiée de l'autre côté de la vallée. Alors que nous étions installés côte à côte sur des chaises longues de bois aux couleurs passées, l'air vif et frais des montagnes nous pénétra intensément. On apercevait au sud-ouest un petit bout de mer éblouissante entre des bois. Un minuscule fragment de l'immense océan Pacifique. Les versants des montagnes alentour se teignaient déjà des couleurs de l'automne. Une gradation délicate du jaune au rouge. Des groupes d'arbres à feuilles persistantes intercalaient ici ou là leurs masses vertes. Ce mélange de teintes vives accentuait encore l'éclat du béton blanc de la résidence de M. Menshiki. Un blanc d'une propreté et d'une pureté extrêmes, qu'à tout jamais rien – ni la pluie, ni le vent, ni les poussières, ni même le cours du temps – ne semblait pouvoir souiller ou ignorer. *Le blanc est aussi une couleur*, songeai-je sans raison très cohérente. Le blanc ne signifie en aucun cas la perte de la couleur. Allongés sur les chaises longues, nous restâmes longtemps sans parler. Le silence était là, entre nous, comme quelque chose de très naturel.

« M. Menshiki, l'épargné par les couleurs, habite dans une maison toute blanche, dit-elle enfin un peu plus tard. On dirait un peu le début d'un joyeux conte pour enfants. »

Mais bien sûr, ce qui allait m'arriver bientôt n'aurait rien d'un « joyeux conte pour enfants ». Ni d'une bénédiction déguisée. Et, au moment où tout cela deviendrait évident, il me serait impossible de revenir en arrière.

9

Un échange mutuel

Vendredi, à 1 h 30, Menshiki arriva au volant de sa Jaguar. Alors qu'il grimpait la pente abrupte, les puissants ronflements du moteur augmentèrent progressivement, puis la voiture s'arrêta enfin devant la maison. Menshiki referma la portière, ce qui produisit le même son imposant que la première fois, ôta ses lunettes de soleil et les glissa dans la poche de sa veste. Tout se répétait exactement. Sauf que ce jour-là, l'homme portait une veste en coton bleu-gris sur un polo blanc, un chino couleur crème, des sneakers en cuir marron. Il aurait tout à fait pu figurer dans un magazine de mode. Malgré son élégance, il ne donnait pas l'impression d'être guindé. Son chic était naturel, raffiné, sans ostentation. Et son opulente chevelure à la blancheur d'une pureté sans mélange était semblable aux murs extérieurs de la résidence où il habitait. Comme la première fois, j'observai son allure dans l'interstice des rideaux de la fenêtre.

La sonnette retentit, j'ouvris la porte et le fis entrer. Cette fois, il ne me donna pas de poignée de main. Il se contenta de s'incliner légèrement en me regardant avec un petit sourire. J'en éprouvai un certain soulagement. J'avais été inquiet de devoir subir à chaque rencontre cette poignée de main énergique. Je le guidai vers le salon, le priai de s'asseoir sur le canapé. Puis j'allai chercher à la cuisine deux cafés que je venais de préparer et les rapportai.

« Je ne savais pas trop quels vêtements choisir, déclara-t-il comme pour se justifier. Cette tenue vous paraît-elle convenable ?

— À ce stade, cela n'a pas d'importance. Les vêtements, on y pensera à la fin. Que vous vouliez être représenté en costume ou en short et sandales, on pourra toujours le modifier après coup. »

Et même avec un gobelet en carton Starbucks à la main, ajoutai-je *in petto*.

Menshiki reprit : « C'est plutôt perturbant de poser comme modèle. Même si je sais bien que je ne vais pas me déshabiller, je ne peux m'empêcher d'avoir l'impression que je serai mis à nu, en quelque sorte.

— En un sens, c'est exact, répondis-je. Poser comme modèle équivaut souvent à se dénuder totalement – pour de bon dans de nombreux cas, et parfois, sur un mode métaphorique. Le peintre cherche à deviner et à capter, en allant le plus profond possible, la vraie nature du modèle qu'il a sous les yeux. En somme, il faut qu'il ôte son écorce. Mais pour ce faire, bien entendu, le peintre doit absolument disposer d'un excellent sens de l'observation et d'une intuition affûtée. »

Menshiki ouvrit les mains sur ses genoux et les contempla un moment comme s'il procédait à un contrôle. Puis il releva la tête et dit :

« J'ai entendu dire que vous peignez toujours vos portraits sans séance de pose.

— En effet. Je rencontre la personne une fois, pour un entretien en tête à tête, mais je ne lui demande pas de poser ensuite.

— Vous avez une raison pour procéder ainsi ?

— Non, pas vraiment. Mais si je me réfère à mon expérience, cette façon de faire facilite les choses. Je me concentre autant qu'il m'est possible au cours de cette rencontre initiale, j'observe et appréhende l'allure de la personne, la mobilité de ses expressions, ses habitudes ou son tempérament, et je conserve le tout en mémoire. Une fois ces éléments en tête, je peux reproduire l'image que je me suis faite d'elle à partir de mes souvenirs.

— C'est tout à fait intéressant, fit Menshiki. En somme, pour le dire simplement, ces souvenirs gravés dans votre cerveau, vous les remaniez et les reconstituez plus tard sous forme d'image que vous reproduisez ensuite sur la toile. Cela devient alors une œuvre. Vous possédez ce type de talent. Vous avez sans doute une mémoire visuelle hors du commun.

— Ce n'est pas quelque chose que l'on peut appeler talent. Je dirais plutôt que c'est simplement une compétence, ou une technique.

— En tout cas, ajouta-t-il, j'ai pu voir quelques-uns des portraits que vous avez réalisés, et en comparaison des *prétendus* portraits – j'entends par là ces œuvres qui sont pures marchandises, *appelées communément* portraits –, les vôtres m'ont semblé différents. Mon impression vient sans doute de là. Comment dire, le potentiel de reproduction de l'image qu'ouvre votre approche m'a donné une sensation de fraîcheur, de nouveauté… »

Il but une gorgée de café, sortit un mouchoir en lin de couleur crème pâle de la poche de sa veste et se tamponna les lèvres. Puis il continua :

« Mais cette fois, ce sera un peu particulier puisque vous allez vous servir d'un modèle – moi, en l'occurrence – pour faire ce portrait.

— Oui, en effet. Étant donné que vous en avez exprimé le désir. »

Il hocha la tête en signe d'assentiment. « À vrai dire, il s'agit de curiosité. Que vais-je ressentir en assistant à la réalisation progressive de mon image ? Alors qu'elle prendra forme peu à peu sur la toile ? J'avais envie de vivre cette expérience ; non seulement en tant que sujet, mais aussi en tant qu'acteur d'un échange.

— Un échange ?

— Un échange entre vous et moi. »

Je restai silencieux un instant. Je ne comprenais pas quel était le sens, concrètement, de cette expression : « échange ».

« C'est un échange mutuel, nous faisons l'échange d'une partie de nous-mêmes, expliqua Menshiki. Je vous donne quelque chose de moi, vous me donnez quelque chose de vous. Bien entendu, il n'est pas nécessaire que ce soit quelque chose de précieux. Cela peut être tout simple, juste un *signe.*

— Comme les enfants qui échangent de jolis coquillages ?

— Voilà, exactement. »

Je réfléchis un moment à cette question. « Cela paraît très intéressant, sauf que, de mon côté, il se peut que je n'aie pas de jolis coquillages à vous offrir.

— Pour vous, remarqua Menshiki, cela risquerait peut-être de vous mettre mal à l'aise ? Si vous brossez toujours vos portraits sans modèle, c'est peut-être parce que vous écartez à dessein ces échanges, ce troc ? Dans ce cas, je…

— Mais non, pas du tout. Je n'écarte absolument pas les échanges humains. Je n'utilise pas de modèle tout simplement parce que je n'en ai pas besoin. J'ai longtemps étudié la peinture et il m'est arrivé un nombre incalculable de fois de peindre des toiles avec des modèles. Je n'ai strictement aucune objection à ce que vous posiez, du moment que vous ne répugnez pas à la tâche pénible qui consiste à rester assis immobile, durant une ou deux heures, sans rien faire, sur une chaise dure.

— C'est parfait alors, répondit Menshiki en soulevant légèrement les paumes de ses mains. Si vous le voulez bien, je peux d'ores et déjà m'atteler à cette tâche pénible. »

Nous passâmes dans l'atelier. J'avais apporté une chaise de la salle à manger et invitai Menshiki à s'y asseoir. Dans la pose qui lui conviendrait. Pour ma part, je pris place en face de lui sur un vieux tabouret en bois (sans doute celui qu'utilisait Tomohiko Amada quand il peignait) et commençai par faire quelques esquisses à l'aide d'un crayon à mine tendre. Il me fallait déterminer la direction générale que je suivrais pour dessiner son visage sur la toile.

« Cela peut être ennuyeux de rester assis sans rien faire. Aimeriez-vous écouter de la musique ? lui demandai-je.

— Oui, si cela ne vous dérange pas, j'aimerais bien écouter quelque chose, répondit Menshiki.

— Choisissez ce qui vous plaît sur l'étagère des disques dans le salon. »

Menshiki examina pendant environ cinq minutes la rangée de disques et revint avec *Le Chevalier à la rose* de Richard Strauss, sous la direction de Georg Solti. C'était un coffret de quatre disques. L'orchestre était celui de la Philharmonie de Vienne, avec les cantatrices Régine Crespin et Yvonne Minton.

« Vous aimez *Le Chevalier à la rose* ? me demanda-t-il.

— Je ne l'ai jamais écouté.

— C'est une œuvre étrange. Bien entendu, comme c'est un opéra, l'intrigue revêt une signification importante, mais même si on ne la comprend pas, si on s'abandonne simplement au flux sonore, on peut finir par se sentir complètement inclus dans ce monde. Le monde de béatitude auquel Richard Strauss est parvenu à l'apogée de sa carrière. À l'époque de sa première représentation, il semble que beaucoup aient critiqué son goût de la nostalgie, son côté trop timoré, alors qu'en réalité, c'était une musique totalement libre et innovante. Il a été influencé par Wagner, mais il a su déployer son propre univers musical. Cet opéra a une particularité : une fois qu'on l'a aimé, on ne peut plus s'en passer. Je l'ai entendu avec grand plaisir dirigé par Karajan et Erich Kleiber mais jamais encore par Georg Solti. Si vous le voulez bien, ce serait une occasion que je ne voudrais pas rater.

— Bien sûr. Écoutons-le. »

Il posa le disque sur la platine, fit descendre l'aiguille. Puis il régla soigneusement le volume de l'ampli. Il revint ensuite s'asseoir sur sa chaise, adopta une position adéquate, et son attention se focalisa sur la musique sortant des haut-parleurs. Rapidement, sur mon carnet de croquis, je fis un certain nombre de dessins de son visage, sous différents angles. Tout en ayant des traits réguliers, son visage était assez singulier et il n'était pas très difficile d'en saisir chaque caractéristique. En une trentaine de minutes, j'avais achevé cinq dessins, chacun réalisé sous un angle différent. Mais quand je les examinai de nouveau, je fus envahi par un curieux sentiment d'impuissance. Mes croquis avaient réussi à rendre avec précision ses particularités, mais ils n'étaient rien de plus que de « beaux dessins ». Tout cela était étrangement superficiel, manquait de la profondeur qu'on aurait dû y trouver. Il n'y avait aucune différence avec un de ces portraits brossés dans la rue à la va-vite. Je tentai d'en dessiner d'autres, mais le résultat fut à peu près identique.

C'était là quelque chose de rare pour moi. J'avais accumulé une longue expérience dans l'art de reconstituer sur la toile le visage des hommes, et j'avais confiance en mes capacités. Aussitôt que j'étais placé devant un individu, un crayon ou un pinceau à la main, plusieurs images surgissaient naturellement dans ma tête, en général sans effort. Jamais, jusqu'ici, je n'avais eu de mal à déterminer la composition de mon tableau. Cette fois pourtant, avec cet homme, Menshiki, face à moi, la mise au point n'aboutissait pas ; des images qui auraient dû apparaître, aucune ne réussissait à se dessiner nettement.

Quelque chose d'important m'échappait sans doute. Je ne pouvais m'empêcher de le penser. Peut-être était-ce Menshiki qui me le dissimulait habilement. Ou bien peut-être n'avait-il tout simplement rien de tel.

Quand la face B du premier disque du *Chevalier à la rose* s'acheva, je renonçai, fermai mon carnet de croquis, posai mon crayon sur la table. Je relevai la tête de lecture du tourne-disque, enlevai le disque de la platine, le remis dans son coffret. Puis je consultai ma montre et soupirai.

« C'est très difficile de vous dessiner », avouai-je honnêtement.

Il me regarda d'un air étonné. « Difficile ? répéta-t-il. Vous voulez dire qu'il y aurait quelque chose dans mon visage qui poserait une difficulté d'ordre pictural ? »

Je secouai faiblement la tête. « Non, ce n'est pas ça. Il n'y a évidemment aucun problème dans votre visage.

— Alors, où se situe la difficulté ?

— Je ne le sais pas très bien moi-même. Je ressens simplement que c'est difficile. Ou peut-être, entre nous deux, les "échanges" dont vous avez parlé sont insuffisants. Comment dire, un peu comme si notre échange de coquillages n'était pas allé assez loin… »

Menshiki eut un sourire légèrement embarrassé. Puis il demanda : « Y a-t-il quelque chose que je puisse faire à ce sujet ? »

Je quittai mon tabouret, allai près de la fenêtre, observai les oiseaux qui survolaient les bois.

« Monsieur Menshiki, pourriez-vous me donner plus de renseignements sur vous-même ? Parce qu'à la réflexion, c'est à peu près comme si j'ignorais tout de vous.

— Mais oui, bien sûr. Je n'ai rien à cacher. Aucun gros secret. Je crois que je peux vous dire à peu près tout ce que vous souhaitez. Qu'est-ce que vous aimeriez savoir, par exemple ?

— Eh bien, je ne connais pas encore votre prénom.

— Ah, en effet… répondit-il, l'air un peu surpris. C'est ma foi vrai. J'ai dû être trop absorbé par notre conversation et cela m'est totalement sorti de l'esprit. »

Il sortit de la poche de son chino un porte-cartes en cuir noir, en tira une carte de visite. Je la pris et la lus. Sur cette carte blanche de papier épais, était inscrit : *Wataru Menshiki.*

免色 渉

Wataru Menshiki

Au verso figuraient son adresse dans la préfecture de Kanagawa, son numéro de téléphone et son e-mail. Et c'était tout. Ni raison sociale ni titre.

« Wataru, mon prénom, c'est le *wataru* qui signifie traverser, comme dans "traverser une rivière", dit Menshiki. J'ignore pourquoi on m'a donné ce prénom. J'ai vécu jusqu'à ce jour sans rapport particulier avec l'eau.

— Ce patronyme de Menshiki, je ne l'ai pas vu souvent.

— J'ai entendu dire qu'il avait des racines dans le Shikoku, mais moi-même, je n'ai aucun lien avec cette région. Je suis né à Tokyo, j'ai grandi à Tokyo. Et toute ma scolarité s'est faite également à Tokyo. Et comme pour confirmer le fameux cliché, je préfère les *soba*[1] aux *udon*[2], dit-il en riant.

---

1. *Soba* : nouilles à base principalement de farine de sarrasin et populaires surtout dans tout l'est du Japon.

2. *Udon* : nouilles à base de farine de blé tendre, consommées, selon la tradition, surtout dans l'ouest du pays.

— Puis-je vous demander votre âge ?

— Bien entendu. Le mois dernier, j'ai eu cinquante-quatre ans. Vous me donniez combien ? »

Je secouai la tête. « Franchement, je ne sais pas. C'est pour cela que je vous l'ai demandé.

— Sûrement à cause de ces cheveux blancs, ajouta-t-il en souriant. À cause de la couleur de ma chevelure, on me dit qu'on ne peut deviner mon âge. J'ai fréquemment entendu des histoires selon lesquelles les cheveux blanchissaient d'un seul coup en une nuit, par suite d'un événement terrifiant. Et on me demande souvent si ce ne serait pas aussi mon cas. Mais non, je n'ai pas connu d'expérience aussi dramatique. Simplement, très jeune déjà, j'ai commencé à avoir beaucoup de cheveux blancs. Et à environ quarante-cinq ans, j'étais presque complètement blanc. C'est étrange. Parce que mon grand-père, mon père et mes deux frères sont chauves. Dans la famille, le seul à avoir ces cheveux blancs, c'est moi.

— Si vous n'y voyez pas d'inconvénient, j'aimerais aussi savoir quel métier, concrètement, vous exercez.

— Aucun inconvénient ! C'est juste que, comment l'exprimer ? J'hésitais quelque peu à aborder le sujet…

— Ah… dans ce cas…

— Non, c'est plutôt que je me sens un peu gêné. À vrai dire, à l'heure actuelle, je n'ai pas de travail. Je ne touche pas d'allocations chômage, mais, officiellement, je suis sans profession. Chaque jour, durant un certain nombre d'heures, je boursicote et négocie sur le marché des changes, sur Internet, mais pas en quantité importante. Ce n'est rien de plus qu'un hobby, et je le fais plutôt pour tuer le temps. Juste une façon de m'entraîner à faire travailler mon cerveau. Tout comme un pianiste fait ses gammes chaque jour. »

À ce moment, Menshiki respira à fond, discrètement, décroisa ses jambes puis les croisa de nouveau. « Autrefois, j'avais créé une start-up dans le domaine des technologies de l'information, mais il n'y a pas très longtemps, pour une raison personnelle, j'ai vendu toutes mes actions et je me suis retiré. L'acheteur était l'une des principales sociétés de télécom. Grâce à quoi je dispose d'un capital suffisant pour vivre sans rien faire pendant un certain temps. À cette même occasion, j'ai vendu ma maison de Tokyo et je suis venu m'installer ici. Bref, je suis retraité. Mon épargne est répartie dans plusieurs des institutions financières d'État, et en déplaçant cet argent en fonction des fluctuations du change, j'en tire un bénéfice, plutôt modeste à vrai dire.

— Je vois, fis-je. Et votre famille ?

— Aucun membre de ma famille ne vit avec moi… Je ne me suis jamais marié non plus.

— Vous vivez donc seul dans cette grande maison ? »

Il approuva de la tête.

« Oui, je vis seul. À l'heure actuelle, je n'ai pas d'employé. Cela fait longtemps que je vis seul, je suis habitué à me débrouiller moi-même avec les travaux domestiques, et cela ne me dérange pas spécialement. Simplement, la maison est vraiment très vaste, j'aurais du mal à la nettoyer à fond tout seul. Aussi, je fais appel à une entreprise de nettoyage, une fois par semaine, et sinon, je m'en tire seul. Et vous, comment faites-vous ? »

Je secouai la tête. « Comme cela fait moins d'un an que je vis seul, je ne suis encore qu'un novice. »

Menshiki eut un simple hochement de tête, il ne posa aucune question sur ce sujet, ne formula aucune opinion.

« À propos, vous connaissez bien M. Tomohiko Amada ? demanda-t-il.

— Non, je ne l'ai jamais rencontré. Mais j'étais étudiant aux Beaux-Arts avec son fils, et c'est lui qui m'a proposé de venir m'installer ici, pour faire en quelque sorte office de gardien, étant donné que la maison était inoccupée. Il se trouve que de mon côté, les circonstances ont fait que je n'avais plus nulle part où loger, et cela m'a permis, temporairement, de trouver une solution. »

Menshiki acquiesça légèrement à plusieurs reprises. « Pour les salariés ordinaires, c'est un endroit absolument pas pratique, mais pour des hommes comme *vous*, j'imagine que c'est un environnement idéal, n'est-ce pas ?

— Je suis peintre moi aussi, certes, répondis-je avec un sourire amer, mais mon niveau n'a rien de comparable avec celui de Tomohiko Amada. Je suis confus que vous me mettiez sur le même pied que lui. »

Menshiki releva la tête et me considéra d'un œil grave. « Mais personne n'en sait rien encore. Il n'est pas impossible que, plus tard, vous deveniez un peintre célèbre. »

Je n'avais rien à dire à cela. Je me contentai donc de rester silencieux.

« Les hommes, parfois, se métamorphosent d'une manière spectaculaire, dit Menshiki. Il arrive qu'ils mettent résolument à bas leur style propre et que, de ces décombres, ils renaissent plus forts. C'est bien ce qu'a fait Tomohiko Amada, n'est-ce pas ? Quand il était jeune, il réalisait des peintures à l'occidentale. Vous le savez, je suppose ?

— Oui, je le sais. Avant la guerre, il était considéré comme un jeune artiste prometteur dans ce genre-là. Mais après son séjour à Vienne et son retour au Japon, pour une raison inconnue, il s'est tourné vers le nihonga, et il a connu un succès prodigieux après la guerre.

— À mon sens, dit Menshiki, il arrive un moment, dans notre vie à tous, où une conversion audacieuse est nécessaire. Et alors, il faut rapidement saisir cette occasion et la tenir fermement, pour ne plus jamais la relâcher. Dans le monde, il y a ceux qui savent prendre le bon tournant au bon moment, et les autres. Tomohiko Amada, lui, a su le faire. »

Une conversion audacieuse. Quand j'entendis ces mots, l'image du *Meurtre du Commandeur* surgit brusquement dans mon esprit : l'homme jeune qui mettait à mort le Commandeur, en le transperçant de son épée.

« Au fait, vous vous y connaissez en nihonga ? » me demanda Menshiki.

Je secouai la tête. « Non, je suis plus ou moins profane en la matière. J'ai suivi un cours d'histoire de l'art sur le sujet quand j'étais étudiant, mais mes connaissances ne vont pas plus loin.

— Je me pose une question tout à fait élémentaire : professionnellement parlant, quelle serait la définition du nihonga ?

— Définir le nihonga n'est pas si simple, dis-je. Dans les grandes lignes, c'est une technique de peinture pour la réalisation de laquelle on utilise de la colle, des pigments et des feuilles de différents métaux. Ensuite, on ne se sert pas des mêmes brosses que pour les peintures occidentales, mais de plusieurs sortes de pinceaux. On pourrait dire que les peintures nihonga sont principalement définies par les matériaux utilisés. Bien entendu, c'est un héritage des techniques traditionnelles issues des temps anciens, mais dans de nombreuses peintures nihonga, on note cependant des procédés d'avant-garde ; pour les couleurs, c'est la même chose : les pigments composés de nouveaux matériaux sont largement utilisés aujourd'hui. Sa définition est donc devenue de plus en plus ambiguë. Mais pour revenir à Tomohiko Amada, ses peintures sont bien des nihonga tout à fait classiques, telles qu'on l'entend au sens traditionnel. Et même typiques, pourrait-on dire. Du point de vue technique en tout cas, même si le style est indubitablement le sien.

— Vous voulez dire que si l'on ne peut plus caractériser les matériaux et les techniques de manière définitive, il ne reste plus alors que l'esprit ?

— Oui, peut-être. Mais en ce qui concerne l'esprit du nihonga, je pense que personne ne pourra le définir facilement. Parce qu'au fond, le nihonga est né d'un syncrétisme.

— Syncrétisme ? »

Je fouillai dans ma mémoire en quête d'éléments de mon cours d'histoire de l'art.

« À l'époque de la Restauration de Meiji, dans la seconde moitié du XIXe siècle, en même temps que d'autres aspects de la culture occidentale, la peinture occidentale fut massivemcnt introduite au Japon. Or, le genre "nihonga", en fait, n'existait pas jusqu'alors. Pas plus que l'appellation. De la même façon que les Japonais n'utilisaient que très rarement le terme "Nihon" pour désigner leur pays. Le concept de "nihonga" est apparu pour la première fois lors de l'arrivée de ces peintures occidentales, d'origine étrangère, pour s'opposer à elles, pour s'en démarquer. Les différents styles picturaux qui avaient cours jusque-là ont alors été tous regroupés sous cette nouvelle appellation, par commodité et à dessein. Même si quelques-uns, tombés en décadence, comme les lavis à l'encre de Chine, par exemple, avaient été écartés. Puis le gouvernement de Meiji transforma le "nihonga" en une sorte d'identité culturelle japonaise susceptible de faire contrepoids à la culture occidentale ; il l'érigea en tant qu'"art national" et chercha à le développer. Bref, le nihonga eut comme fonction d'incarner l'"âme japonaise" dans le fameux slogan de l'époque *wakon-yôsai*, "esprit japonais, savoir occidental". Dès lors, tous les dessins artisanaux, les ornements des objets du quotidien, que l'on trouvait sur les paravents, les portes coulissantes, ou encore la vaisselle, tout cela fut utilisé pour devenir matière à des expositions artistiques. En d'autres termes, les peintures ornementales sans artifice, qui autrefois se fondaient complètement dans la vie de tous les jours, furent ainsi élevées, comme dans la classification occidentale, au rang d'"œuvres d'art". »

Je cessai alors mes explications, regardai Menshiki. Il semblait prêter une oreille attentive à mes paroles. Je poursuivis.

« Tenshin Okakura[1] et Fenollosa[2] furent au cœur de ce mouvement qui réussit à réorganiser la culture

---

1. Tenshin Okakura (1862-1913) : l'un des fondateurs de l'École des beaux-arts de Tokyo, qui a contribué à promouvoir la peinture japonaise traditionnelle, menacée par la vogue des peintures à l'occidentale. Il est l'auteur du *Livre du thé* (rédigé en anglais).

2. Ernest Fenollosa (1853-1908) : historien d'art américain, japonologue, conseiller au Japon durant l'ère Meiji, professeur de

japonaise à grande échelle et de manière étonnamment rapide. Dans le monde de la musique, de la littérature, de la pensée aussi, un travail similaire fut mené. Les Japonais de l'époque ont dû être très occupés, je suppose. Car en une très courte période, ils durent accomplir une masse impressionnante de travaux. Mais quand on regarde les choses d'un point de vue actuel, je trouve que nous nous sommes plutôt bien tirés de ce défi, avec habileté et efficacité. La fusion et la séparation des éléments occidentaux et non occidentaux s'est faite en général d'une manière fluide. Peut-être que les Japonais sont prédisposés, au fond, pour ce genre de travaux. Étant donné son origine, la définition du nihonga est pratiquement inexistante. On pourrait même dire que c'est une notion qui repose sur un consensus très vague. Car comme elle ne provient pas d'une démarcation claire, elle est en quelque sorte le résultat d'une confrontation entre deux pressions, l'une externe, l'autre interne, et elle se situe à la tangente de ces deux forces. »

Menshiki parut réfléchir sérieusement à cette question durant quelques instants.

« Il s'agit donc là d'un accord vague, mais d'une certaine façon inéluctable, c'est ce que vous voulez dire ?

— Oui, exactement. C'est un accord imposé par la nécessité.

— Le fait de ne pas avoir de délimitation précise à l'origine constitue à la fois l'avantage et la faiblesse du nihonga. Pourrait-on l'interpréter ainsi ?

Tenshin Okakura. Il fut à l'origine d'une évolution décisive de la peinture japonaise. Il prôna l'« orientalisme », combinaison de la technique occidentale et de la tradition picturale japonaise.

— Je pense que oui.

— Mais quand nous avons un tableau nihonga sous les yeux, dans la plupart des cas, nous parvenons naturellement à le reconnaître comme tel. Vous êtes d'accord ?

— Oui, en effet. Car on y décèle clairement les techniques d'expression spécifiques à ce genre. On y voit aussi certaines dispositions et certaines tonalités propres. Et nous en avons aussi une sorte de perception commune. Malgré tout, il reste très difficile d'en donner une définition précise avec des mots. »

Menshiki conserva le silence un instant. « Et suffit-il qu'un tableau ne respecte pas les canons picturaux occidentaux, reprit-il, pour dire qu'il appartient au genre nihonga ?

— Je ne pense pas que ce soit obligatoirement le cas, répondis-je. Il doit aussi exister, en principe, des peintures à l'occidentale qui n'en respectent pas les caractéristiques.

— Sans doute », dit-il. Puis il pencha légèrement la tête de côté. « Mais quand il s'agit d'un véritable nihonga, on y perçoit toujours, plus ou moins, la marque d'un genre nettement non occidental. Peut-on formuler les choses ainsi ? »

Je réfléchis à la question. « Énoncée ainsi, en effet, cette proposition n'est pas fausse, je pense. Même si je n'avais jamais examiné la question sous cet angle.

— C'est quelque chose d'évident, mais il est difficile d'énoncer l'évidence. »

J'approuvai d'un hochement de tête.

Il fit une pause et poursuivit. « À la réflexion, il y a peut-être là quelque chose de semblable avec la définition du soi tel qu'il se présente à l'autre. Une chose évidente, mais mettre en mots cette évidence est difficile. Comme vous l'avez dit, le soi ne peut sans doute s'appréhender que comme "la tangente résultant de la confrontation entre deux pressions, l'une externe, l'autre interne". »

Après quoi, Menshiki eut un léger sourire. « Très intéressant », ajouta-t-il à mi-voix, comme s'il se parlait à lui-même.

Mais de quoi parlons-nous ? songeai-je soudain. La conversation n'était pas dénuée d'intérêt, bien sûr. Mais quel était le sens, pour lui, de cet échange ? Était-ce de la pure curiosité intellectuelle ? Ou bien testait-il mon intelligence ? Et si oui, dans quel but ?

« Ah, au fait, je suis gaucher, déclara alors Menshiki, comme si le fait lui revenait en mémoire subitement. Je ne sais pas si cela peut vous être utile, mais c'est une information de plus sur l'homme que je suis. Quand on me dit de choisir entre aller à droite ou à gauche, je choisis toujours à gauche. C'est mon habitude. »

Plus tard, vers 3 heures, les détails de notre rendez-vous suivant furent mis au point : lundi, c'est-à-dire dans trois jours, il reviendrait ici à 13 heures. Et, comme pour cette première séance, nous passerions environ deux heures ensemble dans l'atelier. Heures durant lesquelles je tenterais de nouveau de le dessiner.

« Il n'y a aucune urgence, déclara Menshiki. Je vous l'avais déjà dit au début, prenez tout le temps que vous désirez. Moi, le temps, j'en ai autant que je le souhaite. »

Puis il repartit. Je l'observai par la fenêtre alors qu'il s'en allait au volant de sa Jaguar. Je pris ensuite les dessins que j'avais réalisés, les observai quelques instants, puis secouai la tête et les abandonnai.

L'intérieur de la maison était incroyablement calme. À présent que j'étais seul, j'eus l'impression que le silence s'était comme appesanti d'un seul coup. Je sortis sur la terrasse. Il n'y avait pas de vent et j'eus la sensation que l'air était comme de la gelée dense et froide. Un signe avant-coureur de pluie.

J'allai m'asseoir sur le canapé, me remémorai, dans l'ordre, tous les échanges que j'avais eus avec Menshiki. La question du modèle pour un portrait. L'opéra *Le Chevalier à la rose* de Strauss. La création de son entreprise dans le domaine lié aux technologies de l'information, puis la vente de ses parts, la grosse somme qu'il en avait retirée, ce qui l'avait conduit à prendre sa retraite jeune. Sa vie solitaire dans une grande maison. Son prénom Wataru, « traverser ». Comme dans « traverser une rivière ». Son célibat, ses cheveux qui avaient blanchi alors qu'il était très jeune. Gaucher, cinquante-quatre ans aujourd'hui. La vie de Tomohiko Amada et sa conversion audacieuse. Saisir une occasion pour ne plus jamais la lâcher. La définition du nihonga. Et pour finir, des réflexions sur les rapports entre soi et les autres.

Enfin, que voulait-il de moi ?

Et puis, pourquoi m'était-il impossible de réaliser de bons dessins de lui ?

La raison était simple. *C'était parce que je n'avais pas encore réussi à capter ce qui constituait le cœur* de ce qu'il était.

À la suite de cette conversation, je me sentis étrangement perturbé. Et en même temps, j'éprouvai une curiosité de plus en plus forte pour cet homme, Menshiki.

Environ trente minutes plus tard, de grosses gouttes de pluie commencèrent à s'abattre. Les oiseaux avaient déjà disparu.

10

À travers de hauts herbages touffus

J'ai perdu ma sœur quand j'avais quinze ans. Ce fut une mort soudaine. Elle avait douze ans, elle était en première année de collège. Dès la naissance, elle avait eu des problèmes cardiaques, mais pour une raison inconnue, vers l'âge de ses dix ans, la plupart des symptômes liés à sa maladie avaient disparu, et la famille se sentait un tant soit peu rassurée. Cette accalmie nous avait donné le faible espoir que la vie pourrait ainsi continuer sans accroc. Mais à partir du mois de mai de sa douzième année, elle eut soudain des palpitations très irrégulières, de plus en plus fréquemment. Cela se produisait surtout quand elle était allongée. Les nuits où elle parvenait à vraiment bien dormir étaient de plus en plus rares. On l'amena en consultation dans un hôpital universitaire, mais malgré des examens approfondis, les médecins ne réussirent pas à découvrir une quelconque évolution dans sa maladie. Le foyer pathogène ayant été déjà éliminé par la chirurgie, ils ne comprenaient pas les raisons de son état et restaient perplexes.

« Évitez autant que possible les sports violents, essayez de mener une vie saine et régulière. Tout cela devrait bientôt se calmer », dirent-ils. Peut-être n'avaient-ils rien d'autre à dire. Et ils lui prescrivirent différentes sortes de médicaments.

Mais cette arythmie cardiaque ne guérit pas. En portant mon regard sur le buste de ma sœur, assise en face de moi à table, j'imaginais souvent son cœur, à l'intérieur, son cœur faillible. Ses seins avaient commencé à se développer petit à petit. Même si son cœur avait un problème, son corps poursuivait vaille que vaille son chemin vers la maturité. C'était un peu étrange de voir la poitrine de ma petite sœur gonfler de jour en jour. Elle qui, si peu de temps auparavant, était une fillette, voilà que brusquement elle avait eu ses premières règles et que ses seins s'étaient mis à prendre forme. Mais sous sa petite poitrine, il y avait son cœur défectueux. Et cette déficience, même les spécialistes ne parvenaient pas à l'identifier précisément. Ce fait me perturbait en permanence. J'ai l'impression que j'ai vécu toute mon enfance avec, dans un coin de ma tête, l'idée que du jour au lendemain je risquais de perdre ma petite sœur. Sans cesse, jour après jour, mes parents me répétaient qu'à cause de sa fragilité je devais veiller attentivement sur elle. Aussi, quand nous étions à la même école, je gardais toujours un œil sur elle, et j'avais pris la ferme résolution de courir tous les risques s'il lui arrivait quelque chose, car je devais la protéger, elle et son petit cœur. En réalité, jamais ce genre d'occasion ne se présenta.

Sur le chemin de retour du collège, tandis qu'elle montait l'escalier de la gare, sur la ligne Seibu-Shinjuku, elle perdit connaissance, s'écroula au sol, et fut transportée en ambulance aux urgences les plus proches. Je me précipitai à l'hôpital dès que je revins du lycée, mais son cœur avait déjà cessé de battre. Tout se passa très vite : le matin de ce jour-là, nous avions pris notre petit déjeuner ensemble, nous nous étions séparés devant la maison, j'étais parti pour le lycée et ma sœur pour le collège. Et quand je la revis, plus tard dans la journée, elle avait déjà cessé de respirer. Ses grands yeux étaient fermés à tout jamais, sa bouche entrouverte comme si elle voulait dire quelque chose. Ses seins qui avaient juste commencé à se développer étaient désormais stoppés dans leur croissance.

Quand je la vis de nouveau, elle était allongée à l'intérieur d'un cercueil. Elle reposait au milieu d'une bière de petite taille, vêtue de sa robe préférée, en velours noir, légèrement maquillée, les cheveux soigneusement peignés, avec aux pieds ses souliers vernis noirs. Sa robe avait un col en dentelle blanche, d'un blanc presque artificiel.

Telle qu'elle était là, on aurait dit qu'elle dormait paisiblement. Et que si l'on avait légèrement fait bouger son corps, elle se serait aussitôt levée. Mais c'était une illusion. On aurait eu beau l'appeler, la secouer tant et plus, plus jamais elle ne se réveillerait.

Quant à moi, je ne voulais pas que le corps frêle de ma petite sœur soit ainsi enfourné dans une boîte aussi exiguë. Il aurait dû être allongé dans un espace infiniment plus vaste. Par exemple au milieu d'une prairie. Et nous aurions dû aller la voir, sans dire un mot, nous frayant un chemin à travers de hauts herbages touffus. Le vent aurait soufflé en une douce brise sur les champs, et aux alentours, les oiseaux et les insectes auraient chanté ensemble de leur voix sans apprêt. Les rudes senteurs des fleurs sauvages auraient flotté dans l'air en même temps que les pollens. Le soleil une fois couché, d'innombrables étoiles argentées se seraient incrustées sur la voûte céleste. Le matin, un soleil neuf aurait fait scintiller comme des joyaux les gouttes de rosée sur les feuilles des herbes tout autour.

Mais dans la réalité, elle avait été placée dans un cercueil minuscule, dérisoire. Et les décorations alentour n'étaient que de funestes fleurs blanches, coupées avec des ciseaux, mises dans des vases. Ce qui éclairait la pièce étriquée, c'était la lumière de néons, comme dépourvue de couleur. D'un petit haut-parleur dissimulé au plafond, était diffusée une musique artificielle d'orgue.

Je ne fus pas capable d'assister à son incinération. Lorsque le couvercle du cercueil fut fermé et solidement verrouillé, cela me devint insupportable et je sortis du crématorium. Et je ne recueillis pas ses os[1] non plus. Dans la cour du crématorium, seul, muet, je laissai mes larmes couler. Et je songeai avec une infinie tristesse que durant sa vie si brève, pas une seule fois je n'avais réussi à secourir ma petite sœur.

Après sa mort, notre famille ne fut plus la même. Mon père devint encore plus taciturne, ma mère encore plus nerveuse. Moi, je continuai à vivre à peu près comme auparavant. Je faisais partie du club d'alpinisme du lycée et cette activité m'occupait beaucoup ; sinon, j'étudiais la peinture à l'huile. C'était mon enseignant d'arts plastiques du collège qui m'y avait encouragé. Ce serait mieux, avait-il dit, que tu étudies la peinture en bonne et due forme auprès d'un professeur. Et bientôt, les cours de peinture que je suivis éveillèrent peu à peu en moi un véritable intérêt. Je crois qu'à cette époque,

1. Après la crémation, les cendres sont placées dans une urne et les fragments d'os minutieusement récupérés avec des baguettes par les proches et déposés dans la même urne.

je me surchargeais d'occupations afin de ne pas penser à ma sœur morte.

Durant je ne sais combien d'années après sa disparition, mes parents conservèrent sa chambre telle quelle. Sur son bureau s'empilaient ses livres de classe et ses cahiers, ses stylos, ses gommes, ses trombones ; le lit conservait ses draps, sa couette, son oreiller ; son pyjama lavé et plié ; dans le placard, il y avait toujours son uniforme de collégienne. Sur le calendrier accroché au mur figurait son emploi du temps, annoté de sa propre main, d'une jolie écriture en caractères minuscules. Le calendrier affichait toujours le mois durant lequel ma sœur était morte, et l'on aurait dit que depuis lors, le temps avait cessé de s'écouler. Comme si, à tout moment, la porte pouvait s'ouvrir et lui livrer passage. Quand mes parents n'étaient pas là, je pénétrais parfois dans sa chambre, je m'asseyais doucement sur le lit soigneusement fait et regardais toutes les choses autour. Mais je ne touchais à rien. Ces signes de vie de ma sœur qui demeuraient paisiblement en ce lieu, je ne voulais surtout pas les déranger.

Souvent aussi, j'imaginais quelle aurait été sa vie si elle n'avait pas disparu à l'âge de douze ans. Je l'ignorais, naturellement. Je ne pouvais déjà pas deviner ce que je deviendrais moi-même. Comment aurais-je pu savoir ce qu'aurait été l'existence de ma sœur ? Sans son problème congénital de fonction valvulaire, il est certain pourtant qu'elle serait devenue une femme séduisante et capable. Chérie par de nombreux hommes, sans doute tendrement étreinte. Ces scènes néanmoins ne parvenaient pas à prendre un tour concret. Pour moi, elle était à tout jamais la petite sœur de trois ans plus jeune, qui avait besoin de ma protection.

Peu après sa disparition, je me mis à la peindre avec passion. Afin de ne pas l'oublier, je la fis revivre sur mon carnet de croquis en dessinant, sous des angles différents, son visage tel qu'il m'apparaissait dans mes souvenirs. Bien entendu, je ne pouvais l'oublier. Et jusqu'à ma mort, cela me serait impossible. Mais ce que je recherchais ainsi, c'était à ne pas oublier son visage *tel que mes souvenirs d'alors* me le restituaient. Et pour ce faire, il fallait que j'en laisse une trace sous une forme concrète. J'avais encore quinze ans, je ne savais pas grand-chose des souvenirs, des dessins, du passage du temps. Mais j'avais compris néanmoins que je devais prendre certaines mesures afin que mes souvenirs de ces moments présents conservent leur forme. Si je les laissais s'échapper sans réagir, ils disparaîtraient je ne sais où. Ces souvenirs-là avaient beau être pleins de fraîcheur et de netteté, la force du temps était infiniment plus puissante. Je pense que je le savais d'instinct.

J'entrais dans sa chambre déserte, je m'asseyais sur son lit et je dessinais sans trêve des images d'elle sur mon carnet de croquis. Je recommençais mille et mille fois.

Tant bien que mal, sur la feuille blanche, je tentai de faire revivre ma sœur telle que mon cœur la voyait. À cette époque, je manquais d'expérience, ma technique était insuffisante. Aussi ma tâche n'était-elle pas simple. Je dessinais, déchirais la feuille, puis je recommençais, encore et encore. Mais aujourd'hui, quand je revois ces croquis (mon carnet a précieusement été conservé), je m'aperçois qu'ils sont remplis d'un chagrin authentique. Même si la technique n'est pas au point, c'est un travail sincère dans lequel mon âme a cherché à évoquer l'âme de ma sœur. Lorsque je regarde ces dessins, mes larmes coulent, sans même que je m'en aperçoive. Depuis, j'ai réalisé un nombre incalculable de dessins et de peintures. Mais jamais un seul ne m'a tiré des larmes.

Il y a autre chose que la mort de ma sœur provoqua chez moi. Une extrême claustrophobie. Après l'avoir vue calfeutrée dans ce petit cercueil dont le couvercle fut ensuite refermé, solidement verrouillé, et enfin emporté vers l'incinérateur, je ne supportai plus de mettre le pied dans des endroits étroitement clos. Pendant longtemps, je ne pus emprunter d'ascenseur. Quand je me trouvais devant l'un d'eux, j'imaginais qu'un tremblement de terre ou un autre incident allait se produire, que l'appareil s'immobiliserait automatiquement, que je serais confiné dans cet espace minuscule sans pouvoir m'en échapper. À cette seule pensée, la panique m'envahissait, je n'arrivais plus à respirer normalement.

Ce trouble n'apparut pas immédiatement après la mort de ma sœur. Il fallut bien trois années avant qu'il ne se manifeste. La première fois où je fus pris de panique, j'effectuais un petit job d'étudiant dans une entreprise de déménagement, tout de suite après mon admission aux Beaux-Arts. J'aidais le chauffeur à décharger les affaires d'un camion quand, par inadvertance, je me retrouvai enfermé dans le fourgon vide. À la fin de la journée de travail, au moment où je vérifiais pour la dernière fois que rien n'avait été oublié dans le fourgon, le chauffeur ne s'était pas assuré si quelqu'un s'y trouvait encore et avait verrouillé la porte de l'extérieur.

Il fallut environ deux heures et demie avant que je puisse sortir de là. Entre-temps, j'étais resté enfermé seul dans cet étroit espace obscur hermétiquement clos.

Un espace confiné certes, mais ce n'était pas un camion frigorifique, et de l'air circulait entre les interstices. À y penser calmement, il n'y avait évidemment aucune crainte que je sois asphyxié.

Mais à ce moment-là, une violente panique s'empara de moi. Il y avait de l'oxygène en quantité suffisante dans ce petit espace, mais même en inhalant le plus d'air possible, il ne circulait pas correctement dans mon organisme. C'est pourquoi, je pense, ma respiration se faisait de plus en plus frénétique. J'étais en proie à une crise d'hyperventilation. J'avais des étourdissements, j'étouffais, j'étais sous l'emprise d'une terreur atroce et inexplicable. Allons, tout ira bien, calme-toi. Reste tranquille et tu pourras bientôt sortir d'ici. Tu ne vas pas être asphyxié. Ainsi tentais-je de me raisonner. Mais à ce moment précis, l'appel à la raison était inopérant. La seule image qui surgissait dans ma tête, c'était celle de ma petite sœur confinée dans son cercueil étriqué, emportée vers l'incinérateur. Sous l'empire de l'effroi, je cognai furieusement contre les parois du fourgon.

Le camion avait été garé sur le parking de l'entreprise et, leur journée de travail achevée, tous les employés étaient partis. Personne n'avait dû remarquer mon absence. Mes coups contre la paroi du fourgon avaient beau être vigoureux et sonores, il n'y avait apparemment plus personne pour les entendre. Au pire, je resterais peut-être enfermé là jusqu'au matin. À cette pensée, tous les muscles de mon corps semblaient sur le point de se disloquer et de se disperser.

Ce fut le veilleur de nuit, effectuant sa ronde sur le parking, qui remarqua le bruit et ouvrit la porte du camion. En voyant l'état d'épuisement et le bouleversement dans lequel je me trouvais, il me fit m'allonger un moment sur le lit de la pièce de repos. Puis il me fit boire du thé chaud. Je ne sais pas combien de temps je restai couché là. Mais ma respiration revint bientôt à la normale, et au petit matin, je remerciai le veilleur, pris le premier train et rentrai à la maison. Puis, une fois dans ma chambre, sur mon lit, je demeurai longtemps secoué de violents tremblements.

Après cela, je fus incapable de monter dans un ascenseur. Je suppose que cet incident réveilla une terreur endormie au fond de moi. Il ne fait aucun doute que c'est le souvenir de la mort de ma petite sœur qui en fut le point de départ. Ce n'était pas seulement les ascenseurs, mais tous les petits espaces fermés dans lesquels je ne pouvais pas entrer. Il m'était également impossible de regarder un film où apparaissaient des sous-marins ou des chars. À simplement imaginer me retrouver enfermé dans ces étroits habitacles clos, à *simplement* l'imaginer, je ne parvenais plus à respirer normalement. Il m'arriva souvent de me lever au milieu du film et de sortir du cinéma. Dès qu'un personnage était confiné dans un espace fermé, je ne pouvais plus voir le film. Pour cette raison, j'allais presque toujours seul au cinéma.

Lorsque je fis mon voyage à Hokkaido, je me trouvai un jour dans l'obligation de passer la nuit dans une sorte d'hôtel capsule[1], mais, incapable de m'endormir en raison de mes difficultés à respirer, je me résignai à sortir et à finir la nuit dans ma voiture, sur le parking. Ce furent des heures cauchemardesques, étant donné la température du début de printemps à Sapporo.

1. Hôtel dont les chambres minuscules consistent en une simple cabine uniquement meublée d'un lit.

Ma femme plaisantait souvent sur mes crises de panique. S'il fallait monter à un étage élevé d'une tour, elle le faisait seule avant moi en empruntant l'ascenseur et elle attendait, apparemment amusée, alors que je grimpais péniblement les seize étages par l'escalier, le souffle court. Mais jamais je ne lui expliquai les raisons à l'origine de ma terreur. Je me contentai de lui dire que depuis toujours et pour une raison inconnue, j'avais peur des ascenseurs.

« Après tout, c'est excellent pour la santé », disait-elle.

De même, face à une femme à forte poitrine, je ressentais une émotion qui ressemblait à de la frayeur. Je ne sais pas au juste si cela est à mettre en rapport avec la poitrine naissante de ma sœur morte à douze ans. Depuis toujours, je suis attiré par des femmes aux seins menus, et chaque fois que j'en vois, et même chaque fois que j'en touche, cela me rappelle les petits seins de ma sœur. Je serais ennuyé qu'il y ait malentendu, aussi, je le précise bien : je n'ai jamais éprouvé d'intérêt sexuel pour ma sœur. Je suis seulement en quête de certaines images intérieures. Des scènes particulières, qui ont été perdues et qui ne reviendront plus jamais.

Ce samedi après-midi, j'avais la main posée sur la poitrine de mon amie. Ses seins n'étaient ni particulièrement petits, ni particulièrement gros. Ils étaient de bonne taille et se logeaient parfaitement dans la paume de mes mains. Ses mamelons conservaient leur dureté des instants précédents.

En temps normal, elle ne venait jamais chez moi le samedi. Elle passait le week-end avec sa famille. Mais cette fois-là, son mari était parti en voyage d'affaires à Bombay et ses deux filles étaient chez leur cousine à Nasu. Elle avait donc pu venir chez moi. Et comme toujours, nous passâmes de longs moments au lit. Ensuite, pour l'un comme pour l'autre, ce fut une lente plongée dans un silence languissant. Comme toujours.

« Tu veux savoir où on en est avec Radio Jungle ? demanda-t-elle.

— Radio Jungle ? » De quoi pouvait-il s'agir ? Sur le coup, cela ne me disait rien.

« Tu as oublié ? L'homme mystérieux qui habite dans l'immense maison blanche de l'autre côté de la vallée. Ce fameux M. Menshiki… Tu m'as dit l'autre jour que tu voulais que je fasse des recherches sur lui !

— Ah, c'est vrai ! Bien sûr, je me souviens.

— Ce n'est pas énorme, mais j'ai tout de même quelques tuyaux. Une amie, la mère d'une copine de ma fille, habite pas loin de chez lui. C'est comme ça que j'ai pu glaner des infos. Tu veux les connaître ?

— Oui, évidemment.

— M. Menshiki a acheté cette superbe demeure avec sa vue époustouflante il y a à peu près trois ans. Avant, c'était une famille qui y habitait, celle qui l'a fait construire, mais ils n'y ont vécu qu'à peu près deux ans. Un beau matin, soudain, ils ont fait leurs bagages, ont levé le camp, et M. Menshiki s'est installé là à leur place. Il s'est donc offert cette résidence telle quelle, quasiment neuve. Quelles étaient les circonstances derrière cet achat ? Personne ne le sait.

— Ce n'est donc pas lui qui a fait construire cette maison, dis-je.

— Non. Il s'est contenté de s'introduire dans un habitat déjà en place. À la manière d'un agile bernard-l'ermite. »

Je ne m'attendais pas à cette révélation. Depuis le début, j'avais été persuadé que c'était lui qui avait fait édifier cette maison. J'avais lié cette résidence blanche en haut de la montagne à ce personnage, Menshiki – peut-être à cause de la blancheur de sa chevelure extraordinaire.

Elle poursuivit : « Personne ne sait au juste quel est le métier de M. Menshiki. Ce que l'on sait, c'est qu'il ne fait pas d'allers-retours quotidiens pour se rendre sur un lieu de travail. Il passe presque toute la journée chez lui et communique sans doute par ordinateur. Il paraît que dans son bureau il y a plein d'appareils de ce genre. Aujourd'hui, il suffit d'être compétent, et on peut presque tout faire par ordinateur, tu sais ! Une de mes connaissances, un chirurgien, travaille entièrement depuis chez lui. Comme c'est un fou de surf, il ne veut pas s'éloigner des bords de mer !

— On peut exercer le métier de chirurgien sans sortir de chez soi ?

— On lui envoie, via Internet, toutes les images et les informations concernant le patient, il les analyse, il établit le protocole de l'opération, le transmet à l'équipe des chirurgiens sur place et donne les conseils nécessaires tout en suivant sur ses écrans la véritable intervention. Il peut aussi effectuer des opérations à distance grâce à des bras robotisés, pilotés par ordinateur. Enfin, ce genre de trucs.

— Eh bien, nous vivons à une époque assez formidable, dis-je. À titre personnel, pourtant, je n'aimerais pas me faire opérer de cette façon.

— Je suis sûre que M. Menshiki, lui aussi, fait des choses de ce genre, tu ne crois pas ? Enfin, quelles que soient ses occupations, il se débrouille pour encaisser des revenus plus que confortables. Il vit seul dans cette immense maison et de temps en temps il fait un long voyage. Sans doute s'en va-t-il alors à l'étranger. Il y a une sorte de salle de gym remplie d'appareils de musculation, et dès qu'il a du temps libre, il s'entraîne dessus avec acharnement. Il n'a pas un soupçon de graisse. Il aime surtout la musique classique et il a aussi une salle audio très bien équipée. Tu ne crois pas que c'est une vie de rêve ?

— Comment est-ce que ta copine a pu apprendre tous ces détails ? »

Elle se mit à rire. « Toi, on dirait bien que tu sous-estimes le talent des femmes à recueillir des renseignements.

— Peut-être, en effet, admis-je.

— En tout, il a quatre voitures. Deux Jaguar et une Range Rover. Et en plus, une Mini Cooper. Il a l'air d'aimer les anglaises !

— Les Mini, aujourd'hui, c'est BMW qui les fabrique, et quant à Jaguar, si ma mémoire est bonne, la marque a été rachetée par un constructeur indien… Ni les unes ni les autres ne devraient être appelées des anglaises, à mon avis.

— Oui, mais sa Mini à lui est un modèle ancien. Et les Jaguar, même si la marque a été rachetée par je ne sais quelle entreprise, ce sont tout de même des voitures anglaises.

— Tu as appris d'autres choses ?

— Il n'a presque jamais de visiteurs. M. Menshiki a l'air d'aimer la solitude. Il apprécie d'être seul, il écoute beaucoup de musique classique et lit des quantités de livres. Et bien qu'il soit célibataire et riche, c'est très rare qu'il reçoive une femme chez lui. À ce qu'on en voit, il mène une vie simple et probe. Peut-être est-il gay. Mais certains faits laissent à penser qu'il ne l'est pas.

— À coup sûr, il y a quelque part une riche source d'infos !

— Elle n'y va plus maintenant, mais jusqu'à tout récemment, une sorte d'aide-ménagère allait faire le ménage chez lui plusieurs fois par semaine. Lorsqu'elle allait déposer les poubelles au point de ramassage ou faire des courses au supermarché du coin, elle croisait parfois une femme du voisinage. Et là, évidemment, elles se mettaient à bavarder.

— Je vois, dis-je. C'est donc ainsi que s'organise Radio Jungle.

— Exactement. D'après cette ancienne femme de ménage, il y aurait, chez M. Menshiki, une sorte de "chambre interdite". Et la consigne du patron est qu'on ne doit absolument pas y pénétrer. Un ordre très strict.

— Ça fait un peu penser au château de Barbe-Bleue.

— Oui, tu as raison. Dans chaque famille, il y a un squelette dans le placard. C'est bien ce qu'on dit, non ? »

Cette expression me fit repenser à la peinture *Le Meurtre du Commandeur*, soigneusement cachée dans le grenier. C'était peut-être aussi une sorte de squelette dans le placard.

Elle reprit : « Mais finalement, elle n'a pas réussi à savoir ce qu'il y avait dans cette chambre mystérieuse. Chaque fois qu'elle allait là-bas, la porte était fermée à clé. De toute façon, cette femme de ménage ne travaille plus chez lui. Il a dû juger qu'elle était trop bavarde, et elle a été *virée*. À l'heure actuelle, je crois qu'il se débrouille seul pour ses divers travaux domestiques.

— C'est ce que lui-même m'a dit. En dehors d'une société de nettoyage qui intervient une fois par semaine, il s'occupe seul du ménage.

— Cet homme semble très à cheval sur ce qui touche à sa vie privée.

— À propos, le fait que nous nous voyons ne risque-t-il pas de se savoir dans le voisinage grâce à Radio Jungle ?

— Je ne crois pas, non, répondit-elle calmement. D'abord, je fais très attention à ce que cela ne se produise pas. Ensuite, tu es un peu différent de M. Menshiki.

— Autrement dit… (je cherchai à traduire ses mots en japonais simple et clair) il a de quoi faire parler les gens, alors que moi, non.

— Et de cela, nous devons être reconnaissants, n'est-ce pas ? » dit-elle gaiement.

Après la mort de ma sœur, les choses se mirent à aller mal presque toutes en même temps. L'entreprise d'usinage métallique de mon père sombra dans un état de stagnation chronique et, surchargé de travail, il ne rentra quasiment plus à la maison. Une atmosphère lourde, tendue, s'abattit sur notre foyer. Les silences se firent plus pesants, plus longs. C'était différent quand ma sœur était en vie. Afin de m'en éloigner autant que cela m'était possible, je me plongeai de plus en plus profondément dans la peinture. Et enfin, j'en vins à envisager d'entrer aux Beaux-Arts. Mon père s'y opposa fermement. Tu ne t'en sortiras pas en devenant peintre. Et nous n'avons plus les moyens d'entretenir un artiste. Nous nous disputions à ce sujet. Ma mère intervint pour moi et, tant bien que mal, je réussis à intégrer les Beaux-Arts. Néanmoins, ma relation avec mon père resta tendue jusqu'à la fin.

Si ma sœur n'était pas morte... m'arrivait-il de penser de temps en temps. Si ma sœur était vivante, si elle était saine et sauve, nul doute que ma famille aurait mené une existence bien plus heureuse. Sa disparition brutale avait très vite rompu l'équilibre de la famille. Notre foyer était devenu un lieu où chacun blessait l'autre, sans même s'en apercevoir. Chaque fois que cette idée me traversait l'esprit, j'étais envahi par un profond sentiment d'impuissance ; je me rendais compte que je n'avais pas su, finalement, combler le vide engendré par la disparition de ma petite sœur.

Bientôt, j'arrêtai aussi de la dessiner. Aux Beaux-Arts, quand j'étais face à une toile, je voulais peindre avant tout des phénomènes ou des objets dépourvus de signification concrète. En un mot, des tableaux abstraits. Dans cet univers, le sens de tous les événements possibles était symbolisé, et en combinant un symbole à un autre symbole, une nouvelle signification prenait naissance. J'entrai avec plaisir dans ce monde qui visait à ce type d'accomplissement. Car dans un tel monde, pour la première fois, je pouvais respirer naturellement, le cœur léger.

Bien entendu, ce genre de toiles n'allait pas m'apporter une activité digne de ce nom. J'avais terminé mes études, mais tant que je m'obstinerais à créer des tableaux abstraits, il n'y avait aucun espoir de toucher le moindre revenu. Comme l'avait bien dit mon père. Aussi, pour gagner ma vie (j'avais déjà quitté le domicile de mes parents, il fallait que je paye mon loyer et ma nourriture), je n'eus d'autre choix que de travailler comme portraitiste. Ces tableaux utilitaires, formels, me permirent, vaille que vaille, de survivre comme peintre.

Et puis, à présent, j'allais peindre le portrait de cet homme, Wataru Menshiki. Wataru Menshiki, qui habitait dans cette demeure toute blanche, en haut de la montagne, sur l'autre versant de la vallée. Cet homme énigmatique à la chevelure blanche qui suscitait bien des rumeurs dans le voisinage. On ne pouvait nier que l'homme était très intéressant. C'est lui-même qui m'avait sollicité pour faire ce portrait, en échange d'une somme fastueuse. Mais ce que je découvrais là, pour le moi que j'étais à présent, c'était que *même* un portrait, j'étais devenu incapable de le peindre. Même un tableau de commande, j'étais incapable de le réaliser. J'étais, semblait-il, véritablement vide à présent.

Et nous aurions dû aller la voir, sans dire un mot, nous frayant un chemin à travers de hauts herbages touffus. Cette pensée me revint soudain à l'esprit, hors de tout contexte cohérent.

Et comme ce serait merveilleux si cela avait été vraiment possible.

11

Le clair de lune illuminait toute chose

Le silence me tira du sommeil. Cela arrive parfois. De même qu'un bruit soudain qui rompt un silence jusqu'alors persistant peut vous éveiller, un silence soudain peut avoir le même effet lorsqu'il brise une succession de bruits.

Je m'éveillai, surpris, regardai l'heure à mon chevet. Le réveil digital affichait 1 h 45. Après un instant de réflexion, je me souvins que c'était la nuit du samedi. Cela voulait dire que nous étions dimanche, à 1 h 45 du matin. Le samedi après-midi, je l'avais passé au lit avec la femme mariée, ma petite amie. Elle était repartie chez elle vers le soir, j'avais pris seul un dîner sommaire, j'avais lu ensuite durant un court instant et je m'étais endormi aux environs de 10 heures. De nature, j'ai le sommeil lourd. Dès que je suis endormi, je ne me réveille plus et j'ouvre les yeux naturellement quand il fait jour. Il était donc rare que je sois tiré de mon sommeil en pleine nuit.

Pourquoi donc m'étais-je éveillé à pareille heure ? Allongé dans l'obscurité, je réfléchis un instant. C'était une nuit calme, ordinaire. La lune, presque pleine, flottait dans le ciel comme un immense miroir rond. Le paysage sur terre paraissait laiteux, comme blanchi à la chaux. Mais sinon, je ne décelai rien de particulier dans l'atmosphère. À moitié redressé, je tendis l'oreille un moment et je compris finalement ce qu'il y avait de différent. *Cette nuit était trop calme*. Le silence trop profond. Alors qu'on était en automne, on n'entendait pas les insectes. La maison se trouvait dans la montagne, et dès le soir venu, c'était leur grand orchestre, bruyant à vous casser les oreilles. Et le chœur se poursuivait jusque très tard dans la nuit. À croire que le monde avait été conquis par ces bestioles, tant le tintamarre était tonitruant. Cela m'avait d'ailleurs surpris, car avant d'habiter là, je croyais que ces chants étaient limités au début de la soirée. Pourtant, au moment où je m'éveillai, on n'entendait pas le moindre crissement. Étrange.

Une fois tiré du sommeil, il me fut impossible de me rendormir. Résigné, je sortis du lit, passai un léger cardigan sur mon pyjama. J'allai à la cuisine, me versai un verre de scotch, y ajoutai quelques glaçons. Puis je sortis sur la terrasse, observai les lumières que j'apercevais au travers des bois. Tout le monde devait dormir, il n'y avait aucune habitation allumée. Je ne voyais ici ou là que les lueurs de quelques lampadaires et de veilleuses dans des jardins. Aux environs de la résidence de Menshiki, de l'autre côté de la vallée, tout était sombre également. Et toujours aucun bruit d'insecte. Que leur était-il donc arrivé ?

Bientôt, je perçus un son qui ne m'était pas familier. Ou du moins, j'eus cette impression. Un son très ténu. Si les insectes avaient continué leur tapage comme à leur habitude, je n'aurais jamais pu percevoir ce son-là. Mais au sein de ce silence profond, j'y parvenais, tout juste. Je retins mon souffle, tendis l'oreille. Ce n'était pas un insecte. Ce n'était pas un bruit de la nature. Il résultait de l'utilisation d'un instrument ou d'un ustensile. J'entendais une sorte de tintement, comme un *drelin drelin*. C'était le son d'une clochette, ou de quelque chose de semblable.

Il y avait une pause et cela recommençait. Un silence qui durait un certain temps, puis le tintement repartait à plusieurs reprises, et ensuite, de nouveau, un assez long silence. Et tout se répétait. Comme si quelqu'un, quelque part, patiemment, envoyait un message codé. Ce n'était pas régulier. Le silence était parfois long, parfois plus bref. Et le nombre de tintements de la clochette (ou de quelque chose d'approchant) différait également. J'ignorais si cette irrégularité était délibérée ou simplement le fait du hasard. En tout cas, il s'agissait d'un son très faible que l'on risquait de laisser échapper à moins de se concentrer en tendant l'oreille de toutes ses forces. Une fois que je l'eus remarqué cependant, dans le silence épais de la pleine nuit, sous ces clartés lunaires nettes et distinctes, presque irréelles, ce son non identifié pénétra au plus profond de moi et s'y incrusta.

J'étais indécis sur la conduite à tenir, mais je finis par me décider et par sortir. Je voulais découvrir d'où provenait ce bruit mystérieux. Quelqu'un, quelque part, faisait résonner ce *quelque chose*. Je ne suis pas du tout intrépide, mais je ne fus pas spécialement effrayé de sortir seul dans la nuit. Je crois que ma curiosité dépassait ma peur. Et puis la clarté extraordinaire de la lune m'apportait du soutien.

Une grande torche à la main, je déverrouillai la porte de l'entrée, mis le pied dehors. La lumière de l'entrée au-dessus de ma tête éclairait les alentours en teintes jaunes. Une foule d'insectes volants tournaient autour, attirés par la luminosité. Je restai là, l'oreille aux aguets, à essayer de déterminer d'où venait le bruit. Cela ressemblait effectivement au son d'une clochette, mais en un peu différent. C'était bien plus grave, avec des résonances irrégulières et sourdes. Peut-être était-ce un instrument à percussion un peu spécial. Quel que soit l'instrument cependant, qui donc, au beau milieu de la nuit, faisait résonner cette chose, et dans quel but ? Et puis, la maison où je vivais était la seule habitation des environs immédiats. Donc, si quelqu'un faisait vraiment tinter cette clochette à proximité, cela voulait dire qu'on avait pénétré sur la propriété de façon illicite.

Je regardai autour de moi à la recherche d'un objet qui ferait office d'arme. Je ne découvris rien de tel. J'avais seulement en main la longue torche cylindrique. C'était toujours mieux que rien. La lampe solidement serrée dans la main droite, j'avançai dans la direction du bruit.

En prenant à gauche depuis l'avant de la maison, il y avait un petit escalier en pierre. En haut de ses sept marches, c'était le bois, parcouru par un chemin en pente douce qui débouchait un peu plus loin sur une clairière bien dégagée. Là était édifié une sorte de sanctuaire miniature ancien. Selon ce que m'avait expliqué Masahiko, il était là depuis très longtemps. Lui-même n'en connaissait pas l'origine, mais quand son père, Tomohiko Amada, vers le milieu des années 1950, avait fait, auprès d'une de ses connaissances, l'acquisition de ce terrain et de la maison sur la montagne, le sanctuaire était déjà là au milieu du bois. Installé sur une assise de pierres plates, c'était un tout petit temple, coiffé d'un modeste toit en triangle – il ne ressemblait pas vraiment à un temple, plutôt à une simple boîte en bois. Il mesurait environ soixante centimètres de haut et quarante centimètres de large. Il avait dû être peint à l'origine, mais à présent les couleurs avaient passé en grande partie, et les teintes primitives restaient à imaginer. Une petite porte à deux battants ornait la façade. Je ne savais pas si quelque chose se trouvait à l'intérieur. Je n'avais jamais vérifié, mais je supposai qu'il n'y avait rien. Devant la porte était posée une sorte d'écuelle en faïence, vide. On distinguait seulement sur ses parois intérieures une multitude de cernes sales, tracés par l'eau de pluie qui s'accumulait puis s'évaporait sans fin depuis toujours. Tomohiko Amada avait laissé ce sanctuaire tel quel. Il ne joignait pas les mains en passant devant, ne le nettoyait pas. Il le laissait abandonné là, battu par la pluie, balayé par le vent. Aux yeux de l'artiste, ce n'était sans doute pas un édifice sacré, rien qu'une pauvre caisse en bois.

« Il n'a pas le moindre intérêt pour les croyances ou les cultes, m'avait dit son fils. Le châtiment de Dieu ou les malédictions, ça ne le souciait pas le moins du monde. Il disait que c'étaient des superstitions stupides, il s'en moquait complètement. Ce n'était pas non plus de l'arrogance de sa part, mais il avait toujours eu une façon de penser extrêmement matérialiste. »

Lorsqu'il m'avait fait voir la maison la première fois, Masahiko m'avait aussi montré ce petit édifice. « De nos jours, une maison qui possède son propre sanctuaire, il n'y en a plus beaucoup ! avait-il dit en riant, et j'avais été bien d'accord avec lui. Enfant, je ne pouvais m'empêcher de trouver sinistre qu'il y ait un truc aussi bizarre en plein milieu de notre propriété. Et quand je venais passer quelque temps ici, avait-il ajouté, je m'arrangeais pour ne pas m'approcher de ce coin. À vrai dire, même aujourd'hui, je n'en aurais pas tellement envie. »

Je ne me considérais pas comme spécialement matérialiste, mais à l'instar de Tomohiko Amada, je ne me souciais pas de la présence de ce sanctuaire. Les hommes d'autrefois en avaient construit dans toutes sortes de lieux. De la même façon que des Jizô[1] plantés au bord des chemins, à la campagne, ou des dieux protecteurs des voyageurs. Celui-là se fondait très naturellement dans ce paysage boisé, et lorsque je me promenais aux alentours de la maison, je n'y prêtais pas vraiment attention. Je n'avais jamais prié, mains jointes, ni déposé d'offrande, et je ne trouvais rien d'exceptionnel au fait que ce sanctuaire se trouve sur le terrain même où je vivais. Il faisait partie d'un paysage que l'on aurait pu voir n'importe où.

Le son de cette clochette, ou d'un instrument du même genre, j'avais l'impression qu'il provenait du sanctuaire. Quand j'entrai dans les bois taillis, les rais de lune furent masqués par les frondaisons denses et touffues au-dessus de ma tête, et soudain tout devint sombre. J'avançai prudemment, en éclairant le chemin devant moi à l'aide de la torche. Le vent soufflait de temps en temps, comme par caprice, remuant les feuilles mortes amoncelées en fine couche au sol. Le bois, la nuit, prenait un aspect complètement différent de celui qu'il présentait lorsque je m'y promenais en plein jour. Cet endroit était à présent régi par le principe de la nuit, et je ne faisais pas partie de ce principe. Je n'étais pas

1. Jizô est un bodhisattva, un « être illuminé », qui se manifeste aux humains pour les secourir. Il est réputé protecteur des enfants, y compris de ceux qui sont mort-nés ou qui ont été avortés.

effrayé pour autant, la curiosité me poussait en avant. Quoi qu'il puisse m'arriver, je voulais m'assurer de la nature véritable de ce son étrange. De la main droite, je tenais fermement ma lourde torche cylindrique et son poids me tranquillisait un peu.

Quelque part dans ces bois ténébreux, peut-être y avait-il mon hibou. Peut-être était-il posé sur une branche, sous couvert de l'obscurité, à l'affût de ses proies. *Ce serait bien qu'il soit dans les parages*, songeai-je. Car en quelque sorte, il était une de mes connaissances. Mais je n'entendais rien qui rappelait le hululement d'un hibou. Les oiseaux de nuit, comme les insectes, semblaient se taire à présent.

À mesure que je progressais, le son de la clochette – ou de ce qui y ressemblait – se fit peu à peu plus clair et plus fort. Il continuait à résonner par intermittence, de manière irrégulière. Et il me semblait provenir de quelque part derrière le sanctuaire. Il était à la fois bien plus proche que tout à l'heure mais encore voilé et sourd. Comme s'il s'élevait depuis les profondeurs d'une grotte étroite. J'avais l'impression que les périodes de silence se faisaient plus longues, que le nombre de *drelin drelin* était nettement plus réduit. Comme si celui qui les faisait résonner commençait à être fatigué, qu'il s'était affaibli.

Le clair de lune illuminait toute chose sur les alentours bien dégagés du sanctuaire. Je fis le tour du petit édifice en étouffant le bruit de mes pas. À l'arrière, il y avait des buissons de hautes miscanthes, et quand, me guidant au son, je me frayai un passage parmi ces légères graminées, je découvris un petit monticule fait d'un entassement de pierres rectangulaires, l'œuvre des hommes apparemment. Il était sans doute trop peu élevé pour parler d'un monticule. En tout cas, jusqu'à ce jour, je ne l'avais pas remarqué. Je n'étais jamais allé à l'arrière du sanctuaire, et si même j'avais tenté d'en faire le tour, il était bien caché par les miscanthes. À moins de s'enfoncer dans ces buissons dans un but précis, impossible de tomber dessus.

J'approchai ma torche du tumulus et éclairai chacune de ses pierres. Elles étaient très anciennes mais il n'y avait aucun doute : c'était la main de l'homme qui les avait taillées dans cette forme rectangulaire. Elles n'existaient pas telles quelles à l'état naturel. Elles avaient donc été volontairement transportées sur cette montagne et empilées à l'arrière du sanctuaire. Elles n'avaient pas toutes les mêmes dimensions et beaucoup étaient couvertes de mousse verte. À première vue, elles ne portaient pas d'inscriptions ou de motifs. Au total, il devait y en avoir douze ou treize. Naguère, elles avaient peut-être été empilées en hauteur, de façon bien ordonnée, mais les tremblements de terre ou quelque incident les avaient fait s'ébouler et la petite butte s'était affaissée. Et c'était au travers des interstices entre elles que le son de cette clochette me parvenait.

Je posai doucement le pied sur ces pierres, cherchant à voir d'où sortait le son. Mais malgré la luminosité intense de la lune, c'était une tâche très ardue. Par ailleurs, si j'arrivais à déterminer le passage en question, qu'aurais-je pu entreprendre ? J'étais tout à fait incapable de soulever ces grandes pierres à la main.

En tout cas, il semblait évident que sous le monticule de pierres, quelqu'un agitait cette (espèce de) clochette et la faisait tinter. Cela ne faisait aucun doute. Mais de qui pouvait-il bien s'agir ? À ce moment-là, je commençai à éprouver une sorte de crainte diffuse, indéfinissable. Mieux valait ne pas m'approcher davantage de la source de ce bruit. Mon instinct me le disait.

Je m'éloignai et, tandis que la clochette grelottait toujours derrière moi, je rebroussai chemin d'un bon pas au travers des bois. Le clair de lune se coulait entre les branches des arbres, dessinant sur mon corps des motifs tachetés révélateurs. Au sortir du bois, je descendis les sept marches de l'escalier de pierre, je parvins à la maison, y pénétrai et verrouillai l'entrée. Puis j'allai à la cuisine, me versai un verre de whisky et en bus une gorgée sans y ajouter ni eau ni glaçon. Et enfin, je repris haleine. Ensuite, mon verre à la main, je sortis sur la terrasse.

De là, le son de la clochette était à peine audible. À moins de tendre l'oreille de toutes ses forces, on ne l'entendait pas. Mais il continuait pourtant. Entre chaque tintement, les silences se faisaient sans aucun doute plus longs. J'écoutai avec le plus d'attention possible cette répétition irrégulière durant un certain temps.

Que pouvait-il donc y avoir sous ce monticule de pierres ? Quelqu'un y était-il confiné, faisant résonner une clochette ? Peut-être était-ce un signal pour demander du secours. J'avais beau me perdre dans toutes sortes de réflexions, n'en ressortait aucune explication plausible.

Il se peut que je sois resté plongé dans mes pensées très longtemps. Ou peut-être au contraire un très bref instant. Je l'ignore. Devant cette extrême étrangeté, j'en avais presque perdu la perception du temps. Allongé sur une chaise longue, mon verre de whisky dans une main, je ne cessai d'avancer puis de reculer dans le dédale de ma conscience. Quand je repris mes esprits, le son de la clochette s'était tu. À la place, régnait un profond silence.

Je me levai, retournai dans ma chambre, regardai le réveil. Il indiquait 2 h 31. Je n'aurais su dire à partir de quand la clochette avait commencé à résonner. Mais lorsque je m'étais éveillé, il était 1 h 45. Ce qui signifiait que ces tintements avaient duré, à ma connaissance du moins, plus de quarante-cinq minutes. Puis, quelques instants après l'arrêt du son mystérieux, comme s'ils cherchaient à sonder le silence tout neuf qui venait de surgir, les insectes, peu à peu, recommencèrent à donner de la voix. Comme si toute la gent des insectes de la montagne avait patiemment attendu que la clochette cesse de tinter. En retenant leur souffle, en observant prudemment, à la dérobée, ce qui se passait.

Je retournai à la cuisine, lavai le verre dans lequel j'avais bu du whisky et regagnai mon lit. Les insectes de l'automne avaient maintenant entonné leur grand chœur habituel. Était-ce à cause du whisky pur que j'avais absorbé ? Toujours est-il que, à peine couché et malgré mon excitation, je sombrai dans le sommeil. Un long, profond sommeil. Sans un rêve. Lorsque j'ouvris de nouveau les yeux, la fenêtre de la chambre déversait déjà un flot de lumière.

Ce jour-là, peu avant 10 heures, je traversai de nouveau les bois pour aller jusqu'au sanctuaire. On n'entendait plus le son mystérieux, mais je voulais voir le sanctuaire et le monticule de pierres à la lumière du jour. J'avais trouvé dans le porte-parapluie la canne de Tomohiko Amada, façonnée en chêne solide. Ainsi armé, je pénétrai dans le bois. Par ce matin agréablement ensoleillé, la lumière transparente de l'automne dessinait délicatement sur le sol les ombres papillonnantes des feuilles. Des oiseaux au bec aigu s'affairaient en piaillant à voleter de branche en branche à la recherche de baies. Au-dessus, des corbeaux d'un noir luisant filaient tout droit comme pour atteindre on ne sait quelle destination.

Le sanctuaire me parut beaucoup plus vieux et misérable que la nuit passée. Illuminé par l'éclat laiteux et gracieux de la lune presque pleine, il dégageait alors une atmosphère lourde de sens caché, quelque peu maléfique même, mais à présent il avait simplement l'air d'une miteuse boîte en bois aux couleurs délavées.

Je passai à l'arrière et, me frayant un passage entre les hautes graminées, je débouchai devant le monticule pierreux. Celui-ci aussi me fit une impression bien différente. Ce que j'avais maintenant devant moi, c'étaient juste des pierres moussues laissées à l'abandon depuis longtemps sur la montagne. À la lueur de la lune, elles avaient pris un éclat moiré qui évoquait une mythologie, tels des vestiges antiques porteurs d'une longue histoire. Debout sur le petit monticule pierreux, je tendis l'oreille avec beaucoup d'attention. Aucun son ne me parvint. En dehors des crissements des insectes et des cris intermittents des oiseaux, les alentours étaient plongés dans un calme total.

Puis j'entendis au loin quelques coups secs, des détonations de fusil. Peut-être un chasseur en quête de gibier à plumes. Ou peut-être était-ce un dispositif automatique de tir à blanc installé par des fermiers afin d'effrayer et d'éloigner les moineaux, les singes et les sangliers. En tout cas, cela me confirmait qu'on était bien en automne : le ciel était haut, l'air, chargé d'une humidité modérée, ce qui permettait d'entendre parfaitement les bruits lointains. Je m'assis sur le monticule, songeai à la cavité qui se trouvait peut-être dessous. Quelqu'un, confiné à l'intérieur, avait-il cherché du secours en faisant résonner une clochette (ou ce qui y ressemblait) ? Comme moi, lorsque j'avais été enfermé dans le fourgon du camion. L'image d'un homme claquemuré dans un espace étroit totalement obscur fit naître en moi un sentiment d'angoisse.

Après avoir pris un déjeuner léger, je changeai de vêtements et revêtis ceux qui me servaient pour le travail (en un mot, une tenue qui ne craignait pas les salissures), allai à l'atelier et entrepris une fois de plus de me mettre au portrait de Wataru Menshiki. Peu importait l'activité, ce que je voulais, c'était que mes mains soient en mouvement permanent et qu'elles ne connaissent pas de repos. Cette image d'un homme enserré dans un lieu exigu, appelant à l'aide, qui provoquait chez moi une impression chronique de suffocation, je voulais m'en éloigner autant que possible. Pour ce faire, je n'avais qu'un seul moyen : dessiner. Je décidai de ne plus utiliser mes crayons ni mon carnet de croquis. Ces instruments ne m'étaient plus d'aucune utilité. Je me plantai directement face à la toile avec mes couleurs et mes pinceaux, et scrutant le fond de cette surface vide, je focalisai toute mon attention sur ce seul personnage, Wataru Menshiki. J'étirai le dos au maximum, m'appliquai à me concentrer, éliminai de mon esprit, autant que j'en fus capable, les pensées inutiles.

Un homme au regard juvénile, aux cheveux blancs, qui habite une résidence blanche au sommet de la montagne. Il passe la plupart de son temps à l'intérieur de cette maison dans laquelle il possède « une pièce interdite » (ou quelque chose de ce genre) ; il est propriétaire de quatre voitures anglaises. Cet homme était venu chez moi, en cet endroit même. Comment avait-il fait bouger son corps alors ? Quelles avaient été les expressions de son visage ? Que m'avait-il raconté et sur quel ton ? Qu'avaient capté ses yeux, de quelle manière ? Et ses mains, comment les avait-il fait bouger ? Je convoquai chacun de ces souvenirs. Cela me prit un peu de temps, mais les différentes facettes de Menshiki, faites de fragments minuscules, finirent peu à peu par se mettre en place et à se rattacher l'une à l'autre pour construire un ensemble. Au fur et à mesure de ce processus, j'eus la sensation réelle que cet homme, Menshiki, était en train de se recomposer et de prendre sa forme dans ma conscience, organiquement et avec tous ses reliefs.

L'image de Menshiki ainsi établie, je la transposai telle quelle sur la toile, d'un seul jet, à l'aide d'un pinceau de petite taille. Ce Menshiki, tel que je le visualisais dans mon esprit à ce moment-là, avait le visage un peu tourné vers la gauche. Et ses yeux étaient légèrement dirigés vers moi. Pour une raison inconnue, je n'arrivais pas à imaginer son visage sous un autre angle. Pour moi, voilà vraiment ce qu'était Wataru Menshiki. Il fallait que son visage soit un peu tourné vers la gauche. Et il fallait que ses yeux soient très légèrement dirigés vers moi. Il m'incluait dans son champ visuel. C'était le seul agencement possible pour que je le dessine avec justesse.

À quelques pas de distance, je contemplai un moment la composition simple que je venais de tracer, d'un seul coup de pinceau, ou presque. Pour le moment, ce n'était encore qu'un dessin au trait passager, rien de plus, mais je pus déceler dans ces linéaments comme un bourgeonnement de vie. Il y avait sans doute là une vie qui se développerait d'elle-même à partir de cette source.

J'eus l'impression que quelque chose – mais qu'est-ce que ce pouvait bien être ? – avait tendu la main vers moi et appuyé sur l'interrupteur caché à l'intérieur pour mettre en route le courant. Comme si un animal resté longtemps endormi au plus profond de moi-même s'apercevait enfin de l'arrivée de la bonne saison et allait bientôt se réveiller. Telle était la vague sensation que j'éprouvais.

J'allai à l'évier nettoyer mon pinceau, me lavai les mains à l'huile et au savon. Inutile de me presser. Pour aujourd'hui, c'était assez. Mieux valait ne pas aller trop vite. Quand il reviendrait ici, quand j'aurai l'homme devant moi, je pourrai étoffer ces contours tracés sur la toile. C'est ce que je me dis. Par rapport aux portraits que j'avais brossés jusqu'ici, certainement que celui-ci suivrait un processus de réalisation bien différent. J'en avais le pressentiment. Et puis, *ce tableau avait besoin de l'homme en personne.*

Étrange, songeai-je.

Pourquoi Wataru Menshiki savait-il cela ?

Cette nuit-là, je fus soudain éveillé, exactement comme la veille. Le réveil à mon chevet indiquait 1 h 46. Presque la même heure à laquelle j'avais été tiré du sommeil la nuit précédente. Je me redressai sur mon lit, tendis l'oreille dans l'obscurité. Pas un seul crissement d'insecte. Tout était complètement silencieux. Comme si je m'étais trouvé au fond d'une mer profonde. Tout se répétait. Simplement, la fenêtre n'ouvrait que sur une nuit noire. C'était la seule différence avec la veille. Le ciel était couvert d'épais nuages, cachant totalement la lune d'automne presque pleine.

Un silence parfait régnait sur les environs. Non, c'était faux. Bien sûr qu'il n'en allait pas ainsi. Ce silence n'était pas total. Si je retenais mon souffle, si je tendais bien l'oreille, je percevais un son ténu de clochette qui s'était faufilé au travers du silence épais. Quelqu'un, dans les ténèbres de la nuit, faisait résonner un objet qui évoquait le tintement d'une clochette. Comme la nuit précédente, de façon morcelée, par intermittence. Et je savais déjà d'où provenait ce son. De sous ce monticule pierreux, au milieu du bois. Il n'était pas nécessaire de s'en assurer. Ce que j'ignorais, c'était *dans quel but ce quelqu'un faisait tinter cette clochette*. Je sortis du lit et allai sur la terrasse.

Il n'y avait pas de vent mais une pluie fine s'était mise à tomber. Une pluie invisible qui mouillait le sol sans un bruit. Il y avait encore de la lumière dans la résidence de Menshiki. Depuis ce versant de la vallée, je ne pouvais pas savoir exactement ce qu'il en était à l'intérieur, mais lui aussi, cette nuit, semblait encore debout. Il était rare qu'il y ait encore de la lumière chez lui à une heure aussi tardive. Je fixai ces lumières sous la bruine, tendant l'oreille au son frêle de la clochette.

Comme la pluie forcissait un peu, je rentrai à l'intérieur, et, ne réussissant pas à retrouver le sommeil, je m'installai dans le canapé du salon, pris un livre que j'avais commencé. Ce n'était pas une lecture difficile mais j'avais beau me concentrer, je ne parvenais pas à assimiler ce que je lisais. Je suivais simplement la série des caractères, une ligne après l'autre. Mais c'était toujours mieux que d'en être réduit à écouter le son de la clochette sans rien faire d'autre. Bien sûr, j'aurais pu mettre de la musique à un volume élevé afin de le masquer, mais je n'en avais pas envie. Je ne pouvais pas m'empêcher de continuer à l'écouter. *Parce que c'était un son qui m'était destiné.* Je le savais. Et tant que je n'aurais rien fait à son sujet, il se poursuivrait sûrement sans trêve. Et chaque nuit, il continuerait à provoquer en moi une sensation d'étouffement, il continuerait à me priver de mon sommeil paisible.

Il faut que je fasse quelque chose. Je dois trouver quelque moyen pour qu'il s'arrête. Et pour cela, en premier lieu, je dois comprendre le sens et le but de ce son – autrement dit, du signal envoyé à mon attention. Qui peut bien, depuis ce lieu invraisemblable, en pleine nuit, m'envoyer un signal, et dans quel dessein ? Cependant, ma sensation d'étouffement était trop intense, j'avais les idées trop embrouillées pour réfléchir avec méthode. Je n'arriverais pas à régler la situation tout seul. Il fallait que je demande l'avis de quelqu'un. À cet instant, un seul homme me vint à l'esprit.

Je ressortis sur la terrasse, dirigeai mon regard sur la résidence de Menshiki. Les lumières étaient éteintes à présent. Je voyais uniquement les lueurs de quelques petits lampadaires de jardin.

La clochette cessa de tinter à 2 h 29, à peu près à la même heure que la nuit précédente. Peu après, les insectes recommencèrent à se faire entendre. Et la nuit d'automne fut de nouveau saturée de ce chœur naturel et joyeux, comme si rien ne s'était passé. Tout s'était répété dans le même ordre.

Je regagnai mon lit et m'endormis en écoutant le chant des insectes. Je me sentais très perturbé mais, comme la nuit passée, je trouvai le sommeil aussitôt. Encore une fois, ce fut un sommeil profond, dépourvu de rêves.

12

Comme ce facteur inconnu

La pluie qui avait commencé à tomber très tôt le matin s'arrêta peu avant 10 heures. Du ciel bleu apparut peu à peu. Le vent chargé d'humidité venant de la mer emportait lentement les nuages vers le nord. Puis, très exactement à 1 heure de l'après-midi, Menshiki fit son apparition chez moi. À l'instant précis où la radio émit le signal de 13 heures, la sonnette de la porte d'entrée retentit. Les hommes ponctuels ne sont pas rares mais peu atteignent ce degré d'exactitude. Et il n'avait pas attendu devant la porte pour sonner à l'instant précis où la trotteuse de sa montre indiquait l'heure exacte. Il avait monté la côte menant à la maison, s'était garé à sa place habituelle. De son pas ordinaire, à son allure normale, il avait ensuite marché jusqu'à la porte et avait sonné. Et à cet instant, la radio avait lancé le signal horaire. Je ne pouvais que me montrer admiratif.

Je le conduisis à l'atelier, le fis asseoir sur la même chaise que j'avais apportée de la salle à manger. Je posai ensuite sur la platine un des 33 tours du *Chevalier à la rose* de Richard Strauss, fis descendre l'aiguille. C'était la suite de ce que nous avions écouté précédemment. Tout se répétait dans le même ordre. Une seule chose différait. Cette fois, je ne lui avais pas proposé de boisson et je lui avais fait prendre la pose : assis sur la chaise, le visage de biais, un peu vers la gauche, avec les yeux légèrement tournés vers moi. Voilà ce que j'avais exigé de lui pour cette séance.

Il suivit de bon gré mes indications mais il me fallut un certain temps pour décider de sa position et de son maintien exacts. J'avais du mal à trouver les angles subtils que devait prendre chaque élément ainsi que la tonalité du regard correspondant à ce que je désirais. La façon dont il était exposé à la lumière n'était pas non plus conforme à l'image que je m'en étais faite. D'ordinaire, je ne me sers pas d'un modèle, mais à partir du moment où je commence à le faire, j'ai tendance à exiger beaucoup de lui. Mais Menshiki acceptait de bonne grâce, patiemment, mes demandes tatillonnes. Sur son visage ne se manifesta aucune réticence, il n'émit pas la moindre plainte. On aurait dit un expert en pratiques ascétiques. Il me parut s'y connaître pour ce qui était de les subir et les endurer.

Une fois sa position et son maintien définis, je lui déclarai : « Excusez-moi d'avance pour l'inconfort, mais essayez de rester ainsi, sans bouger, autant que vous le pouvez. »

Il approuva sans un mot, d'un simple regard.

« Je vais m'efforcer de terminer le plus rapidement possible. C'est peut-être un peu pénible mais, s'il vous plaît, tâchez de tenir bon. »

De nouveau, Menshiki acquiesça en silence. Puis il conserva le regard fixe, le corps immobile. Littéralement, pas un de ses muscles ne bougeait. Il avait juste de temps à autre un clignement imperceptible, mais sinon, on ne percevait même pas qu'il respirait. Il restait figé comme une vraie statue. Je ne pus m'empêcher d'être impressionné. Même un modèle professionnel atteint rarement ce degré de perfection.

Pendant que Menshiki gardait ainsi patiemment la pose sur sa chaise, de mon côté, je faisais progresser mon travail sur la toile aussi vite et efficacement que possible. Je me concentrai, mesurai des yeux sa silhouette et manœuvrai mon pinceau selon ce que soufflait à mon intuition l'image ainsi formée. Sur la toile immaculée, en traçant des lignes à l'aide d'un seul pinceau fin imbibé de peinture noire, je rajoutai la chair nécessaire aux contours déjà existants de son visage. Je n'avais pas le loisir de changer de pinceau. En un temps limité, je devais reproduire sous forme d'image les divers éléments plastiques de son visage, dans leur vérité. Et à partir d'un certain point, ce travail devint presque du pilotage automatique. Il était important de contourner la conscience, il fallait que les mouvements de mes yeux et ceux de ma main soient directement liés. Les détails que saisissait mon regard, je n'avais pas le temps de leur faire subir un traitement intellectuel. Cela réclamait de moi un travail d'une nature profondément différente des nombreux portraits que j'avais peints jusque-là – des peintures « commerciales » faites à mon rythme, tranquillement, en m'appuyant uniquement sur des souvenirs ou des photos. En une quinzaine de minutes, je réussis à tracer sur la toile une silhouette en buste. Ce n'était encore qu'un dessin inachevé et sommaire mais au moins, il en émanait une sensation de vie. Et cette image captait la source vive de l'homme Wataru Menshiki en puisant au plus profond de lui. Mais c'était comme une planche anatomique du corps humain qui ne montre que le squelette et les muscles : seules les parties internes étaient mises à nu et représentées. Il fallait désormais les recouvrir de chair et de peau.

« Je vous remercie, vous avez bien travaillé, dis-je. Ça suffit à présent. Nous avons terminé pour aujourd'hui. Maintenant, mettez-vous à l'aise. »

Menshiki se redressa en souriant. Il leva les bras en l'air, respira profondément. Puis il pratiqua du bout des doigts un lent massage afin de décrisper les muscles de son visage. Quant à moi, haletant, les épaules tremblantes, je restai à ma place un moment. Il me fallut un certain temps pour que je parvienne à régulariser ma respiration. J'étais épuisé comme si je venais de courir un sprint. La concentration et la rapidité, toutes les deux sans compromis, cela faisait très longtemps que l'on n'avait pas exigé ça de moi. Pour fournir cet effort, il avait fallu que je réveille des muscles anciennement endormis et que je les fasse marcher à plein régime. J'étais fatigué mais je ressentais une sorte de bien-être physique.

« Vous aviez raison. Le travail du modèle est bien plus dur que ce à quoi je me serais attendu, dit Menshiki. Savoir que vous êtes en train de me peindre me donne l'impression que l'on gratte peu à peu le contenu de mon corps et qu'on me l'enlève.

— Dans le milieu artistique, nous ne pensons pas qu'il soit "enlevé", nous pensons plutôt qu'il est "transplanté ailleurs". C'est la position officielle, dis-je.

— Vous voulez dire, transplanté dans une concession à perpétuité ?

— Sous réserve, bien sûr, que l'œuvre en question soit digne d'être qualifiée d'œuvre d'art.

— Comme ce facteur inconnu qui continue de vivre dans les peintures de Van Gogh ?

— Exactement.

— Il ne l'imaginait sûrement pas ! Que plus de cent et quelques dizaines d'années plus tard, de si nombreux visiteurs du monde entier aillent délibérément dans un musée, ou bien ouvrent un livre d'art, pour contempler, le regard pensif, sa propre figure peinte.

— Il est certain qu'il ne l'avait pas imaginé.

— Et pourtant, il s'agissait d'une peinture singulière, exécutée de la main d'un homme qu'on ne pouvait sûrement pas qualifier de normal, dans un coin de cuisine, au milieu d'un village perdu. »

J'étais bien d'accord.

« C'est tout de même étrange, reprit Menshiki. Que quelque chose, qui, en soi, ne méritait pas de perdurer, se voie, en fin de compte, doté de pérennité grâce au hasard d'une rencontre.

— Cela n'arrive que très rarement. »

Soudain me revint en mémoire la toile *Le Meurtre du Commandeur*. Ce « Commandeur » que l'on voyait être mis à mort sur cette peinture, avait-il lui aussi obtenu de vivre à tout jamais grâce au pinceau de Tomohiko Amada ? Et d'abord, ce Commandeur, qu'était-il donc ?

Je proposai du café à Menshiki. Il me répondit qu'il en boirait volontiers. J'allai à la cuisine, mis en route la machine pour en faire du frais. Menshiki, assis sur sa chaise dans l'atelier, écoutait avec attention la suite de l'opéra. Quand la face B du disque s'acheva, le café était prêt, et nous allâmes le boire dans le salon.

« Eh bien ? Avez-vous la sensation que mon portrait sera réussi ? me demanda Menshiki, tout en buvant son café avec distinction.

— Je l'ignore pour le moment, répondis-je honnêtement. Je ne peux rien dire. Je ne sais vraiment pas moi-même s'il sera réussi ou non. Parce que, en comparaison des portraits que j'ai réalisés jusqu'ici, je procède d'une façon complètement différente.

— Vous voulez dire, parce que vous utilisez un vrai modèle ? demanda Menshiki.

— Oui, c'est une des raisons, mais ce n'est pas la seule. Pour un motif que j'ignore, il semble que je ne puisse plus exécuter correctement ce que je faisais jusqu'à présent et qui était mon travail, à savoir des portraits de style conventionnel. Il me faut donc travailler autrement, utiliser d'autres techniques. Mais je ne connais pas encore le chemin à suivre. C'est comme si j'avançais à tâtons dans l'obscurité.

— En d'autres mots, vous êtes en pleine transformation. Et moi, en somme, je joue le rôle de catalyseur de ce changement. N'est-ce pas ?

— C'est bien possible, en effet. »

Menshiki réfléchit un instant.

« Comme je vous l'ai expliqué précédemment, dit-il enfin, quel que soit le style qu'adoptera cette toile, cela relève de votre entière liberté. Moi-même, je suis toujours en quête de changements. Par ailleurs, je ne vous demande pas de faire un portrait banal ou conventionnel. Peu m'importe le style ou le concept. Ce que je recherche, c'est que l'image de moi que vos yeux ont saisie soit transposée telle quelle en une forme. Je m'en remets entièrement à vous pour ce qui est des techniques ou des procédés. Je n'ai tout de même pas l'espoir d'inscrire mon nom dans l'histoire à la manière de ce facteur d'Arles. Mon ambition ne va pas jusque-là. Il s'agit juste d'une curiosité saine ; je voudrais savoir quelle sorte d'œuvre émergera, à quoi ressemblera le moi que vous peignez.

— Je suis heureux que vous disiez cela mais j'aurais une chose à vous demander, une seule, fis-je. Dans l'hypothèse où je ne parviendrais pas à peindre une œuvre qui me convaincrait moi-même, excusez-moi, mais j'aimerais alors que nous en restions là.

— Vous voulez dire que vous ne me livreriez pas la peinture ? »

Je hochai la tête en signe d'assentiment. « Bien entendu, dans ce cas, je vous rendrais entièrement la somme avancée. »

Menshiki reprit la parole : « C'est entendu. Vous seul serez juge. Je pressens pourtant très fortement que cela n'arrivera pas.

— Je souhaite moi aussi que ce pressentiment soit exact. »

Menshiki s'adressa à moi en me regardant droit dans les yeux : « Même au cas où l'œuvre resterait inachevée, si d'une façon ou d'une autre, j'avais été utile à l'avènement de ces changements, j'en serais heureux. Vraiment. »

« En fait, monsieur Menshiki, je voudrais vous demander conseil sur quelque chose, lui dis-je d'un ton résolu, un peu plus tard. Cela n'a aucun rapport avec la peinture, c'est une affaire personnelle.

— Allez-y, je vous écoute. Si je peux vous être utile, je serai heureux de vous aider. »

Je soupirai. « C'est une histoire extrêmement étrange. Je ne suis pas sûr, avec mes mots, de parvenir à bien vous la raconter du début à la fin, clairement, dans le bon ordre.

— Prenez le temps qu'il faudra et racontez votre histoire dans l'ordre qui vous convient. Ensuite, ensemble, nous y réfléchirons. Peut-être qu'à deux nous aurons une meilleure idée. »

Je lui relatai l'affaire dans sa chronologie, depuis le début. J'avais été brusquement réveillé, peu avant 2 heures du matin, et en tendant bien l'oreille, j'avais perçu dans l'obscurité de la nuit un bruit étrange. Un bruit ténu et lointain, mais comme les insectes s'étaient tus, j'avais pu l'entendre. Il me semblait que quelqu'un faisait résonner une clochette. En partant à la recherche de la source de ce bruit, j'avais fini par comprendre qu'il provenait des interstices d'un monticule de pierres, au milieu des bois, derrière la maison. Le bruit mystérieux avait duré environ quarante-cinq minutes, par intermittence, avec des silences irréguliers entre deux tintements, puis il s'était arrêté net. Cela faisait deux nuits de suite que le même phénomène se produisait. Peut-être que quelqu'un, sous ces pierres, faisait tinter quelque chose qui ressemblait à une clochette. C'était peut-être un message envoyé pour réclamer du secours. Mais une chose pareille était-elle possible ? J'en arrivais à présent à ne plus avoir confiance en moi. Avais-je ou non toute ma raison ? Ce que j'avais entendu, était-ce pure hallucination auditive ?

Menshiki ne dit pas un mot pour m'interrompre, il resta très attentif tout au long de mon exposé. Même quand j'eus terminé, il conserva le silence. Il m'avait écouté, le visage grave, et je comprenais à son expression que mon récit suscitait en lui bien des réflexions.

« Une histoire intéressante », dit-il enfin. Puis il s'éclaircit la voix. « Comme vous l'avez dit, il semble qu'il s'agisse d'événements pas ordinaires. Voyons voir… Si c'était possible, j'aimerais entendre par moi-même le son de cette clochette. Accepteriez-vous que je vienne ici cette nuit ?

— Vous viendriez jusqu'ici exprès, en pleine nuit ? répondis-je, surpris.

— Bien sûr. Si j'entends moi aussi le bruit de la clochette, ce sera la preuve que vous n'avez pas eu d'hallucination auditive. Ce sera une première étape. Ensuite, s'il s'agit bien d'un son réel, nous pourrons à nous deux déterminer sa provenance. Et nous réfléchirons alors sur ce qu'il convient de faire.

— Oui, bien entendu, mais…

— Si cela ne vous dérange pas, je viendrai ici cette nuit à minuit et demi. Vous êtes d'accord ?

— Cela ne me dérange évidemment pas, mais de là à vous demander autant, c'est… »

Il eut un bon sourire. « Ne vous en faites pas. Je suis vraiment heureux de pouvoir vous être utile. Sans compter que de nature, je suis très curieux. Je veux absolument connaître la vérité : cette clochette qui tinte en pleine nuit, qu'est-ce que cela signifie ? Si quelqu'un la fait résonner, de qui s'agit-il ? Et vous, qu'est-ce que vous en dites ?

— Oui, moi aussi, j'aimerais le savoir mais…

— Eh bien, c'est décidé. Je viens ici cette nuit. Et par ailleurs, cette histoire me rappelle un peu quelque chose.

— Vous rappelle quelque chose ?

— Nous en reparlerons plus tard. Il faudrait d'abord que je vérifie pour être sûr. »

Menshiki se leva, s'étira, me tendit la main. J'en fis autant. Et sa poigne fut, comme toujours, très énergique. Il me parut aussi un peu plus heureux qu'à son ordinaire.

Après le départ de Menshiki, je passai tout mon après-midi dans la cuisine. Une fois par semaine, je cuisinais d'avance différents plats d'un seul coup. Puis je les mettais au réfrigérateur ou au freezer, et j'étais ainsi tranquille pour une semaine. Ce jour-là était un jour de cuisine. Pour le dîner, j'avais fait cuire du chou et des saucisses, que j'accompagnai de macaronis. Je mangeai aussi une salade de tomates, d'avocat et d'oignons. Quand la nuit fut tombée, je m'allongeai comme d'habitude sur le canapé et je lus en écoutant de la musique. Puis je cessai ma lecture et pensai à Menshiki.

Pour quelle raison avait-il eu l'air si heureux ? Était-il *vraiment* heureux de m'être utile ? Pourquoi ? Cela me restait incompréhensible. Je n'étais qu'un pauvre peintre inconnu. Ma femme m'avait quitté après six ans de vie commune, je n'étais pas en bons termes avec mes parents, je n'avais pas de toit, aucun bien digne de ce nom, j'occupais provisoirement la maison du père d'un ami en qualité de gardien. Lui, en comparaison (ce n'était même pas la peine de comparer), il avait rencontré des succès professionnels éclatants en dépit de son jeune âge et avait amassé suffisamment d'argent pour vivre sa vie entière dans l'aisance. C'était du moins ce qu'il m'avait dit. Il avait un abord avenant, possédait quatre voitures anglaises et menait une existence raffinée dans son immense demeure sur la montagne sans même avoir de véritable travail. Pourquoi pareil homme porterait-il un intérêt personnel à quelqu'un comme moi ? Pourquoi gâcherait-il les heures de sa nuit pour moi ?

Je secouai la tête et repris ma lecture. Mes réflexions n'aboutissaient à rien. J'avais beau conjecturer ou raisonner, aucune conclusion n'émergeait. C'était comme si j'avais entrepris de faire un puzzle dont il manquait des pièces. Je ne pouvais cependant pas m'empêcher de réfléchir à tout cela. Je soupirai, posai de nouveau mon livre sur la table, fermai les yeux, me concentrai sur l'écoute de la musique. Le *Quatuor à cordes n° 15* de Schubert, par le quatuor à cordes du Konzerthaus de Vienne.

Depuis que je vivais ici, j'écoutais de la musique classique chaque jour ou presque. Principalement de la musique classique allemande (et autrichienne). Il est vrai que la collection de disques de Tomohiko Amada en était ainsi constituée. Quant aux disques de Tchaïkovski, de Rachmaninov, de Sibelius, comme ceux de Vivaldi, de Debussy, de Ravel, les indispensables étaient certes là, mais on aurait dit qu'ils faisaient partie de sa discothèque par simple correction. Comme l'artiste était fan d'opéra, il y avait naturellement une collection assez complète d'œuvres de Verdi et de Puccini. Mais par rapport à sa riche panoplie d'opéras allemands, on ne pouvait s'empêcher d'y voir une certaine indifférence.

Pour Tomohiko Amada, les souvenirs de son séjour à Vienne étaient sans doute très intenses. Peut-être les revivait-il dans la musique allemande. Ou bien, c'était l'inverse : il avait depuis toujours aimé la musique allemande, et c'était pour cette raison qu'il avait choisi comme destination Vienne et non la France. Quelle était la cause première, évidemment, je l'ignorais.

Quoi qu'il en soit, concernant la prédilection pour la musique allemande telle qu'elle se manifestait dans cette maison, je n'étais pas en position de formuler de plainte. Officiellement, je n'étais là qu'en qualité de gardien de la maison, et je bénéficiais de la courtoisie du propriétaire pour écouter ses disques. Et je profitais donc de cette occasion pour écouter les œuvres de Bach, de Schubert, de Brahms, de Schuman, de Beethoven. Sans oublier Mozart, bien entendu. Toutes ces œuvres si belles, si pleines de profondeur. Jusqu'à présent dans ma vie, jamais je n'avais pu écouter ce type de musique posément, en prenant mon temps. J'avais toujours été bousculé par mon travail, et je n'avais pas eu non plus de disponibilité financière pour le faire. Aussi avais-je pris la décision d'écouter autant que je le pouvais toute la musique rassemblée ici, tant que le hasard m'en donnait l'occasion.

Peu après 11 heures, je m'assoupis un moment sur le canapé. Je sombrai dans le sommeil en écoutant Schubert. Durant peut-être vingt minutes. Lorsque j'ouvris les yeux, le disque était achevé, le bras de lecture était revenu à sa position initiale, la platine était immobile. Dans le salon, il y avait deux tourne-disques, l'un dont l'aiguille remontait automatiquement, l'autre qu'il fallait manœuvrer à la main. Je me servais de préférence de l'automatique par mesure de sécurité – ce qui me permettait de m'endormir. Je glissai le disque de Schubert dans sa pochette, le remis à sa place sur l'étagère. Par la fenêtre grande ouverte me parvenaient les chants intenses des insectes. S'ils chantaient ainsi, c'était que la clochette n'avait pas encore sonné.

J'allai faire chauffer du café à la cuisine, grignotai quelques biscuits. Et je tendis l'oreille au chœur animé des insectes nocturnes qui résonnait dans toutes les montagnes des environs. Peu avant minuit et demi, j'entendis la Jaguar monter la côte lentement. Lorsqu'elle effectua un demi-tour, ses phares jaunes balayèrent la fenêtre. Puis le bruit du moteur s'arrêta, j'entendis l'habituel claquement net de la portière qui se refermait. Assis sur le canapé, je régularisai mon souffle tout en buvant mon café et j'attendis que retentisse la sonnette de l'entrée.

13

Pour le moment, ce n'est qu'une simple hypothèse

Assis au salon, nous bûmes du café et, tout en restant dans l'attente du *moment*, nous discutâmes pour passer le temps. Au début, nous n'abordâmes que des sujets sans importance, puis, après qu'un assez long silence se fut installé entre nous, Menshiki m'interrogea avec une certaine retenue, mais d'une voix pourtant étrangement déterminée.

« Avez-vous des enfants ? »

Cette question me causa une certaine surprise. Je n'aurais pas cru qu'il était du genre à interroger de la sorte quelqu'un qu'il ne connaissait qu'à peine. À ce que j'en voyais, il était plutôt homme à déclarer : « Je ne me mêle pas de ta vie privée, alors, fais-en autant, et ne te mêle pas de la mienne. » Du moins, c'est de cette façon que je l'avais ressenti. Mais en voyant son regard sérieux, je compris que ce n'était pas une question de circonstance, qui lui aurait simplement traversé l'esprit à ce moment-là. Cela faisait longtemps, semble-t-il, qu'il avait envie de m'interroger à ce sujet.

« J'ai été marié pendant six ans, répondis-je, mais je n'ai pas d'enfants.

— Vous n'en vouliez pas ?

— De mon côté, cela m'était égal. Mais ma femme ne le souhaitait pas », dis-je. Sur les raisons qu'elle avait de ne pas vouloir d'enfants, j'évitai de lui donner des explications. Car je doutais à présent des raisons qu'elle invoquait à l'époque.

Menshiki eut l'air un peu hésitant puis il se décida finalement : « La question que je vais vous poser vous paraîtra peut-être indiscrète, mais avez-vous songé à la possibilité d'avoir eu un enfant, sans le savoir, avec une femme autre que votre épouse ? »

De nouveau, je regardai Menshiki fixement. C'était une bien étrange question. Je fouillai dans les tiroirs de ma mémoire, au cas où, et surtout pour la forme, mais ne trouvai absolument aucune possibilité de ce genre. Je n'avais pas eu de relations sexuelles avec un grand nombre de femmes jusque-là, et d'ailleurs, si un tel événement s'était produit, d'une façon ou d'une autre, cela me serait sans doute revenu aux oreilles.

« Théoriquement, bien sûr, je ne dis pas, mais en réalité, c'est-à-dire si j'y réfléchis raisonnablement, cette possibilité est inexistante, je pense.

— Je vois », fit Menshiki. Puis, plongé dans ses réflexions, il but son café sans bruit.

Je m'autorisai cependant à lui demander : « Qu'est-ce qui vous a incité à me poser cette question ? »

Il resta un moment silencieux, le regard tourné vers la fenêtre. La lune était apparue. Son éclat n'était pas aussi intense que l'avant-veille – sa luminosité avait alors été éblouissante, au point d'en être fantastique –, mais elle émettait cependant une clarté assez vive. Venus de la mer, des nuages déchiquetés filaient lentement dans le ciel en se dirigeant vers la montagne.

Menshiki parla enfin.

« Comme je vous l'ai dit auparavant, je ne me suis jamais marié. Je suis resté célibataire. J'étais, certes, très occupé par mon travail mais, avant tout, cela tient au fait que mon tempérament et mon mode de vie n'étaient pas compatibles avec une cohabitation. Une telle considération pourrait paraître prétentieuse, mais que ce soit un bien ou un mal, je ne peux vivre que seul. Je ne m'intéresse pas vraiment non plus à des questions comme les liens du sang. Pas une seule fois je n'ai souhaité avoir d'enfant de moi. Il y a à cela aussi une raison personnelle. C'est en grande partie lié à mon cercle familial, à ma propre enfance. »

Il s'interrompit alors, soupira. Puis il continua :

« Pourtant, il y a de cela quelques années, l'idée que je pourrais avoir un enfant m'est venue. Ou plutôt, mieux vaudrait dire que j'ai été placé dans une situation où il m'a fallu penser ainsi. »

J'attendis en silence la suite.

« Que je vous livre ainsi une affaire aussi personnelle et embrouillée, alors que nous venons à peine de faire connaissance, j'avoue que c'est extrêmement bizarre, déclara Menshiki tandis que ses lèvres dessinaient un mince sourire.

— Je ne m'en formalise pas. Si vous le souhaitez vous-même. »

Quand j'y pense, depuis que je suis petit, j'ai tendance à recevoir les confidences inattendues de gens qui ne me sont pas très proches, pour une raison que j'ignore. Peut-être suis-je doté de naissance d'un talent particulier pour faire se dévoiler les secrets des autres. Ou bien je leur apparais simplement comme un confident expérimenté. Quoi qu'il en soit, je ne me souviens pas d'une seule fois où cette particularité m'ait rapporté un quelconque avantage. Parce que après s'être épanchés, tous, sans exception, le regrettent.

« C'est la première fois que je raconte cela à quelqu'un », dit Menshiki.

J'opinai du chef, attendis la suite. À peu de chose près, j'ai toujours droit au même préambule.

Menshiki commença son récit. « C'était il y a à peu près quinze ans de cela, et j'avais une relation intime avec une femme. J'étais alors au milieu de la trentaine, et elle, c'était une jolie femme, pleine de charme, d'environ vingt-cinq ans ou un peu plus. Elle était aussi très intelligente. Pour moi, c'était une relation sérieuse, telle qu'à ma façon je peux l'envisager, mais je lui avais fermement fait savoir qu'il n'était pas question de mariage : *Je n'ai l'intention de me marier avec personne*. Laisser l'autre nourrir de vains espoirs, ce n'est pas ma façon de faire. Aussi lui avais-je dit que si elle se mariait avec quelqu'un d'autre, je m'effacerais sans un mot. De son côté, elle s'était montrée compréhensive et avait accepté ma décision. Malgré tout, durant le temps de notre liaison (environ deux ans et demi), tout s'est bien passé, nous nous sommes toujours très bien entendus. Jamais la moindre dispute. Nous avons voyagé un peu partout tous les deux, et il lui est souvent arrivé de passer la nuit chez moi. C'est pourquoi elle laissait toujours quelques vêtements. »

Il parut se plonger dans des réflexions. Puis il reprit.

« Si j'étais un homme normal, enfin, je veux dire, si j'étais un homme un peu plus normal, je l'aurais épousée sans hésitation. Moi aussi, j'étais tenté, je ne pouvais m'empêcher d'osciller. Mais… » Il marqua alors une pause, eut un petit soupir. « Mais finalement, j'ai choisi une vie tranquille et solitaire comme celle que je mène actuellement, et elle, elle a choisi un plan de vie plus sain. Autrement dit, elle s'est mariée avec *un homme bien plus proche de la normalité* que moi. »

Jusqu'au tout dernier moment, elle n'avoua pas à Menshiki qu'elle allait se marier. La dernière fois où il la vit, ce fut une semaine après l'anniversaire de ses vingt-neuf ans. (Ce jour-là, ils étaient allés dîner ensemble dans un restaurant de Ginza, mais elle avait alors été peu loquace, ce qui était rare chez elle. Il n'avait pas prêté attention à ce détail sur le coup et ne s'en souvint que par la suite.) À cette époque, il travaillait dans un bureau à Akasaka. Elle lui avait téléphoné, lui disant qu'elle voulait le voir car elle avait des choses à lui dire ; pouvait-elle passer sans tarder ? Oui, bien sûr, avait-il répondu. Elle n'était jamais venue sur son lieu de travail, mais sur le moment, il ne trouva pas sa proposition étrange. C'était un petit bureau, qu'il partageait avec une secrétaire d'un certain âge. Il n'avait donc pas à se sentir gêné vis-à-vis de qui que ce soit. Il lui était arrivé, autrefois, de tenir les rênes d'une entreprise d'une certaine taille et de diriger de nombreux employés, mais à présent il préparait seul ses nouveaux réseaux. De l'incubation du projet jusqu'à son lancement, il travaillait en solo, sans rien en dire à personne, puis, au moment où l'affaire se développait, il engageait sans compter des talents de tous horizons. C'était son mode de fonctionnement.

Son amie arriva peu avant 5 heures. Ils s'assirent côte à côte sur le canapé du bureau et discutèrent. À 5 heures, il dit à la secrétaire, dans la pièce adjacente, de rentrer chez elle. Il avait pour habitude de continuer à travailler seul au bureau après son départ, et parfois même de passer la nuit sur place, tant il était absorbé par son travail. Il avait eu l'intention d'aller dîner avec son amie dans un restaurant proche. Mais elle refusa. Elle n'avait pas beaucoup de temps et ensuite, elle devait se rendre à Ginza pour rencontrer quelqu'un.

« Tu m'avais dit au téléphone que tu voulais me parler de quelque chose ? demanda-t-il.

— Non, en fait, je n'ai rien à te dire de particulier, répondit-elle. J'avais envie de te voir un peu, c'est tout.

— Je suis content de te voir moi aussi », dit-il en souriant.

Il était très rare qu'elle s'exprime de façon aussi franche. Elle aimait parler par circonlocutions. Mais il n'arrivait pas à bien saisir quel était le sens de sa franchise soudaine.

Ensuite, sans un mot, elle se décala sur le canapé et monta sur les genoux de Menshiki. Puis elle l'entoura de ses bras et se mit à l'embrasser. Un vrai baiser, profond. Leurs langues se mêlaient. Après ce long baiser, elle allongea le bras, desserra la ceinture du pantalon de Menshiki, chercha son pénis. Puis elle sortit le sexe durci et le garda dans la main durant un moment. Après quoi, elle se pencha et le mit dans sa bouche. Lentement, elle promena sa langue tout autour. Sa langue était douce et chaude.

Ce comportement l'étonna. Parce qu'elle était toujours plutôt passive en matière de sexe, en particulier pour le sexe oral – qu'il s'agisse de le pratiquer ou d'en être l'objet –, et selon son impression, elle semblait toujours éprouver une forte réticence à ces agissements. Mais ce jour-là, pour une raison inconnue, c'était elle qui visiblement le recherchait, de façon active. Il soupçonna quelque chose, se demandant ce qui pouvait bien se passer.

Puis elle se leva vivement, ôta ses élégants escarpins noirs, les jetant littéralement au sol, passa la main sous sa robe, fit prestement descendre son collant, enleva sa culotte. Ensuite, elle grimpa de nouveau sur ses genoux et, avec sa main, elle prit son pénis et le fit entrer en elle. Son sexe à elle était déjà tout humide et il lui sembla qu'il bougeait à la manière d'un être vivant, avec aisance et naturel. Tout cela se déroula à une vitesse étonnante (ce qui ne lui ressemblait pas non plus, car d'ordinaire ses mouvements étaient particulièrement lents et doux). À peine avait-il repris ses esprits qu'il était déjà en elle, ses plis moelleux enveloppaient complètement son pénis, l'enserrant tranquillement mais sans hésitation.

C'était tout à fait différent de ce qu'il avait expérimenté jusque-là avec elle. À présent, c'était comme si le chaud et le froid, le dur et le tendre, et encore l'acceptation et le refus existaient simultanément. Telle était la sensation qu'il avait, étrangement ambivalente. Mais il ne comprenait pas pour quelle raison elle se comportait ainsi, et ce que cela signifiait.

Comme un petit canot ballotté par une forte houle, elle imprimait à son corps de violents mouvements ascendants et descendants. Ses cheveux noirs qui lui arrivaient aux épaules oscillaient avec souplesse, tels les rameaux d'un saule agités par un fort coup de vent. Elle avait perdu tout contrôle, sa voix haletante se faisait de plus en plus forte. Menshiki ne savait plus trop si la porte du bureau avait été verrouillée ou non. Il en avait l'impression, mais l'inverse aurait tout aussi bien pu être possible. Mais ce n'était pas le moment d'aller le vérifier.

« Et le préservatif ? » lui demanda-t-il. Car d'habitude, elle était très nerveuse à l'idée d'une éventuelle grossesse. « Non, aujourd'hui, ça va, chuchota-t-elle à son oreille. Tu n'as aucun souci à te faire. »

Tout était différent chez elle ce jour-là. Comme si une personnalité endormie en elle s'était soudain éveillée et avait complètement pris possession de son corps et de son esprit. Peut-être était-ce un jour spécial pour elle. Il y a beaucoup de choses que les hommes ne peuvent comprendre sur le corps des femmes.

Ses mouvements devenaient progressivement plus hardis et plus dynamiques. À part ne pas la gêner, il ne pouvait rien faire. Et enfin, ce fut l'ultime palier. Lorsqu'il éjacula sans pouvoir se retenir, elle aussi, comme pour s'accorder avec lui, poussa un petit cri court semblable à celui d'un oiseau exotique, sa matrice, comme si elle avait été dans l'attente de ce moment, accueillit le sperme au plus profond d'elle, l'absorba avec avidité. C'était comme s'il avait été dévoré voracement par un animal mystérieux au milieu des ténèbres : telle fut l'image confuse que Menshiki eut alors.

Peu après, elle se releva en repoussant presque le corps de son amant et, sans un mot, remit en ordre sa robe, attrapa son collant et sa culotte qu'elle fourra dans son sac et, celui-ci à la main, se dirigea d'un pas pressé vers le cabinet de toilette. Elle y resta un long moment. Au moment où il commençait à s'inquiéter de ce que quelque chose lui soit arrivé, elle réapparut enfin. Il n'y avait plus aucun désordre dans sa tenue ou sa coiffure, son maquillage était également refait. À ses lèvres, son sourire paisible de toujours.

Elle lui donna un petit baiser sur la bouche, et dit : « Bon, je dois y aller en vitesse. Je suis déjà en retard. » Puis elle quitta précipitamment la pièce. Sans même se retourner. Il lui restait encore dans l'oreille, très vif, le bruit de ses escarpins alors qu'elle s'en allait.

Ce fut la dernière fois qu'il la vit. Il n'eut ensuite pas la moindre nouvelle d'elle. Ses coups de téléphone et les lettres qu'il lui envoya restèrent sans réponse. Et puis, deux mois plus tard, son mariage fut célébré. En réalité, il fut mis au courant après coup, par une connaissance commune. Qu'il n'ait pas été invité à la cérémonie, et qu'il n'ait même pas été informé de ce mariage, cette connaissance trouva cela très étrange. Car les gens pensaient que Menshiki et elle étaient bons amis (tous deux faisaient très attention, et ils avaient caché à tout le monde leur relation amoureuse). L'homme avec qui elle s'était mariée, Menshiki ne le connaissait pas. Il n'avait même jamais entendu son nom. Elle n'avait pas annoncé à Menshiki son intention de se marier, ne l'avait même pas laissé deviner. Elle l'avait quitté sans rien lui dire, elle s'en était allée, tout simplement. Peut-être cette étreinte violente qu'ils avaient eue sur le canapé du bureau était une manière de lui dire adieu, le dernier acte d'amour, selon ce qu'elle avait décidé. C'est ainsi que Menshiki le comprit. Par la suite, il repensa maintes et maintes fois à cette ultime étreinte. Ce souvenir, même après que bien du temps se fut écoulé, était resté étonnamment frais et vif, clair dans tous ses détails. Il pouvait revivre le grincement du canapé, le balancement de ses cheveux, son souffle chaud dans son oreille.

Et donc, Menshiki regrettait-il de l'avoir perdue ? Bien sûr que non. Il n'était pas du genre à ressasser des regrets après coup. La vie de famille, ce n'était pas pour lui. Il en était parfaitement conscient. Il ne pouvait pas partager son quotidien avec quelqu'un, même s'il était éperdument amoureux. Il avait besoin de se concentrer dans la solitude jour après jour, il ne supportait pas que la présence d'un autre perturbe sa concentration. S'il vivait avec quelqu'un, sans doute en viendrait-il tôt ou tard à le prendre en haine. Que ce soit un parent, une femme, un enfant. C'est ce qu'il craignait plus que tout. Il ne craignait pas d'aimer quelqu'un. Bien plutôt de le haïr.

Cela ne changeait cependant rien au fait qu'il l'avait profondément aimée. Jusque-là, il n'avait jamais aimé une autre femme autant qu'il l'avait aimée, elle, et après elle, il ne rencontrerait sans doute plus jamais de femme qu'il aimerait à ce point. « En moi, il y a encore un endroit spécial qui lui est dédié. Un endroit tout à fait concret. On pourrait peut-être le qualifier de temple », expliqua Menshiki.

Un temple ? Je trouvai le choix du mot un peu curieux. Mais pour lui, ce devait sans doute être le terme juste.

Il interrompit là son récit. Bien qu'il m'ait livré son histoire personnelle avec les plus petits détails concrets, je n'y percevais pas de connotations sexuelles. J'avais comme l'impression qu'il avait lu à voix haute, devant moi, un pur et simple rapport médical. Et c'était sans doute le cas.

« Sept mois après le mariage, elle donna naissance sans complication à une petite fille dans un hôpital de Tokyo, continua Menshiki. Cela fait treize ans aujourd'hui. À vrai dire, j'ai appris cette naissance bien longtemps après, par quelqu'un. »

Menshiki contempla un moment l'intérieur de sa tasse de café, vide à présent. Comme s'il éprouvait une sorte de vague à l'âme pour le moment où celle-ci avait contenu une boisson bien chaude.

« Et cette enfant est peut-être ma fille », dit-il d'une voix étranglée, comme s'il l'avait forcée à sortir de ses lèvres. Puis il me regarda comme s'il voulait mon opinion.

Il me fallut un peu de temps pour assimiler ce qu'il avait essayé de me dire.

« Est-ce que les dates correspondent ? lui demandai-je.

— Oui. Elles correspondent parfaitement. Neuf mois après le jour où je l'ai vue dans mon bureau, la fillette est née. Juste avant de se marier, elle est venue me voir en ayant choisi le jour où elle serait le plus féconde. C'était – comment dire ? – dans le but délibéré de *recueillir* mes spermatozoïdes. C'est mon hypothèse. Depuis le début, elle avait abandonné l'espoir de se marier avec moi, mais en contrepartie, elle avait décidé d'avoir un enfant de moi. Voilà, je suppose, ce qu'elle avait en tête…

— Mais vous n'avez pas de preuve, dis-je.

— Non, bien entendu, je n'en ai pas. Pour le moment, ce n'est qu'une simple hypothèse. En revanche, j'ai quelque chose qui étaye cette hypothèse, *une sorte de support*.

— Pourtant, pour elle, c'était une tentative très dangereuse, remarquai-je. Si le mari n'appartient pas au même groupe sanguin que le vôtre, cela pourrait plus tard servir à révéler que la fillette n'est pas de lui. Elle est allée jusqu'à courir un tel risque ?

— Je suis du groupe sanguin A. Beaucoup de Japonais appartiennent à ce groupe A, et si ma mémoire est bonne, elle aussi. Tant qu'il n'y a pas de raison de mener une recherche ADN poussée, la possibilité est très faible que le secret soit dévoilé. Elle a dû faire ce calcul.

— Mais sans pratiquer une recherche ADN, vous ne saurez pas si vous êtes ou non le père biologique de cette enfant. N'est-ce pas ? À moins que vous interrogiez directement la mère. »

Menshiki secoua la tête. « Il est désormais impossible d'interroger la mère. Elle est morte il y a sept ans.

— La malheureuse. Elle était encore si jeune, dis-je.

— Alors qu'elle se promenait dans la montagne, elle a été piquée par un essaim de guêpes et elle a succombé. Elle était de constitution allergique et elle n'a pas supporté le venin des guêpes. Lorsqu'on l'a transportée à l'hôpital, elle ne respirait déjà plus. Personne ne connaissait son allergie. Peut-être ne le savait-elle pas elle-même. Son mari est ensuite resté seul avec sa fille. La fillette a aujourd'hui treize ans. »

À peu près l'âge de ma petite sœur quand elle était morte, pensai-je.

« Vous avez *quelque chose de factuel* qui vous laisse penser que cette enfant est peut-être la vôtre. C'est bien cela ? lui demandai-je.

— Un certain temps après sa mort, un beau jour, j'ai reçu une lettre posthume de cette femme », dit Menshiki d'une voix calme.

Un jour, alors qu'il était dans son bureau, il reçut une grande enveloppe en recommandé avec accusé de réception provenant d'un cabinet d'avocats inconnu de lui. À l'intérieur, il y avait deux lettres dactylographiées (le nom du cabinet était inscrit dessus) et une enveloppe de couleur rose pâle. La correspondance du cabinet d'avocats était signée de l'avocat en charge du dossier. « Vous trouverez dans cette même enveloppe une lettre qui nous a été confiée par Mme *** (le nom de son amie d'autrefois) de son vivant. Mme *** nous avait donné la consigne de vous l'adresser par la poste, au cas où elle disparaîtrait. Elle nous avait également indiqué que l'enveloppe ne devait être vue que de vous seul. »

Tel était l'objet de cette lettre. Puis étaient relatées les circonstances de sa mort, dans un style très administratif, sans détails excessifs. Menshiki fut un moment à court de mots, puis il recouvra ses esprits et se servit de ciseaux pour ouvrir l'enveloppe rose. La lettre était écrite de sa main, à l'encre bleue, et faisait quatre pages. Son écriture était très jolie.

Cher Wataru Menshiki,

J'ignore quels seront le mois ou l'année au cours desquels tu liras cette lettre, mais quand tu l'auras en main, je ne serai plus de ce monde. Je ne sais pourquoi, mais j'ai eu le sentiment depuis très longtemps que je quitterais ce monde relativement jeune. C'est la raison pour laquelle je prévois ainsi cet arrangement et l'organise pour après ma mort. Et si tout cela finissait par se révéler inutile, bien entendu, ce serait ce qu'il y aurait de mieux... mais puisque tu lis cette lettre, c'est que je suis déjà morte. À cette pensée, je me sens très triste.

Avant tout, je voudrais te préciser une chose : peut-être n'est-ce pas la peine de le préciser, mais ma vie n'a pas, en soi, une grande importance. J'en suis bien consciente. Aussi devrais-je me retirer de ce monde dans le silence, en évitant tout cérémonial pompeux, sans prononcer de paroles inutiles ; pour quelqu'un comme moi, c'est sans doute ainsi qu'il convient de sortir de scène. Mais, mon ami, à toi seul, je dois peut-être dire une chose avant de m'en aller. Sinon, j'aurais l'impression d'avoir pour l'éternité manqué l'occasion d'être loyale vis-à-vis de toi en tant qu'être humain. C'est la raison pour laquelle j'ai décidé de t'envoyer cette lettre, en la déposant chez un avocat de mes connaissances en qui j'ai confiance.

À propos du fait que je t'ai quitté soudainement et que je me suis mariée à un autre, sur le fait que je ne t'en ai pas dit un mot auparavant, je suis profondément désolée. Je suppose que tu en as été très surpris. Ou peut-être déçu. Ou encore, toi qui es si flegmatique, tu n'auras pas été plus surpris que ça, ni particulièrement ému. De toute façon, à ce moment-là, je n'avais pas d'autre solution. Je ne donnerai pas ici d'explications détaillées, mais au moins sur ce point-là, je voudrais que tu me comprennes. Je n'avais pratiquement pas d'autre choix.

Pourtant il me restait une option, une seule. Qui serait condensée en un seul événement, en un acte qui n'aurait lieu qu'une seule fois. Tu te souviens du jour où nous nous sommes rencontrés pour la dernière fois ? C'était au début de l'automne, j'étais venue à ton bureau en fin d'après-midi, alors que tu ne t'y attendais pas. Je n'en avais alors peut-être pas l'air, mais je me trouvais vraiment dans une impasse, complètement acculée. J'avais l'impression de ne plus être moi-même. Malgré ma confusion pourtant, les actes que j'ai accomplis cet après-midi-là, je les avais bien prémédités de bout en bout. Et jusqu'à aujourd'hui, je n'éprouve strictement aucun regret pour ce que j'ai fait à ces instants-là. Car cela a eu une signification extrêmement importante dans ma vie. Bien plus certainement que ma propre existence.

J'espère que tu comprendras le dessein que j'ai eu alors et que tu me pardonneras un jour. Et je souhaite sincèrement que cela ne te causera aucun ennui. Je sais bien que ce genre de situations, tu les détestes par-dessus tout.

Mon ami, je te souhaite une vie longue et heureuse. Et je souhaite aussi que cette existence merveilleuse, toi, se transmette quelque part dans ce monde et continue à vivre pleinement, à tout jamais.

***

Menshiki avait lu et relu cette lettre jusqu'à en connaître par cœur le contenu (et il me la récita de bout en bout sans hésiter une seule fois). Dans cette lettre, les diverses émotions et allusions étaient tissées en motifs enchevêtrés, tel un dessin à double interprétation, se faisant tantôt lumière, tantôt ombre, tantôt se manifestant ouvertement, tantôt restant secrètes. Durant bien des années, à la manière d'un linguiste étudiant une langue antique que plus personne ne parle, il avait exploré les différentes possibilités cachées dans ces lignes. Il avait extrait l'un après l'autre chaque mot, chaque tournure, les avait assemblés de diverses façons, les avait entrecroisés, avait modifié leur ordre. Et il avait abouti à une conclusion. La fillette qu'elle avait mise au monde sept mois après son mariage, sans aucun doute, était l'enfant qui avait été conçu avec Menshiki sur le canapé de cuir de son bureau.

« J'ai fait faire une enquête sur son enfant en m'adressant à un cabinet d'avocats que je connais bien, dit Menshiki. L'homme avec qui elle s'est mariée avait quinze ans de plus qu'elle, il travaille dans l'immobilier. Ou plutôt, c'est le fils d'un propriétaire foncier de la région et son travail consiste principalement à gérer des immeubles et des terrains dont il a hérité. Bien sûr, il a aussi quelques autres biens et clients dans son portefeuille, mais il est clair qu'il ne cherche pas à développer activement ses affaires. Il est assez fortuné pour vivre dans l'aisance sans travailler. Le prénom de la fillette est Marié[1]. Marié, sans idéogrammes, simplement en *hiragana* [2]. Après la disparition de sa femme dans cet accident il y a sept ans, le mari ne s'est pas remarié. Il a une sœur cadette, célibataire, qui habite avec eux pour le moment, afin, semble-t-il, de tenir la maison. Marié est en première année de collège, elle fréquente un établissement public local.

— Avez-vous rencontré Marié ? »

Menshiki resta silencieux un moment afin de choisir les mots appropriés. « J'ai vu son visage un certain nombre de fois depuis une certaine distance. Mais nous ne nous sommes pas parlé.

— En la voyant, qu'avez-vous pensé ?

— Me ressemble-t-elle ? Je ne suis pas en mesure d'en juger moi-même. Quand je crois que oui, j'ai alors l'impression d'une ressemblance extrême ; mais si je pense le contraire, alors non, je ne vois plus aucun trait commun.

---

1. Prononcer « Ma-li-é ».
2. *Hiragana* : l'un des deux syllabaires de l'écriture japonaise.

— Vous avez une photo d'elle ? »

Menshiki secoua la tête calmement. « Non, je n'en ai pas. J'aurais pu en demander à mon avocat, mais je ne l'ai pas souhaité. Quelle serait l'utilité que je me promène avec une photo d'elle dans mon portefeuille ? Ce que je cherche… »

Il ne termina pas sa phrase. Quand il se tut, les crissements animés des insectes comblèrent le silence qui suivit.

« Mais tout à l'heure, si je me souviens bien, vous avez vous-même dit que vous ne portiez aucun intérêt aux liens du sang.

— C'est exact. Jusqu'à présent, je n'avais pas d'intérêt pour les liens du sang. J'ai vécu en cherchant plutôt à m'en éloigner le plus possible. Aujourd'hui encore, mon sentiment n'a pas varié. Mais d'un autre côté, je *ne peux plus détourner le regard* de cette fillette, Marié. Je ne peux tout simplement pas cesser de penser à elle. Sans aucune raison… »

Je ne trouvai pas les mots pour lui répondre.

Menshiki poursuivit : « C'est la première fois que je vis une telle expérience. Je me suis toujours contrôlé. Et j'en ai été fier. Mais à présent, il m'arrive parfois de trouver pénible d'être seul. »

Je me décidai à lui exposer ce que je ressentais. « Monsieur Menshiki, ce n'est de ma part qu'une intuition, mais concernant Marié, j'ai comme l'impression que vous voulez que je fasse quelque chose. Est-ce que je me fais des idées ? »

Après une petite pause, Menshiki eut un signe d'approbation. « En fait, comment pourrais-je vous le dire… »

À cet instant, je m'aperçus que la joyeuse fanfare des insectes avait totalement cessé. Je levai la tête, regardai la pendule murale. Il était un peu plus de 1 h 40. Je posai mon index sur la bouche. Menshiki se tut sur-le-champ. Et nous tendîmes l'oreille au silence de la nuit.

14

Un événement aussi singulier, c'est la première fois

Notre conversation s'interrompit. Tout comme moi, Menshiki se figea pour tendre l'oreille. On n'entendait plus les insectes. C'était exactement comme la veille et l'avant-veille. Et au sein de ce profond silence, je pus de nouveau percevoir le son frêle de la clochette. Elle résonna à plusieurs reprises, il y eut des pauses irrégulières et le bruit recommença. Je dirigeai mon regard vers Menshiki, assis sur le canapé en face de moi. Et à son expression, je compris qu'il l'entendait lui aussi. Il avait froncé les sourcils. Et il souleva légèrement ses mains posées sur les genoux, fit de petits mouvements des doigts comme pour accompagner la clochette. Ce n'était pas mon imagination.

Après être resté à l'écoute d'un air grave durant deux ou trois minutes, Menshiki se leva lentement.

« Allons jusqu'à l'endroit où se produit ce bruit », dit-il d'une voix sèche.

Je pris ma torche à la main. Il sortit et alla chercher dans la Jaguar une torche de grande dimension qu'il avait ramenée de chez lui. Notre parcours fut identique à celui de l'autre jour : les sept marches de l'escalier, puis le chemin dans le bois. La clarté de la lune d'automne, pas aussi intense que celle de l'avant-veille, éclairait pourtant bien le chemin devant nous. Après avoir contourné le sanctuaire et nous être frayé un chemin entre les miscanthes, nous débouchâmes devant le monticule de pierres. Et là, de nouveau, il fallut tendre l'oreille. Pas de doute, ce bruit s'insinuait par les intervalles entre les pierres.

Lentement, Menshiki fit le tour des pierres, inspecta soigneusement les interstices en les éclairant avec sa torche. Mais il ne découvrit rien d'étrange. Il y avait seulement là de vieilles pierres couvertes de mousse, entassées en désordre. Il me fixa du regard. Éclairé par la lune, son visage avait quelque chose d'un masque antique. Peut-être le mien lui offrait-il le même aspect ?

« Le bruit que nous avons entendu venait-il du même endroit les autres fois ? me demanda-t-il à voix basse.

— Du même endroit, répondis-je. Exactement.

— On dirait que quelqu'un, sous ces pierres, fait sonner ce qui semble être une clochette », dit Menshiki.

J'approuvai. J'étais rassuré de savoir que je n'étais pas fou et, en même temps, je ne pouvais nier que les mots de Menshiki avaient bel et bien transformé l'irréalité suggérée jusque-là comme possible en une réalité, provoquant par conséquent un léger *décalage* dans la jointure des mondes.

« Que pouvons-nous faire ? » demandai-je à Menshiki.

Sa torche pointait toujours l'endroit d'où venait le bruit. La bouche étroitement serrée, il s'abîma alors dans ses pensées. Dans le silence de la nuit, on avait l'impression d'entendre son cerveau tourner à toute vitesse.

« Il se peut aussi que ce soit quelqu'un qui demande de l'aide, dit Menshiki comme s'il se parlait à lui-même.

— Mais comment aurait-on pu s'introduire sous des pierres aussi lourdes ? »

Menshiki secoua la tête. Bien entendu, même un homme comme lui se trouvait parfois face à des situations qui dépassaient sa compréhension.

« Dans l'immédiat, rentrons à la maison », dit-il. Puis il posa doucement la main sur mon épaule. « En tout cas, nous avons bien localisé la provenance de ce bruit. Nous en discuterons tranquillement une fois que nous serons rentrés. »

Nous traversâmes le bois et notre expédition nocturne prit fin dans la cour devant la maison. Menshiki ouvrit la portière de la Jaguar, remit la torche à l'intérieur et, à la place, prit un petit sac en papier qui était posé sur un siège. Et enfin, ce fut le retour à la maison.

« Si vous en avez, je prendrais volontiers un peu de whisky, dit Menshiki.

— Du scotch ordinaire, ça vous ira ?

— Bien sûr. Sec, s'il vous plaît, et de l'eau sans glaçons à côté. »

J'allai à la cuisine, saisis la bouteille de White Label sur l'étagère, en versai dans deux verres et les apportai au salon avec de l'eau minérale. Assis l'un en face de l'autre, sans dire un mot, nous bûmes chacun notre whisky sec. Je retournai chercher la bouteille à la cuisine et le resservis. Il prit son verre en main mais ne l'approcha pas de la bouche. Dans le silence de la pleine nuit, la clochette continuait de résonner par intermittence. Il s'agissait d'un bruit faible certes, mais lourd d'un poids méticuleusement calculé que l'on ne pouvait laisser échapper.

« J'ai déjà vu et entendu bien des choses étranges, mais c'est la première fois que je suis confronté à ce degré d'étrangeté, dit Menshiki. Lorsque vous m'avez raconté cette histoire, pardon, mais j'étais plutôt sceptique. Une chose pareille pouvait-elle arriver réellement ? »

Il y avait dans sa façon de s'exprimer quelque chose qui attira mon attention.

« Quand vous dites "arriver réellement", qu'est-ce que vous entendez par là ? »

Menshiki leva la tête et me regarda droit dans les yeux pendant un moment.

« C'est que, voyez-vous, j'ai lu un livre autrefois dans lequel des événements similaires se produisaient, dit-il.

— Des événements similaires, c'est-à-dire qu'on entendait en pleine nuit le son d'une clochette venant d'on ne sait où ?

— Pour être précis, ce que l'on entendait, c'était le son d'un gong. Pas d'une clochette. Comme lorsqu'on parle de frapper le gong et de battre tambour. Ce gong-là, voyez-vous, c'est un petit instrument ancien utilisé par les bouddhistes, que l'on tient à la main et sur lequel on frappe à l'aide d'un maillet en bois en psalmodiant des incantations au Bouddha – le *nembutsu*. Dans ce livre, il y a une histoire où l'on entend ce son en pleine nuit, qui provient de sous la terre.

— Une histoire de revenants ?

— Ce serait plus proche d'un récit relatant des incidents mystérieux. Avez-vous lu les *Contes de la pluie de printemps* d'Akinari Ueda[1] ? » demanda Menshiki.

---

1. Akinari Ueda (1734-1809) : poète, écrivain, philologue, médecin, grand connaisseur des littératures japonaise et chinoise, il a donné ses lettres de noblesse à un nouveau genre littéraire,

Je secouai la tête. « J'ai lu il y a très longtemps les *Contes de pluie et de lune*. Mais l'ouvrage dont vous parlez, non.

— Les *Contes de la pluie de printemps* sont un recueil d'histoires qu'Ueda a écrites tout à fait à la fin de sa vie. Environ quarante ans après avoir achevé les *Contes de pluie et de lune*. En comparaison de l'importance accordée à l'art de la narration dans les *Contes de pluie et de lune*, dans ce second recueil, l'accent porte davantage sur la pensée de l'auteur en tant qu'homme de lettres. Parmi ces histoires, il y en a une fort étrange : “Le Lien du mariage”. Le personnage principal fait la même expérience que vous. C'est le fils d'un riche fermier. Il aime l'étude et, alors qu'il lit seul dans la nuit, il entend de temps à autre quelque chose qui ressemble au bruit d'un gong provenant de sous une pierre, dans un coin du jardin. Trouvant cela étrange, quand le jour s'est levé, il fait creuser l'endroit par son serviteur. Sous terre, il y a une grosse pierre. Une fois celle-ci dégagée, il découvre une sorte de cercueil fermé par un couvercle en pierre. Quand il l'ouvre, il voit un homme aussi maigre et racorni qu'un poisson séché, sans plus aucune chair. Ses cheveux lui descendent jusqu'aux genoux. Seules ses mains bougent et frappent avec un maillet de bois sur un gong, ce qui produit un son léger et bien rythmé. Il semble bien qu'il s'agisse d'un bonze qui avait choisi autrefois cette mort volontaire dans le but d'atteindre l'illumination éternelle. Il avait été

---

le *yomi-hon*, littéralement le « livre de lecture », qui préfigure le romanesque moderne. Ses deux recueils de contes fantastiques sont considérés comme parmi les chefs-d'œuvre les plus accomplis de la littérature japonaise.

placé vivant dans le cercueil, lui-même enseveli là. C'est la pratique que l'on appelle *zenjô*, une forme de méditation profonde. Une fois devenu momie, le corps est déterré et vénéré dans un temple. On parle de *nyûjô*, "entrée dans l'immobilité", quand les moines entament ce type d'ascèse, qui s'apparente à une auto-momification. À l'origine, il était sans doute, de son vivant, un bonze remarquable. Son âme avait dû parvenir au nirvana, comme il l'avait souhaité, et seul son corps physique, dépossédé de son âme, continuait à vivre. La famille du personnage principal était installée dans cette région depuis dix générations et tout cela avait dû arriver bien plus tôt. C'est-à-dire plusieurs centaines d'années auparavant. »

Menshiki interrompit alors son récit.

« Voulez-vous dire que la même chose est en train de se passer ici, à côté de cette maison ? » demandai-je.

Menshiki secoua la tête. « C'est quelque chose de proprement inconcevable au regard d'une pensée rationnelle. Il s'agit simplement d'un conte écrit à l'époque d'Edo. Ueda avait appris que ce genre de récit existait dans le folklore populaire, et, à sa manière, il en a fait une adaptation libre : il a transformé le folklore en un conte intitulé "Le Lien du mariage". Ce dont nous faisons l'expérience à présent ressemble singulièrement à cette histoire. »

Il fit tourner son verre de whisky, le liquide ambré oscilla tranquillement.

« Et après l'exhumation du moine sous forme de "momie vivante", comment l'histoire se poursuit-elle ? demandai-je.

— Elle connaît des rebondissements très curieux, répondit Menshiki avec un peu d'hésitation, comme s'il lui était difficile de le dire. La conception du monde à laquelle était arrivé Akinari Ueda à la fin de sa vie est très particulière, elle se reflète clairement dans l'histoire. Une conception du monde assez cynique, pourrait-on dire. Ueda a connu une enfance difficile et a mené une vie parsemée de bien des vicissitudes. Mais plutôt que de vous résumer le déroulement de l'histoire, je crois que ce serait mieux que vous lisiez le livre vous-même. »

Menshiki sortit du sac en papier qu'il avait pris dans la voiture un livre ancien et me le tendit. C'était un volume d'œuvres classiques japonaises. Y étaient regroupés les *Contes de pluie et de lune* et les *Contes de la pluie de printemps*.

« Quand j'ai entendu votre récit, je me suis aussitôt souvenu de cette histoire, et comme ce livre se trouvait dans ma bibliothèque, pour plus de sûreté, je l'ai relu. Je vous l'offre. Lisez-le si cela vous tente. Le texte est très court, je pense que cela ne vous prendra pas longtemps. »

Je le remerciai. « C'est une histoire tout de même étrange, dis-je. Totalement dénuée de bon sens. Bien sûr, je vais lire ce livre. Mais, concrètement, que dois-je faire maintenant ? Il me paraît impossible de laisser la situation telle quelle sans rien tenter. Si vraiment il y a un homme sous ces pierres, s'il envoie chaque nuit un message pour demander du secours à l'aide d'une clochette ou d'un gong, il faut en tout cas l'aider à sortir de là. »

Menshiki prit un air grave. « Mais à nous deux, il me paraît impossible de dégager toutes les pierres entassées là-bas. Cela dépasse nos forces.

— Ne devrait-on pas informer la police ? »

Menshiki secoua légèrement la tête à plusieurs reprises. « Je pense que des policiers ne seraient absolument pas utiles dans ce cas. On aura beau leur expliquer qu'on perçoit en pleine nuit le bruit d'une clochette provenant de sous des pierres dans un bois, ils n'en tiendront pas compte. Tout ce qu'ils penseront, c'est qu'on est fous. Et les choses n'en seront que plus compliquées. Mieux vaut s'en abstenir.

— Mais si ce bruit continue ainsi chaque nuit, nerveusement, je ne le supporterai pas. Je ne pourrai plus dormir normalement, et je crois qu'il ne me restera plus qu'à m'en aller d'ici. Il s'agit sans aucun doute d'un appel. »

Menshiki s'absorba dans ses pensées un moment. « Il faut recourir à des professionnels pour déplacer toutes ces pierres, déclara-t-il enfin. Je connais un paysagiste dans la région. C'est un de mes fournisseurs habituels. Il sait comment s'y prendre pour déplacer de lourdes charges. Si besoin est, il pourra venir avec un engin, une petite pelleteuse par exemple, ce qui lui permettra de déblayer les grosses pierres et de creuser facilement la terre.

— Vous avez certainement raison, mais il y a néanmoins deux problèmes, remarquai-je. Premièrement, pour effectuer ces travaux, il faut demander l'autorisation au fils du propriétaire de ce terrain, M. Tomohiko Amada. Je ne peux pas en décider seul. Ensuite, je n'ai pas les moyens de payer de tels travaux. »

Menshiki sourit. « Pour l'argent, ne vous en faites pas. Je m'en charge. D'ailleurs, comme j'ai fait un petit prêt à ce paysagiste, je pense qu'il effectuera ce travail juste à prix coûtant, sans compter la main-d'œuvre. Ne vous inquiétez pas à ce sujet. Essayez de contacter M. Amada. Expliquez-lui la situation et je suppose qu'il devrait vous donner son autorisation. Si réellement quelqu'un était coincé sous ces pierres et qu'on le laissait mourir ainsi, la responsabilité du propriétaire s'en trouverait engagée, je pense.

— Comment pourrais-je cependant accepter que vous, qui n'êtes pas directement impliqué… ? »

Menshiki ouvrit ses mains posées sur les genoux, les paumes vers le haut. Comme s'il essayait de recueillir de l'eau de pluie. Puis, d'une voix calme, il déclara :

« Je crois que je vous l'ai déjà dit, je suis quelqu'un d'extrêmement curieux. J'ai envie de connaître la suite de cette histoire étrange. Des choses pareilles, ça n'arrive pas tous les jours. Et pour l'argent, vraiment, ne vous en souciez pas. Ne soyez pas intransigeant, n'ayez pas d'inquiétudes inutiles, et pour cette fois, laissez-moi arranger les choses moi-même. »

J'observai ses yeux. Y brillait une lueur vive que je n'avais jamais vue jusqu'alors. Ses yeux disaient : « Quoi qu'il arrive, il faut que je m'assure de la tournure des événements. » S'il y avait quelque chose qu'il ne comprenait pas, il s'acharnerait jusqu'à le comprendre : telles étaient sans doute les bases fondamentales de la façon de vivre de cet homme, Menshiki.

« D'accord, fis-je. Je contacterai Masahiko dès demain.

— Et moi, demain, je contacterai ce paysagiste », dit Menshiki. Il marqua alors une petite pause. « À propos, j'aimerais vous poser une question.

— À quel sujet ?

— Vous arrive-t-il souvent de vivre des expériences de ce genre, comment dire, étranges, surnaturelles ?

— Non, répondis-je. C'est la première fois que je fais une expérience aussi incroyable. J'ai mené une vie extrêmement ordinaire, je suis un homme complètement ordinaire. C'est pourquoi je me sens vraiment perturbé. Et vous ? »

Un sourire ambigu se dessina sur ses lèvres. « Moi, j'ai connu un certain nombre d'expériences curieuses. Il m'est aussi arrivé de voir et d'entendre des choses inimaginables pour le sens commun. Mais un événement aussi singulier, c'est la première fois que j'y fais face. »

Dans le silence qui s'établit ensuite, chacun de nous tendit l'oreille au son de cette clochette.

Comme les autres fois, le bruit cessa net juste un peu après 2 h 30. Et toute la montagne s'emplit de nouveau du chant des insectes.

« Je crois qu'à présent il est temps que je rentre, dit Menshiki. Merci pour le whisky. Je vous recontacterai très vite. »

Sous la clarté de la lune, il monta dans sa Jaguar aux teintes argent glacé et repartit. Par la vitre ouverte, il agita légèrement la main à mon adresse. J'en fis autant. Une fois que le bruit du moteur se fut évanoui en bas de la côte, je me souvins qu'il avait bu un verre de whisky (il n'avait finalement pas touché au deuxième), mais que son teint n'avait absolument pas changé, ni sa façon de parler. On aurait dit qu'il n'avait avalé que de l'eau. Il devait bien tenir l'alcool. Il n'avait pas non plus une longue distance à parcourir au volant. C'était d'ailleurs une route très peu fréquentée et il ne croiserait sans doute aucun véhicule ni aucun piéton à cette heure.

Je rentrai dans la maison et, après avoir lavé les verres dans l'évier et les avoir rangés, je regagnai mon lit. J'imaginai des hommes équipés d'engins déplaçant les pierres à l'arrière du sanctuaire, puis se mettant à creuser. La scène me paraissait irréelle.

Et avant que les travaux commencent, je devais lire « Le Lien du mariage » d'Akinari Ueda. Mais ce serait pour demain. À la lumière du jour, les choses prendraient sûrement un tout autre aspect. J'éteignis ma lampe de chevet et m'endormis en écoutant le chant des insectes.

À 10 heures, je téléphonai à Masahiko à son bureau, lui expliquai ce qui se passait. Je passai sous silence l'histoire d'Akinari Ueda et lui racontai simplement que, vérification faite, cette clochette que j'entendais sonner en pleine nuit n'était pas une hallucination auditive de ma part, car j'avais demandé à l'une de mes connaissances de venir à la maison et de s'en assurer.

« C'est une affaire très curieuse, dit Masahiko. Tu crois vraiment qu'il y a quelqu'un sous ces pierres qui fait résonner une clochette ?

— Je n'en sais rien. Mais on ne peut pas laisser les choses ainsi. Ce bruit continue chaque nuit.

— Et que se passera-t-il si, une fois qu'on aura creusé à cet endroit, on y trouve quelque chose de pas très rassurant ?

— Quelque chose de pas rassurant, quoi par exemple ?

— Je ne sais pas, dit-il. Je ne sais vraiment pas, un truc mystérieux, du genre qu'il vaudrait mieux laisser là où il est.

— Viens ici une fois dans la nuit et écoute le bruit. Si tu l'entends réellement, à coup sûr tu comprendras qu'on ne peut pas laisser les choses telles quelles. »

Masahiko poussa un grand soupir dans le combiné. Puis il dit : « Non, merci. Je suis peureux de nature, depuis tout petit, et les histoires de revenants, ce genre de choses, ça me donne des cauchemars. Je ne veux pas être impliqué dans des trucs aussi effrayants. Je te donne carte blanche. Personne ne va se soucier qu'on déplace des vieilles pierres au milieu d'un bois et qu'on creuse un trou. Fais ce qui te semble le mieux. Mais je t'en prie, prends garde qu'il n'en sorte pas quelque chose de trop bizarre.

— Ce qui se passera, je n'en sais rien, mais dès qu'on connaîtra le résultat, je t'appellerai.

— À ta place, je me contenterais de me boucher les oreilles », répondit Masahiko.

Après avoir raccroché, j'allai m'asseoir au salon et lus « Le Lien du mariage » d'Akinari Ueda. Je lus le texte original et ensuite sa traduction en japonais moderne. À part de petits détails qui différaient, l'histoire telle qu'elle était écrite et l'expérience que je vivais ici étaient parfaitement ressemblantes. Dans l'histoire, c'est à l'heure du bœuf[1] – 2 heures du matin environ – que l'on entend le son du gong. À peu près la même heure. Moi, ce que j'entendais, ce n'était pas un gong, mais une clochette. Dans l'histoire, les insectes ne s'arrêtent pas de crisser. Le personnage principal entend, très tard dans la nuit, le son du gong mêlé aux stridulations des insectes. Mais en dehors de ces minuscules différences, c'étaient exactement les mêmes événements. Tellement semblables que j'en restai stupéfait.

Bien que la momie exhumée soit toute racornie et desséchée, elle agite encore implacablement les mains

1. Les vingt-quatre heures de la journée étaient autrefois divisées en douze périodes (de deux heures chacune), nommées selon les douze animaux du zodiaque chinois.

pour frapper sur le gong. Une force vitale redoutable fait se mouvoir le corps, presque de manière automatique. Ce bonze était sans doute entré dans une ascèse d'immobilité méditative durant laquelle il psalmodiait des invocations au Bouddha tout en frappant sur le gong. Le protagoniste habille la momie, lui fait boire de l'eau. Et peu à peu, l'homme commence à avaler de la bouillie de riz légère et reprend des formes et de la chair. À la fin, il retrouve l'apparence d'un individu ordinaire. En revanche, on ne trouve plus du tout en lui l'allure d'un « bonze qui a atteint l'illumination ». On ne décèle plus en lui la moindre trace d'intelligence, de connaissances, de noblesse de caractère. Par ailleurs, il a totalement perdu la mémoire de sa vie d'avant. Il ne se souvient même pas pourquoi il est resté ainsi si longtemps sous terre. À présent qu'il a une alimentation carnée, il a même pas mal de pulsions sexuelles. Il se marie et gagne sa vie en tant qu'homme à tout faire, loin de la foi. Puis on lui donne un nom en référence à son passé. En voyant cependant à quel point il est devenu vil, les villageois finissent par perdre tout respect pour les préceptes bouddhiques : voilà donc tout ce qui reste d'un homme qui s'est infligé force mortifications et qui a pénétré les arcanes du bouddhisme au détriment de sa vie. Le résultat, c'est que les gens finissent par ne plus accorder d'importance à leur foi, et peu à peu à ne même plus aller au temple. Telle était l'histoire. Ainsi que l'avait noté Menshiki, elle reflétait bien la conception cynique du monde qui était celle de l'auteur. Ce n'était pas seulement la simple relation d'événements mystérieux.

Malgré tout, l'enseignement du Bouddha n'est-il pas vain ? Cet homme a dû passer plus de cent ans enseveli sous la terre en frappant sur le gong. Et pourtant, dépourvu de la moindre aura spirituelle, seuls lui restent les os. Quel état déplorable !

Je lus « Le Lien du mariage », ce conte court, à plusieurs reprises, et cette lecture me laissa parfaitement perplexe. Si l'on dégageait ces pierres à l'aide d'un engin, qu'on creusait la terre et qu'on en exhumait une momie à laquelle « seuls restent les os » et dans un « état déplorable », que devrais-je en faire ? Serait-ce à moi que reviendrait la responsabilité de la ressusciter ? Selon la réflexion de Masahiko, ne serait-il pas plus sage de ne me mêler de rien, de me boucher les oreilles et de laisser les choses telles quelles ?

Mais même si telle était mon envie, il m'était impossible de ne rien vouloir entendre et de demeurer inactif. J'aurais d'ailleurs beau me boucher hermétiquement les oreilles, je ne pourrais échapper à ce bruit. Et même si je déménageais n'importe où ailleurs, il me poursuivrait peut-être. Et puis, comme Menshiki, en moi aussi il y avait une grande curiosité. À présent, je voulais absolument savoir ce qui se cachait sous ces pierres.

Peu après midi, je reçus un coup de fil de Menshiki.

« Avez-vous eu l'autorisation de M. Amada ? »

Je lui dis que j'avais expliqué à Masahiko la situation dans ses grandes lignes. Et qu'il m'avait répondu d'agir comme je l'entendais.

« Très bien, dit Menshiki. Moi, je me suis arrangé avec le paysagiste. Je n'ai pas parlé de ce bruit mystérieux. Je lui ai simplement indiqué qu'il fallait déplacer quelques vieilles pierres qui se trouvaient dans un bois et ensuite creuser un trou à cet endroit. C'est un peu précipité, mais comme il était justement disponible, si vous le voulez bien, il viendra faire un repérage cet après-midi et, dès demain matin, il aimerait commencer les travaux. Avez-vous une objection à ce que le jardinier pénètre sur le terrain pour l'inspecter ? »

Je lui répondis qu'il pouvait entrer en toute liberté.

« Une fois qu'il aura vu le terrain, il préparera les engins nécessaires. Les travaux en eux-mêmes devraient être achevés en quelques heures. Je serai sur place, dit Menshiki.

— Moi aussi, bien sûr. Dites-moi quand vous saurez à quelle heure ces travaux commenceront », fis-je. Puis une pensée me revint en tête et j'ajoutai : « Au fait, au sujet de ce dont nous parlions avant qu'on entende le bruit, la nuit dernière… »

Menshiki parut ne pas comprendre à quoi je faisais allusion. « Quelque chose dont nous parlions ?

— À propos de cette fillette de treize ans, Marié. Qui est peut-être votre fille biologique. Quand vous me racontiez cette histoire, le bruit a commencé et elle est restée en suspens.

— Ah oui, dit Menshiki. C'est vrai, j'étais en train de vous la raconter. J'avais complètement oublié. Eh bien, il faut que je la reprenne un jour. Mais ce n'est pas si urgent. Une fois que nous aurons réglé cette affaire, nous en reparlerons. »

Je fus incapable ensuite de me concentrer sur quoi que ce soit. Lecture, musique, préparation du repas, rien n'y faisait, je pensais uniquement à ce qui se trouvait sous le monticule de vieilles pierres, au milieu du bois. Je ne pouvais chasser de mon esprit l'image de cette momie noirâtre et racornie comme du poisson séché.

15

Ce n'est que le début

Menshiki m'avait appelé le soir même pour me prévenir que les travaux commenceraient le lendemain matin, mercredi, à partir de 10 heures.

Mercredi, dès le matin, il y eut une alternance de pluie fine et d'accalmies, mais la bruine n'était pas assez soutenue pour gêner les travaux. Un crachin imperceptible qui ne nécessitait pas de parapluie. Il suffisait d'enfiler un imperméable à capuche ou un bonnet. Menshiki arborait un bob de pluie vert olive. Le type de chapeau que je verrais bien sur la tête d'un Anglais parti à la chasse au canard. Les feuilles des arbres qui avaient commencé à revêtir des couleurs automnales prirent peu à peu des nuances assourdies sous cette bruine presque invisible.

Les hommes utilisèrent un camion de transport pour amener jusqu'en haut de la montagne une sorte de pelleteuse de petites dimensions. Un engin très compact, qui braquait bien et était conçu pour être manœuvré dans des lieux resserrés. Il y avait quatre hommes en tout. L'opérateur de la pelleteuse, un contremaître et deux ouvriers. L'opérateur et le contremaître étaient venus dans le camion qui transportait la pelleteuse. Tous les quatre portaient des vestes imperméables bleues, des pantalons également imperméables et des chaussures de sécurité aux semelles épaisses, couvertes de boue. Sur la tête, des casques en plastique renforcé. Menshiki et le contremaître semblaient se connaître ; ils bavardaient, tout sourires, à côté du sanctuaire. Malgré cette familiarité, il était évident que le contremaître se montrait très respectueux à l'égard de Menshiki.

Si Menshiki avait réussi à faire venir ces hommes avec leur matériel en si peu de temps, cela signifiait qu'il avait en effet beaucoup d'influence. J'observais le déroulement des opérations avec une certaine admiration, mais aussi un peu d'embarras. Et une légère résignation de voir que tout échappait à mon contrôle. Quand j'étais enfant et que je jouais à un jeu avec des camarades de mon âge, parfois des grands arrivaient après coup et se l'appropriaient à leur usage exclusif. Ce qui se passait à présent sous mes yeux me rappelait mon état d'esprit d'alors.

En utilisant des pelles, des pierres de taille appropriée et des planches, les hommes s'assurèrent d'abord d'un point d'appui aplani sur lequel manœuvrer la pelleteuse, puis les travaux de déblaiement commencèrent. Les buissons de miscanthes entourant le monticule pierreux furent rapidement écrasés par les chenilles de l'engin. Un peu à l'écart, nous assistions à la scène en spectateurs : les vieilles pierres entassées là étaient soulevées l'une après l'autre et déplacées plus loin. Il n'y avait rien de particulier à noter dans ces travaux eux-mêmes. C'étaient sans doute le genre de travaux qui se faisaient partout dans le monde, parmi les plus ordinaires et les plus quotidiens. Les ouvriers, eux aussi, semblaient expédier machinalement une tâche de routine, procédant à chaque étape des opérations selon un ordre habituel. L'opérateur de la pelleteuse s'interrompait parfois, il parlait avec le contremaître d'une voix forte, mais il n'y avait visiblement pas l'ombre d'un problème. Leur conversation était brève, le moteur n'était jamais arrêté.

Mais moi, il m'était impossible de regarder ce remue-ménage dans un état d'esprit apaisé. Mon angoisse s'amplifiait au fur et à mesure que chacune des pierres était enlevée. Comme si un sombre secret personnel, dissimulé aux yeux des autres depuis longtemps, était peu à peu dénudé, dévoilé par les griffes obstinées et puissantes de la machine. Telle était mon impression. Et le problème était que je ne savais même pas moi-même la teneur de ce sombre secret. Plusieurs fois je songeai qu'il faudrait que ces travaux s'arrêtent. Ou du moins, que cette pelleteuse n'était sans doute pas la bonne façon de régler la situation. Ainsi que me l'avait dit au téléphone Masahiko, le « truc mystérieux » aurait dû être laissé tel quel, enseveli. J'eus l'envie soudaine d'agripper le bras de Menshiki, de lui crier : « Arrêtons tout maintenant ! Faites remettre les pierres à leur place d'origine. »

Mais bien sûr, c'était impossible. La décision avait été prise, les travaux avaient débuté. Plusieurs hommes y prenaient part. Pas mal d'argent avait été engagé (le montant total m'était inconnu puisque cela relevait de Menshiki). Il n'était plus question d'interrompre les opérations. Le processus suivrait son cours, désormais indépendamment de ma volonté.

Comme s'il devinait les sentiments qui m'habitaient, Menshiki vint me trouver et me tapota l'épaule.

« Ne vous faites aucun souci, dit-il d'une voix posée. Les choses se déroulent en bon ordre. Et bientôt tout sera réglé. »

J'opinai en silence.

Peu avant midi, presque toutes les pierres avaient été transportées. Les vieilles dalles qui avaient été amassées pêle-mêle en une sorte de monticule croulant étaient proprement entassées un peu plus loin sous la forme d'une petite pyramide, d'une façon quasi administrative. Une pluie fine tombait dessus sans bruit. Cependant, la surface de la terre n'était toujours pas visible. Il y avait encore des pierres sous les pierres. Posées de façon à peu près plane, en bon ordre, comme si elles formaient un sol de dalles carrées. D'environ deux mètres de côté.

« Qu'est-ce qu'on va en faire ? dit le contremaître, arrivant à la hauteur de Menshiki. Je pensais qu'il n'y avait des pierres qu'en surface, mais non. Sous ce dallage, on dirait qu'il y a une cavité. On a essayé de faire passer une fine tige métallique par les interstices, mais elle va très loin. Pour le moment, on ne sait pas encore quelle est la profondeur. »

En compagnie de Menshiki, je me tins debout, craintif, sur ce sol pierreux nouvellement apparu. Les dalles paraissaient noires à cause de l'humidité, glissantes par endroits. Elles avaient été taillées par la main de l'homme, mais en raison de leur ancienneté, elles s'étaient arrondies et des jours étaient apparus entre elles. C'était sûrement par ces intervalles que la clochette, la nuit, laissait échapper ses tintements. De l'air circulait sans doute aussi par là. Je me baissai et tentai de scruter l'intérieur par ces interstices, mais je ne voyais rien, c'était le noir total.

« Si ça se trouve, c'est peut-être un puits ancien qui a été bouché ainsi. Mais l'ouverture paraît tout de même grande pour un puits, dit le contremaître.

— Vous pourriez dégager et enlever ces pierres ? » demanda Menshiki.

Le contremaître haussa les épaules. « Pourquoi pas ? Le travail risque d'être un peu compliqué, car on ne l'avait pas prévu, mais on devrait y parvenir. Avec une grue, ce serait mieux, mais on ne pourrait pas la transporter jusqu'ici. Chacune de ces pierres ne semble pas si lourde. Et puis, il y a du jeu entre elles. Alors si on s'y prend bien, on devrait y arriver avec la pelleteuse. Là, c'est la pause de midi, je vais discuter avec mes gars pour voir comment on fait, et cet après-midi on reprendra les travaux. »

Menshiki m'accompagna à la maison pour un déjeuner léger. À la cuisine, je préparai des sandwichs avec du jambon, de la laitue, des cornichons, et nous sortîmes sur la terrasse pour les manger en contemplant la pluie.

« Si nous continuons à être accaparés par cette affaire, nous prendrons du retard pour votre portrait, qui est pourtant notre objet principal », dis-je.

Menshiki secoua la tête.

« Le portrait n'est pas urgent. La priorité, c'est d'élucider cette histoire curieuse. Après, nous pourrons nous y remettre. »

Cet homme voulait-il *sérieusement* que je fasse son portrait ? Je ne pouvais m'empêcher d'en douter. Et ce n'était pas d'aujourd'hui que cette idée me tracassait, ces soupçons couvaient quelque part en moi depuis le début. En avait-il *vraiment* envie ? Ou bien n'avait-il pas quelque autre dessein caché qui le mettait dans la nécessité de se rapprocher de moi et s'était-il servi du prétexte du portrait pour cela ?

Mais quel pouvait bien être ce dessein ? J'avais beau y réfléchir, je ne voyais pas. Son objectif était-il de creuser sous ces pierres ? Impossible. Il n'était pas au courant de cette affaire au début. Il s'agissait d'un incident imprévu, postérieur à nos premières rencontres. Pourtant, il s'occupait de ces travaux avec un zèle que je trouvais disproportionné. Et il y avait investi pas mal d'argent. Alors que ça ne le concernait pas.

Tandis que je réfléchissais à tout cela, Menshiki me demanda si j'avais lu « Le Lien du mariage ». Je lui répondis que oui.

« Qu'en avez-vous pensé ? C'est une histoire vraiment très étrange, n'est-ce pas ?

— Oui, en effet, très étrange », dis-je.

Menshiki m'observa un instant.

« À vrai dire, fit-il, je ne sais trop pourquoi, mais cette histoire me fascine depuis toujours. C'est pour cela aussi que cet événement a attisé ma curiosité et que je veux m'y investir personnellement. »

Je bus une gorgée de café, m'essuyai le coin des lèvres avec une serviette en papier. Deux grands corbeaux survolèrent la vallée en croassant de concert. La pluie ne les souciait guère. Leurs plumes prenaient simplement des teintes plus sombres tandis qu'ils se faisaient mouiller.

« Je n'ai pas beaucoup de connaissances sur le bouddhisme, et je n'ai donc pas très bien compris certains détails, mais quand on dit qu'un bonze "entre dans une immobilité méditative", cela signifie qu'il pénètre vivant, de son plein gré, dans un cercueil pour y mourir ? demandai-je à Menshiki.

— Oui, exactement. À l'origine, "entrer dans l'immobilité" signifiait simplement "atteindre l'illumination", et pour se différencier de ce sens originel, on a également utilisé l'expression "entrer vivant dans l'immobilité". On construisait une chambre de pierre sous la terre et on installait un tuyau de bambou débouchant à la surface du sol, qui faisait office de conduit d'aération. Avant de s'installer sous terre, le bonze qui entrait dans l'immobilité soumettait son corps à diverses pratiques : il suivait durant une période déterminée un régime dit "dendrique", il échappait à la putréfaction après la mort, il était proprement momifié.

— Dendrique ?

— Il se nourrissait exclusivement des produits des arbres, des feuilles et des fruits des conifères. Il ne devait consommer aucun aliment cuisiné, à commencer par les céréales. De son vivant, il fallait qu'il évacue autant que possible les matières grasses et aqueuses de son corps. Afin d'être bien momifié, la composition du corps devait être transformée. Son corps ainsi purifié, il s'installait dans la terre. Puis, à jeun, dans une obscurité totale, le bonze récitait des soutras et accompagnait ses psalmodies en frappant sans cesse sur un gong. Ou bien il faisait résonner une clochette. Par le tuyau de bambou, les gens pouvaient entendre le son du gong ou de la clochette. Puis, bientôt, ils ne l'entendaient plus. C'était le signe que le bonze avait rendu son dernier soupir. Ensuite, une fois que bien du temps avait passé, ce corps se transformait en momie. Il semble que la décision de l'exhumer se faisait en général au bout de trois ans et trois mois.

— Mais dans quel but ces bonzes agissaient-ils ainsi ?

— Pour “devenir bouddha à même le corps[1]”. Ces hommes avaient ainsi atteint l’illumination, ce qui leur permettait de parvenir à un état situé au-delà des frontières de la vie et de la mort, d’accéder à l’ataraxie. Cela revenait aussi à sauver les “sattvas”, c’est-à-dire les pauvres humains. En d’autres termes, il s’agit du nirvana. Le “devenu bouddha à même le corps” une fois exhumé, la momie en somme, était placé dans un temple et les hommes qui venaient le vénérer étaient secourus.

— En réalité, il s’agit d’une sorte de mort volontaire. »

Menshiki opina. « Oui, et c’est pourquoi à l’ère Meiji, “l’entrée dans l’immobilité” fut interdite par la loi. Et ceux qui aidaient les bonzes à le faire furent poursuivis pour crime d’assistance au suicide. Mais en réalité, il semble que secrètement, ces pratiques ne cessèrent jamais. Il n’est donc pas impossible qu’un grand nombre de bonzes aient eu recours clandestinement à cette pratique et que, personne ne les ayant exhumés, ils soient toujours ensevelis, laissés tels quels sous terre.

— Vous pensez que ce tumulus de pierres abriterait peut-être le corps d’un bonze qui serait ainsi “entré dans l’immobilité” ? »

Menshiki secoua la tête. « Eh bien, on ne le saura que quand on aura vraiment enlevé ces pierres. Mais ce n’est pas impossible. Nous n’avons pas trouvé d’objet

---

1. « *Sokushinbutsu* » : à l’issue d’années de sévères mortifications, qui allaient jusqu’à un jeûne complet, ces moines bouddhistes, appartenant souvent à l’école tantrique Shingon, parvenaient à une auto-momification. Ils étaient dès lors considérés comme ayant réalisé de leur vivant, « à même leur corps », l’état de bouddha.

qui ressemble à un tuyau en bambou, mais vu la structure, l'air peut passer par les intervalles entre les pierres, et le son reste audible.

— Et sous les pierres, quelqu'un aurait survécu et aurait continué à faire résonner un gong ou une clochette toutes les nuits ? »

De nouveau, Menshiki secoua la tête. « Il va sans dire que c'est complètement inconcevable.

— Atteindre le nirvana, c'est différent de simplement mourir, n'est-ce pas ?

— Oui, c'est différent, assurément. Je ne suis pas non plus moi-même un grand connaisseur des subtilités de la doctrine bouddhique, mais dans ce que j'en ai compris en tout cas, le nirvana transcende la vie et la mort. Même si le corps s'est éteint, on peut considérer que l'âme s'est transportée en un lieu où il n'est plus question de vie ou de mort. Ce qui est notre corps dans ce monde n'est jamais qu'un abri temporaire.

— Dans l'hypothèse où un bonze, "entré vivant dans l'immobilité", a réussi à atteindre le nirvana comme il l'avait souhaité, lui serait-il possible de réintégrer son corps charnel ? »

Sans un mot, Menshiki me fixa un moment. Puis il prit une bouchée de sandwich au jambon, but du café.

« Que voulez-vous dire ?

— Jusqu'à au moins il y a quatre ou cinq jours, je n'avais jamais entendu ce son, dis-je. Je peux vous l'affirmer en toute certitude. Si ç'avait été le cas, je l'aurais immédiatement remarqué. Même très faible, ce n'est pas quelque chose que j'aurais pu laisser échapper. Je n'ai commencé à l'entendre que depuis quelques jours. Autrement dit, même si quelqu'un se trouve sous ces pierres, il ne fait résonner cette clochette que depuis peu de temps. »

Menshiki reposa sa tasse sur la soucoupe et, tout en contemplant la combinaison de leurs motifs, il resta plongé dans ses pensées quelques instants. « Avez-vous déjà vu un de ces bonzes momifiés que l'on appelle "devenus bouddhas à même le corps" ? »

Je fis signe que non.

« Moi, cela m'est arrivé plusieurs fois. Cela s'est passé quand j'étais jeune, alors que je voyageais seul dans la région de Yamagata : j'ai eu l'occasion d'en voir, conservés dans des temples. Pour on ne sait quelle raison, ces êtres momifiés sont nombreux dans le Tôhoku, et en particulier dans le Yamagata. Franchement, ils ne sont pas vraiment beaux à voir. Peut-être est-ce parce que je ne suis pas suffisamment croyant, mais même en les ayant en face de moi, je n'ai pas éprouvé de sentiment de vénération. Ils étaient tout petits, bruns, desséchés. Leur couleur et l'aspect de leur peau faisaient penser, si j'ose dire, à du bœuf séché. Le corps charnel n'est de fait rien d'autre qu'un abri transitoire et vain. Du moins, c'est ce que nous enseignent ces "devenus bouddhas à même le corps". Nous aurons beau faire de notre mieux, nous ne finirons, tout au plus, que sous la forme de bœuf séché. »

Un instant, il contempla son sandwich au jambon entamé comme s'il s'agissait de quelque chose de rare. On aurait dit que c'était la première fois de sa vie qu'il en voyait un.

« En tout cas, il ne nous reste qu'à attendre, jusqu'à ce que ce dallage de pierres soit enlevé cet après-midi. Beaucoup de choses s'éclairciront alors, qu'elles nous plaisent ou non. »

Nous retournâmes peu après 1 h 15 sur le chantier dans le bois. Les hommes avaient fini de déjeuner, les travaux avaient repris déjà depuis un moment. Deux ouvriers avaient enfoncé une sorte de cale métallique dans l'intervalle entre des pierres et une corde fixée à la pelleteuse la tirait et soulevait la pierre. Les ouvriers attachaient la corde à la pierre ainsi soulevée, puis, de nouveau, la pelleteuse la remontait. L'opération demandait certes beaucoup de temps, mais une à une, les pierres furent ainsi enlevées et mises de côté.

Menshiki engagea une discussion animée avec le contremaître avant de revenir près de moi.

« Comme on s'y attendait, ce dallage n'est pas très épais. Il va pouvoir être bien dégagé, m'expliqua-t-il. Sous les pierres, il a l'air d'y avoir une espèce de couvercle en forme de grille. On ne sait pas exactement quel en est le matériau, mais il soutient sans doute le dallage. Une fois que les pierres disposées en surface auront été dégagées, il faudra retirer cette grille. On ignore encore si on pourra l'enlever facilement ou pas. Quant à ce que l'on trouvera dessous, impossible de faire le moindre pronostic. Il va falloir un peu de temps avant que tout soit dégagé. Le contremaître nous conseille de rentrer et d'attendre à la maison, il nous préviendra dès que les travaux auront bien avancé. Si vous le voulez bien, suivons son conseil. Cela ne sert à rien de rester ici sans rien faire. »

Nous regagnâmes la maison. J'aurais pu profiter de ce temps libre pour reprendre et avancer le portrait, mais il m'était impossible de me concentrer sur la peinture. J'étais surexcité par les travaux. Sous le tumulus de vieilles pierres affaissées, était apparu un sol pierreux d'environ deux mètres carrés. Et dessous, il y avait un solide couvercle formant une grille. Et encore en dessous, sans doute un espace. Je ne parvenais pas à faire disparaître ces images de ma tête. Ce qu'avait dit Menshiki était certainement vrai. Tant que cette question restait en suspens, non élucidée, il était impossible de faire avancer quoi que ce soit.

Menshiki me demanda s'il pouvait mettre de la musique en attendant.

« Oui, bien entendu, répondis-je. Choisissez le disque qui vous plaira. Pendant ce temps, je vais à la cuisine faire quelques préparatifs pour le dîner. »

Il choisit un disque de Mozart. Des sonates pour piano et violon. Les enceintes Tannoy Autograph ne payaient pas de mine, et pourtant, elles diffusaient un son équilibré, avec de la profondeur. C'étaient des enceintes parfaites pour écouter de la musique classique, en particulier de la musique de chambre. Elles s'accordaient d'autant mieux avec l'ampli à tubes qu'elles étaient anciennes. Les interprètes étaient Georges Szell au piano et Rafael Druian au violon. Menshiki s'assit sur le canapé, ferma les yeux, se laissa porter par le flux de la musique. Je préparai de la sauce tomate en écoutant ces sonates depuis la cuisine. Il me restait une grande quantité de tomates et je voulais les utiliser pour faire de la sauce avant qu'elles ne s'abîment.

Je fis bouillir de l'eau dans un grand faitout, plongeai les tomates dedans, enlevai leur peau, les détaillai au couteau, ôtai leurs graines, écrasai les chairs, puis je versai un filet d'huile d'olive dans une grande sauteuse en acier, rajoutai de l'ail et les mis à cuire un bon moment. J'écumai fréquemment. Du temps où je vivais avec ma femme, c'était une sauce que j'avais souvent concoctée. Cela prenait du temps, il fallait de la patience, mais c'était une tâche, par principe, simple. Pendant que ma femme était au travail, seul à la cuisine, je m'y attelais en écoutant des CD. J'aimais écouter du vieux jazz en faisant la cuisine. J'écoutais souvent Thelonious Monk. *Monk's Music* est mon album préféré. Coleman Hawkins et John Coltrane jouent à ses côtés, et font entendre de merveilleux solos. Mais ce n'était pas mal non plus de cuisiner cette sauce en écoutant de la musique de chambre de Mozart.

Tout en écoutant les mélodies curieuses et les accords caractéristiques de Thelonious Monk, je préparais habituellement la sauce tomate en début d'après-midi : j'avais l'impression que ces scènes s'étaient déroulées très longtemps auparavant, alors qu'en réalité elles n'étaient pas si lointaines (cela ne faisait pas encore six mois que ma femme et moi ne vivions plus ensemble). Comme s'il s'agissait d'un tout petit épisode historique survenu une génération plus tôt et que seule une poignée de gens gardait encore en mémoire. Je me demandai soudain ce que pouvait bien faire ma femme en ces instants. Partageait-elle la vie d'un autre homme ? Ou bien continuait-elle à vivre seule dans l'appartement de Hiroo ? De toute façon, à cette heure-là, elle devait travailler au cabinet d'architectes. Quelle différence y avait-il pour elle entre la vie avec moi et la vie sans moi ? Que lui inspirait cette différence ? Je pensais vaguement à ces choses, sans vraiment m'y appesantir. Est-ce qu'elle aussi avait l'impression que les jours passés avec moi étaient des « scènes qui s'étaient déroulées très longtemps auparavant » ?

Entendant un léger chuintement, je retournai dans le salon. Le disque était fini et Menshiki, les bras croisés, s'était endormi sur le canapé. Je remontai l'aiguille qui continuait à labourer le disque, éteignis le tourne-disque. Malgré l'arrêt du ronronnement régulier de l'aiguille, Menshiki ne se réveilla pas. Il devait être très fatigué et semblait profondément endormi. J'entendais même sa respiration régulière. Je le laissai dormir. Je retournai dans la cuisine, éteignis le gaz sous la sauteuse, bus un grand verre d'eau fraîche. Et comme j'avais encore du temps, je me mis à faire revenir des oignons.

Lorsque le téléphone sonna, Menshiki s'était réveillé. Il était allé au cabinet de toilette, s'était savonné le visage ; il était en train de se gargariser. C'était le contremaître qui appelait, je lui tendis donc le combiné. Il parla brièvement et déclara que nous allions venir tout de suite. Puis il me rendit le combiné.

« Les travaux sont presque finis », m'annonça-t-il.

Une fois à l'extérieur, nous constatâmes que la pluie avait cessé. Le ciel était toujours chargé de nuages, mais l'atmosphère s'était légèrement éclaircie. Peu à peu, le temps se remettait au beau. Nous grimpâmes rapidement l'escalier, traversâmes le bois. Derrière le sanctuaire, les quatre hommes se tenaient debout autour d'une fosse, observant ce qu'il y avait au fond. Le moteur de la pelleteuse avait été coupé, plus rien ne bougeait, un étonnant silence était revenu dans le bois.

Le dallage de pierres était totalement dégagé, et à la place s'ouvrait une fosse. Le couvercle carré en forme de grille avait également été enlevé, il était posé un peu plus loin. C'était un couvercle en bois assez épais, qui paraissait solide. Malgré son ancienneté, il ne donnait aucun signe de pourrissement. Et par l'ouverture ainsi dégagée, on voyait comme une sorte de chambre de pierre cylindrique. Son diamètre était tout au plus de deux mètres, sa profondeur, de deux mètres cinquante environ. Tout autour, la paroi était tapissée de pierres. Le sol semblait être de terre battue. Pas une seule herbe. Cette chambre de pierre était absolument vide. Il n'y avait personne qui demandait du secours, ni de momie à l'aspect de bœuf séché. Seule une chose qui ressemblait à une clochette était posée par terre. On aurait dit plutôt un de ces instruments antiques, avec des disques superposés, comme des petites cymbales. Elle était munie d'un manche en bois d'environ quinze centimètres de longueur. Le contremaître l'éclairait d'en haut avec un petit projecteur.

« Il n'y avait que ça là-dedans ? lui demanda Menshiki.

— Oui, rien d'autre, répondit l'homme. Nous avons fait exactement comme vous me l'aviez dit : nous avons dégagé les pierres et le couvercle et laissé le lieu intact. Nous n'avons touché à rien ensuite.

— Bizarre, dit Menshiki, comme s'il se parlait à lui-même. Mais vous êtes vraiment sûr qu'il n'y avait rien à part cet objet ?

— Dès que le couvercle a été ôté, je vous ai téléphoné. On n'est même pas descendus là-dedans. Cette fosse est exactement dans l'état dans lequel on l'a trouvée.

— Je vois, répondit Menshiki d'une voix sèche.

— C'était peut-être un puits à l'origine, dit le contremaître. Que l'on a ensuite condamné pour en faire cet espace. Mais pour un puits, le diamètre de l'ouverture est un peu trop important, et les pierres tout autour sont finement travaillées. Ça n'a vraiment pas dû être facile de façonner une chose pareille. Mais bon, j'imagine que ceux qui l'ont fait avaient justement un but important pour se donner autant de mal…

— Est-ce que cela vous ennuierait que j'y descende ? » demanda Menshiki au contremaître.

L'homme hésita un peu. Puis il déclara, avec une mimique pensive : « Écoutez, c'est moi qui vais descendre en premier. Ce serait embêtant qu'il vous arrive quelque chose. Et si tout va bien, vous pourrez le faire vous-même ensuite. Est-ce que cela vous convient ?

— Oui, très bien, répondit Menshiki. Je vous en prie, allez-y. »

Un ouvrier alla chercher une échelle métallique pliable dans le camion, puis il la déroula vers le bas de la fosse. Le contremaître mit un casque et descendit sur le sol de terre battue, deux mètres et demi plus bas. Il inspecta l'endroit un moment. D'abord en regardant vers le haut, puis, à l'aide de sa torche, il examina attentivement la paroi du mur et les parties situées autour de ses pieds. Il observa ensuite méticuleusement l'objet déposé sur le sol qui ressemblait à une clochette. Il n'y toucha pas cependant. Il se contenta de l'examiner. Il racla à plusieurs reprises la semelle de ses bottes sur le sol. Il frappa du talon à coups répétés. Il respira profondément plusieurs fois, huma l'air alentour. En tout, il dut rester dans cette fosse cinq ou six minutes environ. Puis il escalada calmement l'échelle et reprit pied à la surface.

« Il me semble qu'il n'y a pas de danger, dit-il. On respire correctement, il n'y a pas de bestioles bizarres. L'assise est solide. À mon avis, vous pouvez descendre. »

Menshiki ôta son imperméable afin d'être plus libre de ses mouvements et ainsi, avec simplement sa chemise de flanelle et son chino, il passa le cordon de sa torche autour du cou et commença à descendre l'échelle métallique. Tout le monde l'observa en silence. Le contremaître éclairait son chemin avec le projecteur. Campé sur le sol, Menshiki resta un moment immobile à observer l'aspect des lieux. Après quoi, il passa la main sur le mur de pierre qui l'entourait, s'accroupit pour s'assurer aussi du sol par le toucher. Puis il prit dans la main la clochette, l'observa en l'éclairant de sa torche et, enfin, l'agita légèrement à plusieurs reprises. Le tintement qu'elle produisit lorsqu'il la secoua correspondait exactement à celui que j'avais entendu, le fameux « son de la clochette ». Il n'y avait aucun doute. Quelqu'un l'avait bien fait résonner ici en pleine nuit. Mais ce *quelqu'un* n'était plus là. Ne restait que la clochette. Tout en l'examinant, Menshiki secoua la tête plusieurs fois. Comme s'il n'arrivait pas à comprendre. Il examina de nouveau le mur minutieusement. On aurait dit qu'il cherchait à voir s'il n'y avait pas quelque part un passage secret. Mais il ne découvrit rien de tel. Il leva alors les yeux vers nous qui étions restés à la surface. Il semblait désorienté.

Il posa le pied sur une traverse de l'échelle, puis, allongeant le bras, il me tendit la clochette. Je me penchai pour l'attraper. Son manche en bois ancien était imprégné d'une humidité fraîche. Moi aussi, je l'agitai légèrement. Elle produisit un son bien plus clair et plus net que je ne l'aurais imaginé. J'ignorais en quoi elle était fabriquée, mais sa partie métallique n'était absolument pas abîmée. Elle n'était pas très propre, sans pour autant être rouillée. Je n'arrivais pas à comprendre comment c'était possible, après être restée aussi longtemps dans la terre humide.

« Mais enfin, bon sang, qu'est-ce que c'est ? » me demanda le contremaître. C'était un homme dans le milieu de la quarantaine, petit, de forte constitution. Tanné par le soleil, avec une barbe de plusieurs jours.

« Je me le demande moi aussi, on dirait que c'est un instrument du bouddhisme antique, répondis-je. Ou en tout cas, quelque chose de très ancien.

— C'était ce que vous cherchiez ? » demanda-t-il.

Je fis signe que non. « Nous nous attendions à quelque chose d'un peu différent.

— En tout cas, c'est un endroit plutôt bizarre, dit le contremaître. Je ne sais pas comment dire, mais dans ce trou il y a une atmosphère assez mystérieuse. Qui a bien pu construire un lieu pareil, et dans quel but ? En plus, à l'époque de sa construction, rien qu'amener ces pierres en haut de la montagne et les entasser a dû nécessiter des efforts et une main-d'œuvre considérables. »

Je ne répondis rien.

Bientôt, Menshiki sortit de la fosse. Puis il prit le contremaître à part et tous deux discutèrent un long moment. Pendant ce temps, je restai avec la clochette à la main, à côté de la fosse. Je songeai à descendre dans cette chambre de pierre, puis me ravisai. Je n'étais pas Masahiko, mais mieux valait peut-être ne pas faire de choses inutiles. Peut-être était-il plus sage de laisser les choses telles quelles quand c'était possible. Je déposai pour le moment la clochette devant le sanctuaire. Et je m'essuyai plusieurs fois les mains sur mon pantalon.

Menshiki s'approcha.

« J'ai demandé au contremaître d'examiner l'ensemble de cette chambre de pierre en détail, me dit-il. À première vue, on dirait qu'il ne s'agit que d'une fosse, mais je lui ai demandé de l'inspecter dans tous les coins pour plus de sûreté. On pourrait faire des découvertes. Enfin, il n'y a sans doute rien, à mon avis. » Il vit alors la clochette que j'avais posée devant le sanctuaire. « Il est cependant curieux, vraiment, que seule cette clochette soit restée là. Il a bien dû pourtant y avoir quelqu'un qui la faisait résonner dans la nuit.

— Peut-être qu'elle tintait toute seule », dis-je.

Menshiki sourit. « C'est une hypothèse très intéressante, mais je n'y crois pas. Il y avait sûrement quelqu'un qui, dans je ne sais quel but, envoyait un message depuis le fond de cette fosse. Il vous était adressé. Ou il nous était adressé. Ou encore, il était adressé à un nombre indéterminé de gens. Mais ce quelqu'un s'est volatilisé comme de la fumée. Ou alors il s'est échappé de ce lieu.

— Échappé ?

— Pfft ! Il a disparu, échappant à nos regards. »

J'avais du mal à comprendre ce qu'il était en train de me dire.

« L'âme d'un être est invisible aux yeux, dit Menshiki.

— Vous croyez en l'existence de l'âme d'un homme ?

— Et vous, vous y croyez ? »

Je fus incapable de répondre.

« Je crois à la théorie selon laquelle il n'est pas nécessaire de croire à l'existence réelle de l'âme. Mais l'inverse est vrai aussi : je crois à la théorie selon laquelle il n'est pas nécessaire de ne pas croire à l'existence réelle de l'âme. C'est une façon de parler un peu par périphrase, mais est-ce que vous voyez en gros ce que je veux dire ?

— Vaguement », répondis-je.

Menshiki ramassa la clochette que j'avais déposée devant le sanctuaire. Puis il l'agita en l'air à plusieurs reprises pour la faire résonner. « Dans cette fosse, il y a sans doute eu un bonze qui a rendu son dernier souffle en faisant tinter cet objet tout en psalmodiant des prières à Bouddha. Enseveli au fond de ce puits condamné, avec ce lourd couvercle par-dessus, absolument seul dans cet espace plongé dans une obscurité totale. Et sans doute aussi a-t-il agi secrètement. Quel était ce bonze, je l'ignore. Était-ce un moine de haut rang ou un simple fanatique ? En tout cas, quelqu'un a édifié par-dessus ce tumulus de pierres. J'ignore ce qui s'est passé ensuite et de quelle manière, mais il semble que le fait qu'il soit entré ici dans l'immobilité ait fini par être complètement oublié, pour une raison ou une autre. Et puis, à un moment, il y a eu un gros tremblement de terre, le tumulus s'est effondré, il n'en est resté qu'un simple entassement de pierres. Dans les zones proches d'Odawara, le grand tremblement de terre du Kantô de 1923 a été terriblement dévastateur, et cela s'est donc peut-être produit à cette occasion. Et ensuite tout a sombré dans l'oubli.

— Si cela s'est passé ainsi, ce "devenu bouddha à même le corps" – la momie, en somme –, où a-t-il pu disparaître ? »

Menshiki secoua la tête. « Je l'ignore. Peut-être qu'à un certain stade, quelqu'un a creusé et réouvert la fosse et l'a emporté.

— Mais pour ce faire, ce quelqu'un a dû d'abord déplacer toutes ces pierres et de nouveau les entasser, dis-je. Et d'ailleurs, qui a bien pu agiter la clochette à 2 heures du matin cette nuit ? »

Menshiki fit de nouveau signe qu'il l'ignorait avant d'avoir un petit sourire. « Et voilà ! Nous avons pris la peine de faire venir cet engin, de faire dégager cet amas de lourdes pierres et de rouvrir cette chambre, et finalement, nous n'avons strictement rien élucidé. Tout ce que nous avons obtenu, c'est cette clochette ancienne. »

Après un examen des plus minutieux, il se révéla qu'il n'y avait aucun mécanisme caché dans la chambre de pierre. Il s'agissait simplement d'une fosse cylindrique, dont le mur circulaire était fait de pierres, d'une profondeur de deux mètres quatre-vingts, d'un diamètre d'environ un mètre quatre-vingts. Les hommes la mesurèrent exactement. La pelleteuse fut replacée sur la plate-forme du camion, les ouvriers ramassèrent les divers outils et instruments puis repartirent. Ne restèrent ensuite que la fosse ouverte et l'échelle métallique. Le contremaître nous la laissa obligeamment. Il avait fait installer quelques planches épaisses au-dessus de l'ouverture afin que l'on ne risque pas de tomber. Et pour que celles-ci ne s'envolent pas en cas de vent fort, il avait fait poser dessus quelques pierres servant de lest. Quant à la grille de bois d'origine, trop lourde pour être emportée, elle avait été déposée sur le sol non loin de là, recouverte d'une bâche en plastique.

À la fin, Menshiki s'adressa au contremaître et le pria de ne parler à quiconque de ces travaux. Il lui expliqua que tout ceci avait une valeur archéologique et qu'il valait mieux garder un certain temps le secret vis-à-vis du public jusqu'au moment propice pour l'annoncer.

« Je comprends bien. Cela ne sortira pas d'ici. Je vais bien rappeler à mes gars qu'ils ne devront pas faire d'allusion inutile à ce sujet », répondit l'homme, l'air grave.

Une fois les ouvriers et l'engin partis, quand revint le silence habituel de la montagne, l'endroit qui avait été creusé et remué semblait avoir pris un aspect misérable, douloureux, comme de la peau qui aurait subi une importante intervention chirurgicale. Les bosquets de miscanthes si vigoureux et florissants jusqu'à ce matin avaient été écrasés, anéantis, et sur la terre humide et sombre, tels des points spéciaux de couture, restaient les ornières creusées par les chenilles de l'engin. La pluie avait complètement cessé de tomber, mais le ciel était toujours d'un gris monotone, entièrement couvert de nuages.

À la vue du tas de pierres amoncelées sur une autre portion du terrain, je ne pus m'empêcher de penser que *j'aurais dû m'abstenir de faire une chose pareille*. Et que j'aurais dû laisser le tumulus tel qu'il était, dans la forme qu'il avait. D'un autre côté pourtant, il était sûr et certain que *c'était ce qui devait être fait*. Parce qu'il était impossible que je continue à entendre sans fin ce son dépourvu de sens au milieu de la nuit. Néanmoins, si je n'avais pas rencontré cet homme, Menshiki, je n'aurais pas réussi à dégager cette fosse par mes propres moyens. Ces travaux n'avaient été rendus possibles que parce qu'il s'était occupé de tout et qu'il avait pris en charge leur coût – dont j'ignorais le montant.

Mais était-ce vraiment un simple *hasard* si j'avais fait la connaissance de cet homme et que, par conséquent, j'avais été amené à procéder à cette « fouille » d'envergure ? Les choses avaient-elles connu un déroulement purement fortuit ? L'histoire n'était-elle pas un peu trop belle ? Un tel scénario n'aurait-il pas été élaboré à l'avance ? Tandis que je revenais à la maison en compagnie de Menshiki, je remâchais toutes ces interrogations qui ne trouvaient pas de réponse. Menshiki avait à la main la clochette exhumée. Il ne la lâchait pas. Comme si, en la touchant, il essayait d'y déchiffrer quelque message.

Une fois la maison rejointe, sa première question fut : « Où allons-nous mettre cette clochette ? »

Je n'avais aucune idée de l'endroit où la placer. Aussi, provisoirement, je décidai de la déposer dans l'atelier. Mettre sous le même toit que moi un objet aussi bizarre, cela ne m'enchantait pas vraiment, mais je ne pouvais cependant pas le laisser dehors. C'était certainement un instrument bouddhique précieux, plein d'une énergie originelle. Je ne pouvais pas ne pas le respecter. C'est pourquoi je l'installai dans l'atelier, une zone que l'on pouvait qualifier de no man's land – il y avait dans cette pièce une atmosphère un peu spéciale, à part. Je dégageai un espace sur une étagère longue et étroite où était rangé mon matériel de peintre, et je le posai là. Ainsi installé à côté d'un grand mug qui contenait mes pinceaux, on aurait dit un instrument spécial destiné à la peinture.

« C'était une journée bien étrange ! s'écria Menshiki.

— Je vous l'ai entièrement gâchée. Excusez-moi, dis-je.

— Non, pas du tout. Pour moi, c'était une journée incroyablement intéressante, dit-il. Mais je ne pense pas que tout soit réglé avec ces travaux. »

Sur son visage apparut une expression singulière, comme s'il entrevoyait un horizon lointain.

« Vous voulez dire que quelque chose va encore arriver ? » demandai-je.

Menshiki choisit soigneusement ses mots. « Même si je n'arrive pas à l'expliquer comme il le faudrait, ce n'est que le début, du moins selon mon impression.

— Le début seulement ? »

Menshiki retourna ses mains, paumes vers le haut. « Bien entendu, je n'en ai aucune certitude. Peut-être que l'histoire se terminera ainsi, sans autre événement, et on ne se souviendra plus tard de ce jour quc comme d'une journée particulièrement étrange. S'il doit en être ainsi, c'est ce qu'il y aura de mieux. Mais en y réfléchissant, les choses n'ont pas été résolues. Pas une seule. De nombreuses interrogations restent en suspens.

Et même de *très grosses questions*. C'est pourquoi je pressens qu'il devrait se passer encore quelque chose.

— En rapport avec cette chambre de pierre ? »

Durant quelques instants, Menshiki regarda l'extérieur par la fenêtre. « Ce qui devrait arriver, dit-il enfin, je n'en sais rien. Après tout, ce n'est qu'un pressentiment. »

Bien entendu, le pressentiment de Menshiki – ou sa prédiction – se révéla juste. Comme il l'avait dit, ce jour-là n'était que le début.

16

Une journée relativement bonne

Cette nuit-là, je n'arrivai pas à trouver le sommeil. J'étais angoissé à l'idée que la clochette déposée sur l'étagère de l'atelier allait peut-être résonner. Si elle se mettait à tinter vraiment, quelle serait la conduite à tenir ? Me cacher la tête sous la couette, feindre de ne rien entendre jusqu'au matin ? Ou prendre ma torche et aller voir ce qui se passait dans l'atelier ? Que risquerais-je alors de découvrir sur place ?

Sans réussir à prendre une décision, je me mis à lire au lit. Mais même lorsque 2 heures du matin furent dépassées, la clochette ne se fit pas entendre. Mes oreilles captaient seulement le chant des insectes. Tout en lisant, je jetai un œil sur le réveil à mon chevet, toutes les cinq minutes. Quand le cadran digital afficha 2 h 30, je poussai enfin un soupir de soulagement. La clochette ne résonnerait pas cette nuit. Je fermai mon livre, éteignis ma lampe de chevet et m'endormis.

Lorsque je m'éveillai le lendemain matin peu avant 7 heures, mon premier mouvement fut d'aller à l'atelier voir la clochette. Elle était bien là où je l'avais posée la veille, sur l'étagère. La lumière du soleil éclairait largement la montagne, les corbeaux déployaient comme toujours leurs fébriles activités des premières heures du jour. Vue à la lumière matinale, cette clochette ne semblait absolument pas funeste. Elle n'était rien d'autre qu'un rustique instrument bouddhique, venu des temps anciens, et qui faisait bien son âge.

Je retournai à la cuisine, mis en route la machine à café. Puis je bus une tasse. Je fis réchauffer au grille-pain un scone qui commençait à durcir avant de le grignoter. Après quoi je sortis sur la terrasse, respirai l'air frais, m'appuyai sur le garde-fou et contemplai la maison de Menshiki de l'autre côté de la vallée. Les larges baies vitrées teintées étaient éblouissantes à la lumière des rayons du soleil. Le nettoyage des vitres était probablement inclus dans le contrat avec la société d'entretien qui faisait venir des employés chaque semaine. Ce vitrage conservait en permanence un merveilleux éclat. Je restai en observation un moment, mais Menshiki ne se montra pas sur la terrasse. L'occasion de nous saluer en agitant la main de part et d'autre de la vallée ne s'était pas encore présentée.

À 10 h 30, j'allai en voiture au supermarché pour acheter des produits alimentaires. De retour à la maison, je rangeai les provisions, me fis un repas simple. Je déjeunai d'une salade de tomates et de tofu et d'un *onigiri*[1]. Après quoi, je bus un thé vert corsé. Puis j'allai m'allonger sur le canapé, écoutai un quatuor à cordes de Schubert. C'était une belle composition. En lisant les explications qui figuraient sur la pochette du disque, j'appris que lorsque ce morceau avait été joué la première fois, beaucoup, dans le public,

1. *Onigiri* : boule de riz enveloppée d'une feuille d'algue.

avaient éprouvé un sentiment de rejet, le jugeant « trop nouveau ». Je ne voyais pas très bien en quoi il était « trop nouveau », mais, à l'époque, peut-être tel ou tel aspect de ce quatuor avait-il déplu à certains auditeurs vieux jeu.

Quand la face du disque se termina, je me sentis soudain ensommeillé ; j'étendis sur moi une couverture et je dormis un moment sur le canapé. Mon sommeil fut profond mais court, d'une durée de vingt minutes tout au plus. J'eus l'impression d'avoir beaucoup rêvé. Lorsque je m'éveillai pourtant, j'avais tout oublié. Il existe des rêves de ce genre, des rêves dont on ne se souvient pas. Des rêves dont les bribes s'entrecroisent sans aucun lien entre elles. Chacun de ces fragments a un sens concret, présente une certaine cohérence, mais une fois entremêlés, ils s'annihilent.

J'allai à la cuisine, sortis du réfrigérateur de l'eau minérale que je bus à même la bouteille, chassai les vestiges du sommeil qui s'attardaient comme des lambeaux de nuages un peu partout en moi. Puis à nouveau, je pris conscience du fait que j'étais seul dans cette montagne. Je vis seul ici. Un destin m'a entraîné là, dans ce lieu particulier. Je repensai alors à la clochette. Dans cette chambre de pierre étrange, au fond du bois, qui l'avait fait tinter ? Et ce *quelqu'un*, à présent, où se trouvait-il donc ?

J'enfilai ma tenue de travail, entrai dans l'atelier, et quand je me plantai devant le portrait de Menshiki, il était déjà plus de 2 heures de l'après-midi. En général, je travaille le matin. De 8 heures à midi, ce sont pour moi les heures durant lesquelles je peux le mieux me concentrer. Quand j'étais marié, cela voulait dire les heures pendant lesquelles j'étais seul une fois ma femme partie au travail. J'aimais cette « quiétude domestique » qui régnait alors là. Depuis que j'avais emménagé sur cette montagne, j'en étais venu à aimer l'air pur et la lumière fraîche du matin que la nature omniprésente m'offrait généreusement. Travailler ainsi chaque jour aux mêmes heures et au même endroit, cela avait toujours eu beaucoup de sens pour moi. La répétition engendrait un rythme. Mais ce jour-là, n'ayant pas bien dormi la nuit précédente, je passai la matinée à ne rien faire de substantiel. Et je ne regagnai l'atelier que l'après-midi.

Je m'assis sur le tabouret rond, croisai les bras, et, à une distance de deux mètres, observai le dessin commencé. Au pinceau fin, j'avais d'abord tracé les seuls contours du visage de Menshiki, puis, durant les quinze minutes où il avait posé devant moi, je l'avais étoffé en me servant de nouveau de peinture noire. Ce n'était encore qu'un « squelette » sommaire, mais un bon courant avait pris naissance. Dont la source puisait à l'être même de Wataru Menshiki. C'était ce qu'il me fallait avant tout.

Pendant que je me concentrais à observer ce « squelette » en noir et blanc, l'image de la couleur que je devais y rajouter se fit jour dans ma tête. L'idée m'était arrivée soudain, mais très naturellement. C'était la couleur qui ressemblait aux feuilles vertes des arbres lorsque celles-ci sont voilées par la pluie. Je mélangeai plusieurs couleurs et créai ainsi la teinte voulue sur ma palette. Après un certain nombre d'essais infructueux, quand la couleur correspondit à l'image que j'en avais, sans plus réfléchir à rien, je l'appliquai sur le dessin ébauché. Comment évoluerait ensuite la peinture, je ne pouvais le prévoir moi-même, mais je savais que cette couleur deviendrait la couleur de fond, la couleur essentielle de l'œuvre une fois celle-ci achevée. Cette peinture s'écartait de plus en plus, par la forme, de ce qu'on appelait habituellement portrait. Même si, en fin de compte, mon tableau ne ressemble pas à un portrait conventionnel, tant pis, je n'y peux rien, me dis-je comme pour me convaincre moi-même. S'il y avait un courant qui s'offrait à moi, je n'avais d'autre choix que de me laisser emporter, de le suivre. Dans l'immédiat, en tout cas, je peindrais comme je le sentais (c'était aussi ce que désirait Menshiki). Quant à ce qui arriverait plus tard, il serait toujours temps d'y penser le moment venu.

Sans plan ni objectif, je suivis l'idée telle qu'elle avait surgi naturellement en moi. Comme un enfant qui court après un papillon rare dans les champs sans même regarder où il met les pieds. Lorsque j'en eus terminé avec cette couleur, je posai mon pinceau et ma palette, m'assis sur le tabouret à deux mètres de la toile et l'observai bien en face. *C'était la couleur juste*, me dis-je. C'était le vert que prenaient les arbres dans le bois quand ils étaient mouillés par la pluie. Je m'adressai même plusieurs hochements approbateurs. Il y avait bien longtemps que je n'avais ressenti à l'égard d'une de mes peintures cette confiance (ou ce qui y ressemblait). Oui, c'est bon. C'était la couleur que je voulais. Ou c'était la couleur que réclamait de lui-même ce « squelette ». Après quoi, à partir de ce vert comme base, je préparai sur ma palette une déclinaison de couleurs dans le même ton et appliquai ces teintes par petites touches mesurées pour varier la tonalité de l'ensemble, ce qui lui apporta de la profondeur.

Alors que je regardais l'image ainsi obtenue, la couleur suivante apparut spontanément dans ma tête.

Orange. Pas un simple orange. L'orange d'un embrasement, une couleur qui faisait ressentir une puissante force vitale et qui contenait en même temps le présage de la dégénérescence. Peut-être la dégénérescence qui mène lentement un fruit à la mort. Ce fut plus difficile d'obtenir cette couleur que pour le vert. Parce que ce n'était pas seulement une couleur. Elle devait être liée, par ses racines, à une émotion irrépressible. Une émotion incoercible, captive du destin, et cependant inébranlable. Produire une telle couleur n'était évidemment pas simple. Mais j'y parvins finalement. Je pris un nouveau pinceau, le fis courir sur la toile. Je me servis partiellement aussi d'un couteau. Le plus important était de *ne pas penser*. Je coupai autant que je le pus le circuit de mes pensées, ajoutai sans compter cette couleur dans la composition. Durant le temps où je peignis, j'oubliai tous mes problèmes. Le son de la clochette, la chambre de pierre exhumée, ma femme qui m'avait quitté, le fait qu'elle fréquentait un autre homme, ma nouvelle petite amie qui était la femme d'un autre, les cours de peinture, mon avenir : à tout cela, je n'accordai pas une seule pensée. Je ne pensais même pas à Menshiki. Le tableau que j'étais en train de brosser était, cela va sans dire, le portrait de Menshiki à l'origine, et pourtant, à présent, même son visage n'avait plus sa place dans ma tête. Menshiki n'était qu'un point de départ. Ce que j'étais en train de faire là, c'était simplement peindre une toile pour moi.

Je ne me souviens pas combien de temps s'écoula alors. Quand je repris mes esprits, la pièce était devenue très sombre. Le soleil d'automne avait déjà basculé au-delà de la montagne, à l'ouest, mais j'étais tellement absorbé dans mon travail que j'avais oublié d'allumer la lumière. En regardant la toile, je constatai qu'il y avait déjà cinq couleurs différentes. L'une se superposait à une autre, et par-dessus, une autre encore était appliquée. Sur certaines parties, les couleurs se mêlaient subtilement, ailleurs, une couleur l'emportait sur une autre, elle la dominait.

J'allumai le plafonnier, m'assis de nouveau sur le tabouret, scrutai encore une fois la toile bien en face. Je comprenais bien qu'elle n'était pas au bout de son achèvement. On y percevait quelque chose comme un jaillissement brutal, et c'était justement cette éruption, cette violence, qui me stimulait par-dessus tout. C'était une sauvagerie qui m'avait déserté depuis longtemps. Mais cela ne suffisait pas à l'accomplissement du tableau.

J'avais besoin d'y ajouter un élément principal, un noyau, qui contrôlerait, apaiserait et guiderait la meute de ces énergies fauves.

Une sorte d'Idée qui unifierait ces émotions irrésistibles.

Mais pour la trouver, je devais prendre encore un peu de temps. Je devais pour le moment laisser reposer cette violente coulée de couleurs. Je me remettrai à ce travail à partir de demain, me dis-je, à la lumière du jour. Le temps qui passe me dira quel est cet élément central dont j'ai besoin. Il me fallait l'attendre. Comme on attend patiemment que retentisse la sonnerie du téléphone. Et pour pouvoir attendre patiemment, il me fallait avoir confiance dans le temps. Je devais croire que le temps serait de mon côté.

Assis sur le tabouret, je fermai les yeux, inspirai profondément. Dans le soir d'automne, je sentais avec certitude que quelque chose en moi était en train de changer. J'avais la sensation qu'après avoir été complètement morcelé, disloqué, mon corps était à nouveau en train de se réassembler. Mais pourquoi cela m'arrivait-il *ici et maintenant* ? Était-ce cette rencontre de hasard avec ce personnage énigmatique, Menshiki, et le fait qu'il m'ait commandé son portrait qui avaient fini par provoquer une telle modification en moi ? Ou bien, guidé par le son de la clochette dans la nuit, le fait d'avoir dégagé le tumulus et ouvert cette étrange chambre de pierre avait-il joué un rôle de stimulant spirituel chez moi ? Ou bien encore était-ce sans rapport, et étais-je simplement arrivé à un stade de ma vie où je devais changer ? Quelle que soit la théorie, je n'avais aucun fait ni axiome sur lequel j'aurais pu me reposer.

« Je sens que ce n'est que le début », m'avait dit Menshiki avant de partir. Cela signifiait-il alors que j'avais engagé un pied dans le commencement de quelque chose ? Quoi qu'il en soit, l'acte de peindre m'avait fortement exalté alors que cela faisait longtemps que cela ne m'était plus arrivé, si bien que j'avais réussi à me livrer à la création en oubliant littéralement le passage du temps. Tout en rangeant mon matériel, j'en ressentis sur ma peau comme un accès de fièvre agréable.

Pendant que je remettais le matériel à sa place, mon regard tomba sur la clochette posée sur l'étagère. Je la pris dans la main, la fis sonner à deux ou trois reprises. Son tintement caractéristique retentit dans l'atelier. Ce son que j'avais trouvé si inquiétant en pleine nuit. J'ignorais pourquoi, mais à présent, il ne m'effrayait plus. J'étais simplement étonné qu'une clochette si ancienne puisse produire un son aussi clair. Je remis la clochette à sa place, éteignis l'atelier et fermai la porte. Puis j'allai à la cuisine et me versai un verre de vin blanc que je bus en préparant le dîner.

Peu avant 9 heures du soir, je reçus un coup de fil de Menshiki.

« Comment s'est passée la nuit ? me demanda-t-il. Avez-vous entendu la clochette ? »

Je lui répondis que j'étais resté éveillé jusqu'à 2 h 30, mais que je n'avais absolument pas entendu la clochette tinter. La nuit avait été tout à fait calme.

« J'en suis ravi. Et ensuite, rien d'étrange n'est arrivé autour de vous ?

— Non, pas spécialement, répondis-je.

— Très bien. Pourvu que les choses continuent ainsi, sans incident », fit Menshiki. Puis il ajouta après une pause : « À propos, cela vous ennuierait si je venais demain dans la matinée ? Si possible, j'aimerais voir encore une fois cette chambre de pierre. C'est un lieu très intéressant.

— Pas de problème », lui répondis-je. Je n'avais rien de prévu le lendemain matin.

« Dans ce cas, je viendrai vers 11 heures.

— Je vous attendrai, dis-je.

— Au fait, ce jour pour vous a-t-il été bon ? » demanda Menshiki.

Ce jour pour moi avait-il été bon ? On aurait dit une phrase traduite d'une langue étrangère par un logiciel de traduction automatique.

« Relativement bon, je crois, répondis-je avec un peu d'hésitation. Du moins, il ne s'est rien passé de mauvais. Le temps aussi a été beau, la journée a été bien agréable. Et vous ? Ce jour pour vous a-t-il été bon ?

— C'est un jour où il est arrivé à la fois une bonne chose et une autre, que l'on ne pourrait pas qualifier de bonne, répondit Menshiki. Je suis dans la situation où la balance oscille encore de gauche à droite, sans pouvoir décider laquelle est la plus lourde, la bonne ou la mauvaise. »

Comme je ne voyais pas ce que j'aurais pu répondre à cela, je restai silencieux.

Menshiki poursuivit : « Malheureusement, je ne suis pas un artiste, comme vous. Je vis dans le monde des affaires. En particulier un monde où les informations se négocient. Et là, dans presque tous les cas, seul ce qui est convertible en valeur numérique peut se négocier. Si bien que j'ai pris l'habitude de tout quantifier, qu'il s'agisse des bonnes ou des mauvaises choses. Et si le poids des bonnes est un peu supérieur, et même si par ailleurs il y en a eu de mauvaises, finalement, on dira que c'est un bon jour. En tout cas, qu'il devrait l'être sur le plan numérique. »

Je ne comprenais toujours pas ce qu'il voulait me dire. Aussi restai-je muet.

« Pour ce qui s'est passé hier, continua Menshiki, sur la mise au jour de cette chambre de pierre souterraine, nous avons dû perdre quelque chose et, en même temps, nous avons dû gagner quelque chose. Qu'avons-nous perdu ? Qu'avons-nous gagné ? La question me préoccupe en permanence. »

Il semblait attendre une réponse de ma part.

« Je pense que nous n'avons rien obtenu que l'on puisse quantifier, répondis-je après un petit temps de réflexion. Bien sûr, je veux dire, pour le moment. Sauf que nous avons obtenu cette ancienne clochette, un instrument bouddhique. Mais une chose pareille, pratiquement, ça ne vaut sûrement rien. Ce n'est pas un objet ayant une quelconque valeur historique, ce n'est pas non plus une antiquité exceptionnelle. D'un autre côté, ce que nous avons perdu, je pense que nous pouvons le quantifier assez clairement. Bientôt le paysagiste va vous envoyer sa facture. »

Menshiki eut un petit rire. « Ce n'est pas une grosse somme. Ne vous faites pas de souci pour cela. Ce qui m'inquiète, moi, c'est le fait que nous n'avons sans doute pas encore reçu *ce que nous devrions recevoir*.

— Ce que nous devrions recevoir ? Mais de quoi s'agit-il ? »

Menshiki s'éclaircit la voix. « Comme je vous l'ai déjà dit, je ne suis pas un artiste. À ma façon, j'ai une certaine intuition, mais malheureusement, je n'ai pas le moyen de l'extérioriser. Si aiguë que soit cette intuition, je suis incapable de la transposer en une forme universelle, autrement dit, en œuvre d'art. C'est une capacité dont je suis dépourvu. »

J'attendis en silence la suite.

« C'est justement pourquoi, en remplacement d'une représentation universelle, artistique, jusqu'à présent, j'ai toujours été en quête de ce processus de quantification. Car malgré tout, tout homme a besoin d'un soutien sur lequel s'appuyer afin de mener une vie décente. N'est-ce pas ? Dans mon cas, le fait de quantifier mon intuition, ou ce qui ressemble à une intuition, selon mon propre système, ma propre méthode, cela m'a permis de remporter un certain succès aux yeux de la société. Et, d'après mon intuition… » Il s'interrompit alors et resta silencieux. Un silence d'une forte densité. « … et, d'après mon intuition, en contrepartie de la réouverture de cette chambre souterraine, nous devrions pouvoir obtenir quelque chose.

— Quoi, par exemple ? »

Il secoua la tête. Ou plutôt, je sentis vaguement qu'il secouait la tête près du combiné.

« Je l'ignore encore. Mais à mon avis, il faut que nous le sachions. Et pour ce faire, chacun devra apporter sa propre intuition. Nous devrons les mettre en commun. Ensuite, nous devrons les faire passer par le processus de la représentation – pour vous –, ou par celui de la quantification – dans mon cas. »

Je ne comprenais toujours pas ce qu'il voulait dire. De quoi parlait cet homme ?

« Nous nous verrons donc demain à 11 heures », dit Menshiki. Et il raccrocha doucement.

Tout de suite après le coup de fil de Menshiki, ma petite amie m'appela. Je fus un peu surpris. Il était très rare qu'elle téléphone à une heure aussi tardive.

« On pourrait se voir demain vers l'heure du déjeuner ? demanda-t-elle.

— Ah, désolé, j'ai un rendez-vous demain. Qui vient juste d'être décidé.

— Pas avec une autre femme, j'espère ?

— Mais non. Avec ce Menshiki. Je fais son portrait.

— Tu fais son portrait, répéta-t-elle. Bon, alors, après-demain ?

— Après-demain, je suis totalement libre.

— Très bien. Ça ne te dérange pas en début d'après-midi ?

— Non, bien entendu. Mais tu sais que c'est samedi ?

— Ça devrait aller.

— Il s'est passé quelque chose ? lui demandai-je.

— Pourquoi est-ce que tu me poses cette question ?

— Cela ne t'arrive pas souvent de m'appeler à une heure pareille. »

Sa voix était très faible, venue du fond de sa gorge. Comme si elle procédait à un réglage délicat de sa respiration. « Là, je suis seule dans ma voiture. Je te téléphone avec mon portable.

— Et qu'est-ce que tu fais seule dans ta voiture ?

— J'avais envie d'être seule dans ma voiture, alors je le fais, c'est tout. Les femmes au foyer ont des moments comme ça. Il ne faut pas ?

— Mais si, voyons. »

Elle soupira. C'était un soupir particulier, comme si l'on avait regroupé différentes sortes de soupirs venus d'un peu partout et qu'on les avait comprimés pour n'en faire qu'un seul. Puis elle reprit : « J'aimerais que tu sois ici en ce moment. Et que tu me prennes par-derrière. Pas besoin de préliminaires. Je suis déjà bien mouillée, alors aucun problème. Et puis j'aimerais que tu y ailles de bon cœur, que tu me remues de toutes tes forces.

— Ça me plaît. Mais pour que j'y aille de bon cœur et que je te remue, comme tu dis, la Mini, c'est peut-être un peu petit, non ?

— Faut pas en demander trop.

— J'essaierai de faire avec alors.

— Et puis, je voudrais que tu me caresses le sein avec ta main gauche en me touchant le clitoris avec ta main droite.

— Et qu'est-ce que je dois faire avec mon pied droit ? Je crois qu'il est libre pour régler la stéréo de la voiture. Tony Bennett, comme musique, ça te dirait ?

— Je ne rigole pas. Je suis tout à fait sérieuse.

— D'accord. Pardon. Je vais être sérieux, répondis-je. Au fait, en ce moment, tu es habillée comment ?

— Tu veux savoir comment je suis habillée ? dit-elle sur un ton suggestif.

— Oui, j'ai envie de le savoir. Selon ce que tu portes, je m'adapterai. »

Au téléphone, elle m'expliqua scrupuleusement comment elle était vêtue. Cela me surprenait toujours de constater l'extrême variété des vêtements que pouvaient porter les femmes d'un certain âge. Oralement, elle les ôta, l'un après l'autre.

« Alors, il est assez dur ? demanda-t-elle.

— Comme un marteau, répondis-je.

— Assez pour planter un clou ?

— Sans problème. »

Qui avait donc dit que dans le monde, il y avait des marteaux qui devaient planter des clous, et des clous qui devaient être plantés par les marteaux ? Nietzsche ? Schopenhauer ? Ou peut-être personne n'avait-il énoncé pareille formule.

Par l'intermédiaire de la ligne téléphonique, ce fut une véritable étreinte, une réelle union. C'était la première fois qu'avec elle – ou avec n'importe quelle autre femme – je faisais ce genre de chose. Ce qu'elle me décrivait avec ses mots me stimula terriblement, et les actes pratiqués dans le monde de l'imagination furent plus sensuels que les véritables actes charnels. Ses mots étaient parfois extrêmement directs, parfois allusivement érotiques. À l'issue de cet échange verbal qui se poursuivit un certain temps, à ma grande surprise, j'éjaculai. Elle aussi, semble-t-il, eut un orgasme.

Nous restâmes ensuite un moment ainsi, sans parler, à retrouver notre souffle.

« Bon, à samedi après-midi, dit-elle enfin, ayant l'air d'avoir repris ses esprits. J'ai aussi deux ou trois choses dont je veux te parler à propos de ce Menshiki.

— Tu as eu de nouvelles infos ?

— Selon Radio Jungle, plusieurs. Mais je t'en parlerai directement. Peut-être pendant qu'on fera des trucs bien cochons.

— Tu retournes chez toi maintenant ?

— Évidemment. Il va être l'heure de rentrer à la maison.

— Fais attention sur la route.

— Tu as raison de me le rappeler. Il faut que je fasse attention. Ça palpite encore là en bas. »

J'allai prendre une douche, me savonnai le pénis. Puis j'enfilai mon pyjama, mis par-dessus un cardigan et, emportant le verre de vin blanc bon marché sur la terrasse, je portai mon regard vers la maison de Menshiki. De l'autre côté de la vallée, l'immense demeure blanche était encore illuminée. Comme si toutes les pièces de la maison étaient allumées. Je ne voyais naturellement pas ce qu'il était en train de faire, tout seul (sans doute). Les yeux rivés sur l'écran de son ordinateur, peut-être était-il encore occupé à rechercher comment quantifier son intuition.

« Une journée relativement bonne » : tels furent les mots que je m'adressai.

Et cela avait été aussi une journée curieuse. De quoi demain serait-il fait ? Je n'en avais aucune idée. Soudain, je repensai au hibou du grenier. Pour ce hibou aussi, ce jour avait-il été bon ? Puis je m'avisai que la journée des hiboux venait juste de commencer. Eux, durant les heures de pleine lumière, ils dorment. Et quand le ciel s'assombrit, ils s'en vont dans les bois chasser leurs proies. Alors, c'est tôt le matin qu'il faut leur demander : « Ce jour a-t-il été un bon jour ? »

Je me couchai, lus un moment, éteignis la lumière et m'endormis avant 10 h 30. Je dormis ainsi jusqu'à 6 heures du matin sans m'éveiller une seule fois. J'en conclus que la clochette n'avait pas été agitée pendant la nuit.

17

Comment avais-je pu laisser échapper une chose aussi importante ?

Je ne pouvais oublier les derniers mots qu'avait dits ma femme quand j'avais quitté la maison. « Même si notre rupture devient définitive, nous pourrions rester amis ? » À ce moment-là (et longtemps après), je n'avais pas très bien compris ce qu'elle voulait dire, ce qu'elle cherchait. Je m'étais seulement senti désorienté, comme lorsqu'on a dans la bouche quelque chose qui n'a aucun goût. Aussi, je n'avais pu que lui répondre : « Eh bien, je ne sais pas trop… » Et ce furent les derniers mots que je lui adressai. Comme derniers mots, c'était parfaitement lamentable.

Même après notre séparation, elle et moi étions restés reliés par un cordon vivant – c'était ainsi que je le ressentais. Ce cordon était invisible aux yeux, mais il palpitait encore avec de petits battements, et une sorte de sang chaud circulait faiblement entre nos deux âmes. Du moins, de mon côté, subsistait cette sensation organique. Mais ce cordon serait certainement coupé un jour pas si lointain. Si tôt ou tard il devait être rompu, il fallait que je transforme le plus rapidement possible cette modeste artère vitale qui nous reliait en quelque chose d'inanimé. Car une fois que ce cordon serait dépourvu de vie, desséché et racorni à l'image d'une momie, la souffrance de son amputation à venir, la douleur que causerait une lame aiguisée serait d'autant plus supportable. Et pour ce faire, j'avais besoin d'oublier le plus possible, le plus vite possible tout ce qui avait trait à Yuzu. Voilà pourquoi je m'efforçais de ne pas la contacter. Une fois rentré de voyage, je lui avais téléphoné une seule fois pour aller chercher mes affaires. Parce qu'il me fallait mon matériel de peinture. Ce coup de fil fut ma seule conversation avec Yuzu après notre séparation, un dialogue des plus laconiques.

Je ne pensais pas possible que nous restions amis après que notre mariage eut été officiellement dissous. Durant les six années de notre vie conjugale, nous avions partagé un nombre incalculable de choses : beaucoup de temps, beaucoup de sentiments, beaucoup de mots et beaucoup de silences, beaucoup d'hésitations et beaucoup de jugements, beaucoup de promesses et beaucoup de renoncements, beaucoup de volupté et beaucoup d'ennui. Au fond de chacun de nous, il devait y avoir aussi, bien entendu, des secrets que nous ne nous étions pas confiés. Mais même cette sensation que chacun conservait des choses non avouées à l'autre, nous parvenions tant bien que mal à la partager, à la supporter ensemble. Il y avait là une « pesanteur du couple », qui ne se développait que dans le temps et que nous deux seulement percevions. Nous avions su adapter nos corps à cette pesanteur, nous avions vécu en conservant un équilibre délicat. Il existait aussi des « règles locales » qui nous étaient propres. Et elles étaient nombreuses. Pour moi, il était tout simplement inconcevable que nous devenions de « bons amis », de faire comme si cela n'avait jamais existé, d'oublier l'équilibre de ces pesanteurs et de ces règles locales.

Tout cela, je le savais très bien. En fait, au terme de mes incessants ressassements durant mon long voyage solitaire, c'était la conclusion à laquelle j'étais arrivé. Mes réflexions aboutissaient toujours à la même conclusion. Il était préférable que je reste éloigné de Yuzu autant que possible, que tout contact soit interrompu. C'était la façon de penser la plus cohérente et la plus sensée. Et ce fut celle que j'adoptai.

D'ailleurs, de son côté, Yuzu n'avait pas entretenu de communication avec moi. Elle ne m'avait pas téléphoné une seule fois, pas envoyé une seule lettre. Malgré sa prétention à « vouloir qu'on soit amis ». Ce qui me blessa, de manière inattendue, beaucoup plus que ce que j'aurais imaginé. Non, pour être précis, celui qui m'infligea des blessures, en réalité, ce fut moi-même. Au sein de ce silence interminable, mes sentiments oscillaient d'une extrémité à l'autre, à l'image d'un lourd pendule fait d'une lame tranchante qui dessinerait un grand arc. L'arc de ces sentiments imprima sur ma peau des plaies qui restaient encore saignantes. Et je n'avais qu'une méthode pour oublier ma douleur. Peindre, bien sûr.

La lumière du soleil pénétrait sereinement par la fenêtre de l'atelier. De temps en temps, une brise légère faisait osciller les rideaux blancs. Il y avait dans la pièce des odeurs de matin d'automne. Depuis que j'habitais en montagne, j'étais devenu très sensible aux changements d'odeurs des saisons. Lorsque je vivais en pleine ville, je ne me rendais même pas compte qu'elles existaient.

Je m'assis sur le tabouret, observai longuement, bien en face, l'ébauche du portrait de Menshiki posé sur le chevalet. C'était ma façon habituelle de débuter le travail : réévaluer d'un œil neuf ce que j'avais accompli la veille. Travailler de mes mains, cela venait seulement après.

Pas mal, me dis-je quelques instants plus tard. Pas mal. Les couleurs que j'avais élaborées enveloppaient solidement l'ossature de Menshiki. Son « squelette » mis en forme à la peinture noire était désormais dissimulé derrière elles. Mais, même caché, il m'était clairement visible. À présent, je devais le faire réapparaître à la surface. L'implicite devait être révélé.

Je n'avais aucune garantie quant à l'achèvement du tableau. Son accomplissement n'était qu'une simple possibilité. Il y avait encore quelque chose qui manquait. Quelque chose qui devait être là et se plaignait d'être absent. Ce qui manquait frappait de l'autre côté de la fenêtre séparant la présence de l'absence. Je percevais ce cri muet.

Alors que je regardais la peinture, très concentré, j'eus soudain très soif. J'allai à la cuisine et bus un grand verre de jus d'orange. Puis je me dégourdis les épaules, m'étirai en allongeant vigoureusement les bras en l'air. J'inspirai profondément, expirai. Après quoi je revins dans l'atelier, me rassis sur le tabouret, regardai la toile. Le regard neuf et la tête claire, je me concentrai encore une fois sur ma peinture posée sur le chevalet. Mais je remarquai tout de suite qu'il y avait quelque chose de changé par rapport à l'instant d'avant. L'angle selon lequel je regardais la peinture était clairement différent.

Je quittai le tabouret, vérifiai de nouveau sa position. Et je m'avisai qu'il y avait un léger décalage par rapport à celle qu'il occupait quand j'avais quitté la pièce. Le tabouret, visiblement, avait été déplacé. Comment était-ce possible ? Au moment où j'en étais descendu, je ne l'avais pas du tout bougé. J'en étais certain. J'avais glissé doucement du tabouret, apportant une attention minutieuse à ne pas le décaler, et quand j'étais revenu, j'avais agi de même, je m'étais assis tranquillement. Si je me souvenais de ces détails, c'est parce que j'étais toujours très attentif à l'angle et à la position selon lesquels j'observais ma peinture. Ces deux éléments devaient être fixes, invariables. De même que le frappeur de base-ball s'attache au centimètre près à sa position et à sa façon de placer ses pieds dans la « boîte du frappeur », le moindre décalage de cet angle ou de cette position me gênait.

Mais la position du tabouret était déplacée d'environ cinquante centimètres par rapport au moment où je m'y étais assis précédemment, et l'angle différait d'autant. J'étais obligé d'en déduire que quelqu'un avait bougé ce tabouret pendant que je buvais du jus d'orange à la cuisine. Durant ma courte absence, quelqu'un était entré en catimini dans l'atelier, s'était assis sur le tabouret, avait regardé ma peinture, puis, avant que je revienne, était descendu du tabouret et, à pas de loup, était sorti de la pièce. À ce moment-là – intentionnellement ou par suite d'un mouvement involontaire –, il avait bougé le tabouret. Je ne m'étais pourtant éloigné de l'atelier que cinq ou six minutes. Qui s'était donné la peine de faire une chose pareille, et dans quel but ? Ou alors, serait-ce le tabouret qui se serait déplacé tout seul, par sa propre volonté ?

Mes souvenirs étaient certainement confus. C'était moi qui avais bougé le tabouret, et j'avais oublié. Il n'y avait pas d'autre possibilité. Je passais sans doute trop de temps seul. Cela avait dû occasionner une perturbation dans l'ordre de mes souvenirs.

Je laissai le tabouret dans sa position actuelle – c'est-à-dire à cinquante centimètres de là où il se trouvait au début, et avec un angle un peu différent. Puis, pour faire un essai, je m'assis et regardai le portrait de Menshiki. De là, je découvris une autre peinture, légèrement différente de celle que j'avais vue jusqu'alors. Bien entendu, c'était la même, mais l'image qu'elle me renvoyait avait imperceptiblement changé. La façon dont elle était éclairée avait changé, la texture rendue par le matériau me paraissait également différente. Le tableau me semblait tout aussi vivant qu'auparavant. Et en même temps, quelque chose manquait. Mais l'orientation de ce qui lui manquait ne me semblait pas la même.

En quoi était-ce différent ? Je me concentrai pour observer le tableau. Cette différence me sommait de réagir. Il fallait que je parvienne à découvrir ce qui m'était suggéré là. Voilà mon sentiment. Je pris une craie blanche, marquai sur le sol la position des trois pieds du tabouret (position A). Puis je replaçai le tabouret à l'endroit où il se trouvait auparavant (à cinquante centimètres), et là, je marquai aussi à la craie la place des pieds (position B). Puis je fis des allers-retours entre les deux positions et observai la toile à partir de ces angles différents, l'un après l'autre.

C'était toujours Menshiki qui apparaissait là, mais selon l'angle de vue, je me rendis compte d'une chose curieuse, à savoir qu'il paraissait autre. Comme si coexistaient en lui deux personnalités différentes. Dans les deux cas cependant, quelque chose lui faisait défaut. Et ce point commun, ce manque, unifiait, par son absence même, le Menshiki de la position A et celui de la position B. Il fallait que j'identifie méthodiquement cet « élément commun » à l'absence si criante, comme si je procédais à une triangulation en prenant les positions A et B comme points de repère. Quelle était donc cette « commune absence » ? Était-ce quelque chose qui en soi avait une forme ou quelque chose qui n'en avait pas ? S'il s'agissait de la dernière hypothèse, que devais-je faire pour lui en donner une ?

Allons donc, c'est simple comme bonjour, vrai ? dit quelqu'un.

Cette voix, je l'entendis clairement. Ce n'était pas une voix forte, mais elle portait bien. Sans aucune ambiguïté. Ni aiguë ni basse. Et puis il semblait que je l'avais entendue juste au creux de l'oreille.

Le souffle coupé, assis sur le tabouret, je fis lentement le tour de la pièce du regard. Bien entendu, aucune forme humaine n'était visible. La fraîche lumière matinale faisait comme des flaques sur le sol. Par la fenêtre grande ouverte, j'entendais faiblement, portée par le vent, la mélodie de la benne à ordures, au loin. « Annie Laurie ». Pourquoi fallait-il que les camions poubelles de la ville d'Odawara diffusent un chant populaire écossais ? C'était pour moi un mystère. Mais sinon, aucun autre son n'était audible.

Ce devait être mon imagination, me dis-je. Peut-être avais-je entendu ma propre voix. Peut-être était-ce la voix de mon esprit, qui émergeait de mon subconscient. Mais dans ce que j'avais entendu, il y avait une manière de parler curieuse.

Allons donc, c'est simple comme bonjour, vrai ?

Même lorsque des mots m'échappent, je ne parle jamais aussi bizarrement.

Je pris une profonde inspiration et, juché sur le tabouret, je fixai de nouveau la peinture. Et je me concentrai dessus. Pas de doute, mon imagination avait dû me jouer des tours.

Alors, ça te saute pas aux yeux ? dit de nouveau quelqu'un. Cette fois encore, j'entendis cette voix juste au creux de mon oreille.

Sauter aux yeux ? me dis-je à moi-même. Enfin, qu'est-ce qui devait me sauter aux yeux ?

Tu n'as qu'à trouver quelque chose que le vrai Menshiki a et qui est absent sur ta toile, tu crois pas ? dit quelqu'un.

La voix était parfaitement audible. Une voix sans aucune réverbération, comme enregistrée dans une pièce insonorisée. Chaque son était clairement distinct. Elle était dépourvue d'intonation naturelle. On aurait dit l'allégorie d'un concept.

Encore une fois, je regardai tout autour de moi. Cette fois, je descendis du tabouret, allai vérifier jusqu'au salon. J'inspectai toutes les pièces. Mais il n'y avait personne dans la maison. La seule présence possible aurait été celle du hibou du grenier. Mais le hibou ne parlait pas. Et la porte de l'entrée était fermée à clé.

Après le tabouret qui s'était déplacé tout seul, cette voix bizarre. Était-ce la voix du ciel, ma propre voix ou encore celle d'un troisième larron anonyme ? En tout cas, je ne pouvais m'empêcher de penser que je commençais à devenir fou. Depuis le son de la clochette en pleine nuit, je n'avais plus tellement confiance en la justesse de mon propre esprit. Mais pour ce qui concernait la clochette, Menshiki aussi avait assisté au phénomène, il avait, comme moi, clairement entendu les tintements. Une preuve objective qu'il ne s'agissait pas chez moi d'une hallucination auditive. Mon ouïe fonctionnait tout à fait normalement. Mais alors, cette voix étrange, c'était quoi ?

Je me rassis sur le tabouret, observai une fois de plus la peinture.

Tu n'as qu'à trouver quelque chose que le vrai Menshiki a et qui est absent sur ta toile, tu crois pas ? On aurait dit une devinette. À la manière du chemin qu'indique un oiseau intelligent à un enfant égaré dans une forêt touffue. Ce qu'avait Menshiki et qui était absent dans ma toile, qu'est-ce que c'était, à la fin ?

Je mis bien longtemps à trouver la réponse. Les aiguilles de l'horloge poursuivaient tranquillement leur course régulière pour indiquer le temps, et sur le sol, les rayons du soleil se déplaçaient sans bruit. Des petits oiseaux agiles aux couleurs vives se posèrent sur les branches du saule, cherchèrent quelque chose avec des mouvements souples, puis s'envolèrent ailleurs en pépiant. Plusieurs nuages blancs en forme d'ardoises rondes filèrent en cortège dans le ciel. Un avion gris argent survola la vallée en direction de la mer étincelante. Il s'agissait d'un appareil à quatre hélices des forces d'autodéfense, un aéronef de patrouille maritime dont la mission quotidienne consiste à être tout yeux, tout oreilles pour rendre manifeste ce qui est latent. J'écoutai le bruit de son moteur qui se rapprochait puis qui s'en allait.

Ensuite, enfin, l'idée me vint, je me souvins d'un fait. D'un fait évident, littéralement éclatant. Comment avais-je pu oublier un élément pareil ? Ce que le vrai Menshiki avait et qui était absent sur son portrait. C'était parfaitement limpide. *Ses cheveux blancs*. Sa chevelure extraordinaire, aussi blanche et pure que de la neige toute fraîche. Il était impossible de parler de Menshiki sans cette chevelure. Comment avais-je pu laisser échapper une chose aussi importante ?

Je descendis du tabouret, ramassai en hâte de la peinture blanche dans ma boîte de couleurs, pris le premier pinceau qui me tomba sous la main et, sans plus réfléchir à rien, l'étalai sur la toile en couche épaisse, avec force, vigoureusement, librement. Je me servis aussi d'un couteau, et aussi du bout des doigts. Je poursuivis cette tâche une bonne quinzaine de minutes puis, m'éloignant de la toile, je m'assis sur le tabouret, examinai le résultat.

C'était bien l'homme Menshiki. Menshiki était sans conteste là, sur cette peinture. Sa personnalité – quelle qu'en soit la teneur – se manifestait là et les différentes facettes de son caractère étaient unifiées sur ma toile. Certes, je n'étais pas en mesure de comprendre avec précision ce qu'était la véritable nature de l'homme Wataru Menshiki. Ou plutôt, c'était comme si j'ignorais tout de lui. Mais en tant que peintre, j'avais su faire apparaître cet homme en une figure qui constituait une synthèse, comme un tout unique et indissociable. Et même les énigmes qu'il gardait en lui, elles étaient là, telles quelles.

En même temps, à tout point de vue, ce tableau était loin d'être un « portrait » conventionnel. Il faisait émerger sur la toile l'être profond de Wataru Menshiki, de manière picturale (c'est ce que je ressentais). Mais il n'était pas (absolument pas) destiné à représenter l'apparence de cet homme. Et cela faisait une grande différence. Ici, il s'agissait essentiellement d'une peinture que *j'avais faite pour moi-même*.

Il m'était impossible de pronostiquer si Menshiki, qui m'avait passé cette commande, accepterait de reconnaître une telle peinture comme son « portrait ». Elle était peut-être à des années-lumière de son attente initiale. Il m'avait dit dès le début que je pouvais peindre comme je le désirais, en toute liberté, qu'il n'avait aucune demande concernant un style particulier. Bien sûr. Mais peut-être que dans cette peinture, j'avais fortuitement fait figurer tel ou tel élément négatif de sa personne, dont Menshiki lui-même ne voulait pas admettre l'existence. Que le tableau lui plaise ou non cependant, je n'y pouvais plus rien. Car désormais, il était certain que cette peinture volait de ses propres ailes, hors de ma portée, loin de ma volonté.

Ensuite, pendant encore presque une demi-heure, je restai assis sur le tabouret à contempler fixement le portrait. Même s'il s'agissait de ma propre création, elle dépassait ma logique et ma compréhension. Je ne pouvais déjà plus me rappeler comment j'avais pu peindre pareil tableau. Alors que je le contemplais, immobile, je le sentais tantôt très proche de moi, tantôt très lointain. Mais ce que représentait cette toile était, sans aucun doute, gratifié des couleurs et des formes justes.

Je suis peut-être en train de trouver la sortie, songeai-je. Le grand mur qui me barrait le chemin était-il enfin en train de tomber ? Les choses venaient juste de commencer néanmoins. Je venais juste d'obtenir ce qui ressemblait à des indices. Il me fallait être très prudent à présent. C'est ce que je me dis à moi-même alors que je nettoyais longuement le pinceau et le couteau à peinture. Je me lavai soigneusement les mains à l'huile et au savon. Puis j'allai à la cuisine et je bus plusieurs verres d'eau. J'avais vraiment très soif.

Malgré tout, qui diable avait déplacé le tabouret de l'atelier ? (J'étais sûr et certain qu'il avait été déplacé.) Qui m'avait parlé au creux de l'oreille d'une voix étrange ? (J'étais sûr d'avoir entendu cette voix.) Qui m'avait suggéré qu'il manquait quelque chose dans cette peinture ? (Et cette suggestion avait été clairement efficace.)

Ce devait être moi-même. J'avais inconsciemment bougé le tabouret, je m'étais moi-même adressé cette suggestion. Par un moyen bizarre et tortueux, en faisant s'entrecroiser à ma guise le conscient et le subconscient… Autrement, je n'avais pas d'explication valable. Sauf que, naturellement, la vérité était tout autre.

À 11 heures, assis à la table de la salle à manger, alors que je me laissais aller à des pensées sans but tout en buvant du thé, la Jaguar gris argent arriva, avec Menshiki au volant. Jusqu'à ce moment, j'avais complètement oublié sa visite que nous avions pourtant fixée la veille au soir. J'avais été trop absorbé par ma peinture. Et puis il y avait aussi eu cette histoire d'hallucinations auditives.

Menshiki ? Pourquoi venait-il ici à cette heure ?

« Si c'était possible, j'aimerais revoir cette chambre de pierre », m'avait-il dit au téléphone. Tout en entendant s'arrêter le ronronnement habituel du moteur huit cylindres devant la maison, je me souvins enfin de ses paroles.

18

La curiosité ne tue pas seulement les chats

Je sortis de la maison pour accueillir Menshiki. C'était la première fois que j'agissais ainsi, même si je n'avais aucune raison particulière de le faire. J'avais simplement envie de sortir pour m'étirer et respirer l'air frais.

Dans le ciel, il y avait encore des nuages en forme d'ardoises rondes. Pour beaucoup, ils s'étaient formés du côté de la haute mer et, portés par le vent du sud-ouest, ils se dirigeaient l'un après l'autre, lentement, vers les montagnes. Comment des formes rondes aussi belles, aussi parfaites pouvaient-elles être produites en une succession naturelle, sans qu'il y ait le moindre dessein d'ordre pratique ? C'était un mystère. Ou peut-être que ce n'en était pas un pour les météorologues. Mais pour moi, si, c'en était un. Depuis que je vivais seul sur cette montagne, toutes sortes de merveilles de la nature me fascinaient.

Menshiki portait un pull rouge sombre. Un pull mince et élégant. Et un jean bleu clair, d'un bleu tellement délavé qu'on aurait cru que la couleur allait bientôt disparaître. De coupe droite, il était fait dans un tissu souple. À ce que j'en voyais (ou peut-être avais-je tendance à trop vouloir analyser les choses), il me semblait qu'il portait toujours, sciemment, des vêtements qui mettaient en valeur sa chevelure blanche. Ce pull rouge sombre aussi allait très bien avec ses cheveux. Lesquels étaient, comme d'habitude, exactement à la bonne longueur. Je ne sais pas comment il s'y prenait, mais ils n'étaient jamais ni trop longs ni trop courts.

« Cela ne vous dérange pas que nous allions d'abord à la fosse ? demanda Menshiki. Je voudrais jeter un œil à l'intérieur. J'aimerais vérifier que rien n'a changé. »

Je lui répondis que cela ne me dérangeait pas. Je n'étais pas encore retourné près de la fosse dans le bois. Moi aussi, je voulais voir comment se présentaient les choses.

« Excusez-moi, pourriez-vous aller chercher la clochette ? » dit Menshiki.

J'entrai dans la maison et pris la clochette ancienne posée sur l'étagère de l'atelier. Puis je revins.

Menshiki sortit du coffre de la Jaguar une grande torche munie d'un cordon qu'il passa autour du cou. Puis il se dirigea vers les bois. Je le suivis. Le bois semblait avoir pris des teintes plus accentuées. La montagne, à cette saison, changeait de couleurs chaque jour. Il y avait des arbres dont le rouge devenait plus intense, d'autres qui jaunissaient de plus en plus, tandis que d'autres restaient toujours verts. La combinaison était très belle. Mais Menshiki ne semblait pas intéressé par ce phénomène.

« J'ai fait quelques recherches à propos de ce terrain, dit-il en marchant. À qui il appartenait auparavant, à quoi il servait, ce genre de choses.

— Et vous avez trouvé ? »

Menshiki fit signe que non. « Je n'ai rien trouvé, ou presque. Je m'attendais à ce que, autrefois, le lieu soit sacré ou qu'il ait un rapport avec des questions religieuses, mais d'après mes recherches, il semble que non. Je n'ai trouvé aucun détail sur l'édification de ce sanctuaire ou de ce monticule à cet emplacement. Il semble qu'à l'origine, c'étaient de simples terrains montagneux. Puis on les a débroussaillés, dégagés, la maison a été construite. Quand M. Tomohiko Amada a acheté le terrain avec la maison, c'était en 1955. Auparavant, un homme politique en avait fait sa résidence secondaire. Peut-être son nom ne vous dit-il rien, mais avant la guerre, il était arrivé jusqu'au poste de ministre. Après la guerre, il s'est quasiment retiré de la politique. Mais je n'ai pas réussi à remonter plus loin, et je ne sais pas à qui appartenaient ces lieux avant lui.

— C'est un peu étrange, je trouve, qu'un politicien ait une résidence secondaire dans une montagne aussi reculée.

— Autrefois, pas mal de politiciens possédaient un chalet dans les environs. Par exemple, la maison de Fumimaro Konoe[1], si je me souviens bien, se trouvait à quelques montagnes d'ici. C'est sur la route de Hakone et d'Atami[2]. Et l'endroit était tout à fait approprié pour des entretiens secrets. Alors qu'à Tokyo, difficile de ne pas se faire remarquer pour un dignitaire. »

Nous ôtâmes les quelques planches épaisses qui recouvraient la fosse.

---

1. Fumimaro Konoe (1891-1945) : homme d'État, à plusieurs reprises Premier ministre entre 1937 et 1941. Il se suicida en 1945.

2. Stations thermales et touristiques très renommées.

« Je vais juste descendre un peu, dit Menshiki. Vous voulez bien m'attendre ici ?

— Je vous attendrai », répondis-je.

Menshiki descendit par l'échelle métallique laissée par le paysagiste. Elle grinçait légèrement chaque fois qu'il posait le pied sur un échelon. Je l'observai d'en haut. Lorsqu'il fut arrivé en bas, il enleva la torche de son cou et l'alluma. Il prit tout son temps pour inspecter minutieusement l'intérieur. Il effleura le mur de pierre, tapota dessus avec le poing.

« Ce mur est très solide, me dit Menshiki en levant la tête. Il a été construit avec une grande méticulosité. Je ne pense pas qu'il s'agisse simplement d'un puits condamné à mi-hauteur. Dans ce cas, on aurait retrouvé un empilement de pierres bien plus sommaire. On n'aurait pas un agencement aussi soigné et précis.

— Vous voulez dire que la cavité a été réalisée dans un autre but ? »

Menshiki se contenta de secouer la tête sans répondre. Je l'ignore, voulait-il signifier. « En tout cas, ce mur est fait de telle sorte que pour remonter, ce n'est pas facile. Il n'y a aucun interstice entre les pierres où le pied puisse s'appuyer. La profondeur de cette fosse n'atteint pas les trois mètres, mais il semble difficile de remonter en surface.

— Vous voulez dire qu'il a été construit de manière à ce qu'il soit difficile de remonter à la surface ? »

Menshiki secoua de nouveau la tête. Il n'en avait aucune idée.

« J'ai un service à vous demander, dit-il.

— Oui, quoi donc ?

— Excusez-moi, mais pourriez-vous remonter cette échelle et ensuite boucher hermétiquement l'ouverture de façon à ce que la lumière pénètre le moins possible ? »

Durant un instant, je n'eus pas de mots pour lui répondre.

« Tout va bien. Vous n'avez pas à vous faire de souci, dit Menshiki. Je veux seulement faire l'expérience d'être enfermé seul ici, au fond de cette fosse obscure. Je n'ai pas encore l'intention de me momifier.

— Vous comptez rester là environ combien de temps ?

— Quand je désirerai sortir, j'agiterai la clochette. Si vous l'entendez sonner, enlevez les planches et faites redescendre l'échelle. Même chose si vous n'avez pas entendu la clochette au bout d'une heure. Parce que je n'ai pas l'intention de rester plus longtemps ici. Je vous en prie, n'oubliez pas que je suis dans la fosse. Si d'aventure vous l'oubliez, je finirai par me transformer en momie.

— Comme on dit, un chasseur de momie devient lui-même momie. C'est l'arroseur arrosé, en quelque sorte. »

Menshiki se mit à rire. « Exactement.

— Je n'oublierai pas, c'est promis. Mais vous êtes sûr de ne courir aucun risque ?

— C'est juste de la curiosité. Je veux essayer de rester un moment au fond de cette fosse. Je vous passe ma torche. Donnez-moi la clochette à la place. »

Il remonta sur l'échelle jusqu'à mi-hauteur et me tendit sa torche. Je la saisis et lui donnai la clochette. Il la prit, l'agita légèrement. On l'entendit distinctement tinter.

« Mais, dis-je à Menshiki, à présent arrivé au fond de la fosse, si en chemin j'étais piqué par un essaim de guêpes féroces et que je perde connaissance, ou même que je meure, il se pourrait que vous ne puissiez plus sortir d'ici. Ce qui peut arriver dans ce monde, personne ne le sait.

— La curiosité implique toujours des risques. Il est impossible de satisfaire sa curiosité sans en accepter les risques. La curiosité ne tue pas seulement les chats.

— Je reviens ici dans une heure, dis-je.

— Faites très attention aux guêpes, fit Menshiki.

— Et vous, prenez garde aux ténèbres. »

Sans répondre à mes dernières paroles, il leva la tête et me regarda longuement. On aurait dit qu'il voulait déchiffrer l'expression qu'offrait mon visage tourné vers le bas, en comprendre le sens. Dans ce regard, il y avait un je-ne-sais-quoi de vague. Comme s'il cherchait à mettre au point sur mon visage mais qu'il n'y parvenait pas. Ce regard ne lui ressemblait pas, il avait quelque chose d'équivoque. Puis, comme s'il avait changé d'avis, il s'assit sur le sol et s'adossa contre le mur de pierre courbe. Ensuite, il leva légèrement une main en ma direction. Comme pour dire je suis prêt. Je remontai l'échelle, replaçai sur l'ouverture les planches épaisses, en veillant à ce qu'il y ait le moins de jeu possible, et posai par-dessus quelques lourdes pierres. Entre chaque planche, il restait de minces interstices et un peu de lumière s'infiltrait à l'intérieur mais dans la fosse désormais, l'obscurité devait être profonde. Je songeai à dire quelque chose à Menshiki, puis me ravisai. Il recherchait de lui-même l'isolement et le silence.

De retour à la maison, je fis chauffer de l'eau, me préparai du thé et le bus. Puis je m'assis sur le canapé et me mis à lire un livre que j'avais commencé. Mais je ne cessais de tendre l'oreille pour vérifier si je n'entendais pas sonner la clochette, et je ne réussis pas à me concentrer sur ma lecture. Presque toutes les cinq minutes, je regardai l'heure à ma montre. Et j'imaginais Menshiki assis seul au fond de la fosse obscure. *Quel étrange bonhomme*, me dis-je. C'était lui qui avait fait venir le paysagiste et les ouvriers à ses propres frais, qui avait fait dégager toutes ces pierres à l'aide d'une pelleteuse, qui avait fait ouvrir cette fosse mystérieuse. Et à présent, il s'enfermait dedans. Ou plus exactement, il avait demandé à *être enfermé* dedans.

Bon, ça suffit, me dis-je. Quelle qu'en soit la nécessité, quel que soit son dessein (en admettant qu'il y ait une nécessité ou un dessein quelconques là-dedans), c'était le problème de Menshiki et c'était à lui qu'il revenait d'en juger. Dans ce plan conçu par un autre, je n'étais qu'un exécutant qui ne réfléchissait pas. Je renonçai à lire, m'allongeai sur le canapé, fermai les yeux. Bien entendu, je ne m'endormis pas. Il n'était pas question de dormir maintenant.

Une heure s'écoula finalement sans que tinte la clochette. À moins que ce ne soit moi qui, pour je ne sais quelle raison, avais laissé échapper le son. En tout cas, il était temps d'aller ôter le couvercle. Je me levai, me chaussai, sortis, pénétrai dans le bois. La crainte de croiser des guêpes ou un sanglier m'effleura, mais ni sanglier ni guêpes ne firent leur apparition. Seul un petit oiseau, du type oiseau à lunettes, fila en vitesse devant moi. J'avançai dans le bois, passai à l'arrière du sanctuaire. Puis j'enlevai les lourdes pierres, ôtai une planche.

« Monsieur Menshiki ! » appelai-je par l'ouverture. Pas de réponse. L'intérieur de la fosse était complètement obscur, je ne pouvais distinguer sa silhouette.

« Monsieur Menshiki ! » fis-je une deuxième fois. Toujours pas de réponse. L'inquiétude me gagna progressivement. Peut-être avait-il disparu. Tout comme s'était volatilisée la momie qu'on se serait attendu à trouver là. La chose était parfaitement invraisemblable, mais à cet instant, je songeai sérieusement à cette hypothèse.

J'enlevai rapidement une autre planche. Puis une autre encore. La lumière atteignait enfin le fond de la fosse et je pus discerner la silhouette de Menshiki assis là.

« Monsieur Menshiki, tout va bien ? » demandai-je avec un certain soulagement.

À ma voix, Menshiki leva la tête comme s'il reprenait conscience et la secoua faiblement. Puis il plaqua ses mains contre son visage. Il semblait ébloui.

« Ça va, répondit-il d'une petite voix. Simplement, pourriez-vous me laisser ici encore un instant ? Il me faut un peu de temps pour m'habituer à la lumière.

— Cela fait juste une heure. Si vous voulez rester un peu plus longtemps ici, je remets les planches. »

Menshiki fit signe que non. « C'est suffisant. Ça va comme ça. Je ne peux pas rester plus longtemps ici. Ce serait peut-être trop dangereux.

— Trop dangereux ?

— Je vous expliquerai plus tard », dit Menshiki. Puis, comme s'il voulait se débarrasser de quelque chose sur sa peau, des deux mains, il se gratta le visage avec force.

Environ cinq minutes plus tard, il se leva lentement et remonta sur l'échelle que j'avais dépliée. Une fois sur le sol, il épousseta son pantalon puis, les yeux amenuisés, il regarda vers le ciel. Entre les branches des arbres, on apercevait un ciel d'automne. Il le contempla un long moment, comme s'il le chérissait. Nous rebouchâmes ensuite l'ouverture de la fosse en alignant les planches par-dessus. De façon à ce que personne ne fasse un faux pas et chute. Et sur les planches, nous replaçâmes de lourdes pierres. J'en mémorisai la disposition. Afin de m'en apercevoir si quelqu'un venait à les bouger. L'échelle fut laissée dans la fosse.

« Je n'ai pas entendu la clochette tinter, dis-je en marchant.

— Oui, c'est que je ne l'ai pas agitée. »

Comme il ne prononça pas un mot de plus, je ne l'interrogeai pas davantage.

Nous traversâmes le bois et rentrâmes à la maison. Menshiki ouvrait la marche, je le suivais. Toujours muet, il remit sa torche dans le coffre de la Jaguar. Puis nous prîmes place dans le salon et bûmes du café. Menshiki n'avait toujours pas ouvert la bouche. Il semblait plongé dans des réflexions d'importance. Non pas que son visage ait affiché un air particulièrement grave, mais il était clair que son esprit était parti ailleurs, dans un espace lointain, autre. Sans doute un domaine où sa seule présence était autorisée. Sans le déranger, je le laissai méditer dans le monde de ses pensées. Tout comme le faisait le Dr Watson avec Sherlock Holmes.

Pendant ce temps, je songeai à mon programme. Ce soir-là, je devais prendre la voiture et descendre en ville pour assurer mes cours de peinture près de la gare d'Odawara. Je regarderais les réalisations des élèves, je leur donnerais des conseils. J'avais deux séances successives, l'une avec les enfants, l'autre avec les adultes. C'était ma seule occasion de rencontrer des hommes et des femmes en chair et en os, d'avoir une conversation. Sans ces classes de peinture, j'aurais fini par mener une existence de quasi-ermite, et à force de vivre continuellement seul dans la montagne, je risquais de me détraquer le cerveau, comme l'avait dit Masahiko (peut-être avait-il déjà commencé à se détraquer).

J'aurais donc dû être reconnaissant que me soit accordée cette possibilité de respirer l'air de la société, du monde réel pour ainsi dire. En fait, ce n'était pas ce que je ressentais. Les gens que je rencontrais dans la classe de peinture, plutôt que des humains réels, n'étaient rien d'autre que des ombres qui ne faisaient que passer devant moi. Je réservais à chacun d'eux un accueil courtois, les appelais par leur nom, évaluais leurs œuvres. Non, on ne pouvait pas parler d'évaluation. Je me bornais à les louer. Dès que je dénichais dans leurs dessins une dimension que je trouvais assez réussie – s'il n'y en avait pas, je l'inventais –, je les en félicitais.

Pour cette raison, sans doute étais-je considéré comme un bon enseignant. Selon ce que m'avait dit le responsable, beaucoup d'élèves me trouvaient sympathique. Pour moi, c'était quelque chose d'inattendu. Car pas une seule fois dans ma vie je n'avais envisagé d'enseigner. Mais cela aussi m'était égal. Que l'on m'apprécie ou pas me laissait indifférent. Du moment que mon travail dans ce centre culturel se déroulait sans problème et sans difficulté, cela me suffisait. Je remplissais ainsi mes obligations vis-à-vis de Masahiko.

Pourtant, il allait de soi que tout le monde dans ces classes ne se réduisait pas à des ombres. Puisque parmi mes élèves, j'avais choisi deux femmes que j'avais fréquentées personnellement. Après avoir eu des relations sexuelles avec moi, elles avaient cessé de venir. Peut-être se sentaient-elles gênées. Sur ce point, je ne pouvais nier que je me sentais quelque peu responsable.

La seconde petite amie (la femme mariée plus âgée) viendrait ici demain après-midi. Et nous passerions un long moment au lit à faire l'amour. Elle n'était donc pas simplement une ombre. Mais une présence réelle avec de la chair et du relief. Ou s'il s'agissait d'une ombre, alors elle était dotée de chair et de relief. Je ne pouvais déterminer ce qu'elle était au juste.

Menshiki m'appela par mon nom. Je sursautai. Sans m'en rendre compte, moi aussi je m'étais perdu dans mes pensées, semblait-il.

« C'est à propos du portrait », me dit Menshiki.

Je le fixai. Son visage avait repris son apparence sereine de toujours. Un beau visage, calme et réfléchi, qui tranquillisait et rassurait son interlocuteur.

« Si vous avez besoin que je pose, je peux le faire maintenant, dit-il. Je veux dire, s'il faut reprendre la séance, de mon côté, je suis prêt. »

Je l'observai un instant. Poser ? Ah, voilà, il parlait du portrait. Je baissai la tête, avalai une gorgée de café refroidi et, après avoir remis de l'ordre dans mes pensées, replaçai la tasse sur sa soucoupe. Le petit bruit sec que cela produisit parvint à mes oreilles. Je relcvai ensuite le visage.

« Excusez-moi, dis-je en le regardant, mais aujourd'hui, je dois aller donner mes cours de peinture au centre culturel.

— Ah oui », fit-il. Puis il jeta un coup d'œil à sa montre. « J'avais complètement oublié. C'est vrai, vous enseignez au centre culturel, près de la gare d'Odawara. Vous partez tout de suite ?

— Ça va, j'ai encore un peu de temps, répondis-je. Il y a aussi quelque chose dont je dois vous parler.

— Quoi donc ?

— À vrai dire, le tableau est terminé. En un sens. »

Menshiki grimaça légèrement. Puis il me regarda droit dans les yeux. Comme s'il cherchait à y discerner quelque chose.

« Vous parlez de mon portrait ?

— Oui.

— C'est magnifique ! » s'écria Menshiki. Un léger sourire se dessina sur son visage. « Vraiment magnifique. Mais quand vous dites "en un sens", qu'entendez-vous par là ?

— J'aurais du mal à vous le dire. Je ne suis pas doué pour expliquer les choses avec des mots.

— Prenez votre temps et parlez comme bon vous semble, dit Menshiki. Je vous écoute. »

Je croisai les doigts sur mes genoux. Puis je choisis mes mots.

Alors que je cherchais la bonne formulation, le silence se fit alentour. Un silence dans lequel on percevait presque le bruit du temps qui passe. Dans la montagne, le temps s'écoulait très lentement.

« Sur votre demande, dis-je, j'ai peint un tableau avec vous comme modèle. Pour être honnête, ce n'est pas ce que l'on peut appeler un "portrait". Je dirai simplement que c'est une "œuvre peinte pour laquelle vous avez posé". Et je ne peux juger quelle valeur elle a, en tant qu'œuvre et en tant que marchandise. Mais c'était la peinture *qu'il fallait que je fasse*, et de cela au moins, je suis certain. Pour le reste, je n'ai aucune idée. À vrai dire, je suis tout à fait hésitant. Tant qu'un certain nombre de circonstances n'auront pas été éclaircies, il serait peut-être préférable de ne pas vous donner cette peinture, de la laisser ici. C'est ce que je ressens. Par conséquent, je vais vous rendre la somme que vous avez déjà réglée pour ce travail. Et je vous présente mes excuses sincères pour le temps que vous avez perdu avec cette histoire.

— Vous dites que ce n'est pas un portrait, fit Menshiki comme s'il choisissait ses mots prudemment. Que voulez-vous dire par là ?

— Jusqu'ici, j'ai gagné ma vie comme portraitiste professionnel. Un portrait, fondamentalement, c'est peindre son modèle selon la forme que ce dernier souhaite voir peinte. Si l'œuvre achevée ne lui plaît pas, il est possible que le modèle, qui est aussi le client, vous déclare : "Je ne veux pas payer pour ce truc-là." Aussi, autant que faire se peut, on s'arrange pour ne pas faire apparaître dans le tableau les côtés négatifs du sujet. On retient uniquement ses aspects avantageux, on les met bien en valeur, et on fait en sorte que le portrait ait la meilleure allure possible. En ce sens, dans l'immense majorité des cas, excepté ceux, bien entendu, qui sont peints par des artistes exceptionnels comme Rembrandt, par exemple, il est difficile de qualifier un portrait d'"œuvre d'art". Cette fois-ci pourtant, dans le cas de ce tableau, je n'ai jamais pensé à vous, mais à moi seulement. Davantage qu'à l'ego du modèle, cette peinture donne franchement la priorité à l'ego du peintre.

— Cela ne me pose aucun problème, répondit Menshiki, tout sourires. Ou plutôt, je m'en réjouis. Je vous avais bien dit, dès le début, que vous pouviez peindre à votre gré et que je ne vous donnais aucune consigne.

— C'est ce que vous m'avez dit. Je m'en souviens parfaitement. Mon inquiétude, cependant, ne porte pas sur la qualité même de l'œuvre, mais plutôt sur *ce que j'ai pu éventuellement y faire figurer*. J'ai donné une telle priorité à mon ego que j'ai peut-être peint ce que je n'aurais pas dû. Voilà ce qui me préoccupe. »

Menshiki m'observa un moment. « Peut-être avez-vous peint des choses en moi qui ne devaient pas être peintes, dit-il enfin. Et vous vous en inquiétez. C'est bien ce que vous voulez dire ?

— Oui, répondis-je. Du fait que je pensais seulement à moi, peut-être ai-je relâché une sorte de soupape qui aurait dû rester en place. »

Et peut-être ai-je tiré de force de l'intérieur de vous des choses malséantes, fus-je tenté d'ajouter, mais je m'en abstins. Je laissai ces mots enfouis au fond de moi.

Menshiki réfléchit longuement à ce que je lui avais confié.

« Intéressant », commenta-t-il. Il avait l'air de penser réellement ce qu'il disait. « C'est une opinion extrêmement intéressante. »

Je restai muet.

Il reprit : « Je ne suis pas le genre d'homme qui se relâche. Je me contrôle même beaucoup.

— Je sais », répondis-je.

Il pressa légèrement ses tempes du bout des doigts et sourit. « Donc, cette œuvre est bel et bien achevée ? Ce "portrait" de moi ? »

J'acquiesçai. « J'ai le sentiment qu'il est achevé.

— Magnifique, dit-il. Alors, avant tout, pourriez-vous me le montrer ? Une fois que je l'aurai vu pour de bon, nous réfléchirons ensemble à ce qu'il y a de mieux à faire. Cela vous va ?

— Oui, certainement », répondis-je.

Je conduisis Menshiki à l'atelier. Il se campa face au chevalet, à environ deux mètres et, croisant les bras, il observa la peinture, immobile. Le portrait pour lequel il avait posé. Non, plus qu'un portrait, on devrait dire une « forme » résultant de projections de peinture brute sur la toile. L'épaisse chevelure blanche était représentée par une sorte de jaillissement violent d'un blanc pur, comme de la neige soufflée par une explosion. À première vue, on ne pouvait y voir un visage. Les éléments qui auraient dû composer le visage étaient entièrement cachés sous la masse des couleurs. Néanmoins, l'homme qu'était Menshiki existait indubitablement là, réellement, dans ce tableau – du moins, à mes yeux.

Pendant un très long moment, il fixa d'un regard aigu la peinture, figé dans la même position, sans esquisser le moindre mouvement. Pas un seul de ses muscles ne bougeait. À croire même qu'il ne respirait plus. Posté près de la fenêtre, un peu à l'écart, j'observai son attitude. Je ne sais pas combien de temps cela dura. Cela me parut une éternité. Son visage était alors totalement dépourvu de ce que l'on appelle « expression ». Et ses yeux semblaient troubles et laiteux, sans aucune profondeur. Comme une mare sans rides qui refléterait un ciel nuageux. Des yeux qui refusaient obstinément l'approche d'autrui. Je n'avais pas la moindre idée de ce à quoi il pouvait penser au fond de lui. Puis, comme un homme tiré de l'hypnose par le claquement des mains du thérapeute, il s'étira, s'ébroua légèrement. Il retrouva rapidement son expression habituelle, la lumière revint dans ses yeux. Il s'avança ensuite lentement vers moi, posa sur mon épaule sa main droite.

« Superbe, dit-il. Vraiment extraordinaire. Je ne sais comment dire, mais c'est exactement la peinture que je recherchais. »

Je le regardai. Je compris à ses yeux qu'il était sincère. Il admirait ma peinture, elle l'avait ému.

« Dans cette peinture, dit-il, j'apparais tel que je suis. C'est un portrait au sens originel du terme. Vous ne vous trompez pas. Vous avez fait quelque chose de juste. »

Sa main était toujours posée sur mon épaule. En la laissant ainsi, c'était comme s'il me transmettait une force spéciale par l'intermédiaire de sa paume.

« Mais de quelle manière vous y êtes-vous pris pour découvrir cette peinture ? me demanda-t-il.

— Découvrir ?

— Oui, naturellement, c'est vous qui avez peint cette toile. C'est vous qui l'avez créée, par votre propre talent. Mais en même temps, en un sens, vous avez *découvert* cette peinture. Cette image ensevelie au fond de vous, vous l'avez dégagée, vous l'avez extraite de force, vous l'avez *exhumée*, pourrait-on dire peut-être. Ne le pensez-vous pas ? »

Je songeai que oui, en effet, on pouvait le dire ainsi. Il allait de soi que j'avais mis mes mains en mouvement et que j'avais peint cette toile comme me le dictait ma propre volonté. C'était bien moi qui avais choisi les couleurs, et c'était bien moi qui les avais étalées sur la toile, usant de pinceaux, de couteaux et de mes doigts. Mais si l'on adoptait un point de vue différent, grâce à Menshiki qui m'avait servi de catalyseur en posant comme modèle, j'avais fouillé et trouvé des choses ensevelies en moi, et peut-être les avais-je seulement mises au jour. Exactement comme l'engin qui avait dégagé le monticule de pierres à l'arrière du sanctuaire, qui avait soulevé le lourd couvercle en forme de grille et avait fait apparaître cette étrange chambre de pierre. Et que ces deux tâches similaires avancent en parallèle, je ne pouvais m'empêcher de voir là comme une sorte de fatalité. J'avais même l'impression que tout ce qui m'arrivait avait commencé en même temps que l'entrée en scène de ce personnage, Menshiki, et des tintements de la clochette en pleine nuit.

« C'est comme un tremblement de terre qui se produit dans les profondeurs de la mer, reprit Menshiki. Dans un monde invisible aux yeux, dans un monde que la lumière du jour n'atteint pas, autrement dit, dans le domaine de l'inconscient, au plus profond de chacun de nous, advient une immense fluctuation. Par la réaction en chaîne qui se transmet à la surface, elle prend finalement une forme visible par nos yeux. Je ne suis pas un artiste mais je comprends à peu près le principe d'un tel processus. En affaires, les meilleures idées arrivent aussi en passant par le même genre d'étapes. Dans de nombreux cas, les idées excellentes tirent leur origine de pensées qui surgissent des ténèbres sans même avoir de fondement. »

Menshiki se tint de nouveau devant la peinture et la contempla en s'approchant de très près. Puis, comme quelqu'un qui chercherait à lire une carte précise, il l'examina attentivement dans ses moindres détails. Après quoi, il recula d'environ trois mètres et, les yeux plissés, il l'observa dans son ensemble. Sur son visage se dessina une expression qui ressemblait à de l'extase. Une expression qui rappelait celle d'un rapace habile et puissant s'apprêtant à fondre sur sa victime. Mais sa proie, quelle était-elle ? La peinture que j'avais réalisée ? Moi-même ? Autre chose ? Je l'ignorais. Néanmoins, cette étrange expression proche de l'extase se dilua bientôt puis disparut tel le brouillard flottant à la surface d'une rivière à l'aube. Elle fut rapidement recouverte par l'air aimable et réfléchi qu'il avait toujours.

« Habituellement, dit-il, j'essaie d'éviter autant que je peux de me tresser des louanges, mais en m'apercevant que mon jugement était juste, je dois avouer que j'en ressens un peu de fierté. Moi-même, je n'ai pas de talent artistique, ma vie n'a rien à voir avec la création, mais, à ma façon, je suis bon juge en la matière, et je sais reconnaître les œuvres exceptionnelles. Du moins, c'est ce dont je me flatte. »

J'étais toujours incapable de prendre ses paroles au pied de la lettre et de m'en réjouir. Peut-être parce que me restait gravé dans le cœur son œil acéré, semblable à celui d'un oiseau de proie, lorsqu'il fixait la peinture.

« Bon, cette peinture vous plaît donc ? demandai-je comme pour m'en assurer encore une fois.

— Cela va sans dire. Cette œuvre a vraiment de la valeur. Que vous ayez ainsi réalisé une toile si remarquable et si puissante en me prenant comme modèle, ou comme motif, c'est une joie sans pareille. Et, bien entendu, en tant que client, j'acquiers officiellement ce tableau. Je suppose que vous n'avez pas d'objection ?

— Non, simplement, je… »

Menshiki leva la main en vitesse et m'interrompit. « Et donc, si cela vous convient, pour fêter l'achèvement de cette magnifique peinture, je voudrais vous inviter chez moi un de ces jours. Qu'en pensez-vous ? Pour le dire à l'ancienne, j'aimerais que vous me fassiez l'honneur de votre présence. À moins que cela ne vous gêne.

— Bien sûr que non, cela ne me gêne pas du tout, mais ce n'est pas la peine que vous en fassiez autant, je suis déjà assez…

— Non, c'est moi qui le désire. Je souhaite que nous fêtions ensemble l'achèvement de cette peinture. Vous accepterez bien de dîner une fois chez moi ? Ce ne sera pas quelque chose de grandiose, juste une fête modeste. Nous serons seuls, vous et moi, il n'y aura personne d'autre. Enfin, en dehors du cuisinier et du barman.

— Du cuisinier et du barman ?

— Non loin du port de pêche de Hayakawa, il y a un restaurant français que je connais depuis longtemps. Je ferai venir chez moi le cuisinier et le barman le jour de la fermeture de leur établissement. L'homme est un bon cuisinier, à qui on peut faire confiance. Il prépare le poisson de manière très intéressante, avec des produits tout juste pêchés, très frais. À vrai dire, j'avais déjà commencé à arranger cela, car je pensais de toute façon vous inviter chez moi, en dehors de la question du portrait. Ça tombe à pic. »

Je dus me forcer un peu pour masquer ma surprise. Je ne savais pas combien ces arrangements pouvaient coûter, mais pour Menshiki, c'était sans doute de l'ordre du raisonnable. Ou du moins, pas si extravagant.

Il reprit : « Par exemple, dans quatre jours, cela vous irait-il ? Mardi soir. Si cela vous convient, j'arrêterai cette date.

— Je n'ai rien de prévu mardi soir, répondis-je.

— Alors c'est entendu, dit-il. Et cela ne vous pose pas de problème que j'emporte cette toile maintenant ? Si possible, j'aimerais l'encadrer comme il faut et l'accrocher au mur avant que vous veniez à la maison.

— Monsieur Menshiki, voyez-vous vraiment votre visage dans cette peinture ? l'interrogeai-je.

— Mais oui, répondit-il d'un air surpris en me regardant. Évidemment, je vois mon visage dans cette peinture. Tout à fait clairement. Voyez-vous autre chose qui serait peint sur cette toile ?

— C'est parfait », répondis-je. Je n'avais rien à ajouter. « J'ai peint ce tableau en honorant votre commande. Alors, s'il vous plaît, il vous appartient déjà. Vous pouvez en disposer librement. Simplement, la peinture n'est pas encore sèche. Aussi, vous devez le transporter avec beaucoup de précautions. Et je pense qu'il vaudrait mieux attendre avant de l'encadrer. Dans environ deux semaines, la peinture aura séché.

— Très bien. Je ferai attention. Et pour l'encadrement, ce sera pour plus tard. »

Au moment de partir, dans l'entrée, il me tendit la main. Cela faisait un moment déjà que nous n'avions plus échangé une poignée de main. Sur son visage, il y avait un sourire de satisfaction.

« Nous nous verrons donc mardi. J'enverrai une voiture vous chercher vers 6 heures.

— Au fait, la momie n'est pas invitée au dîner ? » demandai-je à Menshiki. Pour quelle raison avais-je prononcé ces paroles ? Je ne le savais pas très bien. Mais soudain, l'idée de la momie m'avait traversé l'esprit. Et je n'avais pas pu me retenir de l'évoquer.

Menshiki me regarda comme s'il scrutait mes intentions. « La momie ? De quoi parlez-vous ?

— De la momie qui a dû séjourner dans la chambre de pierre. De celle qui faisait tinter la clochette chaque nuit et qui a disparu, ne laissant derrière elle que son instrument. Ou, devrais-je dire, du "devenu bouddha à même le corps". Peut-être aimerait-il que vous l'invitiez. Vous ne le pensez pas ? Comme la statue du Commandeur dans *Don Giovanni.* »

Après un temps de réflexion, Menshiki parut comprendre ; il eut un bon sourire. « Je vois. De la même façon que Don Giovanni a invité la statue du Commandeur à souper, je pourrais moi aussi inviter la momie. C'est ce que vous suggérez, n'est-ce pas ?

— Oui, exactement. Il y a peut-être là comme une volonté du destin.

— Mais oui, pourquoi pas. Ça ne me dérangerait pas du tout. C'est une fête. Si la momie souhaite faire partie des convives, je l'invite avec plaisir. Et ce sera une soirée fort intéressante. Mais que pourrais-je servir en dessert ? fit-il en riant joyeusement. Le seul problème, c'est que je ne sais pas où est l'intéressé. S'il est absent, comment pourrais-je l'inviter ?

— En effet, dis-je. Mais la réalité ne se limite pas à ce qui est visible. N'est-ce pas ? »

Menshiki transporta la peinture à deux mains, très précautionneusement. Il sortit d'abord du coffre de la voiture une vieille couverture qu'il étala sur le siège passager. Il posa le tableau à plat dessus en faisant attention à ce que la peinture ne soit pas touchée. Puis, en se servant d'une corde mince et de deux boîtes en carton, il la fixa soigneusement afin qu'elle ne bouge pas. Il se débrouillait très bien. En tout cas, il semblait avoir en réserve toutes sortes d'outils dans son coffre.

« Oui, ce que vous dites est sans doute vrai », dit-il comme pour lui-même, juste avant de partir. Les mains posées sur le volant, il me regardait droit dans les yeux. « Ce que j'ai dit est vrai ?

— Que dans notre vie, il est fréquent de ne pas pouvoir discerner la frontière entre le réel et l'irréel. Et il me semble que cette frontière est toujours mouvante.

Comme une frontière entre deux pays qui se déplacerait à son gré selon l'humeur du jour. Il faut faire très attention à ces mouvements. Sinon, on finit par ne plus savoir de quel côté on se trouve. C'était ce que je voulais dire, tout à l'heure, en évoquant un danger possible si je restais plus longtemps dans la fosse. »

Je ne pus trouver les mots justes pour répondre à cela. Et Menshiki ne poursuivit pas non plus sur la question. Il agita la main par la vitre abaissée, et tandis que le moteur huit cylindres faisait entendre son agréable ronronnement, il disparut de ma vue en compagnie de son portrait à la peinture pas encore sèche.

19

Tu vois quelque chose derrière moi ?

Samedi, à 1 heure de l'après-midi, ma petite amie arriva au volant de sa Mini rouge. Je sortis pour l'accueillir. Elle avait des lunettes de soleil vertes et, sur une robe simple de couleur beige, elle portait une légère veste grise.

« Dans la voiture ? Ou tu préfères le lit ? lui demandai-je.

— Idiot, répondit-elle en riant.

— Ce n'était pas mal non plus dans la voiture. J'ai bien aimé ce côté, disons, débrouille dans un petit espace.

— On recommencera bientôt, alors. »

Une fois au salon, chacun de nous but une tasse de thé. Je lui racontai que le portrait de Menshiki (ou ce qui en faisait office), qui m'avait occupé depuis quelque temps, avait été achevé. Et qu'il s'était révélé finalement d'une nature complètement différente des portraits que j'avais l'habitude de faire jusque-là. Mes explications semblèrent éveiller chez elle un certain intérêt pour le tableau.

« Je pourrais le voir ? »

Je lui fis signe que non. « Tu arrives un jour trop tard. J'aurais aimé avoir ton avis aussi, mais Menshiki l'a déjà emporté chez lui. La peinture n'est pas encore suffisamment sèche mais il semblait désireux de l'avoir pour lui le plus tôt possible. On aurait dit qu'il s'inquiétait que quelqu'un d'autre ne s'en empare.

— Ce qui veut dire qu'il lui plaît.

— Oui, c'est ce qu'il m'a dit lui-même. Et je pense qu'il était sincère.

— Le tableau a été achevé, le client est content. Tout s'est bien passé, en somme ?

— Sans doute, dis-je. Moi aussi, je suis satisfait du résultat, j'ai la conviction d'avoir fait un bon travail. C'est la première fois que j'utilise cette méthode et je crois qu'elle m'ouvre de nouvelles possibilités.

— Peut-être un nouveau style de portrait.

— Je n'en suis pas sûr. Avoir Menshiki pour modèle m'a permis de découvrir ce nouveau procédé pour peindre. Mais le fait que ce soit un portrait n'a été qu'un point de départ. C'est peut-être le hasard qui a créé cette possibilité. Je ne sais pas si ça marchera encore. Peut-être n'était-ce valable que cette fois-ci. Peut-être est-ce le modèle, Menshiki, qui a fortuitement provoqué cette alchimie. Mais le plus important est que je sens de nouveau un désir sérieux de peindre.

— En tout cas, félicitations pour cet heureux dénouement.

— Merci, répondis-je. Et cela me permet aussi d'encaisser un cachet assez important.

— Très généreux M. Menshiki, remarqua-t-elle.

— Et pour fêter l'événement, il m'a invité chez lui. Mardi soir, nous dînerons ensemble. »

Je lui parlai de cette invitation. En omettant, évidemment, de mentionner l'histoire de la momie. Je lui expliquai que nous serions en tête à tête, Menshiki et moi, et qu'un cuisinier professionnel et un barman avaient été engagés.

« Tu vas enfin pénétrer dans cette résidence immaculée, dit-elle d'un air intéressé. Dans cette demeure mystérieuse où vit cet homme mystérieux. Je suis très curieuse de savoir à quoi ressemble la maison. Tu regarderas bien et tu me diras de quel genre d'endroit il s'agit, d'accord ?

— Autant que je le pourrai.

— Et tu me raconteras aussi ce que vous aurez mangé.

— J'essaierai de bien m'en souvenir, dis-je. Et au fait, tu m'as dit l'autre jour que tu avais eu de nouvelles infos concernant Menshiki ?

— Oui, grâce à Radio Jungle.

— Alors, quelles sont-elles ? »

Elle eut une expression un peu hésitante. Puis elle souleva sa tasse, but une gorgée de thé. « Si on voyait ça plus tard ? dit-elle. Il y a deux ou trois trucs que j'ai envie de faire avant.

— Des trucs que tu as envie de faire ?

— Oui, des trucs dont je n'ose pas parler. »

Et nous allâmes dans la chambre. Comme toujours.

Six années. Le temps de ma première vie maritale avec Yuzu (que je pourrais appeler ma vie conjugale, première période). Six années au cours desquelles, pas une seule fois, je n'ai eu de relation sexuelle avec une autre femme. Non pas que je n'en aie jamais eu l'occasion, mais durant ces années-là, j'avais infiniment plus d'intérêt à mener une vie paisible avec ma femme que d'aller explorer ailleurs d'autres possibilités. Et d'un point de vue sexuel aussi, ma relation avec Yuzu satisfaisait pleinement mes désirs.

Puis, sans aucun signe avant-coureur (à mon sens, du moins), Yuzu me dit : « Je suis vraiment désolée, mais je pense que je ne peux plus vivre avec toi. » C'est une conclusion inébranlable, qui ne laisse place à aucune discussion ni à aucun compromis. Je suis complètement déstabilisé, je ne sais comment réagir. Je suis incapable de la moindre repartie. Tout ce que je comprends en tout cas, c'est que *je ne peux plus rester ici*.

Alors, j'entasse rapidement dans ma vieille Peugeot 205 quelques affaires personnelles et je m'en vais rouler ma bosse. Durant un bon mois et demi, je ne cesse de me déplacer du Tôhoku à Hokkaido, où il fait encore froid en ce début de printemps. Jusqu'à ce que finalement la voiture me lâche.

Et tout au long de ce voyage, la nuit venue, je me remémorais le corps de Yuzu. Dans ses moindres détails. Comment elle réagissait lorsque je la caressais ici ou là, quels gémissements elle laissait échapper. Je ne voulais pas me souvenir, mais je ne pouvais m'en empêcher. Et puis, de temps en temps, tout en remontant sur la trace de ces souvenirs, j'éjaculais seul. Alors même que ça non plus, je ne le voulais pas.

Toutefois, durant ce long voyage, j'ai eu, une seule fois, une sorte d'aventure avec une femme réelle. Un concours de circonstances complètement invraisemblable et bizarre a fait que j'ai passé une nuit en compagnie d'une jeune fille inconnue. Sans l'avoir cherché.

Cet événement se déroula dans une petite ville côtière de la préfecture de Miyagi. Je me souviens que c'était une bourgade frontalière avec la préfecture d'Iwate, mais à cette époque, sans aller très loin, je changeais chaque jour d'endroit et je passais dans de nombreuses villes toutes plus ou moins semblables. Je n'avais pas la disponibilité d'esprit pour retenir leurs noms. Je me souviens que celle-ci avait un port de pêche important. Mais dans la région, la plupart des villes ont un port de pêche d'une certaine taille. Et partout flottaient des odeurs de gasoil et de poisson.

Un peu à l'écart de la ville, le long de la nationale, se trouvait un restaurant bon marché appartenant à une grande chaîne où je prenais mon dîner, seul. Il était environ 8 heures du soir. Curry de crevettes et salade maison. Il n'y avait pas grand monde dans le restaurant. Alors que je dînais en lisant un livre de poche à une table près d'une fenêtre, une jeune fille surgie de nulle part s'assit en face de moi. Elle s'installa prestement sur le siège plastifié, sans aucune hésitation, sans même me demander la permission, sans un mot. Comme si c'était la chose la plus naturelle au monde.

Étonné, je relevai la tête. Son visage m'était évidemment inconnu. C'était la toute première fois que je le voyais. Cela s'était passé si soudainement que je ne comprenais pas très bien la situation. Il y avait beaucoup d'autres tables libres. Et aucune raison apparente pour qu'elle partage la mienne. À moins que, dans cette ville, s'attabler avec des inconnus soit une chose banale ? Je posai ma fourchette, m'essuyai le coin de la bouche avec ma serviette en papier, contemplai distraitement son visage.

« Fais comme si tu me connaissais, dit-elle laconiquement. Comme si on avait un rendez-vous ici. »

Elle avait la voix plutôt enrouée. Ou peut-être n'était-elle éraillée momentanément que sous l'effet de la tension. Il me sembla percevoir un léger accent du Tôhoku.

J'insérai un marque-page dans mon livre et le fermai. La fille devait avoir dans les vingt-cinq ans. Elle portait un cardigan bleu marine sur une chemise blanche à col rond. L'un et l'autre pas vraiment de bonne qualité. Ni spécialement élégants. Des vêtements très ordinaires, qu'on met pour aller faire des courses au supermarché du coin. Des cheveux noirs courts, avec une frange qui lui retombait sur le front. Presque pas de maquillage. Elle avait posé sur ses genoux son sac à bandoulière en tissu noir.

Ses traits n'avaient rien de particulier. Pas vilains en eux-mêmes, mais l'ensemble paraissait insipide. Le type de visage qui ne laisse aucune impression quand on le croise dans la rue. À peine l'a-t-on dépassé qu'on l'oublie. Ses lèvres minces et longues étaient étroitement closes ; elle respirait par le nez, assez fort sans doute, car je voyais ses narines se dilater légèrement puis se contracter. Le nez était petit et en comparaison de la bouche plutôt grande, il manquait d'équilibre. Comme si quelqu'un en train de modeler une statue avait été à court de glaise et avait dû un peu raboter le nez.

« Pigé ? Fais comme si on se connaissait, répéta la fille. N'aie pas l'air si surpris.

— D'accord, fis-je, en plein brouillard.

— Continue à manger comme si de rien n'était, dit-elle. Et veux-tu bien faire semblant de bavarder avec moi comme si on était proches ?

— Mais de quoi ?

— Tu es de Tokyo ? »

J'opinai. Je repris ma fourchette, piquai une tomate cerise, la croquai. Puis j'avalai une gorgée d'eau.

« Ouais, ça s'entend, dit-elle. Mais pourquoi tu te retrouves dans un trou pareil ?

— J'y suis passé par hasard », répondis-je.

Une serveuse à l'uniforme couleur gingembre, jaune doré, s'approcha avec une carte épaisse dans les bras. Une serveuse à la poitrine si étonnamment volumineuse que les boutons de son chemisier menaçaient de sauter à tout instant. La fille assise en face de moi ne prit pas la carte qu'elle lui tendait, elle ne releva même pas la tête pour regarder la serveuse. Elle se contenta de déclarer : « Du café et un cheese-cake » en me fixant droit dans les yeux. Comme si c'était à moi qu'elle passait sa commande. La serveuse hocha la tête sans un mot et repartit avec la carte dans les bras.

J'interrogeai la fille : « T'as des ennuis ? »

Elle ne me répondit pas. Elle continua seulement à me fixer comme si elle jaugeait mon visage.

« Tu vois quelque chose derrière moi ? Il y a quelqu'un ? » demanda-t-elle.

Je jetai un regard derrière elle. Il n'y avait là que des gens tout à fait ordinaires en train de manger de façon tout à fait ordinaire. Aucun nouveau client n'était entré.

« Il n'y a rien. Ni personne, dis-je.

— Regarde encore un peu comme ça, dit-elle. Et dis-moi s'il se passe quelque chose. Continue à parler de façon naturelle. »

Le parking du restaurant était visible depuis la table où nous étions installés. Je voyais ma petite Peugeot, vieille et poussiéreuse. Il y avait deux autres voitures garées. Une compacte gris métallisé et un monospace noir, très haut. Neuf, sans doute. Les deux véhicules stationnaient là depuis un bon moment déjà. Aucune autre voiture n'était arrivée. Peut-être la fille était-elle venue à pied. Ou bien quelqu'un l'avait conduite en voiture jusqu'ici.

« Tu es juste passé là par hasard ? dit-elle.

— Oui, c'est ça.

— T'es en voyage ?

— Si on veut, dis-je.

— C'est quoi, ton livre ? »

Je le lui montrai. C'était *La Famille Abe* d'Ôgai Mori[1].

« *La Famille Abe* », dit-elle. Puis elle me rendit le livre. « Pourquoi tu lis ce genre de vieillerie ?

— Je l'ai trouvé dans le hall d'une auberge de jeunesse d'Aomori où j'ai séjourné il n'y a pas longtemps. Je l'ai feuilleté, il m'a semblé intéressant, alors je l'ai pris. En échange, j'ai laissé sur place plusieurs livres que j'avais lus.

— *La Famille Abe*, moi, je l'ai pas lu. C'est bien ? »

J'en étais à ma deuxième lecture. L'histoire était intéressante, certes, mais je le relisais surtout parce que, la première fois, je n'avais pas bien saisi dans quel but et à partir de quel point de vue Ôgai Mori avait écrit ce roman, ou avait dû l'écrire. Mais ce serait trop long si je me mettais à expliquer ce genre de choses. Nous n'étions pas dans un club de lecture. De plus, elle m'avait posé la question uniquement pour entretenir une conversation naturelle (du moins, avec l'objectif que ça en ait l'air aux yeux des voisins), et c'était le premier sujet qui lui était venu à l'esprit.

« Je pense que c'est un livre qui mérite d'être lu, dis-je.

— Écrivain ? demanda-t-elle.

— Tu parles d'Ôgai Mori ? »

Elle se renfrogna. « Mais non, voyons. Je m'en fiche d'Ôgai Mori. C'est de toi que je parle. Qu'est-ce que tu fais dans la vie ?

1. Ôgai Mori (1862-1922) : médecin, écrivain, traducteur de l'ère Meiji.

— Je peins, répondis-je.

— Peintre, dit-elle.

— On peut le dire comme ça.

— Quel genre de peintures ?

— Des portraits.

— Des portraits, tu veux dire ces tableaux accrochés aux murs des bureaux des P-DG ? Genre, avec dessus la tête arrogante d'un ponte ?

— Oui.

— Tu fais que ça ? »

J'opinai.

Après quoi, elle ne parla plus de peinture. Sans doute avait-elle perdu tout intérêt pour la question. La plupart des gens, en dehors de ceux qui ont posé et sont représentés sur une toile, n'éprouvent strictement aucun intérêt pour les portraits.

À ce moment, la porte automatique s'ouvrit, un homme d'âge moyen, grand, entra. Il portait un blouson de cuir noir et une casquette noire avec le logo d'une marque de golf. Une fois à l'intérieur, il resta planté là, fit le tour du restaurant du regard, choisit de s'installer à deux tables de la nôtre et s'assit dans la rangée qui me faisait face. Il ôta sa casquette, se passa la paume de la main plusieurs fois sur les cheveux, examina attentivement la carte que la serveuse à grosse poitrine lui avait apportée. Le crâne tondu, avec quelques cheveux blancs visibles. Maigre, uniformément bronzé. Le front barré de rides profondes comme des vagues.

« Un homme est entré, dis-je à la fille.

— Quel genre ? »

Je lui décrivis sommairement l'apparence de l'homme.

« Tu peux le dessiner ? demanda-t-elle.

— Un peu comme une caricature ?

— Ouais. T'as bien dit que t'étais peintre, hein ? »

Je sortis de ma poche mon bloc-notes et, avec un portemine, dessinai en quelques traits rapides le visage de l'homme. Je fis même des ombres. En crayonnant le dessin, je n'eus aucun besoin de jeter des coups d'œil furtifs sur lui. J'ai cette faculté de saisir rapidement, d'un seul regard, les particularités d'un visage et de le conserver en mémoire. Puis je tendis à la fille le portrait esquissé. Elle le prit en main, plissa les yeux et, telle une employée de banque lorsqu'elle expertise l'écriture d'un chèque douteux, elle l'observa longuement. Elle reposa ensuite la feuille sur la table.

« T'es drôlement fort en dessin », dit-elle en me regardant. Elle avait l'air assez admirative.

« C'est mon métier, dis-je. Alors, tu connais ce type ? »

Sans dire un mot, elle se contenta de secouer la tête de côté. La bouche serrée, elle n'eut pas le moindre changement d'expression. Puis elle plia le dessin en quatre et le glissa dans son sac. J'avais du mal à comprendre pourquoi elle voulait garder un truc pareil. Elle aurait mieux fait de le rouler en boule et le jeter.

« Je ne le connais pas, dit-elle.

— Mais tu es poursuivie par cet homme, quelque chose de ce genre ? »

Elle ne répondit pas à ma question.

La même serveuse apporta du café et un cheese-cake. La fille conserva le silence jusqu'à ce que la femme s'éloigne. Puis, avec sa fourchette, elle découpa une bouchée du cheese-cake qu'elle fit glisser à plusieurs reprises sur l'assiette de gauche à droite. À la manière d'un joueur de hockey sur glace qui s'échauffe sur la patinoire avant un match. Elle se mit enfin à porter le morceau à la bouche et à le mâcher lentement d'un air inexpressif. Quand elle eut terminé, elle ajouta un peu de crème dans son café et en but une gorgée. Puis elle poussa de côté l'assiette du cheese-cake. Comme pour dire que cet objet n'avait plus aucune raison d'être.

Sur le parking, une autre voiture était arrivée, un SUV blanc. Un véhicule haut et trapu. Muni de pneus qui semblaient solides. C'était sans doute la voiture de l'homme qui venait d'entrer. Il l'avait garée en marche avant. Sur le porte-roue de secours extérieur, à l'arrière, était inscrit le logo SUBARU FORESTER. Je terminai mon curry aux crevettes. La serveuse vint enlever mon assiette, je commandai du café.

« Ça fait longtemps que tu voyages ? demanda la fille.

— Assez longtemps, répondis-je.

— Amusant, le voyage ? »

Une réponse honnête aurait été : *Je ne voyage pas parce que ça m'amuse.* Mais l'explication aurait été trop longue, trop compliquée.

« Plutôt », répondis-je.

Elle me regarda bien en face, comme si elle contemplait un animal rare. « Tu n'es pas du genre à parler beaucoup, dis donc. »

Une réponse honnête aurait été : *ça dépend avec qui.* Mais l'explication aurait été trop longue, trop compliquée.

On m'apporta mon café, je le bus. Il avait un goût vaguement apparenté au café, franchement pas très bon. Enfin, c'était du café néanmoins, et il était bien chaud. Aucun nouveau client n'entra dans le restaurant. L'homme aux cheveux poivre et sel et au blouson de cuir commanda d'une voix forte un steak haché et du riz.

Depuis les haut-parleurs était diffusée une version de « The Fool on the Hill » jouée par le Hollyridge Strings. Je ne me souvenais plus si la chanson avait été composée par John Lennon ou par Paul McCartney. Sans doute par Lennon. Tel était le genre d'élucubrations auquel je m'abandonnais. J'étais incapable de penser vraiment.

« T'es venu en voiture ?

— Oui.

— Laquelle ?

— La Peugeot rouge.

— Immatriculée où ?

— Shinagawa », dis-je.

En entendant ma réponse, elle grimaça. Comme si elle avait un souvenir terriblement désagréable d'une Peugeot rouge immatriculée à Shinagawa. Puis elle tira sur les manches de son cardigan, vérifia que sa chemise était bien boutonnée jusqu'en haut. Elle s'essuya ensuite la bouche avec une serviette en papier.

« On y va », lança-t-elle soudain.

Là-dessus, elle but la moitié de son verre d'eau et elle se leva. Sur la table, son café restait presque intact, juste une gorgée bue. Même chose pour son cheesecake, juste une bouchée grignotée. La scène m'évoqua le lieu d'un drame.

J'ignorais où nous allions mais je me levai moi aussi après elle. Puis je pris la note sur la table et allai la régler à la caisse. Ce qu'elle avait commandé était compté en même temps mais elle n'eut pas un mot de remerciement à ce sujet. Elle ne montra pas non plus la moindre velléité de payer sa part.

Au moment où nous sortîmes du restaurant, l'homme aux cheveux poivre et sel, le dernier client à être entré, mangeait son steak haché. L'air de ne pas spécialement l'apprécier. Il releva la tête et nous jeta un bref coup d'œil mais ce fut tout. Il revint immédiatement à son assiette et, couteau et fourchette en mains, il continua à manger, le visage inexpressif. La fille ne lui accorda pas un seul regard.

Lorsque je passai devant la Subaru Forester blanche, mon regard s'arrêta sur un autocollant appliqué sur le pare-chocs arrière, où était dessiné un poisson. Peut-être un marlin. Naturellement, je ne connaissais pas la raison pour laquelle il fallait qu'un autocollant portant un dessin de marlin se retrouve sur une voiture. Le propriétaire travaillait peut-être dans un domaine en rapport avec la pêche, ou bien peut-être était-ce un pêcheur amateur.

Elle ne me dit pas quelle était notre destination. Elle s'assit sur le siège passager et se borna à m'indiquer par où il fallait rouler. Elle paraissait connaître parfaitement les environs. Soit elle était originaire de cette ville, soit elle y habitait depuis longtemps. Je conduisis la Peugeot en suivant docilement ses directives. Après avoir suivi la nationale un bon moment, comme pour essayer de mettre de la distance avec la ville, nous tombâmes sur un *love hotel*[1] brillamment éclairé de néons. Sur son indication, j'entrai sur le parking, coupai le contact.

« Je vais rester ici pour aujourd'hui, dit-elle comme s'il s'agissait d'une déclaration. Je ne peux pas rentrer à la maison. Viens avec moi.

---

1. *Love hotel* : hôtel offrant aux couples légitimes ou non une intimité de quelques heures ou d'une nuit. Beaucoup de ces établissements se distinguent par une décoration tapageuse et des équipements adéquats.

— Mais j'ai déjà réservé ailleurs pour cette nuit, dis-je. Je me suis déjà enregistré et j'ai laissé mes bagages dans la chambre.

— Où ça ? »

Je lui dis le nom d'un petit *business hotel* proche de la gare.

« Ici, c'est bien mieux que dans ton gourbi, dit-elle. Je parie que c'est une piaule humide pas plus grande qu'un placard, pas vrai ? »

Elle avait raison. C'était une piaule humide pas plus grande qu'un placard.

« En plus, dans des endroits comme celui-ci, les femmes seules ne sont pas les bienvenues. Ils n'en veulent pas, parce qu'ils supposent que ce sont des putes. Bon, allez, viens avec moi. »

Au moins, elle n'était pas une prostituée, me dis-je.

À la réception, je réglai d'avance une chambre pour une nuit (là non plus elle ne manifesta aucun signe de gratitude) et reçus la clé. Une fois dans la chambre, elle fit d'abord couler un bain, elle alluma la télévision, elle régla soigneusement l'éclairage. La baignoire était spacieuse. L'endroit était bien plus agréable que dans le *business hotel*. La fille semblait être déjà venue plusieurs fois ici – ici ou dans des établissements semblables. Après quoi, elle s'assit sur le lit, enleva son cardigan. Elle ôta sa chemise blanche, se débarrassa de sa jupe portefeuille. Elle enleva aussi son collant. Elle portait des sous-vêtements blancs très simples. Pas particulièrement neufs. Des articles que les femmes au foyer ordinaires mettent pour aller faire des courses au supermarché du coin. Elle passa habilement ses mains dans le dos, défit son soutien-gorge, le plia et le posa sur la table de chevet. Ses seins n'étaient ni spécialement gros, ni spécialement petits.

« Viens, me dit-elle. Quitte à être dans un endroit pour, autant en profiter ! »

Ce fut l'unique expérience sexuelle que j'eus durant mon long voyage (ou mon errance). Le sexe fut intense, plus que je l'avais imaginé. Elle eut quatre orgasmes en tout. Cela paraît peut-être incroyable mais c'étaient de vrais orgasmes. J'éjaculai deux fois. Étrangement, je n'éprouvai pas vraiment de jouissance. Comme si, alors que nous étions enlacés, ma tête pensait à autre chose.

« Toi, dis donc, on dirait que t'as pas baisé depuis longtemps, je me trompe ? me demanda-t-elle.

— Depuis plusieurs mois, répondis-je honnêtement.

— Ça se voit, dit-elle. Mais comment ça se fait ? Il me semble pourtant que t'es du genre à plaire aux femmes ?

— Cela tient à toutes sortes de circonstances.

— Mon pauvre, dit-elle, et elle me caressa tendrement le cou. Mon pauvre. »

Mon pauvre. Je me répétai ses mots. À les entendre dire ainsi, je me faisais l'effet d'être vraiment un pauvre type. Je me retrouvais corps à corps avec une fille dont j'ignorais le nom, dans une ville inconnue, en un lieu invraisemblable, pris dans une situation incompréhensible.

Entre deux séances de sexe, nous bûmes quelques bières du réfrigérateur. Il était peut-être 1 heure du matin quand je m'endormis. Lorsque je m'éveillai, le lendemain, elle n'était plus là. Il n'y avait aucun mot griffonné nulle part. J'étais couché seul dans ce lit bien trop vaste. Le réveil m'indiqua 7 h 30 ; par la fenêtre, je constatai qu'il faisait déjà grand jour. En ouvrant les rideaux, je pus voir la côte et la route nationale qui courait en parallèle. De gros camions frigorifiques transportant des chargements de poissons roulaient bruyamment dans les deux sens. Il y a beaucoup de choses vaines dans ce monde mais peu le sont autant que de s'éveiller seul le matin dans une chambre d'un *love hotel*.

Une inquiétude me saisit et je vérifiai le contenu de mon portefeuille dans la poche de mon pantalon. Tout était bien là. L'argent liquide, la carte de crédit, la carte ATM, le permis de conduire. Je me sentis soulagé. Si mon portefeuille avait été volé, je n'aurais plus su que faire. Et que ce genre de mésaventure arrive n'était absolument pas de l'ordre de l'impossible. Il me fallait être vigilant.

Sans doute avait-elle quitté la chambre au petit matin alors que je dormais profondément. Mais comment s'y était-elle prise pour regagner la ville (ou l'endroit où elle habitait) ? À pied ? Ou avait-elle appelé un taxi ? Après tout, peu m'importait à présent. Me poser ces questions était inutile.

J'allai rendre la clé à la réception, payai le surplus pour les bières, et me remis au volant de la Peugeot pour retourner à la ville. Il me fallait récupérer mon sac que j'avais laissé dans la chambre du *business hotel* près de la gare et payer la note pour une nuit. Sur la route, je passai devant le restaurant de la veille. Je décidai de prendre là mon petit déjeuner. J'avais terriblement faim, j'avais envie d'un café noir très chaud. Lorsque je garai ma voiture sur le parking, j'aperçus, un peu plus loin, une Subaru Forester blanche. Elle était stationnée en marche avant et sur son pare-chocs arrière était collé, tout comme celle de la veille, l'autocollant au dessin de marlin. C'était sûrement la Subaru Forester que j'avais vue la veille. La seule différence, c'était qu'elle n'était pas garée sur le même emplacement.

Évidemment. Personne ne passe la nuit dans un endroit pareil.

J'entrai dans le restaurant. Comme la veille, il était quasiment vide. Ainsi que je m'y attendais, le même homme était attablé devant un petit déjeuner. Sans doute installé à la même table, avec le même blouson de cuir noir. Comme la veille, il avait posé sur la table sa casquette de golf noire, qui portait le logo YONEX. La seule différence, c'était qu'un journal du matin était plié sur la table. Devant l'homme était disposée une assiette avec toasts et œufs brouillés. Il devait avoir tout juste été servi, car son café fumait encore. Quand je passai près de lui, il releva la tête et me regarda fixement. Son regard était alors bien plus acéré, bien plus froid. Je pus même y déceler une nuance de blâme. Du moins, c'est ce que je ressentis.

Je sais parfaitement ce que tu as fait, et où, semblait-il me déclarer.

Voilà toute l'histoire que je vécus dans une petite ville côtière de la préfecture de Miyagi. Aujourd'hui encore, je ne peux vraiment comprendre ce que cette fille au nez court, aux dents impeccablement alignées voulait de moi cette nuit-là. Et cet homme qui conduisait une Subaru Forester blanche, en fin de compte, était-il à sa poursuite ? Et elle-même, cherchait-elle à lui échapper ? Tout cela reste obscur. Toujours est-il que je me suis trouvé par hasard à cet endroit-là, à ce moment-là, et que, en raison d'un étrange enchaînement de faits, je suis allé dans un *love hotel* tape-à-l'œil accompagné de cette fille que je rencontrais pour la première fois, et que j'ai eu des relations sexuelles avec elle. Et ce fut sans doute la relation la plus intense que j'aie connue jusque-là. Pourtant, je ne me souviens même pas du nom de cette ville.

« Dis, tu pourrais m'apporter un verre d'eau ? » me dit ma petite amie. Elle s'éveillait juste d'un bref sommeil qui avait suivi notre étreinte.

Nous étions au lit en ce début d'après-midi. Pendant qu'elle dormait, tout en contemplant le plafond, je m'étais souvenu de ces singuliers événements qui s'étaient déroulés dans cette ville portuaire. Cela ne remontait qu'à six mois mais ils m'apparaissaient extrêmement lointains.

J'allai à la cuisine, emplis un grand verre d'eau minérale et retournai dans le lit avec. Elle en but la moitié d'une traite.

« Tu sais, à propos de ce Menshiki... dit-elle après avoir posé le verre sur la table de chevet.

— À propos de Menshiki ?

— Les nouvelles infos sur lui, dit-elle. Tout à l'heure, je t'ai dit que je t'en parlerais plus tard.

— Oh, Radio Jungle.

— Voilà », dit-elle. Et elle but une gorgée d'eau. « Ton ami Menshiki, on raconte qu'il a séjourné assez longtemps dans un centre de détention à Tokyo. »

Je me redressai, la regardai. « Un centre de détention à Tokyo ?

— Oui, celui qui se trouve à Kosuge.

— Mais enfin, pour quel motif ?

— Eh bien, je n'ai pas tous les détails, mais je crois qu'il s'agit d'embrouilles financières. Fraude fiscale, ou blanchiment d'argent, ou délit d'initié, ou peut-être tout ça à la fois. Il semble que sa détention remonte à six ou sept ans. Il t'a dit qu'il exerçait quel genre de travail ?

— Dans le domaine de l'information, répondis-je. Il a créé sa propre société et il y a quelques années, il a vendu toutes les actions de celle-ci pour un montant élevé. À présent il vit sur la plus-value engendrée par ses transactions.

— Dire qu'on travaille dans l'information, c'est extrêmement vague. Sachant que, dans le monde d'aujourd'hui, il n'y a quasiment aucun métier qui ne soit en rapport avec l'information.

— Qui t'a raconté cette histoire de détention ?

— Une amie dont le mari travaille dans la finance. Mais je ne suis pas sûre du degré d'authenticité de son récit. C'est peut-être quelqu'un qui a transmis à quelqu'un d'autre ce que lui-même avait appris par ouï-dire, tu vois, ce genre d'histoire. Mais d'après ce que m'a raconté ma copine, je n'ai pas l'impression qu'il s'agisse d'une simple rumeur sans fondement.

— S'il a séjourné au sein de ce centre, c'est qu'il avait été épinglé par le parquet de Tokyo.

— Mais finalement il semble qu'il ait été acquitté, dit-elle. On m'a raconté qu'il était néanmoins resté longtemps en détention et qu'il avait subi des interrogatoires très sévères. Sa détention a été prolongée à plusieurs reprises et la liberté sous caution ne lui a pas été accordée.

— Mais au procès, il a gagné.

— Oui, il a été mis en accusation, mais il a échappé à la prison. Il semble qu'il ait gardé un silence total durant les interrogatoires.

— À ce que j'en sais, le parquet de Tokyo, c'est la crème des enquêteurs en ce qui concerne les délits financiers. Ils en sont aussi très fiers. Dès qu'ils ont dépisté quelqu'un, ils recueillent assez de preuves irréfutables avant de le coincer, afin d'être sûrs de pouvoir le poursuivre. Le taux de condamnation est extrêmement élevé. Et les interrogatoires pendant la détention sont impitoyables. Durant leur garde à vue, la plupart des gens sont tellement cassés psychologiquement qu'ils finissent par signer le procès-verbal qui convient aux enquêteurs. Garder le silence tout en résistant à une telle pression n'est pas à la portée du commun des mortels.

— En tout cas, Menshiki, lui, il en a été capable. Il doit avoir une volonté de fer, sans compter qu'il est intelligent. »

Menshiki n'était certes pas un homme ordinaire. Il avait une volonté de fer, il était intelligent, effectivement.

« Il y a pourtant une chose qui me chiffonne. Que ce soit pour fraude fiscale ou pour blanchiment, une arrestation par le parquet de Tokyo fait toujours parler, et l'affaire aurait été relatée au moins dans les journaux. Et Menshiki étant un patronyme très rare, je m'en serais souvenu. Jusqu'à il n'y a pas longtemps, j'avais une passion pour la presse. Un vrai mordu.

— Ah, pour ça, je n'en sais rien. Et puis, il y a autre chose. Comme je te l'ai dit, il a acheté cette maison sur la montagne il y a trois ans. Et c'est à la suite de fortes pressions que la vente a été exécutée. Jusqu'alors, d'autres gens habitaient là. Ils n'avaient pas du tout l'intention de vendre la maison qu'ils venaient de construire. Mais Menshiki, avec un gros paquet d'argent – ou en utilisant une autre méthode –, a forcé cette famille à déguerpir et il s'est installé là à leur place. Comme un bernard-l'ermite voyou.

— Les bernard-l'ermite n'expulsent pas les occupants. Ils ne font que s'approprier pacifiquement un coquillage abandonné dont le mollusque d'origine est mort.

— Oui, mais parmi eux, il peut y avoir des bernard-l'ermite voyous, non ?

— Mais je ne comprends pas très bien, dis-je en laissant de côté le mode de vie des bernard-l'ermite. Si vraiment c'est ce qui s'est passé, qu'est-ce qui aurait poussé Menshiki à vouloir à ce point, obstinément, *cette* maison en particulier ? Jusqu'à finir par se l'accaparer en expulsant de force les occupants ? Cela a dû lui coûter beaucoup d'argent et lui demander bien du temps et des démarches. Par ailleurs, de mon point de vue, cette résidence est un peu trop tapageuse pour lui, elle se remarque trop. La maison est en effet superbe, mais à mon sens, elle n'est pas vraiment dans ses goûts.

— Et puis, elle est trop grande. Il n'a pas de femme de ménage, il vit là-dedans absolument seul, n'a presque pas de visiteurs, semble-t-il. Il n'a donc pas besoin d'une maison aussi vaste. »

Elle finit de boire son verre d'eau. Puis elle reprit :

« Menshiki avait sans doute une raison bien précise pour que ce soit cette maison-là. Même si on ignore cette raison.

— En tout cas, mardi soir, je suis invité là-bas. En mettant pour de bon les pieds chez lui, j'en saurai peut-être un peu plus.

— N'oublie pas de vérifier s'il y a bien une chambre interdite et secrète, comme dans le château de Barbe-Bleue.

— J'y penserai, répondis-je.

— En tout cas, tout s'est bien passé pour toi jusque-là, dit-elle.

— Tout ?

— Tu as bien achevé le tableau, il plaît à Menshiki et tu encaisses une belle somme.

— Oui, c'est vrai, dis-je. Je suis content de tout ça. Soulagé.

— Chapeau, l'artiste ! » fit-elle.

Dire que j'étais soulagé n'était pas faux. Certes, le tableau était bel et bien achevé. Il était vrai que Menshiki s'en était montré satisfait. Vrai aussi que j'étais moi-même convaincu du résultat de l'œuvre. Tout aussi vrai que, par conséquent, j'étais sur le point de toucher une rémunération confortable. Pourtant, pour une raison inconnue, je ne me sentais pas d'humeur à me féliciter du déroulement des événements : trop de choses restaient en suspens, telles quelles, sans que le moindre indice me soit suggéré. Plus je cherchais à simplifier ma vie, plus les événements finissaient par perdre toute cohérence.

Comme pour y rechercher un indice, je tendis les bras presque inconsciemment et enlaçai le corps de ma petite amie. Il était tendre, chaud. Et moite de sueur.

Je sais parfaitement ce que tu as fait, et où, dit l'homme à la Subaru Forester blanche.

20

L'instant où présence et absence allaient se mêler

Je m'éveillai de moi-même à 5 h 30 du matin le lendemain, dimanche. Tout était encore sombre. Après avoir pris un petit déjeuner simple à la cuisine, j'enfilai ma tenue de travail et entrai dans l'atelier. Lorsque le ciel de l'est commença à blanchir, j'éteignis la lumière, ouvris en grand la fenêtre et fis pénétrer dans la pièce l'air froid et vif du matin. Puis je pris une nouvelle toile, la posai sur le chevalet. J'entendais par la fenêtre ouverte chanter les premiers oiseaux. Les arbres autour étaient abondamment imbibés par la pluie incessante de la nuit. Il s'était arrêté de pleuvoir quelques instants plus tôt, des trouées lumineuses commençaient à apparaître entre les nuages. Je m'assis sur le tabouret et, tout en buvant mon café, je contemplai un moment la toile posée devant moi.

J'avais toujours aimé, tôt le matin, contempler longuement une toile absolument vierge, sur laquelle il n'y avait encore aucun dessin, aucune peinture. J'appelais ce moment « le zen de la toile ». Rien encore n'était dessiné, mais ce n'était absolument pas du vide qu'il y avait là. Sur cette surface immaculée se dissimulait la forme sur le point d'advenir. Si je fixais mon regard dessus, je discernais diverses possibilités, lesquelles finiraient bientôt par converger avant de déboucher en une piste concrète. J'aimais cet instant. L'instant où présence et absence allaient se mêler.

Mais ce jour, je savais d'emblée ce que je peindrais ensuite. Ce que je m'apprêtais à faire sur cette toile, c'était le portrait de l'homme qui conduisait la Subaru Forester blanche. À l'intérieur de moi, patiemment, cet homme était resté jusqu'à ces instants dans l'attente que je le peigne. C'était ce que je ressentais. Et il fallait que je fasse son portrait, non pas pour quelqu'un (ni sur commande, ni pour gagner ma vie), mais seulement pour moi-même. De la même façon que lorsque j'avais réalisé le portrait de Menshiki, je devais matérialiser son apparence sur la toile, à ma manière, afin que se profile la signification de son existence – ou du moins, celle qu'elle aurait pour moi. Pourquoi ? Je l'ignorais. C'était comme une exigence.

Je fermai les yeux, fis revivre mentalement la silhouette de l'homme à la Subaru Forester blanche. Je me souvenais très clairement, jusque dans les moindres détails, des traits de son visage. Le lendemain matin, depuis son siège dans le restaurant, il avait levé la tête et m'avait regardé droit dans les yeux. Un journal était plié sur sa table, de son café montait une vapeur blanche. La lumière matinale qui s'engouffrait par les grandes baies vitrées était éblouissante, on entendait dans le restaurant les cliquetis de la vaisselle bon marché qui s'entrechoquait. Ce décor réapparaissait en moi tout à fait distinctement. Et au sein de ce décor, le visage de l'homme commençait à prendre une expression.

Je sais parfaitement ce que tu as fait, et où, disaient ses yeux.

Cette fois, je décidai de faire d'abord un croquis. Je me levai, et, un fusain à la main, je me plantai devant la toile. Puis, sur le blanc de la surface, je me mis à aménager l'espace de son visage : sans le moindre plan, sans penser à rien, je traçai d'abord une ligne verticale. Qui constituerait le centre à partir duquel tout devrait commencer. Ce qui serait dessiné là-dessus, ce serait le visage d'un homme hâlé et maigre. Le front labouré de rides profondes. Les yeux étroits, perçants. Des yeux habitués à fixer un horizon lointain. Dans lesquels avaient pénétré les teintes du ciel et de la mer. Des cheveux en brosse, avec ici ou là des fils blancs. Un homme sans doute patient, taciturne.

Autour de ce tracé de base, je rajoutai plusieurs lignes auxiliaires avec le fusain. Afin qu'émergent les contours du visage de l'homme. Reculant de quelques pas, je contemplai les lignes que j'avais tracées, les corrigeai, en fis de nouvelles. L'important était d'avoir confiance en moi-même. De croire à la force des lignes, de croire à la force des espaces qu'elles délimitaient. Ce n'était pas moi qui devais prendre la parole, il fallait laisser les lignes et les espaces parler d'eux-mêmes. Et s'ils commençaient à le faire, bientôt ce serait au tour des couleurs. Et puis la surface plane changerait peu à peu de forme et prendrait du relief. Mon rôle, c'était de les encourager, de les aider. Et surtout, de ne pas les gêner.

Ce travail se poursuivit jusqu'à 10 h 30. Le soleil grimpait peu à peu au zénith, les nuages gris se déchiraient en petits fragments, chassés l'un après l'autre derrière les montagnes. Les branches des arbres avaient à présent cessé de faire s'écouler des gouttes de pluie depuis leurs extrémités. M'éloignant un peu, j'observai sous différents angles le croquis réalisé. Il y avait bien là le visage de l'homme dont je me souvenais. Ou plutôt, j'avais réussi à dessiner l'ossature dans laquelle devrait se loger son visage. Mais j'avais le sentiment qu'il y avait un peu trop de lignes. Je devais tailler, à bon escient. Il était nécessaire d'élaguer. Mais ce serait pour demain. Pour ce jour, mieux valait en rester là.

Je posai le fusain qui avait bien raccourci, allai me laver les mains, toutes noircies, à l'évier. Alors que je m'essuyais à une serviette, mon regard s'arrêta sur la clochette ancienne posée sur l'étagère devant moi. Je la saisis. Quand je la fis sonner pour faire un essai, son *drelin drelin* fut étrangement léger et sec, comme vieillot. Il était difficile de croire que c'était le son émanant d'un mystérieux instrument de rite bouddhique enfoui depuis si longtemps sous terre. Quand je l'avais entendu en pleine nuit, le son était tout à fait différent. Sans doute l'obscurité d'encre de la nuit et son silence absolu faisaient-ils résonner la clochette avec davantage de profondeur et de clarté, sans doute portaient-ils le son plus loin.

Qui, en pleine nuit, avait bien pu faire tinter cette clochette sous terre ? À ce jour, l'énigme restait entière. Quelqu'un avait dû l'agiter afin d'envoyer un message. Pourtant, ce quelqu'un s'était évaporé. Quand on avait dégagé la fosse, il n'y avait là que la clochette. Je n'y comprenais rien. Je la reposai sur l'étagère.

Après le déjeuner, je sortis et m'engageai dans le bois de derrière. J'avais enfilé un épais ciré gris et un pantalon de survêtement, taché de peinture ici ou là. Je marchai sur un petit sentier trempé jusqu'au vieux sanctuaire et le contournai. Sur les planches épaisses qui bouchaient l'ouverture, s'étaient amoncelées des feuilles mortes de toutes teintes et de toutes formes. Des feuilles détrempées par la pluie nocturne. Depuis que Menshiki et moi étions venus ici deux jours auparavant, il me semblait que personne n'y avait touché. C'est ce dont j'avais voulu m'assurer. Je m'assis sur une pierre mouillée et, tout en écoutant les oiseaux chanter au-dessus de moi, je contemplai le paysage et la fosse.

Dans le silence du bois, je pouvais presque percevoir jusqu'au bruit de l'écoulement du temps, du passage de la vie. Un humain s'en allait, un autre arrivait. Un sentiment s'en allait, un autre arrivait. Une image s'en allait, une autre arrivait. Et moi aussi, je me désintégrais petit à petit dans l'accumulation de chaque moment, de chaque jour, avant de me régénérer. Rien ne demeurerait au même endroit. Et le temps se perdrait. Un instant après l'autre, le temps s'écroulait puis disparaissait derrière moi, comme du sable mort. Assis devant la fosse, l'oreille aux aguets, je ne faisais qu'écouter le temps mourir.

Que ressentirais-je à être assis seul au fond de cette fosse ? La question me vint à l'esprit. Enfermé seul longtemps dans cet espace étroit et obscur ? Menshiki avait de lui-même renoncé à sa lampe de poche et à l'échelle. Sans cette échelle, si quelqu'un – en l'occurrence, *moi* – ne lui avait pas donné un coup de main, il lui aurait été quasiment impossible de sortir seul de là. Pourquoi avait-il fallu qu'il se contraigne à cette situation difficile ? Avait-il superposé ses jours solitaires dans le centre de détention de Tokyo à l'intérieur obscur de cette fosse ? Je n'étais bien entendu pas en mesure de le savoir. Menshiki vivait dans le monde de Menshiki, à sa façon à lui.

Tout ce que je pouvais dire sur ce sujet était que moi, *j'étais tout à fait incapable de faire une chose pareille.* Je redoutais plus que tout au monde les espaces exigus et obscurs. Dans un lieu de ce genre, je finirais par suffoquer de terreur. Et malgré tout, dans un certain sens, j'étais attiré par cette fosse. *Très* attiré. Au point que j'en venais à éprouver qu'elle me faisait signe.

Je restai ainsi assis environ une demi-heure près de la fosse. Après quoi, je me relevai et m'en retournai à la maison sous la douce lumière du soleil filtrée par les branches des arbres.

Peu après 2 heures de l'après-midi, je reçus un coup de fil de Masahiko. Il avait à faire non loin d'Odawara et me demandait s'il pouvait passer. Oui, évidemment, lui répondis-je. Cela faisait un certain temps que je ne l'avais pas vu. Il arriva au volant de sa voiture vers 3 heures. Il m'apportait en cadeau une bouteille de single malt. Je le remerciai. Justement, la mienne était presque vide. Il était comme toujours habillé avec beaucoup de goût, la barbe bien taillée, et portait ses habituelles lunettes à monture d'écaille. Depuis l'époque où nous étions étudiants, il n'avait pas changé. Seul son front se dégarnissait peu à peu.

Assis dans le salon, nous échangeâmes des nouvelles. Je lui racontai que le paysagiste avait dégagé le tumulus de pierres dans le bois à l'aide d'une pelleteuse. Et qu'ensuite était apparue une fosse cylindrique d'environ deux mètres de diamètre. Sa profondeur était de deux mètres quatre-vingts, et le mur tout autour était édifié en pierres. Un lourd couvercle en forme de grille la recouvrait, mais une fois celui-ci enlevé, on avait seulement trouvé à l'intérieur un instrument bouddhique qui ressemblait à une clochette ancienne. Il écouta mon récit d'un air intéressé. Mais il ne demanda pas à aller voir la fosse. Il ne dit pas non plus qu'il aimerait examiner notre trouvaille.

« Donc, depuis, tu n'entends plus sonner la clochette dans la nuit ? » demanda-t-il.

Je lui répondis que non, en effet.

« Tant mieux, dit-il d'un air un peu rassuré. Moi, ce genre d'histoires sinistres, ça ne me convient pas. Je m'arrange toujours pour m'approcher le moins possible des trucs trop bizarres.

— Qui s'y frotte s'y pique.

— Exactement, dit-il. En tout cas, tu as carte blanche pour tout ce qui concerne cette fosse. Fais comme bon te semble. »

Puis je lui racontai que m'était revenu le « désir de peindre » qui m'avait longtemps déserté. Qu'après avoir achevé le portrait que Menshiki m'avait commandé, deux jours plus tôt, j'avais eu le sentiment que quelque chose en moi s'était comme débloqué. Que j'étais peut-être en train de défricher une nouvelle méthode de peinture, un style original, personnel, qui consistait à prendre le portrait comme motif, comme point de départ : je commence un tableau pour brosser un portrait mais il devient à l'arrivée quelque chose de complètement différent. *Néanmoins*, il s'agit bel et bien d'un portrait, de la représentation de quelqu'un.

Amada voulut voir cette toile, mais je lui expliquai que Menshiki l'avait déjà emportée. Il en fut désolé.

« Je suppose que la peinture n'était même pas sèche ?

— Il a dit qu'il s'en occuperait, répondis-je. Il paraissait vouloir l'avoir à lui le plus tôt possible. Peut-être craignait-il que je ne change d'avis et que je ne veuille plus la lui donner.

— Hmm… fit-il, comme pour exprimer son admiration. Et sinon, tu entames autre chose ?

— J'ai commencé une nouvelle toile ce matin, dis-je. Mais ce n'est encore qu'un croquis au fusain, et tu n'y verras sans doute rien de tangible.

— Ce n'est pas important, tu veux bien me la faire voir ? »

Je le précédai dans l'atelier et lui montrai l'ébauche de *L'Homme à la Subaru Forester blanche*. Il n'y avait là que des lignes tracées au fusain noir. Une simple ossature grossière. Masahiko se tint en face du chevalet, bras croisés, sourcils froncés. Il observa longuement le tableau.

« Intéressant », fit-il quelques instants plus tard, d'une toute petite voix, comme pour étouffer son émotion.

Je restai silencieux.

« Je ne peux présager de la forme que cela prendra ensuite mais je vois assurément qu'il s'agit du portrait de quelqu'un. Ou je dirais plutôt des racines d'un portrait. Des racines enfouies très profondément dans la terre. » Après avoir prononcé ces mots, il se réfugia de nouveau dans un silence qui dura un certain temps.

« Dans un endroit très sombre et très profond, continua-t-il. Et cet homme – c'est bien un homme ? –, il y a quelque chose qui le met en colère, n'est-ce pas ? Il condamne quelque chose. Mais quoi ?

— Ça, je ne sais pas.

— Tu ne le sais pas, fit Masahiko d'une voix plate. Pourtant, ici, il y a de la tristesse. Et une profonde colère. Mais il n'arrive pas à la cracher. C'est une colère qui tourbillonne en lui. »

Étudiant, Masahiko était inscrit dans la section « peinture à l'huile », mais pour être honnête, ses talents de peintre n'avaient guère suscité d'éloges. Il possédait de la dextérité mais ses réalisations manquaient de profondeur. Lui-même le reconnaissait dans une certaine mesure. Lorsqu'il s'agissait de la réalisation d'un autre, cependant, il savait juger sur-le-champ si l'œuvre était bonne ou mauvaise. Aussi recourais-je depuis toujours à son avis quand j'hésitais sur mes travaux en cours. Ses conseils étaient toujours précis et objectifs, et ils m'étaient réellement utiles. Par ailleurs, heureusement, il était tout à fait dépourvu de jalousie ou d'esprit de rivalité. Ce devait être dans sa nature. C'est pourquoi je pouvais me fier à son opinion. Il lui arrivait d'avoir la dent dure, mais comme il ne dissimulait rien, cela ne me fâchait pas, curieusement, même lorsqu'il décriait mon travail avec sévérité.

« Quand ce tableau sera achevé, avant de le livrer, pourras-tu me le montrer ? Juste un petit coup d'œil ? me dit-il sans quitter la toile des yeux.

— Oui, d'accord, dis-je. Cette fois, je ne le fais à la demande de personne. Je travaille seulement pour moi et à mon gré. Je n'ai pas prévu de le livrer à quiconque.

— Tu as maintenant le désir de peindre des *tableaux pour toi* ?

— On dirait.

— Ceci est un portrait, au sens de la "représentation de quelqu'un", mais pas au sens d'un portrait conventionnel. »

J'opinai. « On peut peut-être le dire ainsi.

— Et puis tu as… peut-être trouvé une nouvelle direction.

— Je l'espère », dis-je.

Au moment de partir, il me dit : « J'ai vu Yuzu l'autre jour. Par hasard. Nous avons bavardé une demi-heure environ. »

Je me contentai de faire un signe de tête sans répondre. Je ne savais que dire et de quelle façon m'y prendre.

« Elle avait l'air en forme. On n'a presque pas parlé de toi. Comme si on cherchait, elle comme moi, à éviter le sujet. Tu comprends, je suppose, la situation. Mais à la fin, elle m'a demandé de tes nouvelles. Sur ce que tu faisais, ce genre de choses. Je lui ai dit qu'apparemment, tu peignais. Seul, reclus sur la montagne, mais que j'ignorais quel type de peinture tu faisais.

— Au moins, je suis toujours vivant », dis-je.

Masahiko paraissait désireux de me parler d'autre chose à propos de Yuzu mais il changea d'avis et garda la bouche close. Yuzu avait toujours eu de la sympathie pour Masahiko et elle l'avait consulté sur toutes sortes de questions. Sans doute sur notre relation. Exactement comme moi je lui demandais conseil à propos de mes peintures. Il ne m'en avait jamais rien dit pourtant. Tel était cet homme. Il lui arrivait souvent de jouer le rôle du confident, de celui qu'on consultait sur quantité de sujets. Mais ces confidences restaient simplement accumulées en lui. Comme s'accumule dans une citerne l'eau de pluie qui a transité par la gouttière. Elle n'en coule pas. Elle ne s'épanche pas non plus du bord de la citerne. Sans doute ajuste-t-on le niveau de l'eau aux besoins.

J'imagine que Masahiko, lui, ne se confie pas, ne demande pas de conseils. Fils d'un peintre célèbre de nihonga et lui-même diplômé des Beaux-Arts, il n'a pourtant jamais fait preuve d'un vrai talent de peintre. Cette cruelle réalité a dû le tourmenter. Il a certainement eu envie de s'épancher. Mais depuis que s'était nouée notre longue amitié, je ne me souvenais pas qu'il se soit plaint une seule fois. C'était un homme ainsi fait.

« Je crois que Yuzu avait un amant, lançai-je. Les derniers temps de notre vie commune, nous n'avions plus de relations sexuelles, elle et moi. J'aurais dû m'en apercevoir plus tôt. »

C'était la première fois que j'avouais ce fait à quelqu'un. C'était quelque chose que j'avais gardé pour moi seul.

« Ah, fit Masahiko.

— Je suppose que tu le savais ? »

Il ne répondit pas.

« Je me trompe ? insistai-je.

— Lorsque c'est possible, il y a aussi des choses qu'il vaut mieux continuer à ignorer. C'est tout ce que je peux en dire.

— Mais qu'on le sache ou pas, le résultat est à peu près le même. La seule différence, c'est si on y fait face plus tard ou plus tôt, brusquement ou pas, ou encore si ces choses frappent à notre porte bruyamment ou avec un petit *toc toc*. »

Masahiko soupira. « Oui, tu as sans doute raison. Peut-être, en effet, le résultat est le même, que tu l'aies su ou pas. Il y a cependant des choses que moi, je ne peux pas te dire. »

Je restai silencieux.

Il reprit : « Quel que soit le résultat, les événements ont nécessairement un bon et un mauvais côté. La séparation avec Yuzu a été, je pense, quelque chose de très douloureux pour toi. J'en suis vraiment désolé. Mais la conséquence, c'est que tu as enfin commencé à peindre pour toi. Tu as découvert ce qui est peut-être ton propre style. En y réfléchissant, n'est-ce pas le bon côté des choses ? »

En effet, il avait peut-être raison, me dis-je.

S'il n'y avait pas eu la séparation avec Yuzu – ou plus exactement si Yuzu ne m'avait pas quitté –, j'aurais continué à peindre des portraits banals et conformistes pour gagner ma vie. Mais cela ne résultait pas *d'un choix que j'avais fait moi-même*. Là était le point essentiel.

« Essaie de regarder le bon côté, dit Masahiko juste avant de partir. C'est peut-être un conseil stupide, mais quitte à marcher dans une rue, autant marcher du côté ensoleillé, non ?

— Et voir que le verre est encore plein, pour un seizième. »

Masahiko éclata de rire. « J'adore ton sens de l'humour. »

Je n'avais pas dit ça pour faire de l'humour, mais je m'abstins de le souligner.

Masahiko resta silencieux un instant. « Tu aimes encore Yuzu, n'est-ce pas ? demanda-t-il enfin.

— Je me dis qu'il faut l'oublier, mais mon cœur s'obstine, il reste collé à elle, il ne la quitte pas. Je ne sais pas comment ça se fait, c'est ainsi.

— Tu n'essaies pas de voir d'autres femmes ?

— Si, mais Yuzu est toujours là, entre l'autre femme et moi.

— Ah, zut », dit-il. Puis il se frotta le front du bout des doigts. Il avait l'air vraiment ennuyé.

Après quoi il remonta dans sa voiture pour repartir.

« Merci pour le whisky », lui dis-je. Il n'était pas encore 5 heures mais le ciel s'était déjà beaucoup assombri. Nous étions arrivés à la saison où les nuits se faisaient de plus en plus longues.

« J'aurais bien aimé boire en ta compagnie mais je suis en voiture, dit-il. Un de ces jours, on prendra du temps, on boira tous les deux jusqu'à plus soif ! Ça fait si longtemps…

— Un de ces jours », dis-je.

Lorsque c'est possible, il y a aussi des choses qu'il vaut mieux continuer à ignorer, avait-il dit. C'était peut-être vrai. Dans ce monde, il y a certainement des choses qu'il est préférable de continuer à ne pas entendre. Toutefois, on ne peut rester éternellement sans entendre. Quand vient le temps, aussi hermétiquement qu'on se soit bouché les oreilles, le bruit fait trembler l'air et s'enfonce dans le cœur de l'homme. Il est impossible de l'en empêcher. Si vous ne voulez pas qu'il en soit ainsi, il ne vous reste qu'à aller dans le monde du vide.

Quand je m'éveillai, c'était la pleine nuit. J'allumai à tâtons la lampe sur mon chevet, regardai le réveil. Il indiquait 1 h 35. J'entendais la clochette tinter. Sans aucun doute, *cette* clochette. Je me redressai, tendis l'oreille en direction du son.

C'était sûr, la clochette s'était mise à tinter de nouveau. Quelqu'un la faisait résonner dans l'obscurité de la nuit – et cette fois le son était bien plus fort qu'auparavant, bien plus clair.

21

Quand il tranche, le sang jaillit

Je me redressai dans mon lit, et, dans l'obscurité de la nuit, retenant mon souffle, je tendis l'oreille aux tintements de la clochette. D'où pouvait provenir le son ? Comparé à celui que j'avais entendu quelques nuits plus tôt, il était bien plus fort, bien plus clair. C'était sûr et certain. Et la direction d'où il semblait provenir était différente.

La clochette sonne dans la maison, estimai-je. Il n'y avait pas d'autre possibilité. Et puis, dans la confusion de mes souvenirs, je finis par me rappeler que la clochette était déposée depuis quelques jours sur une étagère de l'atelier. Après avoir rouvert la fosse et découvert la clochette, je l'avais moi-même placée là.

Les tintements de la clochette proviennent de l'intérieur de l'atelier.

Il n'y avait aucun doute.

Que devais-je faire ? Dans ma tête, c'était le chaos. Bien entendu, j'étais terrorisé. Dans cette maison, sous ce toit, se produisait cette chose inconcevable. Le moment, c'était le plein milieu de la nuit, le lieu, une montagne retirée, et moi-même, j'étais absolument seul. Il était normal que je sois terrorisé. Mais en y réfléchissant après coup, je crois qu'à ces instants-là le trouble dépassait quelque peu la peur. C'est sans doute ainsi qu'est façonné le cerveau humain. Afin de faire disparaître une violente terreur ou une souffrance, ou pour les atténuer, les émotions et les sensations dont on dispose sont éveillées, mobilisées toutes ensemble, sans exception. Comme lorsqu'il y a un incendie et que l'on récupère tous les récipients disponibles pour les remplir d'eau.

Je mis de l'ordre dans ma tête autant que cela m'était possible et réfléchis à l'éventuelle conduite à tenir. L'un des choix qui s'offraient à moi était de me cacher la tête sous la couette, sans plus, et de dormir. C'était une méthode, ainsi que l'avait évoquée Masahiko, qui consistait à rester résolument à l'écart de tout ce qui était trop bizarre. Mettre l'interrupteur de ses pensées sur *off*, faire en sorte de ne rien voir, de ne rien entendre. Sauf que je n'étais *absolument pas en mesure de m'endormir* dans la situation actuelle. Même en me mettant la couette sur la tête, en me bouchant les oreilles, en coupant le circuit de mes pensées, il me serait malgré tout impossible d'ignorer ces *drelin drelin* qui retentissaient aussi clairement. Car la clochette était agitée tout près, à l'intérieur de la maison.

Elle continuait à se faire entendre par intermittence, comme toujours. Quelques *drelin drelin*, entrecoupés de silences, et de nouveau, plusieurs *drelin drelin*. Les silences entre les tintements n'étaient pas de durée égale, ils étaient parfois brefs, parfois plus longs. Il y avait quelque chose d'étrangement humain dans cette irrégularité. La clochette ne sonnait pas d'elle-même. Elle n'était pas agitée non plus par on ne sait quel dispositif. Quelqu'un l'avait en main et la faisait tinter. Certainement pour faire percevoir un message.

Puisqu'il m'était impossible de continuer à l'ignorer, il ne me restait qu'à aller vérifier. Si une pareille chose se reproduisait chaque nuit, mon sommeil en serait ruiné et je ne pourrais plus vivre normalement. Je décidai donc d'aller dans l'atelier et de constater de visu ce qui se passait. J'éprouvais un sentiment de colère (pourquoi fallait-il que j'endure tout cela ?). Et puis aussi, naturellement, une certaine curiosité. Je voulais découvrir de mes yeux ce qui pouvait bien se dérouler en ce lieu.

Je sortis du lit, enfilai un cardigan sur mon pyjama. Puis, une lampe de poche à la main, j'allai dans l'entrée. Là, je m'emparai de la canne de chêne, d'une couleur sombre, que Tomohiko Amada avait laissée dans le porte-parapluie. Une canne solide et pesante. Je ne pensais pas qu'un objet pareil pourrait réellement être utile, mais cela me rassurait de tenir quelque chose plutôt que d'avoir les mains vides. Impossible de savoir ce qui pouvait se passer.

Il va sans dire que j'étais effrayé. J'avançai pieds nus, mais la plante de mes pieds n'éprouvait quasiment aucune sensation. J'étais terriblement tendu, j'avais l'impression d'entendre grincer tous mes os à chaque mouvement de mon corps. Quelqu'un s'était introduit dans la maison. Et ce quelqu'un faisait tinter la clochette. Sûrement le même être qui l'avait fait résonner au fond de la fosse. Je ne pouvais prévoir de qui ou *de quoi* il s'agirait. Une momie ? Si, en entrant dans l'atelier, je voyais une momie – un homme tout racorni à la peau couleur de bœuf séché – en train de faire sonner la clochette, comment devrais-je m'y prendre ? Brandir la canne et la frapper de toutes mes forces ?

Allons, me dis-je. *Hors de question*. La momie était certainement un « devenu bouddha à même le corps ». Ce n'était pas un zombie.

Mais alors, que faire ? J'étais toujours en pleine confusion. Ou plutôt, mon trouble s'intensifiait. Si je ne trouvais pas une parade efficace, devrais-je désormais vivre tout le temps dans cette maison en compagnie de la momie ? Et entendre chaque nuit à la même heure tinter la clochette ?

Soudain, je pensai à Menshiki. N'était-ce pas à cause de ses entreprises intempestives que je me retrouvais dans cette situation fâcheuse ? Il avait fait déblayer le tumulus pierreux en allant jusqu'à utiliser un lourd engin, il avait mis au jour cette fosse mystérieuse et cette chose dont j'ignorais la nature véritable avait fini par s'introduire dans la maison avec la clochette. Je pensai lui passer un coup de fil. Même à cette heure, il n'hésiterait sûrement pas à monter dans sa Jaguar et à accourir jusqu'ici. Mais je changeai d'avis. Je n'avais pas le temps d'attendre que Menshiki se prépare et vienne me retrouver. C'était à *moi* d'agir, *ici et maintenant*. Je devais faire face, et *prendre mes responsabilités*.

Résolu, je pénétrai dans le salon, fis de la lumière. La clochette continua de résonner malgré l'éclairage. Sans le moindre doute, le son venait de l'atelier. Il s'entendait à travers la porte entre les deux pièces. Je serrai fermement la canne dans ma main droite, traversai à pas de loup le salon, posai la main sur la poignée de la porte de l'atelier. Après quoi, je pris une grande respiration, affermis ma résolution et tournai la poignée. À l'instant précis où je poussai la porte, la clochette cessa de tinter, comme si elle m'avait attendu. S'abattit alors un grand silence.

L'atelier était complètement noir. On ne voyait rien. J'allongeai la main vers le mur du côté gauche, et appuyai à tâtons sur l'interrupteur. Le plafonnier s'éclaira, la pièce fut tout à coup inondée de lumière. Campé près de la porte, les jambes légèrement écartées, agrippant toujours la canne dans ma main droite, du regard, je fis rapidement le tour de la pièce. J'étais au comble de la nervosité, j'avais la gorge sèche, et terriblement soif. Au point d'avoir du mal à déglutir.

Il n'y avait personne dans l'atelier. Pas de momie racornie en train d'agiter la clochette. Nulle silhouette de quoi que ce soit. Au milieu de la pièce était installé le chevalet sur lequel était posée une toile. Devant, le vieux tabouret en bois à trois pieds. C'était tout. L'atelier était désert. On n'entendait pas le moindre chant d'insecte. Il n'y avait pas de vent. Les rideaux blancs étaient bien accrochés à la fenêtre, tout était calme. Il régnait un silence profond dans la pièce, tellement profond qu'il semblait même étrange. À cause de ma nervosité, ma main droite, celle qui tenait la canne, tremblait légèrement. Synchronisée à mes tremblements, l'extrémité de la canne qui touchait le sol produisait de petits cliquetis secs et irréguliers.

La clochette était toujours bien là, sur l'étagère. Je m'approchai, l'observai de près, la détaillai. Je ne la touchai pas mais rien ne semblait avoir changé. Elle était au même endroit que là où je l'avais reposée dans la journée, peu avant midi, après l'avoir prise en main. Rien ne montrait qu'elle ait été déplacée.

Je m'assis sur le tabouret rond, devant le chevalet, examinai l'ensemble de la pièce encore une fois en en faisant du regard le tour complet. J'inspectai soigneusement tous les coins. Non, il n'y avait personne. L'atelier présentait son aspect habituel. La toile que j'avais commencée également. L'ébauche de *L'Homme à la Subaru Forester blanche*.

Je portai le regard sur le réveille-matin posé sur l'étagère. Il était exactement 2 heures du matin. Comme j'avais été réveillé par les tintements de la clochette à 1 h 35, vingt-cinq minutes s'étaient donc écoulées. Je n'avais pas la sensation qu'autant de temps avait passé. Mais plutôt l'impression qu'il ne s'était écoulé que cinq ou six minutes. Ma perception du temps s'était déréglée. Ou alors le cours du temps lui-même s'était déréglé. C'était l'un ou l'autre.

Bredouille, je finis par descendre du tabouret, éteignis la lumière dans l'atelier, fermai la porte en sortant. Devant la porte close, je restai un instant à tendre l'oreille, mais je n'entendais plus la clochette. Je n'entendais rien. J'entendais seulement le silence. Entendre le silence – ce n'était pas un jeu de mots. Sur une montagne isolée, même le silence possède un bruit. Posté à côté de la porte, je tendis l'oreille un instant à ce bruit-là.

À ce moment, je remarquai soudain qu'il y avait une forme inhabituelle sur le canapé du salon. Quelque chose de la taille approximative d'un coussin ou d'une poupée. Je n'avais aucun souvenir d'avoir déposé là une chose pareille. Je fixai mon regard pour mieux voir et compris que ce n'était ni un coussin ni une poupée. C'était un être humain vivant, tout petit. D'une taille de soixante centimètres environ. Ce petit être portait un curieux habit blanc. Et il ne cessait de se trémousser. Il semblait très mal à l'aise, comme s'il n'était pas habitué à son vêtement. Qui me parut familier. C'était un costume traditionnel, à l'ancienne. Comme celui que portaient les hommes de haut rang dans le Japon d'antan. Mais il n'y avait pas que son habit, son visage aussi m'était familier.

Le Commandeur, me dis-je.

Je fus glacé jusqu'à la moelle. Comme si un bloc de glace de la taille d'un poing me remontait peu à peu tout le long du dos. Le « Commandeur » qui était peint sur le tableau de Tomohiko Amada intitulé *Le Meurtre du Commandeur* était assis sur le canapé du salon de ma maison – non, pour être exact, dans la maison de Tomohiko Amada – et me regardait droit dans les yeux. Ce petit homme était vêtu exactement comme celui du tableau, il avait exactement le même visage. Comme s'il s'était échappé du tableau tel quel.

Ce tableau, d'ailleurs, où était-il à présent ? Je fis un effort pour m'en souvenir. Ah oui, bien sûr, il se trouvait dans la chambre d'amis. Je l'avais caché là, bien enveloppé dans du papier japonais brun afin qu'il ne soit pas visible, car ce serait peut-être gênant que des visiteurs le voient. Si cet homme s'était vraiment échappé du tableau, à présent, qu'était devenue la peinture elle-même ? Seule la forme du Commandeur s'était-elle effacée de l'image ?

Mais qu'un personnage peint sur une toile s'en échappe, était-ce possible ? Non, évidemment, ça ne l'était pas. C'était une histoire absolument impossible. Cela, j'en étais convaincu. Pour n'importe qui et de quelque façon qu'on examine la question, simplement impossible…

Pétrifié, ayant perdu tout repère, toute logique, égaré dans des pensées incohérentes qui tournaient sans répit, je fixai le Commandeur assis sur le canapé. J'avais l'impression que le temps avait cessé d'avancer momentanément. Qu'il faisait les cent pas, en attendant patiemment que se calme le chaos qui m'habitait.

En tout cas, j'étais incapable de quitter des yeux ce personnage insolite – dont je ne pouvais que penser qu'il venait d'un autre monde. Depuis le canapé, le Commandeur, de son côté, me regardait sans ciller. Je n'avais plus de mots et je gardai le silence. Sans doute étais-je par trop stupéfait. Je ne pouvais rien faire, si ce n'est garder les yeux rivés sur cet homme et continuer à respirer en silence, la bouche entrouverte.

Le Commandeur, lui non plus, ne me quitta pas du regard, il ne proféra pas un seul mot. Sa bouche était étroitement fermée. Ses petites jambes étaient allongées tout droit sur le canapé. Il s'appuyait contre le dossier, mais sa tête n'atteignait pas le haut. Aux pieds, il portait des chaussures de forme curieuse. Elles semblaient faites de cuir noir. L'extrémité en était pointue, relevée vers le haut. À la taille, il avait une longue épée à la poignée ornementée. Une longue épée dans le sens qu'elle était adaptée à sa taille, car en réalité, par sa dimension, elle était plus proche d'un poignard. Mais, bien entendu, cela pouvait servir d'arme. S'il s'agissait bien d'un sabre véritable.

« Ô dame oui, c'est un vrai sabre, un vrai de vrai », dit le Commandeur, comme s'il avait lu en moi. Sa voix portait bien malgré sa taille réduite. « Il est petit, ô que oui, mais quand il tranche, le sang jaillit. »

Je restai muet. Les mots ne me venaient pas. Ma première pensée avait été que cet homme pouvait bel et bien parler. La seconde, qu'il avait une façon de parler extrêmement étrange. Une manière de s'exprimer que n'utiliserait sûrement pas un homme normal. À bien y réfléchir, ce Commandeur d'environ soixante centimètres, tout juste sorti d'un tableau, n'était évidemment pas, par nature, « un homme normal ». Il n'y avait donc pas à être étonné, quelle que soit sa façon de parler.

« Sur le tableau de Tomohiko Amada *Le Meurtre du Commandeur*, j'ai eu la poitrine transpercée d'un coup d'épée, et j'étais, ô combien pitoyable, à l'agonie, dit le Commandeur. Comme tu le sais bien, Messieurs. Mais maintenant, de blessure, point. Tu vois ? Nulle blessure. Ce serait tout de même enquiquinant que d'aller baguenaudant avec du sang qui dégouline. Et pour toi également, Messieurs, j'ai pensé que ça te causerait à coup sûr des tracasseries, oui-da. Ce serait point réglo pour toi que les tapis ou les meubles soient tachés de sang. Donc, dans l'immédiat, j'ai laissé tomber le réalisme et opté pour la version sans blessure. "Meurtre du Commandeur" moins "Meurtre" égale moi. Si tu as besoin d'un nom pour m'appeler, j'accepte que tu t'adresses à moi par le titre "Commandeur". »

Si la façon de s'exprimer du Commandeur était curieuse, il ne semblait cependant avoir aucune difficulté à parler. Il était même plutôt volubile. Mais de mon côté, j'étais toujours incapable de proférer la moindre parole. En moi, le réel et l'irréel avaient encore du mal à s'accommoder l'un à l'autre.

« Et veux-tu bien poser cette canne maintenant ? dit le Commandeur. Car duel entre moi et Messieurs, il n'y aura point, ô nenni-da. »

Je regardai ma main droite. Elle était encore fermement agrippée à la canne de Tomohiko Amada. Je lâchai la canne. En tombant sur le tapis, elle fit un bruit mat.

« Point ne me suis échappé du tableau, dit le Commandeur, comme si, encore une fois, il avait lu en moi. Ce tableau – fort intéressant, d'ailleurs – est encore à présent parfaitement intact. Le Commandeur est toujours en train, oui-da, de se faire assassiner. Un flot de sang coule du cœur de son cœur. Moi, j'ai seulement et provisoirement emprunté l'aspect de ce personnage. Parce qu'il me faut bien une forme pour faire ainsi face à Messieurs. Je me suis donc approprié par commodité l'apparence de ce Commandeur. J'espère que ça causera point d'ennui. »

J'étais toujours muet.

« Mais que nenni. Maître Amada est déjà passé dans un monde de paix et de confusion et "Commandeur", après tout, n'est point une marque déposée. Si j'avais choisi l'apparence de Mickey Mouse ou de Pocahontas, la société Walt Disney m'aurait collé un procès d'enfer, les yeux de la tête ça m'aurait coûté, mais avec le Commandeur, point de semblables tracas, j'imagine. »

Là-dessus, le Commandeur se mit à rire gaiement en secouant les épaules.

« Pour ma part, ça m'irait même de prendre la forme d'une momie, ô que oui, mais si j'apparaissais soudain en pleine nuit sous l'apparence d'une momie, pour Messieurs, ça serait horriblement horrible, j'ai songé. Si des gens voyaient une sorte de morceau de bœuf séché tout racorni en train de faire *drelin drelin* avec une clochette dans les ténèbres, ils risqueraient une attaque cardiaque, dame oui ! »

Je hochai la tête, presque par réflexe. Certes, mieux valait le Commandeur à une momie. Si je m'étais trouvé nez à nez avec une momie, j'aurais peut-être succombé à une crise cardiaque. Mais si c'était Mickey Mouse ou Pocahontas qui avait agité la clochette en pleine nuit, ç'aurait aussi été assez effroyable. Un Commandeur vêtu d'un costume de l'époque Asuka était un moindre mal.

« Êtes-vous une sorte de spectre ? » m'autorisai-je à lui demander. Comme celle d'un convalescent, ma voix était rauque et raide.

« Bonne question », dit le Commandeur. Puis il leva un petit index blanc. « Trop trop génial, ta question, Messieurs. Moi, que suis-je ? Or, pour le moment, je suis le Commandeur. Rien en dehors du Commandeur, que nenni-da. Nonobstant et bien entendu, c'est une forme provisoire. Je ne sais pas quelle sera la prochaine. Alors, que suis-je essentiellement ? Ou plutôt, qu'es-tu, toi, Messieurs ? Tu as cette apparence que tu as maintenant, Messieurs, mais au fond, qu'es-tu ? Si on te lance bille en tête une pareille question, Messieurs, tu seras fort embarrassé. Dans mon cas, c'est kif-kif bourricot !

— Vous pouvez prendre n'importe quelle apparence ? lui demandai-je.

— Mais que nenni, c'est point aussi simple. Les formes que je peux prendre sont assez restreintes. Il m'est point possible d'apparaître en n'importe quoi. Pour le dire rapidement, *la garde-robe est limitée*. Il m'est point possible d'adopter une apparence sans nécessité. Et cette fois, ce nabot de Commandeur était de facto le seul choix qui s'offrait à moi. Et comme il est aux dimensions d'un tableau, je me retrouve avec cette taille riquiqui. N'empêche que ce costume est vraiment tout à fait pénible, oui-da. »

Et il se tortilla dans son vêtement blanc.

« Et revenons à nos moutons. À ta question, Messieurs. Suis-je un spectre ? Non, aucunement, Messieurs. Un spectre, non point. Je suis seulement une Idée, ô que oui. Un spectre est fondamentalement omnipotent, mais moi, que non point. Toutes sortes de contraintes conditionnent mon existence. »

J'avais de nombreuses questions. Ou plutôt, j'*aurais dû avoir* de nombreuses questions. Mais pour quelque raison, pas une ne me vint à l'esprit. Pourquoi me parlait-il ainsi avec cette appellation plurielle de « Messieurs » alors que j'étais seul ? Mais c'était une question insignifiante. Inutile de l'interroger exprès sur pareil détail. Dans le monde des « Idées », la deuxième personne du singulier n'existait peut-être pas.

« Les contraintes sont nombreuses et méticuleusement scrupuleuses, dit le Commandeur. Par exemple, je ne peux me personnifier que durant un temps limité en une journée. Comme j'affectionne tant et tant l'ambiance louche de la pleine nuit, j'apparais en général entre 1 h 30 du matin et 2 h 30. S'incarner durant les heures de la journée augmente beaucoup mon éreintement, dame oui. Et le reste du temps, je me délasse ici et là en tant qu'Idée immatérielle. Comme le hibou du grenier. Ensuite, ma nature m'interdit d'aller là où point invité ne suis. Or donc, grâce à toi, Messieurs, qui as dégagé la fosse et qui as ramené la clochette ici, j'ai pu entrer dans cette maison.

— Vous avez été tout le temps enfermé dans cette fosse ? » demandai-je. Ma voix s'était affermie mais elle était encore un peu enrouée.

« Je sais pas. De mémoire au sens précis du terme, point du tout. Mais que j'aie été enfermé dans cette fosse, c'est un fait évident et indéniable. J'ai été dans cette fosse, et pour une raison que j'ignore, je ne pouvais en sortir, ô que nenni. Mais particulièrement gêné d'être enfermé là-dedans, point du tout. Que je sois claquemuré dans un trou exigu et obscur durant des dizaines de milliers d'années, de l'inconfort, de la peine, nullement je n'éprouve, je suis fait ainsi. Ce nonobstant, Messieurs, je te dois naturellement une vive reconnaissance pour m'avoir sorti de là. Parce que, malgré tout, être libre est bien plus rigolo que de l'être point, dame oui, cela va de soi. Et j'ai de la gratitude aussi pour cet homme, Menshiki. Sans ses bontés et tous ses efforts, la fosse aurait point été dégagée. »

J'acquiesçai. « Oui, c'est très juste.

— J'ai dû capter, viscéralement, une sorte de signe. Ah, dame oui, un signe que la fosse allait être ouverte. Ce qui m'a fait me dire ceci : ça y est, l'heure est venue.

— C'est pour cette raison que depuis peu, vous avez commencé à faire tinter la clochette la nuit ?

— Juste, Auguste. Or, la fosse a enfin été ouverte en grand. Et cerise sur le gâteau, M. Menshiki a eu la bienveillance de m'inviter au banquet chez lui. »

Je hochai la tête encore une fois. Menshiki, en effet, avait invité le Commandeur – il avait alors utilisé les mots « la momie » – à dîner mardi soir. À l'instar de Don Giovanni invitant la statue du Commandeur à souper. Menshiki avait peut-être voulu plaisanter, mais à présent, il ne s'agissait plus d'une plaisanterie.

« Je mange aucunement nourriture, dit le Commandeur. Je bois aucunement alcool non plus. D'ailleurs, ne suis point équipé d'appareil digestif. Pour être un rabat-joie, j'en suis bien un, dame oui. Alors qu'il y aura des mets succulents, époustouflants. N'en déplaise, j'accepte cette invitation en toute modestie. Qu'une Idée soit conviée à un souper, cela arrive point souvent, que nenni. »

Ce furent les derniers mots du Commandeur cette nuit-là. Après avoir ainsi parlé, il plongea soudain dans le silence, ferma doucement les yeux. Comme si peu à peu il pénétrait dans le monde de la méditation. Une fois ses yeux clos, le visage du Commandeur apparaissait très porté à l'introspection. Son corps non plus ne bougeait plus du tout. Puis sa silhouette devint rapidement plus inconsistante, ses contours se firent plus flous. Et quelques secondes plus tard, il avait complètement disparu. Par réflexe, je regardai la pendule. Il était 2 h 15. Le temps imparti à son « incarnation » devait être écoulé.

Je m'approchai du canapé, touchai de la main l'endroit où le Commandeur s'était assis. Ma main n'éprouva aucune sensation. Pas de chaleur, pas de creux. Il n'y avait aucune trace que quelqu'un ait pris place ici. Sans doute qu'une Idée ne possédait ni chaleur corporelle ni poids. Son apparence n'était qu'une forme temporaire. Je m'assis à côté de l'endroit qu'il avait occupé, respirai profondément. Puis, à deux mains, je me frottai le visage.

J'avais l'impression que ces événements s'étaient tous produits en rêve. J'avais fait un rêve long et très vivant. Ou plutôt, ce monde était encore la prolongation de ce rêve. J'étais enfermé à l'intérieur du rêve. Tel était mon sentiment. Mais j'étais bien conscient que non, il ne s'agissait pas d'un rêve. Ce n'était peut-être pas de la réalité. Mais pas du rêve non plus. Menshiki et moi, tous les deux, nous avions libéré le Commandeur – ou l'Idée qui avait pris la forme du Commandeur – des profondeurs de cette étrange fosse. Et à présent, le Commandeur s'était installé dans cette maison. Comme le hibou du grenier. Je ne comprenais pas le sens de tout cela. Et je ne savais pas non plus quelles en seraient les conséquences.

Je me levai, ramassai la canne en chêne de Tomohiko Amada tombée au sol, éteignis la lumière du salon, retournai dans ma chambre. Tout était calme. On n'entendait pas le moindre bruit. J'ôtai mon cardigan, entrai dans mon lit en pyjama et me mis à réfléchir sur ce qu'il convenait de faire. Le Commandeur avait l'intention de venir mardi soir chez Menshiki. Puisque ce dernier l'avait invité. Que se passerait-il alors ?

J'avais beau y penser tant et plus, ma tête, comme une table bancale, était dans l'impossibilité de retrouver sa stabilité.

Bientôt, le sommeil m'envahit. C'était comme si mon cerveau avait mobilisé l'ensemble de ses fonctions pour me faire sombrer vaille que vaille dans le sommeil. Afin de me forcer à m'arracher, à m'éloigner d'une réalité complètement chaotique où la logique n'avait plus cours. Et j'étais incapable de m'y opposer. Très vite, je m'enfonçai dans le sommeil. Juste avant de m'endormir, je songeai au hibou. Qu'était-il devenu ?

Dors, Messieurs, me chuchota à l'oreille le Commandeur. Ou j'eus cette impression.

Mais c'était sans doute dans une des bribes d'un rêve.

22

L'invitation tient toujours

Le lendemain était un lundi. Quand je m'éveillai, le cadran du réveil digital indiquait 6 h 35. Je me redressai, repassai dans ma tête les événements qui s'étaient déroulés dans l'atelier durant la nuit, quelques heures auparavant. La clochette qui avait été agitée, le Commandeur miniature, la curieuse conversation que j'avais eue avec lui. Tout cela n'avait été qu'un rêve, me dis-je pour me convaincre. J'avais fait un rêve extrêmement long, qui avait pris toute l'apparence de la réalité. Voilà tout. À la lumière vive du matin, je ne pouvais concevoir d'autre explication. Les moindres détails me restaient en mémoire mais, plus je les réexaminais l'un après l'autre, plus l'ensemble me paraissait être survenu dans un monde situé à des années-lumière de la réalité.

Pourtant, j'avais beau m'efforcer de me persuader qu'il ne s'agissait que d'un rêve, je savais néanmoins que non, ce n'en était pas un. *Ce n'était peut-être pas de la réalité, mais ce n'était pas du rêve non plus.* Je ne savais pas ce que c'était, mais en tout cas, non, pas du rêve. C'était quelque chose d'une texture tout autre que celle du rêve.

Je sortis du lit, pris *Le Meurtre du Commandeur*, ôtai le papier qui l'enveloppait, emportai la peinture dans l'atelier. Je l'accrochai au mur et, assis sur le tabouret, je la scrutai longuement, bien en face. Comme le Commandeur l'avait dit cette nuit, il n'y avait rien de changé sur la toile. Le Commandeur ne s'était pas échappé du tableau pour se manifester dans notre monde. Au centre du tableau, il se tenait là, comme auparavant, la poitrine transpercée par un coup d'épée, en train d'agoniser tandis que le sang jaillissait de son cœur. Il regardait en l'air et sa bouche entrouverte se tordait. Peut-être gémissait-il du fait de son atroce souffrance. Sa coiffure, son costume, la longue épée qu'il tenait à la main, ses curieuses chaussures noires : c'était exactement ainsi que le Commandeur était apparu ici cette nuit. Non, pour énoncer fidèlement comment les choses s'étaient passées – dans l'ordre chronologique –, c'était le Commandeur incarné qui avait imité, trait pour trait, l'apparence du Commandeur de la peinture.

Un personnage imaginaire peint sur une toile, celui que Tomohiko Amada avait réalisé avec ses pinceaux et des couleurs de nihonga, s'approprie une substance avant de faire irruption au sein de la réalité (ou de ce qui ressemble à la réalité). Qu'il soit doté de volonté propre et que son corps en trois dimensions bouge librement, cela avait de quoi surprendre. Mais au fur et à mesure que je contemplais la peinture, la chose ne m'apparaissait pas si impossible. La touche de l'artiste était tellement virtuose qu'elle insufflait de la vie à ce tableau. La frontière entre réel et irréel, plan et relief, substance et représentation devenait plus incertaine à mesure que je regardais la toile. De la même façon que le facteur de Van Gogh, malgré l'incontestable absence de réalisme du peintre, semble de plus en plus vrai et vivant à mesure qu'on le regarde. Tout comme les corbeaux, en fait de simples lignes, noires et frustes, semblent réellement voler dans le ciel. En contemplant *Le Meurtre du Commandeur*, je ne pus qu'admirer les capacités et le talent de Tomohiko Amada. C'était parce que ce Commandeur aussi (ou plutôt, cette Idée aussi) avait reconnu l'excellence et la vigueur de ce tableau qu'il avait « emprunté » la forme du Commandeur peint sur la toile. De même qu'un bernard-l'ermite choisit comme habitat le coquillage le plus solide et le plus joli possible.

Après avoir contemplé la peinture durant une dizaine de minutes, j'allai à la cuisine, me fis du café et pris un petit déjeuner simple en écoutant les informations à la radio. En totalité insignifiantes. Les actualités n'avaient plus aucun sens pour moi, à vrai dire. Je m'imposais néanmoins d'y prêter l'oreille à 7 heures chaque matin. J'avais intégré cette habitude à mon quotidien car si, par exemple, la planète Terre était au bord de la ruine précisément à cet instant et que j'étais le seul à l'ignorer, je risquais de me retrouver dans une situation un peu fâcheuse.

Une fois mon petit déjeuner terminé et après m'être assuré que, fidèle à ses obligations, la Terre continuait de tourner malgré tel ou tel problème, je pris mon mug de café à la main et regagnai l'atelier. J'ouvris les rideaux de la fenêtre et fis entrer de l'air frais dans la pièce. Puis, debout devant la toile, je commençai à me mettre à ma propre peinture. Que l'apparition du « Commandeur » ait été réelle ou pas, qu'il assiste au souper chez Menshiki ou pas, moi, je n'avais d'autre choix que de poursuivre ma tâche.

Je me concentrai, fis émerger devant mes yeux la silhouette de cet homme d'âge moyen qui conduisait la Subaru Forester blanche. Sur sa table au restaurant était posée la clé de sa voiture avec le logo Subaru, son assiette était garnie de toasts, d'œufs brouillés et de saucisses. Des flacons de ketchup (rouge) et de moutarde (jaune) se trouvaient à côté. Une fourchette et un couteau étaient disposés sur la table. Le plat n'était pas encore entamé. La lumière du matin éclaboussait toute chose. Quand je passai à côté de lui, l'homme releva son visage hâlé et me regarda fixement.

Je sais parfaitement ce que tu as fait, et où, me déclarait-il. Dans la lueur perspicace et pesante que ses yeux abritaient, il y avait quelque chose de familier. J'avais déjà vu cette lueur. Mais où donc ? Je ne m'en souvenais pas. Je transposai progressivement l'aspect de l'homme ainsi que le message muet qu'il m'adressait en une forme peinte : d'abord, en utilisant un morceau de pain à la place d'une gomme, j'enlevai l'une après l'autre les lignes superflues sur l'ossature esquissée au fusain la veille. Puis, après en avoir éliminé le maximum, je rajoutai celles qui étaient nécessaires sur les restantes. Il me fallut environ une heure et demie pour mener à bien ce travail. Résultat, la figure momifiée (pour ainsi dire) de cet homme qui conduisait la Subaru Forester blanche apparut sur la toile. Une figure réduite à l'épaisseur d'une couche mince, dont la chair avait été éliminée jusqu'à l'extrême limite, la peau dépourvue de toute souplesse et de toute humidité, tel un morceau de bœuf séché. Et elle était représentée uniquement par de simples traits noirs, tracés au fusain. Ce n'était qu'une ébauche. Mais dans ma tête, l'image finale à venir était en train de prendre corps de façon certaine.

« Messieurs, c'est tout à fait franchement admirable, ah, que oui ! » dit le Commandeur.

Je me retournai. Il était là. Assis sur l'étagère à côté de la fenêtre, il me regardait. La lumière du matin qui l'éclairait par-derrière dessinait clairement les contours de sa silhouette. Il portait toujours le même costume blanc des temps anciens, et à la ceinture était suspendue son épée, dont la longueur était adaptée à sa taille réduite.

Non, bien entendu, ce n'est pas un rêve, songeai-je.

« Ô que nenni, point un rêve ne suis, bien entendu, dit le Commandeur qui semblait toujours lire en moi. Et même, je me situe plus près de l'éveil. »

Je restai silencieux. Depuis mon tabouret, je me bornai à contempler sa silhouette.

« Je pense l'avoir déjà dit cette nuit, mais me personnifier à des heures aussi lumineuses, c'est trop trop épuisant, dit le Commandeur. Nonobstant, j'avais envie de voir tout mon content, au moins une fois, comment Messieurs peignait. Alors je me suis permis de t'observer travailler, avec extrême attention, depuis un fort grand moment. J'espère que cela te contrarie point, Messieurs ? »

Je ne savais comment répondre à cela. Que cela me contrarie ou pas, quels arguments un être humain, de chair et de sang, pouvait-il aligner en face d'une Idée ?

Sans attendre ma réponse (ou peut-être avait-il interprété ce que je venais de penser comme une réponse), il continua son discours. « C'est un fichtre beau travail, ô que oui. On dirait que la vraie nature de cet homme remonte lentement à la surface.

— Vous savez quelque chose sur cet homme ? lui demandai-je, surpris.

— Dame oui, et comment ! dit le Commandeur. Et comment que je sais des choses sur lui.

— Alors, pourriez-vous m'en dire plus sur ce personnage ? C'est quel genre d'homme ? Que fait-il ? Et que devient-il aujourd'hui ?

— Eh bien... » Le Commandeur inclina légèrement la tête, l'air de réfléchir. En arborant cette expression grave, il avait quelque chose d'un petit diable. Ou il faisait penser à l'acteur des vieux films de gangsters, Edward G. Robinson. Il n'était pas exclu, d'ailleurs, que le Commandeur ait effectivement « emprunté » cette expression à Edward G. Robinson. Cela n'avait rien d'impossible.

« Messieurs, dans ce monde, il y a des choses qu'il est préférable de continuer à ignorer, dame oui », dit le Commandeur avec toujours sur le visage son expression à la Edward G. Robinson.

Je songeai que l'autre jour Masahiko m'avait dit la même chose.

Lorsque c'est possible, il y a aussi des choses qu'il vaut mieux continuer à ignorer.

« En d'autres termes, vous ne voulez rien m'apprendre sur ce qu'il vaut mieux que je continue à ignorer, dis-je.

— C'est que, Messieurs, tu as point besoin de moi pour t'enseigner, puisqu'en réalité, tu es *déjà au courant*. Oui-da. »

Je demeurai muet.

« Autrement dit, Messieurs, en réalisant ce tableau, tu es sur le point de matérialiser, de ta propre initiative, ce que tu sais déjà fort bien. Regarde Thelonious Monk. Ses accords énigmatiques sont aucunement fruit d'une théorie ou d'un raisonnement, que nenni. Il a seulement ouvert bien grand les yeux et il s'est contenté de les puiser à deux mains dans l'obscurité de sa conscience.

L'important est point de créer à partir de rien. Ce que tu dois plutôt faire, Messieurs, c'est de trouver celle qu'il te faut parmi les choses qui sont déjà en ta possession. »

Cet homme connaissait donc Thelonious Monk.

« Ô que oui, et naturellement, je connais aussi cet Edward Machinchose, dit-il en réponse à ma pensée. Mais bon, peu importe, continua-t-il. Et puis je dois battre ma coulpe, ici et maintenant, Messieurs, ne serait-ce que par bienséance. C'est à propos de la chouette petite amie de Messieurs… Comment dirais-je, de celle qui vient voir Messieurs à bord de la Mini rouge, de cette femme mariée, oui-da. Je m'en mords les doigts, mais je me permets d'assister, de A à Z, aux spectacles que vous deux offrez ici, c'est-à-dire aux opérations que vous vous affairez à mener si vigoureusement sur le lit, sans vos nippes. »

Sans un mot, je fixai le Commandeur. *Les opérations que nous nous affairons à mener si vigoureusement sur le lit…* Pour emprunter les paroles de ma petite amie, c'étaient les « trucs dont elle n'osait pas parler ».

« Mais si tu veux, Messieurs, juste fais point gaffe à cela. Je suis désolé, mais une Idée, ça regarde tout partout, juste pour voir. Il est point possible pour une Idée de choisir ce que ça voit. N'en déplaise, Messieurs, c'est franchement point la peine de te prendre la tête. Pour moi, le sexe, la gymnastique à la radio ou le ramonage de la cheminée, c'est du même tonneau. Point très folichon à regarder. Simplement, je regarde, dame oui.

— Et dans le monde des Idées, la notion de vie privée n'existe pas, si je comprends bien ?

— Et comment que non, répondit le Commandeur d'un air plutôt fier. Mais là, walou. Conséquemment, Messieurs, si tu peux juste ignorer ma présence, tout va bien. Problème, point du tout. Alors, Messieurs ? Tu pourras y faire point gaffe ? »

Je secouai légèrement la tête. Je n'en étais pas sûr : si je sais que quelqu'un nous observe en pleine action, nous scrute sous toutes les coutures, serai-je capable de me concentrer ? Me sera-t-il possible d'éprouver du désir ?

« J'ai une question, dis-je.

— Si je peux y répondre, fit le Commandeur.

— Demain mardi, je suis invité à dîner chez M. Menshiki. Et vous aussi avez eu une invitation. M. Menshiki a employé le mot “momie” pour vous désigner, mais bien entendu, en réalité, il s'agissait de vous. Vous n'étiez pas encore incarné à ce moment-là en Commandeur.

— J'ai aucunement objection. Si Messieurs veut que je prenne la forme d'une momie, en moins de deux je te l'exauce.

— Non, restez comme vous êtes, dis-je précipitamment. Je préférerais que vous restiez ainsi, si c'est possible.

— J'irai chez le jeune Menshiki avec Messieurs. Mon apparence, Messieurs la voit, mais le jeune Menshiki, non, me voir, point du tout. Partant, que je sois en momie ou en Commandeur, ce sera pareil, il y aura aucunement différence. N'empêche que j'ai un service à te demander, Messieurs.

— De quoi s'agit-il ?

— Messieurs, tu dois bigophoner au jeune Mènshiki pour t'assurer que l'invitation est toujours en vigueur. Et à ce moment-là, tu devras le prévenir en disant : “Ce ne sera pas une momie qui m'accompagnera au dîner, mais le Commandeur, cela ne vous dérange pas ?” Comme je l'ai déjà dit, il m'est hélas trois fois hélas point possible de me rendre dans des lieux où je suis point invité, que nenni. Il faut que je sois convié à entrer sous une forme ou une autre. Il me faut une formule du genre : “Mais oui, venez, je vous en prie !” En revanche, une fois invité, je peux entrer dans ce lieu quand ça me chante, je passe comme une lettre à la poste. Dans le cas de la maison d'ici, c'est la clochette, là, qui a servi d'aimable invitation, ô oui-da.

— D'accord », dis-je. Il fallait en tout cas à tout prix éviter qu'il prenne la forme d'une momie, n'importe quoi, mais pas une momie. « Je téléphonerai à M. Menshiki, m'assurerai que l'invitation tient toujours, et lui dirai que j'aimerais changer le nom de l'un de ses invités : ce ne sera plus une momie, mais le Commandeur.

— Je t'en serai alors tout à fait infiniment reconnaissant, Messieurs. Parce que hein dis-moi, c'est un événement fortuitement inattendu d'être invité à un souper, ô que oui.

— J'ai donc une autre question, dis-je. À l'origine, n'étiez-vous pas un “devenu bouddha à même le corps” ? Je veux dire, n'étiez-vous pas un bonze qui, de son propre chef, s'est placé sous terre, a cessé de s'alimenter et qui, tout en psalmodiant des invocations à Bouddha, est entré dans la méditation ? Puis, après avoir rendu votre dernier soupir dans cette fosse, n'avez-vous pas continué à faire sonner la clochette alors que vous vous étiez momifié ?

— Euh… » fit le Commandeur. Puis il hocha la tête d'un air dubitatif. « Ça, j'en sais que dalle. À un moment donné, j'étais devenu une pure Idée, ô que oui. Et avant, qu'est-ce que j'étais, qu'est-ce que je faisais ? Où j'étais ? Moi, j'ai point ce genre de mémoire linéaire, point de souvenirs en continu, ô que nenni. »

Le Commandeur resta un instant silencieux, les yeux tournés vers le haut.

« En tout cas, j'ai l'obligation de bientôt disparaître, déclara-t-il d'une voix calme, un peu enrouée. D'ores et déjà, le temps de ma personnification touche presque à sa fin, ça, dame oui. Les heures matinales point pour moi ne sont, assurément. L'obscurité est mon amie. Le vide est mon souffle. Oui-da. Aussi, Messieurs, je te demande de bien vouloir m'excuser. Sur ce, je compte sur toi pour téléphoner au jeune Menshiki. »

Après quoi, le Commandeur ferma les yeux comme s'il plongeait dans la méditation, tint sa bouche étroitement serrée, joignit les mains, devint peu à peu transparent et disparut. Exactement comme cette nuit. Son corps se volatilisa en l'air, sans bruit, comme une fumée éphémère. Et dans la lumière claire du matin, je restai seul avec la toile commencée. L'ossature toute noire de l'homme à la Subaru Forester blanche me regardait fixement depuis la toile.

Je sais parfaitement ce que tu as fait, et où, me déclarait-il.

Peu après midi, je téléphonai à Menshiki. À la réflexion, c'était la première fois que je l'appelais chez lui. C'était toujours lui qui me contactait. À la sixième sonnerie, il décrocha.

« Ah, vous tombez très bien, dit-il. J'allais justement vous appeler. Mais je ne voulais pas vous déranger dans votre travail et j'attendais un peu. Vous m'aviez dit que vous travailliez surtout durant la matinée. »

Je lui expliquai que j'avais terminé un peu auparavant.

« Ça avance bien ? me demanda-t-il.

— Oui, je me suis mis à un nouveau tableau. Mais j'ai juste commencé.

— Magnifique. Je suis content de vous savoir en pleine création. Quant à mon portrait, je ne l'ai pas fait encadrer et je l'ai accroché nu à un mur de mon cabinet de travail. Je laisse la peinture sécher. Mais même sans cadre, il est magnifique.

— C'est à propos de demain, dis-je.

— À 6 heures, on viendra vous chercher en voiture, devant chez vous, répondit-il. Pour le retour aussi, on vous raccompagnera. Nous ne serons que nous deux, ne vous en faites donc pas pour votre tenue. Surtout n'apportez rien, et venez s'il vous plaît en toute simplicité.

— À ce propos, j'aimerais confirmer quelque chose.

— À quel sujet ?

— Vous aviez bien dit, n'est-ce pas, que la momie pouvait m'accompagner à ce souper ?

— Oui, c'est ce que j'ai dit. Je m'en souviens parfaitement.

— Cette invitation est-elle toujours valable ? »

Après un petit temps de réflexion, il eut un rire joyeux. « Bien sûr. Je n'ai pas deux paroles. L'invitation tient toujours.

— J'ai eu vent de l'information selon laquelle la momie avait eu un empêchement et ne pourrait pas venir, mais qu'à la place, le Commandeur aimerait assister à ce souper. Cela ne vous dérange pas que ce soit le Commandeur qui m'accompagne ?

— Non, bien entendu, répondit Menshiki sans hésitation. Comme Don Giovanni a invité la statue du Commandeur à souper, c'est avec plaisir que moi aussi j'invite le Commandeur à dîner chez moi. Mais à la différence du Don Giovanni de l'opéra, je n'ai commis aucun crime qui devrait me précipiter en enfer. Enfin, je crois que non. Il ne va tout de même pas m'entraîner droit en enfer après le dîner, j'espère ?

— Je ne pense pas », répondis-je. Pour être honnête, je n'en avais aucune certitude. Il m'était à présent impossible de prédire quoi que ce soit.

« Alors c'est parfait. Parce que pour le moment, je ne suis pas encore prêt à être jeté en enfer », déclara-t-il gaiement. Il prenait tout cela – c'était bien normal – pour une simple plaisanterie. « Mais je vais vous demander quelque chose. Le Commandeur de l'opéra *Don Giovanni*, en tant que défunt, ne pouvait absorber de nourriture terrestre. Qu'en sera-t-il de *ce* Commandeur ? Faut-il lui préparer un repas ? Ou bien ne pourra-t-il pas goûter aux mets de ce bas monde ?

— Il n'est pas nécessaire de lui préparer un repas. Il ne peut prendre la moindre nourriture ni boire une gorgée de vin. Simplement, pourriez-vous prévoir une place pour lui ?

— Le Commandeur a donc une existence uniquement spirituelle ?

— Oui, je pense. » Il y a probablement une légère différence entre une Idée et un esprit, mais, ne souhaitant pas prolonger la discussion, je ne formulai pas d'objection.

« Eh bien, j'y consens, reprit Menshiki. Une place sera bien réservée pour le Commandeur. Pouvoir inviter chez soi ce fameux Commandeur, cela me comble de joie. Il est seulement regrettable qu'il ne puisse rien manger. Sans compter que j'ai préparé de bons vins. »

Je remerciai Menshiki.

« Eh bien, nous nous verrons demain », dit-il, puis il raccrocha.

Cette nuit, la clochette ne fit pas entendre de tintements. Le Commandeur devait être épuisé, lui qui s'était incarné aux heures claires du jour (et aussi parce qu'il avait répondu à plus de deux questions). Ou peut-être ne voyait-il pas la nécessité de me convoquer de nouveau dans l'atelier. Toujours est-il que je dormis profondément jusqu'au matin, sans faire un seul rêve.

Le matin suivant, tandis que je travaillai, le Commandeur ne se manifesta pas non plus. Pendant environ deux heures, je ne pensai plus à rien, j'oubliai presque tout et je pus me concentrer sur ma tâche. Je commençai par appliquer des couleurs sur l'esquisse, afin de la recouvrir et de la rendre ainsi invisible. Exactement comme on étale une épaisse couche de beurre sur un toast.

J'utilisai d'abord un rouge profond, puis du vert tranchant, puis du noir mélangé à un gris de plomb. C'étaient les couleurs que réclamait cet homme. Il me fallut du temps pour concocter les teintes justes. Pendant que j'étais occupé à cette tâche, je mis le *Don Giovanni* de Mozart. En l'écoutant, j'avais l'impression que le Commandeur était sur le point d'apparaître dans mon dos, mais non, il ne se manifesta pas.

Ce jour-là (mardi), depuis le matin, le Commandeur, comme le hibou du grenier, observa un profond silence. Mais je ne m'en souciai pas particulièrement. Ç'aurait été un non-sens qu'un être humain en chair et en os s'inquiète pour une Idée. Les Idées avaient leur propre façon de faire. Et moi, j'avais ma vie à mener. Je mobilisai quasiment toute mon attention sur l'achèvement du portrait de l'homme à la Subaru Forester blanche. Que je me trouve dans l'atelier ou non, que je me tienne face à la toile ou non, l'image finale à venir ne me lâchait pas un instant.

Le bulletin météo de la radio prévoyait de fortes précipitations tard dans la soirée pour la région du Kantô-Tôkai. En effet, le temps avait déjà commencé à se dégrader par l'ouest. Dans la région méridionale du Kyushu, en raison de pluies diluviennes, des rivières avaient débordé, les habitants des zones basses avaient été forcés d'évacuer. Ceux qui vivaient en hauteur étaient avertis des risques de glissements de terrain.

Banquet par une nuit de pluie battante, me dis-je.

Puis je repensai à la fosse obscure au milieu du bois. À cette curieuse chambre que Menshiki et moi avions fini par rouvrir, après avoir dégagé le tumulus de lourdes pierres. Je m'imaginai assis seul au fond de la fosse totalement obscure, écoutant le bruit de la pluie qui frappait le couvercle de bois. J'étais confiné là-dedans, incapable de m'échapper. L'échelle avait été enlevée, le couvercle pesant obstruait hermétiquement l'ouverture au-dessus de ma tête. Tout le monde semblait avoir oublié que j'étais abandonné seul en ce lieu. Ou bien peut-être pensait-on que j'étais mort depuis longtemps. Mais j'étais encore vivant. J'étais tout seul, mais je respirais toujours. Ne parvenait à mes oreilles que le bruit de la pluie. Je ne discernais pas la moindre lumière. Le plus mince rai lumineux ne parvenait pas à s'immiscer jusqu'ici. Le mur de pierres contre lequel je m'adossais était froid et humide. C'était la pleine nuit. Et bientôt peut-être d'innombrables insectes allaient se mettre à sortir en rampant.

Alors que ces scènes se dessinaient dans ma tête, ma respiration se fit de plus en plus pénible. J'allai sur la terrasse, m'appuyai contre le garde-fou, inspirai de l'air frais par le nez, lentement. Puis je le rejetai par la bouche, toujours lentement. Comme à mon habitude, je répétai l'opération selon un tempo régulier, en comptant les séquences. Le manège réitéré à plusieurs reprises, ma respiration redevint à peu près normale. Le ciel du couchant était couvert de lourds nuages d'un gris de plomb. La pluie était proche.

Sur l'autre versant de la vallée, la résidence blanche de Menshiki se dessinait vaguement. *C'est là que je dînerai ce soir*, pensai-je. Nous serons tous les trois réunis autour de la même table, Menshiki et moi, et puis *ce fameux* Commandeur.

Ô que oui, c'est du sang véritable, du vrai de vrai, chuchota le Commandeur à mon oreille.

23

Tous vivent vraiment dans ce monde

Durant l'été où j'avais treize ans et ma petite sœur dix, nous avons voyagé tous les deux seuls jusqu'à Yamanashi. Nous sommes allés passer des vacances chez notre oncle maternel qui travaillait dans un centre de recherches d'une université de la région. C'était la première fois que nous voyagions sans adulte pour nous accompagner. À cette époque, l'état de ma sœur s'était relativement stabilisé et nos parents nous avaient autorisés à faire ce voyage seuls.

Notre oncle était alors encore célibataire (il l'est toujours à présent), il devait avoir tout juste trente ans, je pense. Il faisait des recherches sur les gènes (il continue aujourd'hui) ; c'était un homme taciturne, quelque peu détaché de ce monde, mais avec une personnalité franche et dépourvue d'arrière-pensées. Lecteur passionné, il avait énormément de connaissances sur toutes les choses de l'univers. Il aimait plus que tout randonner en montagne, c'est pourquoi il avait postulé à ce travail dans la région. Ma sœur et moi l'aimions beaucoup.

Chargés l'un et l'autre d'un sac à dos, depuis la gare de Shinjuku nous montâmes dans un express en direction de Matsumoto et descendîmes à Kôfu. Notre oncle nous attendait à la gare. Comme il était très grand, sa silhouette nous fut visible tout de suite parmi la foule. Notre oncle louait avec un ami une petite maison en ville, mais son colocataire étant alors à l'étranger, ma sœur et moi eûmes droit à une chambre pour nous seuls. Notre séjour dura une semaine. Et chaque jour, notre oncle nous emmena en excursion dans les montagnes des environs. Il nous apprenait le nom de toutes sortes de plantes et d'insectes. Cet été nous laissa des souvenirs merveilleux.

Un jour, nous poussâmes jusqu'à visiter une « caverne venteuse » du Fuji. Parmi les nombreuses grottes de ce type que l'on rencontre aux alentours du mont Fuji, celle-ci était d'une taille assez considérable. Notre oncle nous expliqua de quelle façon elle avait été constituée : la caverne étant formée de parois de basalte, même à l'intérieur, on n'entendait presque pas d'écho. La température n'était jamais très élevée, y compris en été, et les gens d'autrefois conservaient là la glace qu'ils avaient extraite durant l'hiver. Même si elles étaient désignées par les mêmes idéogrammes chinois, les cavités assez grandes pour permettre à un homme de s'y introduire et d'y habiter étaient appelées « cavernes venteuses », tandis que les petites, dans lesquelles les hommes ne pouvaient pas entrer, c'étaient des « creux venteux ». Notre oncle était un véritable érudit.

La grotte était ouverte au public. Notre oncle resta à l'extérieur. Il avait visité la caverne plusieurs fois auparavant et en raison de sa taille élevée, le plafond très bas lui donnait vite mal au dos. De toute façon, il n'y avait aucun danger, nous dit-il, vous pouvez très bien y aller seuls tous les deux. Et moi, je vous attendrai près de l'entrée avec un livre. Il régla les deux tickets au guichet. Un employé nous remit à chacun une lampe de poche et nous fit coiffer un casque jaune en plastique. Il y avait des lampes au plafond de la grotte mais la lumière était très faible. Plus on s'enfonçait, plus la hauteur diminuait. Il n'était pas étonnant qu'un homme de la taille de notre oncle évite ce genre de lieu.

Ma sœur et moi progressâmes vers le fond tout en éclairant notre chemin avec la lampe de poche. C'était le plein été et pourtant, à l'intérieur de la grotte, il faisait très frais. La température extérieure était de trente-deux degrés alors qu'à l'intérieur elle n'atteignait pas les dix degrés. Sur le conseil de notre oncle, nous avions revêtu un épais coupe-vent. Ma sœur s'agrippait fermement à ma main. Était-ce parce qu'elle recherchait ma protection, ou au contraire parce qu'elle voulait me protéger, je ne savais pas quelle était la bonne hypothèse (peut-être simplement ne voulait-elle pas que nous nous éloignions l'un de l'autre) ; en tout cas, pendant toute notre visite, je tenais dans ma main sa petite main chaude. En dehors de nous, les seuls visiteurs étaient un couple d'âge moyen. Ils ne restèrent pas longtemps et rapidement, nous nous retrouvâmes seuls tous les deux. Ma petite sœur s'appelait Komichi, mais dans la famille, on l'appelait simplement « Komi ». Ses amies l'appelaient « Mitchi » ou « Mitchan ». À ma connaissance, personne ne la désignait par son prénom complet, « Komichi ». C'était une fillette petite et mince. Ses cheveux noirs et raides étaient joliment coupés, juste au-dessus de la nuque. Par rapport à la taille de son visage, elle avait de grands yeux (avec de belles pupilles sombres et larges), ce qui la faisait ressembler à une petite fée. Ce jour-là, elle portait un tee-shirt blanc et un jean clair, des sneakers roses.

Après avoir avancé un certain temps, ma sœur découvrit une petite cavité horizontale, un peu à l'écart de l'itinéraire indiqué. Il y avait une ouverture dissimulée sous un rocher. Ma sœur sembla tout à fait fascinée. « Regarde ! ça ressemble au terrier d'Alice, non ? » s'écria-t-elle.

Elle était totalement fan d'*Alice au pays des merveilles* de Lewis Carroll. Je ne sais plus combien de fois elle m'avait réclamé de le lui lire. Sans doute au moins une centaine. Depuis son plus jeune âge, elle savait lire correctement, mais elle aimait que je lui en fasse la lecture à haute voix. Même si elle connaissait parfaitement l'intrigue, l'histoire, à chaque lecture, ranimait son exaltation. Elle aimait particulièrement l'épisode du « quadrille des homards ». Cette page, encore aujourd'hui, je pourrais la réciter par cœur.

« Mais on dirait que le lapin n'est pas là, dis-je.

— Je vais aller voir un peu là-dedans.

— Fais attention ! »

Le boyau était vraiment très étroit (selon la définition de notre oncle, il était proche de ce qu'on appelle un « creux venteux ») mais la petite taille de ma sœur lui permettait de s'y glisser sans peine. Le haut de son corps une fois à l'intérieur, seul le bas de ses jambes ressortait. Elle essayait d'éclairer le fond avec sa lampe de poche. Puis elle recula lentement et sortit du boyau.

« Ça devient très profond vers le fond, m'annonça-t-elle. Ça descend jusque très bas, comme le terrier du lapin d'Alice. J'ai vraiment envie d'aller voir.

— Non, pas question. C'est trop dangereux, dis-je.

— Mais si, ça ira. Je suis petite, je pourrai me débrouiller. »

Là-dessus, elle ôta son coupe-vent, me le tendit en même temps que son casque et resta seulement en tee-shirt blanc. Avant que j'aie pu émettre un mot de protestation, sa lampe à la main, elle s'était déjà faufilée avec dextérité à l'intérieur du boyau. Et en un clin d'œil, elle avait disparu de ma vue.

Un long moment s'écoula sans qu'elle ressorte. Je n'entendais pas le moindre son.

« Komi ! appelai-je dans l'ouverture. Komi, ça va ? »

Pas de réponse. Ma voix ne produisait pas d'écho, elle était engloutie droit dans les ténèbres. J'étais de plus en plus inquiet. Elle était peut-être coincée quelque part à l'intérieur de ce boyau, incapable d'avancer ou de reculer. Ou elle avait eu une crise et avait perdu connaissance. Si jamais ce genre de chose lui était arrivé, j'étais dans l'incapacité de lui porter secours. Toutes sortes d'hypothèses sinistres me traversèrent l'esprit. L'obscurité environnante m'enserrait peu à peu, comme un étau.

Si ma sœur disparaissait dans ce boyau, si elle ne revenait plus dans ce monde, comment pourrais-je me justifier auprès de nos parents ? J'hésitai entre aller chercher mon oncle qui attendait à l'entrée ou bien attendre sans rien faire que ma sœur ressorte. Je me courbai, scrutai l'ouverture du petit boyau. Mais la lumière de la lampe de poche n'atteignait pas le fond. Le passage était très étroit, les ténèbres à l'intérieur écrasantes.

« Komi ! » appelai-je encore une fois. Pas de réponse. J'essayai de crier son nom plus fort. Toujours aucune réponse. Je me sentis glacé jusqu'à la moelle. J'avais perdu ma sœur à tout jamais. Elle avait été aspirée dans le terrier d'Alice et s'était évaporée. Dans le monde de la Fausse-Tortue, du Chat du Cheshire, de la Reine de Cœur. Dans un lieu où la logique du monde réel n'avait pas cours. En tout état de cause, nous n'aurions jamais dû venir dans un tel endroit.

Mais ma sœur fut bientôt de retour. Elle ressortit non pas en reculant comme tout à l'heure, mais la tête la première. Apparurent d'abord ses cheveux noirs, puis ses épaules et ses bras. Ensuite elle força ses hanches à sortir, et pour finir ce fut ses sneakers roses. Sans dire un mot, elle se tint debout devant moi, bien droite, puis, après avoir pris une lente et longue inspiration, elle épousseta de la main la terre restée accrochée à son jean.

Mon cœur battait encore bruyamment. J'approchai ma main, remis de l'ordre dans ses cheveux emmêlés. Sous le faible éclairage de la grotte, je n'y voyais pas très bien, mais sur son tee-shirt blanc, il y avait de la terre et de la poussière, toutes sortes de résidus qui s'étaient accrochés. Je lui fis remettre par-dessus son coupe-vent. Puis je lui rendis le casque jaune qu'elle m'avait confié.

« J'ai cru que tu n'allais plus revenir, lui dis-je tout en la frottant doucement.

— Tu t'es fait du souci ?

— Énormément. »

Elle serra de nouveau ma main avec force. Puis elle me dit, d'une voix pleine d'excitation :

« Au début, c'est un passage étroit, difficile à traverser. Mais une fois dépassé, ça descend tout d'un coup, et tout au bout, en bas, il y a comme une petite pièce. Et cette pièce-là, elle est toute ronde, ronde comme un ballon. Tout est rond, le plafond est rond, le mur est rond, le sol est rond. Et c'est très, très calme. Si calme que tu te dis, personne ne trouvera jamais un endroit aussi paisible, nulle part ailleurs, dans le monde entier. J'ai eu l'impression d'être au fond d'une mer incroyablement profonde, et même dans un petit creux, isolé au cœur de cette profondeur. Si tu éteins la lampe de poche, il fait tout noir, mais tu n'as pas peur, tu ne te sens pas triste. Et cette pièce, c'est un endroit spécial dans lequel moi seule je suis autorisée à entrer. C'est une pièce *pour moi*. Personne ne peut venir. Même toi, tu ne peux pas y entrer.

— Parce que je suis trop grand. »

Elle approuva énergiquement. « Oui. Tu es maintenant trop grand pour passer là-dedans. Et puis, le plus génial dans cet endroit, c'est qu'il est complètement sombre, il ne pourrait pas être plus sombre. Quand tu éteins la lampe, c'est un noir absolu, un noir que tu pourrais presque attraper à la main. Et quand tu es seul dans ce noir, tu as l'impression que ton corps se défait petit à petit et qu'il est en train de disparaître. Mais comme c'est très sombre, toi-même, tu ne peux pas le voir. Tu ne sais même pas si ton corps est encore là ou non. Mais même si ton corps a complètement disparu, toi, tu es toujours bien là. Comme le Chat du Cheshire, même s'il disparaît, son sourire reste. C'est vraiment très bizarre, non ? Mais quand j'étais réellement là-bas, je ne trouvais pas ça bizarre du tout. J'avais vraiment envie d'y rester, pour toujours, mais je suis revenue pour ne pas que tu t'inquiètes.

— Bon, sortons d'ici maintenant », lui dis-je. Elle était tellement excitée que j'avais l'impression qu'elle n'arrêterait plus de parler et qu'il allait falloir que je la freine. « Je crois que je n'arrive pas à bien respirer dans cette grotte.

— Ça va ? me demanda-t-elle, l'air inquiet.

— Oui, ça va. Je voudrais juste sortir d'ici maintenant. »

Main dans la main, nous nous dirigeâmes vers la sortie.

« Dis, tu sais ? me dit ma sœur en marchant, d'une toute petite voix, comme pour ne pas être entendue par quelqu'un d'autre (il n'y avait personne en fait). Alice, elle existe vraiment. C'est pas du faux. C'est vrai. Le Lièvre de Mars aussi, et le Morse, et le Chat du Cheshire, et les Cartes Soldats, tous vivent vraiment dans ce monde.

— Peut-être », dis-je.

Puis ce fut la sortie de la grotte venteuse, le retour dans le monde lumineux de la réalité. Cet après-midi-là, le ciel était chargé de nuages légers, mais je me souviens que la lumière du soleil était particulièrement éblouissante. Le craquettement violent des cigales s'abattit sur nous comme une rafale de pluie. Notre oncle était assis sur un banc près de l'entrée, complètement absorbé dans sa lecture. Quand il nous vit, il se leva en souriant.

Deux ans plus tard, ma sœur mourut. Et puis elle fut enfermée dans un petit cercueil et brûlée. J'avais alors quinze ans, elle douze. Pendant l'incinération, je m'étais éloigné et m'étais assis sur un banc dans la cour du crématorium, je me remémorais l'aventure de la grotte venteuse. Je me souvenais de la sensation du poids du temps quand, devant l'entrée du petit tunnel, j'attendais, immobile, que ma sœur ressorte. Je me souvenais de l'épaisseur des ténèbres qui m'enveloppaient alors, du froid qui glaçait mon cœur. Je revoyais le boyau d'où était d'abord apparue sa tête avec ses cheveux noirs, puis, d'où, lentement, étaient sorties ses épaules. Et je revoyais aussi son tee-shirt blanc sur lequel étaient restées accrochées toutes sortes de choses non identifiables.

Avant que l'annonce officielle de sa mort ne soit prononcée par les médecins de l'hôpital deux ans plus tard, ne s'était-elle pas déjà fait dérober la vie au fond de ce « creux venteux » ? C'est ce que je pensai. J'en étais quasiment certain : en vérité, ma sœur avait été perdue au fond du tunnel et elle avait déjà quitté notre monde. La croyant toujours vivante, je l'avais mise dans le train et l'avais ramenée à Tokyo. Sa main bien serrée dans la mienne. Ensuite, nous avions passé deux années côte à côte, comme frère et sœur. Mais en fin de compte, ce n'était qu'un délai de grâce éphémère. À l'issue de ces deux années de répit, la mort sortit de ce boyau en rampant, elle vint reprendre l'âme de ma sœur. Comme quand son possesseur vient reprendre la chose qu'il a prêtée au terme du délai prévu de restitution.

En tout cas, songeai-je de nouveau aujourd'hui – moi qui ai maintenant trente-six ans – ce que m'avait dit ma sœur d'une toute petite voix dans cette caverne, comme pour me faire un aveu, c'était la vérité. Alice existe vraiment dans ce monde. Et aussi le Lièvre de Mars, le Morse, le Chat du Cheshire, ils *existent* tous, et *véritablement*. Et bien entendu, le Commandeur lui aussi.

Contrairement à ce qu'avait annoncé le bulletin météo, il n'y eut finalement pas de grosses pluies. Une bruine quasi invisible seulement, qui commença à tomber après 5 heures et continua ainsi jusqu'au lendemain matin. À 6 heures très précisément, une grosse berline noire gravit lentement la route escarpée. Elle me faisait penser à un corbillard, mais naturellement, ce n'en était pas un. C'était la limousine promise par Menshiki qui venait me chercher. Une Nissan Infiniti.

Un chauffeur en costume noir et casquette en sortit ; il s'approcha de l'entrée, un parapluie dans une main, et sonna. Quand j'ouvris la porte, il ôta sa casquette, puis il s'assura de mon nom. Je sortis de la maison, m'engouffrai dans la voiture. Le chauffeur m'avait proposé un parapluie mais je l'avais décliné, il ne pleuvait pas suffisamment. Il m'avait aussi ouvert la portière arrière et l'avait refermée sur moi. Cela avait alors produit un bruit grave (qui résonnait un peu différemment de celui de la Jaguar de Menshiki). Sur un léger pull noir à col rond, j'avais enfilé une veste à chevrons gris, un pantalon de laine gris sombre, et j'avais aux pieds des chaussures noires en suédine. C'était ce que j'avais de plus habillé comme tenue. Et au moins, elle n'était pas maculée de peinture.

Le Commandeur n'était pas apparu, même après l'arrivée de la voiture. Je n'avais pas non plus entendu sa voix. Je n'avais aucun moyen de vérifier s'il se souvenait que l'invitation de Menshiki était pour ce jour-là. Mais il devait sûrement s'en souvenir. Il avait paru tellement heureux de cette perspective qu'il n'avait pu l'oublier.

Ma crainte se révéla rapidement inutile. À peine la voiture avait-elle roulé un moment que le Commandeur était là, assis à côté de moi, l'air indifférent. Toujours dans son costume blanc (sans la moindre salissure, qu'on aurait dit juste revenu du pressing), avec toujours à la ceinture sa longue épée ornementée d'un joyau. Et il faisait naturellement la même taille que d'habitude, soixante centimètres environ. Tandis qu'il avait pris place sur le siège en cuir noir de l'Infiniti, la blancheur et la propreté de son costume étaient particulièrement éblouissantes. Les bras croisés, il regardait obstinément devant lui.

« Il ne faut surtout pas que Messieurs m'adresse la parole, me prévint-il d'emblée. Toi, Messieurs, tu me vois assurément clairement, mais les autres, que nenni. Toi, Messieurs, tu entends ma voix, mais les autres, point. Si tu te mets à parler à quelqu'un que les autres ne voient pas, Messieurs, on te prendra immanquablement et infailliblement pour un dingo. Bien reçu ? Si tu as bien compris, hoche la tête une fois. »

Je fis ce qu'il me dit, un hochement de la tête. Le Commandeur en fit autant, puis il resta les bras croisés, sans plus ajouter un mot.

Les alentours étaient à présent plongés dans le noir. Depuis longtemps, les corbeaux étaient retournés à leurs nids dans la montagne. L'Infiniti descendit lentement la pente, continua sur la route de la vallée et se mit à gravir la côte raide. Si la distance n'était pas tellement grande (nous allions seulement sur le versant opposé d'une petite vallée), la route était assez étroite et sinueuse. Le genre de route qui ne procure pas aux chauffeurs de grosses berlines le plaisir de la conduite. Un véhicule militaire à quatre roues motrices aurait mieux convenu dans le paysage. Mais mon chauffeur gardait un visage imperturbable et manœuvrait son volant d'un air impassible. La voiture arriva sans encombre devant la résidence de Menshiki.

De hauts murs blancs cernaient la propriété de part et d'autre d'un portail imposant, apparemment très solide. Un portail en bois à deux larges battants, peint en brun foncé. On aurait dit la porte d'un château du Moyen Âge tel qu'on en voit dans les films d'Akira Kurosawa : ne manquaient plus que quelques flèches plantées ici et là pour parfaire le décor. De l'extérieur, on ne voyait strictement rien de la propriété. À côté du portail, il y avait une plaque portant un numéro, mais aucun nom n'y figurait. Peut-être n'était-ce pas nécessaire. Si des visiteurs venaient exprès jusque-là, ils savaient tous d'emblée qu'il s'agissait de la résidence de Menshiki. Les alentours étaient brillamment éclairés par des lampes à vapeur de mercure. Le chauffeur sortit de la voiture, sonna, échangea quelques mots à l'interphone. Puis il regagna sa place et attendit que les battants s'ouvrent grâce au dispositif manœuvré à distance. Deux caméras de surveillance motorisées étaient installées de part et d'autre du portail.

Une fois que les battants se furent lentement écartés vers l'intérieur, le chauffeur fit entrer la voiture, s'engagea sur une allée sinueuse qu'il suivit un moment. La voie descendait en pente douce. Derrière nous le portail se referma avec un bruit solennel qui semblait nous dire : « Fini, vous ne retournerez plus dans votre monde. » Le long de l'allée, des deux côtés, s'alignaient des pins. Très bien entretenus. Les branches étaient artistement élaguées, comme sur des bonsaïs, méticuleusement traitées pour n'attraper aucune maladie. Des haies d'azalées taillées avec soin longeaient également la voie de chaque côté. On apercevait au-delà les silhouettes de ces arbustes qui donnent des fleurs jaunes au printemps, les corètes du Japon. Il y avait aussi un bosquet de camélias. Si la maison était récente, les arbres semblaient anciens. Tout était joliment éclairé par des lampadaires.

Le chemin d'accès se finissait sur un abri circulaire bitumé. Une fois la voiture garée, le chauffeur se hâta de descendre et de m'ouvrir la portière. Le Commandeur avait disparu. Je n'en étais pas particulièrement surpris, pas inquiet non plus. Il avait des manières d'agir qui lui étaient particulières.

Avec une parfaite courtoisie, les feux arrière de l'Infiniti se retirèrent doucement, en silence, dans les ombres du soir, me laissant seul. La maison que j'avais à présent sous les yeux me parut bien plus petite que je ne l'avais présumé. Contemplée depuis l'autre versant de la vallée, elle m'apparaissait comme une construction tapageuse et terriblement imposante. Peut-être l'impression variait-elle suivant l'angle de vue. Le portail se situait sur la partie la plus haute du terrain, et la maison était édifiée le long de la pente, tirant profit du dénivelé.

Deux anciennes statues de pierre, à l'image des chiens gardiens que l'on trouve devant les sanctuaires shinto, étaient placées de part et d'autre de l'entrée. Elles reposaient sur un piédestal. Peut-être s'agissait-il de statues authentiques qui avaient été transférées de quelque édifice. Il y avait aussi devant l'entrée des buissons d'azalées. Au mois de mai, le lieu tout entier devait resplendir de leur floraison printanière.

Je m'avançai lentement vers l'entrée lorsque la porte s'ouvrit, laissant apparaître Menshiki en personne. Il portait un cardigan vert foncé sur une chemise blanche à col boutonné, un chino crème. Comme toujours sa luxuriante chevelure blanche était parfaitement peignée, mais conservait beaucoup de naturel. Voir Menshiki m'accueillir au seuil de chez lui me donna une impression un peu étrange. Jusque-là, c'était toujours lui qui me rendait visite, et j'associais son apparition au bruit du moteur de sa Jaguar.

Il m'invita à entrer. L'entrée était vaste, carrée, avec un plafond d'une bonne hauteur. Assez spacieuse pour y loger un court de squash. Les appliques murales éclairaient harmonieusement la pièce et, sur une vaste table octogonale en bois travaillé, placée au centre, était posé un vase géant, sans doute de la dynastie Ming, débordant de fleurs fraîchement coupées. De très grosses fleurs qui composaient une harmonie en trois teintes (je ne m'y connais pas beaucoup en matière de plantes, j'ignore leur nom). Le bouquet avait certainement été préparé exprès pour ce soir. J'imaginai qu'avec la note réglée au fleuriste, un modeste étudiant aurait pu se nourrir durant un mois entier. Moi, du moins, lorsque j'étais étudiant, cela m'aurait amplement suffi pour vivre. Il n'y avait pas de fenêtre dans cette entrée. Seulement une lucarne au plafond. Le sol était de marbre soigneusement poli.

Depuis l'entrée, on accédait au salon par trois marches très larges. Lequel salon, s'il n'atteignait pas les dimensions d'un terrain de foot, était à peu près aussi vaste qu'un court de tennis. Le mur orienté sud-est était entièrement composé de baies aux vitres teintées et, à l'opposé, s'étendait la terrasse, immense elle aussi. Comme il faisait nuit, il était difficile de dire si l'on voyait ou non la mer, mais il y avait de fortes chances que oui. Le mur opposé était percé d'une cheminée à foyer ouvert. La saison n'était pas encore assez froide pour qu'un feu soit allumé. Des bûches étaient cependant empilées à côté, à disposition. Je ne sais pas qui s'en était chargé, mais la façon raffinée dont l'empilement avait été effectué aurait presque pu être qualifiée d'artistique. Sur le manteau de la cheminée s'alignaient plusieurs figurines anciennes en porcelaine de Meissen.

Le sol du salon était également en marbre, mais recouvert de nombreux tapis assortis. Tous d'anciens tapis persans qui, étant donné leurs motifs délicats et leurs nuances, semblaient davantage des œuvres d'art que des objets utilitaires. Au point qu'on hésitait à poser le pied dessus. Il y avait plusieurs tables basses sur lesquelles étaient disposées des vases. Tous, évidemment, garnis de fleurs fraîches. Chacun de ces vases semblait, également, être une précieuse antiquité. D'un goût parfait. Et d'un prix très élevé. *Pourvu qu'il n'y ait pas de grand tremblement de terre*, me dis-je.

Le plafond était haut, l'éclairage discret : d'élégantes lumières indirectes encastrées sur les murs, quelques lampadaires, une lampe de lecture sur la table, c'était tout. Au fond de la pièce, la masse imposante et noire d'un piano à queue. C'était la première fois que je voyais une pièce dans laquelle un Steinway de concert ne paraissait pas immense. Sur le piano, un métronome et quelques partitions. Peut-être Menshiki jouait-il. Ou bien invitait-il de temps à autre Maurizio Pollini à dîner.

Considérée dans son ensemble, la décoration du salon était sobre, ce qui me rassura. Il n'y avait quasiment rien de superflu. On n'aurait cependant pu parler de vide. Compte tenu de sa taille, cette pièce était étonnamment confortable et douillette. On aurait même pu dire qu'il y avait là *une sorte de* chaleur. Une demi-douzaine de petites peintures raffinées ornait les murs, sans trop attirer le regard. Parmi celles-ci, l'une me parut un authentique Léger, mais je faisais peut-être erreur.

Menshiki m'invita à m'asseoir sur un grand canapé de cuir marron. Lui-même prit place en face de moi sur un fauteuil confortable assorti au canapé. L'assise du canapé était parfaite. Ni trop dure, ni trop molle. Ce canapé accueillait avec naturel le corps de tous ceux qui s'asseyaient dessus – quels que soient le gabarit ou la personne. Bien sûr, à la réflexion (mais c'était naturel, venant de lui), Menshiki n'allait tout de même pas installer dans son propre salon un canapé où l'on serait mal assis.

À peine étions-nous assis qu'un homme surgit de nulle part, comme s'il avait attendu ce moment. Un homme jeune, au visage d'une beauté exceptionnelle.

Pas très grand mais mince, avec une démarche élégante. Le teint mat, des cheveux brillants retenus en queue-de-cheval. Le genre de beau gosse que j'aurais bien imaginé à la plage avec un long bermuda et un shortboard sous le bras, mais ce jour, il avait noué un nœud papillon noir sur une chemise blanche immaculée. Et il arborait un sourire agréable.

« Désirez-vous un cocktail ? me demanda-t-il.

— Tout est possible, choisissez ce que vous aimez, dit Menshiki.

— Un balalaïka », répondis-je après quelques secondes de réflexion. Je n'avais pas spécialement envie de boire un balalaïka, mais je voulais voir si vraiment il pouvait préparer n'importe quel cocktail.

« Pour moi aussi, la même chose », dit Menshiki.

Avec le même sourire charmant sur le visage, le jeune homme se retira sans bruit.

Je jetai un œil à côté de moi sur le canapé ; le Commandeur n'était pas là. Il se trouvait sûrement quelque part dans cette maison. Étant donné qu'il avait partagé la voiture qui nous avait conduits jusqu'à cette demeure et que nous étions arrivés ensemble.

« Un problème ? » me demanda Menshiki. Il avait dû suivre le mouvement de mes yeux.

« Non, rien, dis-je. Votre maison est vraiment splendide, je l'admirais simplement.

— Vous ne trouvez pas qu'elle est un peu trop voyante ? » dit Menshiki. Puis il eut un sourire.

« Oh non, elle est beaucoup plus sobre que je ne m'y attendais, lui répondis-je, lui livrant honnêtement mon opinion. De loin, elle a l'air, si je peux m'exprimer sincèrement, très fastueuse. Comme un paquebot de luxe voguant sur la mer. Mais une fois à l'intérieur, on s'y sent tout à fait tranquille. L'impression est complètement différente. »

Menshiki eut un signe d'approbation. « Cela me fait plaisir de vous entendre parler ainsi. Mais pour en arriver là, il a fallu que je modifie pas mal de choses. Les circonstances ont voulu que je l'achète telle qu'elle était. Et à ce moment-là, elle avait une allure ostentatoire. Je dirais même bling-bling. L'homme qui l'a fait construire était le propriétaire de je ne sais quelle grande chaîne de distribution, style nouveau riche à l'extrême, enfin, cela ne correspondait pas du tout à mes goûts. Après en avoir fait l'acquisition, j'ai procédé à de grandes transformations. Ce qui m'a demandé pas mal de temps et d'argent. »

Tandis qu'il se souvenait de cet épisode, il baissa les yeux et poussa un grand soupir. L'expérience avait dû être pénible.

« Dans ce cas, n'aurait-il pas été bien plus économique de faire construire par vous-même votre demeure, dès le début ? » lui demandai-je.

Menshiki rit. J'aperçus ses dents blanches entre ses lèvres.

« Certainement. Ç'aurait été infiniment plus astucieux. Mais il se trouve que de mon côté aussi, j'avais mes raisons. Qui faisaient que je devais acquérir cette maison, et pas une autre. »

J'attendis la suite de son histoire. Il n'y eut pas de suite.

« Ce soir, le Commandeur n'est pas avec nous ? demanda Menshiki.

— Je pense qu'il devrait venir plus tard, dis-je. Nous étions ensemble jusque devant chez vous, mais soudain, il a disparu. Il doit être en train de fureter ici ou là, je suppose. Cela ne vous ennuie pas ? »

Menshiki ouvrit les bras. « Bien sûr que non. Cela ne me dérange absolument pas. Je vous en prie, dites-lui qu'il explore tout autant qu'il le souhaite. »

Le jeune homme nous apporta nos cocktails sur un plateau argenté. Les verres étaient en cristal finement ciselé. Peut-être des baccarats. Ils étincelèrent brièvement à la lumière d'un lampadaire. Il posa à côté différentes sortes de fromages coupés et des noix de cajou disposées sur des coupelles Ko-Imari[1]. De petites serviettes en lin brodées d'une initiale et des ensembles de fourchettes et couteaux en argent avaient également été préparés. Le maître de maison s'était vraiment montré attentif.

Chacun prit son verre à cocktail à la main pour porter un toast. Avant d'approcher le verre de sa bouche, Menshiki trinqua à l'achèvement de son portrait et, de mon côté, je lui adressai mes remerciements. Le balalaïka est composé à parts égales de vodka, de Cointreau et de jus de citron. Sa recette est simple, mais il n'est pas savoureux à moins d'être servi aussi glacé que s'il venait droit du Grand Nord. Préparé par un barman malhabile, il est insipide et fade. Mais celui-ci avait été merveilleusement concocté. Son mordant s'approchait vraiment de la perfection.

« Ce cocktail est excellent, dis-je avec admiration.

— Il se débrouille bien », fit simplement Menshiki.

Évidemment, pensai-je. Nul besoin de longues réflexions pour savoir que Menshiki n'emploierait jamais un mauvais barman. De même qu'il était inconcevable qu'il n'ait pas de Cointreau à sa disposition, il nc

1. Ko-Imari : porcelaines très réputées produites à Arita, dans le Kyushu, depuis le XVIIe siècle, caractérisées par un ensemble de trois couleurs (bleu, rouge et or).

pouvait pas ne pas avoir toute une batterie de précieux verres à cocktail en cristal et d'assiettes Ko-Imari.

Autour du cocktail et des noix de cajou, notre conversation roula principalement sur mes peintures. Il m'interrogea sur mon travail du moment, je le lui expliquai. Je lui dis que je faisais le portrait d'un homme dont j'ignorais l'identité et que j'avais croisé il y a longtemps dans une ville lointaine.

« Le portrait ? demanda Menshiki, l'air surpris.

— Oui, mais il ne s'agit pas d'un portrait type, je veux dire, comme ceux que je fais sur commande. Je le peins en laissant libre cours à mon imagination. C'est un portrait "abstrait", en quelque sorte. En tout cas, le "portrait" est le thème de mon tableau. Ou plutôt, le point de départ, si je puis dire.

— Comme lorsque vous avez réalisé le mien ?

— Exactement. Simplement, cette fois, personne ne m'en a passé commande. C'est une œuvre que je peins comme ça, spontanément. »

Menshiki médita un instant sur ce que je venais de dire. « En somme, déclara-t-il ensuite, le fait d'avoir brossé mon portrait aurait servi d'inspiration à votre activité créatrice. Peut-on voir les choses ainsi ?

— Certainement, en effet. Même si pour le moment je n'ai pas encore dépassé le stade de la mise à feu. »

Menshiki avala une autre gorgée de son cocktail. Au fond de ses yeux brillait comme une lueur de satisfaction.

« Cela me réjouit plus que tout. J'entends, de vous avoir peut-être été utile. Si vous le voulez bien, quand ce nouveau tableau sera achevé, accepterez-vous de me le montrer ?

— Ce sera avec plaisir, si j'arrive à un résultat qui me convainc. »

Je portai le regard sur le coin de la pièce où se trouvait le piano à queue. « Est-ce que vous jouez du piano ? Celui-ci est vraiment magnifique ! »

Menshiki hocha légèrement la tête en signe d'assentiment. « Je ne suis pas très fort, mais je joue un peu. Quand j'étais enfant, j'ai appris avec un professeur. À partir de l'école primaire, durant cinq ou six ans. Ensuite, j'avais trop de travail scolaire, j'ai arrêté. Il aurait mieux valu que je n'abandonne pas mais j'avais fini par être un peu fatigué de tous ces exercices. Alors, à présent, mes doigts ne bougent plus comme je le voudrais mais je sais toujours lire une partition facilement. Pour me changer les idées, de temps en temps, je joue un morceau simple pour moi-même. Mais mon niveau est loin d'être suffisant pour jouer devant un auditeur, et s'il y a quelqu'un dans la maison, en aucun cas je ne m'approche du clavier. »

Je finis par lui poser une question qui m'intriguait depuis le début. « Vous qui vivez seul ici, il ne vous arrive pas de ne pas savoir que faire d'autant d'espace ?

— Non, pas du tout, répondit-il aussitôt. Absolument pas. J'ai toujours aimé me trouver seul. À titre d'exemple, pensez un peu au cortex cérébral. L'espèce humaine a été gratifiée d'un cortex cérébral performant, remarquablement et délicatement construit. Mais nous n'utilisons sans doute même pas dix pour cent de ses capacités au quotidien. Malheureusement, nous n'avons pas encore acquis la faculté de profiter de la totalité de cet organe merveilleux et efficace que le ciel nous a donné. C'est comme si une famille de quatre personnes vivait petitement en ne se servant que d'une pièce de quatre tatamis et demi dans l'immense résidence luxueuse qu'elle habite. Toutes les autres pièces sont laissées à l'abandon, inutilisées. En comparaison, le fait que moi, je vive seul dans cette maison n'est pas si aberrant.

— Dit ainsi, peut-être en effet », admis-je. La comparaison était assez intéressante.

Menshiki fit rouler une noix de cajou dans sa main un instant. Puis il reprit : « Mais sans ce cortex cérébral performant inutilement développé à première vue, nous n'aurions pu élaborer de pensées abstraites et nous n'aurions pu pénétrer dans le domaine de la métaphysique. Une seule partie de ce cortex nous permet ces exploits. Aussi, à quoi aboutirions-nous si nous savions tirer parti de tout le reste ? N'est-ce pas fascinant ?

— Mais en échange de l'acquisition de ce cortex cérébral performant – c'est-à-dire, en compensation de l'acquisition d'une résidence magnifique –, l'espèce humaine a dû renoncer à toutes sortes de facultés fondamentales. N'est-ce pas ?

— Oui, en effet, dit Menshiki. Même sans pensée abstraite ou sans théorie métaphysique, les humains, dressés sur leurs deux jambes et se servant de gourdins avec efficacité, ont sûrement remporté une victoire éclatante dans la lutte pour la survie sur notre terre. Parce que ce genre de faculté n'est pas indispensable pour vivre le quotidien. Et en compensation de l'acquisition d'un cortex cérébral trop performant, nous avons été forcés d'abandonner bien d'autres capacités physiques. Par exemple, les chiens ont un odorat quelques milliers de fois plus développé que les hommes, et une ouïe quelques dizaines de fois plus aiguisée. En revanche, nous, les hommes, sommes capables de réfléchir de façon complexe, de superposer des hypothèses aux hypothèses. Nous savons confronter le macrocosme au microcosme, les étudier de façon comparative. Apprécier Van Gogh et Mozart. Lire

Proust – enfin, si nous en avons envie. Collectionner des Ko-Imari ou des tapis persans. Les chiens, non.

— Marcel Proust a écrit un roman extraordinaire sans pour autant posséder l'odorat d'un chien. »

Menshiki se mit à rire. « Vous avez complètement raison. Mais je parle à un niveau plus général.

— La question réside dans la capacité ou non de considérer une Idée comme une entité autonome, c'est ce que vous voulez dire ?

— Tout à fait. »

Tout à fait complètement, me murmura le Commandeur au creux de l'oreille. Mais, selon l'avertissement qu'il m'avait donné plus tôt, je me gardai bien de promener le regard autour de moi.

Après quoi, Menshiki se proposa de me montrer son cabinet de travail. Depuis le seuil du salon, un large escalier nous mena au niveau inférieur. Cet étage semblait être dédié aux espaces privés : le long du couloir, il y avait plusieurs chambres à coucher (je ne les comptai pas, et l'une d'entre elles était peut-être la fameuse « chambre interdite de Barbe-Bleue » fermée à clé, comme l'avait dit ma petite amie) ; au bout se situait le cabinet de travail. Une pièce pas spécialement vaste mais, bien entendu, pas non plus étriquée. Tout était calculé et agencé avec précision pour créer là un espace adéquat. Dans ce cabinet, les fenêtres n'occupaient pas une place prépondérante ; seule une série de vitres en longueur était installée sur un des murs, tout près du plafond, afin de laisser entrer la lumière du jour. Tout ce qu'on voyait à travers, c'étaient les branches des pins et, entre elles, le ciel. (Apparemment, on ne cherchait pas en ce lieu à jouir de la lumière du soleil ou à admirer le paysage.) L'absence de grandes fenêtres permettait en revanche un usage plus libre des surfaces murales : sur un côté, une bibliothèque encastrée occupait la totalité du mur, du sol au plafond. Une partie des rayonnages était spécialement aménagée pour ranger des CD. Sur les étagères étaient alignés des livres de toutes tailles, sans le moindre espace entre eux. Pour pouvoir attraper les volumes situés en hauteur, il y avait aussi un marchepied en bois. Chacun des livres portait des traces de lecture véritable. N'importe qui pouvait constater qu'il s'agissait là de la collection d'un lecteur passionné. Ce n'étaient pas des étagères décoratives.

Devant un autre mur, il y avait un grand bureau de travail sur lequel étaient posés deux ordinateurs. Un fixe et un portable. Plusieurs mugs remplis de stylos et de crayons. Des documents proprement empilés. Un bel ensemble audio, qui paraissait coûteux, était installé près du mur, et sur le mur opposé s'alignait une paire de haut-parleurs tout en longueur, faisant face au bureau. D'une hauteur à peu près équivalente à ma taille (un mètre soixante-treize), et dont le coffrage était fait dans un élégant acajou. À peu près au centre de la pièce, un fauteuil au design moderne destiné à la lecture ou à l'écoute de la musique. À côté, un lampadaire de lecture en acier. Je supposai que Menshiki passait là une grande partie de ses journées.

Le portrait que j'avais réalisé de lui était accroché au mur, entre les haut-parleurs. Juste au milieu, à peu près à hauteur des yeux. La toile restait nue, pas encore encadrée, mais elle s'accordait parfaitement à cet emplacement, avec beaucoup de naturel, comme si elle se trouvait là depuis très longtemps. Ce tableau débordait d'une énergie pulsionnelle, il avait été brossé au gré d'un jaillissement, presque d'un seul coup de pinceau. Cependant, dans ce cabinet de travail, cette liberté sauvage me semblait soigneusement domptée, curieusement bien contrôlée. L'atmosphère singulière de ce lieu apaisait agréablement l'excès d'enthousiasme qui émanait de la toile. Et dans cette peinture se tenait tapi, indubitablement, le visage de Menshiki. Ou plutôt, à mes yeux, c'était comme si Menshiki lui-même y avait pénétré, il était dans le tableau.

Il s'agissait bien là de la peinture que j'avais réalisée. Mais à présent que je m'en étais séparé et que Menshiki en avait pris possession, qu'elle avait été accrochée au mur de son cabinet de travail, elle me semblait hors d'atteinte. Désormais, c'était *la peinture de Menshiki*, ce n'était plus la mienne. Et même si j'essayais de trouver ce qui se dissimulait là, elle, tel un poisson lisse et agile, glissait, s'échappait d'entre mes mains. Comme la femme qui autrefois avait été mienne et qui à présent était la femme d'un autre…

« Alors, ne pensez-vous pas qu'il va parfaitement bien avec cette pièce ? »

Bien entendu, Menshiki parlait du portrait. J'approuvai sans un mot.

« J'ai fait des essais sur différents murs de différentes pièces. Et finalement, cet emplacement, dans ce cabinet, est le meilleur. Ce mur nu, la façon dont la lumière est dispensée, l'ambiance générale, tout m'a paru convenir. Ce que j'aime le plus, c'est contempler cette peinture alors que je suis assis dans ce fauteuil.

— Vous permettez que j'essaie ? lui dis-je en montrant le fauteuil.

— Oui, naturellement. Je vous en pric. »

Je pris place dans le fauteuil en cuir, m'adossai contre ses courbes moelleuses, allongeai les jambes sur le pouf. Je croisai les bras sur la poitrine. Puis je contemplai de nouveau le tableau. En effet, comme l'avait dit Menshiki, c'était vraiment l'emplacement idéal. À le voir depuis ce siège (il n'y avait rien à redire sur la qualité de l'assise, évidemment), ma peinture possédait une force de persuasion paisible et pondérée qui me surprenait moi-même. On aurait presque pu y voir une œuvre différente de celle que j'avais réalisée dans mon atelier. Comment dire ? Dans ce lieu, elle paraissait même avoir acquis une nouvelle vie, originelle. Et dès lors, elle semblait refuser que je m'en approche davantage, elle paraissait repousser tout contact avec moi, son auteur.

À l'aide d'une télécommande, Menshiki mit de la musique à faible volume. C'était un quatuor à cordes de Schubert que j'avais déjà eu l'occasion d'écouter. Le D. 804. Le son que produisaient ces haut-parleurs était clair et élégant, chaque note distincte. En comparaison du son simple et sans artifice que diffusaient ceux de chez Tomohiko Amada, on aurait dit qu'il s'agissait d'un autre morceau.

Je m'avisai soudain de la présence du Commandeur dans la pièce. Il avait pris place sur le marchepied devant la bibliothèque et, les bras croisés, fixait ma peinture. Quand je portai mon regard sur lui, le Commandeur secoua légèrement la tête pour m'indiquer de ne pas regarder de son côté. Je reportai alors mon regard sur la peinture.

« Merci beaucoup, dis-je à Menshiki en me relevant. L'endroit est parfait. »

Menshiki s'ébroua en souriant. « Mais c'est moi qui vous dois des remerciements. Depuis qu'elle a trouvé sa place, la peinture me plaît encore davantage. En la regardant, j'ai l'impression, comment dire, de me trouver devant un miroir spécial. Et dans ce miroir, je me vois, moi. Mais c'est un moi légèrement différent.

Quand je scrute ce tableau, peu à peu, je suis envahi d'un sentiment étrange. »

Tout en écoutant le quatuor de Schubert, Menshiki contempla un moment la peinture sans plus dire un mot. De son côté, le Commandeur, toujours assis sur le marchepied, regardait le tableau, les yeux amenuisés, exactement comme Menshiki. On aurait dit qu'il le singeait pour s'en moquer. (J'imaginais toutefois que ce n'était pas délibéré.)

Menshiki jeta ensuite un œil sur la pendule murale. « Allons dans la salle à manger. Le dîner devrait être prêt. J'espère que le Commandeur est maintenant arrivé. »

Je lançai un regard du côté du marchepied. Le Commandeur n'était plus là.

« Je crois qu'il est déjà arrivé, dis-je.

— J'en suis ravi », fit Menshiki comme s'il était tranquillisé. Puis, avec la télécommande, il arrêta la musique. « Bien entendu, sa place est réservée à table. Enfin, c'est vraiment dommage qu'il ne puisse pas profiter du dîner. »

Au niveau inférieur, m'expliqua Menshiki (en considérant que l'entrée de la maison se situait au rez-de-chaussée, cela correspondait au deuxième sous-sol), il y avait le cellier, la buanderie et la salle de gymnastique. Il me décrivit cette dernière, équipée de toutes sortes de machines. Il était possible aussi d'écouter de la musique durant les séances, grâce à des aménagements spéciaux. Une fois par semaine, un instructeur personnel venait sur place et le guidait dans ses exercices musculaires. À ce niveau, il y avait aussi un petit studio pour loger sur place une domestique. Il comprenait une kitchenette et une salle de bains, mais à l'heure actuelle, il était inoccupé. Autrefois, il y avait eu aussi une petite piscine à l'extérieur, mais comme ce bassin n'était pas pratique et que c'était de surcroît beaucoup d'entretien, il l'avait comblée pour en faire une serre. Mais il ferait peut-être construire, dans un futur proche, une nouvelle piscine à deux couloirs pour faire des longueurs de vingt-cinq mètres. Et si cela se réalisait, ajouta-t-il, il faudrait absolument que je vienne nager. Ce serait merveilleux, répondis-je.

Et nous passâmes alors dans la salle à manger.

24

Une récolte d'informations brutes, de première main

La salle à manger derrière laquelle se trouvait la cuisine se situait au même niveau que le cabinet de travail. C'était une pièce en longueur, et une grande table également en longueur trônait au milieu. Faite dans du chêne d'une épaisseur de dix bons centimètres et qui aurait pu facilement réunir une dizaine de personnes. Une table très solide, idéale pour un banquet où les compagnons de Robin des Bois auraient pris place. Cependant, ce n'étaient pas de joyeux hors-la-loi qui s'y étaient attablés, mais seulement Menshiki et moi. Une place avait été préparée pour le Commandeur. Il était absent. Il n'y avait qu'un petit set de table, des couverts en argent et un verre vide, comme de purs *symboles*. Qui indiquaient avec courtoisie que cette place lui était destinée.

Comme dans le salon, de vastes baies vitrées occupaient un mur entier. On avait de là une vue panoramique sur l'autre versant de la vallée. De la même façon que de ma maison je voyais la résidence de Menshiki, d'ici, on voyait sans doute la mienne. Mais la maison où je vivais n'était pas aussi grande que celle de Menshiki, et comme elle était construite en bois, elle se fondait dans le décor. Dans l'obscurité, il était impossible de distinguer où elle se trouvait. Sur la montagne, les maisons étaient peu nombreuses, mais chacun de ces foyers clairsemés était éclairé et ces lumières donnaient confiance. C'était l'heure du dîner. Sans doute les familles étaient-elles attablées et allaient se mettre à savourer un repas chaud. Cette chaleur simple et réconfortante, je la ressentais à travers ces lueurs.

De ce côté de la vallée, Menshiki, le Commandeur et moi, autour de cette table immense, allions entamer un dîner original qu'il aurait été difficile de qualifier de familial. Dehors, la pluie continuait de tomber, une pluie fine et douce. Il n'y avait presque pas de vent, c'était une soirée très silencieuse, typique de l'automne. En regardant par les fenêtres, je pensai de nouveau à la fosse. À la chambre de pierre solitaire derrière le sanctuaire. À l'instant même où j'étais ici, cette fosse demeurait sûrement telle qu'elle avait toujours été, sombre et glacée. Au souvenir de ce tableau, j'éprouvai un froid spécial.

« Je l'ai dénichée alors que je voyageais en Italie », dit Menshiki après que j'eus fait l'éloge de la table. Il n'y avait pas d'orgueil dans ses paroles. Il énonçait simplement un fait. « Chez un marchand de meubles, à Lucques, et je l'ai fait expédier par bateau. Comme elle est extrêmement lourde, l'apporter jusqu'ici a été une tâche vraiment compliquée.

— Vous voyagez souvent à l'étranger ? »

Sa bouche dessina une moue, qu'il fit disparaître presque aussitôt. « Autrefois, oui. En partie pour le travail, en partie pour le plaisir. Mais ces derniers temps, je n'ai pas beaucoup d'occasions de le faire. La nature de mon travail a quelque peu changé. En outre, je me suis mis à moins aimer sortir. Je reste presque toujours ici. »

Pour indiquer clairement ce qu'il entendait par « ici », il montra du doigt l'intérieur de la maison. Je pensais qu'il détaillerait un peu les changements survenus dans son travail, mais il en resta là. Comme d'habitude, il semblait peu désireux de donner des explications sur ses occupations.

« Je propose, pour commencer, du champagne bien frappé. Qu'en dites-vous ? Vous n'avez rien contre ? »

Je répondis que non, certes, je n'avais rien contre. Et que je m'en remettais entièrement à lui.

Sur un petit signe de Menshiki, le jeune homme à queue-de-cheval s'approcha et versa dans des flûtes du champagne glacé. De plaisantes bulles s'élevèrent. Les flûtes étaient fines et délicates comme du papier de qualité supérieure. Nous trinquâmes de part et d'autre de la table. Ensuite Menshiki leva son verre, respectueusement, en direction de la place du Commandeur absent.

« Soyez le bienvenu, Commandeur », dit-il.

Celui-ci, bien entendu, ne répondit pas.

En buvant son champagne, Menshiki parla opéra. Quand il avait visité la Sicile, raconta-t-il, il avait assisté à l'opéra de Catane à une magnifique représentation d'*Ernani* de Verdi. Et le spectateur assis à côté de lui, tout en mangeant une mandarine, chantonnait en même temps que les artistes. Et là-bas, il avait bu un excellent champagne.

Le Commandeur se manifesta bientôt dans la salle à manger. Simplement, il ne rejoignit pas la place qui lui avait été attribuée. À cause de sa petite taille, s'il s'était attablé là, sans doute que son nez aurait à peine dépassé. Il préféra donc s'installer sur une sorte d'étagère décorative, un peu en biais derrière Menshiki. Il était assis, bien tranquille, perché à environ un mètre cinquante du sol, remuant mollement les pieds chaussés de ses souliers noirs à la forme curieuse. En prenant garde que Menshiki ne s'en aperçoive pas, je levai légèrement mon verre en sa direction. Bien entendu, il resta impassible.

On nous apporta les plats. La cloison entre la cuisine et la salle à manger était percée d'un passe-plat. Le jeune homme au nœud papillon et à queue-de-cheval prenait les assiettes l'une après l'autre et les apportait à notre table. Le hors-d'œuvre, c'était un très joli plat de légumes bio et de poisson *isaki*, une sorte de bar. Et pour l'accompagner, du vin blanc. Le jeune à queue-de-cheval ôta le bouchon d'une main adroite et prudente, tel un démineur désactivant une bombe sophistiquée. Je n'eus pas d'explication sur la provenance ou le type de vin dont il s'agissait, mais c'était un blanc au goût parfait. Menshiki nc pouvait servir qu'un vin parfait.

Ensuite, ce fut une salade de haricots blancs, de racines de lotus et de seiche. Puis une soupe de tortue de mer. Le plat de poisson, c'était de la baudroie.

« C'était un peu tôt dans la saison, mais le chef a fait cette jolie trouvaille ce matin à la criée, une belle baudroie », dit Menshiki. En effet, elle était très fraîche, délicieuse. Une chair d'une fermeté plaisante, teintée d'une note élégante et sucrée, qui laissait une sensation de légèreté et de fraîcheur. Elle avait été rapidement cuite à la vapeur, puis arrosée de sauce à l'estragon (je pense).

On nous servit ensuite un steak épais de chevreuil, et nous eûmes aussi droit à des explications à propos de la sauce, mais il y avait trop de termes spécialisés, et je ne pus les retenir. C'était en tout cas une sauce très goûteuse, parfumée à la perfection.

Le jeune à la queue-de-cheval versa du vin rouge dans nos verres. La bouteille avait été ouverte environ une heure auparavant, expliqua Menshiki, afin de laisser décanter le vin.

« L'air pénètre bien ainsi, et c'est alors juste le bon moment pour le boire. »

Pour l'air, je ne savais pas, mais c'était un vin puissant, au bouquet étonnant. Chaque étape de sa dégustation, le contact avec la langue, la prise en bouche ou l'absorption, me révéla une saveur différente. Comme une femme mystérieuse dont la beauté apparaît étrangement différente selon l'angle et la lumière. Et ce vin laissait un arrière-goût plein d'agrément.

« C'est un bordeaux, dit Menshiki. Je vous épargne les explications. Disons simplement que c'est un bordeaux.

— Mais si on le décrivait en détail, il serait à coup sûr l'objet de longues explications, car avec une bouteille de ce type, il y aurait beaucoup à raconter. »

Menshiki sourit. De séduisantes ridules se creusèrent au coin de ses yeux. « Vous avez raison. On pourrait le décrire longuement. Mais je n'aime pas les laïus à n'en plus finir autour des vins. Pour n'importe quoi d'ailleurs, énumérer des bienfaits ou vanter des qualités, ce n'est pas mon fort. Je me contenterai de dire : c'est un bon vin. N'est-ce pas suffisant ? »

À cela, je n'avais naturellement rien à objecter.

Sur son étagère, le Commandeur ne cessa de nous observer tandis que nous mangions et que nous buvions. Il regardait attentivement, dans les moindres détails, le spectacle qui s'offrait à ses yeux, sans pour autant, semblait-il, en tirer une opinion. Comme lui-même l'avait dit, il se contentait de regarder. Sans porter le moindre jugement, sans éprouver de sentiment positif ou négatif. Il s'agissait simplement d'une récolte d'informations brutes, de première main.

Peut-être était-ce de la même façon qu'il nous avait scrutés tout du long, ma petite amie et moi, alors que nous faisions l'amour l'après-midi. En imaginant la scène, je ressentis un certain malaise. Il m'avait dit que pour lui, voir des gens en train de faire l'amour, c'était ni plus ni moins la même chose que de regarder des gens faire de la gymnastique sous la direction d'une émission de radio matinale, ou d'assister au ramonage d'une cheminée. Certes. Pour ceux qui étaient observés cependant, c'était assez perturbant.

Il nous fallut environ une heure et demie pour en arriver au dessert (un soufflé) et au café. Un chemin long mais riche et satisfaisant. Le chef sortit alors de la cuisine et vint à la table. C'était un homme d'une taille élevée, qui portait la tenue blanche des cuisiniers. Le milieu de la trentaine sans doute, le visage légèrement ombré de barbe noire des joues au menton. Il me salua poliment.

« Votre cuisine était magnifique, lui dis-je. C'est la première fois que je déguste des plats aussi bons. »

Je lui livrais là le fond de ma pensée. J'avais du mal à croire que cet homme qui élaborait une cuisine aussi raffinée se contentait de tenir un petit restaurant français quasiment inconnu près du port de pêche d'Odawara.

« Je vous remercie, répondit-il en souriant. M. Menshiki fait toujours beaucoup pour moi. »

Après s'être incliné, il regagna la cuisine.

« Le dîner a-t-il convenu aussi au Commandeur ? » me demanda Menshiki d'un air préoccupé après le départ du chef.

Il ne jouait pas la comédie. À mes yeux du moins, il semblait vraiment se faire du souci.

« Je pense que oui, il doit être content, répondis-je avec le plus grand sérieux. Il est certes regrettable qu'il n'ait pu goûter à ces plats délicieux, mais je suis sûr qu'il s'est régalé à sa façon, ne serait-ce que de l'atmosphère.

— Je l'espère. »

Ô que oui, pour sûr que je suis fort réjoui, me chuchota le Commandeur à l'oreille.

Menshiki me proposa un digestif, mais je déclinai son offre. Je ne pouvais plus rien avaler. Lui prit une eau-de-vie.

« Il y a une question que j'aurais aimé vous poser, dit Menshiki en faisant lentement tourner son verre imposant. C'est une question singulière qui risque peut-être de vous vexer.

— Posez-moi toutes les questions que vous voulez. Ne vous sentez pas gêné. »

Il prit une gorgée d'eau-de-vie dans la bouche, la savoura. Puis il reposa sans bruit le verre sur la table.

« C'est à propos de la fosse dans le bois, dit-il. J'ai passé une bonne heure l'autre jour dans cette chambre de pierre. Je suis resté assis seul au fond de cette fosse, sans lumière. Et le couvercle a été remis, et des pierres ont été posées par-dessus. Et je vous ai fait une demande : “Revenez dans une heure pour me faire ressortir d'ici.” C'est bien ainsi que ça s'est passé ?

— Oui, en effet.

— Pourquoi, à votre avis, ai-je fait cela ? »

Je lui dis honnêtement que je l'ignorais.

« Parce que cela m'était nécessaire, fit Menshiki. Je ne saurais très bien l'expliquer, mais de temps en temps, faire *cela* m'est nécessaire. Être abandonné seul dans un lieu exigu, tout à fait obscur, au sein d'un silence total. »

J'attendis sans rien dire la suite de ses paroles. Il reprit : « Et la question que je voulais vous poser est celle-ci : durant cette heure, l'envie de m'abandonner pour toujours dans la fosse ne vous a-t-elle pas effleuré l'esprit ? Ne serait-ce que brièvement ? N'avez-vous pas eu la tentation de me laisser là, au fond de ce trou obscur ? »

Je ne parvenais pas bien à comprendre ce qu'il voulait me dire. L'« abandonner » ?

Il posa la main sur sa tempe droite, la frotta doucement. Comme s'il caressait une cicatrice. Puis il continua : « Je vais le dire autrement. Je suis au fond d'une fosse de près de trois mètres de profondeur, d'un diamètre de deux mètres environ. L'échelle a été retirée. Le mur circulaire est fait de pierres étroitement empilées, si bien qu'il m'est impossible de remonter. L'ouverture est hermétiquement bouchée. Dans un coin perdu en montagne comme là-bas, même si l'on appelle à voix très forte, même si l'on agite une clochette, cela n'atteindra les oreilles de personne – enfin, les vôtres, si, peut-être. En somme, je suis dans l'incapacité de remonter à la surface de la terre par mes propres moyens. Si vous n'étiez pas revenu, j'aurais dû rester pour toujours au fond de ce trou. Vous êtes d'accord ?

— Oui, sans doute. »

Il avait toujours la main droite sur sa tempe, mais ses doigts ne bougeaient plus. « Et donc, ce que je voudrais savoir, c'est si, durant cette heure, vous ne vous êtes pas dit : "Tiens, finalement, je ne vais pas le faire sortir de cette fosse. Je vais le laisser là à tout jamais." Cette idée ne vous a-t-elle pas traversé l'esprit, ne serait-ce que de façon furtive, un tout petit instant ? J'aimerais que vous me répondiez sincèrement, et quelle que soit votre réponse, je ne serai en aucun cas contrarié. »

Il reprit en main le verre d'eau-de-vie, le fit de nouveau tourner en l'air lentement. Mais cette fois, il ne le porta pas à la bouche. Les yeux étrécis, il en huma l'odeur, puis il le reposa sur la table.

« Cette pensée ne m'est pas venue à l'esprit, répondis-je honnêtement. Pas même *furtivement.* Durant tout le temps où j'ai attendu, je n'ai pensé à rien d'autre qu'à enlever le couvercle et à vous faire sortir de là une fois l'heure écoulée.

— C'est vrai ?

— Vrai, à cent pour cent.

— Si par hypothèse, je m'étais trouvé à votre place… » commença Menshiki comme s'il allait me faire un aveu. Sa voix était très calme. « Je crois que j'y aurais pensé. J'aurais certainement été gagné par la tentation de vous abandonner pour l'éternité dans cette fosse. Je me serais dit : "*C'est l'occasion ou jamais.*" »

Je restai muet.

« Quand j'étais dans cette fosse, reprit Menshiki, j'ai pensé à ça tout le temps. Je me disais sans cesse que, à votre place, j'aurais eu cette pensée. C'est certain. Étrange, n'est-ce pas ? Car en fait, vous, vous étiez à la surface de la terre alors que moi je me trouvais dans la fosse, et pourtant, tout du long, j'ai imaginé que j'étais à la surface et que vous étiez au fond de ce trou.

— Mais si vous m'aviez abandonné au fond du trou, je serais mort de faim. Je serais peut-être devenu une momie qui agite une clochette. Cela ne vous aurait pas gêné ?

— Il n'est question que d'imagination. Mieux vaudrait dire peut-être de purs fantasmes. *Évidemment* que dans la réalité, je ne l'aurais pas fait. Je ne fais que lâcher la bride à mon imagination. Je joue avec l'idée de la mort, en la considérant comme une pure hypothèse. Aussi, ne vous inquiétez pas. Mais j'avoue qu'il est incompréhensible que vous n'ayez pas été effleuré par cette tentation.

— Quand vous étiez seul dans cette fosse obscure, vous n'avez pas eu peur ? lui demandai-je. Que je cède à la tentation de vous abandonner au fond de ce trou ? Alors que vous réfléchissiez à cette possibilité ? »

Menshiki secoua la tête en signe de dénégation. « Non, je n'ai pas eu peur. Ou plutôt, peut-être qu'au fond de moi, j'avais l'espoir que vous le feriez réellement.

— Vous l'espériez ? répétai-je, surpris. Que je vous abandonne dans cette fosse ?

— Exactement.

— Vous voulez dire que vous envisagiez volontiers d'être laissé dans ce trou jusqu'à ce que mort s'ensuive ?

— Non, je n'allais pas jusqu'à penser qu'il m'était égal de mourir. Parce que malgré tout, j'ai encore de l'attachement pour cette vie. Sans compter que mourir de faim, mourir de soif, je ne crois pas que ce soit la meilleure façon de s'en aller. *J'avais seulement envie de m'approcher un peu de la mort*, encore un peu, un peu plus près. Tout en sachant que la frontière est très fine. »

Je tentai de réfléchir à ce propos. Je ne comprenais toujours pas très bien ce que disait Menshiki. Discrètement, je portai mon regard du côté du

Commandeur. Il était toujours assis sur son étagère. Le visage dénué de toute expression.

Menshiki poursuivit : « Ce qui me fait le plus peur quand je suis enfermé seul dans un lieu exigu et obscur, ce n'est pas de mourir. Ma plus grande crainte, c'est quand je commence à me demander si *je ne vais pas être obligé de vivre là pour l'éternité*. Si je me mets à penser de la sorte, je n'arrive presque plus à respirer tant j'ai peur. J'ai l'impression que les murs autour de moi se rapprochent et qu'ils finiront par m'écraser. Pour pouvoir survivre dans de pareilles conditions, l'homme doit surmonter cette terreur. Se dominer. Et dans ce but, il lui est nécessaire de s'approcher le plus possible de la mort.

— Ce qui implique des risques.

— Comme Icare qui s'est approché du soleil. Il n'est pas facile de discerner jusqu'où on peut aller, délicat de ne pas dépasser la ligne. C'est une entreprise dangereuse, qui se fait au risque de sa vie.

— Mais si l'on évite cette proximité, on ne peut surmonter sa peur et se dominer.

— En effet. Sans cela, l'homme ne pourra accéder au niveau supérieur », fit Menshiki. Il parut réfléchir à quelque chose durant un instant. Puis soudain – à mes yeux, son mouvement sembla soudain –, il se leva, alla près de la fenêtre, regarda dehors.

« On dirait qu'il pleut encore, mais ce n'est pas une pluie forte. Si nous sortions sur la terrasse ? J'aimerais vous montrer quelque chose. »

De la salle à manger, nous montâmes quelques marches pour aller jusqu'au salon et ensuite sur la terrasse. Très vaste, carrelée dans le style de l'Europe du Sud. Appuyés contre le garde-fou de bois, nous contemplâmes le paysage. De là, nous embrassions toute la vallée du regard, comme sur la plate-forme d'observation d'un site touristique. Une pluie fine continuait à tomber, mais elle était à présent plus proche d'un brouillard. De l'autre côté de la vallée, les maisons disséminées sur la montagne diffusaient leurs douces lumières. C'était la même vallée encaissée, mais vue du versant opposé, l'impression était complètement différente.

Une partie de la terrasse était abritée par un avant-toit, et dessous se trouvaient une chaise longue destinée à des bains de soleil ou à la lecture, et, à côté, une table basse recouverte d'un plateau en verre pour pouvoir poser une boisson ou un livre. Un grand pot avec une plante verte, et une sorte d'instrument très haut, recouvert d'une housse en plastique. Des spots étaient fixés au mur, mais ils n'étaient pas allumés. L'éclairage du salon aussi avait été réduit.

« Ma maison se situe où à peu près ? demandai-je à Menshiki.

— Par là », répondit-il en montrant la droite.

Je regardai du côté indiqué, mais comme les lumières étaient éteintes chez moi et du fait de cette bruine brouillardeuse, je ne pus la voir. Je le dis à Menshiki.

« Attendez une minute », dit-il en se dirigeant vers la chaise longue. Il ôta la housse en plastique qui recouvrait l'instrument mystérieux et apporta ce dernier vers moi. C'était, semble-t-il, des jumelles montées sur un trépied. Pas très grandes mais avec une forme étrange, différente des jumelles ordinaires. D'une couleur vert olive terne. On aurait même dit un appareil optique de topographie, en raison de son aspect rustique et robuste. Menshiki les posa devant le garde-fou et régla soigneusement la mise au point.

« Regardez. C'est là que vous habitez », dit-il.

Le grossissement des jumelles permettait une vision très nette. Ce n'était pas un article que l'on pouvait acheter en grande surface. Au travers du voile léger de la brouillasse, elles faisaient apparaître des scènes lointaines comme si elles étaient à portée de la main. Et il s'agissait bien là de la maison où je vivais. Je voyais la terrasse. Avec la chaise longue sur laquelle je m'installais toujours. À l'arrière, le salon, et à côté, l'atelier dans lequel je peignais. Comme tout était éteint, je ne pouvais voir l'intérieur. Mais pendant la journée on pouvait sans doute l'apercevoir, au moins partiellement. Contempler de cette façon, à la dérobée, la maison où j'habitais me procura une sensation étrange.

« Rassurez-vous, dit Menshiki, dans mon dos, comme s'il avait deviné mes pensées. Il n'y a pas de quoi vous inquiéter. Je ne viole pas votre vie privée. En réalité, cet instrument n'a presque jamais été dirigé vers chez vous. Croyez-moi. Ce que je veux voir, c'est *autre chose.*

— Ce que vous voulez voir ? » répétai-je. Je me retournai pour regarder Menshiki. Son visage était totalement impassible, ne trahissait rien, comme à son habitude. Seule sa chevelure blanche, sur cette terrasse nocturne, semblait plus éblouissante que d'ordinaire.

« Je vais vous montrer », dit-il. Il manœuvra alors les jumelles d'une main experte pour les déplacer légèrement au nord, régla rapidement la mise au point. Puis, reculant d'un pas, il me dit : « Regardez. »

Dans la lentille, je vis une maison élégante, recouverte de bardeaux, à flanc de montagne. Une construction à étage qui épousait la pente, avec une terrasse donnant du côté de chez Menshiki. Sur une carte, elle figurerait à côté de chez moi, mais en raison de la configuration du terrain, aucun chemin ne les reliait directement. Pour accéder à chacune des deux maisons, il fallait emprunter deux routes différentes à partir du bas de la montagne. Les fenêtres étaient éclairées. Comme il y avait des rideaux, on ne pouvait voir à l'intérieur. S'ils avaient été ouverts, et s'il y avait eu de la lumière, on aurait sans doute distingué ses occupants. Avec ces jumelles performantes, c'était possible.

« Ce sont des jumelles militaires, utilisées par l'Otan. On ne les trouve pas dans le commerce, et j'ai donc eu un peu de mal à me les procurer. Leur luminosité est extrêmement élevée, et même dans l'obscurité, on peut discerner des images clairement. »

Je regardai Menshiki. « *Ce que vous voulez voir*, c'est donc cette maison ?

— Oui. Mais je ne voudrais pas que vous vous mépreniez sur mes intentions, il ne s'agit pas du tout de voyeurisme. »

Il jeta un dernier coup d'œil dans les jumelles, puis les rangea à leur emplacement précédent et les recouvrit de leur protection de plastique.

« Retournons à l'intérieur. Je n'aimerais pas que vous preniez froid », dit Menshiki. Et nous rentrâmes dans le salon. Chacun reprit sa place, sur le canapé et sur le fauteuil. Le jeune à la queue-de-cheval apparut, nous demanda si nous souhaitions boire quelque chose, mais nous déclinâmes sa proposition. Menshiki le remercia pour le travail de la soirée et lui indiqua que le cuisinier et lui pouvaient partir. Le jeune homme s'inclina et disparut.

Le Commandeur était maintenant assis sur le piano. Sur le Steinway à queue d'un noir éblouissant. Il semblait préférer cet emplacement à celui d'avant. Les pierres précieuses incrustées à la poignée de sa longue épée miroitaient fièrement à la lumière.

« Dans cette maison que vous avez vue à l'instant, commença Menshiki, habite celle qui est *peut-être* ma fille. Je voulais simplement la voir, même de loin, même toute petite. »

Je restai un long moment à court de mots.

« Vous vous souvenez ? Mon amie d'autrefois, qui s'est mariée à un autre homme, qui a donné naissance à une fille. Qui pourrait être ma fille biologique.

— Je me souviens de ce que vous m'avez raconté, bien entendu. Cette femme a été piquée par des guêpes, elle en est morte, et la fillette a maintenant treize ans. Oui ? »

Menshiki eut un rapide et bref hochement de tête. « Elle vit avec son père, *dans cette maison.* Cette maison qui se trouve de l'autre côté de la vallée. »

Il me fallut du temps pour mettre en forme les nombreuses questions qui surgissaient dans mon esprit. Menshiki resta absolument silencieux, il attendit avec patience que je formule une opinion.

« Ainsi, dis-je, vous avez acquis cette maison juste en face dans la vallée afin d'apercevoir à travers ces jumelles la silhouette de celle qui est peut-être votre fille. Et c'est *uniquement dans ce dessein* que vous avez dépensé énormément d'argent pour acheter cette maison et que vous y avez apporté des transformations d'importance au prix de grosses dépenses. Je ne me trompe pas ? »

Menshiki marqua son assentiment de la tête. « Non, vous ne vous trompez pas. Ici, c'est l'emplacement idéal pour observer sa maison. Il fallait absolument que j'acquière cette résidence. Dans les environs, il n'y avait aucun autre terrain pour lequel j'aurais obtenu un permis de construire. Et depuis, chaque jour, à travers ces jumelles, je suis en quête de sa silhouette, de l'autre côté de la vallée. Mais les jours où je ne peux la voir sont bien plus nombreux que ceux où je la vois.

— Et c'est pourquoi vous vivez seul ici, ne laissant entrer que le moins de gens possible, pour ne pas être dérangé dans votre quête. »

Menshiki hocha la tête une fois encore. « Oui. Je ne veux pas être dérangé. Je ne veux pas qu'on perturbe ce lieu. J'ai besoin d'une solitude sans partage. Et à part moi, il n'y a qu'une personne au monde qui connaisse mon secret. Vous. Une affaire aussi délicate, il serait imprudent de la confier à n'importe qui. »

Assurément, songeai-je. Puis une interrogation, tout aussi naturelle que logique, me vint à l'esprit. Pourquoi me confiait-il cela maintenant ?

« Alors, pourquoi me faites-vous cet aveu, ici et maintenant ? lui demandai-je. Auriez-vous une raison à cela ? »

Menshiki décroisa les jambes, les croisa de nouveau et me regarda droit dans les yeux. Puis il me dit, d'une voix extraordinairement calme : « Oui, il y a naturellement une raison à cela. Je dois vous demander instamment quelque chose. »

25

La vérité précipite parfois les hommes dans une solitude insondable

« Je dois instamment vous demander quelque chose », dit Menshiki.

Au ton de sa voix, je présumai qu'il avait calculé depuis longtemps le moment où il aborderait la question. Et que c'était certainement dans ce but qu'il m'avait invité (et le Commandeur aussi) à ce dîner. Pour me dévoiler son secret, me prier d'accéder à sa *requête*.

« Si c'est en mon pouvoir », dis-je.

Menshiki me regarda un moment dans les yeux comme pour me sonder. Puis il déclara : « Plus que cela. Vous seul le pouvez. »

Pour une raison mystérieuse, j'eus soudain envie de fumer. J'avais arrêté à l'occasion de mon mariage, et cela faisait près de sept ans que je n'avais pas grillé une seule cigarette. Comme j'étais un gros fumeur, l'arrêt de la cigarette avait été une épreuve terrible, mais à présent je n'en éprouvais plus le moindre désir. Pourtant, à cet instant, alors que cela faisait si longtemps, je songeai combien il aurait été délicieux de me planter une cigarette à la bouche et de l'allumer. J'entendais presque le bruit de l'allumette.

« Enfin, de quoi s'agit-il ? » demandai-je. Non pas que j'avais spécialement envie de le savoir. Et même, j'aurais préféré tout ignorer, mais je me sentais plus ou moins obligé de lui poser cette question.

« Pour parler simplement, j'aimerais que vous fassiez son portrait », répondit Menshiki.

Il me fallut d'abord décomposer complètement la phrase puis remettre chaque mot dans l'ordre pour bien saisir le sens de ses paroles. C'était pourtant une phrase très simple.

« Vous voulez dire, que je fasse le portrait de cette fillette, donc de celle qui est *peut-être* votre fille. »

Menshiki opina. « Exactement. C'était ce que je voulais vous demander. J'aimerais que vous la peigniez, non pas à partir d'une photo, mais en la faisant poser. J'aimerais que vous la fassiez venir dans votre atelier, comme lorsque vous m'avez peint. C'est l'unique condition. Quant à la façon dont vous ferez cette peinture, je m'en remets à vous. Vous peindrez comme vous en aurez envie. Je n'ai pas la moindre exigence à ce sujet. »

Durant un instant, je restai sans voix. De toutes les questions qui me traversaient, je lançai la première qui me vint à l'esprit, d'ordre pratique : « Mais comment faire pour la convaincre ? Même si nous sommes voisins, je ne me vois pas pour autant proposer à une fillette complètement inconnue : "Accepterais-tu de poser comme modèle parce que j'ai envie de faire ton portrait ?"

— Non, naturellement. Une pareille approche ne ferait qu'éveiller ses soupçons et la mettre en garde.

— Alors, vous avez une idée ? »

Menshiki me regarda un instant sans dire un mot. Puis il commença à parler, doucement mais avec détermination, avec le calme de celui qui ouvre délicatement une porte pour pénétrer dans une petite pièce. « À vrai dire, vous la connaissez déjà. Et elle, de son côté, vous connaît bien.

— Je la connais ?

— Oui. Son nom est Marié Akikawa. Marié écrit en *hiragana*, et *aki*, l'automne, *kawa*, la rivière. Vous voyez de qui je parle ? »

Marié Akikawa. Ce nom, je l'avais en effet déjà entendu. Mais je ne parvenais pas à le relier à celle qui le portait. Comme si quelque chose bloquait. Puis soudain, je finis par me rappeler.

« Marié Akikawa est une fillette qui fréquente mon cours de peinture à Odawara, n'est-ce pas ? »

Menshiki acquiesça. « Voilà, exactement. C'est une de vos élèves du centre culturel. »

Marié Akikawa était une fillette de treize ans, petite et peu bavarde. Elle fréquentait la classe destinée aux enfants. C'était un cours pour les écoliers de primaire, et en tant que collégienne, elle était la plus âgée, mais elle ne parlait pas beaucoup, si bien que même au milieu d'enfants plus jeunes, elle ne se faisait pas du tout remarquer. Elle s'installait toujours dans un coin, comme pour se faire oublier. Si je me souvenais d'elle, c'était parce qu'il y avait quelque chose chez elle qui me rappelait ma petite sœur disparue. En outre elle avait le même âge que Komi quand celle-ci nous avait quittés.

Dans la classe, Marié Akikawa ne prenait jamais la parole. Même lorsque je m'adressais à elle, elle se contentait de hocher la tête sans ouvrir la bouche ou à peine. Lorsqu'elle y était contrainte, elle parlait d'une voix si ténue que souvent je devais lui demander de répéter. Elle semblait très tendue et paraissait ne même pas pouvoir me regarder en face. En revanche, elle avait l'air d'aimer peindre et quand elle était devant une toile, un pinceau à la main, son regard changeait : il se focalisait droit sur ce que saisissaient ses yeux, animés alors d'une lueur aiguë. Et elle réalisait une peinture tout à fait intéressante. Pas vraiment habile mais qui attirait le regard. Sa façon de choisir les couleurs, en particulier, et sa manière de les appliquer sur la toile n'étaient pas communs. Cette fillette dégageait une sorte d'aura singulière.

Ses cheveux étaient lisses et brillants comme une coulée, elle avait des traits réguliers, bien dessinés, à l'image de ceux d'une poupée. Cette régularité trop accentuée donnait l'impression qu'elle était un peu détachée de la réalité. À la considérer d'un œil objectif, on aurait dû dire qu'elle était belle. Pourtant, on ne pouvait pas vraiment parler de beauté. Certainement parce que quelque chose comme la dureté d'un fruit encore vert, propre à certaines jeunes filles en cours de croissance, empêchait que sa beauté s'épanouisse librement. Mais un jour, dès que cet obstacle serait levé, sans doute deviendrait-elle vraiment belle. D'ici là, il faudrait du temps. Dans mes souvenirs, c'était la même chose pour ma sœur. Je m'étais souvent demandé pourquoi elle n'était pas aussi belle qu'elle aurait dû l'être.

« Marié Akikawa est *peut-être* votre vraie fille. Et elle vit dans une maison de l'autre côté de la vallée, fis-je afin de mettre à nouveau des mots sur le contexte tel qu'il s'était dessiné. Vous aimeriez que je la fasse poser et que je réalise son portrait. Voilà votre requête. C'est bien cela ?

— Exactement. Mais pour moi, il ne s'agit pas de vous passer *commande* d'une peinture. C'est une *demande* personnelle que je vous adresse. Quand la peinture sera achevée, et si, bien entendu, vous êtes d'accord, je vous l'achèterai. Et je l'accrocherai à un mur de cette maison afin de pouvoir la voir à tout moment. Telle est ma demande. Ou plutôt, ce que je vous prie de faire. »

Je n'arrivais cependant pas encore à prendre pour argent comptant l'histoire telle que Menshiki me l'avait présentée. Une crainte subsistait dans ma tête : ce n'était peut-être pas fini, il pourrait y avoir d'autres choses à venir.

« Ce que vous voulez, c'est ça, uniquement ça ? » lui demandai-je.

Menshiki prit une lente inspiration avant de souffler. « Pour être franc, j'ai une autre requête à vous adresser.

— Oui ?

— Tout à fait modeste, dit-il, calmement mais d'une voix qui me parut un peu tendue. Lorsqu'elle posera pour son portrait, j'aimerais que vous me permettiez de venir chez vous. Comme si je passais par hasard. Une seule fois, et ce serait une visite très brève. Laissez-moi me trouver dans la même pièce qu'elle. Laissez-moi respirer le même air. Je n'en demanderai pas plus. Et je ne ferai rien qui puisse vous mettre dans l'embarras. »

Je réfléchis à sa demande. Plus j'y pensais, plus je me sentais mal à l'aise. Jouer le rôle d'entremetteur, ce n'est pas, de nature, ce qui me convient. Je n'aime pas être emporté dans le courant des émotions des autres – quelles que soient ces émotions. Cela ne correspond pas à mon caractère. Mais à vrai dire, j'avais aussi le sentiment de vouloir aider Menshiki. Il me fallait réfléchir avec beaucoup de prudence avant de lui répondre.

« Nous verrons cela plus tard, lui dis-je. La question, pour le moment, c'est de savoir si Marié Akikawa acceptera de poser comme modèle ou pas. Il faut d'abord résoudre ce problème. C'est une enfant extrêmement réservée, aussi farouche qu'un chat. Peut-être refusera-t-elle. Ou encore ses parents ne lui donneront pas la permission. Ignorant mon identité et mes antécédents, il serait normal qu'ils soient sur leurs gardes.

— Je connais personnellement le directeur de cet établissement culturel, M. Matsushima, dit Menshiki d'un ton léger. En outre, il se trouve que je fais partie de ceux qui patronnent ce centre, en termes financiers. Je pense que si M. Matsushima fait le lien entre nous et les parents, la proposition sera plus facilement acceptée. S'il se porte garant, s'il affirme que vous êtes un homme irréprochable, un peintre à la carrière riche, la famille en sera certainement rassurée. »

Cet homme avait tout calculé avant de faire avancer son projet, songeai-je. Il avait tout prévu et il avait pris les dispositions adéquates, une par une, tel un joueur de go qui, au début de la partie, place ses pierres aux intersections stratégiques du plateau quadrillé. Pas question qu'un hasard s'insinue dans son histoire.

Menshiki poursuivit : « C'est sa tante célibataire qui s'occupe au quotidien de Marié Akikawa. La sœur de son père. Comme je crois vous l'avoir dit, après la mort de sa mère, cette femme est venue vivre avec eux, un peu comme une mère de substitution auprès de Marié. Le père était trop pris par son travail pour s'en charger au quotidien. Il suffit de persuader la tante pour arranger les choses. Une fois que Marié aura accepté de poser, certainement que la tante voudra l'accompagner chez vous. Ils ne laisseront jamais la fillette aller dans une maison où un homme vit seul.

— Mais Marié Akikawa acceptera-t-elle aussi facilement ?

— Pour cela, je m'en charge. Si vous êtes d'accord pour réaliser son portrait, le reste, les questions pratiques, c'est moi qui prendrai les mesures pour les résoudre. »

Encore une fois, je m'absorbai dans mes réflexions. Il ne faisait pas de doute que cet homme « prendrait les mesures » afin de résoudre au mieux les « questions pratiques ». C'était le genre d'homme qui excellait dans ce type de techniques. Mais était-ce judicieux pour moi d'être autant impliqué dans cette affaire – dans des relations humaines à coup sûr très complexes ? D'autre part, en plus de ce qu'il m'avait dévoilé, Menshiki n'aurait-il pas ourdi quelque intrigue avec, par-derrière, je ne sais quel dessein ou intention ?

« Permettez-vous que je vous livre mon opinion sincère ? J'aimerais que vous la preniez comme un simple avis de bon sens, même si ça ne me regarde sans doute pas, dis-je.

— Naturellement. Parlez en toute liberté.

— Avant de mettre réellement en œuvre le projet de ce portrait, ne pensez-vous pas qu'il vaudrait mieux faire ce qu'il faut pour savoir si oui ou non Marié Akikawa est *vraiment* votre fille ? Au cas où elle ne le serait pas, il ne serait pas nécessaire de se lancer dans des démarches aussi compliquées. Ce n'est peut-être pas facile de faire ces recherches, mais il y a sans doute un moyen pour y arriver. Et quelqu'un comme vous peut sûrement le trouver. Même si je réalisais son portrait, que vous l'accrochiez à côté du vôtre, cela ne réglerait pas le problème de fond. »

Avant de me répondre, Menshiki marqua une pause. « Je pense, dit-il enfin, que si je voulais savoir si Marié Akikawa était bien ma fille biologique, je parviendrais à obtenir une réponse exacte par une méthode scientifique.

Cela exigerait un certain nombre de démarches, mais ce serait possible. Sauf que je n'ai pas envie de le faire.

— Et pour quelle raison ?

— Parce que, qu'elle soit ou non ma fille n'est pas le facteur essentiel. »

Je regardai Menshiki sans intervenir. Il secoua la tête et son opulente chevelure blanche ondula comme si elle était agitée par la brise. Puis il parla d'une voix douce. Comme s'il apprenait à un gros chien intelligent la conjugaison d'un verbe simple.

« Bien entendu, ce n'est pas la même chose, qu'elle soit ma fille ou pas. Simplement, je ne cherche pas à tout prix à découvrir la vérité. Marié Akikawa est peut-être ma fille biologique. Peut-être pas. Si par hypothèse je savais clairement qu'elle l'était, que devrais-je faire alors ? Me présenter et lui dire : "Tu sais, je suis ton vrai père !" ? Demander à avoir le droit de garde ? Non, c'est impossible. »

Il secoua de nouveau la tête, légèrement, se frotta un instant les mains sur ses genoux. Comme quand on se réchauffe devant la cheminée par une nuit froide. Puis il poursuivit :

« À l'heure actuelle, Marié Akikawa mène une vie paisible auprès de son père et de sa tante dans cette maison sur l'autre versant. Même si sa mère a disparu, son foyer semble organisé d'une manière relativement saine – bien que son père ait quelques petits ennuis. Du moins, elle est attachée à sa tante. Aujourd'hui sa vie est ainsi faite, là-bas, avec eux. Et moi, comme ça, surgi de nulle part, je viendrais me présenter comme le vrai père de Marié, preuve scientifique à l'appui, et l'histoire s'arrangerait tout simplement ? Non, la vérité n'apporterait que du désordre. Et le résultat, c'est que tout le monde serait malheureux. Y compris moi.

— Vous préférez donc laisser la situation telle quelle plutôt que de chercher à connaître la vérité. »

Menshiki écarta les mains. « Pour le dire simplement, oui. Il m'a fallu du temps pour arriver à cette conclusion. Mais maintenant, j'y suis bien décidé. J'ai l'intention de passer le reste de ma vie en gardant dans mon cœur l'idée qu'elle est peut-être ma vraie fille. Je la regarderai grandir un peu à l'écart, en respectant une certaine distance. Ce sera suffisant. Même si j'apprenais qu'elle était ma vraie fille, cela ne me rendrait pas plus heureux. La privation n'en serait que plus vive, plus douloureuse. Et si je savais qu'elle ne l'était pas, dans un sens différent, la déception n'en serait que plus grande. Peut-être que je ne m'en remettrais pas. Quelle que soit la vérité, la découvrir n'engendrerait rien de bon. Vous comprenez ce que je veux dire ?

— Je pense que oui, en gros, je peux comprendre. En théorie. Mais si j'étais à votre place, je voudrais néanmoins connaître la vérité. Théorie mise à part, souhaiter connaître la vérité est un sentiment naturel chez les hommes, vous ne croyez pas ? »

Menshiki sourit. « C'est parce que vous êtes encore jeune. Quand vous aurez mon âge, vous comprendrez sûrement mon sentiment. La vérité précipite parfois les hommes dans une solitude insondable.

— Vous ne recherchez donc pas la vérité toute nue, mais vous voulez contempler chaque jour le portrait de Marié accroché à votre mur et songer aux possibilités qu'il recèle pour vous… Est-ce vraiment suffisant ? »

Menshiki opina.

« Oui. Plutôt qu'une vérité inébranlable, je choisis une possibilité qui pourrait éventuellement osciller. Je choisis de me laisser bercer par cette oscillation. Vous trouvez cette idée peu naturelle ? »

Ce choix me semblait certainement peu naturel. Ou du moins, ce n'était pas quelque chose que je considérais comme naturel. Sans aller jusqu'à prétendre que c'était malsain. Mais en fin de compte, c'était le problème de Menshiki, pas le mien.

Je jetai un œil sur le Commandeur, assis sur le Steinway. Nos regards se croisèrent. Il leva ses deux index en l'air, les éloigna l'un de l'autre. Cela semblait signifier : « Dis-lui que tu répondras à ça un autre jour. » Puis, de son index droit, il désigna une montre à son poignet gauche. Le Commandeur, cela va de soi, ne portait pas de montre. Il indiqua l'endroit où une montre aurait pu se trouver. Et le sens de ce geste, bien entendu, était : « Il vaudrait mieux qu'on s'en aille maintenant. » Tel était le conseil du Commandeur, son avertissement. Je décidai de m'y conformer.

« Concernant votre demande, pouvez-vous attendre un peu avant que je vous donne ma réponse ? Le sujet est assez délicat et moi aussi, j'aurais besoin de temps pour y penser tranquillement. »

Menshiki leva les mains en l'air. « Bien sûr, réfléchissez-y tout à loisir. Il n'y a aucune urgence. Peut-être que je vous en demande trop, d'ailleurs. »

Je me levai et le remerciai pour le dîner.

« Ah, j'avais oublié, il y a une chose dont je voulais vous parler, dit Menshiki, comme si le souvenir lui revenait subitement à l'esprit. C'est à propos de Tomohiko Amada. Nous avons déjà parlé de l'époque où il séjournait en Autriche. Juste avant que n'éclate la Seconde Guerre mondiale en Europe, il a été soudain rapatrié depuis Vienne.

— Oui, en effet, je m'en souviens. Nous en avons parlé.

— Depuis, je me suis un peu documenté là-dessus, car j'étais moi-même curieux de savoir ce qui s'était passé. Certes, cela remonte à loin et l'on ne peut savoir précisément la vérité des faits. Mais à l'époque déjà, il semble que le bruit circulait. Disons qu'on évoquait une sorte de scandale.

— Un scandale ?

— Oui. Selon certains on-dit, M. Amada aurait été impliqué dans une tentative d'assassinat à Vienne. L'affaire aurait été à deux doigts de se transformer en incident politique et l'ambassade du Japon à Berlin l'aurait fait rapatrier secrètement. Cela se serait passé juste après l'Anschluss. Vous savez ce qu'est l'Anschluss, n'est-ce pas ?

— C'est l'annexion de l'Autriche par l'Allemagne en 1938.

— En effet. Hitler a obtenu que l'Autriche soit rattachée à l'Allemagne. À l'issue de divers imbroglios politiques, les nazis se sont emparés par la force de l'ensemble du territoire autrichien et l'Autriche, en tant que pays, a cessé d'exister. Cela s'est passé en mars 1938. Naturellement, il s'est ensuivi un grand nombre de troubles. À la faveur de ces désordres, pas mal d'assassinats ont été perpétrés. Des assassinats ou des assassinats déguisés en suicides, des gens expédiés dans des camps de concentration. C'est durant cette époque mouvementée que Tomohiko Amada a séjourné à Vienne. Selon les rumeurs, il avait alors une amoureuse, une Autrichienne, avec qui les choses étaient sérieuses, et ce serait par ses relations à elle qu'il aurait été impliqué dans cette affaire. Il semble qu'une organisation de résistance souterraine, composée principalement d'étudiants, ait projeté d'assassiner un haut dignitaire nazi. Le genre d'incident qui ne pouvait plaire ni au gouvernement allemand ni au gouvernement japonais. À peine un an et demi plus tôt, l'Allemagne et le Japon avaient conclu le pacte anti-Komintern et le lien entre le Japon et l'Allemagne nazie devenait plus solide de jour en jour. Aucune des deux nations ne souhaitait donc que ces relations d'amitié puissent être entravées. Et puis, même si Tomohiko Amada était encore jeune, il avait déjà dans son pays une certaine réputation en tant que peintre, son père en outre était un important propriétaire foncier, un notable local qui avait de l'influence politique. On ne pouvait pas liquider secrètement son fils.

— Et donc, Tomohiko Amada a été rapatrié depuis Vienne ?

— Oui. Enfin, il vaudrait peut-être mieux parler de sauvetage que de rapatriement. Grâce à des "considérations politiques" venues d'en haut, il a pour ainsi dire échappé de justesse à la mort. S'il avait été pris par la Gestapo pour un motif aussi grave, même sans preuve concluante, il aurait certainement été exécuté.

— Mais ce projet d'assassinat n'a pas été réalisé ?

— C'est resté une tentative. Il semble qu'il y avait un informateur à l'intérieur de l'organisation qui avait mis sur pied le projet, et la Gestapo était au courant d'absolument tout. Aussi les membres ont-ils tous été arrêtés d'un seul coup.

— Une telle affaire aurait certainement fait un énorme bruit.

— C'est étrange, mais elle ne s'est pas propagée, dit Menshiki. On a parlé à voix basse de scandale mais il semble qu'il n'y ait même pas d'archives officielles qui en fassent état. Il y avait de bonnes raisons, semble-t-il, pour que l'affaire soit ainsi complètement étouffée. »

On pouvait peut-être supposer alors que le « Commandeur » peint sur son tableau *Le Meurtre du Commandeur* représentait le haut dignitaire nazi. Cette toile décrivait-elle, de manière hypothétique, l'assassinat qui *aurait dû être perpétré* à Vienne en 1938 (mais qui en réalité n'avait pas eu lieu) ? Tomohiko Amada et son amie ont été liés à cette affaire. Le projet a été révélé aux autorités, à la suite de quoi les amants ont été séparés et sans doute la femme a-t-elle été mise à mort. Une fois revenu au Japon, il a transposé cette expérience douloureuse en une image *plus symbolique*, en une peinture nihonga. Autrement dit, il a « adapté » son vécu à la peinture, en empruntant le décor de l'époque Asuka, soit plus de mille ans plus tôt. *Le Meurtre du Commandeur* était à n'en pas douter une œuvre très personnelle. Dans le but de sauvegarder ce souvenir rude et sanglant de sa jeunesse, il n'avait pu s'empêcher de peindre cette toile, rien que pour lui-même. Voilà pourquoi elle ne fut jamais montrée au public et qu'il la cacha dans le grenier, soigneusement emballée afin que personne ne connaisse son existence. Ou peut-être qu'une des raisons pour lesquelles Tomohiko Amada, une fois rentré au Japon, a abandonné complètement sa carrière de peintre à l'occidentale et qu'il s'est tourné vers le nihonga résidait-elle dans cette affaire de Vienne. Peut-être voulait-il se séparer définitivement de son passé.

« Comment vous y êtes-vous pris pour obtenir toutes ces informations ? lui demandai-je.

— Ce n'est pas moi qui ai effectué ces recherches. J'ai confié l'enquête à une organisation que je connais. Simplement, l'affaire remonte à très longtemps et je ne peux malheureusement garantir dans quelle mesure elle est vraie ou pas. Néanmoins, ces informations proviennent de plusieurs sources différentes, et je pense que dans l'ensemble, on peut tabler sur leur véracité.

— Tomohiko Amada avait une petite amie autrichienne. Celle-ci était membre d'une organisation clandestine de résistance. Et il a lui aussi participé à ce projet d'assassinat. »

Menshiki pencha légèrement la tête. « Si cela s'est passé comme vous le dites, l'histoire aurait pris une tournure dramatique, mais les intéressés sont presque tous morts aujourd'hui. J'ai bien peur que nous n'ayons plus aucun moyen de découvrir l'exacte vérité. Et même s'il y a une part de vérité, on raconte toujours ce genre d'histoires avec une certaine exagération. En tout cas, le scénario est mélodramatique à souhait.

— Et vous ne savez pas jusqu'à quel point lui-même aurait été impliqué dans ce projet ?

— Non, je l'ignore. Je ne peux faire autrement que d'inventer à ma guise ce scénario mélodramatique. Quoi qu'il en soit, le contexte a obligé M. Amada à quitter Vienne, à dire adieu à son amie – ou peut-être n'a-t-il même pas pu le faire – et à monter à bord d'un paquebot, dans le port de Brême, pour retourner au Japon. Durant la guerre, il a gardé un silence absolu, reclus dans la campagne d'Aso, et peu après la guerre, il a fait de nouveaux débuts comme peintre de nihonga, surprenant ainsi tout le monde. C'est également un développement très dramatique. »

Là-dessus, la conversation à propos de Tomohiko Amada prit fin.

Comme à l'aller, l'Infiniti noire m'attendait en silence devant la maison. Une pluie fine tombait toujours par intermittence, l'air était froid et humide. La saison qui réclamait un véritable manteau était toute proche.

« Je vous remercie beaucoup d'être venu ce soir, dit Menshiki. Et j'adresse aussi mes remerciements au Commandeur. »

Je lui témoigne tout à fait ma gratitude, moi aussi, me chuchota le Commandeur à l'oreille. Naturellement, j'étais le seul à l'entendre. Encore une fois, je remerciai Menshiki pour le dîner. La cuisine avait été vraiment extraordinaire. Je m'étais régalé. Le Commandeur également semblait reconnaissant.

« J'espère que je n'ai pas gâché la soirée en abordant ce sujet ennuyeux après le repas, dit Menshiki.

— Mais non, pas du tout. Simplement, laissez-moi réfléchir un peu à votre demande.

— Bien entendu.

— J'ai toujours besoin de temps pour réfléchir.

— Moi aussi, répliqua Menshiki. Ma devise, c'est : mieux vaut réfléchir trois fois plutôt que deux. Et si le temps nous l'accorde, quatre plutôt que trois. Prenez tout le temps qu'il vous faut. »

Le chauffeur m'attendait à côté de la portière arrière ouverte. Je montai dans la voiture. Le Commandeur avait dû monter avec moi à ce moment-là mais je ne l'avais pas vu. La voiture grimpa le long de l'allée asphaltée, franchit le portail ouvert et se mit à descendre lentement la route de montagne. Quand la résidence blanche disparut de mon champ de vision, j'eus l'impression que tout ce qui s'était passé là cette nuit était un rêve. Je finissais par ne plus distinguer ce qui était normal de ce qui ne l'était pas, ce qui était réel de ce qui ne l'était pas.

Ce que tes yeux voient est réel, chuchota le Commandeur à mon oreille. *Tu n'as qu'à garder tes yeux grands ouverts et observer. Tu jugeras seulement après, ô que oui.*

Même si je gardais les yeux grands ouverts, beaucoup de choses m'échappaient, songeai-je. Peut-être avais-je parlé à haute voix ? Le chauffeur, en effet, me lança des regards furtifs dans le rétroviseur. Je fermai les yeux, me calai bien contre le siège. Puis je pensai. Comme ce serait merveilleux si je pouvais remettre à plus tard, dans une éternité, toutes sortes de jugements.

Quand je fus de retour chez moi, il était presque 10 heures. J'allai directement à la salle de bains me brosser les dents, je me mis en pyjama, me glissai dans mon lit, m'endormis sur-le-champ. Et naturellement, je rêvai beaucoup. Des rêves ingrats et bizarres. D'innombrables croix gammées flottant dans les rues de Vienne, un grand paquebot quittant le port de Brême, une fanfare sur le quai, la chambre interdite de Barbe-Bleue, Menshiki jouant sur le Steinway.

26

Impossible de trouver composition plus parfaite

Deux jours plus tard, je reçus un coup de téléphone de mon agent de Tokyo. C'était à propos du reste de la somme que Menshiki avait versée pour son tableau ; l'agent l'avait virée sur mon compte, une fois sa commission prélevée. Je fus étonné du montant annoncé. Il était beaucoup plus élevé que prévu.

« Dans son message, M. Menshiki explique qu'il a rajouté un bonus parce que la beauté du tableau dépassait ses attentes. Que vous deviez l'accepter en toute simplicité en témoignage de sa reconnaissance », me dit l'agent.

Je me contentai de pousser un petit grognement.

« Je n'ai pas vu le vrai tableau mais M. Menshiki m'en a envoyé une photo par mail. Pour ce que je peux en voir sur la photo, je l'ai trouvé moi aussi magnifique. L'œuvre transcende la catégorie de ce que l'on appelle communément portrait, tout en étant très convaincante. »

Je le remerciai et raccrochai.

Peu après, je reçus un coup de fil de ma petite amie. Pouvait-elle venir chez moi demain un peu avant midi ? Oui, d'accord, lui répondis-je. Le vendredi était le jour de mes classes de peinture mais notre rencontre devait pouvoir se faire sans m'empêcher d'être à l'heure.

« Alors ? Tu es allé dîner chez Menshiki avant-hier ? demanda-t-elle.

— Oui, c'était un repas extraordinaire.

— La cuisine était bonne ?

— Succulente. Les vins aussi étaient délicieux, les plats parfaits.

— Et l'intérieur de la maison, c'était comment ?

— Incroyable, fis-je. Si je me mettais à tout décrire point par point, j'en aurais pour une demi-journée.

— Tu me raconteras en détail quand on se verra ?

— Avant ? Ou après ?

— Après », fit-elle laconiquement.

Après ce coup de fil, j'allai dans l'atelier et je me mis à contempler *Le Meurtre du Commandeur* accroché au mur. C'était une peinture que j'avais observée maintes et maintes fois, mais à la regarder d'un œil neuf après avoir entendu le récit de Menshiki, elle me parut déborder d'un réalisme étrangement vivant. Elle allait bien au-delà d'une peinture historique ordinaire, d'une simple représentation rétrospective d'un événement survenu dans le passé : à partir des expressions et des postures de chacun des quatre personnages qui apparaissaient là (en dehors du Long Visage), on pouvait presque déchiffrer leurs sentiments. L'homme jeune qui plantait sa longue épée dans le corps du Commandeur était totalement inexpressif. Sans doute avait-il cadenassé son cœur et dissimulait-il au fond de lui ce qu'il ressentait. Sur le visage du Commandeur, touché à mort, outre la douleur, on lisait une expression de pure surprise : « Non, ce n'est pas possible. » La jeune femme qui assistait à la scène à côté (dans l'opéra, il s'agit de Donna Anna) semblait écartelée par des émotions violentes qui bataillaient entre elles. Son visage aux traits réguliers était déformé par l'angoisse. Sa belle main blanche était posée sur la bouche. L'homme trapu à l'allure de serviteur (Leporello) levait les yeux au ciel, le souffle coupé devant ce geste inattendu. Il tendait la main droite en l'air comme pour attraper quelque chose.

La structure était parfaite. Impossible de trouver composition plus parfaite. Une disposition extraordinairement élaborée. Chacun des quatre personnages était figé sur place, en cet instant précis, tout en ayant conservé le dynamisme de ses mouvements. Je tentai de superposer la scène de la tentative d'assassinat qui avait *peut-être* eu lieu à Vienne en 1938 sur cette composition. Le Commandeur ne portait plus ce costume de l'époque Asuka mais un uniforme nazi. Ou peut-être le noir de la SS. Et sans doute sa poitrine était-elle transpercée soit par un sabre, soit par un poignard. Et celui qui portait ce coup, c'était *peut-être* Tomohiko Amada lui-même. Qui pouvait bien être la femme à côté, à la respiration haletante ? Son amie autrichienne ? Et qu'est-ce qui pouvait lui déchirer le cœur à ce point ?

Assis sur le tabouret, je scrutai longuement *Le Meurtre du Commandeur*. Si je me laissais embarquer par mon imagination, il m'était possible d'y déchiffrer diverses allégories et divers messages. Mais même si j'élaborais toutes sortes de théories, elles n'étaient en fin de compte que des hypothèses sans fondement. Et le contexte de cette scène, tel que me l'avait raconté Menshiki – le contexte supposé –, ne correspondait en rien à des faits historiques attestés, mais à des rumeurs seulement. Ou à un pur et simple mélo dans lequel tout n'était que présomption. Une compilation d'anecdotes parsemées de « *peut-être* ».

Ah, comme j'aimerais que ma sœur soit ici avec moi en ce moment, songeai-je brusquement.

Si Komi avait été ici, je lui aurais raconté tout ce qui s'était passé jusqu'à présent, et elle m'aurait écouté calmement et avec attention, tout en me posant de temps en temps de brèves questions. Même si ces événements étaient invraisemblables et embrouillés, elle n'aurait pas froncé les sourcils ni ne serait intervenue d'une voix étonnée. Elle aurait conservé son expression posée et réfléchie. Et une fois mon récit terminé, elle aurait marqué un temps de pause et m'aurait donné ensuite quelques conseils utiles. Depuis que nous étions enfants, nous avions toujours eu ce genre d'échanges. Pourtant, à bien y réfléchir, Komi ne m'avait jamais demandé conseil. Dans mes souvenirs du moins, cela ne s'était jamais produit. Pour quelles raisons ? N'avait-elle jamais fait face à de graves difficultés d'ordre moral qui auraient exigé de l'aide ? Ou estimait-elle qu'il était inutile de me demander conseil ? Sans doute les deux explications entraient-elles en jeu.

Mais si elle avait recouvré la santé et qu'elle n'était pas morte à douze ans, peut-être ces relations étroites entre frère et sœur n'auraient-elles pas duré longtemps. Komi se serait mariée avec Dieu sait quel type ennuyeux, serait allée vivre dans une ville éloignée, se serait usé les nerfs dans le quotidien, aurait été épuisée par l'éducation des enfants et aurait fini par perdre son pur éclat d'autrefois. Peut-être n'aurait-elle eu aucune disponibilité pour m'écouter et m'aider de ses conseils. Personne ne peut savoir comment la vie de chacun évolue. Peut-être que le problème avec ma femme venait du fait qu'inconsciemment, j'avais cherché à faire de Yuzu le substitut de ma sœur disparue. Je ne suis pas en mesure de le nier avec certitude. En y repensant, et même si, bien entendu, cela n'avait pas été mon intention, depuis que j'avais perdu ma sœur, il était possible que j'aie toujours été à la recherche d'une partenaire sur qui m'appuyer quand je rencontrais des difficultés morales. Mais il allait sans dire que ma femme n'était pas ma sœur. Yuzu n'était pas Komi. Leur position était différente, leur rôle aussi. Et surtout, les histoires que j'avais partagées avec l'une et l'autre étaient différentes.

Alors que je songeais à tout cela, je me souvins brusquement de la visite que j'avais faite chez les parents de Yuzu avant notre mariage, à Kinuta, dans l'arrondissement de Setagaya.

Le père de Yuzu était directeur de la succursale d'une grande banque. Son fils (le frère aîné de Yuzu) travaillait également dans la même banque. Père et fils étaient tous les deux diplômés en économic, ils sortaient de l'université de Tokyo. C'était une lignée de banquiers. J'étais venu annoncer aux parents de Yuzu mon intention de me marier avec leur fille (ce qui, bien entendu, était aussi l'intention de Yuzu), mais l'entretien avec le père, d'une demi-heure tout au plus, aurait difficilement pu être qualifié d'amical, à tout point de vue. J'étais un peintre sans succès, je faisais des portraits comme petit boulot, je n'avais aucun revenu régulier. On ne pouvait discerner en moi aucun avenir prometteur. Un père appartenant à l'élite de la banque n'était pas en situation d'avoir une quelconque sympathie à mon égard. Comme je m'y étais attendu, j'étais allé chez eux avec la ferme résolution de ne pas perdre mon sang-froid, quoi qu'il me dise, et même si je devais encaisser des insultes. D'ailleurs, de tempérament, je suis assez endurant.

Mais alors que j'écoutais docilement le sermon volubile de son père, à l'intérieur de moi se mit à monter une sorte de dégoût viscéral et, peu à peu, je fus dans l'incapacité de contrôler mes émotions. Je fus pris de malaise, au point d'avoir envie de vomir. Au milieu du discours, je me levai, déclarai que j'étais désolé mais que je devais aller aux toilettes. Là, je m'agenouillai devant la cuvette, m'efforçai de faire sortir ce qu'il y avait dans mon estomac. Mais je n'y parvins pas. Mon estomac était pratiquement vide. Je n'arrivai même pas à rejeter de la bile. Alors, je respirai profondément à plusieurs reprises et finis par retrouver mon calme. Je me rinçai la bouche qui conservait un goût désagréable. J'épongeai avec un mouchoir la sueur de mon visage, puis je retournai au salon.

« Ça va ? » demanda Yuzu d'un air inquiet en me regardant. J'avais sans doute un teint affreux.

« Vous voulez vous marier, eh bien, allez-y, faites comme vous voulez ! De toute façon, ça ne durera pas bien longtemps. Je vous donne quatre ou cinq ans, tout au plus. » Ce furent les derniers mots que le père m'adressa juste avant que je parte (à cela, je ne répondis rien). Ses paroles et leur écho funeste me restèrent dans l'oreille et, pendant longtemps, me poursuivirent comme une malédiction.

Ses parents, jusqu'à la fin, désapprouvèrent le mariage, mais nous fûmes cependant inscrits officiellement comme mari et femme sur le registre de l'état civil. De mon côté, je n'avais pour ainsi dire plus de contact avec mes parents. Il n'y eut pas de cérémonie de mariage. Des amis louèrent une salle de réception et organisèrent une fête toute simple (celui qui se démena le plus, ce fut, bien entendu, Masahiko, toujours attentionné et serviable). Malgré tout, nous fûmes heureux. Du moins, les premières années, je crois que nous le fûmes vraiment. Durant quatre ou cinq ans, il n'y eut pas de vrai problème entre nous. Mais bientôt, comme un grand paquebot qui change de cap en pleine mer, une lente transition se produisit. Je n'en connais toujours pas très bien la raison. Je suis incapable de discerner quand s'amorça ce tournant. Sans doute y avait-il des différences entre ce qu'elle cherchait dans la vie conjugale et ce que moi je cherchais, et ce décalage s'agrandit-il progressivement avec le temps. Et quand j'en pris conscience, elle s'était déjà mise à voir secrètement un autre homme. Finalement, notre vie conjugale n'aura duré que six années.

Son père, sachant que notre mariage avait été un échec, ricanait sûrement sous cape en pensant : « Je l'avais bien dit ! » (Nous avions cependant tenu un an ou deux de plus que ce qu'il avait prédit.) Et il considérait certainement notre séparation comme un événement réjouissant. Yuzu avait-elle rétabli de bonnes relations avec ses parents depuis que nous étions séparés ? Bien entendu, je l'ignorais, et je n'avais nulle envie de le savoir. C'était le problème de Yuzu, il ne me concernait pas. Et pourtant, la malédiction de son père semblait toujours me hanter. Je continuais à ressentir comme un vague sortilège, une sorte de poids persistant. Et même si je n'avais pas envie de le reconnaître, je savais que j'avais été blessé plus profondément que je l'avais cru, que le sang coulait de la plaie. À l'image du cœur transpercé du Commandeur, sur la peinture de Tomohiko Amada.

L'après-midi toucha bientôt à sa fin et survint le crépuscule hâtif d'automne. En un bref instant, le ciel s'était considérablement assombri, les corbeaux à la robe noire et brillante survolaient la vallée, ils se dirigeaient vers leurs nids en croassant bruyamment. Je sortis sur la terrasse, m'appuyai au garde-fou, contemplai la résidence de Menshiki sur l'autre versant. Quelques lampadaires de jardin étaient déjà allumés, faisant ressortir la blancheur de la maison au sein de l'obscurité. Je me représentai Menshiki avec ses jumelles puissantes, sur sa terrasse, cherchant à apercevoir Marié Akikawa, chaque nuit, secrètement. Afin que cette opération lui soit permise, dans la perspective de cet unique dessein, il avait mis la main, de force, sur cette maison blanche. Dépensé de grosses sommes d'argent, fait toutes sortes de démarches fastidieuses pour cette bâtisse trop vaste dont il était difficile de dire qu'elle correspondait à ses goûts.

Mais la chose étrange (moi-même, je jugeais cela étrange), c'était que vis-à-vis de cet homme, Menshiki, j'en étais venu à éprouver – depuis quand, je l'ignorais – un sentiment de proximité que je n'avais jamais ressenti jusque-là pour quelqu'un d'autre. De la sympathie, ou peut-être serait-il plus juste de parler de *solidarité*. En un sens, nous étions pareils – c'est ce que je ressentais. Ce qui nous faisait aller de l'avant, ce n'était pas ce que nous possédions, ni ce que nous cherchions à obtenir, mais plutôt ce que nous avions perdu, ce qu'*à présent nous n'avions plus*. Je n'aurais pas dit que j'étais d'accord avec sa façon d'agir. Cela dépassait clairement ma compréhension. Mais du moins, je comprenais ses motifs.

J'allai à la cuisine, me servis du single malt qu'avait apporté Masahiko, un verre avec des glaçons, retournai au salon avec. Je mis sur la platine le quatuor à cordes de Schubert. L'opus intitulé *Rosemonde*. Celui que j'avais entendu dans le cabinet de travail de Menshiki. Assis sur le canapé, tout en écoutant ce morceau, je faisais de temps à autre osciller les glaçons de mon verre.

Jusqu'à la fin de ce jour, le Commandeur ne se manifesta pas. Peut-être se reposait-il tranquillement en compagnie du hibou dans le grenier. Après tout, une Idée aussi a besoin de jours de repos. Moi non plus, ce jour-là, je ne m'étais pas posté un seul instant devant ma toile. Moi aussi, j'avais besoin de repos.

Tout seul, je levai mon verre à l'intention du Commandeur.

27

Alors que tu en gardes un souvenir visuel aussi détaillé

Ma petite amie arriva et je lui racontai les détails du souper chez Menshiki. Il va de soi que j'omis tout ce qui concernait Marié Akikawa, les jumelles puissantes sur la terrasse et le fait que le Commandeur m'avait secrètement accompagné. Je ne lui racontai que le menu, la façon dont la maison était distribuée, le genre de meubles que l'on y trouvait, bref, uniquement des choses anodines. Nous étions au lit, entièrement nus tous les deux. La conversation avait lieu après une séance de sexe qui avait duré une trentaine de minutes. Au début, je n'étais pas très à l'aise à l'idée que le Commandeur puisse être quelque part dans la chambre en train de nous observer, mais dans le feu de l'action, je l'oubliai. S'il voulait regarder, eh bien, qu'il regarde.

De même qu'un fervent supporter veut savoir le score de son équipe favorite et le déroulement précis de la rencontre au cours du match de la veille, elle voulut connaître dans les moindres détails ce qui nous avait été servi au dîner. Je lui fis la description de tous les plats, l'un après l'autre, aussi exactement que mes souvenirs me le permettaient, depuis les hors-d'œuvre jusqu'au dessert, du vin jusqu'au café. Je décrivis aussi la vaisselle. Depuis toujours, j'ai une excellente mémoire visuelle. Quel que soit l'objet, il me suffit de le faire entrer dans mon champ visuel et de me concentrer dessus pour me le remémorer ultérieurement dans tous ses détails, même longtemps après. Je fus donc en mesure, comme si je faisais un croquis rapide d'un objet que j'avais sous les yeux, de lui décrire les caractéristiques de chacun des plats avec une sorte de réalisme pictural. Elle, le regard extasié, écoutait attentivement ma description. Elle semblait parfois même en saliver.

« Magnifique, dit-elle, rêveuse. J'aimerais bien moi aussi, et une fois suffira, qu'on m'invite un jour à un repas aussi somptueux.

— Pour être honnête, je ne me souviens quasiment pas du goût de tous ces plats, dis-je.

— Tu ne t'en souviens pas ? Tu m'avais dit pourtant qu'ils étaient bons ?

— Oui. Vraiment très bons. J'ai ce souvenir-là. Mais je ne me souviens plus de leur goût et je serais incapable de te les expliquer concrètement avec des mots.

— Alors que tu en gardes un souvenir visuel aussi détaillé et précis ?

— Oui, je suis peintre, et je peux donc te les restituer en une image. Cela fait partie de mon travail. Mais leur contenu, je ne peux pas l'expliquer. Un écrivain serait sans doute capable d'exprimer avec des mots jusqu'à la quintessence des saveurs.

— Bizarre, dit-elle. Alors, ces trucs que toi et moi on fait, tu pourrais les dessiner après coup, mais tu ne pourrais pas en restituer les sensations par des mots ? »

Je m'efforçai de restructurer sa question dans ma tête. « Tu veux parler de la jouissance sexuelle ?

— Oui.

— Eh bien… non, sans doute pas. Mais si l'on compare le sexe et la cuisine, je crois qu'il est plus difficile d'expliquer le goût d'un plat que de parler de la jouissance.

— Et donc, dit-elle d'une voix qui évoquait la froideur d'un crépuscule de début d'hiver, davantage que le plaisir sexuel que je t'offre, la saveur des plats que Menshiki te sert aurait plus de subtilité et plus de profondeur ?

— Mais non, pas du tout », répondis-je. Je m'empressai de lui donner plus d'explications. « Ce n'est pas ça. Je ne faisais pas une comparaison qualitative, je parlais juste de la différence de difficulté lorsqu'il s'agit de les expliquer. Une question purement technique.

— Bon, d'accord, dit-elle. Mais ce que je t'offre n'est pas si mal non plus, non ? Je veux dire, techniquement ?

— Évidemment, dis-je. Bien sûr que c'est merveilleux. Sur le plan technique, ou sur tout autre plan, splendide au point que je ne pourrais même pas le dessiner. »

Pour être franc, je n'avais rien à redire à la jouissance charnelle qu'elle me procurait. J'avais eu jusqu'à ce jour des relations sexuelles avec plusieurs femmes – pas si nombreuses au point de m'en vanter. Mais son sexe était incroyablement sensible et ondoyant, il surpassait ceux de toutes les femmes que j'avais connues. Il était de fait regrettable qu'une telle ressource ait été laissée à l'abandon pendant de nombreuses années, sans jamais être recyclée. Quand je le lui dis, elle prit un air plutôt content.

« Tu ne me racontes pas des craques ?

— Pas du tout. »

Elle m'examina de profil un instant, la mine sceptique, puis parut finalement me croire.

« Et il t'a montré son garage ? demanda-t-elle.

— Son garage ?

— Oui, son garage légendaire, avec ses quatre anglaises.

— Non, je ne l'ai pas vu. La propriété est tellement immense que je n'ai pas fait attention au garage.

— Ah bon, fit-elle. Tu ne lui as pas demandé s'il avait vraiment une Jaguar type E ?

— Non. Je n'y ai même pas pensé. Tu sais, les voitures, ce n'est pas trop mon truc.

— Tu es donc tout à fait comblé avec ta Corolla d'occasion ?

— Tout à fait.

— Moi, à ta place, j'aurais demandé à ce qu'il me laisse juste un peu toucher à sa type E. C'est une voiture tellement belle. Quand j'étais petite, j'ai vu un film avec Audrey Hepburn et Peter O'Toole[1], et depuis, je rêve toujours de cette voiture. Dans ce film, Peter O'Toole conduisait une Jaguar type E tout étincelante. C'était quoi, sa couleur, déjà ? Jaune, je crois bien. » Tandis qu'elle se remémorait la voiture de sport qu'elle avait vue au cinéma dans son enfance, il me vint à l'esprit l'image de cette Subaru Forester. La Subaru blanche stationnée dans le parking du restaurant, un peu à l'écart de la bourgade côtière, dans la préfecture de Miyagi. De mon point de vue, je n'aurais pas dit que c'était une belle voiture. C'était

1. *Comment voler un million de dollars*, de William Wyler (1966).

un SUV tout à fait banal, un engin trapu conçu pour l'utilitaire. Très peu de gens auraient éprouvé l'envie irrésistible de le toucher. Rien à voir avec une Jaguar type E.

« Et il ne t'a pas montré non plus la serre ni la salle de gym ? » me demanda-t-elle. Elle parlait de la maison de Menshiki.

« Non, il ne m'a montré ni la serre, ni la salle de gym, ni la buanderie, ni le studio pour la domestique, ni la cuisine, ni le dressing grand de six tatamis, ni la salle de jeux avec un billard. Je n'ai pas eu droit à une visite guidée. »

Menshiki, ce soir-là, avait quelque chose d'important dont il devait absolument me parler. Ce n'était sans doute pas le moment pour lui de me faire visiter longuement sa résidence.

« Il y a vraiment un dressing de six tatamis et une salle de jeux avec un billard ?

— Je n'en sais rien. Je l'imagine simplement. Ce ne serait pas si étrange qu'il y ait ces trucs dans cette maison.

— En dehors de son cabinet de travail, tu n'as rien vu alors ?

— Non. Tu sais, je ne suis pas non plus un passionné de décoration intérieure. Tout ce que j'ai vu, c'est l'entrée, le salon, le cabinet de travail et la salle à manger.

— Tu n'as pas repéré la "chambre interdite de Barbe-Bleue" ?

— Je n'ai pas eu le temps d'y penser. Et je ne pouvais pas demander directement : "Au fait, monsieur Menshiki, où se trouve la fameuse chambre interdite de Barbe-Bleue ?" »

L'air mécontent, elle secoua la tête à plusieurs reprises en faisant claquer sa langue. « Avec les hommes, c'est toujours la même chose. Ils ne sont pas curieux ou quoi ? À ta place, je lui aurais demandé de me faire visiter partout, j'aurais tout examiné en détail, jusqu'aux moindres recoins.

— Ce qui pique la curiosité est foncièrement différent chez les hommes et chez les femmes, je pense.

— On dirait bien, en effet, répliqua-t-elle, comme si elle était résignée. Mais bon, ça ne fait rien. J'ai eu plein de nouvelles infos sur l'intérieur de la maison de Menshiki, et ça, c'est déjà bien. »

Je me sentis de plus en plus inquiet.

« Je n'ai rien contre le fait que tu gardes ces infos pour toi-même, mais de là à les diffuser un peu partout, cela m'embête. Tu sais, sur les ondes de Radio Jungle…

— Ne t'inquiète pas. Inutile que tu te fasses du souci pour ce genre de détails », dit-elle gaiement.

Puis elle saisit doucement ma main, la guida vers son clitoris. Et de la sorte, nos curiosités respectives se croisèrent de nouveau. Il restait encore un peu de temps avant que je parte pour mes cours de peinture. Il me sembla entendre la clochette émettre un tintement léger dans l'atelier. C'était certainement une illusion auditive.

Une fois qu'elle fut repartie au volant de sa Mini rouge, peu avant 3 heures, je me rendis à l'atelicr et pris en main la clochette posée sur l'étagère pour l'examiner. Elle me parut inchangée. Et elle était toujours à sa place, bien tranquille. Je jetai un coup d'œil circulaire ; le Commandeur n'était pas là.

Je m'approchai ensuite de ma toile, m'assis sur le tabouret, contemplai l'ébauche du portrait de l'homme à la Subaru Forester blanche. Puis je cherchai à déterminer la direction que je devais prendre à présent. Mais je fis alors une découverte tout à fait inattendue. Le tableau était *déjà achevé*.

Il était encore dans sa phase de création, naturellement. L'une après l'autre, se matérialiseraient ensuite les différentes idées qui s'étaient manifestées. Ce qui figurait sur la toile à ce stade, ce n'était rien de plus qu'une sorte de patron grossier de son visage, peint avec les trois couleurs que j'avais concoctées. Des couleurs appliquées sauvagement sur le tracé au fusain. Mes yeux pouvaient certes discerner l'allure qu'aurait ensuite *L'Homme à la Subaru Forester blanche*. Son visage était déjà là, pour ainsi dire à l'état latent, comme dans un dessin en trompe-l'œil. Mais en dehors de moi, il était invisible à quiconque. Dans son état présent, cette peinture n'était qu'une simple ébauche. Une suggestion, un présage de ce qui était à venir. Mais cet homme – ce personnage que je dessinais en faisant revivre mes souvenirs – semblait d'ores et déjà très satisfait de la représentation incomplètement exprimée qui était la sienne. Ou mieux, il réclamait que l'on ne dévoile pas davantage sa vraie nature.

N'y touche plus, me disait l'homme, du fond de la toile. C'était même un ordre. *N'y ajoute rien, laisse le tableau tel qu'il est.*

En demeurant inachevée, cette peinture était achevée. L'homme jouissait d'une existence complète dans cette représentation incomplète. L'expression est contradictoire mais il m'est impossible de décrire cela autrement. Depuis le fond de la toile, son image latente essayait de transmettre à moi, son auteur, quelque chose comme ses pensées les plus intenses. Elle voulait me faire comprendre. Quoi ? Je ne le savais pas encore.

Cet homme était doté d'une vie : je m'en rendis compte. Il vivait et se mouvait réellement.

J'ôtai du chevalet la toile dont la peinture n'était pas encore sèche, l'appuyai à l'envers à un mur de l'atelier en veillant à ce que les couleurs ne soient pas en contact avec. La vision de cette toile m'était de plus en plus insupportable. Il y avait là quelque chose de funeste, quelque chose que je ne devais sans doute pas savoir.

De cette toile émanait l'atmosphère de la bourgade côtière vivant de la pêche. S'y mêlaient diverses odeurs, celle de la marée, celle des écailles des poissons, celle des moteurs diesels des bateaux de pêche. Des volées d'oiseaux marins tournoyaient lentement dans le vent âpre en lançant des cris aigus. La casquette de golf noire dont était coiffé l'homme, qui de sa vie n'avait sûrement jamais joué au golf. Son visage fortement hâlé, sa nuque raide, ses cheveux en courte brosse mêlés de fils blancs. Son blouson de cuir fatigué. Le bruit des couteaux et des fourchettes qui résonnait dans le restaurant bon marché – un bruit impersonnel que l'on entend partout dans ces chaînes de restaurants du monde entier. Et puis la Subaru Forester blanche, garée sur le parking en toute discrétion. L'autocollant avec l'image d'un marlin appliqué sur le pare-chocs arrière.

« Frappe-moi », m'avait-elle dit au milieu de nos étreintes. Ses ongles s'étaient enfoncés dans mon dos.

Elle avait une odeur de sueur, forte et aigre. Je la giflai au visage ainsi qu'elle me le demandait.

« Pas comme ça, vas-y plus fort ! avait-elle dit en secouant violemment la tête. Encore plus fort, cogne de toutes tes forces ! Je m'en fiche que ça me laisse des marques. Vas-y et fais-moi pisser le sang du nez ! »

Je n'éprouvais pas l'envie de la frapper. Je n'avais jamais eu ce genre de penchant pour la violence. Jamais de ma vie. Mais elle me réclamait *sérieusement* de la battre *sérieusement*. Ce dont elle avait besoin, c'était d'une douleur véritable. À contrecœur, je la frappai un peu plus fort. Assez pour qu'elle en ait des traces rouges. À chaque coup que je lui assenais, sa chair enserrait mon pénis plus fermement, plus violemment. Comme un animal affamé qui mord à pleines dents l'appât qu'on lui présente.

« Dis, tu veux bien m'étrangler un peu, me chuchota-t-elle ensuite. Sers-toi de ça. »

Je ressentis ce murmure comme venant d'un autre espace. Elle sortit de sous l'oreiller le cordon blanc d'une robe de chambre. Elle l'avait sûrement mis là au préalable.

Je refusai. Je ne pouvais pas faire ça. C'était trop dangereux. Si je me montrais maladroit, elle pouvait mourir.

« Fais juste semblant, ça ira, me supplia-t-elle d'une voix haletante. Tu ne m'étrangles pas pour de vrai, tu fais juste comme si. Tu m'entoures le cou avec ça et tu serres avec à peine un peu de force. »

Je fus alors incapable de refuser.

Le bruit de la vaisselle impersonnelle qui résonne dans le restaurant bon marché.

Je secouai la tête. Je voulais chasser les souvenirs de ces moments. C'étaient des événements dont je n'avais pas envie de me souvenir. Des souvenirs dont j'aurais aimé me débarrasser pour l'éternité, si je l'avais pu. Mais la sensation du cordon de la robe de chambre me restait encore clairement tangible dans les mains. Et aussi la résistance de son cou que j'avais perçue au moment où je l'avais serré. Je ne parvenais pas, absolument pas, à les oublier.

Et cet homme le savait. Ce que j'avais fait la nuit précédente. Ce que j'avais alors pensé, ressenti.

Que faire avec cette peinture ? La laisser ainsi retournée dans un coin de l'atelier ? Même à l'envers, elle me mettait mal à l'aise. Le seul autre endroit pour l'entreposer, c'était le grenier. Le même endroit où Tomohiko Amada avait dissimulé *Le Meurtre du Commandeur*. C'était sans doute un lieu où l'on pouvait cacher ses sentiments et ses pensées secrètes.

Je me répétai mentalement les mots que j'avais prononcés plus tôt.

Oui, je suis peintre, et je peux donc restituer exactement l'apparence de ces mets en une image. Mais leur contenu, je ne peux pas l'expliquer.

Toutes sortes de choses inexplicables s'apprêtaient à m'emprisonner peu à peu au sein de cette maison. La peinture de Tomohiko Amada *Le Meurtre du Commandeur*, découverte dans le grenier, la curieuse clochette laissée dans la chambre de pierre réouverte dans le bois, l'Idée qui se manifestait à mes yeux en empruntant l'aspect du Commandeur, et puis l'homme à la Subaru Forester blanche. Sans oublier ce personnage étrange à la chevelure blanche qui vivait de l'autre côté de la vallée. Il me semblait que Menshiki cherchait à m'entraîner dans je ne sais quel plan qu'il avait élaboré.

Je sentais que le tourbillon qui m'entourait gagnait graduellement en force et en vitesse. Et que je ne pouvais plus revenir en arrière. Il était déjà trop tard. Et ce tourbillon était infiniment muet. Son silence anormalement parfait me terrifia.

28

Franz Kafka aimait les routes en pente

Ce soir-là, je donnai mon cours de peinture aux enfants dans le centre culturel près de la gare d'Odawara. Le thème du jour était : « Croquer un personnage ». Les enfants devaient former un tandem, choisir un fusain ou un crayon à mine tendre (l'école en avait mis à leur disposition) et, à tour de rôle, dessiner leur partenaire sur leur carnet de croquis. Le temps limite, c'était un quart d'heure (on se servait d'un minuteur de cuisine pour le mesurer exactement). Il fallait utiliser la gomme le moins possible. Et ne se servir si possible que d'une feuille.

Ensuite, l'un après l'autre, les enfants s'avancèrent et montrèrent à tout le monde ce qu'ils avaient réalisé. Les autres donnaient librement leur avis. Les élèves étaient peu nombreux et régnait une atmosphère amicale. Après quoi, je leur fis un petit exposé sommaire sur la technique et les astuces du croquis. Et je leur expliquai dans les grandes lignes en quoi le dessin et le croquis différaient. Le dessin est à la peinture ce que le plan est au bâtiment, et il nécessite une certaine dose d'exactitude. En comparaison, le croquis est quelque chose comme une première impression libre qu'on laisse se profiler dans la tête et à laquelle on donne des contours avant qu'elle ne disparaisse. Les facteurs importants dans le croquis, plus que l'exactitude, ce sont l'équilibre et la rapidité. Même chez des peintres renommés, nombreux sont ceux qui ne maîtrisent pas ce genre. Quant à moi, depuis toujours, c'était mon point fort.

À la fin, je choisis parmi les enfants un modèle et, sur le tableau noir, avec une craie blanche, je le dessinai devant eux. Pour leur fournir un exemple concret. « Super ! », « Vous allez drôlement vite ! », « Hyper ressemblant ! » s'exclamèrent les enfants avec admiration. Émerveiller les enfants, c'est aussi l'un des rôles importants de l'enseignant.

Ensuite, ils devaient changer de partenaire et le dessiner. Cette seconde fois, ils réussirent bien mieux. Les enfants assimilaient très rapidement. Au point que j'en fus admiratif. Il y en avait naturellement de plus doués, d'autres moins. Mais cela n'avait pas d'importance. Car plutôt qu'une méthode pratique de dessin, ce que je leur enseignais était une façon d'appréhender les choses.

Ce jour-là, je désignai Marié Akikawa pour jouer le rôle du modèle (c'était bien entendu délibéré). Sur le tableau, je la dessinai en buste, sommairement. Ce n'était pas à proprement parler un croquis, mais le principe était bien là. Je l'achevai en trois minutes tout au plus. Cet exercice me servit en fait de test pour évaluer comment je pourrais rendre cette fillette sur une peinture. Et je découvris qu'elle recelait, en tant que modèle, des potentialités tout à fait uniques, foisonnantes.

Jusque-là, je n'avais jamais regardé Marié Akikawa avec un objectif bien spécifique, mais à partir du moment où je l'observai avec attention comme objet d'une peinture, la plastique de son visage m'apparut infiniment plus intéressante que la vague perception que j'en avais jusque-là. Pas seulement parce qu'elle avait des traits bien dessinés et que c'était une jolie fillette. Car en scrutant attentivement son visage, on constatait qu'il avait quelque chose de déséquilibré. Et à l'arrière de cette légère instabilité d'expression, semblait se dissimuler un je-ne-sais-quoi de puissant, de fougueux. Comme un fauve preste et agile qui demeure caché dans des touffes d'herbes hautes.

Mon but était d'arriver à mettre en forme cette impression. Mais l'exprimer en l'espace de trois minutes avec une craie sur un tableau noir était une tâche difficile. Ou plutôt, presque impossible. Il me fallait beaucoup plus de temps pour observer avec soin son visage et bien en disséquer les différents éléments. Et il me fallait aussi mieux connaître cette fillette.

Je laissai au tableau, sans l'effacer, l'image que j'avais dessinée. Une fois les enfants partis, je restai seul un moment dans la classe et, les bras croisés, contemplai ce dessin à la craie. Et j'essayai de déterminer s'il y avait dans les traits de son visage une analogie avec celui de Menshiki. Mais il n'était pas aussi facile de trancher. Si l'on voulait y voir de la ressemblance, on le pouvait, mais l'inverse était possible aussi. Néanmoins, si j'avais à relever ne serait-ce qu'un point de similitude, je dirais que c'étaient les yeux. Chez l'un et l'autre, et surtout dans cette lueur très spéciale et éphémère qui apparaissait parfois dans leur regard, je ressentais qu'ils avaient quelque chose en commun.

Quand on scrute le fond d'une source limpide, on aperçoit parfois une sorte de masse lumineuse. Elle n'est toutefois visible que si l'on fixe attentivement ses profondeurs. Et à peine nous est-elle apparue qu'elle se met à vaciller avant de perdre sa forme et de finir par disparaître. Plus on tente de la discerner, plus s'installe le doute : s'agit-il d'une illusion optique ? Il y a pourtant bien là, sans erreur possible, quelque chose qui brille. Mon métier m'a donné l'occasion de rencontrer toutes sortes de modèles, et je suis parfois tombé sur certains d'où émane ce genre de « lumière ». Ils sont extrêmement peu nombreux, certes. Mais cette fillette – et également Menshiki – en faisait partie.

La femme qui travaillait à l'accueil du centre entra dans la classe, vint à côté de moi et contempla le dessin d'un air admiratif.

« Tiens ! C'est Marié Akikawa ! dit-elle au premier coup d'œil. C'est vraiment bien dessiné. On dirait qu'elle va se mettre à bouger. C'est dommage de l'effacer !

— Merci », lui dis-je. Puis je me levai et, à l'aide du tampon, je fis disparaître le dessin.

Le lendemain (samedi), le Commandeur se manifesta enfin. Depuis la soirée de mardi où je l'avais vu au dîner chez Menshiki, c'était sa première apparition. Ou, pour emprunter son expression, sa première « incarnation ». Je lisais dans le salon, le soir, après avoir fait des courses, quand j'entendis la clochette tinter du côté de l'atelier. J'allai voir et je trouvai le Commandeur assis sur l'étagère, agitant légèrement la clochette près de son oreille. Comme s'il vérifiait, à la façon d'un accordeur, les subtilités de sa résonance. Quand il me vit, il s'interrompit.

« Cela faisait longtemps, dis-je.

— Longtemps, point du tout, répondit abruptement le Commandeur. Une Idée, ça s'en va et ça revient, de par le monde entier, tantôt par-ci tantôt par-là, et ça réapparaît tous les cent ans, parfois même tous les mille ans, oui-da. Un jour ou deux, c'est carrément tout à fait que couic.

— Alors, ce souper chez M. Menshiki, vous l'avez trouvé comment ?

— Ô dame oui, ce fut une soirée assez délectable à sa façon. Certes la bonne chère n'a pu flatter mon palais, nonobstant, j'en ai assurément pris plein les mirettes. Et puis ce jeune Menshiki, c'est un zigoto tout à fait assez pittoresque. Il voit le jeu et réfléchit jusqu'à deux ou trois coups à l'avance. Et aussi, c'est un gars qui se garde pour lui tout ce qu'il pense, oui-da.

— Il m'a demandé un service.

— Fort bien, dit le Commandeur, d'un air visiblement peu intéressé, tout en examinant la clochette ancienne qu'il avait à la main. J'ai certes écouté, de toutes mes oreilles, la conversation entre vous deux. Nonobstant et malgré tout, c'est une affaire qui ne me concerne point grandement. C'est des choses d'ordre pratique, dame oui, pour ainsi dire terrestres, et ça se passe juste entre toi, Messieurs, et le jeune Menshiki.

— Je peux vous poser une question ? » dis-je.

Le Commandeur se frotta la barbe de la paume de la main. « Vas-y. Mais pourrai-je y répondre ? Je n'en sais fichtre rien.

— C'est à propos du *Meurtre du Commandeur*, de Tomohiko Amada. Vous connaissez évidemment cette peinture, n'est-ce pas ? Puisque vous avez emprunté l'aspect d'un des personnages de cette toile. Il se peut que le thème de cette peinture soit une tentative d'assassinat qui a réellement eu lieu à Vienne, en 1938. Et M. Amada aurait été impliqué lui-même dans cette affaire. Savez-vous quelque chose à ce sujet ? »

Les bras croisés, le Commandeur réfléchit un moment. Puis il plissa les paupières et déclara : « Dans l'histoire, il y a aussi plein de machins qu'il vaut mieux laisser tels quels, enfouis dans l'obscurité, ô que oui. Une connaissance juste ne veut point toujours dire une connaissance enrichissante. L'objectivité n'est point forcément supérieure à la subjectivité. Le fait ne dissipe point systématiquement l'illusion.

— En termes de généralités, peut-être. Mais cette peinture fait clairement appel à celui qui la regarde, elle veut dire quelque chose. J'ai l'impression que Tomohiko Amada a réalisé ce tableau dans le but de soumettre à un codage personnel un fait très important dont il avait connaissance, mais qu'il ne pouvait rendre public : il a transposé les personnages et le théâtre de l'action dans une autre époque. Il a utilisé les procédés du nihonga qu'il avait nouvellement acquis. J'ai le sentiment qu'il a ainsi fait un aveu métaphorique, en quelque sorte. Et je me demande même si ce n'était pas dans cet unique dessein qu'il a abandonné la peinture à l'occidentale et qu'il s'est converti au nihonga.

— Alors, tu n'as qu'à laisser parler la peinture, ô que oui, fit le Commandeur calmement. Si cette peinture a une histoire à raconter, laisse-la la raconter. Et laisse la métaphore être métaphore, le codage être codage, une passoire être une passoire ! Y a-t-il à cela un quelconque inconvénient ? Que nenni. »

Pourquoi parlait-il soudain d'une passoire ? Je ne comprenais pas très bien, mais ne relevai pas.

« Non, je n'y vois aucun inconvénient. Je voudrais juste comprendre les circonstances, le contexte qui a poussé le peintre à réaliser ce tableau. Car, indubitablement, cette peinture est en quête de quelque chose. Elle a été peinte dans un objectif concret. »

Comme s'il fouillait dans ses souvenirs, le Commandeur se caressa la barbe de la paume de la main un instant. Puis il déclara : « Franz Kafka aimait les routes en pente. Il était attiré par toutes les espèces de pentes, oui-da, n'importe laquelle. Il prenait plaisir à contempler les maisons plantées là le long de la pente raide. Assis sur le bas-côté de la rue, immobile, ce gars contemplait pendant des heures et des heures entières ces bâtisses-là. Jamais ne s'en lassait, des fois penchant la tête, des fois la redressant, ainsi de suite. C'était un zèbre bizarre à bien des égards, ô dame oui. Hein, dis, tu savais ça ? »

Franz Kafka et les routes en pente ?

« Non, je ne le savais pas », répondis-je. Je n'avais jamais entendu une histoire pareille.

« Et maintenant, réfléchissons, Messieurs. Tu apprends donc ce genre d'anecdotes sur lui. Or, cela te permet-il pour autant d'approfondir ta compréhension des œuvres qu'il a laissées ? Ne serait-ce qu'un tout petit peu ? Hein ? »

Je ne répondis pas à sa question. « Vous avez donc connu Franz Kafka, personnellement ?

— Bien que lui, et c'est normal, ne me connaisse point personnellement, nenni-da. » Puis il se mit à pouffer, comme si un souvenir lui était revenu. C'était peut-être la première fois que je voyais le Commandeur glousser ainsi. Y avait-il chez Franz Kafka un élément qui déclenchait ce rire-là ?

Puis le Commandeur retrouva son expression habituelle et poursuivit.

« La vérité, c'est la représentation, la représentation, c'est la vérité. Le mieux, c'est d'avaler d'un seul trait la représentation qui est devant toi, telle quelle, ô que oui. Pas question là de raison, ni de fait, ni de nombril de cochon, ni de couilles de fourmi. De tout cela il n'y a que dalle, macache. Essayer de comprendre les choses autrement que cul sec, c'est comme si tu essayais de faire flotter une passoire sur l'eau. Je dis ça pour ton bien, Messieurs, vaut mieux t'en abstenir. Or, ce que ce jeune Menshiki est en train de faire aussi, navré de le dire, c'est un peu la même chose, ô pauvre de lui.

— Vous voulez dire que quoi qu'il fasse, ça ne sert à rien, c'est peine perdue ?

— Faire flotter sur l'eau un truc plein de trous, c'est absolument catégoriquement impossible pour quiconque.

— Précisément, que cherche à faire M. Menshiki ? »

Le Commandeur haussa légèrement les épaules. Puis il fronça les sourcils, faisant apparaître des rides séduisantes qui évoquaient le jeune Marlon Brando. Je ne pensais pas que le Commandeur ait jamais vu *Sur les quais* d'Elia Kazan, mais sa façon de froncer les sourcils était vraiment la même que celle de Marlon Brando. Quelle était l'étendue des champs où le Commandeur puisait ses références ou ses expressions ? Je n'en avais aucune idée.

Le Commandeur reprit : « À propos du *Meurtre du Commandeur* de Tomohiko Amada, ce que je peux t'en dire, Messieurs, c'est point grand-chose. Pourquoi ? Parce que l'essence de cette toile se trouve dans l'allégorie, dans la métaphore. Or, l'allégorie ou la métaphore ne devrait point être expliquée avec des mots. Elle devrait être avalée telle quelle, oui-da. »

Après quoi le Commandeur se gratta derrière l'oreille avec le bout du petit doigt. Comme le fait un chat avant qu'il ne se mette à pleuvoir.

« Mais je peux t'apprendre une chose, Messieurs. Tout insignifiante certes, mais demain soir, tu auras, j'en donne ma main à couper, un coup de téléphone. Un coup de fil du jeune Menshiki, mais mieux vaudra pour toi moult réflexions avant de lui donner une réponse. Je le sais, ô combien, même après une longue et mûre délibération, ta réponse ne changera point, que nenni. Toujours est-il que tu devrais cogiter encore et encore.

— Et il est important aussi de lui faire comprendre que je prends mon temps pour bien considérer sa question, n'est-ce pas ? Même si ce n'est qu'une attitude de façade.

— Voilà, tout à fait exactement. Refuser toujours la première offre, Messieurs, c'est le b.a.-ba du business. Crois-moi, ça vaut le coup de t'en souvenir, ô que oui. » Sur ce, le Commandeur se remit à glousser. Son humeur, ce jour-là, semblait vraiment joyeuse. « Au fait, caresser un clitoris, c'est considéré comme bidonnant ?

— Je ne crois pas que ce soit quelque chose qu'on touche pour se bidonner, répondis-je, lui livrant sincèrement mon opinion.

— Point facile à comprendre aux yeux des autres.

— Je crois que moi non plus je n'y comprends pas grand-chose », dis-je. Une Idée non plus ne comprend pas toujours tout.

« Bon, soit. En tout cas, je m'en vais bientôt prendre congé, annonça le Commandeur. Là, j'ai un autre chaton à fouetter ailleurs. De beaucoup de temps ne dispose point. »

Et le Commandeur disparut. Progressivement, par étapes, comme le Chat du Cheshire. J'allai à la cuisine et me fis un dîner simple. Puis je me demandai un moment quel « autre chaton à fouetter » pouvait avoir une Idée. Évidemment, mes questions restèrent sans réponse.

Comme l'avait prédit le Commandeur, Menshiki m'appela le lendemain, peu après 8 heures du soir.

Je commençai par le remercier pour le dîner de l'autre jour. Le repas avait été délicieux. Mais non, ce n'était rien, répondit Menshiki, grâce à vous j'ai passé une excellente soirée. Je lui adressai ensuite mes remerciements à propos des honoraires qu'il avait versés pour le portrait, bien plus importants que prévu. Non, voyons, c'était normal, étant donné la peinture extraordinaire que vous avez réalisée, dit alors Menshiki avec des accents très humbles, surtout ne vous souciez pas de cela. Une fois les échanges protocolaires débités, le silence retomba.

« Au fait, à propos de Marié Akikawa… reprit Menshiki d'un ton anodin, comme s'il se mettait à parler de la pluie et du beau temps. Vous vous souvenez, n'est-ce pas, l'autre jour, je vous ai demandé si vous accepteriez de la faire poser ?

— Oui, bien sûr, je m'en souviens.

— Nous avons donc soumis la proposition à Marié Akikawa hier – ou plus exactement, c'est le directeur de l'établissement, M. Matsushima, qui a demandé à sa tante si ce serait possible – et, d'après ce qu'on m'a dit, l'intéressée a répondu positivement, elle a consenti.

— Bon, fis-je.

— Donc, si vous êtes d'accord pour faire son portrait, maintenant, tout est prêt.

— Mais M. Matsushima ne trouve-t-il pas bizarre le fait que vous soyez intervenu là-dedans ?

— Je fais toujours très attention à ce genre de détails. Ne vous inquiétez donc pas. Pour lui, je joue auprès de vous un rôle de mécène, en quelque sorte. Enfin, c'est ce que je lui ai fait croire. J'espère d'ailleurs que cette mise en scène ne vous offense en rien…

— Cela ne me dérange pas du tout, dis-je. Néanmoins, je suis un peu surpris que Marié Akikawa ait accepté cette proposition. Je la voyais comme une enfant taciturne et réservée, extrêmement timide.

— À vrai dire, sa tante ne semblait guère séduite, au début, par la proposition. Poser pour quelqu'un qui se prétend peintre, c'est typiquement le genre d'histoire qui se termine mal. Voilà ce qu'elle imaginait. Excusez-moi pour cette façon de parler, vous qui êtes peintre justement.

— Je sais, c'est classique.

— En revanche, Marié, elle, s'est montrée très enthousiaste, semble-t-il. Disant que si c'était pour vous, ce serait avec joie qu'elle poserait. Et c'est même elle qui a persuadé sa tante. »

Comment cela se faisait-il ? Le fait que j'avais croqué Marié au tableau y était peut-être pour quelque chose. Mais je ne relatai pas l'anecdote à Menshiki.

« On ne pouvait espérer meilleure évolution de la situation, vous ne trouvez pas ? » dit Menshiki.

Je réfléchis à la question. S'agissait-il vraiment de la meilleure évolution ? Menshiki semblait attendre, au bout du fil, que je lui expose mon opinion.

« Pourriez-vous me détailler un peu le synopsis ? lui demandai-je.

— Oh, il est parfaitement simple : vous étiez à la recherche d'un modèle pour vos tableaux. Et cette fillette, Marié Akikawa, qui fait partie de vos élèves, vous a paru tout à fait adaptée pour jouer ce rôle. Aussi, par l'intermédiaire du directeur, M. Matsushima, avez-vous adressé votre demande à sa tante qui en a la garde. Voilà les grandes lignes. M. Matsushima lui a garanti à titre personnel votre talent de peintre et l'intégrité de votre personnalité. Il lui a expliqué que vous étiez irréprochable sur le plan humain, que vous prodiguiez votre enseignement avec passion et qu'étant donné votre valeur en tant que peintre, on pouvait espérer pour vous un avenir riche et prometteur. Quant à moi, à aucun moment je n'entre en scène. J'ai bien insisté sur ce point auprès de M. Matsushima. Bien entendu, Marié restera habillée quand elle posera et sa tante l'accompagnera. Les séances devront se terminer avant midi. Ce sont ses conditions. Qu'en pensez-vous ? »

Selon la mise en garde du Commandeur (toujours refuser la première offre), je décidai de freiner alors son emballement.

« Je pense que ces conditions ne me posent pas de problème. Mais est-ce que vous m'accorderiez un peu plus de temps afin que je réfléchisse encore si je ferai ou non le portrait de Marié Akikawa ?

— Naturellement, répondit Menshiki d'une voix calme. Pensez-y tout à loisir. Je n'ai aucune intention de vous bousculer. Il va sans dire que c'est vous le peintre, et que tant que vous ne vous êtes pas décidé, rien ne se fera. Mais je voulais juste vous faire savoir que de mon côté, tout était prêt. D'autre part, autre chose, qu'il est peut-être inutile de mentionner, mais je compte bien vous rémunérer ultérieurement, comme il se doit, pour vos services. »

Décidément, ça ne traîne pas, songeai-je. Tout se déroule très vite, sans anicroche, on ne peut qu'en être impressionné. Comme un ballon qui roule sur une route en pente… J'imaginai Franz Kafka contemplant ce ballon, assis à mi-chemin de la pente. Il fallait que je sois prudent.

« Vous m'accordez deux jours ? dis-je. Après-demain, je vous donnerai ma réponse.

— Parfait. Je vous rappellerai dans deux jours », répondit Menshiki. Et notre conversation prit fin.

Mais pour être honnête, je n'avais nul besoin de ce répit pour lui donner une réponse. Ma décision était prise depuis longtemps. Je brûlais d'envie de faire le portrait de Marié Akikawa. Même si l'on cherchait à m'en dissuader, j'accepterais ce travail. Si j'avais réclamé deux jours de délai, c'était uniquement parce que je ne voulais pas me soumettre docilement à l'allure de Menshiki. Mon instinct – et aussi le Commandeur – me soufflait : « Ici, il vaut mieux marquer un temps et prendre une grande respiration. »

C'est comme si tu essayais de faire flotter une passoire sur l'eau, avait dit le Commandeur. *Faire flotter sur l'eau un truc plein de trous, c'est absolument catégoriquement impossible pour quiconque.*

C'était un indice qu'il m'avait fourni, une allusion à ce qui était à venir.

29

Certains éléments peu naturels

Durant ces deux jours, je passai tout mon temps à contempler alternativement les deux toiles dans l'atelier. *Le Meurtre du Commandeur* de Tomohiko Amada et ma peinture de l'homme à la Subaru Forester blanche. *Le Meurtre du Commandeur* était à présent accroché à un mur blanc de l'atelier. Ma propre peinture, je l'avais posée dans un coin de la pièce, à l'envers (et je ne la retournais et ne l'installais sur le chevalet que lorsque je voulais la regarder). Sinon, à part contempler ces deux tableaux, pour tuer le temps, je lisais, j'écoutais de la musique, je faisais de la cuisine, du ménage, j'enlevais les mauvaises herbes du jardin, je me promenais dans les environs. Je n'étais pas d'humeur à prendre un pinceau en main. Le Commandeur non plus ne se manifestait pas, il demeurait muet.

Tout en flânant au hasard sur les chemins de montagne des alentours, je regardais de tous côtés dans l'espoir d'apercevoir la maison de Marié Akikawa, mais je n'en vis aucune qui ressemblait à la sienne. D'après ce que j'avais observé depuis la terrasse de chez Menshiki, elle devait être assez proche de chez moi, et c'était certainement à cause de la visibilité réduite due à la configuration accidentée du terrain que je ne la retrouvais pas maintenant. Je m'aperçus que sans même avoir besoin d'y réfléchir, je prenais garde aux guêpes pendant la traversée des bois.

Après avoir scruté les deux peintures en alternance durant ces journées, j'acquis la même certitude, à savoir que ce que j'avais ressenti ne m'avait pas trompé. *Le Meurtre du Commandeur* demandait à ce que l'on déchiffre le « code » secret qu'il recelait, *L'Homme à la Subaru Forester blanche* demandait à son créateur (c'est-à-dire moi) de ne rien ajouter. Des exigences qui étaient l'une comme l'autre très véhémentes – du moins, les éprouvais-je ainsi – et auxquelles je ne pouvais que me soumettre. Je laissai donc *L'Homme à la Subaru Forester blanche* dans son état actuel (tout en m'efforçant de comprendre ce qui fondait cette exigence) et essayai de décrypter dans *Le Meurtre du Commandeur* le vrai dessein qui avait présidé à sa réalisation. Mais les deux tableaux étaient entourés d'un mystère qui résistait, à l'image de la coquille d'une noix, coquille qu'avec ma seule poigne je ne parvenais pas à briser.

S'il n'y avait pas eu le projet du portrait de Marié Akikawa, j'aurais peut-être continué à passer toutes mes journées à contempler sans fin ces tableaux, l'un après l'autre. Mais au soir du deuxième jour, je reçus un coup de fil de Menshiki, grâce auquel cet envoûtement put être rompu.

« Eh bien, êtes-vous arrivé à une conclusion ? » me demanda-t-il après l'échange de politesses de rigueur. Il était évident qu'il m'interrogeait sur ma décision de faire ou non le portrait de Marié Akikawa.

« Sur le fond, j'accepte volontiers, répondis-je. Mais il y a une condition.

— Laquelle ?

— C'est qu'à ce stade je ne peux pas prévoir ce que sera cette peinture. Il faut d'abord que j'aie mes pinceaux en main et que Marié Akikawa soit réellement devant moi. C'est seulement après que le style de l'œuvre se précisera, progressivement. Au cas où aucune bonne idée ne surgirait, peut-être que la peinture ne pourrait être achevée. Ou peut-être que je la terminerais mais qu'elle ne me plairait pas. Ou qu'elle ne vous plairait pas. Aussi, je voudrais que nous procédions comme si je réalisais cette toile de ma propre initiative, et non parce que vous me l'avez demandé ou que vous me l'avez suggéré. »

Après avoir marqué un temps, Menshiki demanda, comme s'il tâtait le terrain : « Donc, si l'œuvre achevée ne vous convainquait pas, n'importe comment, vous ne me la remettriez pas. C'est bien ce que vous voulez dire ?

— Cette possibilité existe, en effet. En tout cas, je tiens à avoir totalement carte blanche sur le sort de la peinture achevée. Telle est ma condition. »

Menshiki réfléchit un moment. « Il semble bien, dit-il enfin, que je ne puisse que vous dire oui. Car vous ne feriez pas ce portrait si je n'acceptais pas cette condition.

— Je suis désolé, mais non, en effet.

— Parce que vous voulez rester libre sur le plan artistique en vous débarrassant du cadre de ma demande ou de mes suggestions ? Ou bien parce que le fait d'être lié à un facteur financier est pour vous un fardeau ?

— Je crois que les deux éléments entrent en jeu. Mais c'est surtout que j'aspire à davantage de spontanéité dans ma motivation.

— Vous aspirez à plus de spontanéité ?

— Je voudrais éliminer, autant que possible, *les éléments factices* de ce travail.

— En somme… » commença Menshiki. Il me sembla que sa voix avait pris une certaine dureté. « Vous avez le sentiment que la demande que je vous adresse comporte certains éléments peu naturels ? »

C'est comme si tu essayais de faire flotter une passoire sur l'eau, avait dit le Commandeur. *Faire flotter sur l'eau un truc plein de trous, c'est absolument catégoriquement impossible pour quiconque.*

« Ce que je veux dire, repris-je, c'est que dans cette affaire, je souhaite que nous traitions d'égal à égal, en dehors de nos intérêts respectifs. Enfin, excusez-moi si l'expression "d'égal à égal" vous semble offensante.

— Mais non, pas du tout. Il est tout à fait normal de garder des rapports d'égalité entre individus. Et, je vous en prie, exprimez-vous, je suis prêt à entendre le fond de votre pensée.

— En fait, je voudrais réaliser spontanément le portrait de Marié Akikawa, comme si vous n'y aviez jamais été impliqué. Sinon, il se peut qu'il ne me vienne aucune bonne idée. Si je pense que vous y êtes pour quelque chose, cela pourrait m'entraver sur un plan psychologique, ou sur un autre plan. »

Après avoir réfléchi, Menshiki répondit : « J'ai bien compris. Alors, oublions que ce portrait est parti d'une demande de ma part. Et oubliez aussi mon offre de rémunération. Je le reconnais, je me suis trop précipité en parlant finances à ce stade. Quant au sort de l'œuvre achevée, nous en rediscuterons quand vous me l'aurez montrée. Quoi qu'il en soit, je respecte plus que tout la volonté du créateur, autrement dit la vôtre. Cela mis à part, où en êtes-vous avec mon autre demande ? Vous vous en souvenez ?

— Que vous passiez chez moi, comme par hasard, alors que Marié poserait dans mon atelier ?

— Oui. »

Après une courte réflexion, je lui répondis : « Sur ce point, je ne pense pas qu'il y ait de problème. Vous êtes un voisin avec qui je m'entends bien, et vous passez simplement au cours d'une promenade un dimanche matin. Et tous ensemble nous finissons par discuter de choses et d'autres. Je crois que cela peut se dérouler très naturellement. »

Menshiki parut alors un peu soulagé. « J'apprécierai énormément si vous pouvez arranger les choses ainsi. Et je vous le promets, je ne vous causerai aucun ennui. Êtes-vous donc d'accord pour qu'on donne d'ores et déjà suite à l'affaire, pour que Marié Akikawa vienne chez vous le dimanche matin et que vous fassiez son portrait ? Et M. Matsushima, en qualité d'intermédiaire, coordonnera les détails entre la famille Akikawa et vous-même.

— Oui, c'est parfait pour moi. Merci de faire en sorte que M. Matsushima contacte la famille Akikawa pour la suite. Le dimanche matin, à 10 heures, je recevrai Marié et sa tante et je ferai poser Marié. Et je finirai sans faute avant midi. Nous recommencerons les dimanches suivants. Je pense que j'aurai besoin de cinq ou six séances.

— Dès que j'aurai les détails du rendez-vous, je vous contacterai de nouveau. »

Ce que nous avions à nous dire sur ce sujet fut ainsi clos. Puis Menshiki ajouta, comme si la question se rappelait à lui brusquement :

« Au fait, à propos de ce qui était arrivé à Tomohiko Amada quand il était à Vienne, j'ai appris un certain nombre de nouveaux faits. La tentative d'assassinat d'un dignitaire nazi à laquelle il aurait participé, dont je vous avais dit précédemment qu'elle s'était passée juste après l'Anschluss, pour être précis, il semble qu'elle ait eu lieu au début de l'automne 1938. Soit six mois environ après l'Anschluss. Vous savez, n'est-ce pas, ce qu'a été l'Anschluss ?

— Pas dans le détail.

— Le 12 mars 1938, les troupes allemandes ont franchi la frontière, envahi unilatéralement l'Autriche et se sont emparées de Vienne en un clin d'œil. Puis un chantage s'est exercé sur le président Wilhelm Miklas afin qu'il nomme comme chancelier Arthur Seyss-Inquart, le fondateur du parti national-socialiste autrichien. C'est deux jours plus tard que Hitler est entré dans Vienne. Et le 10 avril s'est déroulé un plébiscite. Il s'agissait de ratifier le rattachement du pays au Reich. Même si formellement, le vote était libre et secret, toutes sortes de manipulations s'y étaient mêlées, et il semble qu'il ait fallu un grand courage pour oser déposer un bulletin “non à l'annexion”. Le résultat fut que le plébiscite en faveur du rattachement obtint 99,75 % des suffrages. L'Autriche en tant que nation avait de fait complètement cessé d'exister, son territoire était devenu une simple province allemande. Vous est-il déjà arrivé d'aller à Vienne ? »

Non, jamais, et je ne suis d'ailleurs jamais sorti du Japon. Je n'ai même pas de passeport.

« Vienne est une ville unique, qui ne ressemble à nulle autre, dit Menshiki. Il suffit d'y vivre quelque temps pour le comprendre. Vienne est différente de l'Allemagne. L'atmosphère est différente, les gens sont différents. La nourriture également, tout comme la musique. Vienne est un lieu particulier, fait pour jouir de la vie, pour chérir les arts. Mais la Vienne de cette époque, c'était le comble du chaos. Une vague d'atrocités et de violences s'était déchaînée sur la cité. C'est justement à cette période de troubles extrêmes que M. Amada y a vécu. Jusqu'au plébiscite, les membres du parti nazi se tenaient à peu près correctement, mais une fois le scrutin terminé, ils se sont mis à donner libre cours à leur nature violente. Tout de suite après l'Anschluss, la première chose que Himmler a entreprise fut de construire le camp de concentration de Mauthausen, en Haute-Autriche. Il n'a fallu que quelques semaines pour qu'il soit achevé. Pour le gouvernement nazi, son édification était une tâche des plus urgentes. Et en un temps très bref, plusieurs dizaines de milliers d'opposants politiques ont été arrêtés et envoyés là. Principalement des prisonniers politiques et des éléments antisociaux jugés "incorrigibles". Par conséquent, le traitement qui leur était infligé était extrêmement dur. Beaucoup ont été exécutés. Ou ont fini par mourir à force de travaux épuisants dans la carrière de granite. Ce que l'on entendait par le terme "incorrigible", c'était qu'une fois envoyés là, ces hommes n'avaient plus aucun espoir d'en sortir. De plus, parmi les militants antinazis, il y en a eu aussi, très nombreux, qui n'ont pas été envoyés en camp, mais qui ont été torturés à mort durant leur interrogatoire, sans que personne en sache rien. La tentative d'assassinat à laquelle aurait participé Tomohiko Amada a eu lieu précisément durant ces désordres qui ont succédé à l'Anschluss. »

J'écoutai en silence le récit de Menshiki.

« Mais comme je vous l'ai dit l'autre jour, on ne trouve nulle archive officielle relatant une tentative d'assassinat sur un dignitaire nazi à Vienne entre l'été et l'automne 1938. C'est tout de même étrange. Car si cette tentative avait réellement eu lieu, Hitler et Goebbels en auraient tiré profit politiquement, ils s'en seraient servis pour susciter une énorme propagande. Comme dans le cas de la Nuit de cristal. Vous savez de quoi il s'agit ?

— Dans les grandes lignes », répondis-je. J'avais vu autrefois un film qui traitait de cet événement. « Un militant juif antinazi a tiré sur un conseiller de l'ambassade d'Allemagne à Paris, et l'a tué. Et les nazis, tirant parti de cette affaire, ont déclenché des violences contre les Juifs dans tout le pays, des quantités de commerces tenus par des Juifs ont été mis à sac, et il y a eu de nombreux morts. Les vitrines des magasins ont été brisées, et à cause de ces éclats de verre scintillants qui évoquaient le cristal, on a donné ce nom à l'événement.

— En effet. Cela s'est passé en novembre 1938. Le gouvernement allemand a proclamé que ces mouvements s'étaient propagés spontanément, mais en réalité, c'est le gouvernement lui-même, Goebbels en tête, qui a profité de l'assassinat à l'ambassade pour perpétrer ces atrocités et qui les a mises en œuvre de façon organisée. Herschel Grynszpan, le meurtrier, avait commis cet acte pour protester contre les mauvais traitements qu'avait subis sa famille en Allemagne. Il semble qu'au début, il ait voulu abattre l'ambassadeur lui-même. Mais n'ayant pu atteindre son but, il a tiré à la place sur le premier employé de l'ambassade qu'il a rencontré. L'ironie de la chose est qu'Ernst vom Rath, l'homme qui fut abattu, était un individu surveillé par les autorités en raison de ses sympathies anti-nazies. Quoi qu'il en soit, s'il y avait réellement eu à cette époque à Vienne un projet d'assassinat contre un dignitaire nazi, cela aurait très certainement déclenché le même genre de campagne.

Et cela aurait servi de prétexte à réprimer encore plus durement et avec plus de violence les opposants au nazisme. Pour le moins, cette affaire n'aurait pas été étouffée.

— Y a-t-il une raison quelconque pour que cela n'ait pas été rendu public ?

— Il semble certain que cette affaire a réellement eu lieu. Mais les personnes liées à ce projet d'assassinat, pour la plupart, c'étaient des étudiants de Vienne, et tous sans exception ont été arrêtés avant d'être exécutés ou assassinés. Il fallait les faire taire à jamais. Selon une rumeur, parmi les membres de ce groupe de résistance, il y aurait eu la fille d'un haut gradé nazi, et ç'aurait été l'une des raisons pour lesquelles cette affaire a été étouffée. On n'est toutefois pas sûr de l'authenticité de cette version. Après la guerre, il y a eu un certain nombre de témoignages, indirects cependant, et leur véracité est aussi sujette à caution. À ce propos, le nom de ce groupe de résistants était "Candela". En latin, ce mot signifie la "chandelle" qui éclaire l'obscurité d'un sous-sol. Et le mot japonais *kandera* en dérive.

— Si les protagonistes de cette affaire ont tous été assassinés, cela voudrait dire que M. Tomohiko Amada serait le seul témoin encore en vie ?

— C'est bien possible. Juste avant la fin de la guerre, sur ordre de l'Office central de la sécurité du Reich, les documents confidentiels relatifs à l'affaire ont tous été incinérés, et tous les faits ont été ainsi enfouis dans la nuit de l'Histoire. Ce serait bien si l'on pouvait entendre de sa bouche la version du seul survivant, M. Tomohiko Amada, mais je suppose que ce serait bien difficile aujourd'hui. »

Je dis que oui, en effet, ce serait bien difficile. Tomohiko Amada n'avait jamais voulu raconter quoi que ce soit sur cette affaire et à présent, ses souvenirs avaient entièrement sombré au fond d'un gouffre d'oubli.

Après avoir remercié Menshiki, je raccrochai.

Même lorsque ses souvenirs étaient encore solides, Tomohiko Amada avait toujours gardé le silence là-dessus. Sans doute avait-il des raisons personnelles qui l'empêchaient d'en parler. Ou bien, au moment où il avait quitté l'Allemagne, peut-être avait-il été persuadé par les autorités de s'incliner devant le destin et de rester muet en toutes circonstances. Néanmoins, en contrepartie du silence qu'il avait observé tout au long de sa vie, il avait laissé en testament *Le Meurtre du Commandeur*. La vérité de l'événement qu'il lui était interdit d'exprimer par des paroles, ou ses pensées concernant cette histoire, il les avait confiées à cette peinture.

Le lendemain soir, je reçus un nouveau coup de fil de Menshiki. Pour m'annoncer qu'il avait été convenu que Marié Akikawa viendrait chez moi ce dimanche à 10 heures. Comme il me l'avait dit précédemment, sa tante l'accompagnerait. Menshiki ne se montrerait pas au cours de cette première séance.

« Je ne pense pas venir tout de suite, j'apparaîtrai quand elle sera plus à l'aise avec vous. Je crois qu'il est préférable de ne pas vous perturber au début, surtout que, j'imagine, elle sera très tendue », dit-il.

Le timbre de sa voix trahissait de la nervosité, ce qui était rare chez lui. Au point que je ressentis un certain malaise moi aussi.

« Oui. C'est peut-être mieux, répondis-je.

— En vérité, c'est peut-être moi qui suis tendu, ajouta-t-il après avoir un peu hésité, comme s'il me confiait un secret. Je vous l'ai déjà dit, mais je ne me suis encore jamais approché de Marié Akikawa. Je ne l'ai toujours vue que de loin.

— Pourtant je suppose que si vous aviez voulu, vous auriez pu le faire.

— Oui, bien sûr, si j'en avais eu l'intention, j'aurais certainement pu avoir de nombreuses occasions.

— Mais vous avez préféré ne pas les saisir. Pourquoi ? »

Menshiki choisit ses mots en prenant son temps, ce qui ne lui arrivait pas souvent. « Parce que je ne pouvais pas prévoir ce que je penserais ou ce que je dirais quand elle serait là, en chair et en os, juste devant moi. C'est pourquoi j'ai délibérément évité de m'approcher d'elle jusqu'à présent. Je me suis satisfait d'observer sa silhouette secrètement, à travers ces jumelles puissantes, de loin, depuis l'autre côté de la vallée. Vous pensez que ma façon de penser est tordue ?

— Non, pas spécialement tordue, répondis-je. Juste un peu étrange. En tout cas, cette fois, vous avez décidé de la rencontrer pour de bon chez moi. Pour quelle raison ? »

Menshiki demeura silencieux quelques instants. « C'est parce que, dit-il enfin, vous êtes là, vous, comme une sorte de médiateur entre nous.

— Moi ? fis-je, surpris. Mais pourquoi moi ? Excusez-moi de parler ainsi mais enfin, vous ne me connaissez qu'à peine. Et moi, c'est la même chose, je ne vous connais qu'à peine. Nous nous sommes rencontrés il y a tout juste un mois, et en dehors du fait que nous vivons de part et d'autre d'une même vallée, notre environnement comme notre manière de vivre sont diamétralement opposés. Malgré tout cela, qu'est-ce qui vous pousse à me faire autant confiance, à me livrer vos secrets les plus intimes ? Vous ne me semblez pourtant pas homme à découvrir votre jeu aussi simplement.

— Vous avez raison. Je suis le type d'homme qui, lorsqu'il a décidé de garder un secret, l'enferme dans un coffre-fort qu'il verrouille. De surcroît, il avale la clé. Un homme qui, au grand jamais, ne demande conseil à quiconque, ni ne se confie.

— Alors pourquoi – comment dire ? – m'ouvrez-vous votre cœur ? »

Menshiki resta muet un instant. Puis il répondit : « Je ne saurais bien l'expliquer, mais avec vous, j'ai le sentiment que je peux baisser ma garde jusqu'à un certain point, et je crois que c'est ce que j'ai ressenti dès notre première rencontre. Comme une sorte d'intuition. Par la suite, quand j'ai vu le portrait de moi que vous avez fait, cette impression s'est encore renforcée. Je peux compter sur cet homme. Lui, ai-je pensé, il sera capable d'accepter tels quels mes points de vue et mes façons de penser. Quand bien même ces points de vue et ces façons de penser seraient assez singuliers ou tordus. »

Des points de vue et des façons de penser assez singuliers ou tordus, me dis-je.

« Je suis très heureux de ce que vous me dites, mais de mon côté, je suis loin de vous comprendre aujourd'hui. À tout point de vue, vous vous situez au-delà de ma sphère de compréhension. Pour être honnête, il y a beaucoup de choses en vous qui me surprennent. Et parfois, j'en reste muet.

— Et malgré tout, vous n'essayez pas de porter de jugements sur moi. Je me trompe ? »

En effet, maintenant qu'il le disait, c'était exact. Pas une seule fois je n'avais cherché à juger, selon une quelconque norme, les faits et gestes de Menshiki ou sa façon de vivre. Je ne le louais ni ne le critiquais. Il me faisait simplement perdre mes mots.

« Non, peut-être, admis-je.

— Et puis, vous vous souvenez, n'est-ce pas, de ces moments où j'étais descendu au fond de la fosse ? De cette heure que j'ai passée là-dedans, seul ?

— Naturellement, je m'en souviens.

— Vous n'avez jamais envisagé de m'abandonner pour l'éternité dans ce trou sombre et humide. Cette éventualité ne vous a même pas effleuré l'esprit. N'est-ce pas ?

— Oui, c'est exact. Mais, vous savez, normalement, personne n'aurait l'idée de faire une chose pareille.

— Vous pouvez vraiment l'affirmer ? »

Formulée ainsi, c'était une question à laquelle je n'étais pas en mesure de répondre. Il m'était impossible d'imaginer ce qu'étaient les pensées les plus intimes des autres hommes.

« J'ai encore une chose à vous demander, dit Menshiki.

— Quoi donc ?

— C'est à propos de Marié et de sa tante, quand elles viendront chez vous ce dimanche matin. Pourrais-je à ce moment-là observer votre maison avec mes jumelles ? Cela ne vous ennuierait pas ? »

Je lui dis que non, cela ne m'ennuierait pas. Après tout, le Commandeur nous avait bien scrutés de très près, ma petite amie et moi, alors que nous faisions l'amour. Quel serait donc l'inconvénient à être vu à travers des jumelles depuis une terrasse située de l'autre côté de la vallée ?

« J'ai pensé qu'il valait mieux en tout cas vous demander l'autorisation », ajouta-t-il comme pour se justifier.

Je m'étonnai une fois de plus de la singulière forme d'honnêteté dont faisait preuve cet homme. Notre conversation se termina alors et je raccrochai. J'avais mal au-dessus de l'oreille d'avoir appuyé le combiné aussi longtemps.

Le lendemain, un courrier recommandé avec accusé de réception me parvint peu avant midi. Je signai le reçu que me présenta le facteur et pris en échange une enveloppe grand format. Dès que je l'eus en main, j'eus un mauvais pressentiment. Par expérience, je sais que ce ne sont jamais des nouvelles heureuses qui vous arrivent en recommandé.

Comme je le supposais, l'expéditeur était un cabinet d'avocats de Tokyo, et l'enveloppe contenait la déclaration de divorce à signer, en deux exemplaires. Il y avait aussi une enveloppe déjà timbrée pour la réponse. Et aussi une lettre de l'avocat, une sorte de mode d'emploi. Selon laquelle tout ce que j'avais à faire, c'était de bien lire le contenu de ces documents et, en l'absence d'objections de ma part, de signer l'un des exemplaires, d'appliquer mon sceau dessus et de le renvoyer. Et si j'avais la moindre question, que je n'hésite pas à la poser à l'avocat en charge du dossier. Je parcourus rapidement le document, y inscrivis la date, signai et apposai mon sceau. Son contenu ne suscita pas chez moi de « questions » particulières. Notre divorce ne générait aucune obligation financière, d'un côté comme de l'autre, nous n'avions aucun bien digne de ce nom à partager, pas d'enfant dont nous nous disputerions le droit de garde. C'était un divorce extrêmement simple, extrêmement facile à comprendre. Un divorce pour débutants, aurait-on même pu dire. Deux existences s'étaient superposées et unies et, six ans après, elles s'étaient séparées. Voilà tout. Je glissai le document dans l'enveloppe-réponse que je posai sur la table de la cuisine. Quand j'irais à ma classe de peinture le lendemain, je la mettrais dans la boîte aux lettres en face de la gare.

Cette enveloppe sur la table de la cuisine, je la contemplai vaguement, sans vraiment la voir et sans but précis, tout l'après-midi, et bientôt, j'en vins à penser que c'était comme si le poids d'une vie conjugale de six années était enfermé à l'intérieur en totalité. Le temps de nos six années – imprégné de tous nos souvenirs et de toutes nos émotions – était en train de mourir à petit feu, asphyxié dans une banale enveloppe administrative. En imaginant le spectacle, ma poitrine se serrait, j'avais de plus en plus de mal à respirer. Je pris l'enveloppe, allai à l'atelier et la posai sur une étagère. À côté de la vieille clochette malpropre. Puis je fermai la porte de l'atelier, retournai à la cuisine, me versai un verre du whisky qu'avait apporté Masahiko et l'avalai. J'avais comme règle de ne pas boire d'alcool tant qu'il faisait jour, mais une fois n'est pas coutume. La cuisine était totalement silencieuse. Il n'y avait pas de vent, on n'entendait aucune voiture. Même les oiseaux ne chantaient pas.

Divorcer, en soi, ne me posait pas de problème particulier. Étant donné que, pratiquement, nous étions déjà dans une situation de divorce. De même, signer la déclaration de divorce et y appliquer mon sceau ne provoquait pas en moi de sentiment de rancune. Si c'était ce qu'elle voulait, je ne protesterais pas. Ceci n'était après tout qu'une démarche juridique. Mais je n'arrivais pas à décrypter l'historique de ce qui nous avait conduit à une telle situation. Je comprenais, bien entendu, que les cœurs de deux individus puissent, avec le passage du temps et selon les événements, tantôt s'attacher l'un à l'autre, tantôt s'éloigner. Les sentiments humains sont fluides et flottants, et ni l'habitude, ni le sens commun, ni la loi ne sont en mesure de les régir. Ils s'envolent librement de leurs propres ailes. À l'image des oiseaux migrateurs qui ne possèdent pas la notion de frontière entre pays.

Mais ce n'étaient là finalement que des généralités et j'avais du mal à *comprendre aussi aisément cette thèse* rapportée à des cas individuels – en particulier celui de Yuzu, refusant de faire l'amour avec *moi*, mais qui avait choisi de le faire avec un autre. Ce que je subissais à présent, je ne pouvais le considérer que comme un traitement terriblement absurde et cruel à l'extrême. Je n'avais pas de colère (enfin, je pense). D'ailleurs, contre quoi aurais-je pu me mettre en colère ? Ce que je ressentais, c'était surtout une sensation de paralysie. La paralysie que le cœur d'un humain déclenche automatiquement afin d'apaiser l'atroce souffrance causée par le désir de l'autre lorsque celui-ci n'est pas partagé. Une sorte de morphine spirituelle.

Je ne parvenais pas à oublier vraiment Yuzu. Mon cœur était toujours en quête d'elle. Mais si par hypothèse Yuzu avait vécu sur l'autre versant de la vallée où moi-même j'habitais, et si j'avais possédé des jumelles puissantes, serais-je tenté d'observer sa vie quotidienne au moyen de cet instrument ? Non, c'était complètcment impossible à envisager. Et d'ailleurs, je n'aurais jamais choisi un endroit pareil pour y vivre. Ç'aurait été construire moi-même la salle de torture dans laquelle j'aurais été torturé.

En raison du whisky, je me couchai avant 8 heures et m'endormis. Puis je me réveillai à 1 h 30 du matin et ne pus retrouver le sommeil. Ce furent des heures de solitude très longues jusqu'à l'aube. Incapable de lire, incapable d'écouter de la musique, je m'assis sur le canapé du salon et restai là simplement à contempler l'espace obscur et vide. Et je laissai mes pensées vagabonder. En grande partie sur des sujets auxquels j'aurais mieux fait de ne pas songer.

Ah, si au moins le Commandeur était là à mes côtés, me dis-je. Et si nous pouvions discuter ensemble. De n'importe quoi. Le sujet de la conversation n'avait aucune importance. Il m'aurait suffi d'entendre sa voix.

Mais le Commandeur ne se manifesta pas. Et je n'avais aucun moyen de l'appeler.

30

C'est très différent d'une femme à l'autre

L'après-midi du lendemain, je postai la déclaration de divorce signée et revêtue de mon sceau. Je n'ajoutai rien à cet envoi. Je me contentai de glisser dans la boîte aux lettres en face de la gare le document inséré dans l'enveloppe-réponse déjà timbrée. Le simple fait que cette enveloppe ne soit plus concrètement à la maison allégea la sensation de pesanteur que je ressentais. J'ignorais quel chemin juridique ce document suivrait dès lors. Peu m'importait. Qu'il suive celui qui lui plairait.

Et puis, dimanche matin, peu avant 10 heures, Marié Akikawa vint à la maison. Une Toyota Prius d'un bleu vif gravit la route escarpée presque sans bruit et se gara doucement devant l'entrée. Sous le soleil de ce dimanche matin, sa carrosserie resplendissait fièrement. La voiture paraissait flambant neuf, on l'aurait crue juste sortie de son papier d'emballage. Ces derniers temps, toutes sortes de voitures arrivaient chez moi. La Jaguar gris argent de Menshiki, la Mini rouge de ma petite amie, l'Infiniti noire, avec son chauffeur, que Menshiki avait envoyée pour m'accompagner, la Volvo noire d'un modèle ancien de Masahiko et puis cette Toyota Prius bleue, conduite par la tante de Marié Akikawa. Et aussi, bien entendu, mon break Corolla (tellement poussiéreux que je ne savais plus très bien quelle était sa couleur d'origine). J'imagine que les gens acquièrent la voiture qu'ils conduiront pour toutes sortes de raisons, selon différents arguments, ou que ce sont les circonstances qui décident pour eux, mais je ne pouvais naturellement pas deviner pourquoi la tante de Marié Akikawa avait choisi cette Toyota Prius bleue. Toujours est-il qu'elle ressemblait davantage à un gigantesque aspirateur sans sac qu'à une voiture.

Une fois que le moteur silencieux de la Prius fut stoppé silencieusement, les alentours se firent encore un peu *plus silencieux*. Les portières s'ouvrirent et Marié Akikawa et une femme qui devait être sa tante sortirent de la voiture. Cette dernière paraissait jeune, mais elle était sans doute déjà dans le début de la quarantaine. Elle portait des lunettes de soleil foncées et elle avait enfilé un cardigan gris sur une robe très simple, bleu clair. Un sac à main noir et brillant, des chaussures plates gris foncé. Des chaussures adaptées à la conduite. Une fois la portière refermée, elle ôta ses lunettes de soleil, les glissa dans son sac. Ses cheveux lui arrivaient aux épaules, ils étaient joliment ondulés (mais pas apprêtés avec trop de perfection comme si elle venait de chez le coiffeur). Au revers de sa robe était accrochée une broche en or. C'était son seul bijou.

Marié Akikawa portait un pull en laine et coton mélangés noir et une jupe en laine marron qui lui arrivait aux genoux. Comme je ne l'avais vue jusque-là que dans son uniforme du collège, elle me fit une impression très différente. Côte à côte, la jeune femme et la fillette auraient pu être prises pour une mère et sa fille, bien représentatives d'un milieu aisé et élégant. Mais elles n'étaient pas réellement mère et fille, ce que je savais grâce à Menshiki.

Comme à mon habitude, je restai en observation entre les rideaux de la fenêtre. Puis, quand la sonnerie de l'entrée retentit, j'allai leur ouvrir la porte.

La tante de Marié Akikawa avait un joli visage, une façon de parler très douce. Sa beauté ne faisait pas se retourner les têtes, mais de l'ensemble de ses traits, tout à fait réguliers, émanait une atmosphère raffinée. Un sourire naturel évoquant une lune pâle au point du jour se dessinait au coin de ses lèvres. Elle apportait une boîte de gâteaux en cadeau. Étant donné que c'était moi qui souhaitais faire poser Marié, elle n'avait aucune obligation de ce genre, mais c'était sûrement une femme dont l'éducation lui avait appris, depuis toute petite, que lorsqu'on se rend en visite chez quelqu'un pour une première rencontre, il faut apporter un présent. Aussi m'empressai-je de la remercier et de prendre la boîte avant de les inviter à me suivre au salon.

« Notre maison est toute proche d'ici à vol d'oiseau, mais en voiture, il faut faire un grand détour », dit la tante. (Son nom était Shôko Akikawa. *Shô* s'écrivait comme l'instrument à vent en bambou, me dit-elle.) « Nous savions déjà, naturellement, que M. Tomohiko Amada vivait ici, mais nous ne prenons jamais cette route, et c'est la première fois que nous venons dans ce secteur.

— Les circonstances ont voulu que je vive ici depuis ce printemps, un peu pour garder la maison, lui expliquai-je.

— Oui, c'est ce que l'on m'a dit. Je suis ravie de faire votre connaissance maintenant que le destin nous a rendus voisins. »

Puis Shôko Akikawa me remercia avec beaucoup de politesse pour l'enseignement de peinture que je dispensais à sa nièce Marié. Celle-ci était très heureuse de suivre ces cours, ajouta-t-elle.

« "Enseigner", c'est beaucoup dire, dis-je. Je crée juste un espace où les participants sont heureux de dessiner ensemble.

— Beaucoup disent que vous dirigez vos cours avec maestria. Je l'ai entendu maintes fois. »

Je doutais que tant d'élèves aient loué mon enseignement, mais je ne fis pas de commentaires à ce sujet. Je laissai simplement se déverser le flot de ses compliments. Shôko Akikawa était une femme très bien élevée, qui faisait grand cas de la courtoisie.

À voir Marié Akikawa et Shôko Akikawa assises l'une à côté de l'autre, on s'apercevait tout de suite que leurs visages n'avaient aucun trait commun. D'un peu loin, elles laissaient imaginer un duo mère-fille parfaitement assorti, mais quand on s'approchait, on comprenait qu'elles n'avaient aucune ressemblance. Marié avait elle aussi un visage régulier, Shôko entrait elle aussi visiblement dans la catégorie des femmes belles, mais l'une et l'autre donnaient deux impressions diamétralement opposées : la beauté de Shôko recherchait son épanouissement dans l'équilibre, celle de Marié au contraire tendait à détruire tout équilibre, à s'émanciper des cadres imposés. Alors que Shôko visait une douce harmonie générale, une pondération, Marié recherchait l'antagonisme, l'asymétrie. Cependant, à l'atmosphère qui se dégageait d'elles, on pouvait présumer que toutes deux conservaient des rapports familiaux agréables et sains. Elles n'étaient pas mère et fille, mais en un sens, elles paraissaient avoir noué des liens plus souples que si elles l'avaient vraiment été, des rapports qui se situaient à une bonne distance. Du moins, c'était mon impression.

Pourquoi Shôko, une femme avec un visage aussi joli, une femme aussi élégante et raffinée, était-elle restée célibataire ? Pourquoi s'était-elle accommodée d'habiter dans le foyer de son frère, sur une montagne aussi isolée ? Je ne connaissais pas, bien entendu, les dessous de sa situation. Peut-être avait-elle eu autrefois un amant alpiniste qui avait perdu la vie après avoir tenté l'ascension de l'Everest par l'itinéraire le plus difficile ; elle avait enfoui en elle-même son souvenir et avait résolu de rester célibataire à tout jamais. Ou peut-être entretenait-elle une relation adultère depuis de longues années avec un séduisant homme marié. Enfin, tout cela ne me concernait pas.

Shôko Akikawa s'approcha de la fenêtre côté ouest, regarda avec beaucoup d'intérêt la vue sur la vallée.

« Depuis chez moi aussi, je vois cette montagne, dit-elle d'un air intrigué, mais comme un simple petit changement d'angle de vue la fait paraître différente ! »

Sur la montagne d'en face était visible l'immense résidence de Menshiki, immaculée, étincelante. (De là, sans doute, ce dernier était-il en train de nous observer à travers ses jumelles.) Depuis la maison de Shôko, comment apparaissait cette blanche demeure ? J'aurais aimé en parler, mais j'eus le sentiment qu'aborder d'emblée ce sujet était un peu risqué. Je ne pouvais prévoir quel tour prendrait ensuite la conversation.

Pour m'éviter tout désagrément, je conduisis les visiteuses à l'atelier.

« C'est ici que Marié prendra la pose, dis-je.

— M. Tomohiko Amada a donc sûrement travaillé dans cet atelier, dit Shôko d'un air très intéressé en faisant le tour de la pièce du regard.

— Oui, très certainement, dis-je.

— Je ne sais comment dire, mais j'ai l'impression que l'atmosphère de cette pièce est un peu différente du reste de la maison. Vous ne le pensez pas ?

— En y vivant au quotidien, je n'ai pas tout à fait cette impression, mais peut-être…

— Et toi, Marié, qu'en penses-tu ? demanda Shôko. Tu ne sens pas que nous nous trouvons dans un espace assez mystérieux ? »

Marié était très occupée à regarder de tous côtés et ne répondit pas. Sans doute n'avait-elle pas entendu la question de sa tante. J'aurais pourtant aussi aimé connaître sa réponse.

« Pendant que vous serez en train de travailler tous les deux ici, je suppose qu'il serait préférable que j'attende dans le salon ? me demanda Shôko.

— Cela dépend de Marié. Le plus important est qu'elle se sente à l'aise. Pour moi, cela m'est égal que vous restiez ici avec nous ou pas.

— C'est mieux si tu n'es pas là », fit Marié. C'était la première fois qu'elle ouvrait la bouche. Ses quelques mots avaient été dits calmement, mais c'était une déclaration laconique et unilatérale, ne laissant place à aucun compromis.

« Très bien, c'est comme tu veux. Je m'en étais doutée, aussi ai-je apporté un livre », répondit Shôko d'une voix douce, sans se soucier de la repartie assez rude de sa nièce. Peut-être était-elle habituée à ce type d'échanges.

Marié ignora totalement ce qu'avait dit sa tante, elle se courba légèrement pour examiner bien en face

Le Meurtre du Commandeur accroché au mur. Son regard était très sérieux alors qu'elle contemplait la peinture nihonga tout en longueur. Elle l'observa dans les moindres détails, et l'on aurait dit qu'elle voulait graver dans sa mémoire tous les éléments peints sur la toile. D'ailleurs, je m'en rendis compte à l'instant, en dehors de moi, elle était certainement la première à voir cette toile. J'avais complètement oublié de la mettre hors de tout regard. *Eh bien, tant pis*, songeai-je.

« Cette peinture te plaît ? » demandai-je à la fillette.

Elle ne répondit pas. J'eus l'impression qu'elle ne m'avait pas entendu, tant elle était absorbée dans sa contemplation. Ou peut-être que si, elle m'avait très bien entendu, et elle préférait ignorer ma question.

« Pardon. Cette enfant est un peu spéciale, intervint Shôko. Elle est, comment dire, douée d'une telle concentration que lorsqu'elle a l'esprit entièrement occupé, elle devient incapable de faire attention à quoi que ce soit d'autre. Elle est ainsi depuis toute petite. Que ce soit avec un livre, de la musique, une peinture, un film, c'est pareil. »

Pour je ne sais quelle raison, ni Shôko ni Marié ne me demandèrent si Tomohiko Amada était bien l'auteur de cette toile. Je me dispensai donc de le leur expliquer. Et, bien entendu, je ne leur dis pas non plus qu'elle s'intitulait *Le Meurtre du Commandeur*. Je pensai que le fait qu'elles aient vu la toile ne posait aucun problème particulier. Elles ne remarqueraient sûrement pas qu'il s'agissait d'une œuvre spéciale, ne faisant pas partie de la collection officielle de l'artiste. Il en serait allé différemment si Menshiki ou Masahiko avaient vu cette peinture.

Je laissai Marié regarder tout à loisir *Le Meurtre du Commandeur*. J'allai à la cuisine, fis chauffer de l'eau, préparai du thé. Puis je revins au salon avec un plateau sur lequel j'avais posé des tasses et la théière. J'avais disposé aussi quelques biscuits apportés par Shôko. Assis au salon, nous discutâmes de sujets insignifiants (la vie à la montagne, le climat dans la vallée) tandis que nous buvions notre thé. Avant que ne commence vraiment le travail, il faut prendre le temps de bavarder de façon décontractée.

Marié contempla *Le Meurtre du Commandeur* toute seule un moment encore puis, comme un chat curieux, elle fureta lentement un peu partout dans l'atelier, vérifiant les objets les uns après les autres en les prenant dans les mains. Les pinceaux, les couleurs, les toiles, et enfin la vieille clochette. Elle la saisit et l'agita à plusieurs reprises. La clochette émit son habituel tintement léger.

« Pourquoi est-ce qu'il y a ici une vieille *clochette*[1] ? » demanda Marié dans la pièce déserte en direction de personne. Mais en réalité, c'était bien à moi qu'elle posait cette question.

« On l'a sortie de sous la terre, pas loin d'ici, répondis-je. On l'a trouvée par hasard. Je pense que c'est un objet lié au bouddhisme. Un moine devait l'agiter tout en lisant des soutras, ou des pratiques de ce genre. »

Elle l'agita encore une fois tout près de son oreille. « Elle a un son plutôt étrange », dit-elle enfin.

---

1. Marié a une façon de parler un peu particulière, elle emploie des mots qui ne sont pas vraiment de son âge, d'une manière légèrement artificielle, et, pour le signifier, l'auteur a choisi de les mettre en exergue au moyen du syllabaire *katakana*. Ces mots sont notés ici en italique.

J'étais de nouveau surpris qu'un tintement aussi léger ait pu atteindre mes oreilles alors que j'étais dans la maison et que la clochette se trouvait dans cette fosse au milieu des bois. Il y avait peut-être un secret dans la façon de l'agiter.

« Il ne faut pas toucher ainsi les choses quand tu es en visite chez quelqu'un, dit Shôko à sa nièce en manière d'avertissement.

— Cela ne fait rien, dis-je. Ce ne sont pas des objets de valeur. »

Mais Marié perdit bientôt tout intérêt à l'égard de la clochette. Elle la reposa sur l'étagère, s'assit sur le tabouret au milieu de l'atelier. Et de là, observa le paysage par la fenêtre.

« Si vous le voulez bien, je pense que c'est le moment de nous mettre au travail, dis-je.

— Pendant ce temps, moi je resterai ici et je lirai », fit Shôko avec aux lèvres un léger sourire délicat. Et elle sortit de son sac noir un gros livre de poche muni d'une couverture portant le nom d'une librairie. Je la laissai dans le salon, rejoignis l'atelier et fermai la porte entre les deux pièces. Je me retrouvai ainsi seul avec Marié.

Je la fis asseoir sur une chaise que j'avais apportée de la salle à manger. Et je pris place comme toujours sur le tabouret. Entre nous, il y avait une distance d'environ deux mètres.

« Reste assise là un petit moment, tu veux bien ? Tu peux te tenir comme tu veux, et à condition que tu ne changes pas complètement de position, tu peux bouger. Il n'est pas nécessaire que tu sois totalement immobile.

— On peut parler pendant que vous dessinez ? dit Marié, comme si elle tâtait le terrain.

— Oui, bien entendu. Volontiers.

— L'autre fois, j'ai été très contente du dessin que vous avez fait de moi.

— Le croquis à la craie sur le tableau ?

— C'est dommage qu'il ait été effacé. »

Je me mis à rire. « On ne peut pas garder éternellement ce qui se trouve sur le tableau. Mais si ça te plaît, je t'en ferai d'autres. Ce ne sont que des croquis tout simples. »

À cela, elle ne répondit pas.

Je pris un gros crayon et, m'en servant comme d'une règle, mesurai les divers éléments de son visage. À la différence d'un croquis, pour un dessin, il faut saisir les traits du visage du modèle avec précision, sans se permettre de fantaisie, en prenant son temps. Quelle que soit la représentation que l'on en fera par la suite.

« Je crois que vous avez une sorte de talent pour le dessin, déclara soudain Marié après avoir observé un silence durant un certain temps.

— Merci, dis-je sincèrement. Ce que tu me dis me donne du courage.

— Vous aussi, vous avez besoin de courage ?

— Oh oui. Tout le monde en a besoin. »

Je pris mon grand cahier de croquis et l'ouvris.

« Aujourd'hui, je vais faire des dessins de toi. J'aime bien aussi peindre directement sur la toile avec des couleurs, mais pour cette fois, je préfère commencer par bien te dessiner. Ce qui me permettra, je l'espère, de comprendre petit à petit, par étapes, ce que tu es.

— Me comprendre ?

— Dessiner quelqu'un, c'est comprendre et interpréter celui qui est face à vous. Non pas avec des mots, mais avec des lignes, des formes, des couleurs.

— J'aimerais bien moi aussi pouvoir me comprendre, dit Marié.

— Moi aussi, fis-je pour abonder dans son sens. Moi aussi, j'aimerais pouvoir me comprendre. Mais ce n'est pas facile. C'est pour cette raison que je dessine. »

Au crayon, en gestes rapides, je me mis à dessiner son visage et son buste. Comment transposer sur une surface plane la profondeur qui lui était propre, c'était un point important. Comment transposer ses mouvements les plus subtils en les rendant statiques, c'était un point non moins important. Le dessin formerait une première ébauche.

« Dites, ma poitrine est petite, vous ne trouvez pas ? dit Marié.

— Tu crois ? fis-je.

— Comme un pain raté qui n'a pas levé.

— Mais tu viens d'entrer au collège, dis-je en riant. Elle grossira sûrement. Ne t'en fais pas.

— Je n'ai pas besoin du tout d'un soutien-gorge. Alors que dans ma classe, toutes les filles en mettent. »

De fait, on ne voyait pas la moindre proéminence sous son pull. « Si ça t'inquiète vraiment tant que ça, tu pourrais mettre un peu de rembourrage pour en porter un, dis-je.

— C'est ce que vous voulez ?

— Non, moi ça m'est égal. Je ne suis pas là pour dessiner ta poitrine. Fais comme tu veux.

— Mais les hommes préfèrent les femmes avec une grosse poitrine, non ?

— Pas nécessairement, répondis-je. Quand ma petite sœur avait ton âge, sa poitrine était aussi toute petite. Mais je crois qu'elle ne s'en préoccupait pas.

— Peut-être que si, mais qu'elle n'en parlait pas.

— Oui, en effet, peut-être », admis-je. Mais Komi ne se souciait réellement pas de ce genre de choses. Elle avait bien d'autres sujets de préoccupation.

« Et plus tard, sa poitrine a grossi ? »

Je continuai de faire courir mon crayon sur le papier. Je ne répondis pas à sa question. Marié scruta un moment les mouvements de ma main.

« Votre sœur, après, sa poitrine a grossi ? répéta-t-elle.

— Non, me résignai-je à lui dire. L'année où elle est entrée au collège, elle est morte. Elle n'avait que douze ans. »

Marié resta ensuite un moment sans dire un mot.

« Vous ne trouvez pas que ma tante est assez jolie ? » demanda-t-elle enfin. Notre conversation roulait sur toutes sortes de sujets différents.

« Si, elle est très jolie.

— Vous êtes bien célibataire ?

— Oui, *presque* », répondis-je. Dès que cette enveloppe serait arrivée au cabinet d'avocats, je le serais complètement.

« Vous aimeriez sortir avec elle ?

— Si je le pouvais, ce serait sûrement très sympathique.

— Et puis, elle a de gros seins.

— Je n'ai pas fait attention, tu sais.

— Et en plus, ils ont une très jolie forme. Je le sais bien puisqu'il nous arrive de prendre notre bain ensemble. »

J'observai de nouveau le visage de Marié.

« Je vois que tu t'entends bien avec ta tante.

— N'empêche qu'on se *querelle* de temps en temps, dit-elle.

— À propos de quoi ?

— De plein de trucs. Des fois on n'est pas d'accord, d'autres fois elle m'énerve simplement.

— Tu es une drôle de fille, dis-je. Tu me parais complètement différente de l'image que j'avais de toi en cours de peinture. J'avais l'impression que tu étais très peu bavarde.

— Quand je n'ai pas envie de parler, je ne parle pas, c'est tout, répondit-elle sobrement. Vous trouvez que je parle trop ? Vous voulez que je ne parle pas et que je ne bouge pas ?

— Mais non, pas du tout, voyons. Moi aussi, j'aime parler. Raconte tout ce que tu veux. »

Une conversation vivante et naturelle était évidemment la bienvenue. Je n'allais tout de même pas rester à la dessiner durant presque deux heures dans le silence.

« Je ne peux pas m'empêcher de penser à ma poitrine, reprit Marié un instant plus tard. Tous les jours, je ne pense qu'à ça, ou presque. C'est bizarre, vous trouvez ?

— Non, pas spécialement, répondis-je. C'est de ton âge. Moi aussi, quand j'avais à peu près ton âge, je crois que je ne pensais qu'à mon zizi. Par exemple, est-ce qu'il n'aurait pas une forme anormale, ou est-ce qu'il ne serait pas trop petit, ou est-ce qu'il ne se comporterait pas bizarrement.

— Et aujourd'hui ?

— Tu veux dire, aujourd'hui, qu'est-ce que je pense de mon zizi ?

— Oui. »

J'essayai d'y réfléchir. « Je n'y pense presque pas. Je crois qu'il est plutôt standard. Je ne lui trouve pas d'inconvénient particulier.

— Est-ce qu'une femme vous en fait des compliments ?

— Ça arrive, rarement, mais ça arrive tout de même. Mais bien entendu, peut-être seulement par politesse. Comme quand on me complimente pour mes dessins. »

Marié réfléchit un moment. Puis elle déclara : « Vous êtes peut-être un peu bizarroïde.

— Ah bon ?

— Un homme normal ne parle pas comme ça. Mon père, par exemple, il ne me raconte jamais ce genre de choses.

— Je ne pense pas qu'un père normal veuille parler de son zizi avec sa propre fille, dis-je tout en continuant à crayonner.

— Les *mamelons*, à peu près à partir de quel âge ils commencent à grandir ? demanda Marié.

— Ah, je n'en sais rien. Je suis un homme, tu sais. Mais je suppose que c'est très différent d'une femme à l'autre.

— Quand vous étiez très jeune, vous aviez une petite amie ?

— La première que j'ai eue, j'avais dix-sept ans. C'était une fille de ma classe, au lycée.

— Quel lycée ? »

Je lui dis le nom de mon lycée municipal, dans l'arrondissement de Toshima, à Tokyo. En dehors des habitants du coin, personne ne devait le connaître.

« Vous avez aimé l'école ? »

Je secouai la tête en signe de dénégation. « Pas spécialement.

— Et vous avez vu les *mamelons* de cette fille, votre petite amie ?

— Oui, en convins-je. Elle me les a montrés.

— Ils étaient grands à peu près comment ? »

Je me remémorai les seins de ma petite amie. « Ni spécialement petits, ni spécialement grands. D'une taille normale, je crois.

— Elle rembourrait son soutien-gorge ? »

Je cherchai à me souvenir du soutien-gorge de ma petite amie d'alors. Il ne m'en restait qu'une image extrêmement vague. Ce dont je me souvenais, c'était que j'avais eu bien du mal à le détacher.

« Non, je crois que non.

— Qu'est-ce qu'elle est devenue aujourd'hui ? »

Je tentai de penser à cette fille. Qu'avait-elle bien pu devenir ? « Je l'ignore. Ça fait déjà longtemps que je ne l'ai pas revue. Elle a dû se marier et avoir des enfants, j'imagine.

— Pourquoi vous ne vous revoyez pas ?

— Parce qu'elle m'a dit à la fin qu'elle ne voulait plus jamais me revoir. »

Marié fronça les sourcils.

« Parce que vous aviez un problème ?

— Sûrement », dis-je. Évidemment, c'est moi qui avais un problème. Sans l'ombre d'un doute.

Assez récemment, j'avais rêvé à deux reprises de cette petite amie d'autrefois. Dans l'un de ces rêves, nous nous promenions le long des berges d'une grande rivière, un soir d'été. J'avais voulu l'embrasser. Mais son visage, pour une raison ou une autre, était caché derrière ses cheveux noirs, qui formaient une sorte de rideau, et mes lèvres n'avaient pu toucher les siennes. À ce moment-là, je m'apercevais brusquement que j'avais déjà trente-six ans alors qu'elle, elle en avait toujours dix-sept. Et je me réveillais. C'était un rêve très vivant. Il me restait sur la bouche la sensation de ses cheveux. Et pourtant, cela faisait très longtemps que je n'avais plus songé à elle.

« Et votre sœur, elle avait combien d'années de moins que vous ? me demanda brusquement Marié en changeant encore une fois de sujet.

— Trois ans.

— Elle est morte à douze ans ?

— Oui.

— Alors, vous aviez quinze ans à ce moment-là.

— En effet. J'avais alors quinze ans. Je venais d'entrer au lycée. Et elle, au collège. Comme toi. »

À la réflexion, Komi a désormais vingt-quatre ans de moins que moi. Du fait qu'elle a disparu, l'écart entre nos âges se creuse naturellement chaque année.

« Quand ma mère est morte, j'avais six ans, dit Marié. Elle a été piquée par des guêpes partout sur le corps et elle en est morte. Quand elle se promenait toute seule dans les montagnes des environs.

— Je suis désolé, dis-je.

— Elle était allergique depuis toujours aux piqûres de guêpe. On l'a transportée en ambulance à l'hôpital mais elle était déjà en arrêt *cardio-respiratoire*, à la suite du choc.

— Et ensuite, ta tante est venue vivre chez vous ?

— Oui, répondit Marié. C'est la sœur cadette de mon père. Moi aussi, j'aimerais bien avoir un grand frère. Un frère qui aurait trois ans de plus que moi. »

Je terminai un premier dessin, en entamai un deuxième. J'avais envie de la croquer sous différents angles. De toute façon, j'avais décidé de consacrer cette séance entière à des dessins.

« Avec votre sœur, vous vous *querelliez* ? demanda Marié.

— Non, je n'ai pas le souvenir de disputes.

— Vous vous entendiez bien ?

— Je suppose que oui. Encore que je ne me sois jamais posé la question à l'époque.

— *Presque* célibataire, qu'est-ce que ça veut dire ? » demanda Marié. De nouveau un autre sujet.

« J'aurai officiellement divorcé bientôt, répondis-je. Les procédures sont en cours à l'heure actuelle, c'est pourquoi j'ai dit "presque". »

Elle plissa les paupières. « *Divorcer*, je ne comprends pas très bien ce que ça veut dire. Autour de moi, personne n'a *divorcé*.

— Moi non plus, je ne comprends pas bien. Après tout, c'est la première fois que je divorce.

— Qu'est-ce que ça vous fait ?

— Je pourrais dire que j'éprouve un sentiment de bizarrerie. Alors que jusque-là je marchais normalement sur ce que je pensais être mon propre chemin, voilà que soudain celui-ci a disparu sous mes pas, et c'est comme si j'avançais simplement dans un espace vide sans connaître de direction, sans plus aucune sensation ; voilà, ce genre de sentiment.

— Vous êtes resté marié combien de temps ?

— Presque six ans.

— Et *votre femme*, elle a quel âge ?

— Trois ans de moins que moi. » Bien entendu, c'était le hasard si elle avait le même âge que ma sœur.

« Vous pensez que ces six années, c'était du temps gâché ? »

Je réfléchis à sa question. « Non, je ne le pense pas. Je ne veux pas penser qu'elles ont passé en vain. Il y a eu aussi pas mal de choses heureuses.

— *Votre femme* est du même avis ? »

Je secouai la tête. « Je n'en sais rien. Mais je l'espère, bien sûr.

— Vous ne lui avez pas demandé ?

— Non. Je le ferai dès que j'en aurai l'occasion. »

Ensuite, pendant un bon moment, nous restâmes silencieux. Je me concentrai sur mon deuxième dessin ; Marié était plongée, l'air grave, dans des réflexions – la taille des mamelons, le divorce, les guêpes ou autres. Les yeux étrécis, la bouche étroitement close, les mains agrippées à ses genoux, elle était profondément immergée dans ses pensées. Apparemment, ce fameux mode « esprit occupé » avait été activé. Je reproduisis son expression sérieuse sur le papier blanc.

Chaque jour, à midi, on entendait une sorte de carillon, depuis le bas de la montagne. Ce devait être une mairie ou une école qui le faisait sonner pour annoncer l'heure. Quand je l'entendis, je jetai un œil sur la pendule. Puis j'interrompis mon travail. J'avais réussi à terminer trois dessins. Les résultats étaient tous très intéressants. Chacun à sa façon me suggérait quelque chose qui devrait ensuite advenir. Pour le travail d'un seul jour, ce n'était pas mal.

Quant à Marié, en tout, elle était restée un peu plus d'une heure et demie sur sa chaise. C'était sans doute la limite pour une première journée. Pour ceux qui n'y sont pas habitués – en particulier des enfants en pleine croissance –, il n'est pas si facile de poser comme modèle.

Assise sur le canapé dans le salon, Shôko était absorbée dans son livre, des lunettes à monture noire sur le nez. Lorsque j'entrai dans la pièce, elle les ôta, referma son livre et le rangea dans son sac. Avec ses lunettes, elle avait eu l'air très intellectuelle.

« Nous avons bien travaillé aujourd'hui, annonçai-je. Si vous êtes d'accord, rendez-vous la semaine prochaine, à la même heure ?

— Oui, bien entendu, répondit-elle. Je ne sais pourquoi, mais je trouve qu'il est très agréable de lire ici seule. Peut-être est-ce le confort de ce canapé ?

— Et toi, Marié, tu veux bien revenir la semaine prochaine ? » demandai-je à l'intéressée.

Sans dire un mot, Marié se contenta de hocher légèrement la tête. Ce qui signifiait : elle voulait bien. En présence de sa tante, son attitude était totalement différente, elle se réfugiait dans le silence. Ou peut-être n'aimait-elle pas que nous nous retrouvions tous les trois.

Marié et Shôko montèrent ensuite dans la Prius bleue pour rentrer chez elles. Je les avais accompagnées jusque dans l'entrée. Shôko, qui avait chaussé des lunettes de soleil, sortit la main de la vitre et l'agita légèrement à plusieurs reprises. Une petite main blanche. Je levai également la main en réponse. Marié, le menton rentré, garda les yeux rivés devant elle. Quand la voiture eut descendu la pente et disparu de mon champ de vision, je regagnai l'intérieur. À présent qu'elles étaient parties, la maison me parut bien vide, je ne savais trop pourquoi. Comme si ce qui devait normalement être là n'y était plus.

Un drôle de tandem, pensai-je en contemplant les tasses à thé restées sur la table. Il y avait dans le couple formé par cette femme et cette fillette quelque chose de pas ordinaire. Mais quoi ?

Je repensai alors à Menshiki. Peut-être aurais-je dû conduire Marié sur la terrasse pour qu'il puisse bien la voir à travers ses jumelles. Mais finalement, je me dis que non. Pour quelle raison aurais-je dû prendre la peine de lui rendre ce service ? Alors qu'il ne me l'avait pas demandé ?

Quoi qu'il en soit, il y aurait encore d'autres occasions. Il n'y avait aucune urgence. Non, sans doute pas.

31

Ce fut même peut-être un peu trop parfait

Ce soir-là, Menshiki me passa un coup de fil. Il était déjà plus de 9 heures. Il s'excusa de me téléphoner aussi tard. Il m'expliqua qu'il avait été pris jusque-là par des affaires ennuyeuses et qu'il n'avait pu se libérer avant. Ce n'était pas encore pour moi le moment d'aller me coucher, lui dis-je, qu'il ne se fasse donc pas de souci pour l'heure.

« Alors ? Le travail s'est bien déroulé ce matin ? me demanda-t-il.

— Je pense que oui. J'ai fait plusieurs dessins de Marié. Dimanche prochain, elle et sa tante reviendront ici à la même heure.

— Ah, très bien, fit Menshiki. Et la tante s'est-elle montrée amicale à votre égard ? »

Amicale ? Il y avait quelque chose de curieux dans ce mot.

« Oui, elle m'a semblé être une femme tout à fait charmante. Je ne sais pas si j'irais jusqu'à dire qu'elle s'est montrée "amicale", mais elle n'était pas spécialement sur ses gardes. »

Puis je lui décrivis à grands traits ce qui s'était passé le matin. Menshiki m'écoutait en retenant son souffle. Il paraissait vouloir absorber le plus utilement possible les informations concrètes, même les plus ténues, que mon récit lui fournissait. À part une ou deux questions, il resta pratiquement silencieux. Simplement tout oreilles. Je lui décrivis tout par le menu : leur entrée en scène, les vêtements qu'elles portaient, comment elles s'étaient comportées en arrivant. Ensuite, de quoi elles avaient l'air, de quoi elles avaient parlé. Et enfin de quelle façon j'avais dessiné Marié. Je lui expliquai tout sans aller jusqu'à lui confier que la fillette s'inquiétait de sa petite poitrine. Je jugeai que cela devait rester entre elle et moi.

« C'est sûrement encore un peu trop tôt pour que je me montre la semaine prochaine, non ? me demanda Menshiki.

— C'est à vous de le décider. Je ne peux en juger. Mais je crois qu'il n'y aurait pas de problème si vous vous montriez dès la semaine prochaine. »

Menshiki resta un moment silencieux au téléphone.
« Je dois réfléchir un peu. C'est très délicat.

— Pensez-y tranquillement. Avant que j'aie terminé le tableau, il me faudra pas mal de temps, je crois, et vous aurez bien d'autres occasions. Pour moi en tout cas, la semaine prochaine ou celle d'après, cela m'est égal, vous pouvez passer quand vous voulez. »

C'était la première fois que je voyais Menshiki hésiter de la sorte. Jusqu'ici, face à n'importe quelle question, la rapidité de décision et l'absence d'hésitation m'avaient toujours semblé être ses signes distinctifs.

J'eus la tentation de lui demander s'il avait bien observé la maison à travers ses jumelles ce matin. S'il avait pu repérer la silhouette de Marié et celle de sa tante. Mais je me ravisai. Dans la mesure où lui-même n'en avait pas parlé, il était sûrement plus sage de ne pas aborder le sujet. Même si sa cible était la maison où j'habitais.

Menshiki me remercia une fois encore. « Je suis désolé de vous avoir adressé tant de demandes déraisonnables.

— Mais non. Je n'ai pas le sentiment de faire quelque chose pour vous. Je peins Marié, tout simplement. Et je la peins parce que j'ai envie de le faire. C'est ce dont nous sommes convenus, et vis-à-vis de tout le monde mais aussi sur le fond des choses, c'est ainsi que l'affaire est censée se dérouler. Vous n'avez donc pas à me remercier de quoi que ce soit.

— Et pourtant, je vous suis infiniment reconnaissant, déclara calmement Menshiki. Pour *beaucoup* de choses. »

Je ne savais pas très bien comment je devais entendre ces mots, « *beaucoup* de choses », mais je ne l'interrogeai pas là-dessus. Il était déjà tard. Je lui souhaitai bonne nuit, il en fit autant, et notre conversation prit fin. Pourtant, une fois le combiné reposé, j'eus l'intuition que Menshiki allait maintenant affronter une longue nuit d'insomnie. J'avais perçu dans sa voix une certaine tension. Il allait sûrement ruminer toutes sortes de réflexions.

Cette semaine, il ne se passa rien de spécial. Le Commandeur ne se manifesta pas, ma petite amie ne me contacta pas. Ce fut une semaine extrêmement calme. Si ce n'est qu'autour de moi, l'automne s'affirmait de jour en jour. Le ciel devenait plus dégagé, l'air plus limpide et transparent, les nuages semblaient dessinés à la brosse en jolis traits blancs.

Les trois dessins de Marié, je les pris à maintes reprises dans les mains pour les contempler. Pour observer et comparer chacune des postures, chacun des angles. Des dessins riches d'intérêt et aussi de suggestions. Mais depuis le début, je n'avais aucune intention d'en choisir un comme esquisse de la peinture que je réaliserais ensuite. Ainsi que je l'avais dit à Marié, mon but, en faisant ces dessins, était de comprendre ce qu'elle était dans sa totalité, d'appréhender cet ensemble. Il fallait donc avant tout que je fasse entrer l'existence de Marié à l'intérieur de moi-même.

Je contemplai les dessins, sans cesse, sans répit. Après quoi, je me concentrai et me mis à composer mentalement une image concrète de Marié. Au fur et à mesure que je progressais dans cette tâche, j'eus la sensation que l'image de la fillette et celle de ma petite sœur, Komi, finissaient par se mêler en moi, par ne faire plus qu'une. Je n'étais pas en mesure de juger si ce processus était approprié ou pas. Mais les âmes de ces deux fillettes, du même âge ou presque, se faisaient déjà écho quelque part – dans des profondeurs pour moi hors d'atteinte – et semblaient avoir noué des liens. Leurs deux âmes, je ne pouvais déjà plus les démêler.

Le jeudi de cette semaine me parvint une lettre de Yuzu. C'était la première fois qu'elle me contactait depuis que j'étais parti de la maison au mois de mars. L'adresse et le nom du destinataire, ainsi que celui de l'expéditeur, figuraient sur l'enveloppe de sa belle écriture scrupuleuse, une écriture qui m'était si familière. Elle continuait à porter mon patronyme. Ou peut-être estimait-elle qu'il était plus commode de garder son nom marital jusqu'à ce que le divorce soit officiellement prononcé.

J'ouvris proprement l'enveloppe en me servant de ciseaux. Il y avait à l'intérieur une carte postale avec la photo d'un ours blanc dressé sur un iceberg. En quelques lignes simples, elle me remerciait d'avoir signé les papiers du divorce et de les avoir renvoyés immédiatement.

Tu vas bien ? De mon côté, je fais aller. J'habite toujours au même endroit. Merci de m'avoir renvoyé les documents aussi vite. Je t'en suis reconnaissante. Je te referai signe quand j'aurai des nouvelles.

Dis-moi si tu as besoin de quelque chose que tu aurais laissé ici. Je te l'enverrai. J'espère en tout cas que nous repartirons du bon pied, chacun dans sa nouvelle vie, et que tout se passera bien.

Yuzu

Je relus cette lettre plusieurs fois. Et je m'efforçai de déchiffrer, ne serait-ce qu'un peu, les sentiments qui se cachaient peut-être entre les lignes. Mais dans cette courte missive, je ne réussis pas à découvrir le moindre sentiment tacite ou le moindre dessein. Yuzu m'avait simplement transmis un message clair et explicite, sans arrière-pensée.

Une chose que je ne comprenais pas très bien, c'était pourquoi il lui avait fallu tant de temps pour préparer les papiers du divorce. Ce n'était pourtant pas une tâche si difficile. Je croyais qu'elle avait envie de rompre ce mariage aussi vite que possible. Néanmoins, il s'était déjà écoulé six mois depuis que j'avais quitté la maison. Qu'avait-elle donc fait pendant tout ce temps ? À quoi avait-elle pensé ?

Je scrutai longuement la photo de l'ours blanc. Mais dans cette image, je ne lus pas non plus la moindre intention. Pourquoi cet ours polaire ? Elle l'avait utilisée sans doute par hasard, parce qu'elle avait cette carte sous la main. C'était ce que je présumais. Ou alors, l'ours blanc sur son petit iceberg faisait-il allusion à mon propre sort, moi qui dérivais sans destination, entraîné au gré des courants marins ? Non, j'étais certainement en train de me livrer à une interprétation excessive.

Je remis la carte dans l'enveloppe et la glissai dans le tiroir du haut de ma table. Une fois le tiroir refermé, j'eus la vague sensation que les choses étaient désormais passées à l'étape suivante. On aurait dit qu'avec un petit *clic*, l'indicateur de la jauge était monté d'un cran. Toutefois, ce n'était pas moi qui déclenchais ce changement de niveau. Quelqu'un, ou quelque chose, avait préparé la nouvelle étape à ma place, et moi, je ne faisais qu'appliquer le programme préétabli.

Puis je me rappelai ce que j'avais dit ce dimanche à Marié sur ma vie après divorce. *Alors que jusque-là je marchais normalement sur ce que je pensais être mon propre chemin, voilà que soudain celui-ci a disparu sous mes pas, et c'était comme si j'avançais simplement dans un espace vide sans connaître de direction, sans plus aucune sensation ; voilà, ce genre de sentiment.*

Un courant marin dont on ignore la destination ou un chemin qui disparaît sous ses pas, peu m'importait. C'était pareil. De toute façon, ce n'étaient que des métaphores. Moi, ce que j'avais en main était avant tout réel, je le vivais dans les faits. J'étais pour de bon englouti dans des circonstances bien réelles. Pourquoi aurais-je besoin de métaphores en plus ?

Si c'était possible, j'aurais aimé écrire une lettre à Yuzu, afin de lui expliquer en détail la situation dans laquelle je me trouvais à présent. Mais je ne pouvais pas lui écrire une vague formule comme : « Je fais aller. » Au contraire, mon sentiment véritable était qu'il y avait en fait énormément de *problèmes*. Mais si je commençais à raconter tout ce qui s'était passé autour de moi depuis mon installation ici, avec l'ensemble des tenants et aboutissants, ma lettre deviendrait à coup sûr inextricable. Et le plus ennuyeux, c'était que j'étais moi-même incapable de bien m'expliquer ce qui était en train de se produire ici. Du moins, il m'était impossible de l'« expliquer » de façon cohérente et logique.

Aussi décidai-je de ne pas répondre à Yuzu. Car si je le faisais, je devrais soit énumérer dans ma lettre tous les événements qui étaient arrivés tels quels (sans tenir compte de la cohérence et de la logique), soit ne rien en dire du tout. C'était l'un ou l'autre. Je choisis donc de ne rien écrire. En un sens, j'étais bien cet ours blanc laissé seul sur un iceberg à la dérive. Aucune boîte aux lettres à l'horizon. Comment l'ours posterait-il sa lettre ?

Je me souvenais bien de l'époque où j'avais rencontré Yuzu et où j'avais commencé à la fréquenter.

À notre premier rendez-vous, nous avions dîné ensemble, parlé de toutes sortes de choses, et elle semblait avoir beaucoup de sympathie pour moi. « On pourrait se revoir », avait-elle dit. Dès le début, nous nous comprenions, sans avoir besoin de faire appel à la raison. Pour le dire simplement, il y avait entre nous une attirance spontanée.

Mais cela prit du temps avant que j'aie de vraies relations amoureuses avec elle. Parce que Yuzu, à l'époque, fréquentait quelqu'un depuis deux ans. Sans pour autant qu'elle éprouve pour cet homme un amour profond et indéfectible.

« Il est très beau. Un peu ennuyeux, mais bon… » avait-elle dit.

Un homme très beau mais ennuyeux... Dans le cercle de mes connaissances, il n'y avait personne de ce type, et j'avais du mal à me l'imaginer. Tout ce que je parvenais à voir dans ma tête, c'était quelque chose comme un plat qui semblait appétissant mais qui manquait de goût. Qui prendrait plaisir à un tel plat ?

Elle me dit, comme un aveu : « Depuis toujours, je suis implacablement attirée par les hommes beaux. Quand je suis face à un homme au beau visage, j'en perds la raison. Même si je sais qu'il y a un problème, je ne peux pas résister. Et je n'arrive pas à me guérir. C'est ma plus grande faiblesse.

— Maladie “incurable” », dis-je.

Elle approuva. « Oui, c'est peut-être ça. Une maladie absurde, dont on ne guérit pas, quoi qu'on fasse. Incurable.

— En tout cas, ce n'est pas une information très encourageante pour moi », dis-je.

Malheureusement, je n'étais pas le type d'homme qui se distinguait des autres par la beauté de son visage.

Elle ne prit pas la peine de démentir. Simplement, elle éclata de rire, l'air joyeux. Quand elle était avec moi, au moins, elle n'avait pas l'air de s'ennuyer. Nous avions des conversations animées, elle riait beaucoup.

Aussi avais-je pris mon mal en patience et attendu que disparaisse le bel amoureux. (Il n'était pas seulement beau, il sortait d'une université renommée, travaillait dans une entreprise commerciale de premier plan, avait un gros salaire. Il devait sûrement bien s'entendre avec le père de Yuzu.) Pendant ce temps, nous discutions tous les deux de toutes sortes de sujets, nous allions dans quantité d'endroits différents. Pour finir par nous comprendre encore mieux. Nous nous embrassions, nous caressions parfois, mais ne faisions pas l'amour. Elle n'aimait pas avoir des relations sexuelles avec plusieurs partenaires en même temps. « Sur ce plan-là, je suis plutôt vieille école », disait-elle. Je n'avais d'autre choix que d'attendre.

Une attente qui dura environ six mois, je pense. Pour moi, c'était vraiment long. Il m'arriva de vouloir tout laisser tomber. Cependant, je tenais bon. J'avais la ferme conviction qu'elle serait bientôt mienne.

Et puis, enfin, elle rompit définitivement avec son Apollon. (Je pense qu'elle rompit. Comme elle ne me dit pas un mot de ce qui se passa entre eux, il ne s'agit de ma part que de suppositions.) Et elle fit de moi son amoureux, moi que l'on pouvait difficilement qualifier de beau, et qui, en outre, n'avais pas vraiment les moyens. Et peu de temps après, nous décidâmes de nous marier.

Je me souviens très bien du moment où je fis l'amour avec elle pour la première fois. Nous étions partis en voyage dans une petite station thermale de province pour célébrer notre première nuit. Tout se passa très bien. On pourrait presque dire à la perfection. Et ce fut même peut-être un peu trop parfait. Sa peau était douce, blanche, lisse. Peut-être l'eau lourde et grasse de la source thermale et la blancheur de la clarté lunaire de ce début d'automne avaient-elles contribué à sa beauté et à sa suavité. Alors que j'étreignais le corps nu de Yuzu, que je la pénétrais pour la première fois, elle eut un petit gémissement au creux de mon oreille, elle appuya avec force le bout de ses doigts minces contre mon dos. À ce moment-là aussi, les insectes de l'automne chantaient en chœur, joyeusement. On entendait aussi le bruit d'un frais ruisseau de montagne. Je me fis alors le serment de *ne jamais laisser partir cette femme*. Ce fut peut-être alors le moment le plus radieux de toute ma vie. Yuzu, enfin, était mienne.

Après avoir reçu sa courte lettre, je pensai à elle très longuement. Aux moments de notre première rencontre, à la nuit d'automne de notre première étreinte. Et au fait que mes sentiments à son égard, du commencement jusqu'à ce jour, fondamentalement, n'avaient changé en rien. Aujourd'hui encore, à vrai dire, je ne voulais pas la céder. C'était clair. J'avais certes signé la déclaration de divorce, mais cela n'affectait pas ce que je ressentais. Neanmoins, ce que je pensais à présent, ou ma façon d'éprouver les choses, n'y changeait rien : elle s'était éloignée de moi, sans que je m'en sois rendu compte. Très loin – oui, sûrement très loin. Si loin que même avec les plus puissantes des jumelles, il me serait impossible d'apercevoir ne serait-ce qu'un fragment infime d'elle-même.

J'ignorais même quand, à mon insu, elle avait rencontré quelque part un bel homme, son nouvel amant. Comme avec les autres, elle avait dû en perdre la raison. Quand elle avait refusé de faire l'amour avec moi, j'aurais dû m'en douter. *Elle n'aimait pas avoir de relations sexuelles avec plusieurs partenaires en même temps*. Avec un peu de réflexion, j'aurais dû comprendre tout de suite.

« Incurable », me dis-je. Une maladie absurde qui n'autorise aucun espoir de rétablissement. Une prédisposition sur laquelle le langage de la raison n'a pas de prise.

Cette nuit-là (la nuit de jeudi durant laquelle il plut), je fis un long rêve sombre.

Dans la bourgade côtière de la préfecture de Miyagi, je m'agrippais au volant de la Subaru Forester blanche (cette voiture était désormais la mienne). Je portais un vieux blouson de cuir noir, j'étais coiffé d'une casquette noire de golf avec son logo Yonex. J'étais grand, j'avais le teint hâlé, des cheveux taillés en brosse courte, parsemés de fils blancs. Autrement dit, j'étais « l'homme à la Subaru Forester blanche ». Je suivais secrètement la petite citadine (une Peugeot 205 rouge) à bord de laquelle se trouvaient ma femme et son amant. La route, c'était la nationale qui longeait la côte. Le couple arrivait ensuite à un *love hotel* tape-à-l'œil, à l'écart de la ville. Je m'assurais qu'ils étaient entrés à l'intérieur. Et le lendemain, je traquais et acculais ma femme, serrais son cou mince et blanc avec le cordon d'une robe de chambre et l'étranglais. J'étais un homme habitué au travail physique, très vigoureux. Et tout en serrant le cou de ma femme de toutes mes forces, je hurlais quelque chose à pleine voix. Mais ces hurlements étaient inintelligibles, même pour moi. C'étaient des cris de rage à l'état pur, dépourvus de sens. J'étais corps et âme sous l'emprise d'une violente colère que je n'avais jamais connue jusqu'alors. Tout en hurlant, je projetais partout des gouttelettes de salive blanche.

Je vis les tempes de ma femme palpiter alors qu'elle tentait désespérément de faire entrer de l'air dans ses poumons. Dans sa bouche, sa langue rose s'arrondit, devint rigide. Petit à petit, des veines bleues saillirent sur sa peau, telle une carte dessinée à l'encre sympathique et qu'on rendrait lisible. Je perçus l'odeur de ma propre sueur. Un relent que je n'avais encore jamais senti émanait de mon corps, à la manière des vapcurs s'élevant d'une source thermale. L'odeur forte faisait penser à celle d'une bête sauvage velue.

Ne me dessine pas, m'ordonnais-je à moi-même. Je pointais violemment mon index en direction de mon reflet dans le miroir accroché au mur. *Ne me dessine plus davantage !*

Et je me réveillai brusquement.

Puis je compris soudain ce que j'avais le plus redouté ce soir-là, sur le lit du *love hotel* de la bourgade côtière. C'était l'angoisse que j'avais eue au fond de moi de finir par étrangler véritablement cette femme au tout dernier moment (la jeune fille dont j'ignorais le nom). « Fais juste semblant », m'avait-elle dit. Mais cela n'aurait peut-être pas suffi. Cela n'aurait pas suffi de faire *juste semblant*. Et la cause principale du fait que le « semblant » ne suffisait pas résidait bien en moi-même.

Moi aussi, j'aimerais pouvoir me comprendre. Mais ce n'est pas facile.

C'étaient les mots que j'avais dits à Marié. Je m'en souvins en essuyant ma sueur avec une serviette.

Le matin du vendredi, la pluie avait cessé, le ciel était joliment dégagé. J'étais à bout de nerfs en raison de ma nuit agitée et, pour me calmer, je sortis me promener durant une heure environ avant midi. Je pénétrai dans le bois, passai à l'arrière du sanctuaire, allai vérifier l'état de la fosse, ce que je n'avais pas fait depuis longtemps. On était à présent en novembre, le vent s'était nettement rafraîchi. Des feuilles mortes trempées recouvraient le sol. La fosse était comme d'habitude hermétiquement bouchée par plusieurs planches. Et par-dessus, des feuilles de toutes les couleurs s'étaient accumulées, avec, ici et là, de grosses pierres servant de poids. Mais j'eus l'impression que leur disposition avait un peu changé par rapport à la dernière fois. Une disposition globalement semblable, mais un peu différente malgré tout.

Cela ne m'inquiéta pas outre mesure. En dehors de Menshiki et de moi-même, aucun curieux ne devait avoir pris la peine de s'aventurer jusqu'ici. J'enlevai une planche pour regarder à l'intérieur. Il n'y avait personne. L'échelle était là comme auparavant, appuyée contre la paroi. Cette chambre de pierre obscure, comme toujours, était plongée dans le plus profond silence. Je remis la planche en place, alignai de nouveau des pierres par-dessus.

Je ne m'inquiétai pas non plus du fait que le Commandeur ne s'était pas manifesté à moi depuis presque deux semaines déjà. Ainsi qu'il l'avait dit lui-même, les Idées aussi ont quantité d'occupations diverses. Des occupations qui se situent au-delà du temps et de l'espace.

Et le dimanche suivant arriva. Il se passa beaucoup de choses ce jour-là. Ce fut un dimanche extrêmement mouvementé.

32

On ne pouvait se passer de lui

« ... Un prisonnier s'approcha tandis que nous discutions. C'était un artiste peintre de Varsovie. De taille moyenne, le nez en bec d'aigle surplombant une moustache très brune, le teint pâle, il portait un chapeau noir à large bord et un nœud papillon de la même couleur. Conscient des dangers de l'anonymat, chacun de nous essayait de mettre en valeur sa fonction par sa tenue. Un moyen comme un autre de faire comprendre qu'on ne pouvait se passer de lui. Ce peintre et moi étions devenus très amis, car sa conversation me rappelait mon enfance. [...] Il me parlait abondamment de son travail, qu'il continuait d'exercer à Treblinka. "Je peins des tableaux pour les Allemands. Les SS m'apportent des photos, souvent floues, de leurs parents, femmes, mères et enfants, ils me décrivent avec émotion et amour la couleur de leurs yeux ou de leurs cheveux. Crois-moi, je préférerais peindre les enfants dont les cadavres brûlent au Lazarett[1] plutôt que des*

* Extrait de *Révolte à Treblinka* de Samuel Willenberg, traduit de l'anglais par Guillaume Marlière, et publié en 2004 par les éditions Ramsay.

familles allemandes. Je leur donnerais le portrait des gens qu'ils assassinent pour qu'ils l'accrochent chez eux, ces salauds."

Ce jour-là, il était bouleversé. »

Fin du livre 1

1. Dans ce livre figure la note suivante à propos du terme *Lazarett* : « À Treblinka, le mot *Lazarett* désignait l'endroit où les vieux, les malades, les infirmes et les enfants, qui auraient ralenti la cadence des chambres à gaz, étaient exécutés puis brûlés. Et, par extension, toute zone maquillée en hôpital de la Croix-Rouge. »

TABLE DES MATIÈRES

MIXTE
Papier issu de
sources responsables
FSC® C003309

10/18, une marque d'Univers Poche,
est un éditeur qui s'engage pour
la préservation de l'environnement
et qui utilise du papier fabriqué à partir
de bois provenant de forêts gérées
de manière responsable.

Imprimé en France par CPI

N° d'impression : 3034506
X07418/01